U0165623

凝煉知識品味閱讀

凝煉知識品味閱讀

讀客家俗諺・學客語字音字形

鄭明中 張月珍——著

一本讓你精準、全方位學好字音字形、考照的書

五南圖書出版公司 印行

推薦序

熟能生巧
Practice makes perfect

鄭明中教授和張月珍老師的《讀客家俗諺．學客語字音字形》一書的問世，對有意學好客語字音字形的人來說，等於是有了一本葵花寶典，讀者只要能依照寶典勤於練藝，必能達到本書2017則所說的熟能生巧 practice makes perfect 的境界。

鄭教授在國立聯合大學客家研究學院客家語言與傳播研究所授課有年，雖然是閩南人，但對客語的語音與音韻用力甚深。張月珍老師是外省人，客家心舅，從事英語教學多年後參與客語教學，客、英語能力強，本身得過地方政府客語字音字形競賽第一名，且在108年贏得教育部舉辦的客語字音字形競賽特優獎，並輔導學生參與該項競賽屢得佳績，目前就讀於國立清華大學臺灣語言研究與教學研究所博士班，學經歷俱佳，可謂集研究及實務於一身。

《讀客家俗諺．學客語字音字形》的客家俗諺取自1926年出版之《客英大辭典》，該辭典是在傳教士Donald Maclver於1905年出版的*An English-Chinese Dictionary in the Vernacular of the Hakka People in the Canton Province*的基礎上，再由另一位傳教士 M. C. Mackenzie 進行增補和重排而成。這本辭典收錄大量的客家俗諺，包括俚語、歇後語、師傅話等，這些都是傳統民間文學的重要成分。《客英大辭典》也收錄許多常見的四字格成語，本書也將成語列入客語字音練習。

此外，張月珍老師以自己教學及參賽經驗所得，將取材自《客英大辭典》的諺語及格言皆以臺灣四縣及海陸腔客語標示音標。由於該辭典主要是記錄廣東河婆腔客語，是大陸原鄉的四海腔，隨着時空的變化，有些字音字形也不同，如本書的an31好承頭的an31，在辭典中有an31音無字，但只有兩個例詞，都有音無字，而英文有說也發khan31的音，查該音即查得口柬字，且有三十多個例句或詞，讀者如果要查原典英文釋義或其它訊息時需要注意此情形。

諺語是先人生活經驗錘煉出來的語言精髓，本人相信透過《讀客家俗諺．學客語字音字形》這本書的引領，讀者除了可以經由不斷地練習熟悉客語字音字形外，還可以學到客家先人生活的智慧，如此屙屎合挖芋仔，一舉兩得的事，何樂而不為？

彭欽清

CONTENTS
目　錄

第一章
導論

語言是人與人之間重要的溝通工具，也是族群文化裡重要的組成內容。語言向來是族群文化的載體與族群認同的圖騰，亦是連結個人與族群的重要橋梁。研究語言可以了解一個民族的文化心理，因爲人們的言語行爲總是浸染着濃厚的民族文化色彩，蘊含着獨特的民族文化心理（袁蕾，2001）。民族文化心理是指一定的民族在長期生活中形成的穩固的心理定式，它是一個民族所特有的民族精神、價值觀念和思維方式（黃美麗，2015）。例如，客家族群自古流傳一句耳熟能詳的祖訓，「寧賣祖宗田，莫忘祖宗言」，這句俗諺不僅表明客家人對祖先的敬畏，也反映客家人對客家語言的自信及對客家文化的堅守，這就是客家人民族文化心理的具體展現（唐金培，2013）。客家民系根源於黃河流域的中原地區，歷經五次大遷徙，輾轉來到江西省南部（贛南）、福建省西部（閩西）、廣東省東部與北部（粵東、粵北）定居，並由這些地區繼續遷移至中國其他省分與海外地區（羅香林，1933，1950）。客家人行走中國諸多省分，移民遍布世界各地，故有「東方吉普賽人」之稱。在遷徙過程中，客家人處處爲「客」，必須隨時應付來自四面八方的危機（如當地居民、亂賊、流民等），宛如亡國後的猶太人，披荊斬棘創業維艱，故亦有「東方猶太人」之名。由於客家先民在歷史上多次大規模流離遷移，對於祖宗留下來而帶不走的田產家業無法保留，因此不得不做出在古代社會中被視爲是「不孝子、敗家子」的販賣或遺棄祖產的行爲，但對於祖先留下的語言則謹記於心，對於傳承客家語言與客家文化更是不敢怠慢。

客家人在歷史上經歷多次遷徙，各式多樣的社會生活經驗加上客家人對於語言的重視，因此留下許多文字簡潔、言簡意賅的俗諺，「寧賣祖宗田，莫忘祖宗言」即爲經典例子。「俗諺」一詞在漢語中使用歷史悠久，歷來中國古籍對於俗諺定義者眾，例如「俚語曰諺。」《尚書・無逸》、「諺，俗語也。」《禮記・大學》、「諺，俗之善謠也。」《國語．越語》、「諺，俗所傳言也。」《漢書．五行志顏注》、「諺，傳言也，從言，彥聲。」《說文解字．注》、「諺者，直語也。」《文心雕龍．書記》等。綜合這些古籍的定義，俗諺廣義上可以包含俚語、俗語、諺語等。呂自揚（1993：4）《台灣民俗諺語析賞探源》一書的〈自序〉中論及：「諺語即是俚語、俗語又叫俚諺、俗諺，在臺語的口音中，多叫「俗語」和古早人講的話，是歷代祖先從實際生活的環境中，仰觀天文星象，俯察地理萬物，近看人生百態，所觸悟感發，口耳相傳而來的生活短語」。

民俗諺語（以下簡稱俗諺）被人們稱爲「社會的鏡子、人生的折射、生活的嚮導、生產的指導」，也被譽爲是民間的知識總匯和百科全書。朱介凡（1964）提到，「諺語是風土民性的常言，社會公道的議論，深具眾人的經驗和智慧。精闢簡白，喻說諷勸，雅俗共賞。」武占坤、馬國凡（1980：3）也說到，「諺語是通俗簡練，生動活潑的韻語或短句，它經常以口語的形式在人民中間廣泛地沿用和流傳，是人民群眾表現實際生活經驗或感受的一種『現成話』。」李行健（2001）指出，「諺語是人們對自然或社會現象的某種認識的結晶。或者是社會發展中總結的經驗教訓和道德規範，用簡潔而易於記誦的詩化語言表現出來，用以警戒，勸誘或教育人的一種固定語。」武占坤（2007）曾說，俗諺「是智慧之神的雙目，是造化之神的雙手，是美神頭上的花冠，是人生夜海上的星斗。」總結來看，俗諺具備三個特徵：一是俗諺爲人民群眾所創造和使用的，因此具有廣泛的群眾性；二是俗諺的語句簡單凝練，在結構上具有相對的固定性；三是俗諺流傳在群眾的口頭上，具有鮮明的口語性（溫端政，2011）。

俗諺是族群文化的積澱、祖先智慧的結晶。俗諺是語言的一種特殊樣式，結構緊湊、語言簡練、形式短小，卻往往蘊含着人民群眾對社會生活的深刻思考和智慧總結，或凝縮着豐富的歷史文化背景，或集中體現着該民族的精神世界和文化心理，極富民族特性。語言是文化的載體，文化是語言的內容，兩者彼此相互依附，學習語言同時也在學習文化，反之亦然。基於這個道理，若想要學習客家文化，從客家俗諺着手自當不失爲一個極佳的文化學習途徑。本書即在這樣的思想基礎上，希望讀者（教學者及學習者）透過閱讀客家先民所留下的經典話語，除可增加客家文化的底蘊之外，更可從中培養客語字音字形的拼寫能力。

在臺灣，客家人是僅次於閩南人的第二大族群，客家人分布於全臺各縣市，特別集中於臺灣北部的桃園市、新竹縣及苗栗縣。臺灣的客語有六個主要腔調，即四縣、海陸、六堆（南四縣）、大埔、饒平及詔安（簡稱「四海六大平安」）。根據客家委員會（2017：12）的統計，「客家民眾使用且能分辨出來的客語腔調，以「四縣腔」的比例最高（58.4%），其次為「海陸腔」（44.8%），上述兩種腔調是客家民眾使用的最主要腔調。其他腔調的使用比例則是相對較低，如「南四縣腔」（7.3%）、「大埔腔」（4.1%）、「饒平腔」（2.6%）及「詔安腔」（1.7%）等。」雖然客家人是臺灣的第二大族群，但人數也不過四百多萬，這還是從《客家基本法》對於「客家人」的廣義定義推估而來（客家委員會，2017：2）。[1]如果統計僅具純正血統的客家人口，那麼人數恐怕低於二百萬。聯合國教科文組織指出，語言使用者的實際人數與語言活力密切相關。[2]若按此理，那麼除四縣腔與海陸腔客語以外的客語腔調基本上都已算是夕陽方言，即便是使用比例較高的四縣腔與海陸腔，因為絕對說話人口不多，且在高頻使用國語的影響下，也正面臨語言消逝的壓力。

---

1 《客家基本法》定義之客家人指「具有客家血緣」或「客家淵源」且「自我認同為客家人者」。「客家血緣」係指父親或母親是客家人、祖父或祖母是客家人、外祖父或外祖母是客家人，或是祖先具有客家血緣，只要具有上述任何一項即認定為具有「客家血緣」。而「客家淵源」以「配偶是客家人」、「主要照顧者是客家人」、「住在客家庄且會說客家話」、「工作關係會說客家話」及「社交或學習會說客家話」，只要民眾認為自己具有上述任何一項與客家的連結且自我認同為客家人，即認定為具有「客家淵源」。

2 聯合國教科文組織（UNESCO）於2003年3月舉行的「瀕危語言的保護」國際會議上，訂出語言活力的評估標準（Language Vitality Assessment），總共提出九項評估因素：1. 語言的世代傳承；2. 語言使用者的實際人數；3. 語言使用者占該語族總人口的比例；4. 語言現存使用場域的趨勢；5. 對新的語言使用場域與媒體的反應；6. 語言教育與讀寫學習所需材料；7. 政府機關對語言的態度與政策；8. 語族成員對自己語言的態度；9. 語料文獻典藏的數量與品質。前六項用來評估語言活力與瀕危狀態，再次兩項用以評估語言態度，最後一項則用來評估語料文獻典藏的急迫性。

隨着臺灣本土語言的日漸消逝與瀕危，教育部爲傳承、復振及發展臺灣的本土語言，遂自1993年起將「鄉土語言教學」納入國小正式課程，2001年起依據國民中小學九年一貫課程綱要規定，國小一至六年級學生，必須就閩南語、客家語、原住民語等三種本土語言任選一種修習，至於國中學生則依其意願自由選修鄉土語言。近期，爲尊重國家多元文化之精神，促進國家語言之傳承、復振及發展，《國家語言發展法》於2019年01月09日公布實施，該法將所有臺灣各固有族群所使用的自然語言及臺灣手語的法律位階提升至國家語言，除規定國家語言一律平等，國民使用國家語言應不受歧視或限制，並將鄉土語言教學延伸至國高中，從112學年度起列爲部定必修課程。此外，教育部每年舉辦全國語文競賽，培育鄉土語言朗讀、（情境式）演說、字音字形等能力，透過語文競賽的良性競爭，達到推動鄉土語言傳承、復振及發展之目的。

在朗讀、演說及字音字形等三種能力中，字音字形的拼寫辨識可以說是朗讀及演說的基礎能力。例如，目前在全國語文競賽中，客家語朗讀競賽的朗讀試卷是在比賽前8分鐘抽取，試卷內容是由客家語搭配華語字形組成。抽取試卷後僅可參閱字典、辭典、客家語拼音方案，其餘資料均不得攜至預備席參考。有鑑於此，若參賽者能及早熟悉客家語字音字形，在緊張的比賽氛圍下，便能更爲得心應手、從容不迫地準備，不致手忙腳亂。又如，客家語演說是在比賽前30分鐘抽取演說題目，參賽者在思索演說內容時，若能熟練字音字形，字詞發音與慣用詞搭配便能發揮極致作用。再如，客家委員會每年舉辦的「客語能力中級暨中高級認證」包含四種測驗（聽力、口語、閱讀、書寫），書寫測驗又包括音標書寫、語句書寫、及作文。若想通過客語能力中高級認證，書寫測驗中的音標測驗不得0分，否則降爲中級，由此可見客語字音字形的重要。

熟練客語字音字形對於客家語言學習與客語技能訓練無往不利。有鑑於此，本書除透過客家俗諺強化客家文化學習外，並讓讀者從文化學習中學習或訓練拼寫客語字音字形的能力。本書的客家俗諺取自1926年出版之《客英大辭典》，本辭典是在傳教士Donald Maclver於1905年出版的 *An English-Chinese Dictionary in the Vernacular of the Hakka People in the*

*Canton Province*的基礎上，再由另一位傳教士 M. C. Mackenzie 進行增補和重排而成（莊初升，2010；田志軍，2013）。這本辭典除收錄大量的客家俗諺，包括俚語、歇後語、師傅話等，這些都是傳統民間文學重要成分。透過認識客家俗諺，本書將帶領讀者進入客語字音字形的世界。另外，由於中華文化一脈相傳，因此《客英大辭典》也收錄許多常見的四字格成語，本書也將成語列入客語字音練習。另外，彭欽清、黃菊芳（2020）挑選《客英大辭典》中的859則客家俗諺進行譯註，並寫成專書《百年客諺客英解讀》，對於客家俗諺有興趣的讀者可以參閱。

以下，本書將先分別介紹客語字音與客語字形，隨後則透過客家俗諺提供大量練習。另外，本書將客家俗諺分成兩部分：一部分爲易懂客家俗諺，即那些一看就可了解或大略了解其義的俗諺，此部分將用作客語字音練習的材料，共計2,659則；另一部分爲一般客家俗諺，即那些須要稍加說明方知其義的俗諺，此部分將作爲客語字形練習的材料，共計1,659則，每則俗諺字形練習均輔以該句的四縣腔及海陸腔客語字音與華語釋義。不論是字音練習或字形練習，均依教育部2012年修訂公布之「客家語拼音方案」字母順序排列，且均附答案供讀者參考，所有字形均以教育部公布的客家語漢字爲標準。俗話說「熟能生巧」，相信讀者透過大量書寫練習，最終都能精熟客語字音字形，只不過學習之路總是漫長，想要得心應手，游刃有餘，仍有待學習者持之以恆，堅持不懈。

參考文獻

田志軍，2013，〈《客英詞典》及其中外作者〉。《甘肅聯合大學學報》（社會科學版），第29卷第4期，94-97。

朱介凡，1964，《中國諺語論》。臺北：新興書局。

呂自揚，1993，《台灣民俗諺語析賞探源》。高雄：河畔出版社。

李行建，2001，《現代漢語諺語規範詞典》。長春：長春出版社。

武占坤，2007，《漢語熟語通論》。河北：河北大學出版社。

武占坤、馬國凡，1980，《諺語》。內蒙古：內蒙古人民出版社。

客家委員會，2017，《105年度全國客家人口暨語言基礎資料調查研究》。新北：作者。

唐金培，2013，〈客家人“寧賣祖宗田，不賣祖宗言”的多維解析〉。《黃河科技大學學報》，第15卷第5期，22-24。

袁蕾，2001，《言語交際中的漢民族文化心理透視》。《河南社會科學》，第9卷第4期，135-137。

莊初升，2010，〈清末民初西洋人編寫的客家方言文獻〉。《語言研究》，第30卷第1期，94-100。

彭欽清、黃菊芳，2020，《百年客諺客英解讀》。臺北：遠流。

黃美麗，2015，《社會諺語蘊含的漢民族文化心理》。天津：天津師範大學碩士論文。

溫端政，2011，《中國諺語大詞典》。上海：上海辭書出版社。

羅香林，1933，《客家研究導論》。興寧：希山書藏。

羅香林，1950，《客家源流考》。香港：崇正總會。

第二章
客語字音

除某些特殊情況（如音節縮略）[1]，客語是「一字一音節」的語言，亦即每一個字就是一個音節。有鑑於此，了解「音節」（syllable）如何組成就是學習拼音的最佳起點。音節是語音結合的序列單位，客語音節可以切成幾個結構，即聲母、韻母及聲調，如表1所示，韻母又可細分爲韻頭（介音）、韻腹（主要元音）和韻尾三個部分。在這些成分中，聲調及韻腹元音是構成音節的必要成分，一定要出現，聲母、韻頭及韻尾則可有可無，端視實際用字而定，如表1下方所列舉的四縣腔客語的例子。不過，音節如果沒有聲母，語言學上有一個特別的稱呼，叫「零聲母」音節。此外，只有元音才能出現在韻腹的位置，但客語ㄇm、ㄋn、ㄫŋ三

表1　客語的音節結構

聲調（Tone）					
音節（Syllable）					
聲母（Initial）	韻母（Final）				
	韻頭（介音）（Glide）	韻（Rime）			
		韻腹（主要元音）	韻尾（Coda）	例字24	例字55
		a		a^{24} 阿	a^{55} 啊
		a	m	am^{24} 庵	am^{55} 暗
	i	a	m	iam^{24} 閹	iam^{55} 焰
k	i	a	m	$kiam^{24}$ 謙	$kiam^{55}$ 欠

1　音節縮略是指，原先是兩個音節，後來合併成一個音節，例如mo^{11}無＋oi^{55}愛 → moi^{24}無愛（不要）、loi^{11}來＋hi^{55}去 → li^{24}來去、pun^{24}分＋ki^{11}佢 → pi^{31}分佢（分他）等。

個鼻音亦可出現在韻腹的位置，此時這些鼻音叫做成音節鼻音（syllabic nasals），可單獨構成音節，例如四縣腔客語的mˇ「毋」、nˇ「你」[2]及ngˇ「魚」。

客語字音與國語（華語）字音的拼寫差不多。國語字音使用的拼音系統是「國語注音符號第一式」，即國人所熟知的ㄅ、ㄆ、ㄇ、ㄈ系統，該系統自1912年創制，1918年公布實施，其後經過不斷補充修訂。[3]另外還有「國語注音符號第二式」，這套拼音系統把國語語音直接翻成羅馬拼音。例如，ㄞ、ㄟ、ㄠ、ㄛ、ㄢ、ㄣ、ㄤ拼成ai、ei、au、ou、an、en、ang。「國語注音符號第二式」原本是爲協助外籍人士及華裔子弟學習華語而設計的，然而自2008年起，臺灣開始採用「漢語拼音」，「國語注音符號第二式」也就甚少被使用了。

目前，客語字音的拼寫系統採用的是教育部2012年修訂公布的「客家語拼音方案」，這個方案也是透過羅馬拼音來拼寫客語字音。以下，本章將依序介紹「客家語拼音方案」中的聲調（Tone）、聲母（Initial）、韻母（Final），本章最後並提供一些簡單練習。另外，依據客家委員會《105年度全國客家人口暨語言基礎資料調查研究》，目前使用四縣腔及海陸腔客語的人口最多，故本章主要介紹這兩個客語腔調，其他客語腔調可以參閱《客家語拼音方案使用手冊》，該手冊可以透過Google搜尋到全文電子檔。最後，教育部線上公開的《臺灣客家語常用詞辭典》（https://hakkadict.moe.edu.tw/）也是學習客語字音的一個相當不錯的參考網站。

第一節　聲調

聲調附着於整個音節之上，它是一種發音時音高的高低起伏。對初學者而言，想要一下子就了解客語聲調並不容易，好在國語也是聲調語言，所以可以先從國語聲調着手，接着再來說明客語聲調。國語除輕聲外，

2　由於個人口音不同，四縣腔客語的「你」有四種發音，即nˇ、niˇ、ngˇ、ngiˇ。

3　有關注音符號的進階說明，可以透過Google下載《國語注音符號手冊》參閱。國語注音符號的制訂是承繼中國傳統聲韻學的原理，採聲母、韻母、聲調三分的方式，且一音由一符代表，便於學習。

還有四個聲調，如表2所示。一般而言，國語聲調多以調型標示，例如「媽」ㄇㄚ、「痲」ㄇㄚˊ、「馬」ㄇㄚˇ、「罵」ㄇㄚˋ。另外，還有一種聲調標示的方法叫做「調值」，這個方法是由中國語言學之父趙元任先生所提出，趙先生從音樂音階的概念得到啓發，將每個人說話時的音調分爲1、2、3、4、5五個「相對」高度，聲調調型可以透過這五個相對音高來進行描寫，並因此提出「五度標調法」，這個標調法很早就獲得國際語音學會認可，也普遍使用於標示漢語方言的聲調。例如，前述國語的四個聲調的調型轉爲調值後分別爲[55, 35, 214, 51]，所以「媽、痲、馬、罵」也可標示爲ma^{55}, ma^{35}, ma^{214}, ma^{51}。不論調型或調值，它們出現的位置均在拼音的最右邊。

表2　國語的聲調

中古調類	陰平	陽平	上聲	去聲
現代稱呼	一聲	二聲	三聲	四聲
調型	一（通常不標）	ˊ	ˇ	ˋ
調値	55	35	214	51

有了國語聲調的標示概念之後，接着說明四縣腔與海陸腔客語的聲調。根據「客家語拼音方案」，四縣腔客語有6個聲調，海陸腔客語有7個聲調，如表3及表4。海陸腔客語的去聲調分陰陽，所以比四縣腔客語多出一個聲調，但聲調是陰調類或陽調類都只是一種分類，讀者大可不必太過在意，只要記住調型或調値即可。此外，客語與國語不同，客語多了入聲調，即陰入調與陽入調，其餘都叫舒聲調。[4]入聲調發音時非常短

4　早在西元五世紀末的魏晉南北朝時期，周顒、沈約、王融等人就發現漢語存有聲調，並將此時的聲調分為「平、上、去、入」四聲，後來四聲又進一步根據聲母清濁分化為八調：陰平、陽平、陰上、陽上、陰去、陽去、陰入、陽入（四聲八調），現代漢語方言聲調調類的分化或合併均是以中古漢語這八個調類為基礎進一步發展而來。有鑑於此，中古時期的四聲與我們現在稱國語聲調為四聲係屬不同概念。現代國語四聲若以中古調類稱之，分別是陰平、陽平、上聲、及去聲。另外，早

促，其韻尾爲塞音[-b, -d, -g]其中之一，這部分將於介紹韻母時再來詳細說明。客語聲調的標示可採調型或調值，不過在客語教學與語文競賽中使用的客語拼音多以調型來標示聲調。

表3　四縣腔客語的聲調

中古調類	陰平	陽平	上聲	去聲	陰入	陽入
調　型	ˊ	ˇ	ˋ	─	ˋ	─
調　值	24	11	31	55	2	5
例　字	馬 maˊ	痲 maˇ	麼 maˋ	罵 ma(-)	襪 madˋ	末 mad
調型練習	東 dung□	隆 lung□	董 dung□	棟 dung□	啄 dug□	讀 tug□

表4　海陸腔客語的聲調

中古調類	陰平	陽平	上聲	陰去	陽去	陰入	陽入
調　型	ˋ	─	ˊ	ˇ	+	─	ˋ
調　值	53	55	24	11	33	5	2
例　字	心 simˋ	牙 nga(-)	手 shiuˊ	嘴 zhoiˇ	胃 vui+	顎 ngog	舌 shadˋ
調型練習	東 dung□	隆 lung□	董 dung□	棟 dung□	弄 nung□	啄 dug□	讀 tug□

在調型使用上，客語與國語有同有異。相同點是，高平調的調型可以略而不標，上升調調型爲「ˊ」，下降調調型爲「ˋ」。相異點在於調型「ˇ」，國語利用這個調型表示降升調[214]，但客語利用這個調型表示低平調[11]，學習者使用時應特別注意。另有一個相異點在於，客語多了

期的國語（官話）是有入聲的，但後來因為語音演變，所有入聲都消失了，原先屬於入聲的字就變讀為其他聲調，語言學上稱這種現象叫「入派三聲」。例如，客語的zogˋ「桌」、bagˋ「伯」、gugˋ「穀」、gogˋ「各」等均帶陰入調，然因國語沒有入聲，所以「桌、伯、穀、各」在國語就分讀為陰平（一聲，55）、陽平（二聲，35）、上聲（三聲，214）、去聲（四聲，51）。

「⁺」這個調型來表示海陸腔客語陽去調[33]。再者，還有一個特別有意思之處，透過中古調類相互比較，四縣腔與海陸腔客語的聲調調值呈現「你高我低，你低我高，你升我降，你降我升」的反向對應，例如四縣腔陰平調爲[24]，海陸腔陰平調爲[53]，四縣腔陽平調爲[11]，海陸腔陽平調爲[55]，四縣腔與海陸腔的兩個入聲調調值也都相反。目前爲止，造成這種聲調調型（或調值）相反的原因還不甚清楚，不過這個對應規則倒是可讓說一方客語的人更快熟悉另一方客語的聲調。

第二節　聲母

根據「客家語拼音方案」，四縣腔與海陸腔客語合併共計23個聲母，如表5所列，每一列最前方標示該聲母的「發音部位」。爲期讀者能更了解客語拼音字母所代表的語音，表5輔以國際通用音標與國語注音符號，以利讀者直接對應。特別須要注意的是，ㄐj、ㄑq、ㄒx出現在四縣腔（及南四縣腔）客語，ㄓzh、ㄔch、ㄕsh、ㄖrh只出現在海陸腔客語。發ㄓzh、ㄔch、ㄕsh、ㄖrh等音時要特別注意，舌頭是翹起或隆起而非捲舌。

表5　四縣腔與海陸腔客語的聲母

客家語拼音		國際音標	注音符號	四縣腔例字	海陸腔例字
雙唇音	b	[p]	ㄅ	baˇ 背	ba 背
雙唇音	p	[pʰ]	ㄆ	paˇ 爬	pa 爬
雙唇音	m	[m]	ㄇ	maˇ 麻	ma 麻
唇齒音	f	[f]	ㄈ	fa 話	faˇ 話
唇齒音	v	[v]	ㄪ	va 哇	vaˇ 哇
舌尖前音	z	[ts]	ㄗ	zoˋ 早	zoˊ 早
舌尖前音	c	[tsʰ]	ㄘ	coˋ 草	coˊ 草
舌尖前音	s	[s]	ㄙ	soˋ 嫂	soˊ 嫂
舌尖音	d	[t]	ㄉ	doˊ 刀	doˋ 刀

客家語拼音		國際音標	注音符號	四縣腔例字	海陸腔例字
舌尖音	t	[tʰ]	ㄊ	toˊ 拖	toˋ 拖
舌尖音	n	[n]	ㄋ	noˊ 腦	noˋ 腦
舌尖音	l	[l]	ㄌ	loˇ 螺	lo 螺
舌尖面音	zh	[tʃ]	ㄓ		zhaˋ 遮
舌尖面音	ch	[tʃʰ]	ㄔ		chaˋ 車
舌尖面音	sh	[ʃ]	ㄕ		sha 蛇
舌尖面音	rh	[ʒ]	ㄖ		rha 爺
舌面音	j	[tɕ]	ㄐ	ji 濟	
舌面音	q	[tɕʰ]	ㄑ	qi 趣	
舌面音	x	[ɕ]	ㄒ	xi 序	
舌根音	g	[k]	ㄍ	gaˊ 家	gaˋ 家
舌根音	k	[kʰ]	ㄎ	kaˇ 卡	ka卡
舌根音	ng	[ŋ]	ㄫ	ngaˇ 牙	nga 牙
喉音	h	[h]	ㄏ	hoˋ 好	hoˊ 好

另外，國語不能以ㄪv、ㄫng充當聲母，所以在國語中聽不到這兩個聲母開頭的音節，大多數的國人也不會學到這兩個語音的注音符號，但客語中用v、ng當聲母的字詞倒是很多，如四縣腔客語的vaiˊ 歪、viˇ 圍、voˊ 窩、ngai 耐、ngiˊ 語、ngo 餓等，只要將這些字的聲調讀成相反，那就變成海陸腔客語的讀音，很簡單吧。

第三節 韻母

韻母（Final）是音節排除聲母之後的所剩部分。如前所述，韻母一定要含主要元音，所以介紹韻母最好從單元音（monophthong）開始，之後再到雙元音（diphthong）及三元音（triphthong）等複元音韻母。這些韻母都是由元音結尾，所以語言學上稱這些韻母爲「陰聲韻」。不論四縣腔或海陸腔，客語的單元音都是6個，如表6所列，其中i、e、a、o、u爲舌面元音（laminal vowel），都是語言中最常見的元音。至於ii為舌尖元音（apical vowel，即國語的空韻），只出現在ㄗz、ㄘc、ㄙs或ㄓzh、ㄔch、ㄕsh之後。表7為客語的雙元音與三元音，三元音中的iui及ioi是非常奇特的韻母，利用這兩個韻母形成的字詞非常之少，iui還是四縣腔（及南四縣腔）客語所獨有。

表6　客語的單元音

客家語拼音	國際音標	注音符號	四縣腔例字	海陸腔例字
ii	[ɿ, ʅ]	ㄭ	ziiˋ 子	ziiˊ 子
i	[i]	ㄧ	diˊ 知	diˋ 知
e	[e]	ㄝ	he 係	heˇ 係
a	[a]	ㄚ	daˋ 打	daˊ 打
o	[o]	ㄛ	goˊ 高	goˋ 高
u	[u]	ㄨ	duˋ 肚	duˊ 肚

表7　客家話的雙元音與三元音

客家語拼音	國際音標	注音符號	四縣腔例字	海陸腔例字
ie	[ie]	ㄧㄝ	kie 契	kieˇ 契
eu	[eu]	ㄝㄨ	deu 鬥	deuˇ 鬥
oi	[oi]	ㄛㄧ	moi 妹	moiˇ 妹
io	[io]	ㄧㄛ	kioˇ 瘸	kio 瘸
iu	[iu]	ㄧㄨ	giu 救	giuˇ 救
ui	[ui]	ㄨㄧ	gui 貴	guiˇ 貴
ai	[ai]	ㄞ	sai 曬	saiˇ 曬
ia	[ia]	ㄧㄚ	ngiaˊ 惹	ngiaˋ 惹
au	[au]	ㄠ	bauˊ 包	bauˋ 包
ua	[ua]	ㄨㄚ	gua 掛	guaˇ 掛
iau	[iau]	ㄧㄠ	hiauˋ 曉	hiauˊ 曉

客家語拼音	國際音標	注音符號	四縣腔例字	海陸腔例字
uai	[uai]	ㄨㄞ	guai 怪	guaiˇ 怪
iui	[iui]	ㄧㄨㄧ	iui 銳	
ioi	[ioi]	ㄧㄛㄧ	kioi 𤸁	cioiˇ 脆

除上述的「陰聲韻」外，客語的韻母還包括「陽聲韻」與「入聲韻」，前者是以鼻音ㄇm、ㄋn、ㄫng結尾的音節（如表8），後者是以塞音ㄅb、ㄉd、ㄍg結尾的音節（如表9）。客語與國語都有ㄋn、ㄫng結尾的韻母，但客語尚存有ㄇm結尾的韻母。另外，陰聲韻與陽聲韻所構成的音節發音比較緩長，入聲韻所形成的音節發音時，因為受到後方塞音ㄅb、ㄉd、ㄍg影響，聲帶緊縮，所以語音聽起來相對急促，加上國語沒有入聲韻母，因此須要多加練習才能掌握客語入聲韻的發音，特別是陰入調與陽入調在聽感上呈現高[5]、低[2]差異。

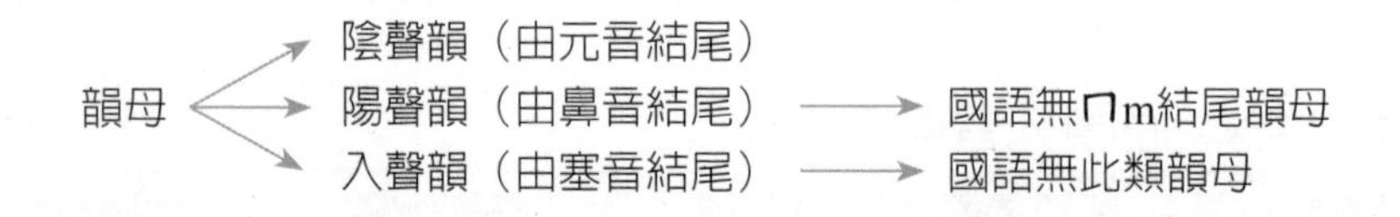

表8　客家話的陽聲韻

客家語拼音	國際音標	注音符號	四縣腔例字	海陸腔例字
iim	[ɿm]	ㄭㄇ	ciimˊ 深	
im	[im]	ㄧㄇ	gimˊ 金	gimˋ 金
em	[em]	ㄝㄇ	semˊ 森	semˋ 森
iem	[iem]	ㄧㄝㄇ	giemˇ 弇	giem 弇
am	[am]	ㄚㄇ	damˋ 膽	damˊ 膽
iam	[iam]	ㄧㄚㄇ	kiam 欠	kiamˇ 欠
iin	[ɿn]	ㄭㄣ	ciin 秤	
in	[in]	ㄧㄣ	binˊ 兵	binˋ 兵
en	[en]	ㄝㄣ	denˋ 等	denˊ 等

客家語拼音	國際音標	注音符號	四縣腔例字	海陸腔例字
ien	[ien]	ㄧㄝㄣ	bienˋ 扁	bienˊ 扁
uen	[uen]	ㄨㄝㄣ	guenˋ 耿	guenˊ 耿
an	[an]	ㄢ	ban 半	banˇ 半
uan	[uan]	ㄨㄢ	gonˊ 關	gonˋ 關
on	[on]	ㄛㄣ	gonˊ 乾	gonˋ 乾
ion	[ion]	ㄧㄛㄣ	qionˇ 全	cion 全
un	[un]	ㄨㄣ	bunˋ 本	bunˊ 本
iun	[iun]	ㄧㄨㄣ	giunˊ 君	giunˋ 君
ang	[aŋ]	ㄤ	angˊ 盎	angˋ 盎
iang	[iaŋ]	ㄧㄤ	piang 病	piang+ 病
uang	[uaŋ]	ㄨㄤ	guangˋ 莖	guangˊ 莖
ong	[oŋ]	ㄛㄥ	long 浪	long+ 浪
iong	[ioŋ]	ㄧㄛㄥ	boing 放	biongˇ 放
ung	[uŋ]	ㄨㄥ	sung 送	sungˇ 送
iung	[iuŋ]	ㄧㄨㄥ	liungˇ 龍	liung 龍
er	[ɤ]	ㄜ		er 仔

表9　客家話的入聲韻

客家語拼音	國際音標	注音符號	四縣腔例字	海陸腔例字
iib	[ɿp]	ㄭㄅ	siib 十	
ib	[ip]	ㄧㄅ	kib 及	kibˋ 及
eb	[ep]	ㄝㄅ	deb 擲	debˋ 擲
ieb	[iep]	ㄧㄝㄅ	kiebˋ 拚	kieb 拚
ab	[ap]	ㄚㄅ	hab 合	habˋ 合
iab	[iap]	ㄧㄚㄅ	liab 粒	liabˋ 粒
iid	[ɿt]	ㄭㄉ	siid 食	
id	[it]	ㄧㄉ	lid 力	lidˋ 力

客家語拼音	國際音標	注音符號	四縣腔例字	海陸腔例字
ed	[et]	ㄝㄉ	bed` 北	bed 北
ied	[iet]	ㄧㄝㄉ	gied` 結	gied 結
ued	[uet]	ㄨㄝㄉ	gued` 國	gued 國
ad	[at]	ㄚㄉ	lad 辣	lad` 辣
uad	[uat]	ㄨㄉ	guad` 刮	guad 刮
od	[ot]	ㄛㄉ	god` 割	god 割
iod	[iot]	ㄧㄛㄉ	jiod 啫	ziod` 啫
ud	[ut]	ㄨㄉ	fud 佛	fud` 佛
iud	[iut]	ㄧㄨㄉ	kiud` 屈	kiud 屈
ag	[ak]	ㄚㄍ	bag` 伯	bag 伯
iag	[iak]	ㄧㄚㄍ	giag` 遽	giag 遽
uag	[uak]	ㄨㄚㄍ	kuag` 槬	kuag 槬
og	[ok]	ㄛㄍ	gog` 各	gog 各
iog	[iok]	ㄧㄛㄍ	liog 略	liog` 略
ug	[uk]	ㄨㄍ	gug` 穀	gug 穀
iug	[iuk]	ㄧㄨㄍ	kiug` 菊	kiug 菊

另外，不論是陽聲韻或入聲韻，發音時要特別注意氣流在口腔中形成阻礙的位置。若以m、b雙唇音結尾，發音結束時雙唇呈現緊閉狀態；若以n、d舌尖音結尾，發音結束時，舌尖應該抵在上齒背及齒齦處；若以ng、g舌根音結尾，發音結束時，舌頭後部（舌後，the back of the tongue）應該是抵在軟顎處。由於軟顎在口腔後方，發音時無法看到舌後抵住軟顎的姿態，但可以透過對比方式來感覺，讀者可以連發華語的an「安」、ang「骯」，及uan「彎」、uang「汪」，如此便可感覺n、ng發音結束時舌頭接觸的位置差異。

第四節　客語拼音練習

一、客語十二生肖拼音練習

生肖	鼠	牛	虎	兔
四縣拼音				
海陸拼音				
生肖	龍	蛇	馬	羊
四縣拼音				
海陸拼音				
生肖	猴	雞	狗	豬
四縣拼音				
海陸拼音				

二、客語數詞拼音練習

常用詞	一	二	三	四
四縣拼音				
海陸拼音				
常用詞	五	六	七	八
四縣拼音				
海陸拼音				
常用詞	九	十	百	千
四縣拼音				
海陸拼音				

三、客語方位詞拼音練習

方位詞	東	西	南	北
四縣拼音				

方位詞	東	西	南	北
海陸拼音				
方位詞	上	下	左	右
四縣拼音				
海陸拼音				
方位詞	前	後	裡	外
四縣拼音				
海陸拼音				

四、客語二十四節氣拼音練習

節氣	立春	雨水	驚蟄
四縣拼音			
海陸拼音			
節氣	春分	清明	穀雨
四縣拼音			
海陸拼音			
節氣	立夏	小滿	芒種
四縣拼音			
海陸拼音			
節氣	夏至	小暑	大暑
四縣拼音			
海陸拼音			
節氣	立秋	處暑	白露
四縣拼音			
海陸拼音			
節氣	秋分	寒露	霜降
四縣拼音			

海陸拼音			
節氣	立冬	小雪	大雪
四縣拼音			
海陸拼音			
節氣	冬至	小寒	大寒
四縣拼音			
海陸拼音			

第三章
客語字形

客語書寫可以分成兩類。一類是利用「客家語拼音方案」來書寫客語。例如，「三嫂晒穀無盡力」這句話用客家語拼音來寫，四縣腔客語寫爲samˊ soˋ sai gogˋ moˇ qin lit，海陸腔客語寫爲samˋ soˊ saiˇ gog mo qin⁺ litˋ。另一類是使用漢字來書寫客語，這也是每年教育部舉辦的「全國語文競賽」與客家委員會舉辦的「客語檢定中級暨中高級認證」指定使用。實際上，若以漢字進行書寫，客語與國語的書寫方式相同，只是客語存在相當多只知其音不知其字，或是用字冷僻少用，使人感覺客語書寫相對困難。事實上，客語書寫用字與國語書寫用字重疊非常之多，讀者只要注意特殊用字即可。有鑑於此，本章將先從漢字書寫的大原則談起，接着說明一些書寫客語時的應注意事項。另外，教育部爲推展客語教學及統一坊間各式客語教材用字雜亂現象，曾經公布兩批臺灣客家語書寫推薦用字，本章也將詳列以利讀者參閱。[1]學寫客語字形就如學寫漢字一般，有些字必須強記、硬背、勤寫，畢竟大部分客語母語人士仍只知其音不知其字，若對非客籍人士，那可能又是難上加難。不過，還是那句話，熟能生巧方能駕輕就熟。

第一節　漢字筆順原則

如前所述，客語可以利用漢字來書寫，因此漢字的書寫方式就適用於書寫客語。依據教育部《常用國字標準字體筆順手冊》，國字筆順基本法則共有17條，詳引如下。有關每條筆順原則所舉例字的逐筆逐劃書寫，

1　根據教育部語文成果網（https://language.moe.gov.tw）所載，「為利客家語的研究、保存、教學及推廣，教育部特於民國97年成立『臺灣客家語書寫推薦用字小組』，研訂『臺灣客家語書寫推薦用字漢字選用原則』，並依此原則研議客家語書寫推薦用字。本原則針對客家語本字、堪用字、俗用字、借用字等之選用，除考量字、音、義的學理依據外，也兼顧跨語言比對、教學實務、電腦資訊等因素。」

可以透過Google搜尋該手冊自行參閱，在此不再贅述。

1. 自左至右：凡左右並排結體的文字，皆先寫左邊筆畫和結構體，再依次寫右邊筆畫和結構體，如：川、仁、街、湖。
2. 先上後下：凡上下組合結體的文字，皆先寫上面筆畫和結構體，再依次寫下面筆畫和結構體，如：三、字、星、意。
3. 由外而內：凡外包形態，無論兩面或三面，皆先寫外圍，再寫裡面，如：刀、匀、月、問。
4. 先橫後豎：凡橫畫與豎畫相交，或橫畫與豎畫相接在上者，皆先寫橫畫，再寫豎畫，如：十、干、士、甘、聿。
5. 先撇後捺：凡撇畫與捺畫相交，或相接者，皆先撇而後捺，如：交、入、今、長。
6. 豎畫在上或在中而不與其他筆畫相交者，先寫豎畫，如：上、小、山、水。
7. 橫畫與豎畫組成的結構，最底下與豎畫相接的橫畫，通常最後寫，如：王、里、告、書。
8. 橫畫在中間而地位突出者，最後寫，如：女、丹、母、毋、冊。
9. 四圍的結構，先寫外圍，再寫裡面，底下封口的橫畫最後寫，如：日、田、回、國。
10. 點在上或左上的先寫，點在下、在內或右上的，則後寫，如：卞、為、叉、犬。
11. 凡從戈之字，先寫橫畫，最後寫點、撇，如：戍、戒、成、咸。
12. 撇在上，或撇與橫折鉤、橫斜鉤所成的下包結構，通常撇畫先寫，如：千、白、用、凡。
13. 橫、豎相交，橫畫左右相稱之結構，通常先寫橫、豎，再寫左右相稱之筆畫，如：來、垂、喪、乘、臿。
14. 凡豎折、豎曲鉤等筆畫，與其他筆畫相交或相接而後無擋筆者，通常後寫，如：區、臣、也、比、包。
15. 凡以廴、辶為偏旁結體之字，通常廴、辶最後寫，如：廷、建、返、迷。

16. 凡下托半包的結構，通常先寫上面，再寫下托半包的筆畫，如：凶、函、出。
17. 凡字的上半或下方，左右包中，且兩邊相稱或相同的結構，通常先寫中間，再寫左右，如：兜、學、樂、變、嬴。

第二節　客語字形書寫應注意事項

上方講述的是國字筆順的基本法則。然而，在實際書寫客語（及國語）時，因爲現代社會電腦、平板、手機等電子設備相當普及，人們長期利用這些現代工具的打字功能取代親筆書寫，久而久之人們的書寫能力就一點一滴地流失、退步，對於很多書寫細節都疏忽了，但這些細節卻是客語字形教學與語文競賽的重點。

語言是人類溝通的重要橋梁，而文字更是傳遞訊息、承載思想與文化的利器，但是徜徉在茫茫字海中，總會讓人容易忽略「字音」及「字形」的眞實面貌。客語字形中「錯字連篇」的使用可謂俯拾皆是，鉤、挑、撇、捺、頓往往是隨心所欲，亂寫一番。以同類字爲例，「王」的起筆爲橫，不作撇，下方爲「士」，而非「土」；相反的，「廷」的第一筆是撇，下爲「土」。至如音讀舛誤，也是屢見不鮮，如「着」字，讀音有五：音cog，指對的、火燃、確定…等；音dauˇ，指沾上、黏起來；音doˋ，多作副詞用；音zu，指文章的敘述、創作；音zogˋ，一般指將衣、襪等穿、套在身體上。學習者如果習而未察，將造成另類的文字污染。

語文學習的基本目標就是正確地讀音書寫，然而這個目標目前在客語字形方面似乎仍未普遍達成，原因在於客語的特殊字形，以及不勝枚舉的多音字，造成學習者對於字形與字音的混淆；而這些混淆，如果不能在關鍵處有效掌握與釐清，錯亂誤用自然不可避免。以下，我們以客語書寫中常見誤寫字詞爲例，介紹客語字形書寫應注意之原則：

1. 末筆是中豎者，如「辛、半、羊、手」，放在左偏旁時，要改爲豎+撇。如「辣、判、羚、拜」等。然而，有些則維持不變，如「干」與「刊」。

2. 末筆是橫筆者，如「土、豆、金、正、丘、垂」等，當它們放在左偏旁時，要改爲斜挑，如「培、頭、鈴、政、邱、郵」等。又，末筆是豎曲鉤筆者，如「七、元、屯」等，放在左偏旁時，也同樣要改爲斜挑，如「切、頑、邨」。
3. 原來放右邊是捺筆的，如「交、皮、火、木、禾、金」等，當它們放在左偏旁時，一般是要改爲頓點，如「効、頗、炆、杉、釘」等。
4. 傻傻分不清的匸。如果是指容器或人等，則左下方爲方框，如「櫃、匣、匠、匪、臣」等；如果是指範圍或隱蔽，則左下方爲圓順，如「區、毆、甌、匾、匿」等。須特別注意的是，除了前述兩個大原則，「拒、距、鉅、佢、炬」等，與「巨」相關的左下筆，都要冒出頭；然而，與「亡」有關的字形，轉折處則要圓順，例字像是「芒、茫、忙、盲、盲」等。
5. 出不出頭很有別。撇捺不相交的「夂」、捺須探出頭的「夊」，以及亂入的「攵」各有各的粉絲，學習者只要常常練習，就不會選錯堆：「冬、蜂、降」家族末捺不出頭；「致、複、陵、夏、愛、俊」之屬撇捺要相交；「故、教、敝、噭、救、收」等，右側則收「攵」。
6. 是肉還是月？大致與人體食物有關的從肉部，如「腰、腸、腳、脈、腫、脯、胲、膈、腮、脣、胗、臘」等。其他則從月，如「朝、朗、朔、期、服、朋、勝、塑、藤、騰」等。如前所述，多練習則能臻於完美。
7. 非日，非曰，而是冃。「最、慢、冒、緭」系列，冃的兩橫都不觸邊。
8. 點點撇上？撇中？或撇下？「忍、認、韌、紉」要撇上；「熱、執、熟、恐、贏」需撇中；「丸、紈」則撇下。但「迅」與「蝨」中間非點，而是短橫一筆。
9. 「内」前兩筆豎橫要岔出，如「遇、禹、禽、離」之屬。
10. 「米」有很多粒。米部的旁邊四點各自獨立，不與主幹相接，如「糕、粄、粕、籽、粑、糊、粩、料、糜、糧」等皆然。

上列十類爲主要分項，至於雜項細節，如「反、乜、呑、舌」第一筆爲橫，「戶」首筆爲撇，「市」與做右偏旁的「市」中直其實只有一畫，這些都是在書寫字形過程中，須注意熟練的部件。坐而言不如起而行，接着就來練練功吧！

客語字形練習一

	1.	2.	3.
四縣拼音	「nganˇ」ton	「sang」gungˊ	「hauˋ」goˋ
海陸拼音	「ngan」tonˋ	「shang⁺」gungˋ	「hauˊ」goˊ
客語字形	「　」斷	「　」公	「　」果

	4.	5.	6.
四縣拼音	「fi」peu	denˊ「iuˊ」	zedˋ「iamˋ」
海陸拼音	「fuiˇ」piauˇ	denˋ「rhiuˋ」	zed「rhamˊ」
客語字形	「　」票	丁「　」	側「　」

	7.	8.	9.
四縣拼音	co「man」	「xin」mun	「van」hen
海陸拼音	coˇ「man⁺」	「sinˇ」munˇ	「van⁺」hen⁺
客語字形	搓「　」	「　」問	「　」幸

	10.	11.	12.
四縣拼音	「bun」doiˊ	「tiamˇ」banˋ	pongˊ「pai」
海陸拼音	「bunˇ」doiˋ	「tiam」banˊ	pongˋ「paiˇ」
客語字形	「　」堆	「　」粄	豐「　」

想一想試一試，先別看答案喔。

或者利用教育部《臺灣客家語常用詞辭典》線上查詢。

客語字形練習二：人體器官

四縣腔音讀	海陸腔音讀	客語詞目	華語
teuˇ naˇ moˊ	teu na moˋ		頭髮
ngiagˋ teuˇ	ngiag teu		額頭
mugˋ miˇ moˊ	mug mi moˋ		眉
mugˋ zuˊ	mug zhuˋ		眼
pi gungˊ	pi+ gungˋ		鼻子
ngiˋ gungˊ	ngiˊ kungˋ		耳朵
mien gabˋ lonˋ	mienˇ gab lonˊ		臉頰
zoi	zoiˇ		嘴
haˊ goiˊ	haˋ goiˋ		下巴
heuˇ lienˇ goiˊ	heu lien goiˋ		喉
qiongˋ siid goiˊ	ciongˊ shidˋ goiˋ		喉結
giangˋ ginˊ	giangˊ ginˋ		脖子
gienˊ teuˇ	gienˋ teu		肩膀
hiungˊ puˋ	hiungˋ puˊ		胸
suˋ biˋ	shiuˊ biˊ		手臂
suˋ zangˊ	shiuˊ zangˋ		手肘
duˋ siiˋ	duˊ shiˊ		肚子
nangˇ ieuˊ eˋ	nang rhauˋ er		腰
duˋ qiˇ	duˊ ci		肚臍
sii vudˋ	shi+ vud		臀
suˋ vonˋ	shiuˊ vonˊ		手腕
suˋ baˊ zongˋ	shiuˊ baˋ zhongˊ		手掌
suˋ ziiˋ	shiuˊ zhiˊ		手指
tai giogˋ biˋ	tai+ giog biˊ		大腿
qidˋ teuˇ	cid teu		膝蓋
giogˋ guangˋ	giog guangˊ		小腿

四縣腔音讀	海陸腔音讀	客語詞目	華語
giogˋ mugˋ zuˊ	giog mug zhuˋ		腳踝
giogˋ zangˊ	giog zangˋ		腳跟
giogˋ ziiˋ	giog zhiˊ		腳趾

第三節　臺灣客家語書寫推薦用字

一、教育部公布臺灣客家語書寫推薦用字（第一批）

編號	推薦用字	四縣拼音	海陸拼音	華語
1	椏	aˊ	aˋ	樹枝
2	閼	adˋ	ad	生氣
3	扼	agˋ	ag	握
4	恁	anˋ	anˊ	這麼
5	盎	angˊ	angˋ	瓶子
6	詏	au	auˇ	爭辯
7	拗	auˋ	auˊ	折
8	壩	ba	baˇ	壩
9	擘	bagˋ	bag	剝開
10	跋	bagˋ	bag	爬
11	擺	baiˋ	baiˊ	次
12	粄	banˋ	banˊ	粄
13	扳	banˊ	banˋ	扶
14	挷	bangˊ	bangˋ	拉、拔
15	飆	beuˊ	biauˋ	跳、疾奔
16	陂	biˊ	biˋ	堤
17	拚	biang	biangˇ	清理、盡力
18	必	bidˋ	bid	裂
19	貶	bienˋ	bienˊ	翻

編號	推薦用字	四縣拼音	海陸拼音	華語
20	㨃	bienˋ	bienˊ	翻找
21	煲	boˊ	「烳 pu」	熬煮
22	發	bodˋ	bod	發作
		fadˋ	fad	膨脹
23	掊	boiˋ	boiˊ	撥開
		boiˊ	boiˋ	
24	傍	bongˋ	bongˊ	配
25	餔	buˊ	buˋ	妻
26	晡	buˊ	buˋ	申時
27	分	bunˊ	bunˋ	給、被
28	掣	cad	chadˋ	觸擊
		cadˋ	chad	抽動
29	站	cam	cam+	段
30	遰	ce	cheˇ	傳染
31	痴	ceˊ	cheˋ	癡傻
		ciiˊ	chiˋ	痴
32	噍	ceu	ciau+	嚼
33	刺	cii	ciˇ	刺 (n)
		qiagˋ	ciag	繡
34	飼	cii	ci+	餵
35	剭	ciiˇ	chi	殺
36	着	cog	chogˋ	正確無誤
				生氣、着火
				中（獎）
				（確）定
				得（病）
		doˋ	doˊ	以為

編號	推薦用字	四縣拼音	海陸拼音	華語
37	亍	cogˋ	chog	閒晃
38	踔	cogˋ	chog	用腳掌推
39	在	coiˊ	coiˋ	在
40	捽	cud	cudˋ	擦拭
41	搐	cug	chugˋ	上下震動
42	伸	cunˊ	chunˋ	剩餘
43	嗒	dab	dabˋ	嚐
44	笪	dadˋ	dad	平面狀竹、片編織物
45	逐	dagˋ	dag	逐一
		giugˋ	giug	追逐
46	戴	dai	daiˇ	住
47	探	dam	damˇ	伸
		damˊ	damˋ	探（頭）
		tam	tam+	搭（橋）
		tamˊ	tamˋ	伸出
		tamˋ	tamˇ	打探
48	旦	danˋ	danˊ	本來
49	垤	de	deˇ	塊
50	擲	deb	debˋ	投擲
51	蹬	demˋ	demˊ	蹬
52	竇	deu	deuˇ	巢穴
53	鬥	deu	deuˇ	鬥接
54	篼	deuˊ	deuˋ	一種容器
55	兜	deuˊ	deuˋ	端
		deuˊ	deuˋ	些
		deuˊ	deuˋ	們（人稱複數）
56	對	di	diˇ	從

編號	推薦用字	四縣拼音	海陸拼音	華語
57	扚	diag	diagˋ	扣上
				彈
58	恬	diamˊ	diamˋ	安靜
59	展	dienˋ	dienˊ	展
60	玎	dinˊ	dinˋ	繞行
61	碫	don	donˇ	階
62	斷	don	donˇ	判
		donˋ	donˊ	截斷
63	揬	dudˋ	dud	輕輕碰觸
64	涿	dugˋ	dug	淋
65	啄	dugˋ	dug	啄
66	頓	dun	dunˇ	用力往下擊
67	楯	dunˋ	dunˊ	桿
68	鐓	dunˊ	dunˋ	截去
69	揰	dungˋ	dungˊ	頂、戳
70	仔	eˋ	er	詞尾
		eˇ		
71	揞	emˊ	emˋ	掩蓋
72	亻恩	enˊ	enˋ	我們
73	熰	eu	euˇ	燜燒
74	漚	eu	euˇ	久雨
75	惑	fed	fedˋ	欺騙
76	拂	fid	fidˋ	搖（尾）
		fin	finˇ	搖（頭）
77	痕	finˇ	hiun	痕
78	伙	foˋ	foˊ	炊爨
79	揔	fud	fudˋ	打

編號	推薦用字	四縣拼音	海陸拼音	華語
80	窟	fudˋ	fud	坑洞
81	合	gabˋ	gab	配
		gagˋ	gag	合
		kabˋ	kab	度量單位
82	減	gamˋ	gamˊ	削減
83	監	gamˊ	gamˋ	強迫
84	徑	gang	gangˇ	絆
85	笅	gau	gauˇ	笅
86	攪	gauˋ	gauˊ	攪動
		giauˊ	giauˋ	攪拌
87	該	ge	gai	那
88	个	ge	gaiˇ	的
89	佢	giˇ	gi	他
90	遽	giagˋ	giag	快
91	弇	giemˇ	giem	蓋
		kiemˇ	kiem	罩
92	噭	gieu	giauˇ	哭
93	钁	giogˋ	giog	鋤
94	勼	giu	giu	縮
95	挶	giug	giugˋ	悶住
96	焗	giugˋ	giug	蒸製
97	降	giung	giungˇ	生
98	過	goˊ	goˋ	消磨
99	膏	goˇ	go	塗抹
100	㪐	gog	gogˋ	敲
101	确	gog	gogˋ	杯狀物
102	胲	goiˊ	goiˋ	下巴頦

編號	推薦用字	四縣拼音	海陸拼音	華語
103	跍	guˊ	ku	蹲
104	痀	guˊ	guˋ	駝背
105	箍	guˊ	guˋ	渣
		kieuˊ	kieuˋ	圈
106	蛌	guaiˋ	guaiˊ	蛙
107	梗	guangˋ	guangˊ	（樹）莖
108	莖	guangˋ	guangˊ	（菜）莖
109	桱	guangˊ	guangˋ	木條
110	較	ha	hauˇ	較
		ka	haˇ	較
		ha		再怎麼
111	瘕	habˋ	hab	哮喘病
112	蓋	habˋ	hab	老菜葉
113	歇	hed	「戴」dai	住
114	核	hed	hedˋ	止
115	緪	henˇ	hen	緊
116	翕	hibˋ	hib	悶
117	熻	hibˋ	hib	燜
118	羴	hien	hienˇ	氣味
119	蠔	hienˋ	hienˊ	蚯蚓
120	梟	hieuˊ	hiauˋ	訛詐
121	熇	hogˋ	hog	烘
122	頦	hoiˇ	hoi	腮
123	旱	honˊ	honˋ	放
124	跖	hong	hongˇ	起
125	項	hong	hong+	上、裡
126	這	iaˋ	liaˊ	這（裡）

編號	推薦用字	四縣拼音	海陸拼音	華語
127	扡	iaˋ	rhaˊ	抓
128	蝶	iag	rhagˋ	蝶
129	掞	iam	rham+	灑、抖動
130	縈	iangˊ	rhangˋ	纏繞
131	枵	iauˊ	iauˋ	餓
132	若	iog	rhogˋ	若
		na	na+	若
		ngiaˊ	ngia	你的
133	輒	jiab	ziabˋ	常
134	蘸	jiamˋ	ziamˊ	沾
135	尖	jiamˊ	ziamˋ	擁擠
136	腈	jiangˊ	ziangˋ	精肉
137	靚	jiangˊ	ziangˋ	很美
138	箭	jien	zienˇ	使勁地蹬
139	刻	kadˋ	kad	責罵
140	挌	kag	kagˋ	握
141	核	kaiˊ	kaiˋ	挑
142	崁	kam	kamˇ	田崁
143	坎	kamˋ	kamˊ	階
144	磡	kamˋ	kamˊ	壓
145	企	kiˊ	kiˋ	站立
146	擎	kiaˇ	kia	舉
147	儆	kiang	kiang+	惜
148	慶	kiang	kiangˇ	能幹
149	喫	kie	kieˇ	啃
150	揜	kiebˋ	kieb	蓋
151	蹶	kied	kiedˋ	爬

編號	推薦用字	四縣拼音	海陸拼音	華語
152	缺	kiedˋ	kied	缺
153	桊	kien	kienˇ	穿孔
154	絭	kien	kienˇ	平安符
155	莶	kien	kienˇ	加香料
156	衿	kimˊ	kimˋ	衣衿
157	㾿	kioi	「㤿 tiam^」	疲累
158	臼	kiuˊ	kiuˋ	媳
159	跼	kiug	kiugˋ	關
160	熇	kogˋ	kog	燜烤
161	囥	kong	kongˇ	藏
162	怙	ku	ku+	拄拐杖、（失）父
163	擐	kuan	kuan+	提
164	空	kung	kungˇ	零
		kungˊ	kungˋ	運氣
165	罅	la	laˇ	縫隙
			la+	夠
166	溹	labˋ	lab	陷
167.	焫	ladˋ	lad	乾粑
168	烈	ladˋ	lad	猛烈
169	倈	lai	laiˇ	男孩
170	涎	lanˊ	lanˋ	口水
171	落	lau	lauˇ	脫落
				設計
		labˋ	lab	後
172	恅	lauˋ	lauˊ	以為
173	摎	lauˊ	lauˋ	和、把
174	遶	lauˊ	lauˋ	遊

編號	推薦用字	四縣拼音	海陸拼音	華語
175	扐	led	ledˋ	提抱
176	嘍	leu	leuˇ	叫過來
177	瘻	leuˇ	leu	腫塊
178	㢘	liam	liamˇ	瓣
179	令	liang	liang+	謎語
180	尞	liau	liau+	玩、休息
181	撩	liauˇ	liau	逗弄
182	啉	limˊ	limˋ	飲
183	淋	limˇ	lim	澆
184	膦	linˋ	linˊ	陰莖
185	攣	lionˇ	lien	縫
186	攞	loˊ	lauˋ	攪和
187	捋	lod	lodˋ	撫、打、擠
188	卤	luˊ	luˋ	鏽
189	攎	luˇ	lu	捲
190	熝	lug	lugˋ	燙
191	毋	mˇ	m	未、不
192	麼	maˋ	maˊ	何？
193	嫲	maˇ	ma	雌
194	蕒	magˋ	mag	萵苣
195	饅	man	man+	膚垢
196	滿	manˊ	manˋ	最小的、次、時間詞
197	吂	mangˇ	mang	還沒
198	乜	me	meˇ	也
199	姆	meˊ	meˋ	母
200	搣	medˋ	med	舞弄
201	愐	menˋ	menˊ	想

編號	推薦用字	四縣拼音	海陸拼音	華語
202	覓	mi	mi+	水中摸取
203	無	moˇ	mo	沒有、要嗎？
204	舞	muˋ	muˊ	舞弄
		vuˋ	vuˊ	舞
205	你	nˇ	ngi	你
206	那	naˇ	na	頭部
207	嘘	nagˋ	nag	笑
208	哪	nai	nai+	哪
209	揇	namˋ	namˊ	抱
210	惱	nau	nauˇ	懊惱
		nauˊ	nauˋ	討厭
211	竻	nedˋ	ned	刺
212	捏	nedˋ	ned	捏
213	醲	neuˇ	neu	濃稠
214	吾	ngaˊ	nga	我的
215	𠊎	ngaiˇ	ngai	我
216	頷	ngamˋ	ngamˊ	點
217	齾	ngamˊ	ngamˋ	頷
218	惹	ngia	ngiaˇ	不順
		ngiaˊ	ngiaˋ	招惹
219	凹	ngiabˋ	ngiab	凹陷
220	矚	ngiabˋ	ngiab	閃爍
221	攝	ngiabˋ	ngiab	捲
222	撚	ngiabˋ	ngiab	拈合
223	瞑		ngiangˊ	看
224	撚	ngienˋ	ngienˊ	單手握擠
225	仰	ngiongˋ	ngiongˊ	怎麼、如此、如何

編號	推薦用字	四縣拼音	海陸拼音	華語
226	噩	ngog	ngogˋ	熬
227	挼	noˇ	no	搓
228	嬰	oˊ	oˋ	嬰
			ongˋ	
229	屙	oˊ	oˋ	排泄
230	孲	oˇ	o	小孩
231	愛	oi	oiˇ	要
232	哀	oiˊ	oiˋ	母親
233	划	paˇ	paˋ	扒、划
			pa	
234	撥	pad	padˋ	撥動
		padˋ	pad	搧
235	翻	panˊ	panˋ	翻
		ponˊ	ponˋ	吐
236	盤	panˇ	pan	轉換
237	蝠	pid	pidˋ	蝙蝠
238	片	pienˋ	pienˊ	邊（方位）
239	䑑	piog	piogˋ	粗
240	胮	pongˇ	pong	腫塊
241	晡	pu	pu+	暗中監視
242	焩	puˇ	pu	用小火煮
243	浡	pud	pudˋ	滿溢而出
244	皮卜	pug	pugˋ	疙瘩
245	覆	pugˋ	pug	覆
246	歕	punˇ	pun	吹
247	萋	qiˊ	ciˋ	鮮
248	篩	qiˊ	siˋ	篩

編號	推薦用字	四縣拼音	海陸拼音	華語
249	粢	qiˇ	ci	粢粑
250	磬	qinˋ	cinˊ	彎折
251	尋	qimˇ	cim	找
252	躍	qiogˋ	ciog	躍
253	吮	qionˊ	cionˋ	吸吮
254	儕	saˇ	sa	人
255	煞	sadˋ	sad	猛
256	噻	saiˊ	saiˋ	吃
257	豺	saiˇ	sai	饞
258	糝	samˋ	samˊ	飯粒、鬆散
259	㸐	sauˇ	sau	汆燙
260	細	se	seˇ	小
261	舐	seˊ	sheˋ	舔
262	息	sedˋ	sed	曾孫
263	數	sii	siiˇ	帳目
264	斯	siiˇ	sii	句中助詞，卻
265	韶	「天光日」	shau	明天
266	臊	soˊ	soˋ	騷
267	趖	soˇ	so	爬行
268	煞	sod	sodˋ	結束
269	爽	songˋ	songˊ	失
270	摤	sungˋ	sungˊ	推
271	縛	tagˋ	tag	綁
272	埕	tangˇ	tang	埕
273	跈	tenˇ	ten	跟
274	毒	teu	teu+	毒殺
275	投	teuˇ	teu	投訴

編號	推薦用字	四縣拼音	海陸拼音	華語
276	悿	tiamˋ	tiamˊ	疲累
277	定	tin	tin+	決定、慢、而已
278	暢	tiong	tiongˇ	樂
279	綯	toˇ	to	拴
280	擇	tog	togˋ	選擇
281	揣	tonˇ	ton	猜
282	渡	tu	tuˇ	帶
283	話	va	va+	勸、以為
284	鑊	vog	vogˋ	大鍋
285	攉	vogˋ	vog	丟
286	煨	voiˊ	voiˋ	煨
287	搵	vudˋ	vud	拗彎
		vun	vunˇ	沾
288	朏	vudˋ	vud	臀
289	炆	vunˇ	vun	燜煮
290	汶	vunˇ	vun	渾
291	穡	xidˋ	sid	農作物
292	洩	xied	siedˋ	噴
293	鮮	xienˊ	sienˋ	清澈
294	想	xiongˋ	siongˊ	指脛部或手臂
295	[illegible]	zad	zadˋ	密
296	折	zadˋ	zhad	折
297	矺	zagˋ	zag	壓
298	[illegible]	zangˊ	zangˋ	踵
299	媸	zeˋ	zheˊ	醜
300	撍	zemˋ	zemˊ	捺
301	嘴	zoi	zhoiˇ	嘴

編號	推薦用字	四縣拼音	海陸拼音	華語
302	轉	zon	zhonˇ	倒下
303	椊	zud	zudˋ	塞子、塞擠
304	觜	zuiˋ	zuiˊ	喙、啄
305	種	zung	zhungˇ	栽

二、教育部公布臺灣客家語書寫推薦用字（第二批）

編號	推薦用字	四縣拼音	海陸拼音	華語
1	鈪	agˋ	ag	鐲子
2	巴	baˊ	baˋ	巴（攀附）
3	拔	bad	badˋ	搭掛、甩掛
4	蹳	bad	badˋ	左右甩動
5	掰	baiˊ	baiˋ	掰
6	綳	bang	bangˇ	綳
7	煏	bedˋ	bed	逼近熱氣
8	凴	ben	benˇ	倚靠
9	鵯	bidˋ	bid	鳥名
10	湢	bid	bidˋ	快速
11	撆	bied	biedˋ	輕輕拍打
12	疺	bienˋ	bienˊ	昏脹
13	枋	biongˊ	biongˋ	班次
14	踣	boˇ	boˊ	跌倒
		boiˋ	boiˊ	扭傷
15	駁	bogˋ	bog	指一段時間
16	㗘	bog	bogˋ	吸煙的動作
17	幫	bongˊ	bongˋ	貼補
18	哺	buˇ	bu	吐的動作

編號	推薦用字	四縣拼音	海陸拼音	華語
19	哱	bud	budˋ	從小孔冒出
20	逩	bun	punˇ	向下、向前推進
21	捙	caˊ	chaˋ	向上提起
22	杈	ca	ca+	阻礙
23	箚	cabˋ	cab	農具
24	掣	cadˋ	chad	疾速
		cad	chadˋ	
25	搓	caiˊ	caiˋ	推擊、搓揉
26	瘵	caiˋ	caiˊ	病名
27	裁	caiˇ	cai	裁量
		coi	coi+	截
28	揌	caiˇ	cai	顫動
29	踩	caiˇ	cai	踏
30	傪	cam	camˇ	像
31	檻	cang	chang+	禮器
32	晟	cangˇ	cang	逆光、稍微晒一下
33	程	cangˇ	chang	質地
34	操	cau	cauˇ	翻動
35	躁	cau	cauˇ	急躁
36	湊	ceu	ceuˇ	聚合
37	衰	coiˊ	coiˋ	弱
38	仃	dangˇ	dang	小而硬、翹起
39	跓	dangˊ	dangˋ	特地
40	喋	de	deˇ	誇口、多言
41	跕	deb	debˋ	沉而重
42	沾	demˊ	demˋ	微微浸泡
43	[illegible]	dem	demˇ	物品泡漬過久產生的味道

編號	推薦用字	四縣拼音	海陸拼音	華語
44	鈂	demˇ	dem	沉重的樣子
45	裡	diˊ	diˋ	內部
46	蹀	diaˊ	diaˋ	1. 小步行走；2. 來往頻繁
47	黗	du	duˇ	黑
48	𡱆	dudˋ	dud	矮的樣子
49	㓊	dungˊ	dungˋ	蒙蓋
50	崠	dungˋ	dungˊ	山頂
51	迒	fang	fangˇ	分際
52	𡦃	feˋ	feˊ	不正
53	呷	gab	gabˋ	張口急合
54	簋	gagˋ	gag	禮器的一種
55	鉸	gauˋ	gauˊ	鉸鍊
56	焿	giˊ	giˋ	鹼
57	浹	giabˋ	giab	黏
58	撿	giamˋ	giamˊ	拾取
59	徼	gieuˋ	giauˊ	僥倖
60	跏	gioˊ	gioˋ	盤屈
61	跔	giuˊ	giuˋ	縮
62	蛇	gonˊ	gonˋ	蜱
63	綱	gongˊ	gongˋ	秩序、法紀、量詞
64	筦	gongˇ	gong	竹筒
65	滉	gongˇ	gong	盪漾
66	㬠	guˋ	guˊ	瘀腫
67	轂	gugˋ	gug	疾轉，緊密，順暢
68	貢	gung	gungˇ	膿液積聚
69	𤸁	habˋ	hab	氣喘病
70	還	hanˇ	han	再、仍然、更加、居然、好

編號	推薦用字	四縣拼音	海陸拼音	華語
71	核	fud	fudˋ	果核
72	閕	hiaˊ	hiaˋ	散開
		hia	hiaˇ	
73	挾	hiabˋ	hiab	挾帶
74	噏	hiab	hiabˋ	吸附
75	翹	hieuˊ	hiauˋ	捲曲、突起
76	嫽	hieuˇ	hiau	風騷
77	却	hiogˋ	hiog	歪曲
78	焵	hoˊ	hoˋ	熱輻射
79	呵	ho	hoˇ	呵氣
80	喏	iaˊ ˋ	rhaˋ	招呼
81	擛	iag	rhagˋ	揮動
82	膁	iamˋ	rhamˊ	腰左右虛肉處
83	弛	ieˊ	rheˋ	鬆弛
		ie	rheˇ	
84	掖	ie	rhe+	班次
			rheˊ	行列
85	夭	ieuˊ	rhauˋ	濕軟
86	暈	inˊ	rhinˋ	暈
87	哊	iogˋ	rhog	吐
88	噍	jib	zibˋ	吸
89	揤	jidˋ	zid	用棍棒擠壓
90	擳	jied	ziedˋ	直擊、擠壓、狹窄的樣子
91	唚	jimˊ	zimˋ	吻
92	啜	jiod	ziodˋ	用力吸吮
93	挳	kang	kangˇ	摳
94	詨	kauˊ	kauˋ	戲言

編號	推薦用字	四縣拼音	海陸拼音	華語
95	嶇	kiˊ	kiˋ	陡峭
96	呿	kiaˊ	kiaˋ	提出異議
97	伽	kiaˊ	kiaˋ	佔有
98	胠	kia	kiaˇ	張開
99	祛	kia	kia+	祛除
100	拑	kiamˇ	kiam	彎成拱形
101	凝	kienˇ	kien	凝聚
102	搉	kog	kogˋ	敲
103	確	kog	kogˋ	堅硬的樣子
104	榼	kuagˋ	kuag	工作
105	匱	kuaiˇ	kuai	缺乏
106	矻	kud	kudˋ	硬塊
107	裸	laˋ	laˊ	倒反
108	鏄	la	laˇ	縫隙
			la+	足夠
109	落	labˋ	lab	套
110	塌	labˋ	lab	塌陷
111	邋	lab	labˋ	平白
112	犁	laiˇ	lai	低垂
113	嚂	lamˊ	lamˊ	差勁
114	晾	langˇ	lang	晾
115	亮	lang	langˇ	平整
116	爧	lang	langˇ	電光
117	粩	lau	lauˇ	一種米食
118	丙	leˇ	le	吐舌
119	啦	leb	lebˋ	涉水聲
120	俐	li	li+	俐落

編號	推薦用字	四縣拼音	海陸拼音	華語
121	溓	liamˋ	liamˊ	水位降低
122	稴	liam	liamˇ	斜
123	捩	lidˋ	lid	轉圈
124	礫	lid	lidˋ	小石頭
125	癧	lid	ledˋ	淋巴結
		lag	lagˋ	
126	哯	lienˋ	lienˇ	吐出口中物
127	綹	liu	liuˋ	絲線
128	鏍	loˇ	lo	一種大腹炊具
129	酪	logˋ	log	爛熟
130	僆	lon	lonˇ	未生過蛋的雌禽
131	鑢	lu	luˇ	摩擦
132	敁	ludˋ	lud	脫落
133	[illegible]	luiˋ	luiˊ	簍子
134	褸	luiˋ	luiˊ	布片
135	錑	lui	lui+	鑽
			loiˇ	削平
136	衖	lung	lungˇ	小巷
137	抹	madˋ	mad	塗抹
138	抹	miˇ	mi	擦拭
139	汨	mi	mi+	潛水
140	瞑	miangˊ	miangˋ	蒙眼
141	綿	mienˇ	mien	爛
142	矇	mungˇ	mung	不明
143	林	naˇ	na	樹林
144	爇	nadˋ	nad	灼
145	另	nang	nangˇ	使勁

編號	推薦用字	四縣拼音	海陸拼音	華語
146	囊	nangˇ	nang	中間部位
147	奀	nganˊ	nganˋ	長不大
148	刓	nganˇ	ngan	強力切割
149	撽	ngau	ngauˇ	偏斜
150	矋	ngiabˋ	ngiab	目動貌
151	虐	ngiogˋ	ngiog	刺痛
152	卧	ngo	ngoˇ	仰
153	⊠	ngiabˋ	ngiab	以手取物
154	𤬪	nongˊ	nongˋ	皮下層肉
155	蠕	nugˋ	nug	蠕動
156	骹	pad	padˋ	脖子
157	嗙	pangˊ	pangˋ	吹
158	冇	pang	pangˇ	不精實
159	匉	pangˊ	pangˋ	分
160	疕	piˋ	piˊ	痂
161	狓	piaˊ	piaˋ	張開
162	勃	pud	pudˋ	高昂
163	瘌	qiˊ	ciˋ	膚疾
164	釗	qiamˊ	ciamˋ	刺殺
165	磬	qinˋ	cinˇ	彎垂
166	蹴	qio	cioˇ	踏踩
167	揫	qiuˊ	ciuˋ	聚集
168	嗄	sa	saˇ	沙啞、豈、卻
169	偛	sabˋ	sab	碎裂
170	勯	sanˊ	shanˋ	力竭氣散
171	螔	seˇ	she	蝸牛
172	擤	sen	senˇ	捏住鼻子、噴除鼻涕

編號	推薦用字	四縣拼音	海陸拼音	華語
173	尸	siiˊ	shiˋ	軀體
174	薯	suˇ	shiu	痘
175	刣	taiˋ	taiˊ	平削
176	燂	tamˇ	tam	燻烤
177	𢯭	ten	tenˇ	幫忙
178	渟	tinˇ	tin	注
179	砣	toˇ	to	下垂物
180	牠	toˇ	to	未成年的牛
181	噦	veˋ	veˊ	鳥聲
		ve	veˊ	
		veˇ	ve	
182	唩	voˋ	voˋ	小兒啼
183	餳	xiangˇ	sia	誘
184	𣲷	xiauˇ	siau	精液
185	跣	xienˋ	sienˊ	赤腳
186	詐	za	zaˇ	騙
187	砸	zabˋ	zab	紮實
188	崽	zaiˊ	zaiˋ	幼小的動物
189	湛	zam	zamˇ	深厚
190	棧	zanˋ	zanˊ	暫住
		zan	zanˇ	樓層
191	脹	zong	zhongˇ	浮腫
192	眵	ziiˊ	zhiˋ	眼睛的分泌物
193	嘬	zod	zodˋ	大口吸
194	酌	zogˋ	zhog	看情形辦理
195	欶	zud	zudˋ	吸吮
196	歃	sab	sabˋ	淺嚐

編號	推薦用字	四縣拼音	海陸拼音	華語
197	顫	zunˊ	zhunˋ	抖動
198	撙	zunˋ	zunˊ	轉動
199	掗	aˇ	a	把持
200	耖	cau	cauˇ	再翻土
201	剻	paiˊ	paiˋ	削
202	鐐	liauˇ	liau	切割
203	捎	sauˊ	sauˋ	割除
204	喀	kag	kagˋ	形容咳嗽、嘔吐的聲音
205	捍	hon	hon+	護持
206	掐	mag	magˋ	持棍重擊

第四章
客家俗諺字形練習

A

1.

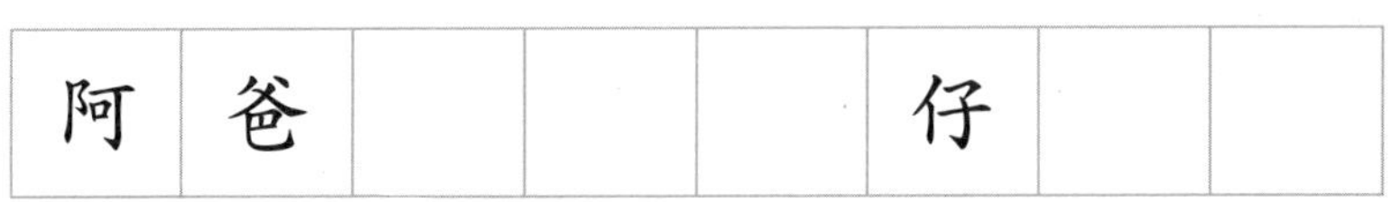

四縣拼音：aˊ baˊ con qienˇ lai eˋ hiongˋ fugˋ

海陸拼音：a^{+} baˋ con^{+} cien laiˇ er hiongˊ fug

華語釋義：父親賺錢給兒子花用；譏諷做人子弟的無能、不肖。

2.

四縣拼音：aˊ xiagˋ gauˊ vuˊ liau

海陸拼音：a^{+} siag gauˋ vuˋ liauˇ

華語釋義：用以諷刺學藝不精而開業授徒的人。

3.

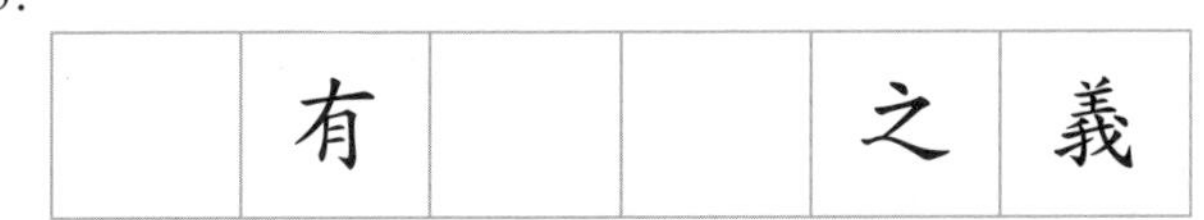

四縣拼音：aˊ iuˊ fanˋ puˋ ziiˊ ngi

海陸拼音：aˋ rhiuˋ fanˊ puˊ ziiˋ ngi^{+}

華語釋義：小烏鴉有銜食餵母鴉的情義，做子女的更要懂得孝順父母。

4.

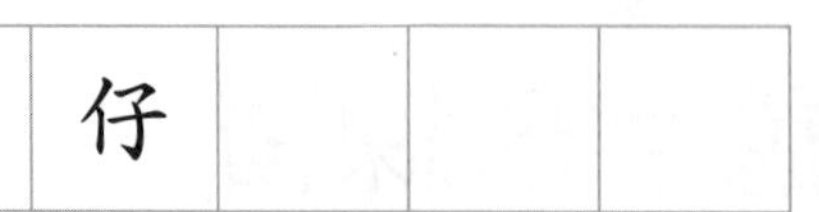

四縣拼音：aˋ eˋ siid fuˋ guaˊ

海陸拼音：aˊ er shidˋ fuˊ guaˋ

華語釋義：比喻有苦說不出。

5.

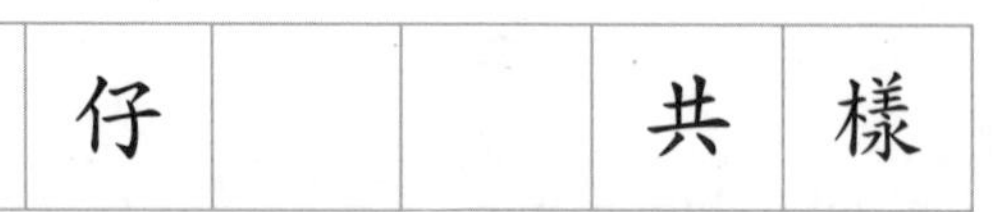

四縣拼音：abˋ eˋ tangˊ luiˇ kiung iong

海陸拼音：ab er tangˇ lui kiung^{+} rhong^{+}

華語釋義：比喻一個人對所接收的訊息無法理解。

6.

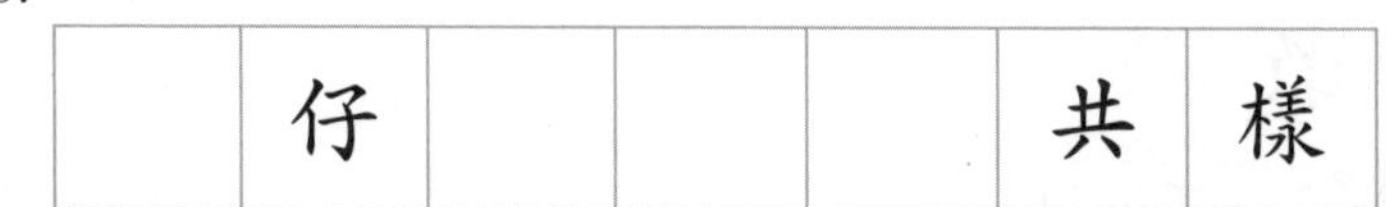

四縣拼音：abˋ eˋ tunˊ fungˇ hienˋ kiung iong

海陸拼音：ab er tunˋ fung hienˊ kiung^{+} rhong^{+}

華語釋義：吃得爽快可口。

7.

四縣拼音：abˋ maˇ toˋ siid mˇ diˊ hangˊ kiungˇ

海陸拼音：ab ma toˊ shidˋ m diˋ hangˋ kiung

華語釋義：比喻貪得無厭。

8.

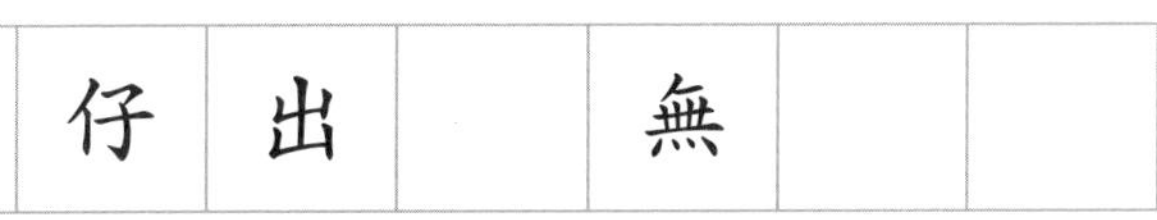

四縣拼音：abˋ eˋ cudˋ se moˇ iaˇ ngiongˇ

海陸拼音：ab er chud sheˇ mo rha ngiong

華語釋義：意思是人比起雞鴨來說，真要知足。

9.

四縣拼音：aiˊ siinˊ go

海陸拼音：aiˋ shinˋ goˇ

華語釋義：人多很擁擠，側着身子走過去；形容擦身而過。

10.

四縣拼音：aiˊ lungˇ kienˊ gi iuˊ siid nanˊ hi

海陸拼音：aiˋ lung kienˋ giˇ rhiuˋ shidˋ nanˋ hiˇ

華語釋義：繁重辛勞的工作即使有好的報酬，也吸引不到人力。

11.

四縣拼音：aiˋ nginˇ kon hi

海陸拼音：aiˊ ngin konˇ hiˇ

華語釋義：比喻隨聲附和，毫無己見。

12.

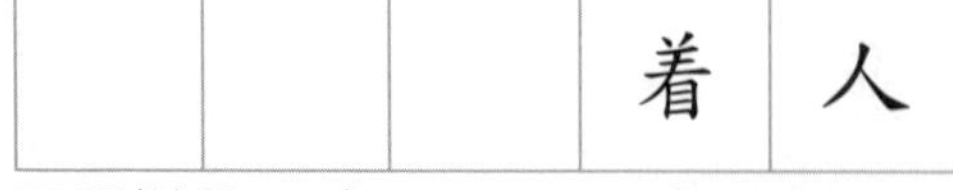

四縣拼音：ai` den gang do` nginˇ

海陸拼音：ai´ denˇ gangˇ do´ ngin

華語釋義：比喻不起眼的人或物也有可能成爲絆腳石，故不能輕視之。

13.

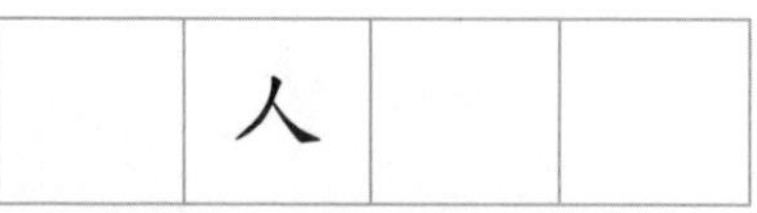

四縣拼音：ai` nginˇ don` ciin

海陸拼音：ai´ ngin don´ chinˇ

華語釋義：指矮人心思多、有高見。

14.

四縣拼音：ai` nginˇ do´ xim´ sii

海陸拼音：ai´ ngin do` sim` sii+

華語釋義：指身材矮小的人，心機也多。

15.

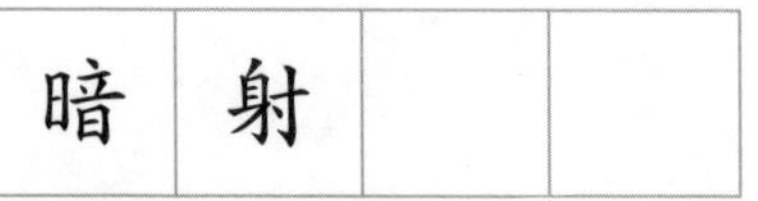

四縣拼音：am sa ti tuˇ

海陸拼音：amˇ sha+ ti+ tu

華語釋義：地圖中只記各省縣等所在地的符號，而不載其名稱者。多用在教育學生，俾便練習記憶。

16.

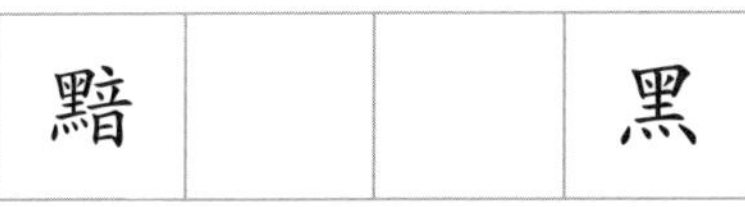

四縣拼音：am ienˇ iˇ hedˋ

海陸拼音：amˇ rhan rhi hed

華語釋義：意思是那人皮膚深黑，體形碩長。

17.

四縣拼音：anˋ hoˋ liungˇ congˇ mˇ dong qidˋ gaˊ gieuˋ deu

海陸拼音：anˊ hoˊ liung cong m dongˇ cid gaˋ gieuˊ deuˇ

華語釋義：不必羨慕別人，安平樂道，自在逍遙。

18.

四縣拼音：anˋ hoˋ coˋ ti iuˊ ceu ngiuˇ

海陸拼音：anˊ hoˊ coˊ ti^{+} rhiuˋ seuˇ ngiu

華語釋義：引申為再好的社會也有窮人。

19.

四縣拼音：anˋ hoˋ ngiongˇ ziiˋ pa ziiˋ bagˋ

海陸拼音：anˊ hoˊ ngiong ziiˊ paˇ ziiˊ bag

華語釋義：再優秀的母親，也無所不煩惱地為孩子擔憂。

20.

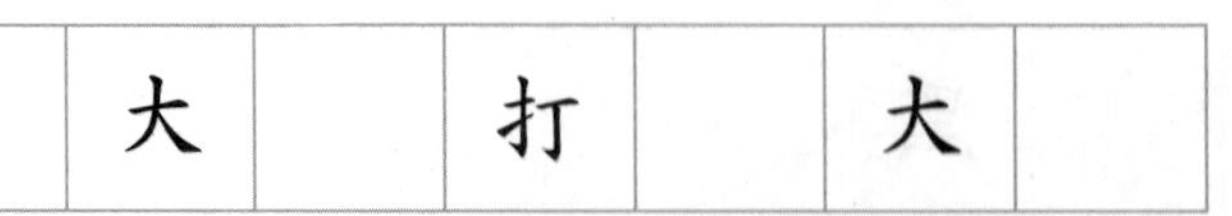

四縣拼音：anˋ tai cuˋ daˋ anˋ tai lungˇ

海陸拼音：anˊ tai+ chuˊ daˊ anˊ tai+ lung

華語釋義：工作能量是根據自己的力量而定的；力量越大，所挖掘的地方也相對得廣。

21.

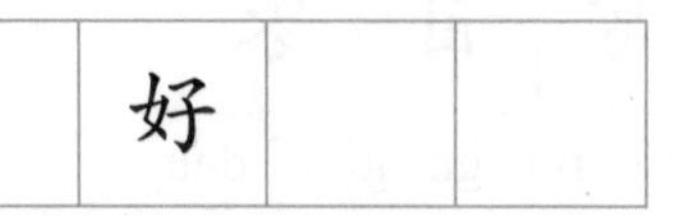

四縣拼音：anˋ hoˋ siinˇ teuˇ

海陸拼音：anˊ hoˊ shin teu

華語釋義：心中總是有所準備如何承擔不屬於自己的責任。

22.

四縣拼音：auˋ tonˊ guˋ biang

海陸拼音：auˊ tonˋ guˊ biangˇ

華語釋義：突遭意外。

B

1.

把			打		人	毋	

四縣拼音：baˋ hi codˋ daˋ loˇ nginˇ mˇ doˋ

海陸拼音：baˊ hiˇ cod daˊ lo ngin m doˊ

華語釋義：意即撮把戲裡的所有花樣、技術，都瞞不了打鑼的人，因爲他也是內行人。

2.

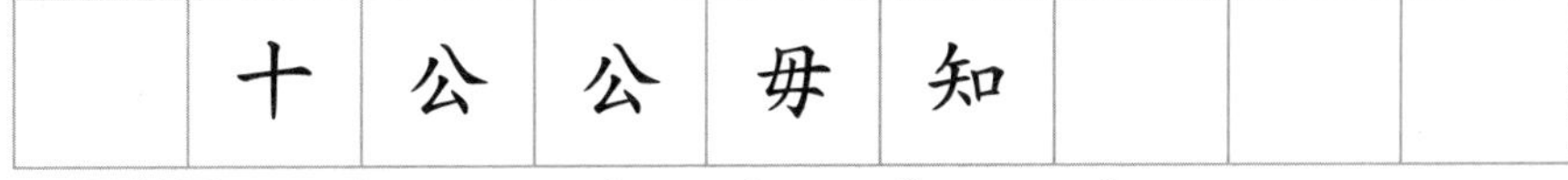

	十	公	公	毋	知			

四縣拼音：badˋ siib gungˊ gungˊ mˇ diˊ iamˇ miˋ ga

海陸拼音：bad shibˋ gungˋ gungˋ m diˋ rham miˊ gaˇ

華語釋義：即便是八旬老翁的經驗，亦無法預測下一季大米和鹽的價格。

3.

八	十		學			
學	得	會	來			

四縣拼音：badˋ siib se hog coiˊ tag

hog dedˋ voi loiˇ hi ia qied

海陸拼音：bad shibˋ soiˇ hogˋ choiˋ tagˋ

hogˋ ded voi+ loi hiˇ rha+ ciedˋ

華語釋義：意謂不要等到太老才來學習。

4.

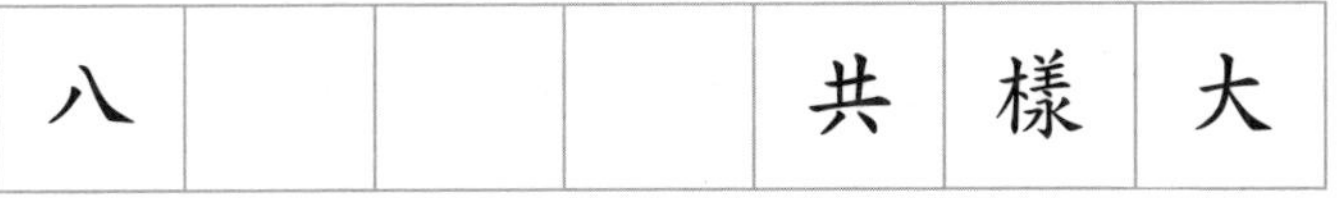

八				共	樣	大

四縣拼音：badˋ liongˊ ban ginˊ kiung iong tai

海陸拼音：bad liongˋ banˇ ginˋ kiung+ rhong+ tai+

華語釋義：比喻彼此旗鼓相當、不相上下。

5.

四縣拼音：bagˋ banˊ senˊ liˊ bagˋ banˊ nanˇ

海陸拼音：bag banˋ senˋ liˋ bag banˋ nan

華語釋義：形容各種生意都難做。

6.

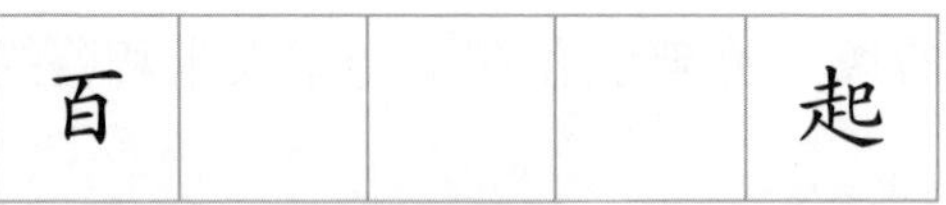

四縣拼音：bagˋ piang qiungˇ saˊ hiˋ

海陸拼音：bag piang^{+} ciung saˋ hiˊ

華語釋義：各種疾病源自於吃喝不潔淨的東西。

7.

		毋		頭	
		毋		打	狗

四縣拼音：bagˋ gungˊ mˇ ngamˋ teuˇ
lo fuˋ mˇ gamˋ daˋ gieuˋ

海陸拼音：bag gungˋ m ngamˊ teu
loˊ fuˊ m gamˊ daˊ gieuˊ

華語釋義：這則諺語指若是背後無人指使撐腰，那麼惡人也不敢隨便囂張爲非。

8.

伯		手		無		

四縣拼音：bagˋ meˊ suˋ hong moˇ vaiˊ saˊ

海陸拼音：bag meˋ shiuˊ hong+ mo vaiˋ saˋ

華語釋義：老婦經驗足，紡出來的紗總是完好無瑕的。

9.

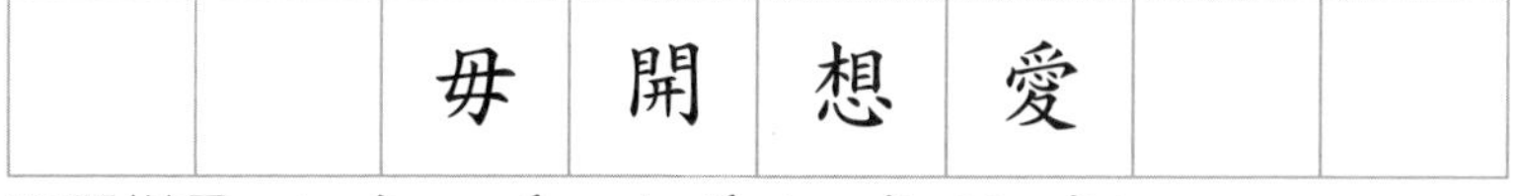

四縣拼音：bagˋ gamˊ mˇ koiˊ xiongˋ oi bagˋ iu

海陸拼音：bag gamˋ m koiˋ siongˊ oiˇ bag rhiu+

華語釋義：指不自量力。

10.

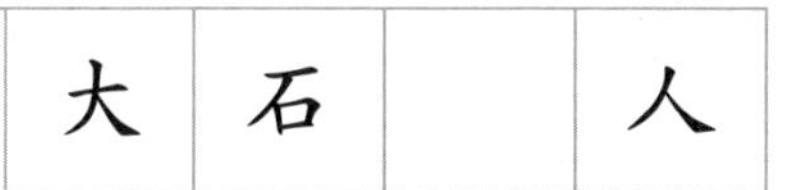

四縣拼音：banˊ tai sag abˋ nginˇ

海陸拼音：banˋ tai+ shagˋ ab ngin

華語釋義：找有影響力的人來強逼別人。

11.

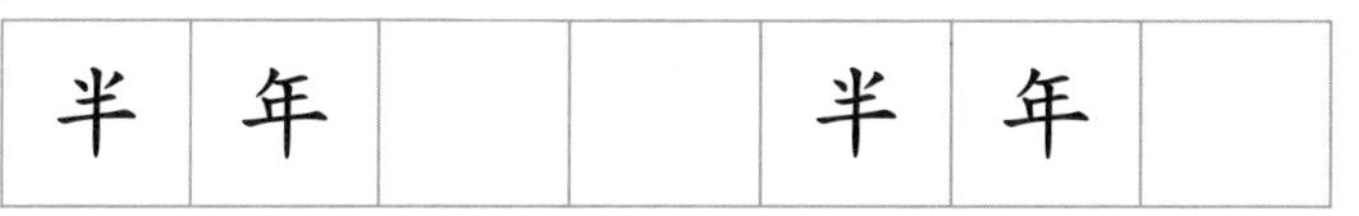

四縣拼音：ban ngienˇ xinˊ kuˋ ban ngienˇ hanˇ

海陸拼音：banˇ ngien sinˋ kuˊ banˇ ngien han

華語釋義：形容其職業生活的輕鬆自在。

12.

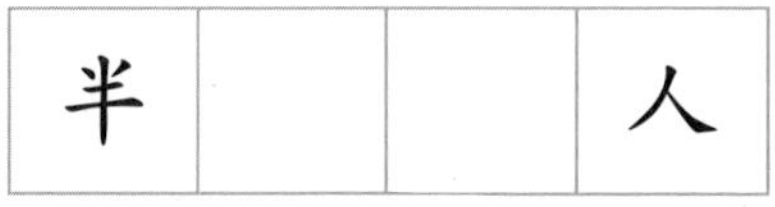

四縣拼音：ban jiedˋ miˊ nginˇ

海陸拼音：banˇ zied muiˋ ngin

華語釋義：在嘲笑一個漂亮的女人只照顧她的上半身臉蛋，其餘的都沒有照料好。

13.

四縣拼音：banˇ siiˇ piˇ paˇ banˇ siiˇ zenˊ

海陸拼音：banˇ sheˇ pi pa banˇ sheˇ zenˋ

華語釋義：同樣的領域，巧妙各有不同。

14.

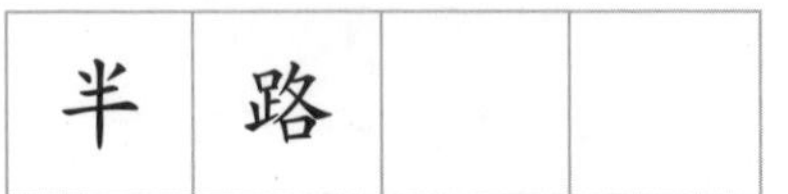

四縣拼音：ban lu fuˊ qiˊ

海陸拼音：banˇ lu+ fuˋ ciˋ

華語釋義：指寡婦再婚。

15.

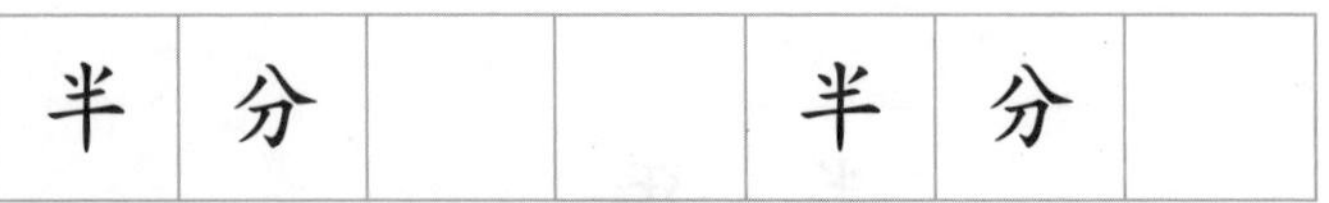

四縣拼音：ban funˊ se longˇ ban funˊ ziiˋ

海陸拼音：banˇ funˋ seˇ long banˇ funˋ ziiˊ

華語釋義：好的女婿就如同自己的兒子一樣，能盡孝道。

16.

四縣拼音：bangˊ dungˊ liˇ buˋ xiˊ biagˋ

海陸拼音：bangˋ dungˋ li buˊ siˋ biag

華語釋義：比喻臨時湊合應付，不是根本解決辦法。

17.

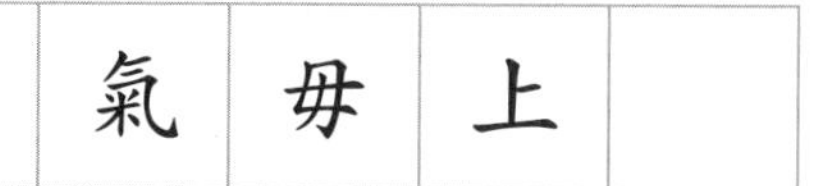

四縣拼音：bangˊ hi mˇ songˊ giangˋ

海陸拼音：bangˋ hiˇ m shongˋ giangˊ

華語釋義：上氣接不了下氣。

18.

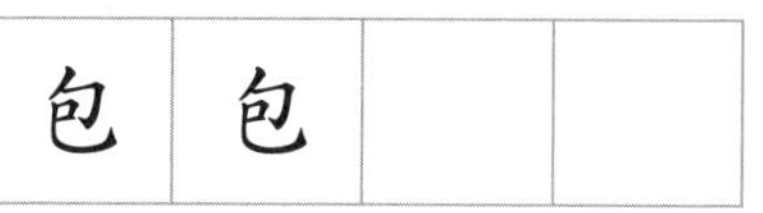

四縣拼音：bauˊ bauˊ ngiabˋ ngiabˋ

海陸拼音：bauˋ bauˋ ngiab ngiab

華語釋義：偷偷摸摸地藏東西。

19.

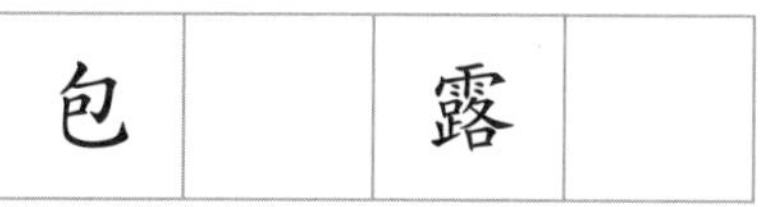

四縣拼音：bauˊ maˇ lu deu

海陸拼音：bauˋ ma luˇ teu+

華語釋義：不同的問題須有不同解決方式，不能一概而論。

20.

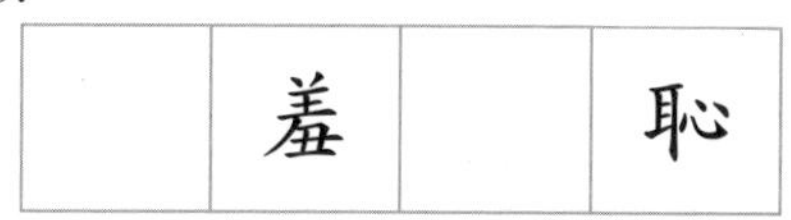

四縣拼音：bauˊ xiuˊ ngiunˊ ciiˋ

海陸拼音：bauˋ siuˋ ngiunˋ chiˊ

華語釋義：容忍羞愧、恥辱。

21.

四縣拼音：benˊ sangˊ iˇ suiˋ iˇ honˇ iˇ suiˋ

海陸拼音：benˋ sangˋ rhi shuiˊ rhi hon rhi shuiˊ

華語釋義：比喻弟子優於老師。

22.

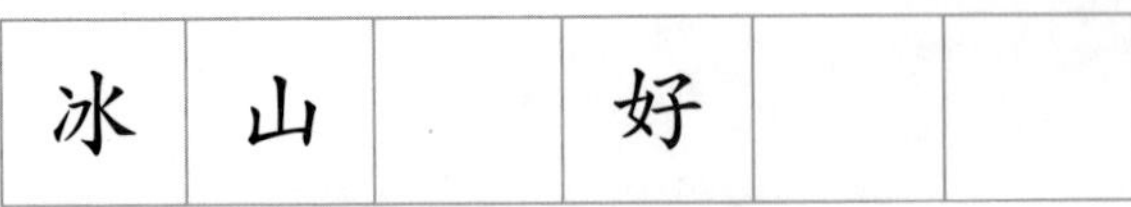

四縣拼音：benˊ sanˊ mˇ hoˋ iˊ ko

海陸拼音：benˋ sanˋ m hoˊ rhiˋ koˇ

華語釋義：一座冰山是不可信任的；必定會有潛藏的問題。

23.

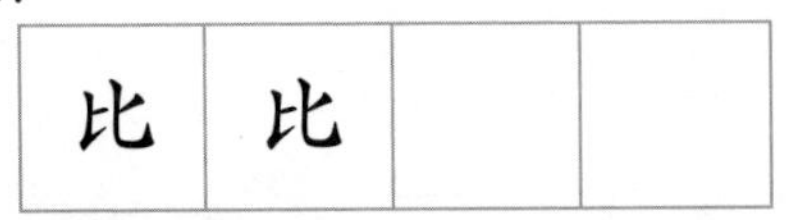

四縣拼音：biˋ biˋ bongˊ bongˊ

海陸拼音：biˊ biˊ bongˋ bongˋ

華語釋義：老是與人攀比。

24.

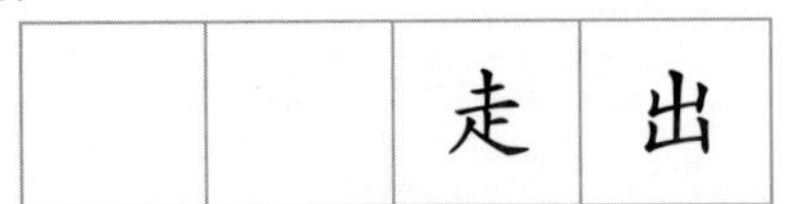

四縣拼音：biedˋ giogˋ zeuˋ cudˋ

海陸拼音：bied giog zeuˊ chud

華語釋義：喻露出馬腳。

25.

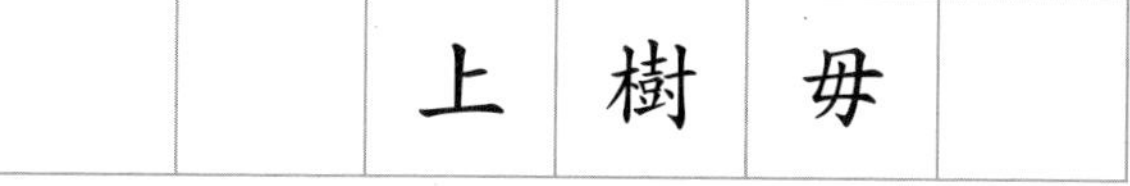

四縣拼音：bien heuˇ songˊ su mˇ dedˋ

海陸拼音：bienˇ heu shongˋ shu+ m ded

華語釋義：沒本事就不要逞強。

26.

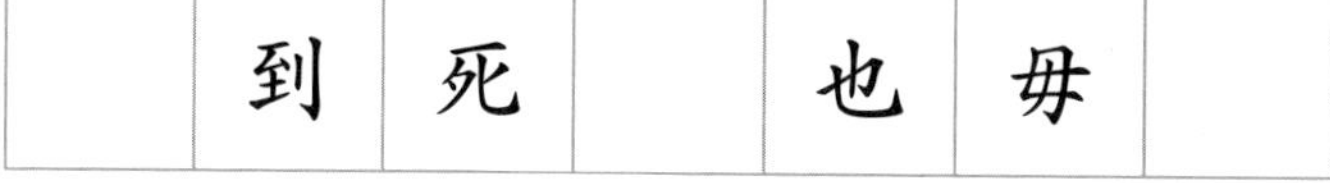

四縣拼音：bien do xiˋ bien ia mˇ todˋ

海陸拼音：bien+ doˇ siˊ bien+ rha+ m tod

華語釋義：多說無益!不用浪費唇舌。

27.

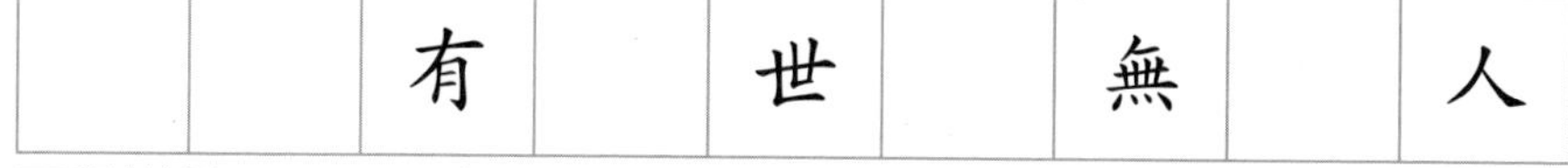

四縣拼音：bo in iuˊ linˇ sii gienˊ moˇ ogˋ nginˇ

海陸拼音：boˇ rhinˇ rhiuˋ lin sheˇ gienˋ mo og ngin

華語釋義：別太天眞，自己騙自己。

28.

四縣拼音：bogˋ giogˋ jiˋ moi

海陸拼音：bog giog ziˊ moiˇ

華語釋義：指嫁出去的女兒，因病去世後，男方續娶一婦爲繼室。男方爲了繼續維持雙方姻親關係，此一繼室，遂認丈夫前妻娘家的父母爲父母。娘家也認她爲繼女。

29.

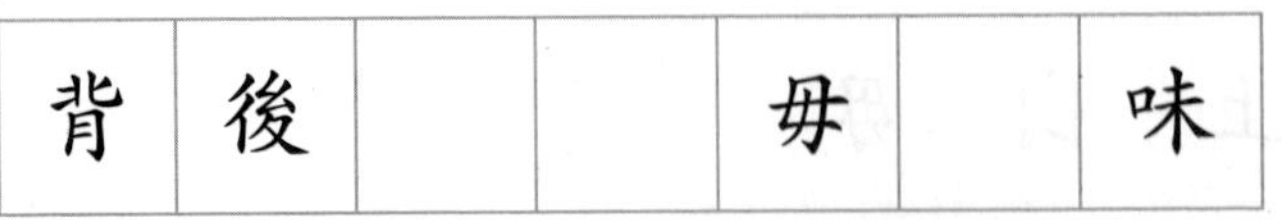

四縣拼音：boi heuˊ tiamˊ iamˇ mˇ ngib mi

海陸拼音：boiˇ heu+ tiamˋ rham m ngibˋ mui+

華語釋義：事後補償，失了意義。

30.

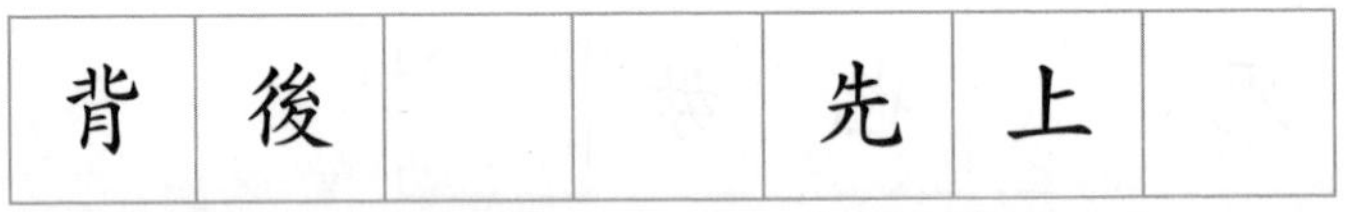

四縣拼音：boi heu log sonˇ xienˊ songˊ ngan

海陸拼音：boiˇ heu+ logˋ shon senˋ shongˋ ngan+

華語釋義：比喻後進先升官。

31.

四縣拼音：boi boi ma fongˇ di

海陸拼音：boiˇ boiˇ maˇ fong diˇ

華語釋義：再怎麼罵也發揮不了什麼作用，只是一種「心靈刑求」。

32.

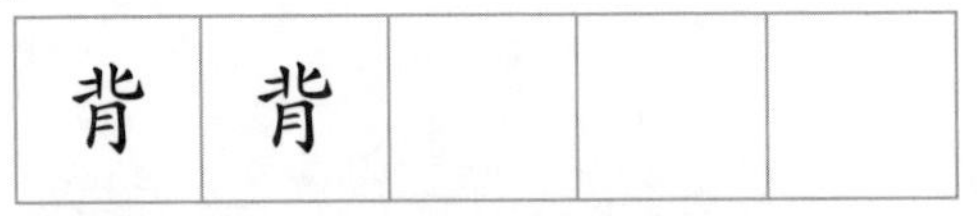

四縣拼音：boi boi gongˋ fai nginˇ

海陸拼音：boiˇ boiˇ gongˊ faiˊ ngin

華語釋義：在背後批評他人，對人指指點點。

33.

四縣拼音：bu` teuˇ qid` ga´ xiog` mˇ ded` qid` ga´ biang

海陸拼音：bu´ teu cid ga` siog m ded cid ga` biangˇ

華語釋義：比喻有很多事情不是自己可以去完成的。

34.

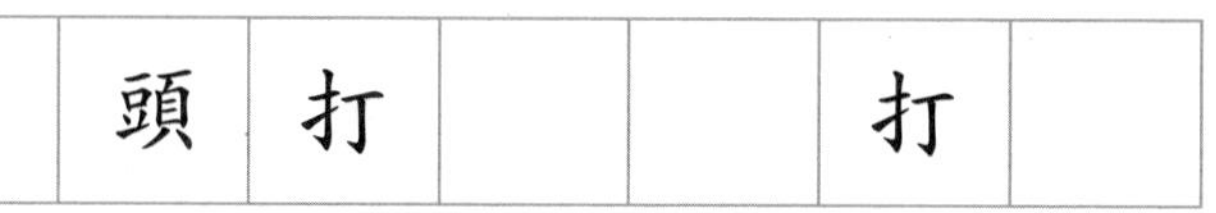

四縣拼音：bu` teuˇ da` cog` cog` da` su

海陸拼音：bu´ teu da´ cog cog da´ shu+

華語釋義：要把一件事情完成，其中所有的東西環環相扣。

35.

四縣拼音：bud` ded` jin siin´

海陸拼音：bud ded zinˇ shin`

華語釋義：指無法參與或干涉特定事件。

36.

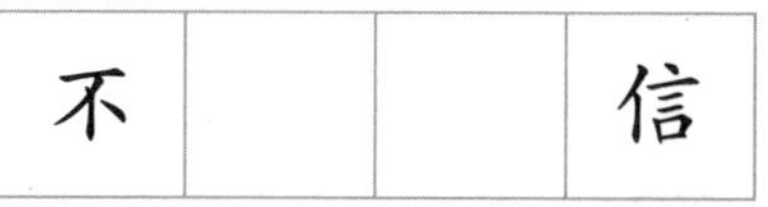

四縣拼音：bud` ngib gon´ xin

海陸拼音：bud ngib` gon` sinˇ

華語釋義：不爲法官所採信。

37.

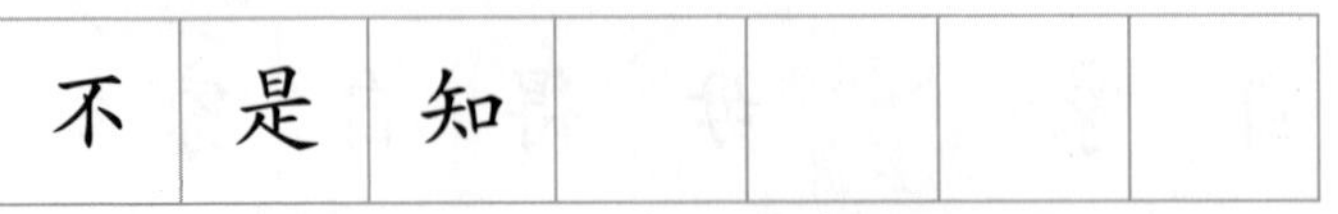

四縣拼音：bud` sii di´ im´ mog i´ tamˇ

海陸拼音：bud shi+ di` rhim` mog` rhi` tam

華語釋義：知心話只能說給知心人來聽。

38.

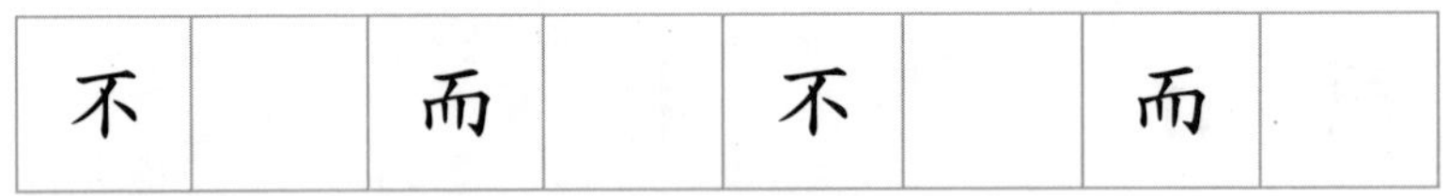

四縣拼音：bud` id iˇ bi´ bud` guangˇ iˇ zeu`

海陸拼音：bud rhid` rhi bui` bud guang rhi zeu´

華語釋義：比喻物品無故遺失；事物不用推廣，也能迅速傳播。

39.

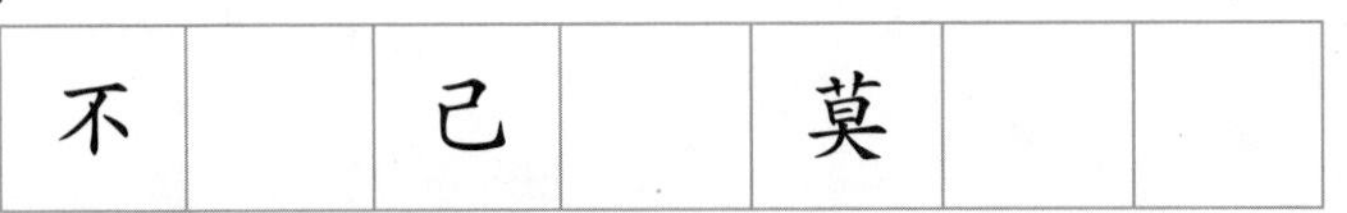

四縣拼音：bud` gon´ gi` sii mog dong´ teuˇ

海陸拼音：bud gon` gi´ sii+ mog` dong` teu

華語釋義：與自己不相關的事情，少管爲妙，以免惹事生非，給自己添麻煩。

40.

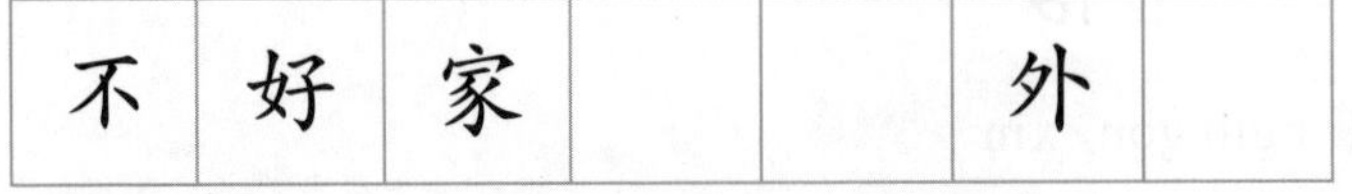

四縣拼音：bud` ho` ga´ siinˇ teu ngoi gui`

海陸拼音：bud ho´ ga` shin teuˇ ngoi+ gui´

華語釋義：比喻自己內部的人與外面的人勾結互通，做出不利的事。

41.

四縣拼音：bunˊ zeuˋ budˋ fongˇ

海陸拼音：bunˋ zeuˊ bud fong

華語釋義：指時間急迫，無法完成任務。

42.

四縣拼音：bunˋ piˇ bunˋ ngiugˋ

海陸拼音：bunˊ pi bunˊ ngiug

華語釋義：完整的皮肉；指無懈可擊。

43.

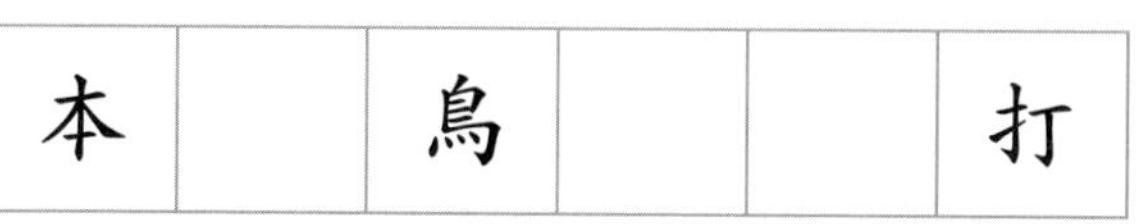

四縣拼音：bunˋ cunˊ diauˊ gagˋ cunˊ daˋ

海陸拼音：bunˊ cunˋ diauˋ gag cunˋ daˊ

華語釋義：本地的鳥，總是被視爲平凡的，因此沒有人理會；然飛到外莊，身分重要起來，儼然成爲珍寶。

44.

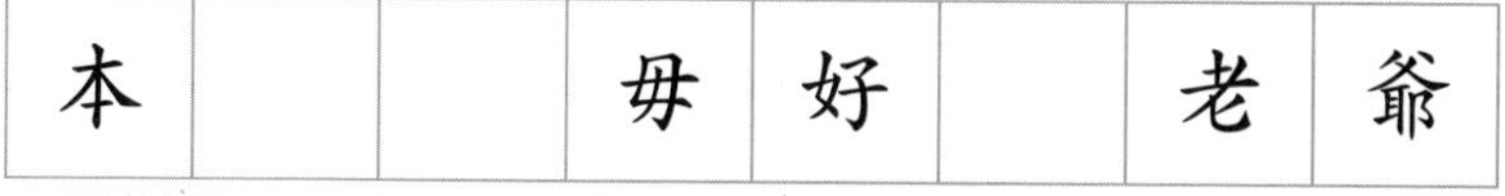

四縣拼音：bunˋ ti zongˊ mˇ hoˋ kadˋ loˋ iaˇ

海陸拼音：bunˊ ti$^+$ zhongˋ m hoˊ kad loˊ rha

華語釋義：別用當地的樹刻下你的偶像。暗指對自己的國家沒信心、沒有榮譽感。

45.

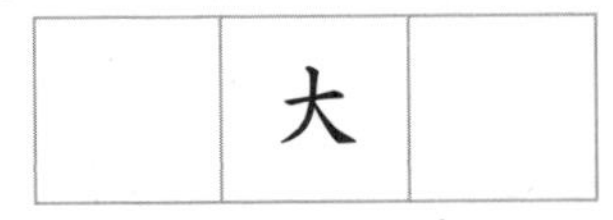

四縣拼音：bungˋ tai giogˋ

海陸拼音：bungˊ tai⁺ giog

華語釋義：攀附、投靠上位的形象說法，也就是「攀龍附鳳」。

C

1.

四縣拼音：caˋ nginˇ ge mien piˇ

海陸拼音：chaˊ ngin gaiˇ mienˇ pi

華語釋義：比喻不給面子。

2.

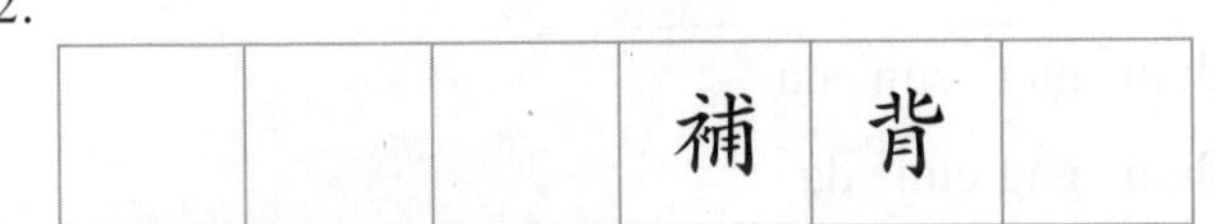

四縣拼音：caˋ samˊ giˊ buˋ boi nongˇ

海陸拼音：chaˊ samˋ giˋ buˊ boiˇ nong

華語釋義：比喻窮困的人捉襟見肘、左支右絀、顧此失彼的窘境。或喻徒勞無功。

3.

四縣拼音：cabˋ ngiˋ iuˇ iangˇ

海陸拼音：cab ngiˊ rhiu rhang

華語釋義：舊時軍人犯罪，插箭於耳，以行示於營中。

4.

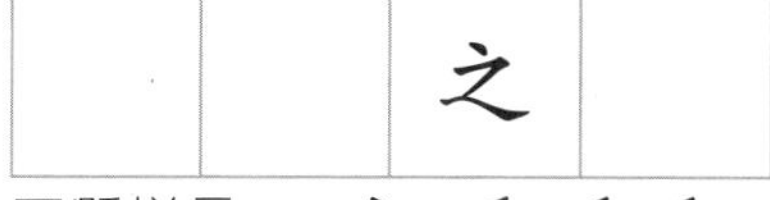

四縣拼音：caiˋ xinˊ ziiˊ iuˊ

海陸拼音：caiˊ sinˋ ziiˋ rhiuˋ

華語釋義：指生病了，不能出外取柴煮飯。自稱生病的委婉之詞。

5.

四縣拼音：caiˋ kiunˇ siib gui

海陸拼音：caiˊ kiun shibˋ guiˇ

華語釋義：士人入學稱爲採芹；拾桂指取其清香高潔，拾得光榮稱號。

6.

四縣拼音：cai nginˇ suˋ hong giogˋ haˊ

海陸拼音：cai+ ngin shiuˊ hong+ giog haˋ

華語釋義：做事沒有任何目的或決定；任人擺佈。

7.

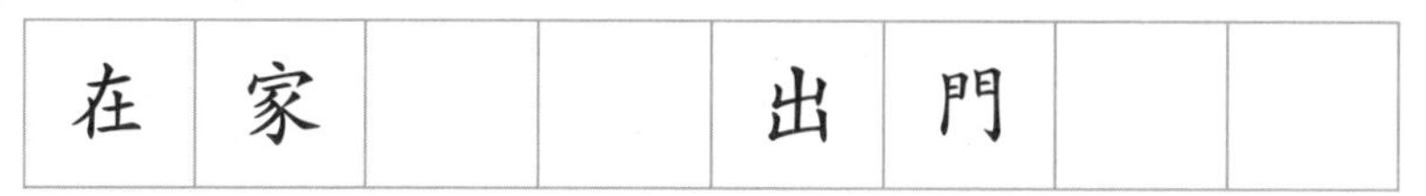

四縣拼音：cai gaˊ gienˊ fongˇ cudˋ munˇ lungˊ xiongˊ

海陸拼音：cai+ gaˋ gienˋ fong chud mun lungˋ siongˋ

華語釋義：在家就守衛自己的房子，出門在外則要看好隨身的行李。

8.

四縣拼音：cagˋ nginˇ idˋ gienˊ vugˋ bunˊ moˇ idˋ de ngaˋ

海陸拼音：cag ngin rhid gienˋ vug funˋ mo rhid deˇ ngaˊ

華語釋義：即便你們拆掉了他的房子，你們每個人也都不會有一塊磚瓦可得；不用妄想得到不屬於自己的財物。

9.

四縣拼音：camˊ ciimˊ moˇ siid bunˋ

海陸拼音：camˋ chimˋ mo shidˋ bunˊ

華語釋義：說明凡事小心謹慎，以防失誤，方能順利完成要做的事項。

10.

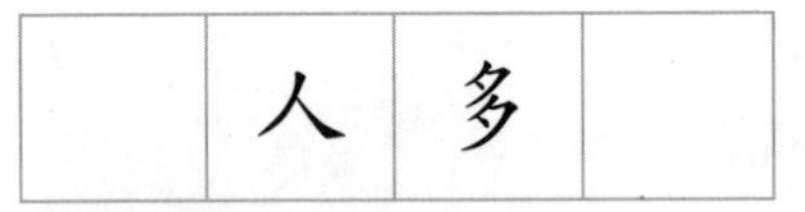

四縣拼音：cau nginˇ doˊ ciiˇ

海陸拼音：cauˇ ngin doˋ cii

華語釋義：急躁的人話多。

11.

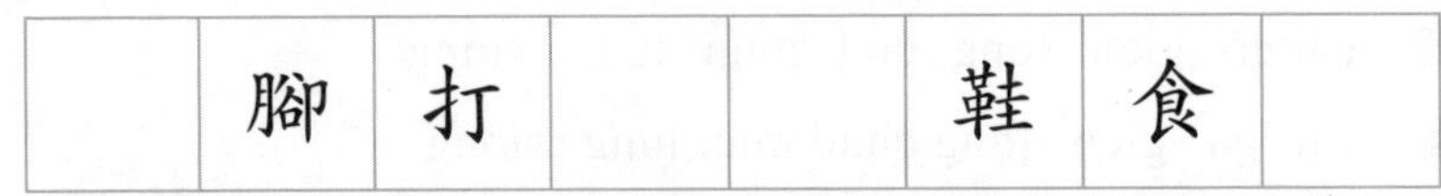

四縣拼音：cagˋ giogˋ daˋ lug zogˋ haiˇ siid ngiugˋ

海陸拼音：chag giog daˊ lugˋ zhog hai shidˋ ngiug

華語釋義：生活比較困苦的人，都要辛苦地使用勞力來討生活；而享受利益的人，卻是不從事生產的有錢人。

12.

四縣拼音：ceˇ gaˊ oi hangˇ

海陸拼音：ce gaˋ oiˇ hang

華語釋義：家族成員能夠齊心協力、和睦相處、共同前進。

13.

四縣拼音：ceˇ gaˊ liongˋ budˋ xiongˊ kuiˊ

海陸拼音：ce gaˋ liongˊ bud siongˋ kuiˋ

華語釋義：雙方相互公平行事，誰也不占誰的便宜。

14.

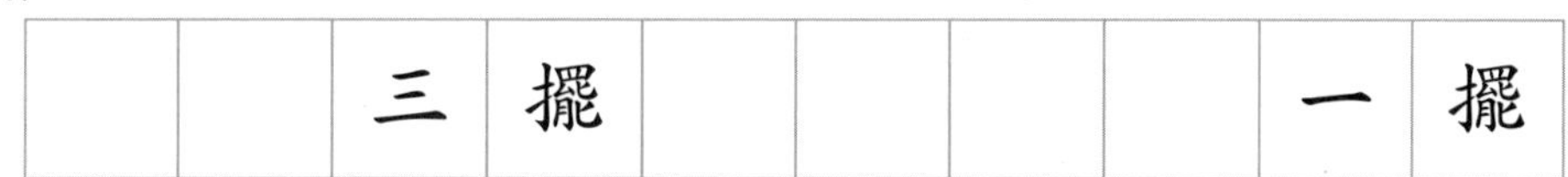

四縣拼音：ced teuˊ samˊ baiˋ mˇ dong foˋ seuˊ idˋ baiˋ

海陸拼音：cedˋ teuˋ samˋ baiˊ m dongˇ foˊ shauˋ rhid baiˊ

華語釋義：小心防火，火災比賊偷數次的後果更可怕。

15.

四縣拼音：ced mugˋ fun ngoi ziinˊ

海陸拼音：cedˋ mug funˋ ngoi⁺ zhinˋ

華語釋義：小偷的眼睛特別銳利；小人善於察言觀色。

16.

四縣拼音：ced moˇ teu ban lu zeuˋ

海陸拼音：cedˋ mo teuˇ banˇ lu+ zeuˊ

華語釋義：如果小偷沒有完全的準備，他就會放棄他的計劃。小人通常會有周全的計謀。

17.

四縣拼音：ced du moˇ anˋ hieuˊ

海陸拼音：cedˋ du+ mo anˊ hiauˋ

華語釋義：（行事）比一個小偷還糟糕！

18.

四縣拼音：ced he seuˋ nginˇ zii go giunˊ ziiˋ

海陸拼音：cedˋ heˇ siauˊ ngin zhiˇ goˇ giunˋ ziiˊ

華語釋義：比喻賊偷雖然品行低劣，但是往往機智過品德高尚的人。

19.

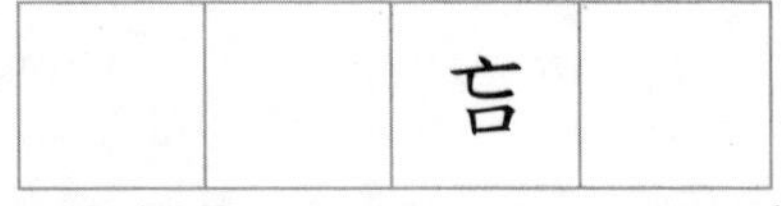

四縣拼音：ced zai mangˇ manˊ

海陸拼音：cedˋ zaiˇ mang manˋ

華語釋義：小偷的債務還沒有完成，意指還沒有被抓到而已。

20.

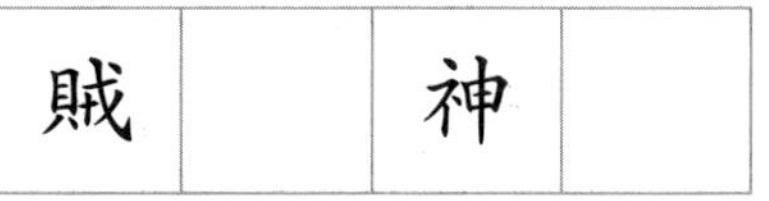

四縣拼音：ced senˊ siinˇ hienˋ

海陸拼音：cedˋ siangˋ shin hienˊ

華語釋義：這小偷還在過他的逍遙日子；還沒被抓到。

21.

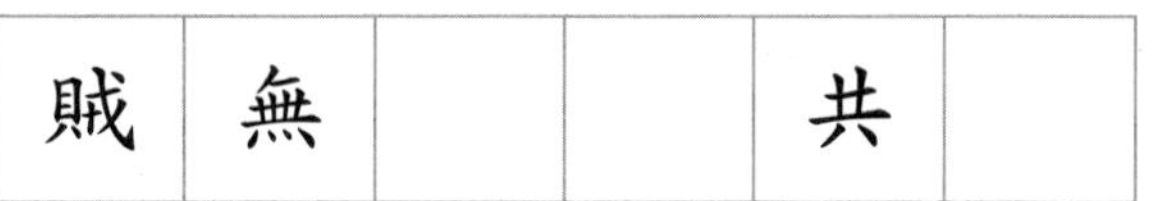

四縣拼音：ced moˇ zungˋ xiong kiung lungˊ

海陸拼音：cedˋ mo zhungˊ siong+ kiung+ lungˋ

華語釋義：偷竊不一定是遺傳的，而是來自損友。

22.

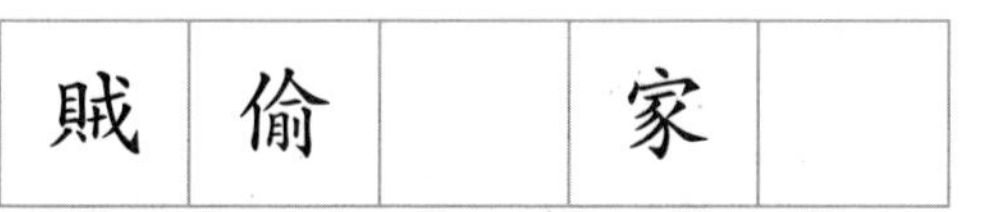

四縣拼音：ced teuˊ soiˊ gaˊ coiˇ

海陸拼音：cedˋ teuˋ soiˋ gaˋ coi

華語釋義：小偷專偷時運不濟的人家；家庭不和諧，常生事端，雞犬不寧就容易破財。

23.

四縣拼音：ceu xiong doˋ ti qienˊ gimˊ

海陸拼音：seuˇ siong+ doˊ ti+ cienˋ gimˋ

華語釋義：即使是一隻瘦得可憐的大象也重於一千頭牛；根本沒得比。

24.

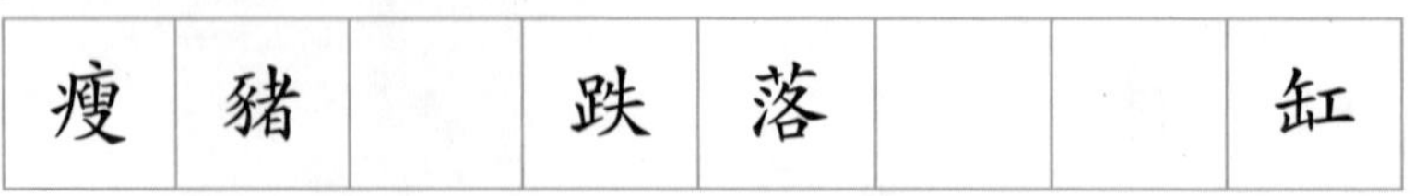

四縣拼音：ceu zuˊ maˇ diedˋ log piˇ ziibˋ gongˊ

海陸拼音：seuˇ zhuˋ ma died logˋ pui zhib gongˋ

華語釋義：用豐盛的廚餘餵養瘦母豬，她就會發胖；養活窮人，他們就會茁壯成長。

25.

四縣拼音：ceu ngiuˇ maˇ tai giogˋ banˋ

海陸拼音：seuˇ ngiu ma tai^{+} giog banˊ

華語釋義：諷人好充面子。

26.

四縣拼音：ceuˇ liˊ moˇ nginˇ mog mong gonˊ

海陸拼音：chau liˋ mo ngin mogˋ mong^{+} gonˋ

華語釋義：官場中沒有親朋好友等人爲靠山，就不要向該處求發展；比喻人際關係的重要。

27.

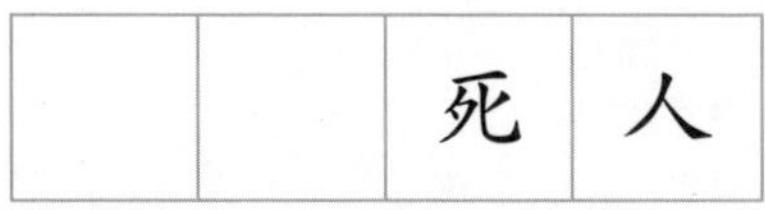

四縣拼音：cii loˇ xiˋ nginˇ

海陸拼音：chi^{+} lo siˊ ngin

華語釋義：過度憂勞以致死亡。

28.

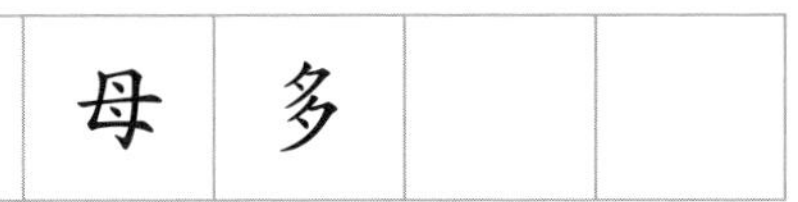

四縣拼音：ciiˇ muˊ doˊ pai iˇ

海陸拼音：cii muˋ doˋ pai+ rhi

華語釋義：意味寵溺會導致子女的偏差觀念，嚴格並有條理地指導才能夠教導出觀念純正的後代。

29.

四縣拼音：cii hi cii loiˇ liongˇ song ien

海陸拼音：cii+ hiˇ cii+ loi liong shong+ rhanˇ

華語釋義：梁上的燕子自由自在地飛來飛去。

30.

直		直		一	生		爛	
	腸		肚	門	前		馬	

四縣拼音：ciid congˇ ciid duˋ idˋ senˊ zogˋ lan fu
vangˇ congˇ diau duˋ munˇ qienˇ toˇ maˊ guˋ

海陸拼音：chidˋ chong chidˋ duˊ rhid senˋ zhog lan+ fuˇ
vang chong diauˇ duˊ mun cien to maˋ guˊ

華語釋義：意指口無遮攔，出言率直的人，不易在複雜社會中討人喜愛；如若善體上意，察言觀色，或許頗受青睞，平步青雲。

31.

四縣拼音：ciimˇ suiˋ fuˇ kiˇ

海陸拼音：chim shuiˊ fu ki

華語釋義：指一個會在背後捅刀子的人。

32.

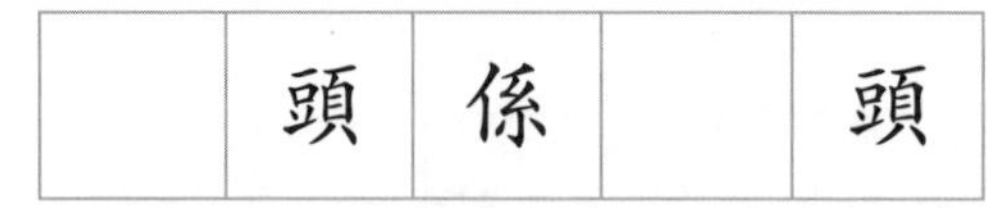

四縣拼音：ciin teuˇ he lu teuˇ

海陸拼音：chinˇ teu heˇ lu$^+$ teu

華語釋義：做生意，在秤頭上給予顧客適當的便宜，是打開生意前途的訣竅。

33.

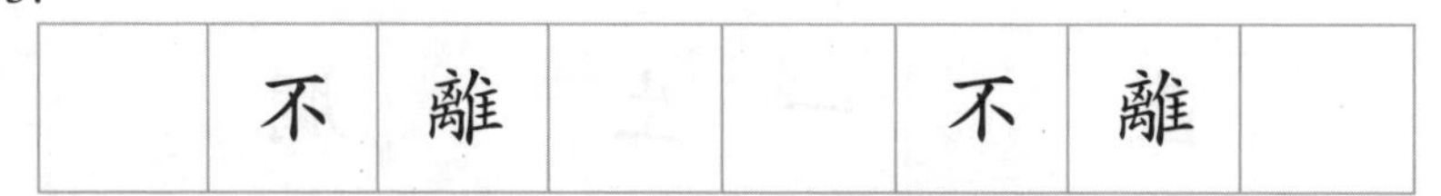

四縣拼音：ciin budˋ liˇ toˇ gungˊ budˋ liˇ poˇ

海陸拼音：chinˇ bud li to gungˋ bud li po

華語釋義：比喻二者形影不離、時時在一起或二者很相配。

34.

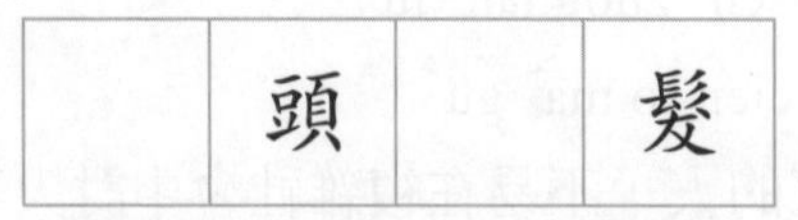

四縣拼音：coˋ teuˇ giedˋ fadˋ

海陸拼音：coˊ teu gied fad

華語釋義：新娘和新郎的頭髮相互捆綁；指年少時就結婚。

35.

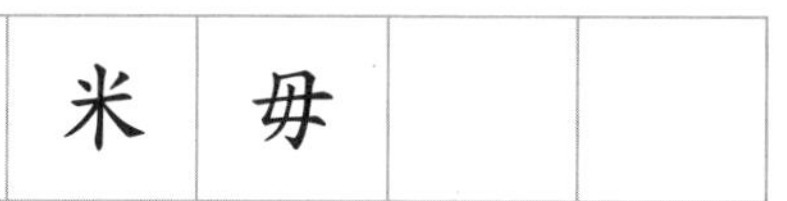

四縣拼音：co miˋ mˇ samˋ doi

海陸拼音：coˇ miˊ m shamˊ doiˇ

華語釋義：比喻負責任的人，不會逃避自己應負的責任。

36.

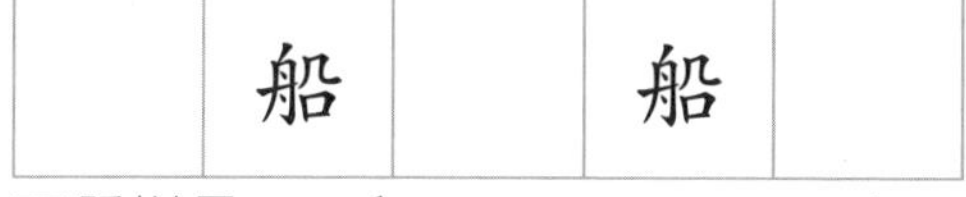

四縣拼音：coˊ sonˇ mong sonˇ zeuˋ

海陸拼音：coˋ shon mong+ shon zeuˊ

華語釋義：比喻自己已上船，就希望船快點開航，顯現人性的自私面。

37.

四縣拼音：coˊ gin qiong kamˊ kiung iong

海陸拼音：coˋ ginˇ ciongˇ kamˋ kiung+ rhong+

華語釋義：坐在那裡，像尊大佛一樣；指坐着不動／工作的人。

38.

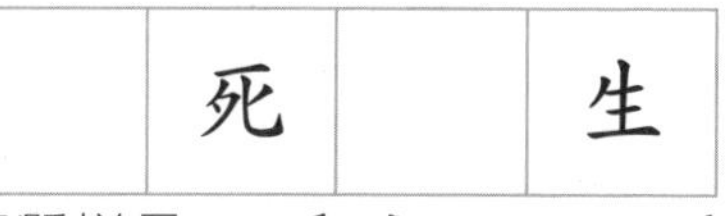

四縣拼音：coˊ xiˋ hiong sangˊ

海陸拼音：coˋ siˊ hiongˇ sangˋ

華語釋義：願意冒生命危險做事。

39.

四縣拼音：co zog` mo˅ co biong

海陸拼音：co˅ zug mo co˅ biong˅

華語釋義：（指官員）只會錯判，很少會錯縱囚犯。

40.

四縣拼音：co ngib mo˅ co cud`

海陸拼音：co˅ ngib` mo co˅ chud

華語釋義：計算錯誤有利於賣方而不是買方；指商人攻於算計。

41.

四縣拼音：co giog` zeu` cud` loi˅

海陸拼音：co˅ giog zeu´ chud loi

華語釋義：指露出馬腳。

42.

四縣拼音：coi˅ ped sii gie i´ mo ngien˅

海陸拼音：coi ped` she˅ gai˅ rhi` mo⁺ ngien

華語釋義：當一個人有財富及權力時，其華服、頭飾都備受重視。

43.

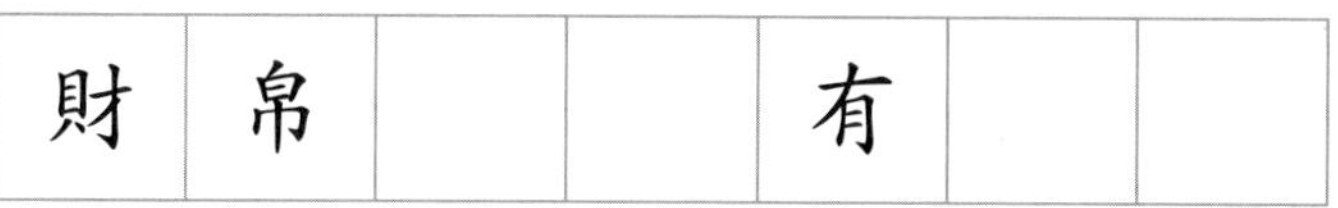

四縣拼音：coiˇ ped iˇ ngˋ iuˊ tin fun

海陸拼音：coi pedˋ rhi ngˊ rhiuˋ tin^{+} funˋ

華語釋義：一個人的兒女將來是否富有，是根據天命的，強求不得。

44.

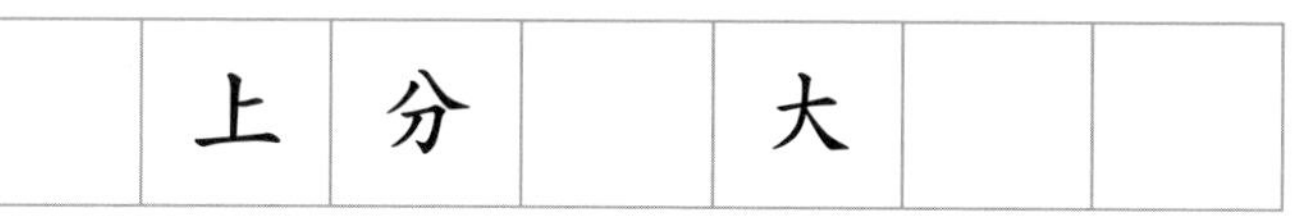

四縣拼音：coiˇ song funˊ minˇ tai cong fuˊ

海陸拼音：coi shong^{+} funˋ min tai^{+} chong^{+} fuˋ

華語釋義：在錢財上能夠做到光明磊落、公正無私的人才能被稱爲是大丈夫。

45.

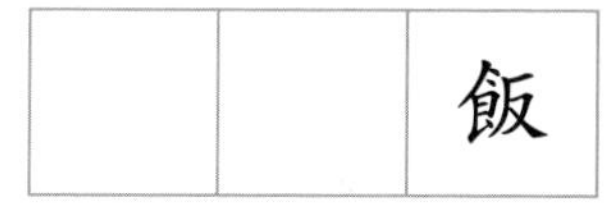

四縣拼音：conˊ teuˇ fan

海陸拼音：conˋ teu pon^{+}

華語釋義：普通的飯菜。

46.

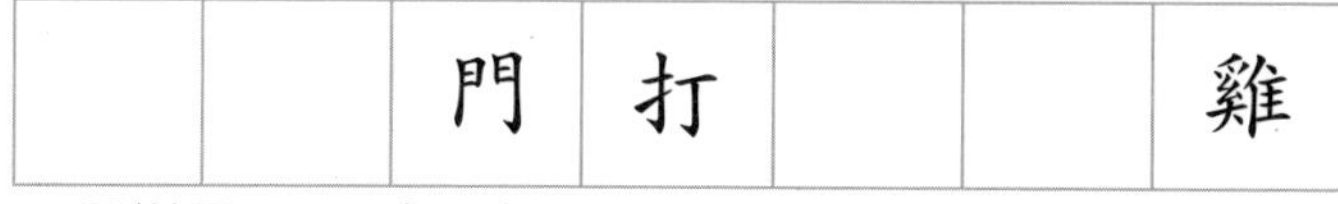

四縣拼音：conˊ ginˋ munˇ daˋ baiˊ giogˋ gieˊ

海陸拼音：conˋ ginˊ mun daˊ bai giog gaiˋ

華語釋義：指攤商占盡了便宜。

47.

四縣拼音：zong iˇ ngˇ bied` zii´ bug`

海陸拼音：zongˇ rhi ng bied zii` bug

華語釋義：指淹死於水中。

48.

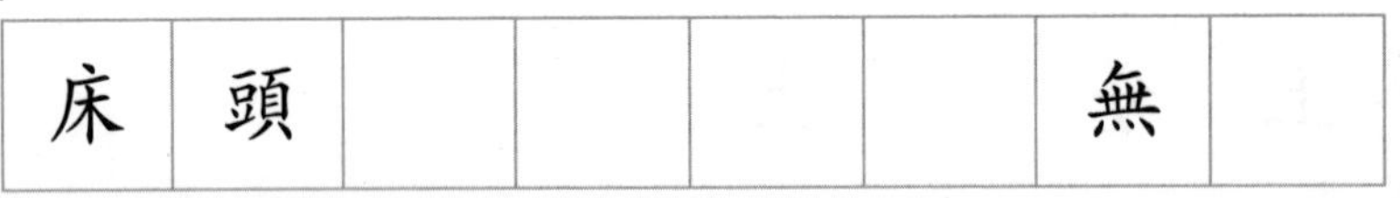

四縣拼音：congˇ teuˇ gim´ qin zong sii vuˇ ngienˇ

海陸拼音：cong teu gim` cin+ zongˇ sii+ vu ngan

華語釋義：謂身邊錢財耗盡，陷於貧困境地。出自唐張籍《行路難》。

49.

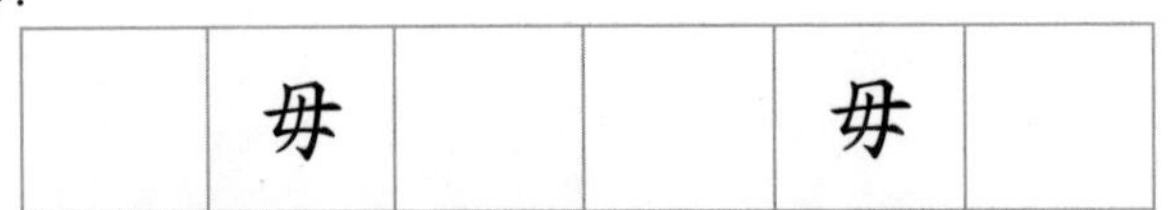

四縣拼音：cong mˇ vangˇ sii` mˇ hangˇ

海陸拼音：cong+ m vang sii´ m hang

華語釋義：古訟師的狀子，做得越歪曲、越強詞奪理，越有勝算。

50.

四縣拼音：cod` teuˇ mˇ di´ fung´

海陸拼音：cod teu m di` fung`

華語釋義：指毫無知覺。

51.

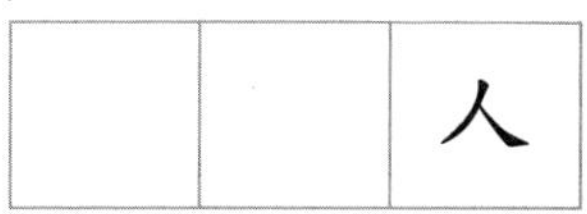

四縣拼音：cog fad` nginˇ

海陸拼音：chog` fad ngin

華語釋義：指派一個人去行事。

52.

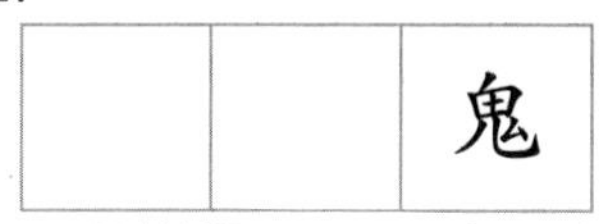

四縣拼音：cog so` gui`

海陸拼音：chog` so´ gui´

華語釋義：導致嬰兒（異教徒）死亡的靈魂。

53.

四縣拼音：coi´ den´ fad` sii

海陸拼音：choi` den` fad shi+

華語釋義：（在祕密的社團）熄燈宣誓；暗中進行地下作業。

54.

四縣拼音：con´ xim´ gun`

海陸拼音：chon` sim` gun´

華語釋義：盤子裡的水都沸騰了；指內心澎湃。

55.

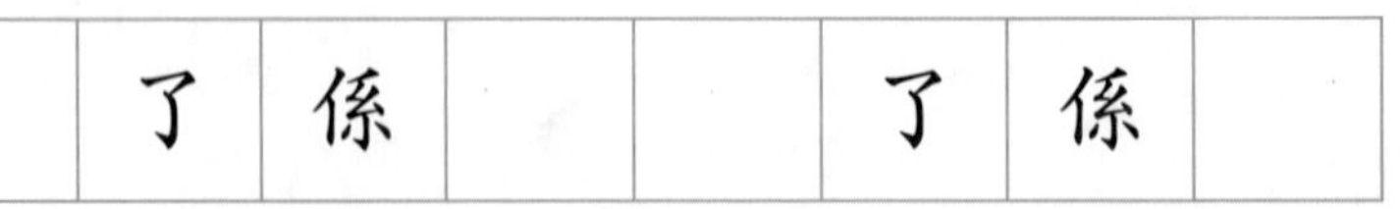

四縣拼音：conˊ liauˋ he iˊ xiˋ liauˋ he qiˊ

海陸拼音：chonˋ liauˊ heˇ rhiˋ siˊ liauˊ heˇ ciˋ

華語釋義：要珍惜你現在所擁有的，不要等到失去了才來後悔！

56.

四縣拼音：conˇ suˋ boˋ

海陸拼音：chon shiuˊ boˊ

華語釋義：家中世代相傳的奇珍異寶。

57.

四縣拼音：con to bunˊ piˇ

海陸拼音：chonˇ to^{+} bunˋ pui

華語釋義：與盜賊同夥。

58.

四縣拼音：con doˊ seuˋ loiˇ daˋ gaˊ fongˊ

海陸拼音：con^{+} doˋ shauˊ loi daˊ gaˋ fongˋ

華語釋義：掙一點錢來支付家庭開支。

59.

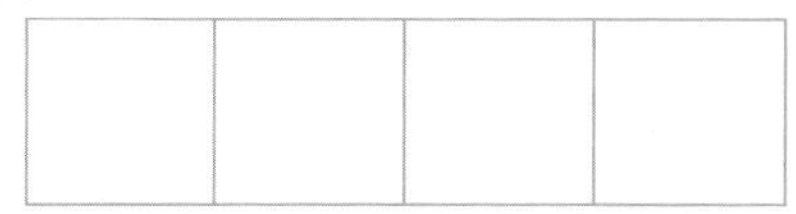

四縣拼音：cong´ iu´ lid zud`

海陸拼音：chong` rhiu` lid` zud

華語釋義：地位低下，屬於下九流的娼妓、戲子、衙役、走卒。

60.

四縣拼音：congˇ giang` diau´ zui` siid nginˇ gud` suiˇ

海陸拼音：chong giang´ diau` zhoiˇ shid` ngin gud sui

華語釋義：長頸尖嘴。形容人尖刻的相貌。出自《史記．卷四一．越王句踐世家》：「越王爲人長頸鳥喙，可與共患難，不可與共樂。」

61.

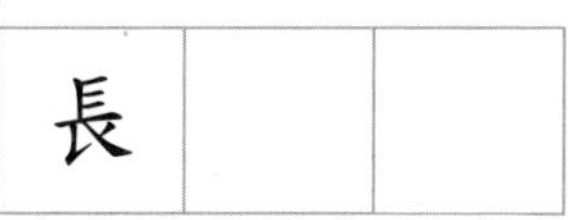

四縣拼音：congˇ sen´ ban`

海陸拼音：chong sen` ban´

華語釋義：指棺材。

62.

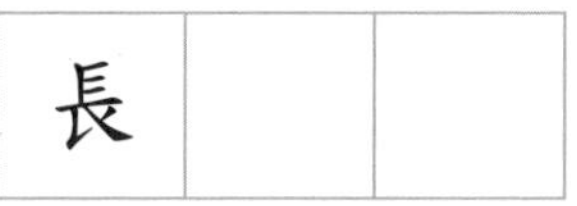

四縣拼音：congˇ lu ban´

海陸拼音：chong lu+ ban`

華語釋義：指行乞的人。

63.

四縣拼音：congˇ ji` moi don` iaˇ ngiongˇ

海陸拼音：chong zi´ moiˇ don´ rha ngiong

華語釋義：與兄姊弟妹相處的日子比較長，跟父母相處的時日比較短。

64.

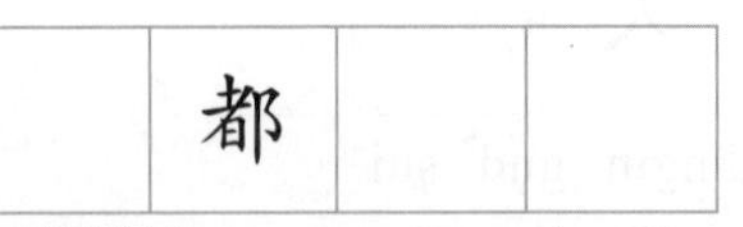

四縣拼音：congˇ du cu´ ton´

海陸拼音：chong du+ chiu` ton`

華語釋義：笑到腸快岔氣。

65.

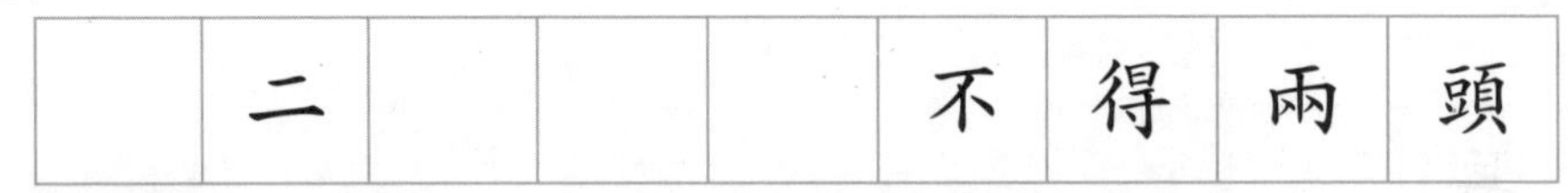

四縣拼音：cong ngi zug` tungˇ em´ bud` ded` liong` teuˇ

海陸拼音：cong+ ngi+ zhug tung em` bud ded liong´ teu

華語釋義：比喻對某件事情的成因、發展等，感到莫名其妙或搞不清楚狀況。

66.

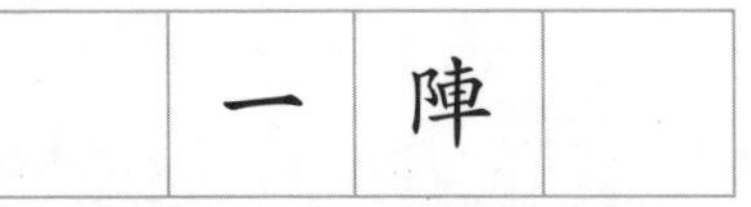

四縣拼音：cu´ id` ciin fung´

海陸拼音：chiu` rhid chin+ fung`

華語釋義：指一陣的抽搐。

67.

四縣拼音：cuˊ ginˊ sogˋ ngiugˋ

海陸拼音：chiuˋ ginˋ sog ngiug

華語釋義：身體抽筋痙攣。

68.

四縣拼音：cuˇ koiˊ neuˋ eˋ tonˊ tungˇ

海陸拼音：chu koiˋ neuˊ er tonˋ tung

華語釋義：我連一顆上衣的紐扣都沒有；毫無裝飾。

69.

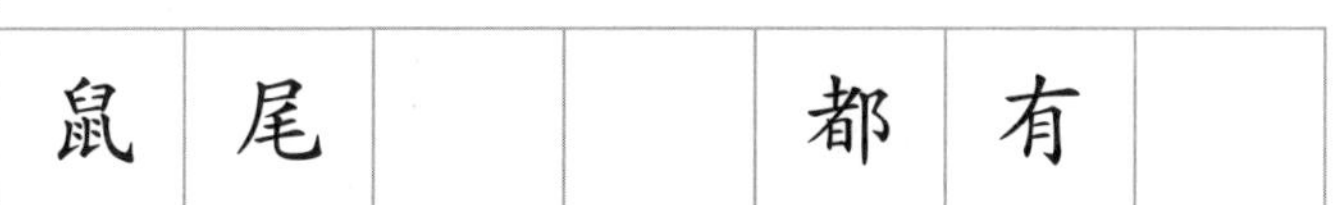

四縣拼音：cuˋ miˊ qiang zungˋ du iuˊ han

海陸拼音：chuˊ muiˋ ciang+ zhungˊ du+ rhiuˋ han+

華語釋義：卑鄙之人無法成大事。

70.

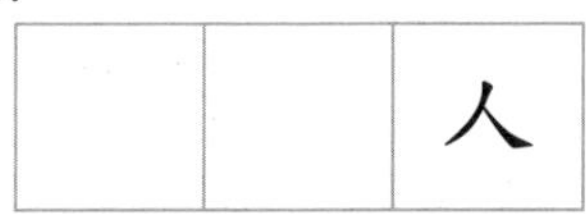

四縣拼音：zu qied nginˇ

海陸拼音：zhiuˇ ciedˋ ngin

華語釋義：咒罵他人至絕。

71.

四縣拼音：cuˋ iun diˊ iˋ

海陸拼音：cuˊ rhun+ diˋ rhiˊ

華語釋義：比喻從某些徵兆可以推知將會發生的事情。

72.

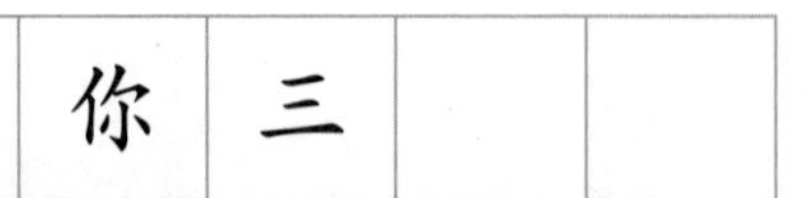

四縣拼音：cu ngˇ samˊ tungˊ guˋ

海陸拼音：cu+ ngi samˋ tungˋ guˊ

華語釋義：指激勵士氣，助長威風。

73.

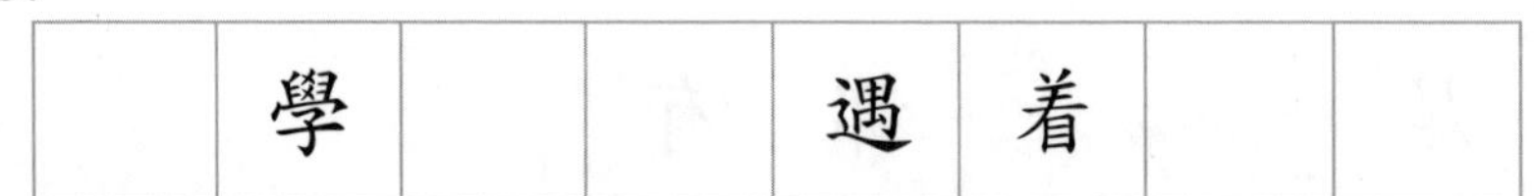

四縣拼音：cuˊ hog ti teuˇ ngi doˋ fuˇ xiˊ

海陸拼音：cuˋ hogˋ tiˇ teu ngi+ doˊ fu siˋ

華語釋義：比喻遇到不擅長又棘手的事。

74.

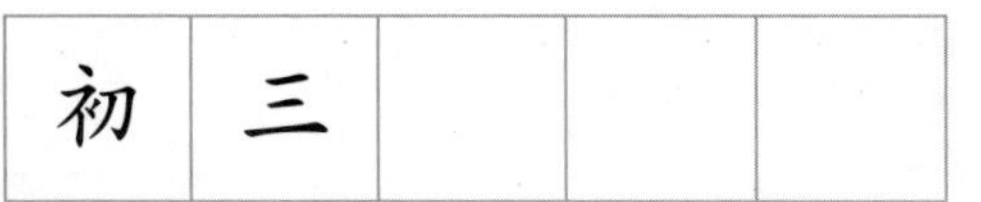

四縣拼音：cuˊ samˊ zaiˇ senˊ minˇ

海陸拼音：cuˋ samˋ zai senˋ min

華語釋義：陰曆每月初三日，月光始生。

75.

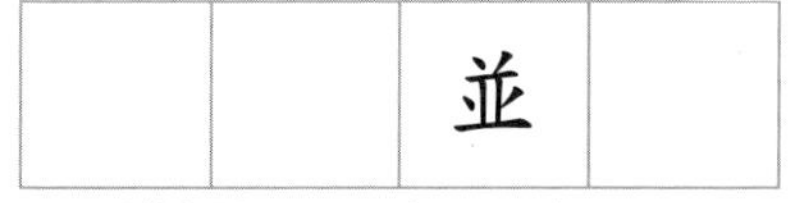

四縣拼音：cunˊ xienˊ bin meu

海陸拼音：chunˋ cienˋ binˇ meu+

華語釋義：比喻父母都健在。

76.

四縣拼音：cunˊ honˇ iˋ hiˋ ha honˇ qied liuˇ

海陸拼音：chunˋ hon rhiˊ hiˊ ha+ hon ciedˋ liu

華語釋義：春天寒冷表示會多下雨，夏天變冷則雨不多。

77.

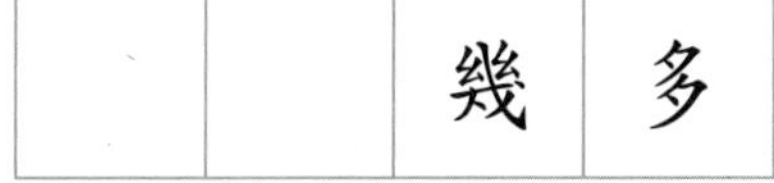

四縣拼音：cunˊ qiuˊ giˋ doˊ

海陸拼音：chunˋ ciuˋ giˊ doˋ

華語釋義：指問對方年齡的禮貌用字。

78.

四縣拼音：cunˊ qiuˊ dinˋ siin

海陸拼音：chunˋ ciuˋ dinˊ shinˇ

華語釋義：正當壯盛之年。

79.

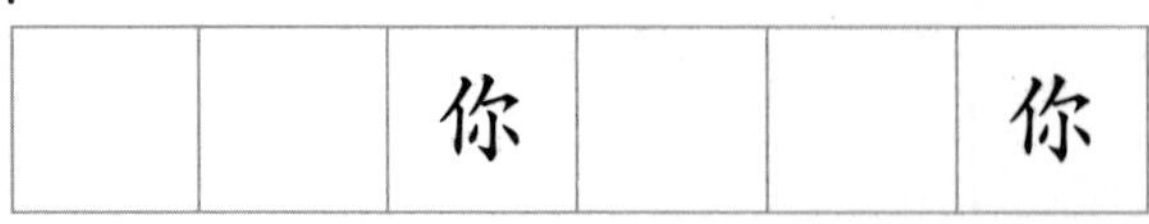

四縣拼音：cud` fu´ ngiˇ fan` fu´ ngiˇ

海陸拼音：chud fu`ngi fan´ fu` ngi

華語釋義：指人的言行反覆無常，前後自相矛盾。

80.

四縣拼音：cud` mien gong´ bo`

海陸拼音：chud mienˇ gong` bo´

華語釋義：表示沒有隱瞞的企圖。

81.

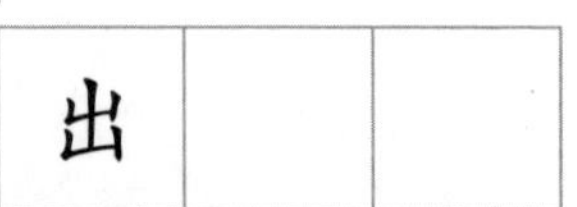

四縣拼音：cud` ca´ se

海陸拼音：chud ca` sheˇ

華語釋義：一般用在貶義，指丟人現眼或罵人很差勁。

82.

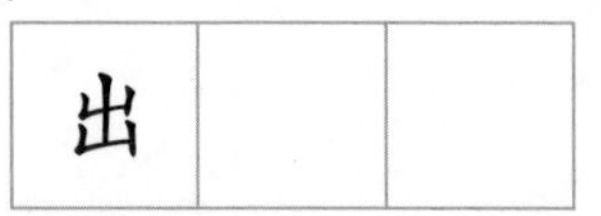

四縣拼音：cud` dam gon´

海陸拼音：chud damˇ gon`

華語釋義：適於承擔任事。

83.

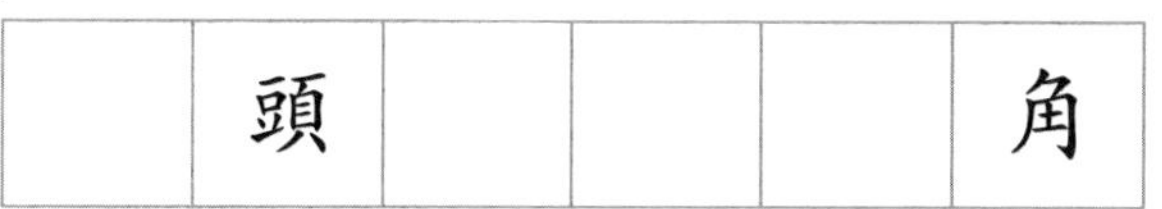

四縣拼音：cudˋ teuˇ gogˋ sunˋ teuˇ gogˋ

海陸拼音：chud teu gog sunˊ teu gog

華語釋義：每次出師都很不利。

84.

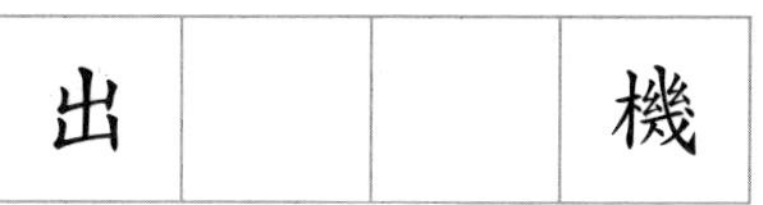

四縣拼音：cudˋ po sii giˊ

海陸拼音：chud poˇ sii+ giˋ

華語釋義：解開一個祕密；戳破天機。

85.

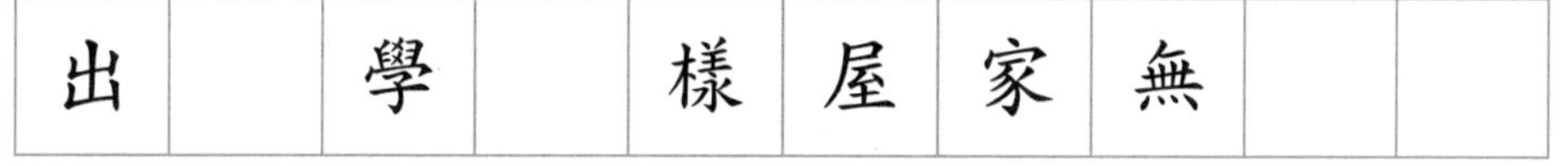

四縣拼音：cudˋ gieˊ hog gonˊ iong vugˋ haˊ moˇ miˋ biong

海陸拼音：chud gaiˋ hogˋ gonˋ rhong+ vug haˋ mo miˊ biongˇ

華語釋義：許多人喜歡擺門面裝闊，其實只不過是窮酸一世的人；比喻打腫臉充胖子。

86.

四縣拼音：cui koˋ qia ien vi bidˋ qin siidˋ

海陸拼音：cui+ koˊ cia+ rhanˇ vui+ bid cin+ shid

華語釋義：犯罪有可能被赦免，但怨恨不一定都能完全被忘記。

D

1.

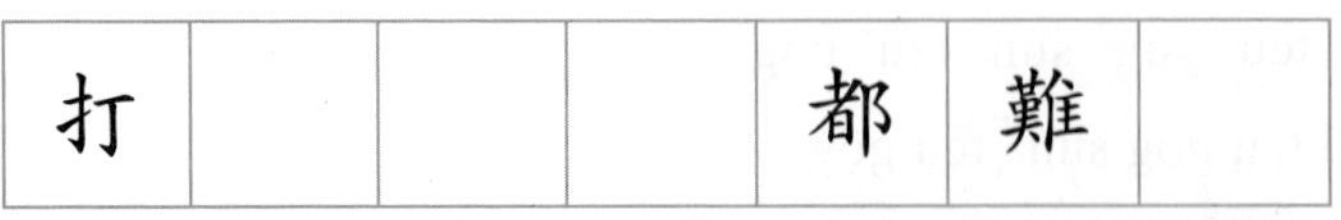

四縣拼音：daˋ ginˋ fan bauˊ du nanˇ qimˇ

海陸拼音：daˊ ginˊ pon⁺ bauˋ du⁺ nan cim

華語釋義：在任何地方都很難找到絕對完美的人物。

2.

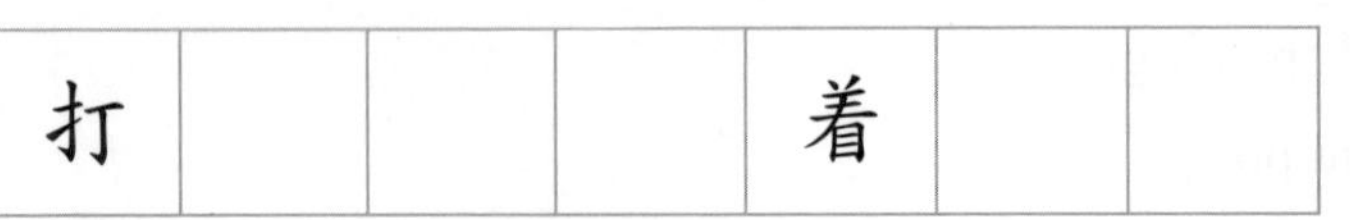

四縣拼音：daˋ fuˇ liˇ coˇ doˋ lo fuˋ

海陸拼音：daˊ fu li co doˊ loˊ fuˊ

華語釋義：無意中得到的或非本分所應得的東西。

3.

四縣拼音：daˋ fuˇ liˇ zogˋ lo fuˋ zongˊ

海陸拼音：daˊ fu li zog loˊ fuˊ zongˋ

華語釋義：只是去獵狐，卻準備了要打老虎的行頭；小題大作。

4.

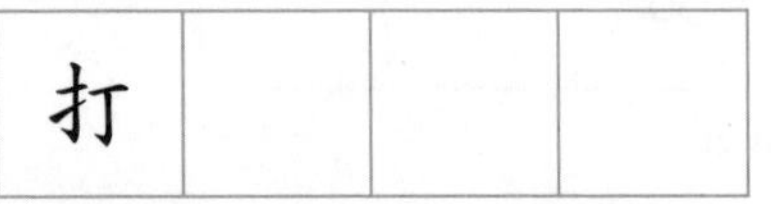

四縣拼音：daˋ hoˋ cuˊ cadˋ

海陸拼音：daˊ hoˊ cuˋ cad

華語釋義：打擊得非常嚴苛。

5.

四縣拼音：daˋ gieuˋ mˇ cudˋ munˇ

海陸拼音：daˊ gieuˊ m chud mun

華語釋義：指惡劣的天氣下，即使驅打狗，牠也不肯出去。

6.

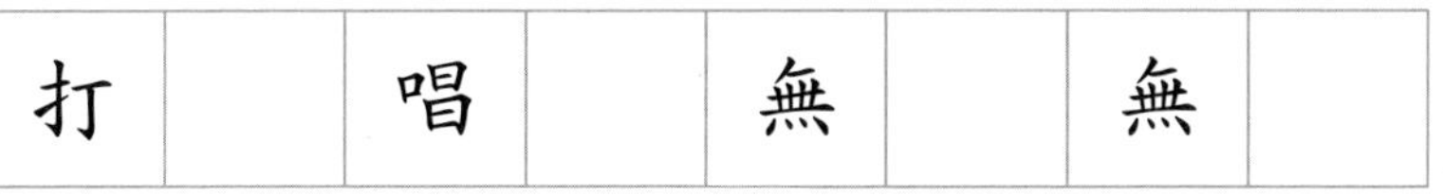

四縣拼音：daˋ kienˇ cong kiugˋ moˇ mien moˇ mugˋ

海陸拼音：daˊ kien chongˇ kiug mo mienˇ mo mug

華語釋義：（古時）拳擊和吹唱並不是文人紳士會做的事。帶有貶義。

7.

四縣拼音：daˋ kiedˋ siid mˇ he hoˋ hon

海陸拼音：daˊ kied shidˋ m heˇ hoˊ honˇ

華語釋義：責備欺負弱小的人，不是眞男人。

8.

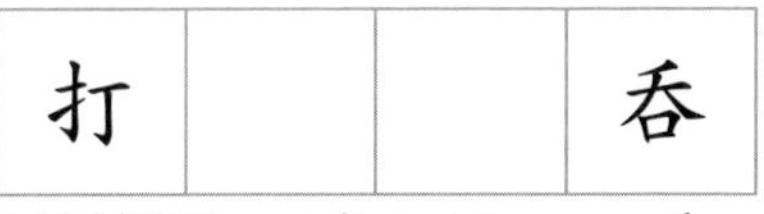

四縣拼音：daˋ fud lunˇ tunˊ

海陸拼音：daˊ fudˋ lun tunˋ

華語釋義：不經咀嚼就吞下肚；指沒有消化內容就照單全收。

9.

四縣拼音：daˋ maˊ du duiˊ mˇ doˋ

海陸拼音：daˊ maˋ du+ duiˋ m doˊ

華語釋義：意味別人的進度超前，很難超越。

10.

四縣拼音：daˋ mong fungˊ zeuˋ hi

海陸拼音：daˊ mong+ fungˋ zeuˊ hiˇ

華語釋義：懷抱希望去找機會。

11.

四縣拼音：daˋ ngˇ siid ngˇ siiˋ

海陸拼音：daˊ ng shidˋ ng shiˊ

華語釋義：指辛勤工作自己卻無福享受，有可惜、不值的感嘆。

12.

四縣拼音：daˋ ngˇ siin daˋ liab

moˇ idˋ panˇ iuˊ idˋ tiab

海陸拼音：daˊ ng shinˇ daˊ liabˋ

mo rhid pan rhiuˋ rhid tiabˋ

華語釋義：找容易上手的事來做，最起碼有基本的收穫。

13.

打	幫	人			
	打	幫	人		

四縣拼音：daˋ bongˊ nginˇ zo sanˊ

mog daˋ bongˊ nginˇ zo gonˊ

海陸拼音：daˊ bongˋ ngin zoˇ sanˋ

mogˋ daˊ bongˋ ngin zoˇ gonˋ

華語釋義：助人耕作山林是值得的，幫助一個人做裁判定案是沒有效益的。

14.

打		到		

四縣拼音：daˋ ban do vuˋ vuˋ

海陸拼音：daˊ banˇ doˇ vuˊ vuˊ

華語釋義：裝備齊全；全副武裝。

15.

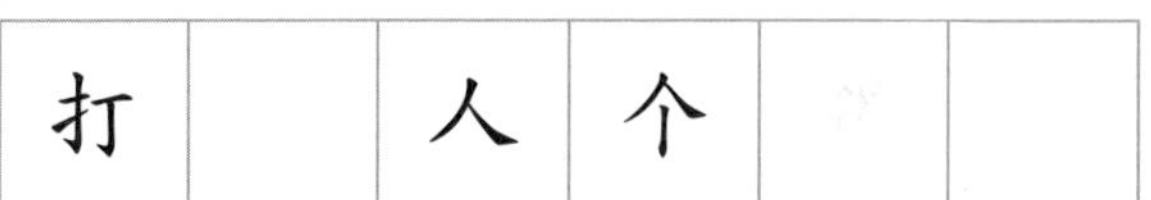

打		人	个		

四縣拼音：daˋ daiˊ nginˇ ge fonˊ hiˋ

海陸拼音：daˊ daiˋ ngin gaiˇfonˋ hiˊ

華語釋義：打斷了寧靜的快樂；潑冷水。

16.

四縣拼音：daˋ doˋ hied ziiˋ

海陸拼音：daˊ doˊ hiedˋ ziiˊ

華語釋義：給人一個突然的打擊。

17.

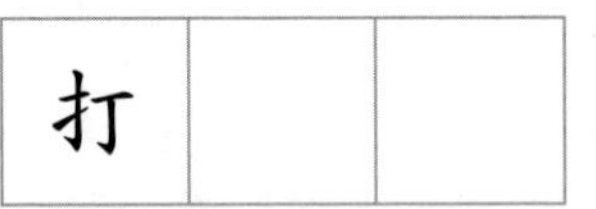

四縣拼音：daˋ go son

海陸拼音：daˊ goˇ sonˇ

華語釋義：採納別人的計畫。

18.

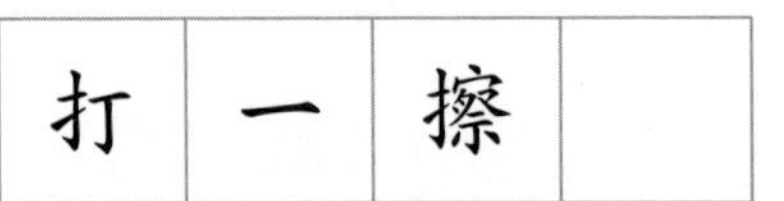

四縣拼音：daˋ idˋ sodˋ zongˋ

海陸拼音：daˊ rhid cad zhongˊ

華語釋義：粗暴地推開他人；狠狠地否決別人。

19.

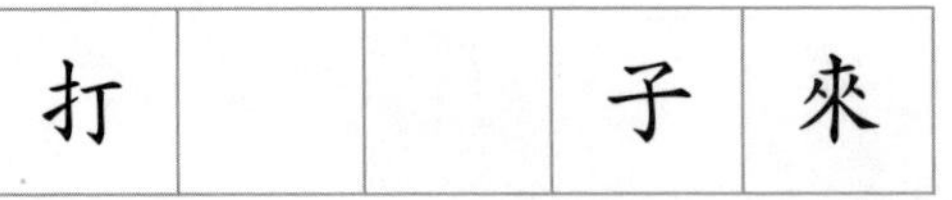

四縣拼音：daˋ zagˋ pidˋ ziiˋ loiˇ

海陸拼音：daˊ zhag pid ziiˊ loi

華語釋義：作個計畫帶過來吧。

20.

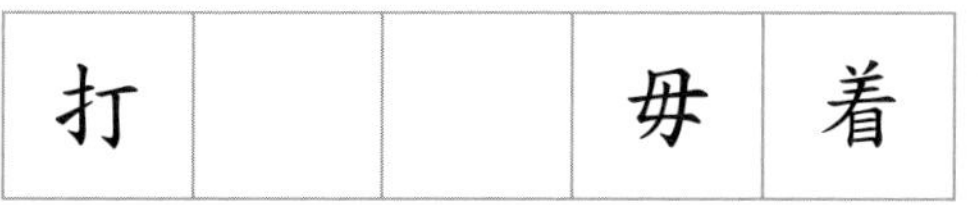

四縣拼音：daˋ suiˋ coˋ mˇ doˋ

海陸拼音：daˊ shuiˊ coˊ m doˊ

華語釋義：指氣候不適合從事某活動。

21.

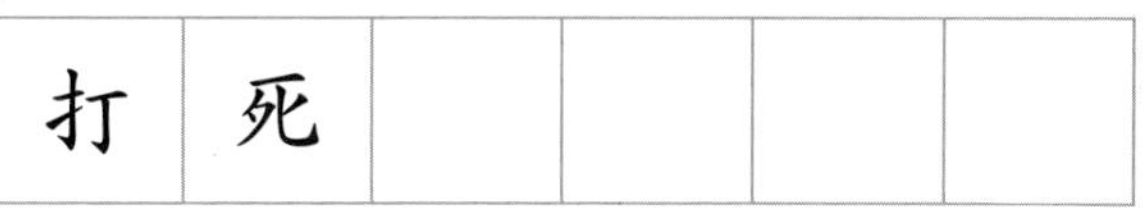

四縣拼音：daˋ xiˋ tienˇ loˇ log luiˋ

海陸拼音：daˊ siˊ tien lo logˋ luiˊ

華語釋義：在釣魚之前殺死一隻蝸牛當餌放入魚簍；做任何事都要有周全準備。

22.

四縣拼音：daˋ denˊ zanˋ fuˇ

海陸拼音：daˊ denˋ zanˊ fu

華語釋義：一個開放的瘡；就像舊的燈芯杯讓人看得一清二楚。

23.

四縣拼音：daˋ dedˋ gangˊ loiˇ ia iu congˇ

海陸拼音：daˊ ded gangˋ loi rha⁺ rhiu⁺ chong

華語釋義：比喻時間拖長了，可能發生不利的變化，故凡事應及時進行。

24.

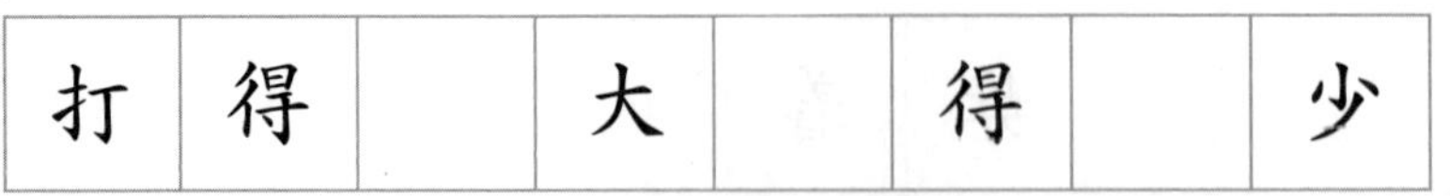

四縣拼音：da` ded` lui˘ tai log ded` i` seu`

海陸拼音：da´ ded lui tai+ log` ded rhi´ shau´

華語釋義：形容聲勢浩大而實際行動不足。

25.

四縣拼音：da` tied` m˘ voi sun` tan iu voi

海陸拼音：da´ tied m voi+ sun´ tan˘ rhiu+ voi+

華語釋義：成事不足，敗事有餘。

26.

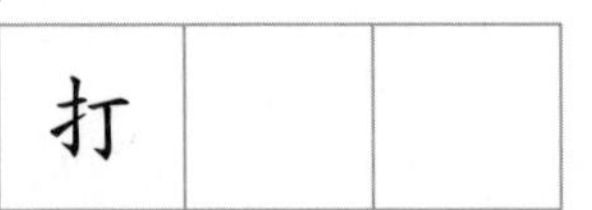

四縣拼音：da` cu´ fung´

海陸拼音：da´ chiu` fung`

華語釋義：向富有的人抽取小利，或藉故向人求取財物。

27.

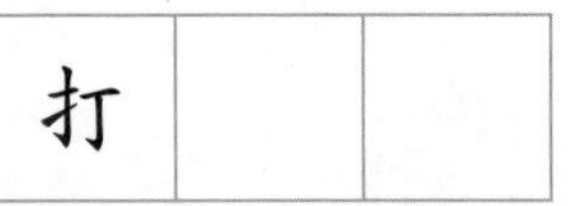

四縣拼音：da` zeu mu

海陸拼音：da´ ziau˘ mu˘

華語釋義：到墓地分取祭品。

28.

四縣拼音：daˋ vangˇ zo sii

海陸拼音：daˊ vang zoˇ sii⁺

華語釋義：做出一些不合常理的行爲。

29.

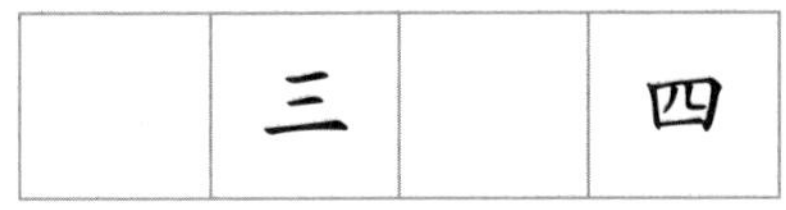

四縣拼音：dabˋ samˊ dabˋ xi

海陸拼音：dab samˋ dab siˇ

華語釋義：答非所問。

30.

四縣拼音：dai cui ngib sii

海陸拼音：daiˇ cui⁺ ngibˋ sheˇ

華語釋義：提出不好的想法。

31.

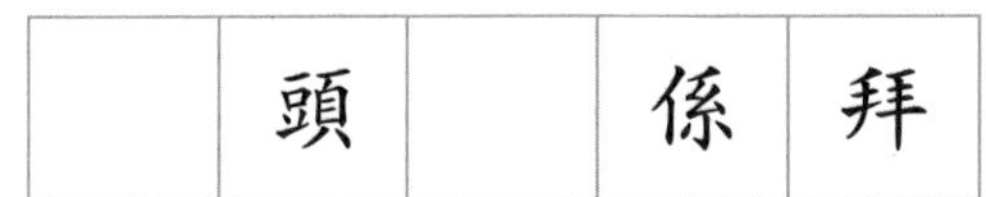

四縣拼音：daiˊ teuˇ pien he bai

海陸拼音：daiˋ teu pien⁺ heˇ baiˇ

華語釋義：一見面就低頭行下拜禮。形容人謙虛有禮貌。

32.

四縣拼音：dai dang` zog` hio´

海陸拼音：daiˇ dang´ zhog hio`

華語釋義：在寫文章或講話中套用一些空洞的、例行的說教。

33.

四縣拼音：dam´ ga´ xiong´ ced

海陸拼音：dam` ga` siong` ced`

華語釋義：做賊的喊捉賊，想嫁禍於人。

34.

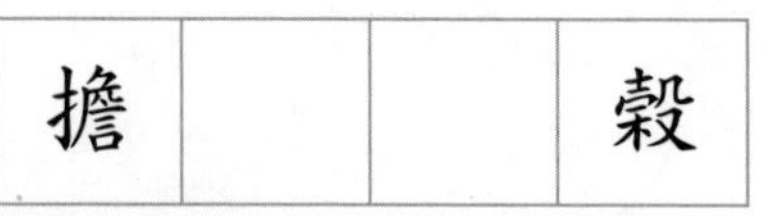

四縣拼音：dam´ loˇ tiau gug`

海陸拼音：dam` lo tiauˇ gug

華語釋義：很容易就讓人看出葫蘆裡賣的什麼藥。

35.

四縣拼音：dam´ jiu` kien´ iongˇ

海陸拼音：dam` ziu´ kien` rhong

華語釋義：表示歡迎、慰勞軍隊。

36.

四縣拼音：danˊ gauˊ ienˇ sanˋ siinˇ xienˊ nanˇ siidˋ

海陸拼音：danˋ goˋ rhan sanˊ shin sienˋ nan shid

華語釋義：即便是最聰明的人也分辨不出粉末藥品；有不信任別人的不屑語氣。

37.

四縣拼音：denˊ doˊ giabˋ coiˇ

海陸拼音：denˋ doˋ giab coi

華語釋義：一個大家庭裡，每個人可以分得的很少；僧多粥少；三個和尚沒水喝。

38.

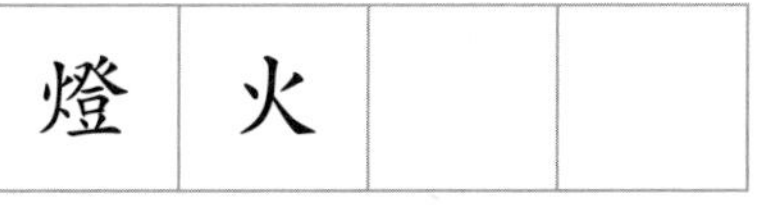

四縣拼音：denˊ foˋ fug minˇ

海陸拼音：denˋ foˊ fugˋ min

華語釋義：燈熄滅前閃爍；老人臨死前突然迴光返照。

39.

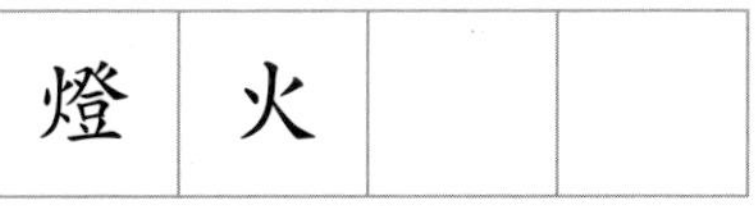

四縣拼音：denˊ foˋ budˋ xidˋ

海陸拼音：denˋ foˊ bud sid

華語釋義：挑燈夜戰；非常好學。

40.

四縣拼音：denˊ ximˊ ieuˊ ziiˋ fuˇ pi

海陸拼音：denˋ simˋ rhauˋ zhiˊ fu pi+

華語釋義：一隻有着虛弱脊柱和嫩鼻子的老虎；比喻弱不禁風的體態。

41.

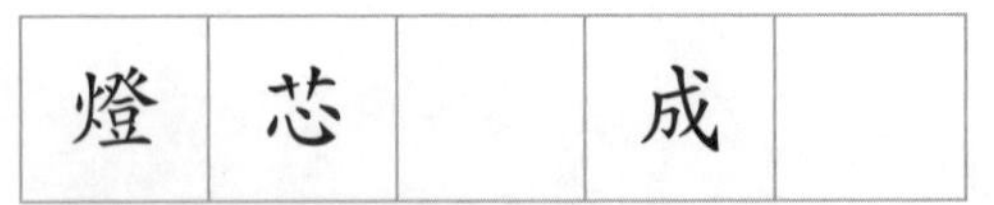

四縣拼音：denˊ ximˊ damˊ siinˇ tiedˋ

海陸拼音：denˋ simˋ damˋ shin tied

華語釋義：指經過淬鍊後，變得健壯了。

42.

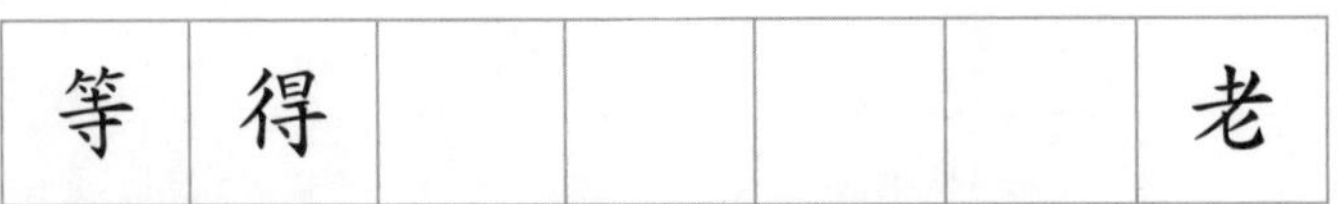

四縣拼音：denˋ dedˋ cii sonˊ mauˇ magˋ loˋ

海陸拼音：denˊ ded cuˇ sonˋ mau mag loˊ

華語釋義：等到醋都酸了、蔬菜老了；等的時間太久。

43.

四縣拼音：denˋ dedˋ ngied cudˋ ngidˋ log xiˊ

海陸拼音：denˊ ded ngiedˋ chud ngid logˋ siˋ

華語釋義：等到月亮出來，太陽卻西沉了。喻人生難有兩全其美之事。

44.

四縣拼音：ded` ciin´ vi ˇ ngi

海陸拼音：ded chin` vui ngi+

華語釋義：做的事是合情合理的。

45.

四縣拼音：ded` nginˇ qienˇ coiˇ vi nginˇ seu´ zai´

海陸拼音：ded ngin cien coi vui+ ngin siau` zai`

華語釋義：受人家的好處，就要爲人家解決難題。

46.

四縣拼音：ded` sog` teuˇ siiˇ qia` sog` teuˇ

海陸拼音：ded sog teu shi cia´ sog teu

華語釋義：比喻遇到問題或困難，能躲讓過去就躲讓過去。

47.

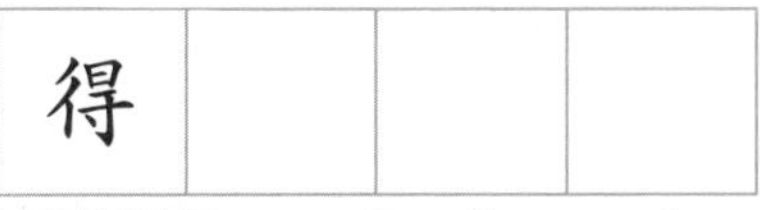

四縣拼音：ded` cu´ viˇ jin´

海陸拼音：ded cu` vui zin`

華語釋義：已經達到頭腦簡單而內容淺薄的地步；指一個浪費時間學無所成的人。

48.

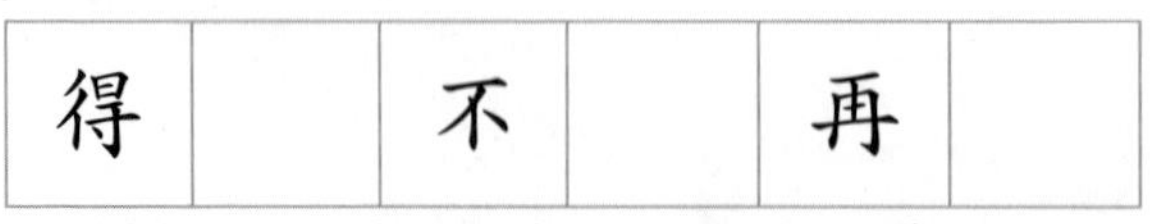

四縣拼音：dedˋ i budˋ ngiˇ zai vongˊ

海陸拼音：ded rhiˇ bud ngi zaiˇ vongˋ

華語釋義：得意以後，就要知足，不應該再妄進一步。

49.

四縣拼音：deuˋ xiugˋ cagˋ bu

海陸拼音：deuˊ siug chag buˇ

華語釋義：比喻數量極少。

50.

四縣拼音：deuˋ ienˇ fu gui

海陸拼音：deuˊ rhan fuˇ guiˇ

華語釋義：突然意外的發財。

51.

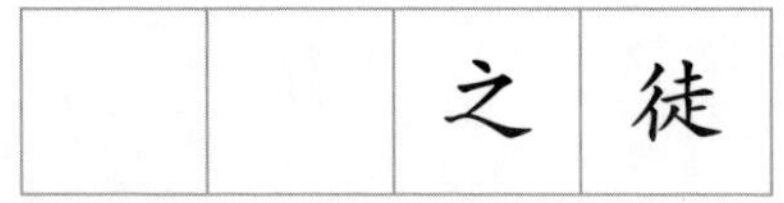

四縣拼音：deuˋ seu ziiˊ tuˇ

海陸拼音：deuˇ siauˇ ziiˋ tu

華語釋義：比喻器量狹小的人。亦用以自謙才識疏淺。

52.

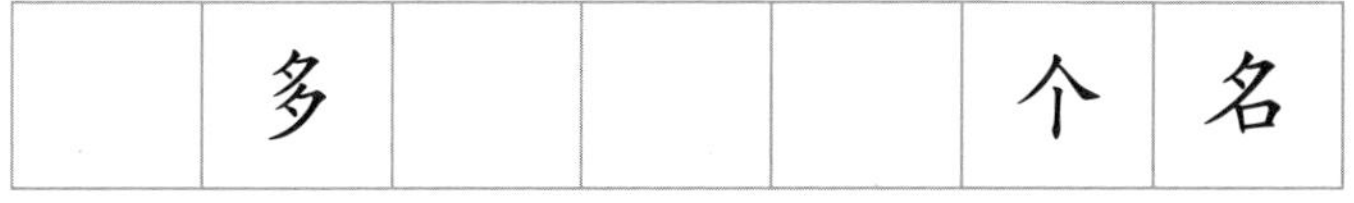

四縣拼音：deu doˊ hemˊ song di ge miangˇ

海陸拼音：deuˇ doˋ hemˋ shong+ diˇ gaiˇ miang

華語釋義：以神的名義做非法的勾當；道貌岸然之士。

53.

四縣拼音：diˊ miang zaˋ budˋ lib fuˊ ngiamˇ qiongˇ ziiˊ ha

海陸拼音：diˋ miang+ zhaˊ bud libˋ fuˋngiam ciong ziiˋ haˋ

華語釋義：懂天命的人不會站立在危牆下面。

54.

四縣拼音：diˊ imˊ sodˋ iˊ diˊ imˊ tangˊ

海陸拼音：diˋ rhimˋ shod rhiˋ diˋ rhimˋ tangˋ

華語釋義：知心話只能說給知心人來聽。

55.

四縣拼音：diamˋ sag fa viˇ gimˊ nginˇ ximˊ iuˇ vi jiugˋ

海陸拼音：diamˊ shagˋ faˇ vui gimˋ ngin simˋ rhiu vui+ ziug

華語釋義：把石頭都變成金子，但有的人尚不滿足，這裡指人心貪婪。

56.

四縣拼音：diam` giu` zang di´ tai lab zug`

海陸拼音：diam´ giu´ zhangˇ di` tai+ lab` zhug

華語釋義：意謂路遙知馬力，日久見人心。

57.

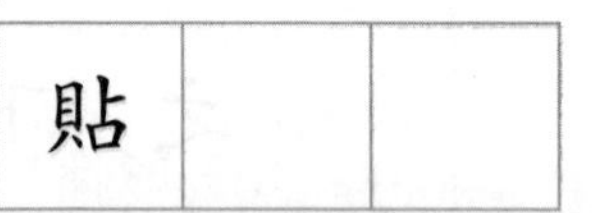

四縣拼音：diab` peu´ fungˇ

海陸拼音：dab piau` fung

華語釋義：張貼中獎（考取）通知。

58.

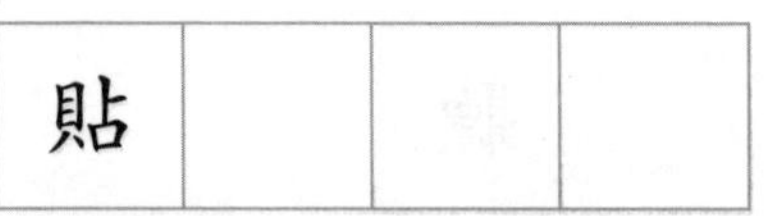

四縣拼音：diab` pag teuˇ tiab`

海陸拼音：dab pag` teu tiab

華語釋義：張貼匿名的標語牌。

59.

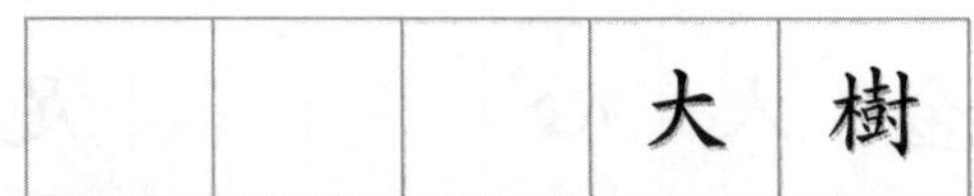

四縣拼音：diau giang` qimˇ tai su

海陸拼音：diauˇ giang´ cim tai+ shu+

華語釋義：尋求速戰速決的方式，不拖泥帶水。

60.

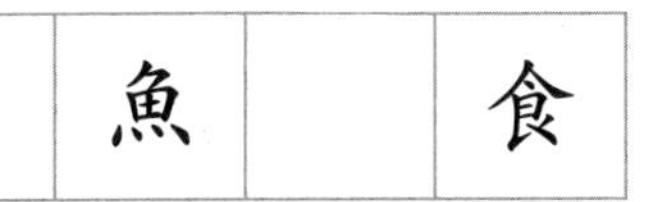

四縣拼音：diau ngˇ kiedˋ siid

海陸拼音：diauˇ ng kied shidˋ

華語釋義：只坐着等魚上鉤難有所獲；凡事沒有捷徑，按部就班是最好的方法。

61.

四縣拼音：diau giangˋ ngiaˊ fa daˋ qienˊ qiuˊ

海陸拼音：diauˇ giangˊ ngia faˇ daˊ cienˋ ciuˋ

華語釋義：我人掉在海中，你卻說我很好!? 你的話完全不可相信!

62.

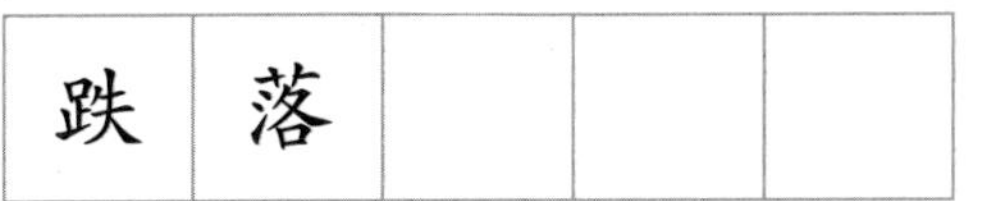

四縣拼音：diedˋ log namˇ ngˋ hangˊ

海陸拼音：died logˋ nam ngˊ hangˋ

華語釋義：遭遇到一個大家庭培育上的困境；比喻家族成員多，經濟負擔繁重。

63.

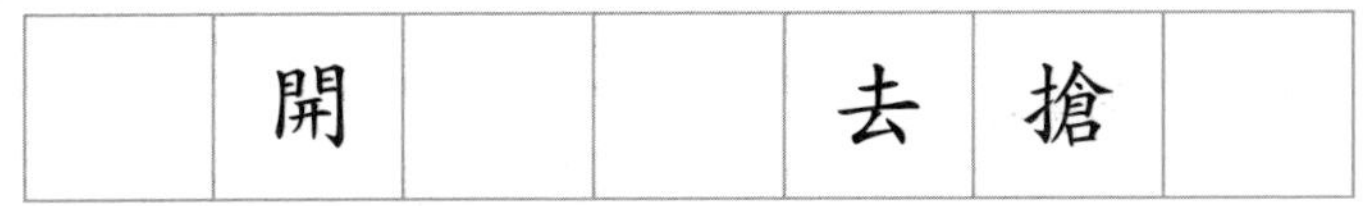

四縣拼音：diuˊ koiˊ manˇ teuˇ hi qiongˋ biangˋ

海陸拼音：diuˋ koiˋ man teu hiˇ ciongˊ biangˊ

華語釋義：意味捨本逐末。

64.

四縣拼音：do´ teuˇ qid` ga´ zog` do´ mi´ qid` ga´ sa´

海陸拼音：do` teu cid ga` zug do` mui` cid ga` sa`

華語釋義：手握「刀刃」必會受傷，握住「刀柄」就可為你所用，比喻一切操之在己。

65.

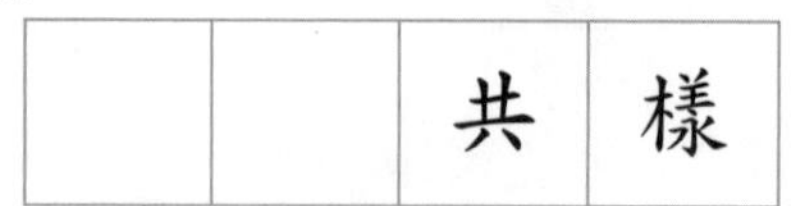

四縣拼音：do` zeu´ kiung iong

海陸拼音：do´ ziau` kiung+ rhong+

華語釋義：像香蕉樹一樣容易砍伐；表示易如反掌、駕輕就熟。

66.

四縣拼音：do cu iongˇ moiˇ id` iong fa´

海陸拼音：doˇ chuˇ rhong moi rhid rhong+ fa`

華語釋義：所有地方的楊梅開的花都一樣，各地沒有大的區別。勸人隨遇而安。

67.

四縣拼音：do´ siid moˇ mi xi

海陸拼音：do` shid` mo mui+ siˇ

華語釋義：適量的吃可以品嚐出食物的美味，多吃則淡而無味。引申為物以稀為貴，少嚐味甘。

68.

四縣拼音：doˊ ziiˋ doˊ ienˊ kienˊ seuˋ ziiˋ bien siinˇ xienˊ

海陸拼音：doˋ ziiˊ doˋ rhanˋ kienˋ shauˊ ziiˊ bienˇ shin sienˋ

華語釋義：孩子多困擾多，孩子少煩惱就少。

69.

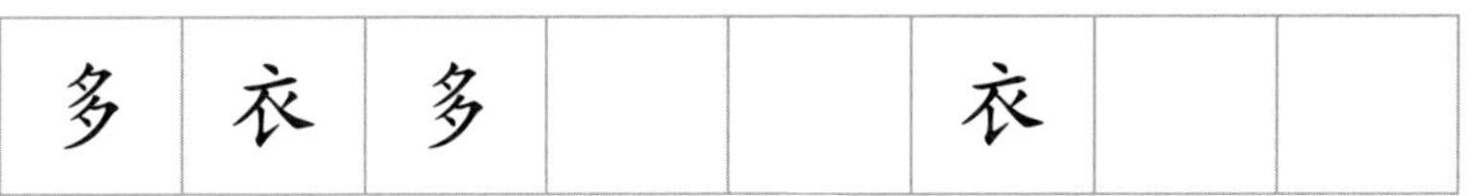

四縣拼音：doˊ iˊ doˊ honˇ guaˋ iˊ cii nonˊ

海陸拼音：doˋ rhiˋ doˋ hon guaˊ rhiˋ cii+ nonˋ

華語釋義：冬天衣服穿得多，禦寒能力低，會更覺寒冷；穿得少一些，禦寒能力自然能夠增強。

70.

四縣拼音：doˊ vuˇ seuˋ guaˋ

海陸拼音：doˋ vu shauˊ guaˊ

華語釋義：不管多少，都讓我知道一些。

71.

四縣拼音：donˋ miang ceu samˊ sadˋ

海陸拼音：donˊ miang+ ceuˇ samˋ sad

華語釋義：悲慘的命運又遇到了人宅的三位凶神（青羊、烏雞、青牛）的影響。

72.

四縣拼音：zogˋ liauˋ toˇ su zogˋ liˋ su

海陸拼音：zhog liauˊ to shu+ zhog liˊ shu+

華語釋義：當一個人被處理時，下一個罪犯也會被同樣地對待。

73.

	日		錢	錢		
	日		錢			

四縣拼音：dongˊ ngidˋ iuˊ qienˇ qienˇ dongˊ saˊ
gimˊ ngidˋ moˇ qienˇ kuˋ qidˋ gaˊ

海陸拼音：dongˋ ngid rhiuˋ cien cien dongˋ saˋ
gimˋ ngid mo cien kuˊ cid gaˋ

華語釋義：先前有錢時把錢當泥沙般揮霍無度，才會落到今日無錢的苦日子。

74.

		毋	怕				毋	怕	

四縣拼音：zo binˊ mˇ pa xiˋ gangˊ tienˇ mˇ pa siiˋ

海陸拼音：zoˇ binˋ m paˇ siˊ gangˋ tien m paˇ shiˊ

華語釋義：耕田的人，不要怕施肥的屎尿；而當兵的人要保國衛民，所以不可以怕死。

75.

四縣拼音：dongˋ tungˇ fad i

海陸拼音：dongˊ tung fadˋ rhiˇ

華語釋義：原指學術上派別之間的鬥爭，後泛指一切團體之間的鬥爭。

76.

四縣拼音：dongˊ zu bagˋ ngˋ

海陸拼音：dongˋ zhiuˇ bag ngˊ

華語釋義：中午甚至還不休息。

77.

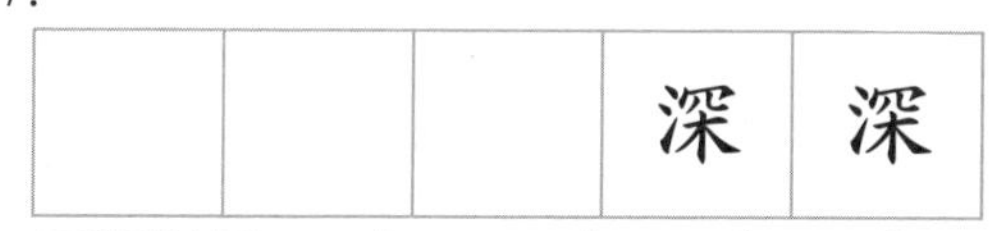

四縣拼音：duˋ qiˇ fudˋ ciimˊ ciimˊ

海陸拼音：duˊ ci fud chimˋ chimˋ

華語釋義：指一個人很有天賦。

78.

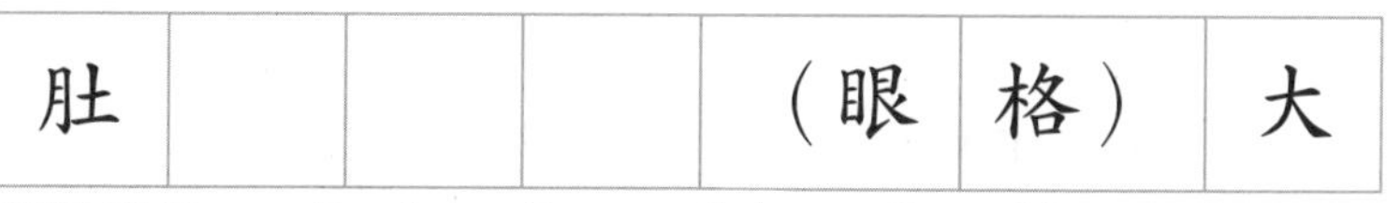

四縣拼音：duˋ giˊ mugˋ kiongˊ（ngienˋ gagˋ）tai

海陸拼音：duˊ giˋ mug kongˋ（nganˊ gag）tai^{+}

華語釋義：肚子餓的人，吃飯時認爲食物的量總是太少，以爲不夠吃，但是等到吃飽了，東西還有剩餘。

79.

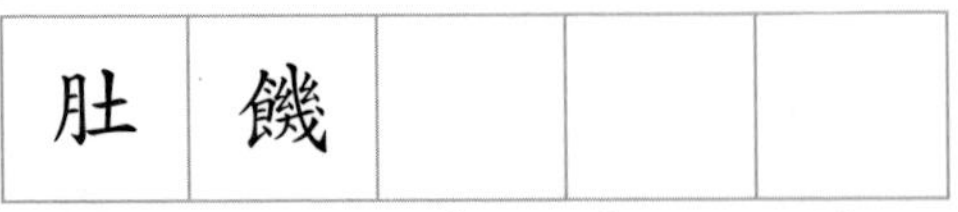

四縣拼音：du` gi´ giam´ heuˇ hod`

海陸拼音：du´ gi` giam` heu hod

華語釋義：又飢又渴的窘況。

80.

四縣拼音：du` bog` longˇ xim´ mai´ mai cod`

海陸拼音：du´ bog long sim` mai` mai⁺ cod

華語釋義：好賭之人有心無肺，善於欺騙。

81.

四縣拼音：dui go bun´ ngiˇ

海陸拼音：duiˇ goˇ bun` ngi

華語釋義：讓一個人處於安全的位置。

82.

四縣拼音：dung´ munˇ mˇ koi´ xi´ munˇ bid` cag`

海陸拼音：dung` mun m koi` si` mun bid cag

華語釋義：（事情）一定有出路或辦法的。

83.

四縣拼音：dungˊ liongˇ xiˊ siid

海陸拼音：dungˋ liong+ siˋ shidˋ

華語釋義：因為測量而遭受損失；在是非紛爭中斤斤計較，最終會失去得更多。

84.

四縣拼音：dungˊ fungˊ idˋ bauˊ cungˇ

海陸拼音：dungˋ fungˋ rhid bauˋ chung

華語釋義：春天來了，萬物甦生，昆蟲也生意盎然。

85.

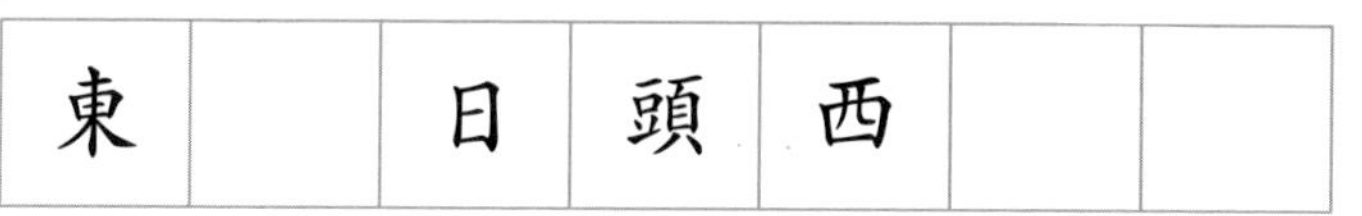

四縣拼音：dungˊ samˋ ngidˋ teuˇ xiˊ samˋ lu

海陸拼音：dungˋ shamˊ ngid teu siˋ shamˊ luˇ

華語釋義：指的是兩邊的光景大不相同。

86.

四縣拼音：dungˊ hi ngi coiˇ xiˊ hi ngi boˋ

海陸拼音：dungˋ hiˇ ngi+ coi siˋ hiˇ ngi+ boˊ

華語釋義：形容一個人總是很幸運、有福氣。

87.

四縣拼音：dungˊ zii zii donˋ ha zii zii congˇ

海陸拼音：dungˋ zhiˇ zhiˇ donˊ ha+ zhiˇ zhiˇ chong

華語釋義：冬至這一天夜間最長白天最短，夏至這一天夜間最短白天最長。

88.

四縣拼音：dungˊ voˇ pa dungˊ fungˊ

海陸拼音：dungˋ vo paˇ dungˋ fungˋ

華語釋義：稻子怕寒露風的到來，因爲會影響收成。

89.

四縣拼音：dungˊ hangˇ cunˊ lin

海陸拼音：dungˋ hang chunˋ lin+

華語釋義：冬天像春天一樣溫暖，出現氣候反常，實在是不祥之兆。

90.

四縣拼音：dung liongˇ mˇ zang haˊ camˊ caˊ

海陸拼音：dungˇ liong m zhangˇ haˋ camˋ caˋ

華語釋義：強調在上者必須以身作則，做個好榜樣讓在下者學習。

F

1.

四縣拼音：faˊ ximˊ liˊ cu

海陸拼音：faˋ simˋ liˋ chu+

華語釋義：在危難之中表現得安適從容。

2.

四縣拼音：faˇ gongˊ tai di

海陸拼音：fa gongˋ tai+ diˇ

華語釋義：指火之神。

3.

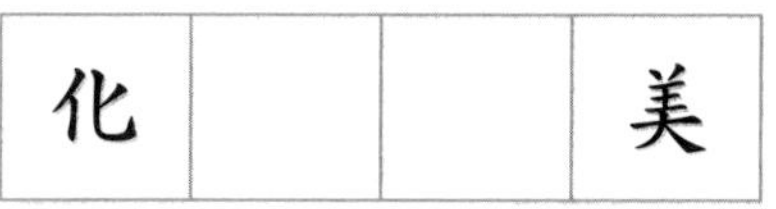

四縣拼音：fa hinˇ xiug miˊ

海陸拼音：faˇ hin siugˋ muiˋ

華語釋義：化解不好的行爲，提倡好的風俗習慣。

4.

四縣拼音：fa gaˊ siinˇ guedˋ

海陸拼音：faˇ gaˋ shin gued

華語釋義：一個家庭變得和一個王國般強大。

5.

四縣拼音：fa miˇ daˋ suˊ siiˋ gongˊ diauˊ

海陸拼音：fa^{+} mi daˊ shuˋ shiˊ gongˋ diauˋ

華語釋義：指沒有機會的人卻比那些有機會的人成就更多。

6.

四縣拼音：fa miˇ tiau ga

海陸拼音：fa^{+} mi tiauˇ gaˇ

華語釋義：一首傳統樂曲，屬於潮州音樂，其演奏方式多為吹打樂和絃詩樂。

7.

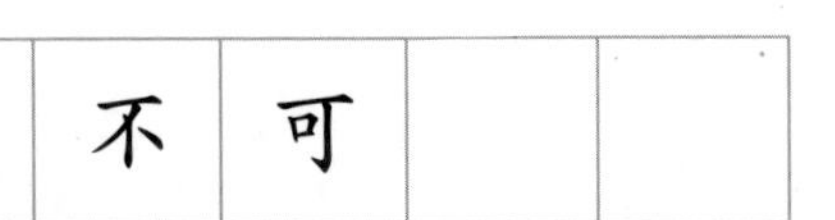

四縣拼音：fa budˋ koˋ qin tuˋ

海陸拼音：faˇ bud koˊ cin^{+} tuˊ

華語釋義：說話做事都要有餘地。

8.

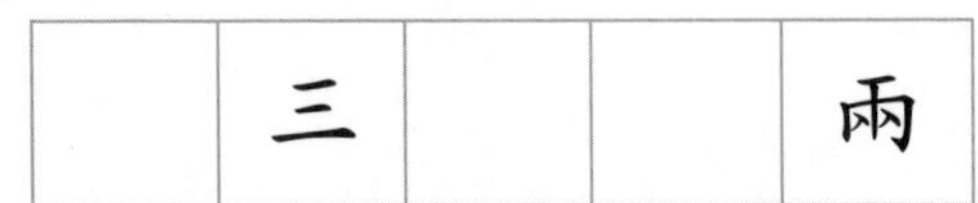

四縣拼音：fa samˊ mˇ cog liongˋ

海陸拼音：faˇ samˋ m chogˋ liongˊ

華語釋義：三句話中有兩句是假的或錯誤的；其言語不可信。

9.

四縣拼音：fabˋ ngoi tiau liongˇ

海陸拼音：fab ngoi+ tiauˇ liong

華語釋義：在沒有法律的地方，就有自由，就像鳥在梁架上自由跳躍。

10.

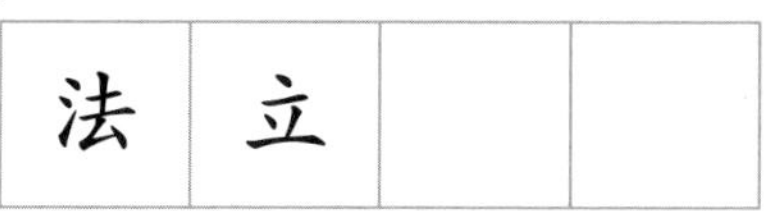

四縣拼音：fabˋ lib bi senˊ

海陸拼音：fab libˋ biˇ sangˋ

華語釋義：建立新法律的同時也創造了違法的對策。

11.

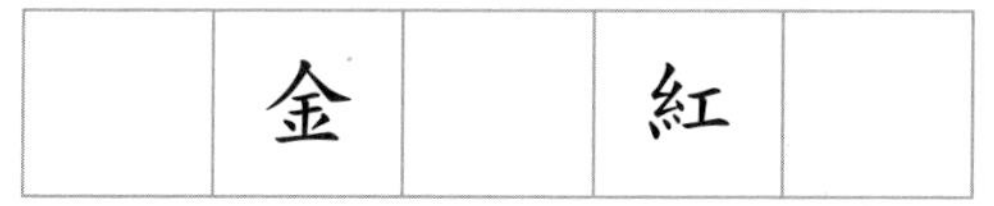

四縣拼音：fad gimˊ faˊ fungˇ cuˇ

海陸拼音：fadˋ gimˋ faˋ fung chiu

華語釋義：罰他繳納金絲和紅布。

12.

四縣拼音：fadˋ gongˊ koˋ gam

海陸拼音：fad gongˋ koˊ gamˇ

華語釋義：毛髮潤澤黑亮。

13.

四縣拼音：faiˋ meu oˊ moˇ hoˋ siiˋ

海陸拼音：faiˊ ngiauˇ oˋ mo hoˊ shiˊ

華語釋義：指那些嘴巴沒有好話的人。

14.

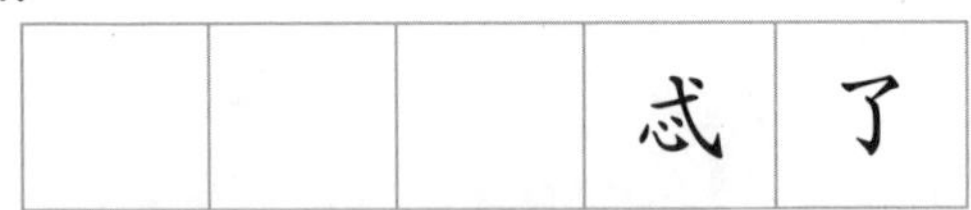

四縣拼音：fan vonˋ pugˋ tedˋ leˋ

海陸拼音：pon+ vonˊ pug ted liauˊ

華語釋義：喻失去了工作。

15.

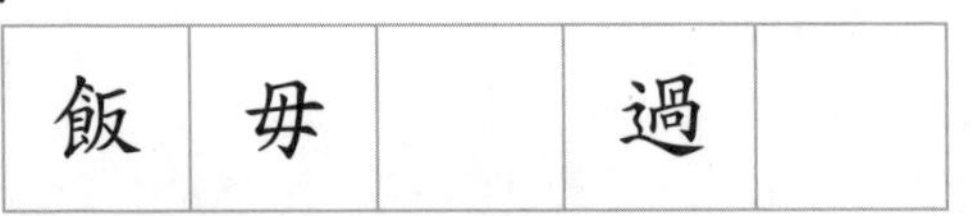

四縣拼音：fan mˇ cenˇ go fud

海陸拼音：pon+ m cen goˇ fudˋ

華語釋義：米飯還沒有充分煮熟；時機還未成熟。

16.

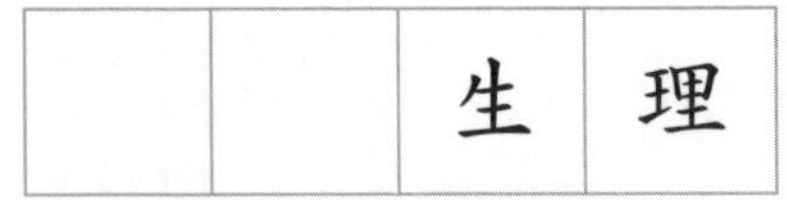

四縣拼音：foˋ gie senˊ liˊ

海陸拼音：foˊ gieˇ senˋ liˋ

華語釋義：做貿易的行號。

17.

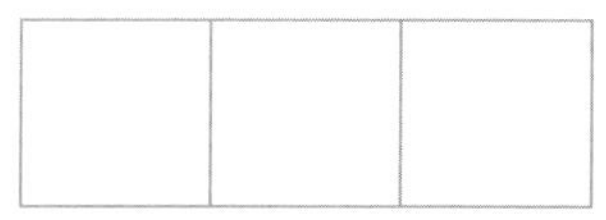

四縣拼音：fo` siid go´

海陸拼音：fo´ shid` go`

華語釋義：裝食物及必需品的籃子。

18.

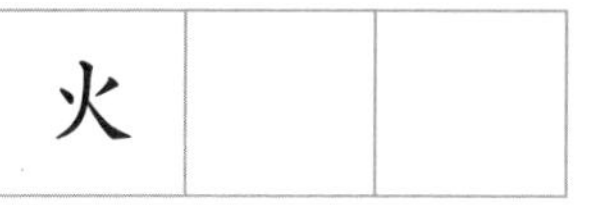

四縣拼音：fo` pau cong´

海陸拼音：fo´ pauˇ cong`

華語釋義：燒傷的瘡疤。

19.

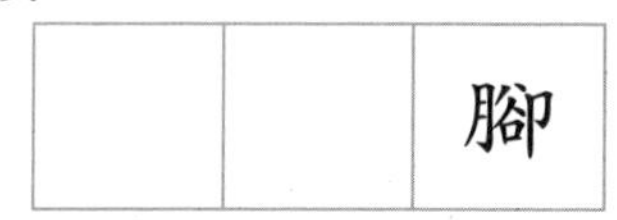

四縣拼音：fo` tungˇ giog`

海陸拼音：fo´ tung giog

華語釋義：形容細長又無作用的腿。

20.

四縣拼音：fo` gie´ an` ngied

海陸拼音：fo´ gai` an´ ngied`

華語釋義：像火雞一樣憤怒。

21.

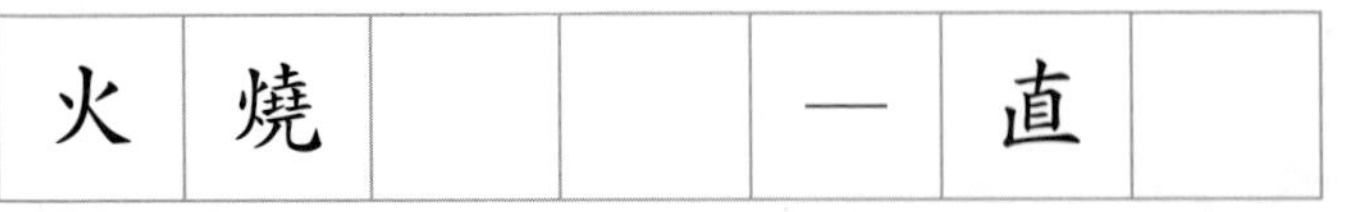

四縣拼音：fo` seu´ zug` tungˇ– ciid bau

海陸拼音：fo´ shau` zhug tung– chid` bauˇ

華語釋義：指說話直截了當，不拐彎抹角。

22.

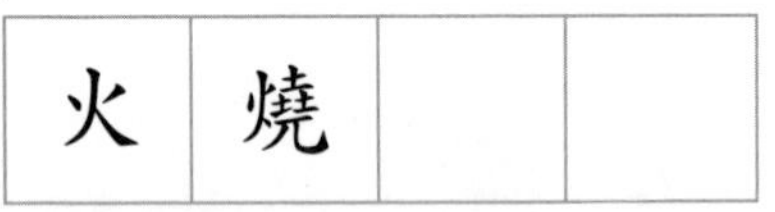

四縣拼音：fo` seu´ do` ngiug`

海陸拼音：fo´ shau` do´ ngiug

華語釋義：以熱忱和真情對待某事。

23.

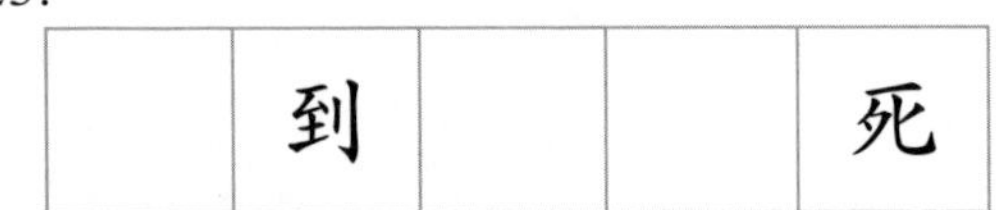

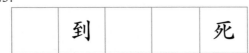

四縣拼音：fo do ngan teuˇ xi`

海陸拼音：foˇ doˇ ngan+ teu si´

華語釋義：貨物雖到，但價格談不攏而告吹。

24.

四縣拼音：fo iˇ lunˇ zon`

海陸拼音：foˇ rhi lun zhon´

華語釋義：指的是貨物流通快，像輪子在滾動中帶來利潤。

25.

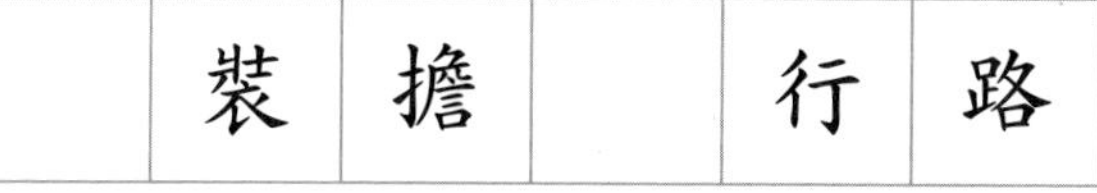

四縣拼音：fon zongˊ dam giagˋ hangˇ lu

海陸拼音：fonˇ zongˋ damˇ giag hang lu+

華語釋義：想要走得快，擔子裡的貨物必須裝紮得穩妥；比喻事前的準備工作要確實。

26.

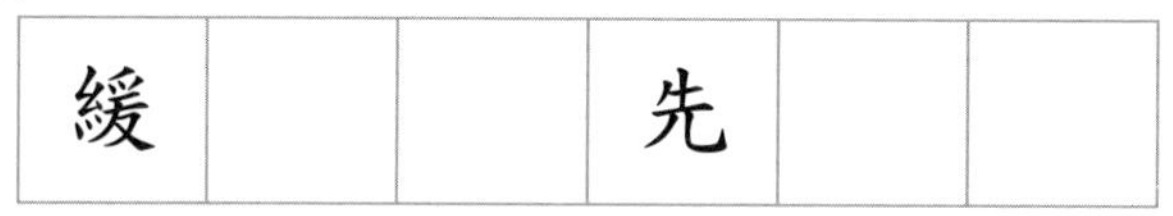

四縣拼音：fon log sonˇ xienˊ songˊ ngan

海陸拼音：fonˇ logˋ shon senˋ shongˋ ngan+

華語釋義：最後登船的人，先上岸；事緩則圓。

27.

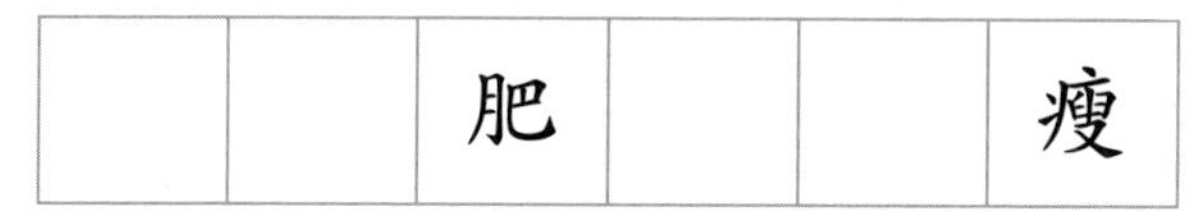

四縣拼音：fongˊ tienˇ piˇ fongˊ puˊ ceu

海陸拼音：fongˋ tien pui fongˋ buˋ seuˇ

華語釋義：可耕地未耕作仍然很肥沃，非耕地未耕作反變得更貧瘠。

28.

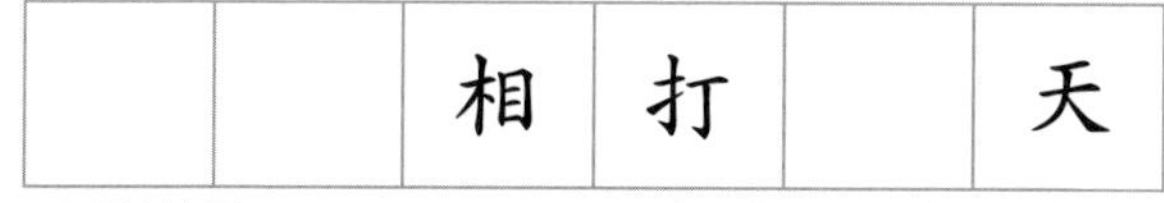

四縣拼音：fongˇ di xiongˊ daˋ zangˊ tienˊ

海陸拼音：fong diˇ siongˋ daˊ zangˋ tienˋ

華語釋義：因私利小錢而討價還價的行徑，或像競爭者爲獲得其位置而拚命。

29.

四縣拼音：fongˇ di ia iuˊ coˋ haiˇ qinˊ

海陸拼音：fong diˇ rha+ rhiuˋ coˊ hai cinˋ

華語釋義：指任何人都有窮親友。

30.

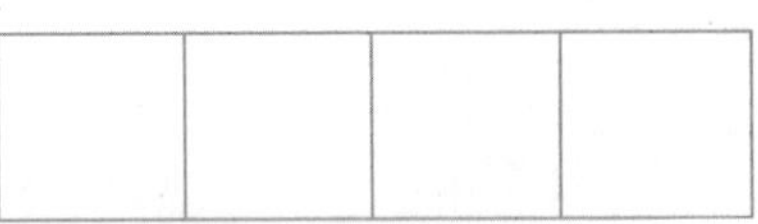

四縣拼音：fuˇ fuˇ cabˋ cabˋ

海陸拼音：fu fu cab cab

華語釋義：用手架住對方的胳膊以支撐對方。

31.

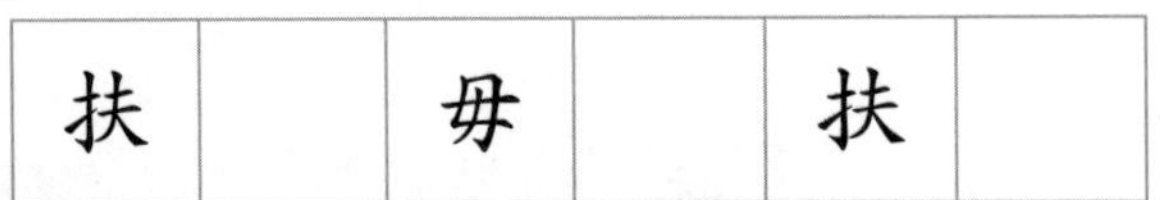

四縣拼音：fuˇ hinˊ mˇ fuˇ soiˊ

海陸拼音：fu hinˋ m fu soiˋ

華語釋義：肯雪中送炭，助人一把的人眞如鳳毛麟角。

32.

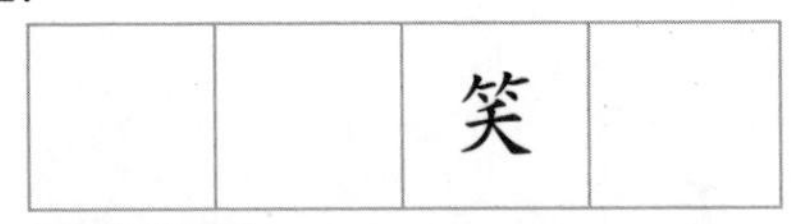

四縣拼音：fuˇ liˇ seu meu

海陸拼音：fu li siauˇ ngiauˇ

華語釋義：狐狸跟貓尾巴都是翹翹的，不用互相譏笑；形容五十步笑百步。

33.

四縣拼音：fuˇ liˇ mˇ diˊ miˊ haˊ cu

tienˇ loˇ mˇ diˊ siiˋ vudˋ jiu

海陸拼音：fu li m diˋ muiˋ haˋ chiuˇ

tien lo m diˋ shi^{+} vud ziuˇ

華語釋義：比喻不知檢討自己的缺失，沒有自知之明；勸人要有反思能力。

34.

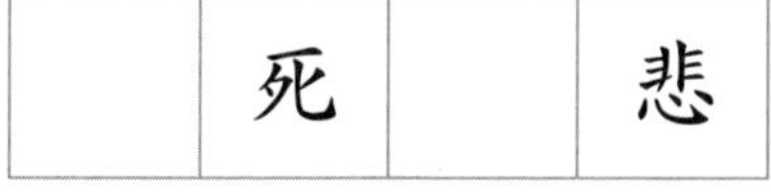

四縣拼音：fuˇ xiˋ tu biˊ

海陸拼音：fu siˊ tuˇ buiˋ

華語釋義：比喻因同類的死亡而感到悲傷。

35.

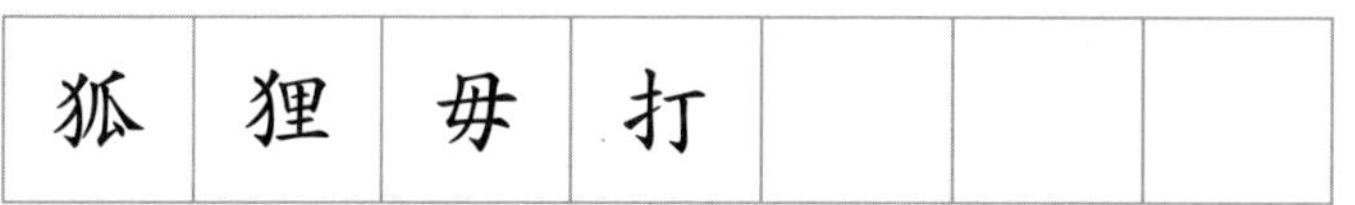

四縣拼音：fuˇ liˇ mˇ daˋ ia taiˇ gieˊ

海陸拼音：fu li m daˊ rha^{+} tai gaiˋ

華語釋義：比喻不欺負弱者。

36.

狐	狸	愛	去			

四縣拼音：fuˇ liˇ oi hi gieuˋ bangˊ miˊ

海陸拼音：fu li oiˇ hiˇ gieuˊ bangˋ muiˋ

華語釋義：比喻人與人之間的關係很複雜，糾纏不清。

37.

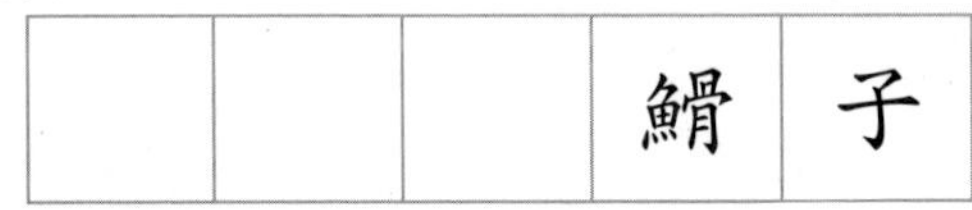

四縣拼音：fuˇ qiuˊ lauˊ vad ziiˋ

海陸拼音：fu ciuˋ lauˋ vadˋ ziiˊ

華語釋義：雖是同類，但各自的稟質不同，混在一起就會變成不可口的食物。用以比喻某種事情，被搞得亂七八糟、不成體統。

38.

四縣拼音：fuˇ kiˇ mˇ ngadˋ den giogˋ

海陸拼音：fu ki m ngad denˇ giog

華語釋義：水蛭天生能認出動物可供吸血，不會去咬椅腳，比喻不會白花功夫在毫無利益的事情上。

39.

四縣拼音：fuˇ xiˊ teuˇ nanˇ ti

海陸拼音：fu siˋ teu nan tiˇ

華語釋義：指一個很難相處、難對付的人。

40.

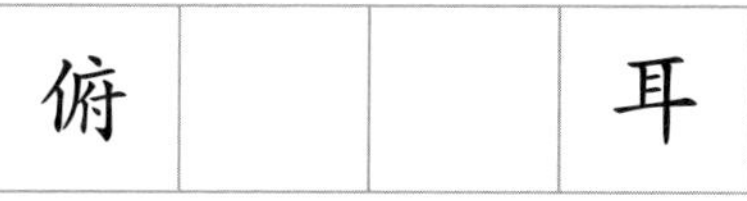

四縣拼音：fuˋ suˋ dabˋ ngiˋ

海陸拼音：fuˊ shiuˊ dab ngiˊ

華語釋義：低頭垂耳。形容卑恭馴服的樣子。

41.

四縣拼音：fuˋ sun iˋ qinˇ

海陸拼音：fuˊ shun⁺ rhiˊ cin

華語釋義：指施政者順應民心，採行開明的民主政風。

42.

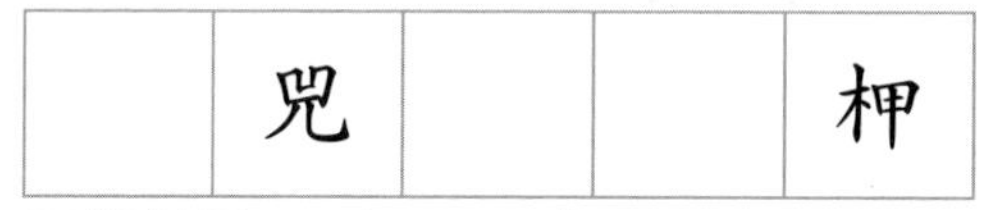

四縣拼音：fuˋ sii cudˋ iˇ hab

海陸拼音：fuˊ siˇchud rhi habˋ

華語釋義：比喻失職、有虧職守。

43.

四縣拼音：fuˋ piˇ iug goi hog sii iˋ

海陸拼音：fuˊ pi rhugˋ goiˇ hogˋ sii⁺ rhiˊ

華語釋義：高官的椅子上覆蓋着老虎的皮；高官顯赫。

44.

四縣拼音：fuˋ ogˋ mˇ siid miˊ haˊ ziiˋ

海陸拼音：fuˊ og m shidˋ muiˋ haˋ ziiˊ

華語釋義：老虎再兇猛，也不傷害自己的親生子。比喻人類不應該同類相殘。

45.

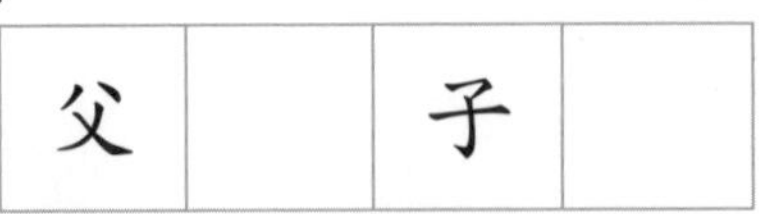

四縣拼音：fu zogˋ ziiˋ sud

海陸拼音：fuˇ zog ziiˊ sudˋ

華語釋義：父親創業利基，兒子繼其志而述其事。

46.

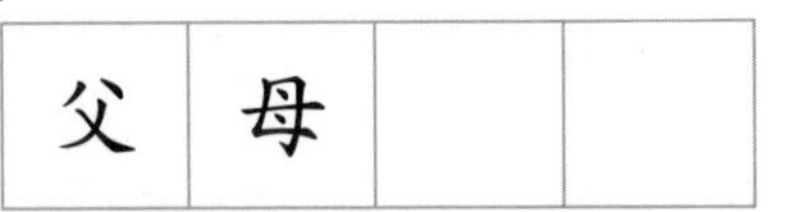

四縣拼音：fu muˊ coiˇ bunˋ

海陸拼音：fuˇ muˋ coi bunˊ

華語釋義：財富是屬於父母的，子女應自己打算。

47.

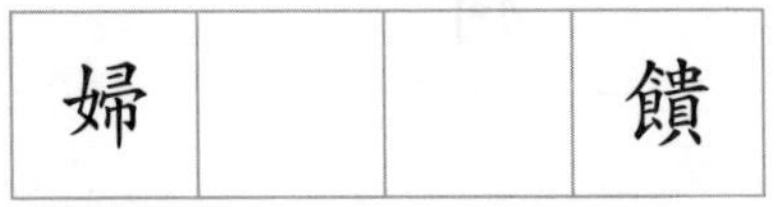

四縣拼音：fu zuˋ zungˊ kui

海陸拼音：fu+ zhuˊ zhungˋ kuiˇ

華語釋義：古代婦女職司家中飲食烹飪等事。

48.

四縣拼音：fu nginˇ sii´ loiˇ ngienˇ kiungˇ nginˇ sii´ ngien` qienˇ

海陸拼音：fuˇ ngin sii` loi ngien kiung ngin sii` ngan´ cien

華語釋義：富人眼光長遠，所以才會富有；窮人只顧着眼前利益，所以才會窮苦。

49.

四縣拼音：fu nginˇ tug su´ kiungˇ nginˇ giung´ zu´

海陸拼音：fuˇ ngin tug` su` kiung ngin giung` zu`

華語釋義：讀書能使富者登上顯貴之路，而窮人三餐自顧不暇，只能以養豬增加收入。

50.

四縣拼音：fu nginˇ sa` qienˇ kiungˇ nginˇ sa` lid

海陸拼音：fuˇ ngin sha´ cien kiung ngin sha´ lid`

華語釋義：有錢的人出錢，沒錢的人出力。

51.

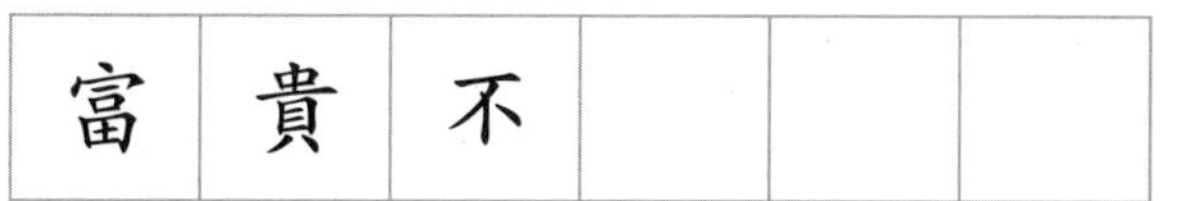

四縣拼音：fu gui bud` liˇ sangˇ gog`

海陸拼音：fuˇ guiˇ bud li shang gog

華語釋義：指富貴之人不遠離城市。

52.

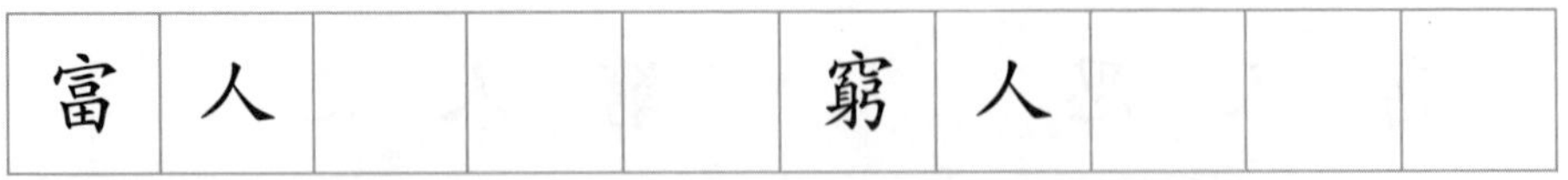

四縣拼音：fu nginˇ fu songˊ tienˊ kiungˇ nginˇ moˇ moiˇ ziimˊ

海陸拼音：fuˇ ngin fuˇ shongˋ tienˋ kiung ngin mo moi zhimˋ

華語釋義：貧富差距甚大。

53.

四縣拼音：fu ngˇ ngi doˋ cadˋ

海陸拼音：fuˇ ng ngi+ doˊ cad

華語釋義：耗盡力氣從事，卻不幸地被他人撿走成果。

54.

四縣拼音：fu ngˇ oi lid diau ngˇ kiedˋ siid

海陸拼音：fuˇ ng oiˇ lidˋ diauˇ ng kied shidˋ

華語釋義：用雙手汲水抓魚很費力，但只坐着等魚上鉤卻難有所獲；勸人要務實踐履，不可好逸惡勞。

55.

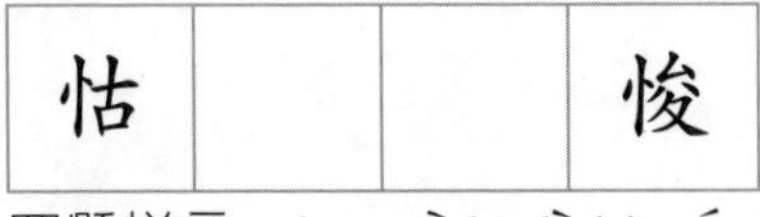

四縣拼音：ku ogˋ budˋ kienˊ

海陸拼音：ku+ og bud kienˋ

華語釋義：指人作惡多端，不肯悔改。

56.

四縣拼音：bunˊ gaˊ samˊ ngienˇ siinˇ linˇ sa

海陸拼音：bunˋ gaˋ samˋ ngien shin lin shaˇ

華語釋義：時間久了，感情自然漸漸疏遠。

57.

四縣拼音：funˊ fongˇ doˋ koˊ

海陸拼音：funˋ fong doˊ koˋ

華語釋義：指家族成員沒有團結在一起。

58.

四縣拼音：funˊ inˊ budˋ minˇ qiangˋ mun moiˇ nginˇ

海陸拼音：funˋ rhinˋ bud min ciangˊ munˇ moi ngin

華語釋義：如果婚姻合同不清楚，透過中間人良好的溝通；才能達到事半功倍圓滿的效果。

59.

四縣拼音：funˇ seuˊ liangˊ gongˊ

海陸拼音：fun shauˋ liangˋ gongˋ

華語釋義：放火燒山，以便明年作爲牧場使用；指大費周章。

60.

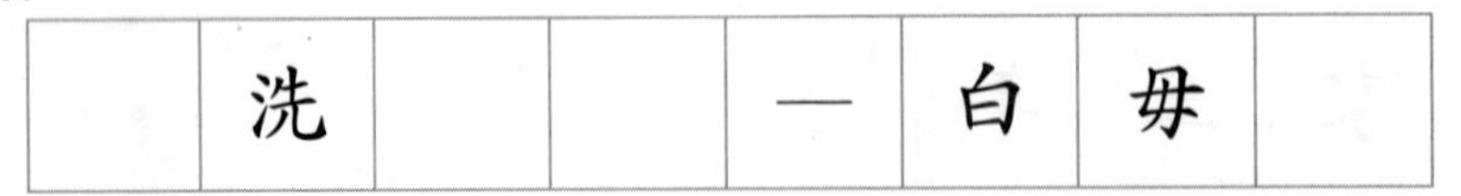

四縣拼音：funˋ seˋ vuˊ aˊ – pag mˇ giuˋ

海陸拼音：funˊ seˊ vuˋ aˋ – pagˋ m giuˊ

華語釋義：原形畢露。

61.

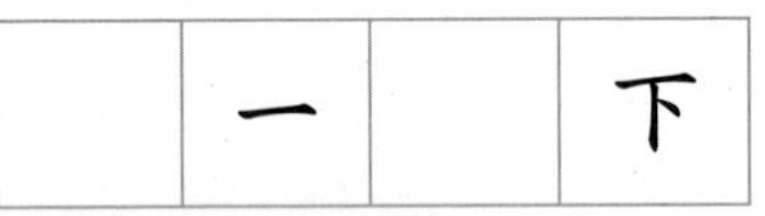

四縣拼音：fun idˋ tienˊ ha

海陸拼音：funˇ rhid tienˋ ha+

華語釋義：一統寰宇。

62.

四縣拼音：fun nau gungˊ tongˇ

海陸拼音：funˇ nau+ gungˋ tong

華語釋義：胡鬧、不合情理的擾亂官署或法庭的大堂。

63.

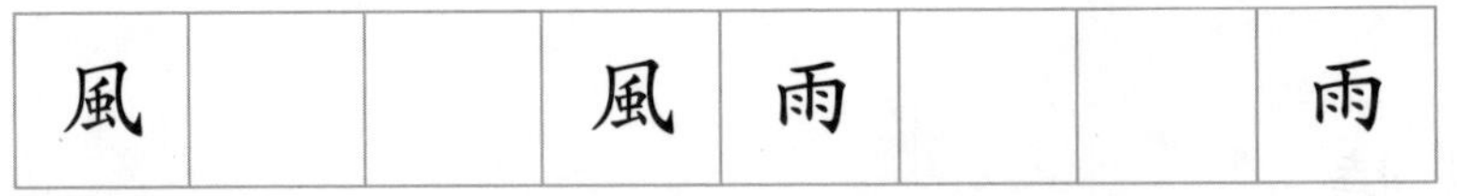

四縣拼音：fungˊ loiˇ qiungˇ fungˊ iˋ loiˇ qiungˇ iˋ

海陸拼音：fungˋ loi ciung fungˋ rhiˊ loi ciung rhiˊ

華語釋義：比喻要掌握天時，順應時勢。

64.

四縣拼音：fungˊ suiˋ im doˋ

海陸拼音：fungˋ shuiˊ rhimˇ doˊ

華語釋義：他的墳墓給他遮了蔭涼；受祖墳的恩惠。

65.

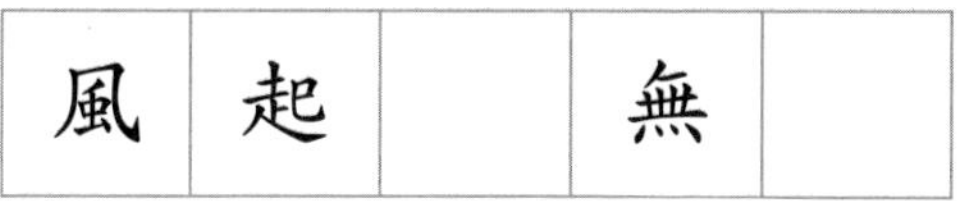

四縣拼音：fungˊ hiˋ san moˇ gungˊ

海陸拼音：fungˋ hiˊ shanˇ mo gungˋ

華語釋義：夏日天氣炎熱，人手一把扇子，突然吹起陣陣涼風，扇子就沒作用了。

66.

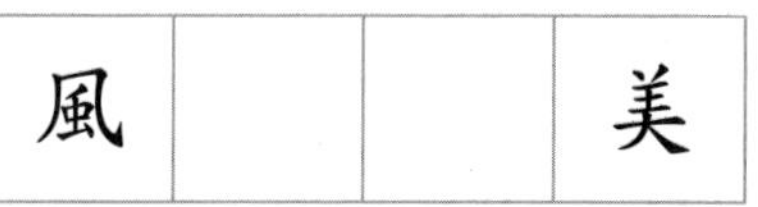

四縣拼音：fungˊ qinˊ xiug miˊ

海陸拼音：fungˋ cinˋ siugˋ muiˋ

華語釋義：良好的行爲和道德。

67.

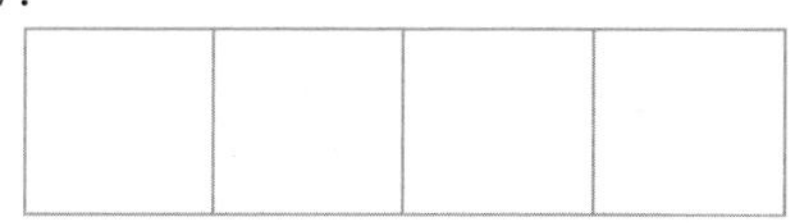

四縣拼音：fungˊ loˇ guˋ gagˋ

海陸拼音：fungˋ lo guˊ gag

華語釋義：舊時認定凡患這類病的，都屬於不治之症，必死無疑。

68.

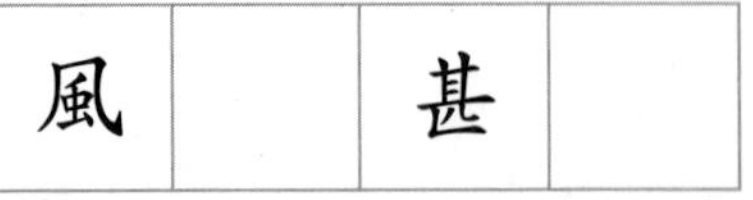

四縣拼音：fungˊ caiˋ siimˋ duˊ

海陸拼音：fungˋ caiˊ shimˊ duˋ

華語釋義：行為舉止很優美。

69.

四縣拼音：fungˇ ziinˊ nginˇ budˋ sodˋ gaˋ fa

海陸拼音：fung zhinˋ ngin bud shod gaˊ faˇ

華語釋義：在眞誠可靠或知情的人面前不必說謊話。

70.

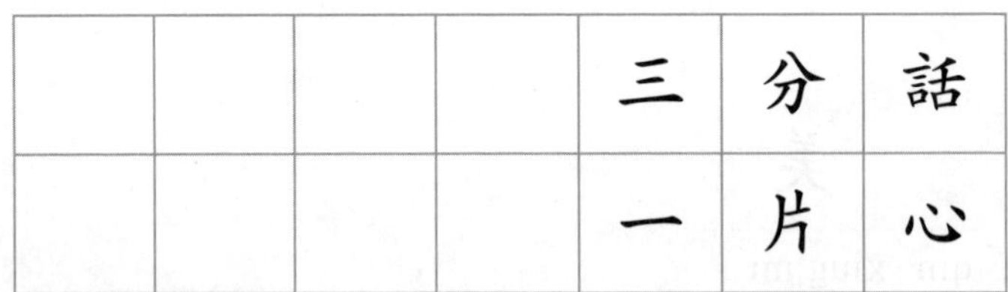

四縣拼音：fungˇ nginˇ qiaˋ sodˋ samˊ funˊ fa
vi koˋ qionˇ pauˊ idˋ pienˋ ximˊ

海陸拼音：fung ngin ciaˊ shod samˋ funˋ faˇ
vui+ koˊ cion pauˋ rhid pienˊ simˋ

華語釋義：對人說話要留有餘地，待人不能把心全部交給別人。比喻待人要保持安全距離，謹言愼行。

71.

四縣拼音：fungˇ gimˊ liˊ liuˇ loiˇ hagˋ cadˋ

海陸拼音：fung gimˋ liˋ liu loi hag cad

華語釋義：比喻沒有效果。

72.

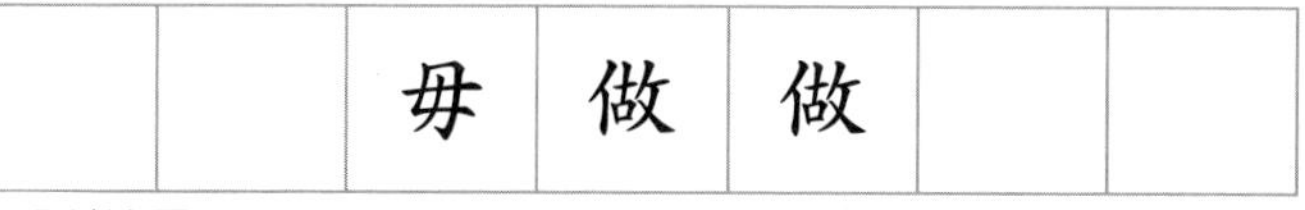

四縣拼音：fungˇ mien mˇ zo zo vuˊ mien

海陸拼音：fung mienˇ m zoˇ zoˇ vuˋ mienˇ

華語釋義：好人不做做壞人。

73.

		做	過			來
		做	過			來

四縣拼音：fungˇ moiˇ zo go qiangˊ moiˇ loiˇ
dam gonˊ zo go zugˋ sunˋ loiˇ

海陸拼音：fung moi zoˇ goˇ ciangˋ moi loi
damˇ gonˋ zoˇ goˇ zhug sunˊ loi

華語釋義：比喻自己是過來人。

74.

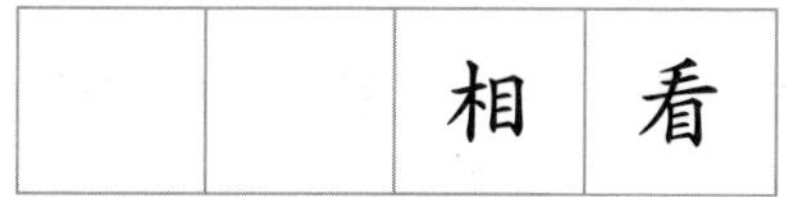

四縣拼音：fud ngienˋ xiongˊ kon

海陸拼音：fudˋ nganˊ siongˋ konˇ

華語釋義：好意看待，不加傷害。

G

1.

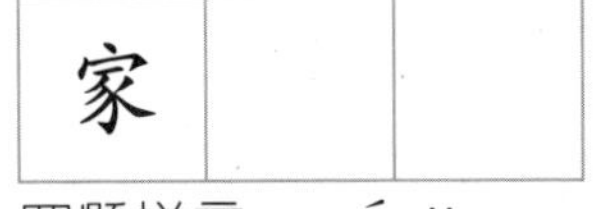

四縣拼音：ga´ sii pog

海陸拼音：ga` sii+ pog`

華語釋義：家境拮据窘迫。

2.

四縣拼音：ga´ moˇ long tong zii` gon´ qiungˇ hoˇ cu loiˇ

海陸拼音：ga` mo long+ tong+ zii´ gon` ciung ho chuˇ loi

華語釋義：鼓勵年輕人不要窩在家鄉，躲在父母的大樹下享受其蔭庇；而應該到外面去經風雨見世面，以獲得豐富的生活經歷，爲以後的成才積累經驗。

3.

四縣拼音：ga´ pinˇ nanˇ goi` kiu ga´ fung´

海陸拼音：ga` pin nan goi´ kiu+ ga` fung`

華語釋義：就算家庭窮困，也不放棄家族的例規、改變家族的傳統。

4.

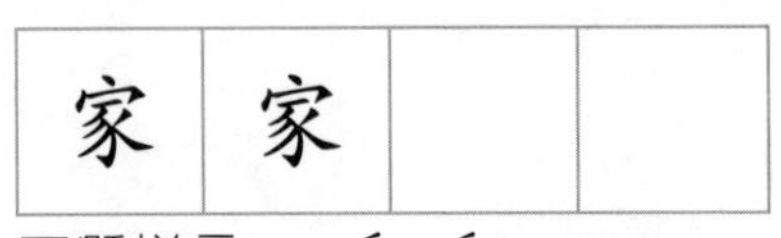

四縣拼音：ga´ ga´ iunˇ iunˇ

海陸拼音：gaˋ gaˋ rhun rhun

華語釋義：指家戶的條件狀況都差不多。

5.

四縣拼音：gaˊ longˇ siinˊ pai

海陸拼音：gaˋ long shinˋ pai+

華語釋義：家裡遭逢邪惡不祥的時期。

6.

四縣拼音：gaˊ iuˊ van gimˊ ngidˋ siid nanˇ tu

海陸拼音：gaˋ rhiuˋ van+ gimˋ ngid shidˋ nan tu+

華語釋義：很難爲一個大家庭提供足夠的經費。

7.

四縣拼音：gaˊ ngiongˇ moˇ hoˋ iong ximˊ kiuˊ gabˋ voˇ song

海陸拼音：gaˋ ngiong mo hoˊ rhong+ simˋ kiuˋ gab vo shong+

華語釋義：做婆婆的人，不能以身作則，成爲媳婦的模範，媳婦就不能循規蹈矩，而趨於品行不端，有虧婦道之意。

8.

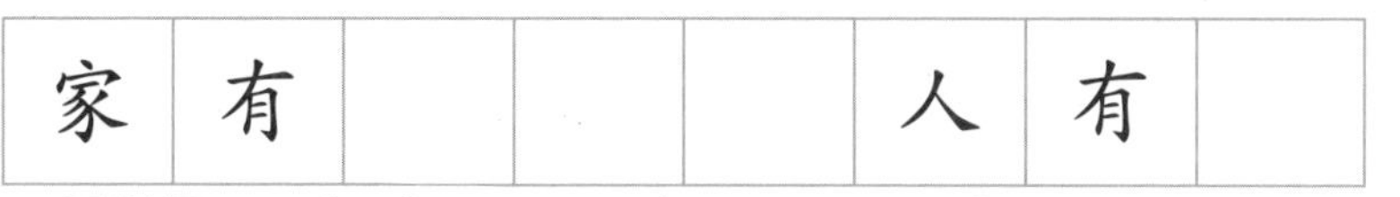

四縣拼音：gaˊ iuˊ vongˇ gimˊ ngoi nginˇ iuˊ ciin

海陸拼音：gaˋ rhiuˋ vong gimˋ ngoi+ ngin rhiuˋ chinˇ

華語釋義：表示你有多大的家業或本領，其他人是能夠了解和掌握的。

9.

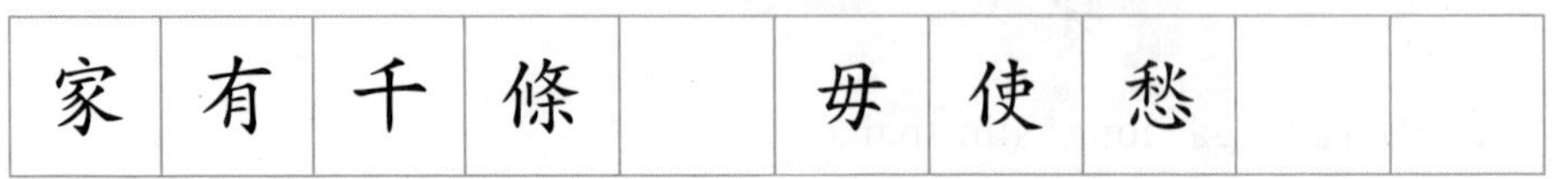

四縣拼音：gaˊ iuˊ qienˊ tiauˇ zungˊ mˇ siiˋ seuˇ pinˇ kiungˇ

海陸拼音：gaˋ rhiuˋ cienˋ tiau zungˋ m siiˊ seu pin kiung

華語釋義：如果這個家庭擁有一千棵椰子樹，它就不必爲自己的貧困而悲傷；指後盾很強大。

10.

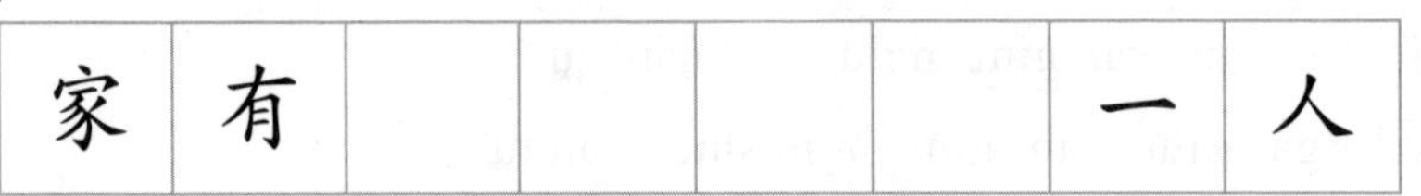

四縣拼音：gaˊ iuˊ qienˊ denˊ zuˋ sii idˋ nginˇ

海陸拼音：gaˋ rhiuˋ cienˋ denˋ zhuˊ sii+ rhid ngin

華語釋義：比喻事情總要有一個人出來作主。

11.

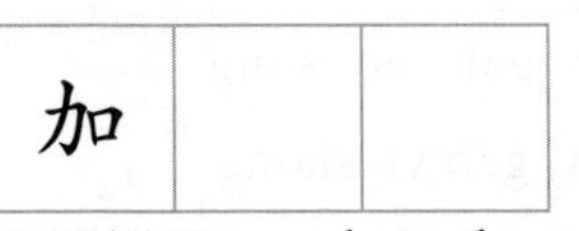

四縣拼音：gaˊ samˊ tab

海陸拼音：gaˋ samˋ tabˋ

華語釋義：與苦力協議除了工錢之外，還會再付額外紅利；以利誘使人同意。

12.

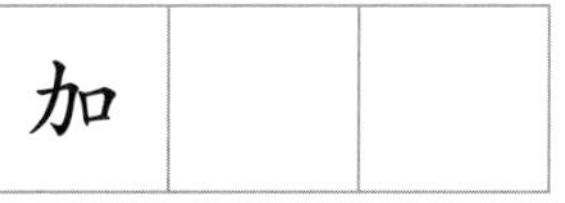

四縣拼音：gaˊ ngˋ suiˋ

海陸拼音：gaˋ ngˊ shuiˊ

華語釋義：在貨幣交換中，指等值的金錢交易。

13.

四縣拼音：ga teuˇ xiongˊ inˊ

海陸拼音：gaˇ teu siongˋ rhinˋ

華語釋義：價格大概就是這樣子，不會差太多。

14.

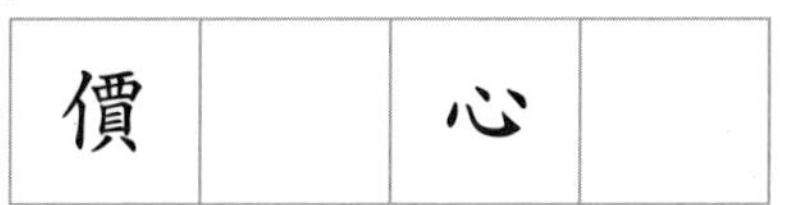

四縣拼音：ga jiugˋ ximˊ hiuˊ

海陸拼音：gaˇ ziug simˋ hiuˋ

華語釋義：價格令人相當滿意。

15.

嫁	雞		雞	
嫁	狗		狗	

四縣拼音：ga gieˊ suiˇ gieˊ biˊ

　　　　　ga gieuˋ tenˇ gieuˋ zeuˋ

海陸拼音：gaˇ gaiˋ sui gaiˋ buiˋ

　　　　　gaˇ gieuˊ ten gieuˊ zeuˊ

華語釋義：女人嫁給什麼樣的男人，都要隨從自己的丈夫做事，或生活在一起，意指需同甘共苦。

16.

四縣拼音：ga doˋ fuˇ liˇ nung coˋ deu

海陸拼音：gaˇ doˊ fu li nung+ coˊ deuˇ

華語釋義：嫁給一隻狐狸，就只能在草地上築巢；有嫁雞隨雞嫁狗隨狗之意。

17.

四縣拼音：gamˊ su koiˊ faˊ gieuˋ sedˋ nau

海陸拼音：gamˋ shu+ koiˋ faˋ gieuˊ sed nau+

華語釋義：當橘子樹開花時，跳蚤比比皆是。

18.

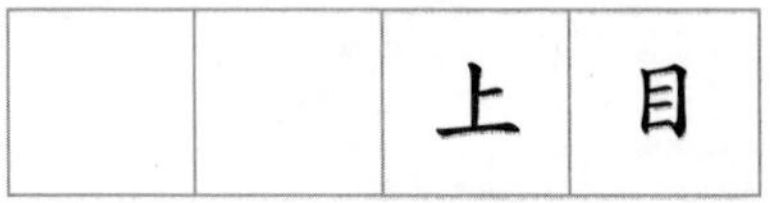

四縣拼音：gamˊ jidˋ songˊ mugˋ

海陸拼音：gamˋ zid shongˋ mug

華語釋義：眼病初起時在暗處不能見物，繼而眼珠乾燥，黑睛混濁，甚至糜爛破損。

19.

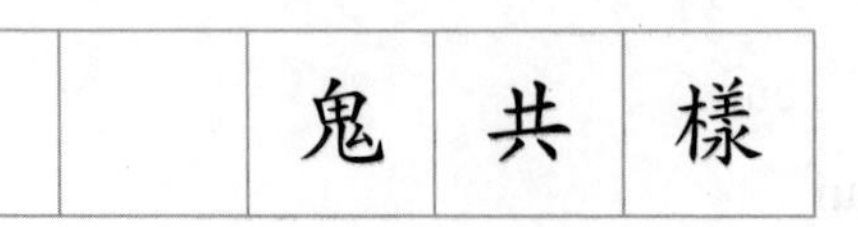

四縣拼音：gamˊ loˇ guiˋ kiung iong

海陸拼音：gamˋ lo guiˊ kiung+ rhong+

華語釋義：指貪得無厭，像在監獄中餓極了，一出監牢，便狼吞虎嚥般，拼命攫吃。

20.

四縣拼音：gamˊ budˋ gamˊ gie budˋ gie

海陸拼音：gamˋ bud gamˋ gaiˇ bud gaiˇ

華語釋義：比喻左右爲難，不好處理。也形容樣子彆扭。

21.

四縣拼音：gamˋ gamˋ mˇ voi vi

海陸拼音：gamˊ gamˊ m voi+ vuiˇ

華語釋義：非常勇敢，不畏懼。

22.

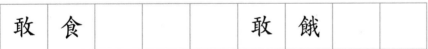

四縣拼音：gamˋ siid samˊ siinˊ ban gamˋ ngo qidˋ conˊ

海陸拼音：gamˊ shidˋ samˋ shinˋ banˇ gamˊ ngo+ cid conˋ

華語釋義：一個人要敢做敢當，說一餐能吃很多米飯的人，便要有餓肚子數頓飯不吃的準備。

23.

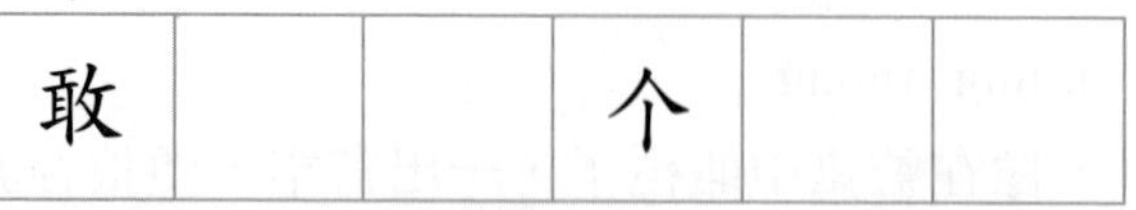

四縣拼音：gamˋ liangˊ ngiaˊ ge gungˊ fuˊ

海陸拼音：gamˊ liangˋ ngia gaiˇgungˋ fuˋ

華語釋義：我會承擔你的工作。

24.

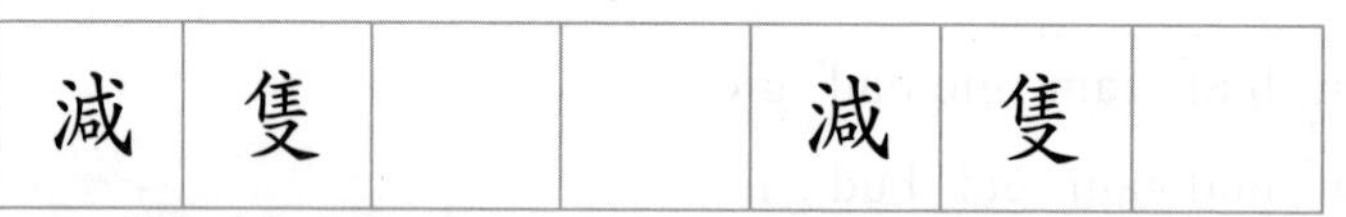

四縣拼音：gamˋ zagˋ sedˋ maˇ gamˋ zagˋ kieuˋ

海陸拼音：gamˊ zhag sed ma gamˊ zhag hieuˊ

華語釋義：蝨子越少，咬的痛處就越少；子孫越少，消耗的糧食就減少。

25.

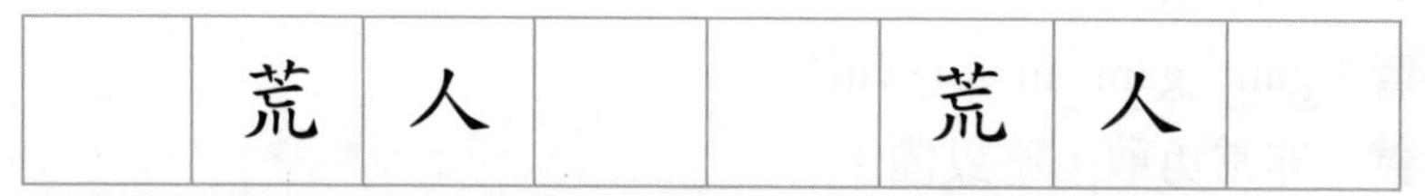

四縣拼音：gangˊ fongˊ nginˇ tienˇ cu fongˊ nginˇ vugˋ

海陸拼音：gangˋ fongˋ ngin tien chu+ fongˋ ngin vug

華語釋義：放着自己的土地被浪費，房子被毀壞。

26.

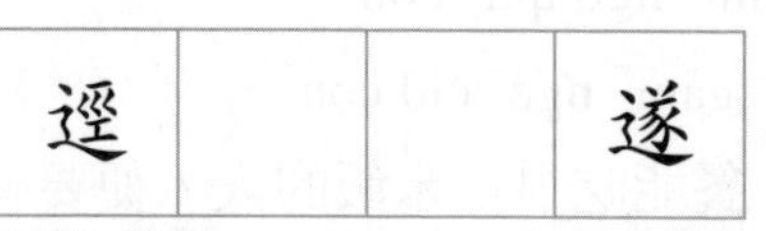

四縣拼音：jin hangˇ ciid sui

海陸拼音：zinˇhang chidˋ suiˇ

華語釋義：隨心願行事而順利達到目的。

27.

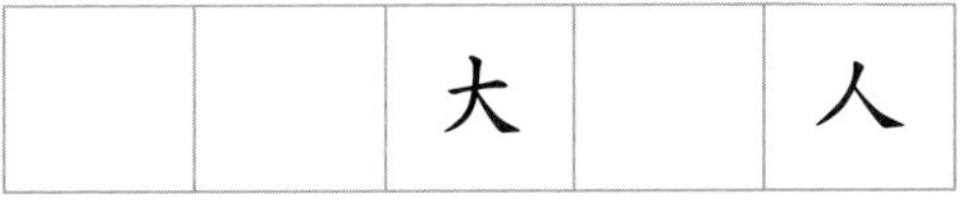

四縣拼音：gauˊ sab tai liab nginˇ

海陸拼音：gauˋ shabˋ tai⁺ liabˋ ngin

華語釋義：跟有頭有臉的人交往。

28.

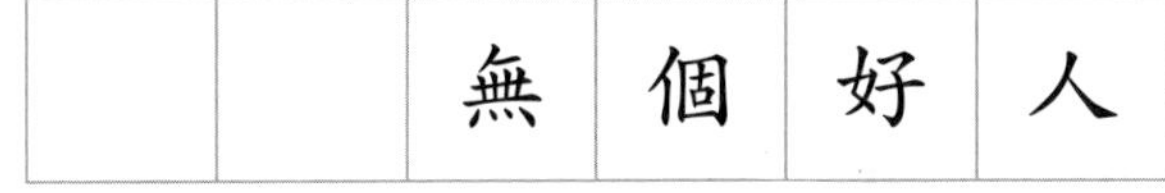

四縣拼音：gauˊ sab moˇ ge hoˋ nginˇ

海陸拼音：gauˋ shabˋ mo gaiˇ hoˊ ngin

華語釋義：他與毫無價值的人交往。

29.

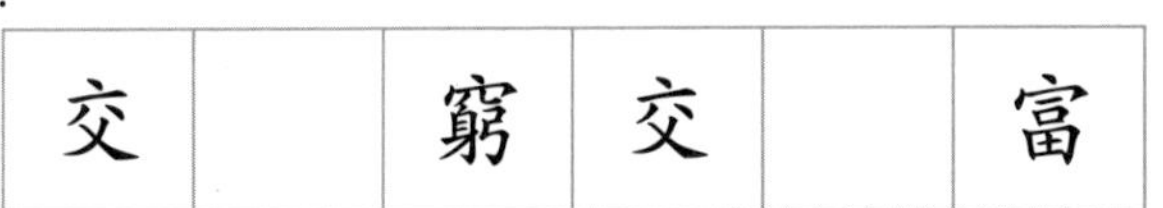

四縣拼音：gauˊ gonˊ kiungˇ gauˊ ced fu

海陸拼音：gauˋ gonˋ kiung gauˋ cedˋ fuˇ

華語釋義：與富貴人家交往，應酬花費必多，最終變得窮困；與小偷有交情，有可能分得財物而變得有錢。

30.

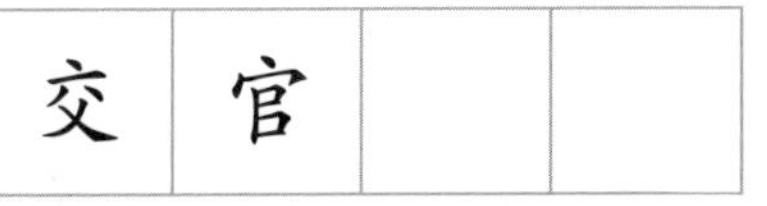

四縣拼音：gauˊ gonˊ jiabˋ fuˋ

海陸拼音：gauˋ gonˋ ziab fuˊ

華語釋義：與達官貴人往來。

31.

四縣拼音：gauˊ iuˇ siinˊ mugˋ

海陸拼音：gauˋ iu shinˋ mug

華語釋義：比喻唆使、引導惡人做壞事。出自《詩經．小雅．角弓》。

32.

四縣拼音：gauˊ sa ziiˊ liˊ soˋ iˊ sii song di

海陸拼音：gauˋ sha⁺ ziiˋ liˋ soˊ rhiˋ sii⁺ shong⁺ diˇ

華語釋義：祭皇天的郊禮以及祭土地的社禮，是藉以敬奉生育萬物長養萬民的上帝。

33.

四縣拼音：gauˊ cuˊ guˋ xidˋ

海陸拼音：gauˋ chuˋ guˊ sid

華語釋義：比喻固執拘泥，不知變通。

34.

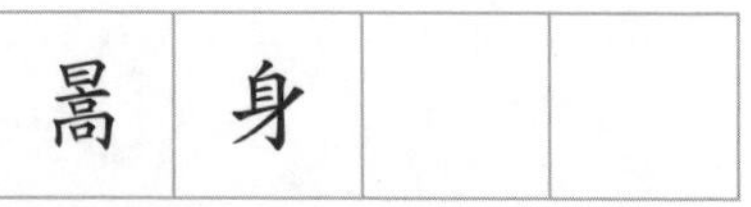

四縣拼音：ho siinˊ cagˋ jiugˋ

海陸拼音：hoˇshinˋ chag ziug

華語釋義：裸着身體光着腳。

35.

四縣拼音：gauˊ gauˊ cudˋ ngidˋ

海陸拼音：gauˋ gauˋ chud ngid

華語釋義：形容太陽的明亮。

36.

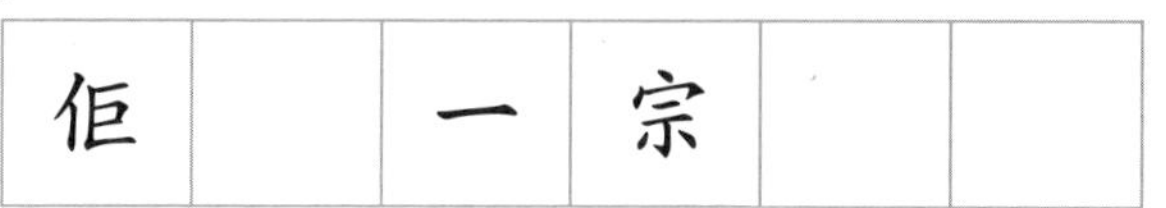

四縣拼音：giˇ nang idˋ zungˊ binˋ xin

海陸拼音：gi nangˇ rhid zungˋ binˊ sinˇ

華語釋義：他的另一種氣質與眾不同。

37.

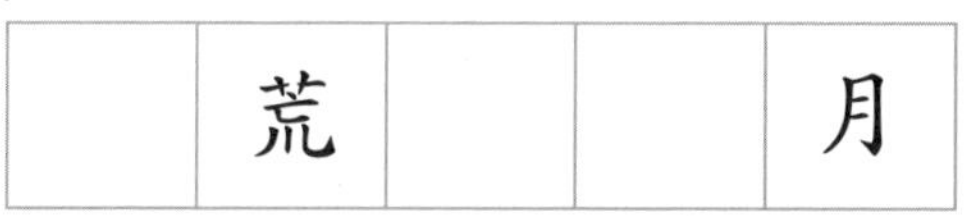

四縣拼音：giˊ fongˊ giamˊ iun ngied

海陸拼音：giˋ fongˋ giamˋ rhun+ ngiedˋ

華語釋義：荒年之外又遇到了閏月；禍不單行。

38.

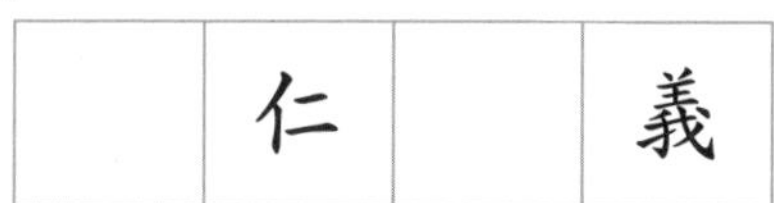

四縣拼音：giˊ inˇ iuˇ ngi

海陸拼音：giˋ rhin rhiu ngi+

華語釋義：內懷仁愛之心，行事遵循義理。

39.

四縣拼音：giamˋ teuˇ siib miˊ

海陸拼音：giamˊ teu shibˋ muiˋ

華語釋義：把支離破碎的事物從頭到尾收集起來。

40.

四縣拼音：giamˊ ngiabˋ ped sii

海陸拼音：giamˋ ngiab pedˋ sii^{+}

華語釋義：除了自己的職責外，還要承擔其他人的職責。

41.

四縣拼音：giamˋ doˋ loiˇ siid

海陸拼音：giamˊ doˊ loi shidˋ

華語釋義：（到商店）拿起東西就吃，不擔心付款之事。

42.

四縣拼音：giamˋ diamˋ hangˇ zongˊ

海陸拼音：giamˊ diamˊ hang zongˋ

華語釋義：小心謹慎個人的行為。

43.

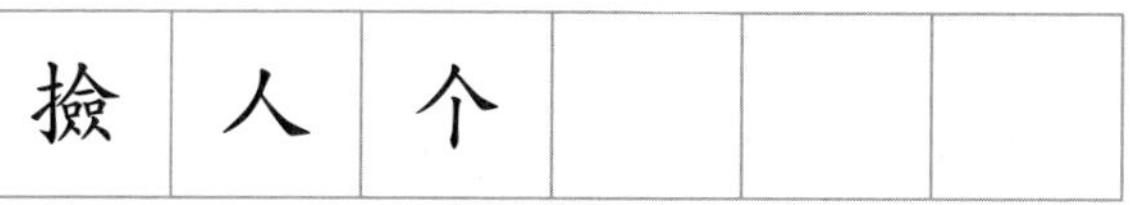

四縣拼音：giam` nginˇ ge kieu` sui` za´

海陸拼音：giam´ ngin gaiˇ kieu´ shui´ za`

華語釋義：採用他人的語言或思想，並當作自己的東西使用。

44.

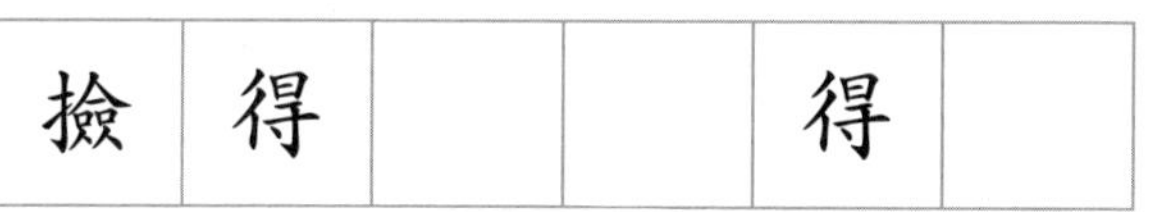

四縣拼音：giam` ded` cud` su´ ded` ngib

海陸拼音：giam´ ded chud shiu` ded ngib`

華語釋義：自己認爲合適餽贈出去的東西，他人贈與時就不應嫌棄。

45.

四縣拼音：giam` mˇ cud` su`

海陸拼音：giam´ m chud shiu´

華語釋義：我實在不願意給你這麼少。

46.

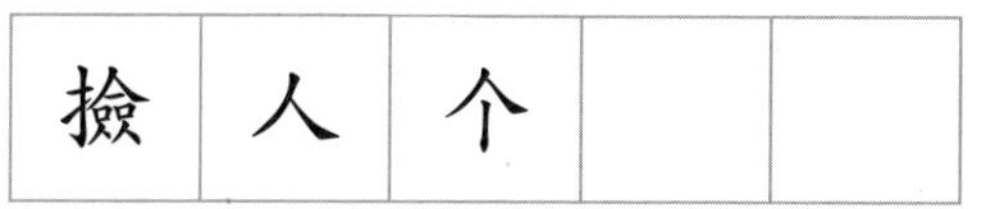

四縣拼音：giam` nginˇ ge giog` sed`

海陸拼音：giam´ ngin gaiˇ giog sed

華語釋義：將個人投資所得的私利（不管用什麼方法）合理化。

47.

四縣拼音：giam munˇ du oi zon go hi

海陸拼音：giamˇ mun du^{+} oiˇ zonˇ goˇ hiˇ

華語釋義：即使門是用利劍做的，你還是得穿過去；有時一個人必須面對任何危險。

48.

四縣拼音：giangˊ do mien moˇ ziiˋ tai

海陸拼音：giangˋ doˇ mienˇ mo zhiˊ tai^{+}

華語釋義：害怕得臉都收縮起來。

49.

四縣拼音：giangˋ du mˇ tangˊ ngˇ

海陸拼音：giangˊ du^{+} m tangˋ ngi

華語釋義：他對你的話毫不在意。

50.

四縣拼音：gieˊ paˊ gieuˋ songˊ

海陸拼音：gaiˋ paˋ gieuˊ songˋ

華語釋義：（把東西）留給母雞去抓，狗去破壞；指一個粗心又浪費的女人。

51.

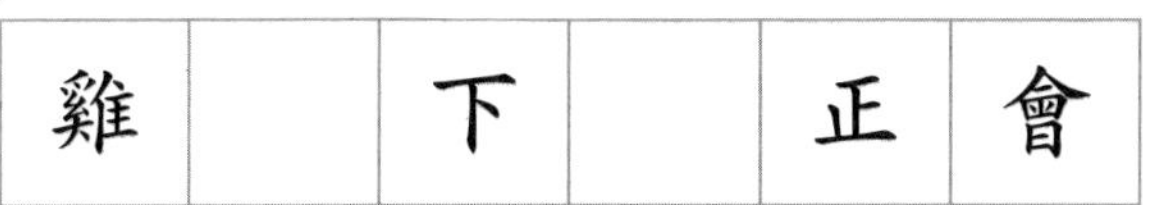

四縣拼音：gieˊ ji haˊ paˊ zang voi

海陸拼音：gaiˋ ziˇ haˋ paˋ zhangˇ voi+

華語釋義：就像一隻母雞，只能在自己的籠子下面抓；喻格局不大，只會貪圖小利。

52.

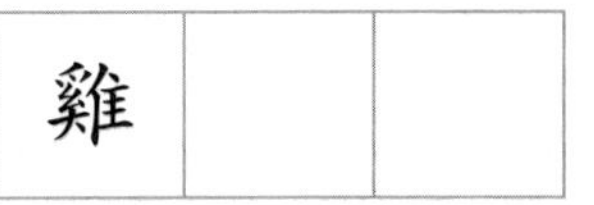

四縣拼音：gieˊ sangˊ cunˊ

海陸拼音：gaiˋ sangˋ chunˋ

華語釋義：指母雞下蛋。

53.

四縣拼音：gieˊ sabˋ mugˋ kiung iong

海陸拼音：gaiˋ shab mug kiung+ rhong+

華語釋義：指小孩不願意去睡覺，眼睛都捨不得閉。

54.

四縣拼音：gieˊ maˇ gieuˋ ziiˋ iuˊ gimˊ ngiˋ vanˇ hoˋ dai

海陸拼音：gaiˋ ma gieuˊ ziiˊ rhiuˋ gimˋ ngiˊ van hoˊ daiˇ

華語釋義：連他家的幼兒稚女都穿金戴銀地到處串；形容非常富有。

55.

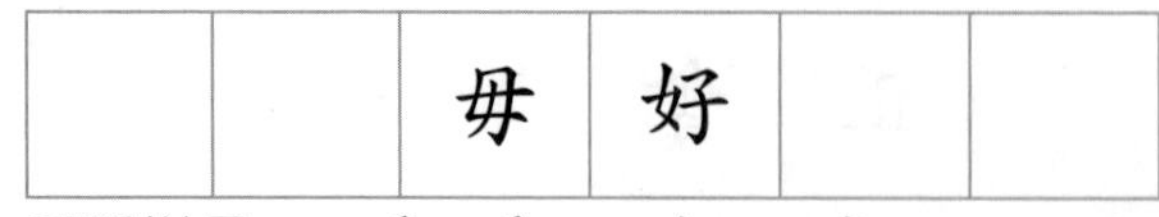

四縣拼音：gieˊ moˊ mˇ hoˋ cii foˋ

海陸拼音：gaiˋ moˋ m hoˊ chiˇ foˊ

華語釋義：譏諷一個人明知故犯的不智舉動。

56.

四縣拼音：gieˊ ziiˋ cudˋ se moˇ nen siid

海陸拼音：gaiˋ ziiˊ chud sheˇ mo nenˇ shidˋ

華語釋義：有人一出生就三餐不繼；比喻人世間還有許多比自己更可憐的人。

57.

四縣拼音：giedˋ coˋ hamˇ vanˇ

海陸拼音：gied coˊ ham van

華語釋義：把草結成繩子、嘴裡銜着玉環，搭救恩人。比喻感恩報德，至死不忘。出自《幼學瓊林．卷三．人事類》。

58.

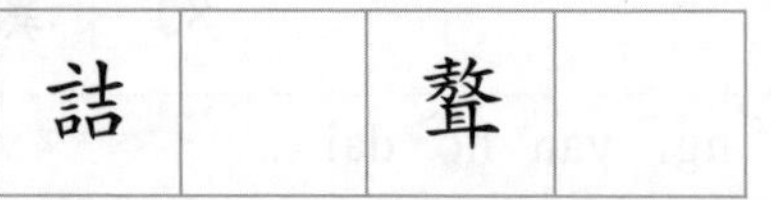

四縣拼音：giedˋ kudˋ ngauˇ ngaˇ

海陸拼音：gied kud ngau nga

華語釋義：文字深奧，音調艱澀，不易誦讀。

59.

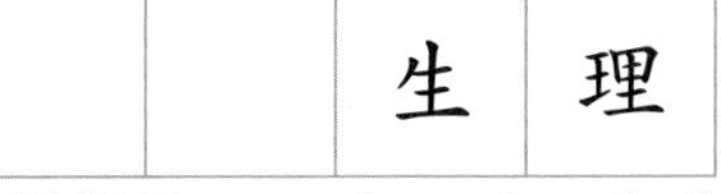

四縣拼音：gienˊ damˊ senˊ liˊ

海陸拼音：gienˋ damˋ senˋ liˋ

華語釋義：挑擔叫賣。

60.

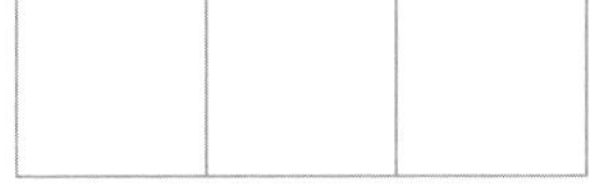

四縣拼音：gienˊ gungˊ miangˇ

海陸拼音：gienˋ gungˋ miang

華語釋義：繳納錢財以求取官職。

61.

四縣拼音：gien gonˊ mog cai qienˇ zogˋ hagˋ mog cai heu

海陸拼音：gienˇ gonˋ mogˋ cai+ cien zog hag mogˋ cai+ heu+

華語釋義：做人要精明，要看情勢，知所進退。

62.

四縣拼音：gien qienˇ ngienˋ gongˊ

海陸拼音：gienˇ cien ngienˊ gongˋ

華語釋義：比喻貪婪愛財。

63.

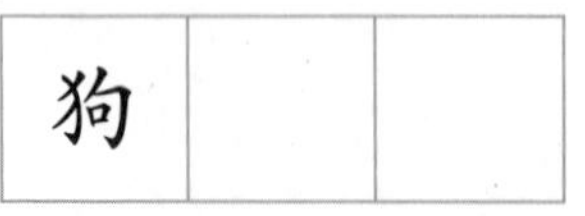

四縣拼音：gieu` ngau´ coˇ

海陸拼音：gieu´ ngau` co

華語釋義：指一個男人和他的妻子意見不同。

64.

四縣拼音：gieu` teuˇ gieu` giog`

海陸拼音：gieu´ teu gieu´ giog

華語釋義：指道德很差的官員或奴僕。

65.

四縣拼音：gieu` zoi moˇ sii` died`

海陸拼音：gieu´ zhoiˇ mo shi´ died

華語釋義：比喻不可能會漏掉；也有不浪費之意。也譏諷貪食、貪心的人。

66.

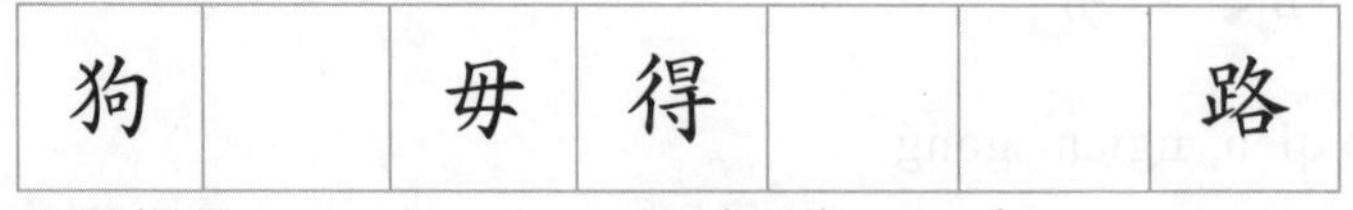

四縣拼音：gieu` tod` mˇ ded` sii` gong´ lu

海陸拼音：gieu´ tod m ded shi´ gong` lu+

華語釋義：指堅持走邪惡道路的人。

67.

四縣拼音：gieuˋ pi doˋ soˊ

海陸拼音：gieuˊ pi+ doˊ soˋ

華語釋義：狗跟着氣味走；指對周遭的感覺靈敏，能嗅出細微的變化。

68.

四縣拼音：gieuˋ ceu zuˋ nginˇ xiuˊ

海陸拼音：gieuˊ seuˇ zhuˊ ngin siuˋ

華語釋義：指自己的子女骨瘦如柴、衣衫襤褸或沒有教養，使爲人父母丟臉出醜、沒面子。

69.

四縣拼音：gieuˋ siid no miˋ moˇ bien iong

海陸拼音：gieuˊ shidˋ no+ miˊ mo bienˇ rhong+

華語釋義：比喻一個人不改劣根性。

70.

四縣拼音：gieuˋ daˋ lo cuˋ iuˊ gungˊ moˇ loˇ

海陸拼音：gieuˊ daˊ loˊ chuˊ rhiuˋ gungˋ mo lo

華語釋義：管到分外的事情、多管閒事。因此沒有作用。

71.

四縣拼音：gieuˋ tab doi ge senˊ liˊ

海陸拼音：gieuˊ tabˋ doiˇ gaiˇ senˋ liˋ

華語釋義：狗都必須去踩磨坊；指不管如何困難或辛苦，都得完成工作。

72.

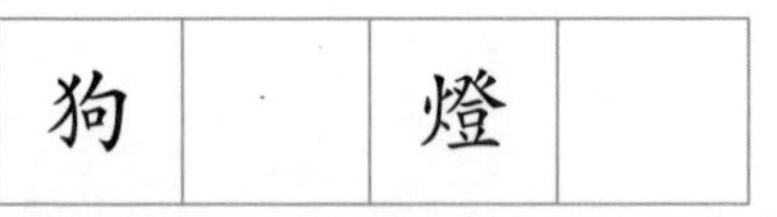

四縣拼音：gieuˋ hamˇ denˊ zanˋ

海陸拼音：gieuˊ ham denˋ zanˊ

華語釋義：就像一隻狗，因為油的氣味而把一盞空燈放在嘴裡；形容對經歷過的事情，心情尚未平息。

73.

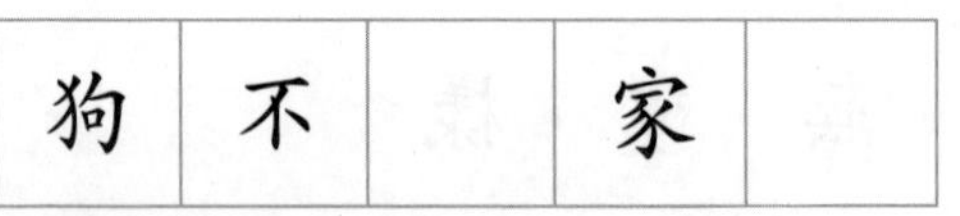

四縣拼音：gieuˋ budˋ hiamˇ gaˊ pinˇ

海陸拼音：gieuˊ bud hiam gaˋ pin

華語釋義：各家養的狗都知道忠於主人，不會因主人窮困而另他門。出自《偈頌九十三首》，用來教育人不要忘本。

74.

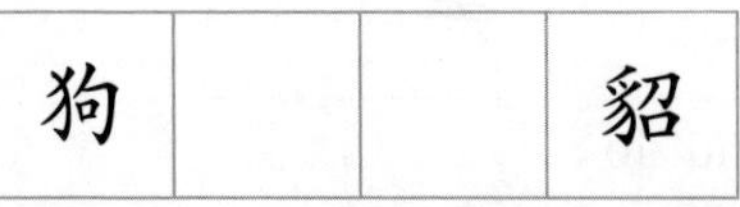

四縣拼音：gieuˋ miˊ xiug diauˊ

海陸拼音：gieuˊ muiˋ siugˋ diauˋ

華語釋義：比喻任官太濫，或事物以壞續好，前後不相稱。

75.

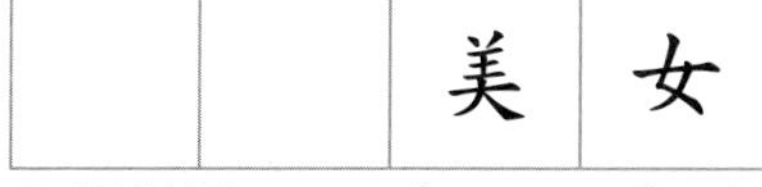

四縣拼音：gieuˊ ngoˇ miˊ ngˋ

海陸拼音：giauˋ ngo muiˋ ngˊ

華語釋義：形容女子貌美。

76.

四縣拼音：gieuˋ cudˋ siinˊ

海陸拼音：giauˊ chud shinˋ

華語釋義：為了獲取他人的專業，不斷地提供接濟與援助。

77.

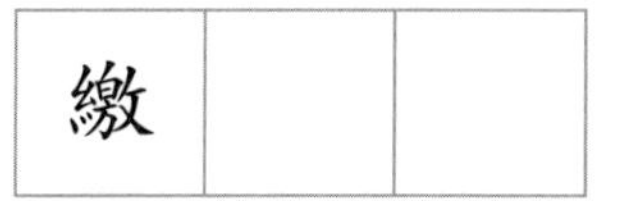

四縣拼音：gieuˋ faˊ fungˇ

海陸拼音：giauˊ faˋ fung

華語釋義：法官對罪犯所居住的人皆處以罰款。

78.

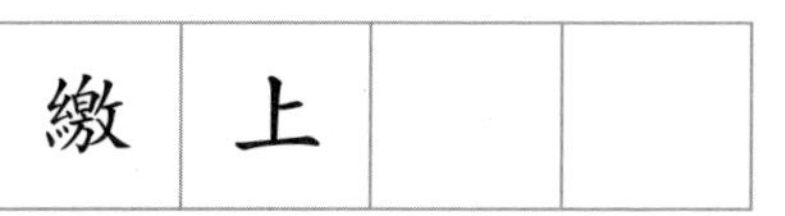

四縣拼音：gieuˋ songˊ ngaˇ munˇ

海陸拼音：giauˊ shongˋ nga mun

華語釋義：向治安法官交付財物。

79.

四縣拼音：gieu diauˊ moˇ daˋ

海陸拼音：giauˇ diauˋ mo daˊ

華語釋義：會啼叫的鳥不善戰鬥；只會吹牛但不行動的人。

80.

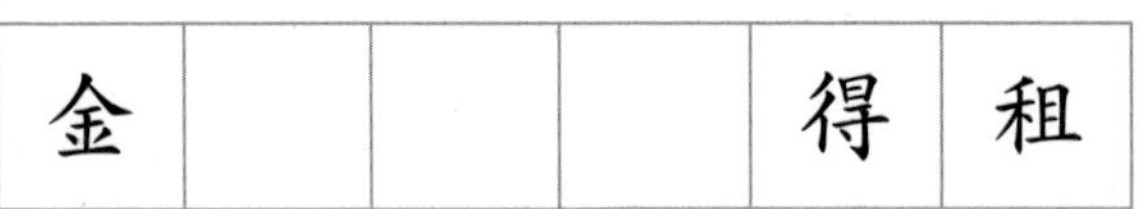

四縣拼音：gimˊ ngiˋ vanˇ zadˋ dedˋ zuˊ

海陸拼音：gimˋ ngiˊ van zhad ded zuˋ

華語釋義：金飾可以折算穀價來付佃租，比喻事物都要重實用、內涵。

81.

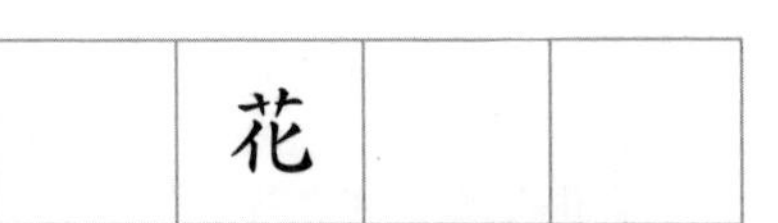

四縣拼音：gimˊ faˊ fungˇ cuˇ

海陸拼音：gimˋ faˋ fung chiu

華語釋義：指色彩艷麗、不易敗落的花朵以及象徵喜慶的赤色綢緞；皆爲喜慶之物。

82.

四縣拼音：gimˊ pag ngiunˇ pag maiˊ loiˇ

海陸拼音：gimˋ pagˋ ngiun pagˋ maiˋ loi

華語釋義：我是用錢財買來的；不是免費取得的。

83.

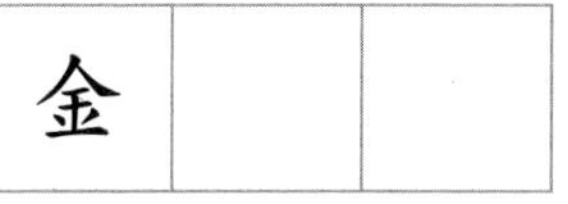

四縣拼音：gimˊ vuˊ inˇ

海陸拼音：gimˋ vuˋ rhin

華語釋義：指表裡不一的人。

84.

四縣拼音：gimˊ bauˊ ziiˋ goˋ

海陸拼音：gimˋ bauˋ zhiˊ goˊ

華語釋義：一個被雙親細心呵護的小孩。

85.

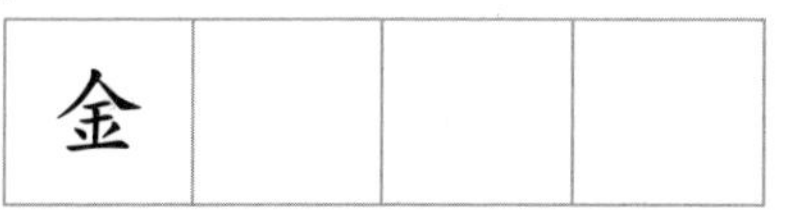

四縣拼音：gimˊ suˊ leuˇ cagˋ

海陸拼音：gimˋ shiuˋ leu cag

華語釋義：只拿錢，不辦事。

86.

四縣拼音：gimˊ guˊ xidˋ guaˋ

海陸拼音：gimˋguˋ sid guaˊ

華語釋義：對沒有父親及失去丈夫的人憐憫救濟的意思。

87.

四縣拼音：gin´ ciim´ mˇ pa fung´ ieuˇ tung´

海陸拼音：gin` chim` m paˇ fung` rhau tung`

華語釋義：比喻人做事只要根基穩固，就不怕外力干擾。

88.

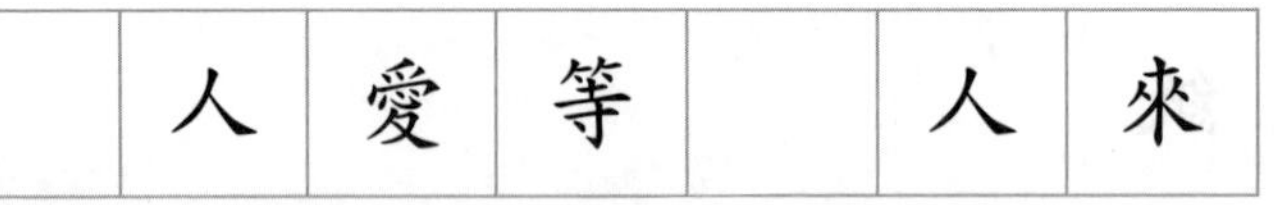

四縣拼音：gin` nginˇ oi den` kon´ nginˇ loiˇ

海陸拼音：gin´ ngin oiˇ den´ kon` ngin loi

華語釋義：匆忙的人還是必須等待那個從容不迫的人來，才能進行下個事務。

89.

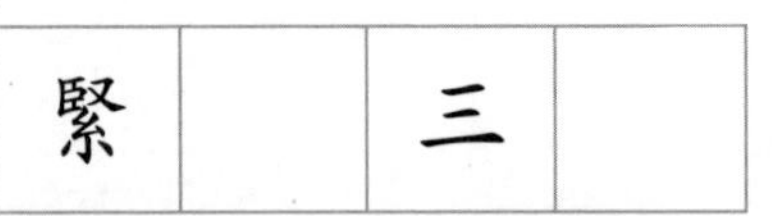

四縣拼音：gin` go sam´ hienˇ

海陸拼音：gin´ goˇ sam` hien

華語釋義：表示迫在眉睫的緊張狀態。

90.

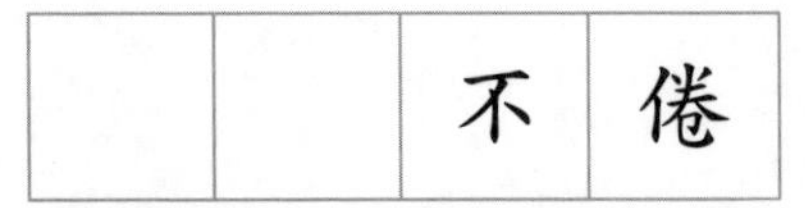

四縣拼音：kiang xiang` bud` kien`

海陸拼音：kiang[+] siang´ bud kien´

華語釋義：謹言慎行，而不感厭倦疲憊。

91.

四縣拼音：giog` teuˇ biang zung´ xi` – moˇ cong go

海陸拼音：giog teu biangˇ zhung` si´ – mo cong⁺ goˇ

華語釋義：如果是被鋤頭擊中而致死，指控是不被接受的；天外飛來的橫禍，只能自認倒楣。

92.

四縣拼音：giog` jiag` iong` du moˇ do loiˇ

海陸拼音：giog ziag rhang´ du⁺ mo doˇ loi

華語釋義：他腳步的影子甚至都沒見到；不是很盡職的。

93.

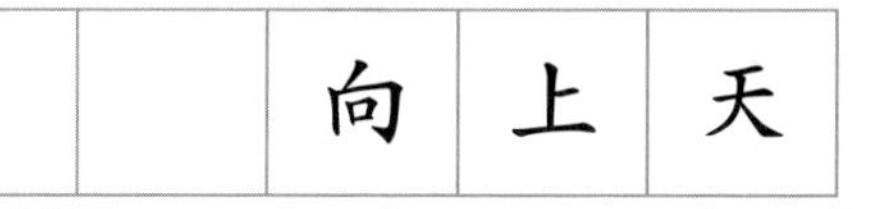

四縣拼音：giog` zii` hiong song´ tien´

海陸拼音：giog zhi´ hiongˇ shong` tien`

華語釋義：死了的狀態。

94.

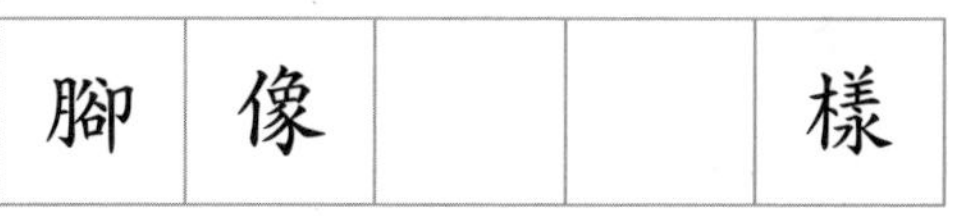

四縣拼音：giog` qiong gu` ga iong

海陸拼音：giog ciongˇ gu´ gaˇ rhong⁺

華語釋義：腳就像鼓棒一樣僵硬。

95.

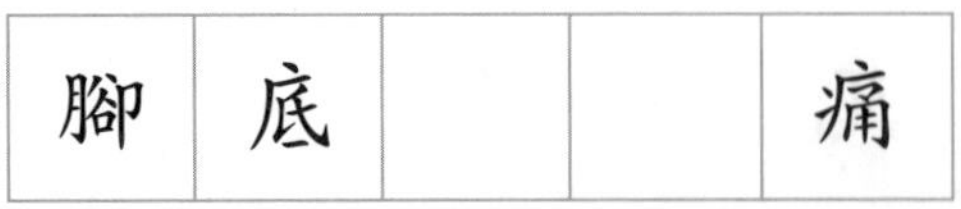

四縣拼音：giogˋ daiˋ piˇ hangˇ tung

海陸拼音：giog daiˊ pi hang tungˇ

華語釋義：腳底因走路過度而酸痛。

96.

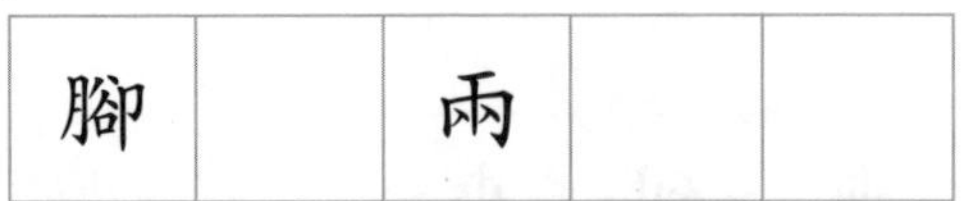

四縣拼音：giogˋ tab liongˋ pienˋ kieuˇ

海陸拼音：giog tabˋ liongˊ pienˊ kiau

華語釋義：猶豫不決的樣子。

97.

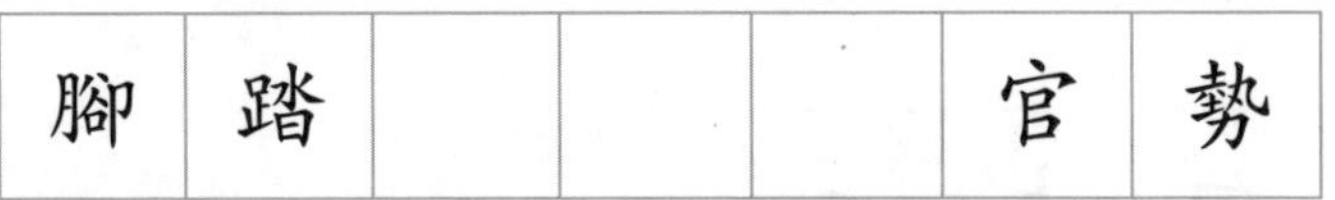

四縣拼音：giogˋ tab maˊ siiˋ pong gonˊ se

海陸拼音：giog tabˋ maˋ shiˊ pongˇ gonˋ sheˇ

華語釋義：指某人狐假虎威，倚仗別人的勢力，去欺負他人。

98.

四縣拼音：giongˊ gui ziiˊ xin ied loˋ ied lad

海陸拼音：giongˋ guiˇ ziiˋ sinˇ rhadˋ loˊ rhadˋ ladˋ

華語釋義：比喻年紀越大性格越耿直。

99.

		共	樣

四縣拼音：gionˊ sunˋ kiung iong

海陸拼音：giongˋ sunˊ kiung+ rhong+

華語釋義：膚色像就像薑筍一般粉嫩。

100.

四縣拼音：giongˊ tai gungˊ diau ngˇ ngien zaˋ songˊ gieuˊ

海陸拼音：giongˋ taiˇ gungˋ diauˇ ng ngien+ zhaˊ shongˋ gieuˋ

華語釋義：指心甘情願，沒有絲毫勉強。

101.

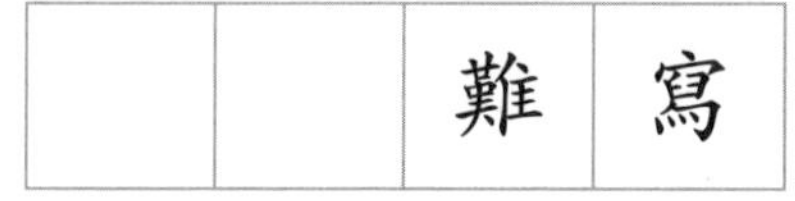

四縣拼音：gibˋ sii nanˇ xiaˋ

海陸拼音：gib sii+ nan siaˊ

華語釋義：很難在一時的衝動下寫出好作品（好話）。

102.

四縣拼音：gibˋ nginˇ moˇ gibˋ gie

海陸拼音：gib ngin mo gib gieˇ

華語釋義：草率的人不一定能很快作出決定。

103.

四縣拼音：gib` su` da` moˇ kienˇ

海陸拼音：gib shiu´ da´ mo kien

華語釋義：意外的打擊很難招架。

104.

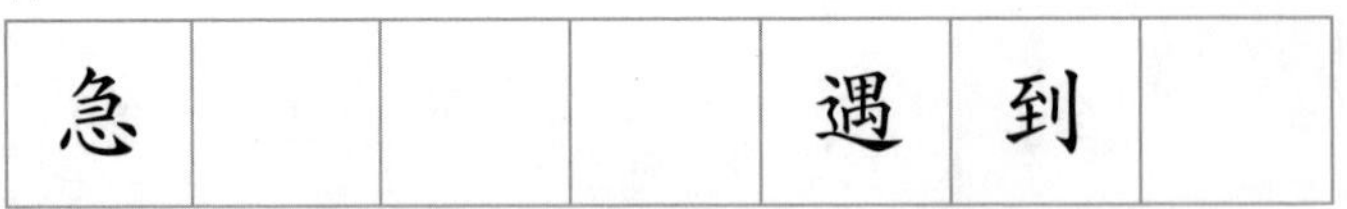

四縣拼音：gib` sui` tan´ teuˇ ngi do` cad`

海陸拼音：gib shui´ tan` teu ngi+ doˇ cad

華語釋義：就像一條魚在急流之處遇到水獺，難逃了！

105.

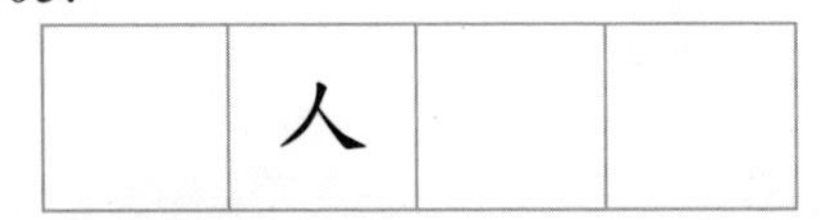

四縣拼音：gid` nginˇ ciiˇ gua`

海陸拼音：gid ngin cii gua´

華語釋義：賢明的人少言論。

106.

四縣拼音：giu` qiu´ ngˇ log fuˇ

海陸拼音：giu´ ciu` ng log` fu

華語釋義：所有的鰻魚都溜去了池塘，全都聚在一塊兒了。

107.

四縣拼音：giuˋ heu iuˊ nginˇ diˊ

海陸拼音：giuˊ heu^{+} rhiuˋ ngin diˋ

華語釋義：過了一段時間大家就會知道了；別急於一時。

108.

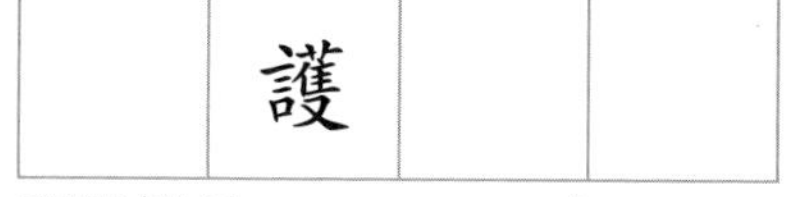

四縣拼音：giu fu ngidˋ siid

海陸拼音：giuˇ fu^{+} ngid shidˋ

華語釋義：擊鼓以護佑日月（君王）；國事趨吉避凶。

109.

四縣拼音：giu denˊ ximˊ foˋ

海陸拼音：giuˇ denˋ simˋ foˊ

華語釋義：指像被火燒灼一般的痛苦。

110.

四縣拼音：giunˊ ziiˋ iuˊ samˊ vi

海陸拼音：giunˋ ziiˊ rhiuˋ samˋ vuiˇ

華語釋義：賢明者敬畏因果報應的真相、敬畏有德或有地位之人、敬畏聖人的教誨。

111.

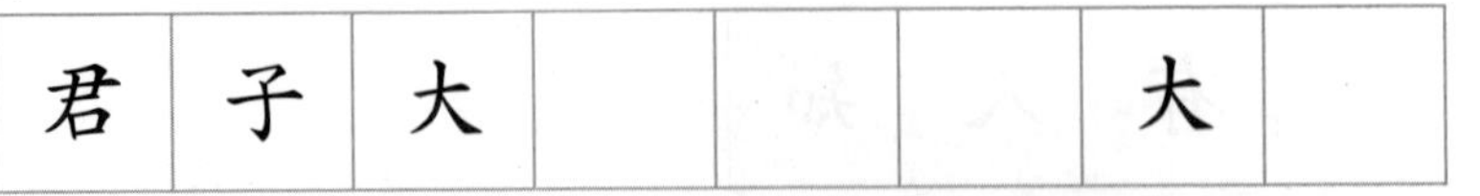

四縣拼音：giunˊ ziiˋ tai teuˇ seuˋ nginˇ tai giogˋ

海陸拼音：giunˋ ziiˊ tai+ teu siauˊ ngin tai+ giog

華語釋義：頭長得大的人有貴氣，腳長得大的人命運卑賤。

112.

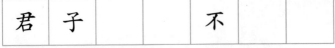

四縣拼音：giunˊ ziiˋ meuˇ to budˋ meuˇ siid

海陸拼音：giunˋ ziiˊ meu to+ bud meu shidˋ

華語釋義：君子謀求義理，不謀衣食和車房。

113.

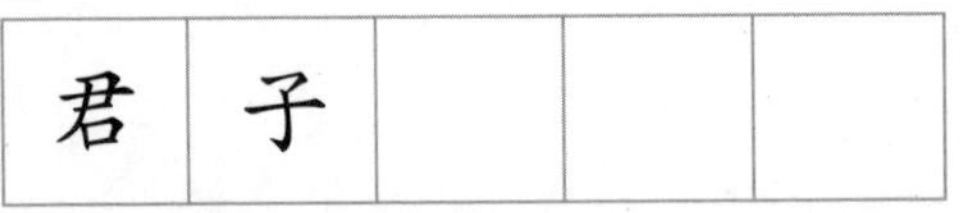

四縣拼音：giunˊ ziiˋ gien mien hienˇ

海陸拼音：giunˋ ziiˊ gienˇ mienˇ hien

華語釋義：有賢德者傾向面對面地陳述自己的想法，而不是在私底下談論。

114.

四縣拼音：giungˊ qiongˇ ngoi mong

海陸拼音：giungˋ ciong ngoi+ mong+

華語釋義：比喻未能得師門眞傳，不能領略師學之美。

115.

四縣拼音：giungˊ tai lo cuˋ ngadˋ bu toi

海陸拼音：giungˋ tai+ loˊ chuˊ ngad buˇ toi+

華語釋義：比喻自家人反毀損自己人的利益。

116.

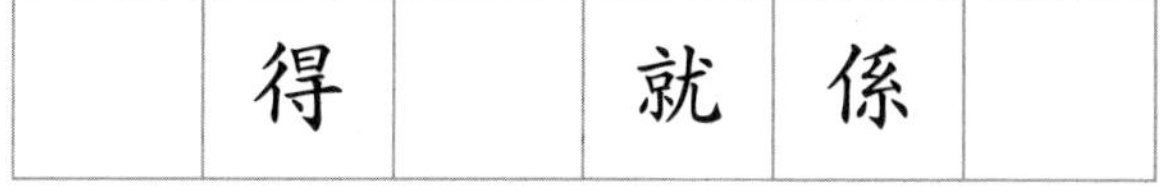

四縣拼音：go dedˋ hoiˋ qiu he xienˊ

海陸拼音：goˇ ded hoiˊ ciu+ heˇ sienˋ

華語釋義：只要完成了某件事情就是贏家。

117.

四縣拼音：go liauˋ sonˇ qiu diuˊ goˊ

海陸拼音：goˇ liauˊ shon ciu+ diuˋ goˋ

華語釋義：比喻放棄了使用達到目的的工具或手段，而去追求目標。亦即過河拆橋，不知感恩。

118.

四縣拼音：go kieuˇ doˊ go ngiˇ hangˇ lu

海陸拼音：goˇ kiau doˋ goˇ ngi hang lu+

華語釋義：倚老賣老，說自己的經驗比人多。

119.

四縣拼音：go go oi nginˇ fun´ fu

海陸拼音：goˇ goˇ oiˇ ngin fun` fuˇ

華語釋義：你怎麼總是需要被教導如何做事情呢（責備的語氣）！

120.

四縣拼音：go hang´ giog` oi siib`

海陸拼音：goˇ hang` giog oiˇ shib

華語釋義：你無法不沾濕你的腳而過河；一定要參與。

121.

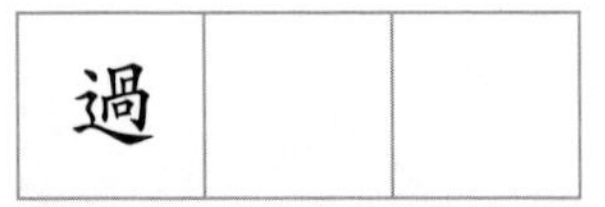

四縣拼音：go vu´ sui`

海陸拼音：goˇ vu` shui´

華語釋義：橫越險惡的臺灣海峽，那裡水勢湍急險惡，對渡海人來說，猶如鬼門關一樣充滿嚴酷的考驗。

122.

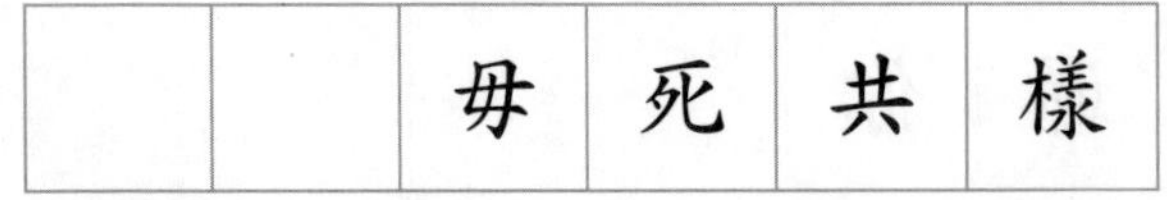

四縣拼音：god` gie´ mˇ xi` kiung iong

海陸拼音：god gai` m si´ kiung+ rhong+

華語釋義：脾氣暴躁、容易發怒，就像一隻臨死掙扎的家禽。

123.

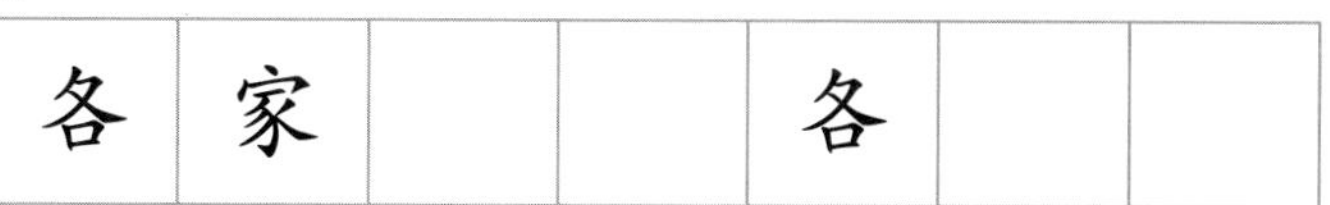

四縣拼音：gogˋ gaˊ siid fan gogˋ foˋ ienˊ

海陸拼音：gog gaˋ shidˋ pon+ gog foˊ rhanˋ

華語釋義：形容各自獨立，誰也不依賴誰。

124.

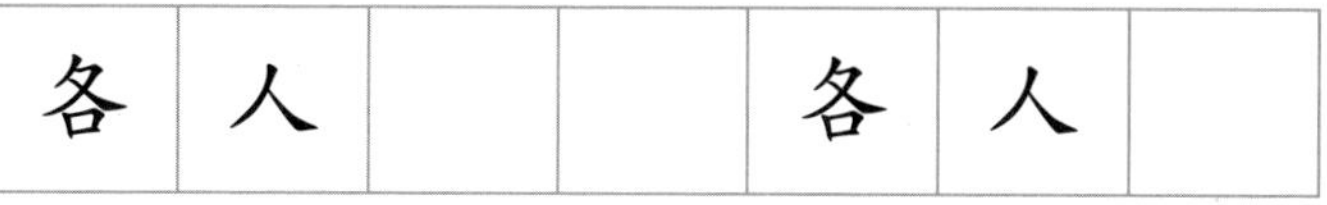

四縣拼音：gogˋ nginˇ seˋ mien gogˋ nginˇ gongˊ

海陸拼音：gog ngin seˊ mienˇ gog ngin gongˋ

華語釋義：自己愛惜羽毛，自己獲得好處之意。

125.

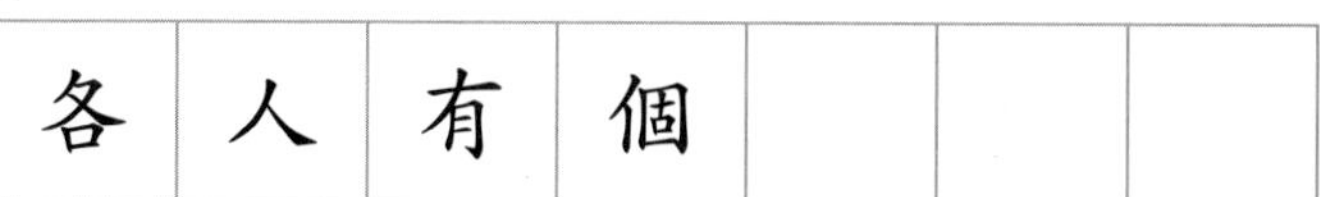

四縣拼音：gogˋ nginˇ iuˊ ge bagˋ loˇ tanˇ

海陸拼音：gog ngin rhiuˋ gaiˇ bag lo tan

華語釋義：每個人都有自己固定的住所。

126.

四縣拼音：gonˊ gonˊ xiongˊ fi fan fan xiongˊ nauˊ

海陸拼音：gonˋ gonˋ siongˋ fi+ fanˇ fanˇ siongˋ nauˋ

華語釋義：官員喜歡去拜訪他的同僚，商人則討厭他的同業。

127.

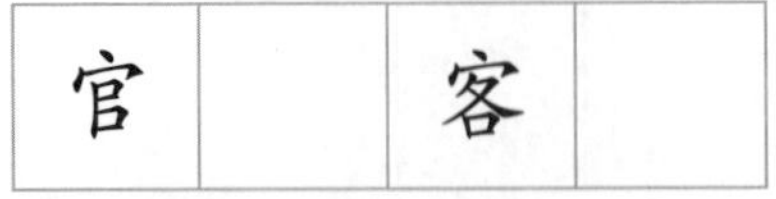

四縣拼音：gon´ qien ˇ hag ` zong

海陸拼音：gon ` cien hag zhong ˇ

華語釋義：法律官員和批發商人的索求是不容拖延的。

128.

四縣拼音：gon´ vi´ bud ` i ˇ nga ˇ zau ` vi´

海陸拼音：gon ` vui ` bud rhi nga zau´ vui `

華語釋義：這些官員們並不像他們的下屬那麼可怕。

129.

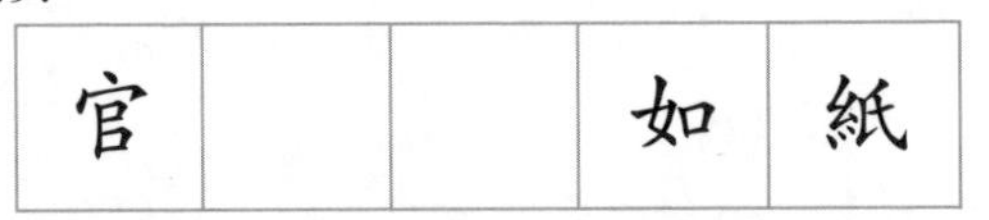

四縣拼音：gon´ siin´ pog i ˇ zii `

海陸拼音：gon ` shin ` pog ` rhi zhi´

華語釋義：指他的職位很不穩固。

130.

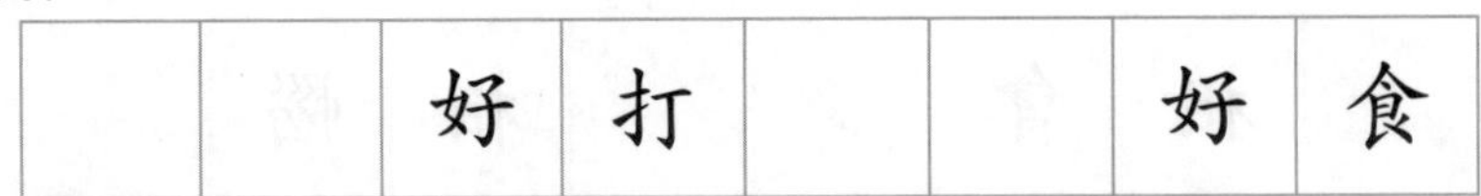

四縣拼音：gon´ sii´ ho ` da ` gieu ` sii ` ho ` siid

海陸拼音：gon ` sii ` ho´ da´ gieu´ shi´ ho´ shid `

華語釋義：勸人以忍息事，以免傷了和氣又因官司纏訟，傾家蕩產。

131.

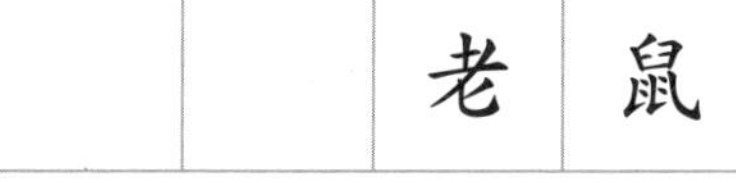

四縣拼音：gonˊ coiˇ lo cuˋ

海陸拼音：gonˋ coi loˊ chuˊ

華語釋義：這是一句歇後語，指食死人。

132.

四縣拼音：gonˊ coiˇ cunˊ cudˋ suˋ

海陸拼音：gonˋ coi chunˋ chud shiuˊ

華語釋義：指人死進了棺，還伸出手來。比喻人愛財如命。

133.

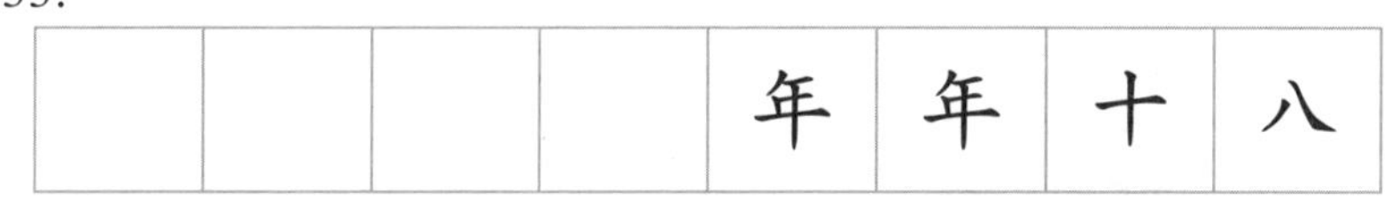

四縣拼音：gonˊ imˊ puˇ sadˋ ngienˇ ngienˇ siib badˋ

海陸拼音：gonˋ rhimˋ pu sad ngien ngien shibˋ bad

華語釋義：比喻永保青春。

134.

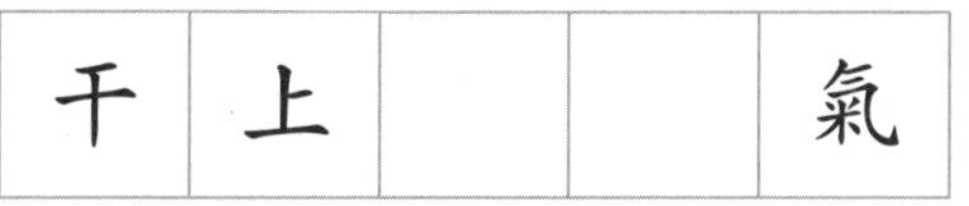

四縣拼音：gonˊ song di nu hi

海陸拼音：gonˋ shong+ diˇ nuˇ hiˇ

華語釋義：招致上天的憤怒。

135.

趕	狗				—	不	得	不	

四縣拼音：gonˋ gieuˋ ngib kiungˇ hong –budˋ dedˋ budˋ ngadˋ

海陸拼音：gonˊ gieuˊ ngibˋ kiung hong+ –bud ded bud ngad

華語釋義：勸戒人要對人寬厚，不可以藉勢欺人，否則逼人太甚，以致對方使命反擊。

136.

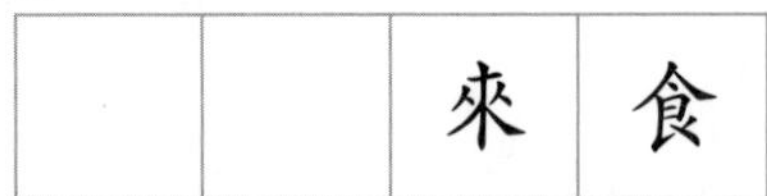

		來	食

四縣拼音：gonˋ seuˊ loiˇ siid

海陸拼音：gonˊ shauˋ loi shidˋ

華語釋義：食物要趁熱吃。

137.

		會	變	

四縣拼音：gonˋ sogˋ voi bien saˇ

海陸拼音：gonˊ sog voi+ bienˇ sha

華語釋義：形容本分之人也易受不良風氣的影響而發生本質的蛻變。

138.

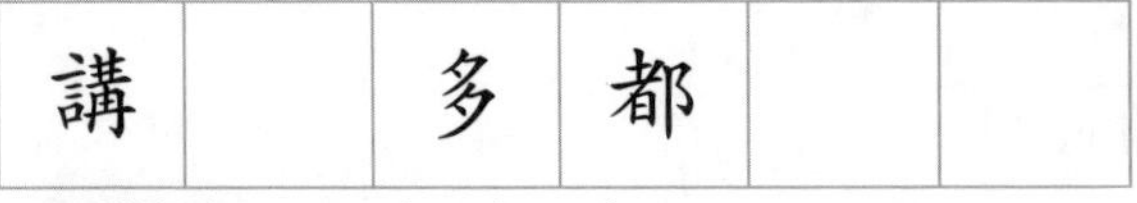

講		多	都		

四縣拼音：gongˋ anˋ doˊ du hanˇ qinˇ

海陸拼音：gongˊ anˊ doˋ du+ han cin

華語釋義：說了這麼多都是沒有目的的。

139.

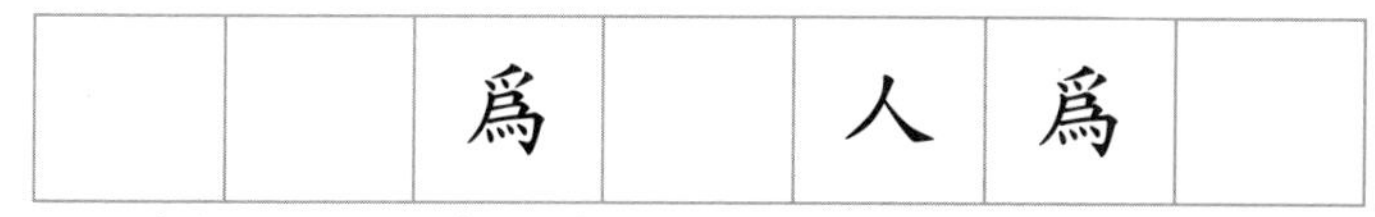

四縣拼音：gongˊ sanˊ viˇ zuˋ nginˇ viˇ hagˋ

海陸拼音：gongˋ sanˋ vui zhuˊ ngin vui hag

華語釋義：人已逝去了，山丘還在；景物依舊，人事已非。

140.

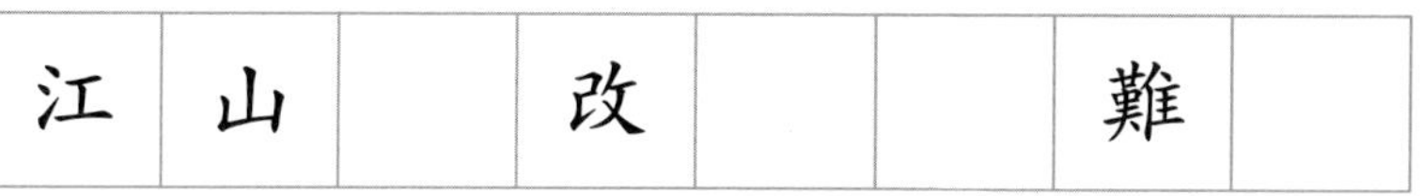

四縣拼音：gongˊ sanˊ i goiˋ binˋ xin nanˇ iˇ

海陸拼音：gongˋ sanˋ rhiˇ goiˊ binˊ sinˇ nan rhi

華語釋義：山河的面貌隨年月而有變化，而人的稟賦性格卻根深蒂固。比喻人的本性難以改變。

141.

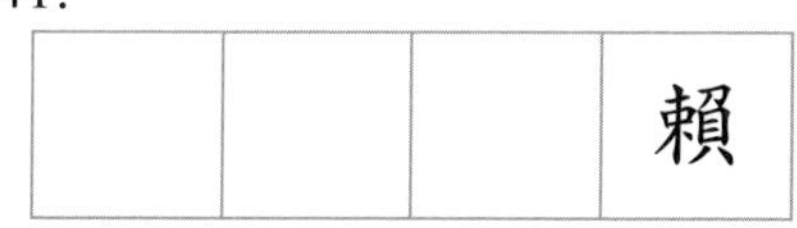

四縣拼音：gongˊ siiˊ tuˇ lai

海陸拼音：gongˋ shiˋ tu lai+

華語釋義：把一具屍體抬到別人家門口，誣賴是他造成的死亡。

142.

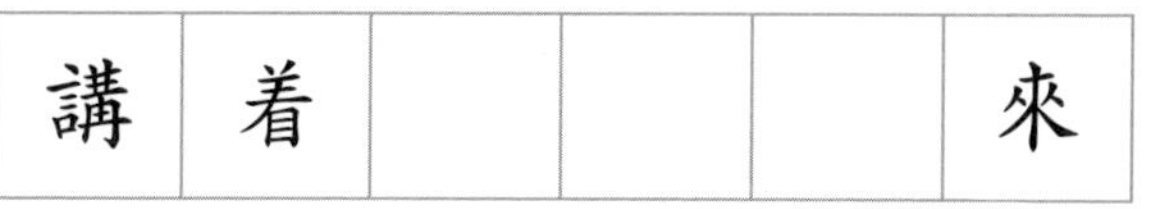

四縣拼音：gongˋ doˋ moiˇ kieuˋ suiˋ loiˇ

海陸拼音：gongˊ doˊ moi kieuˊ shuiˊ loi

華語釋義：說到酸梅，就會想像自己吃進嘴裡會酸酸的，刺激唾腺，才會流口水。

143.

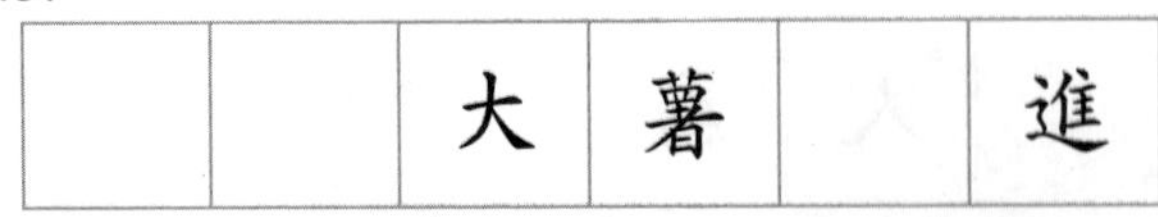

四縣拼音：gongˋ dungˊ tai suˇ mienˊ jin

海陸拼音：gongˊ dungˋ tai+ shu mienˋ zinˇ

華語釋義：欺騙我的、還送一個我不愛的爛東西的人，都不歡迎！

144.

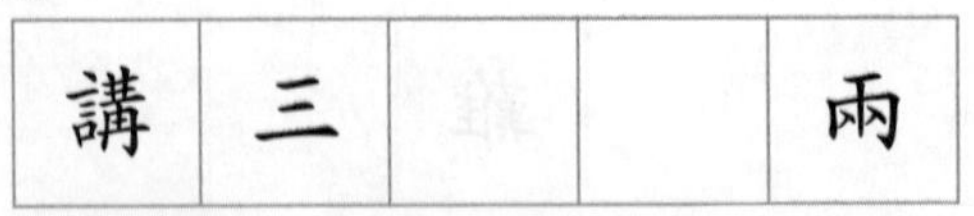

四縣拼音：gongˋ samˊ mˇ cog liongˋ

海陸拼音：gongˊ samˋ m chogˋ liongˊ

華語釋義：說三句不對兩句，指一個人說錯的多，說對的少。

145.

四縣拼音：gongˋ giˇ mˇ gongˋ qidˋ gaˊ

海陸拼音：gongˊ gi m gongˊ cid gaˋ

華語釋義：很多人很會批評別人，卻不知道反省自己。

146.

四縣拼音：gongˋ fa iuˊ gudˋ

海陸拼音：gongˊ faˇ rhiuˋ gud

華語釋義：話裡帶有暗示或諷刺。

147.

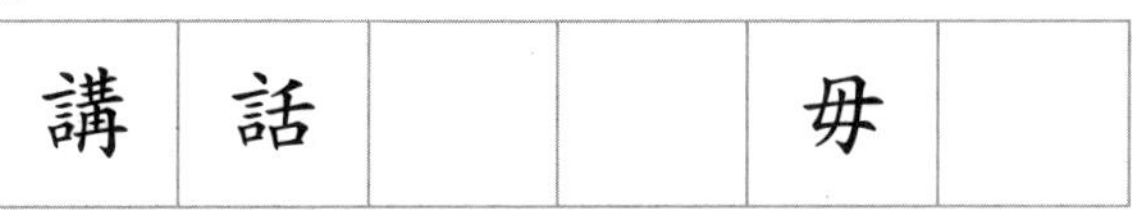

四縣拼音：gongˋ fa dui sunˋ mˇ doˋ

海陸拼音：gongˊ faˇ duiˇ sunˊ m doˊ

華語釋義：形容一個信口開河，因思慮不周而說話前後矛盾的人。

148.

四縣拼音：gongˋ fa mˇ dui ziiˋ ngˋ

海陸拼音：gongˊ faˇ m duiˇ ziiˊ ngˊ

華語釋義：言語不一致，不對時機。

149.

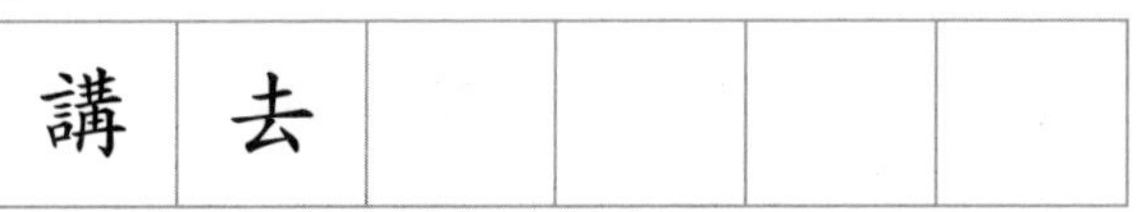

四縣拼音：gongˋ hi fud fud lunˇ lunˇ

海陸拼音：gongˊ hiˇ fudˋ fudˋ lun lun

華語釋義：說得晦澀難懂。

150.

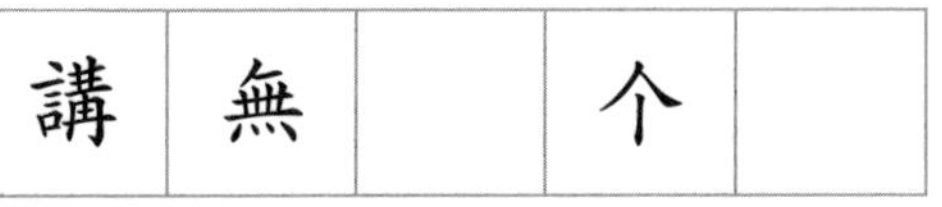

四縣拼音：gongˋ moˇ inˇ ge fa

海陸拼音：gongˊ mo rhin gaiˇ faˇ：

華語釋義：你說的話語中沒有一件事實。

151.

四縣拼音：gongˋ doˋ qienˇ bien moˇ ienˇ

海陸拼音：gongˊ doˊ cien bienˇ mo rhan

華語釋義：提到金錢，我倆之間就不情投意合了。

152.

四縣拼音：gong zungˊ iˇ ha minˇ

海陸拼音：gongˇ zhungˋ rhi ha+ min

華語釋義：給人民一個好的配置與安排。

153.

四縣拼音：guˊ imˊ budˋ senˊ guˊ iongˇ budˋ zongˋ

海陸拼音：guˋ rhimˋ bud sangˋ guˋ rhong bud zhongˊ

華語釋義：陰陽調和是萬物永續之基礎。

154.

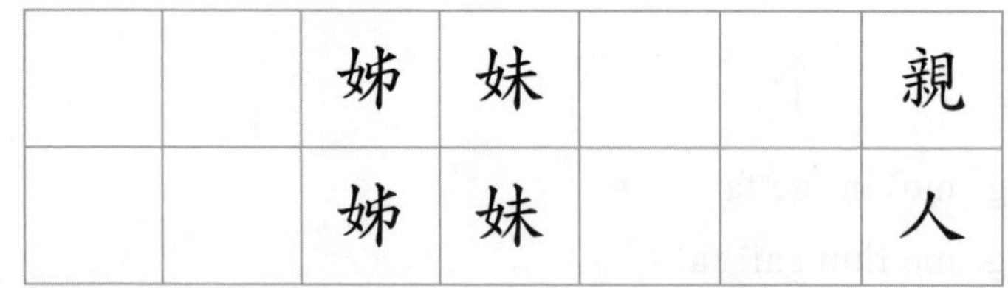

四縣拼音：guˊ kiuˊ jiˋ moi gudˋ teuˇ qinˊ
liongˋ iˇ jiˋ moi lu zungˊ nginˇ

海陸拼音：guˋ kiuˋ ziˊ moiˇ gud teu cinˋ
liongˊ rhi ziˊ moiˇ lu+ zhungˋ ngin

華語釋義：姑舅這邊的親戚，在本輩甚至之後的幾輩關係都十分近，相比較來說都比姨娘那邊的親。

155.

四縣拼音：gu´ zii vud lun

海陸拼音：gu` zhiˇ vud` lun+

華語釋義：姑且放在一邊不去探討。

156.

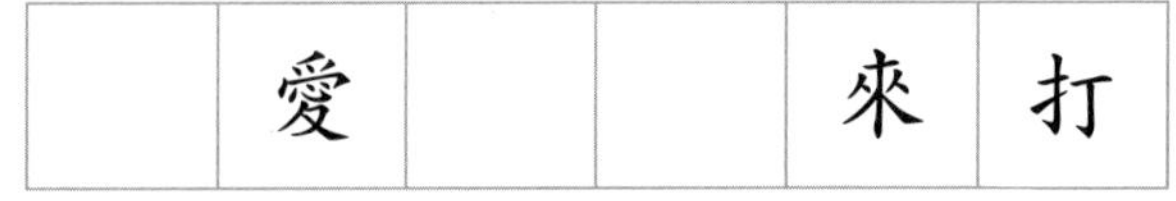

四縣拼音：gu` oi gong´ gin` loiˇ da`

海陸拼音：gu´ oiˇ gong` gin´ loi da´

華語釋義：大家都加入了打鼓的陣仗；所有的人都團結在這件事上。

157.

四縣拼音：gua´ god` zii´ qin´

海陸拼音：gua` god zii` cin`

華語釋義：指遠親。

158.

四縣拼音：gua` iuˇ gua` fi`

海陸拼音：gua´ rhiu gua´ fui´

華語釋義：說話很少錯誤，做事很少悔恨。形容言談舉止小心謹慎。

159.

	酒	難	

四縣拼音：guaˋ jiuˋ nanˇ siid

海陸拼音：guaˊ ziuˊ nan shidˋ

華語釋義：一個人獨自飲酒沒意思，不足以盡興。

160.

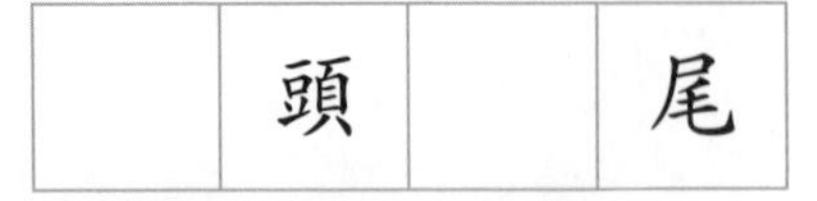

	頭		尾

四縣拼音：gua teuˇ qiamˊ miˊ

海陸拼音：guaˇ teu ciamˋ muiˋ

華語釋義：由圖示及紙片的前後字母，告知一個人的幸或不幸。

161.

	人	不	知		知		不		人

四縣拼音：guai nginˇ budˋ diˊ liˊ diˊ liˊ budˋ guai nginˇ

海陸拼音：guaiˇ ngin bud diˋ liˋ diˋ liˋ bud guaiˇ ngin

華語釋義：指責埋怨別人者，是不懂禮貌的；真正知書達理有教養的人，是不會去怪罪別人的。

162.

慣		慣	

四縣拼音：guan siid guan siiˋ

海陸拼音：guanˇ shidˋ guanˇ siiˊ

華語釋義：吃得好，用度多。

163.

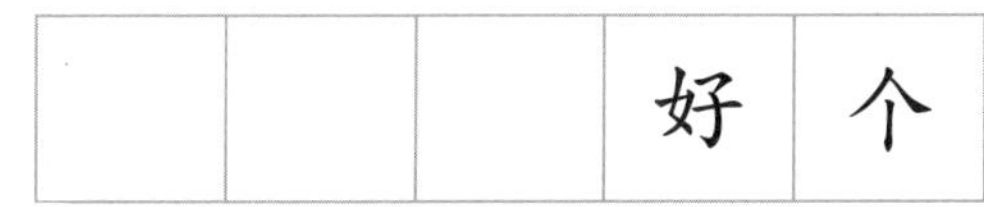

四縣拼音：gudˋ gagˋ duˋ hau ge

海陸拼音：gud gag duˊ hauˇ gaiˇ

華語釋義：在他的骨子裡，決心做一件事。

164.

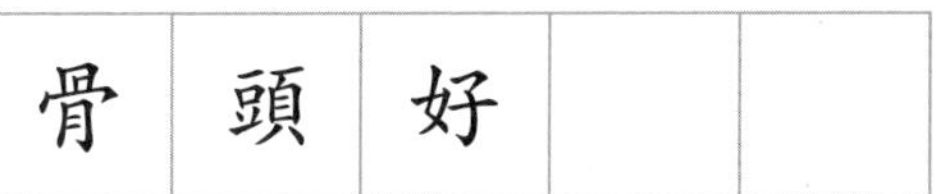

四縣拼音：gudˋ teuˇ hoˋ daˋ guˋ

海陸拼音：gud teu hoˊ daˊ guˊ

華語釋義：人已經過世很久，骨頭都可以拿來擊鼓了。

165.

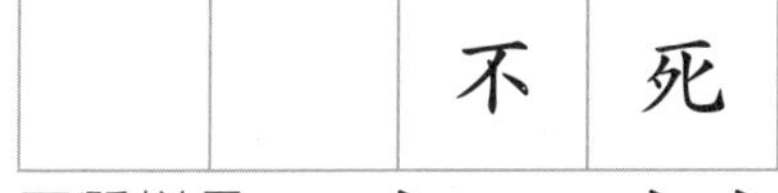

四縣拼音：gugˋ siinˇ budˋ xiˋ

海陸拼音：gug shin bud siˊ

華語釋義：以空谷之虛象徵子宮可孕育萬物、神通變化、妙用無窮、生生不息。指的是天地創生萬物的特質。

166.

四縣拼音：guiˋ sangˊ xiˊ nginˇ deu ge

海陸拼音：guiˊ sangˋ siˋ ngin deuˇ gaiˇ

華語釋義：強調人爲的成分大，任何稀奇古怪的事，都是人做出來的。

167.

四縣拼音：gui` du moˇ an` jinˊ

海陸拼音：guiˊ du+ mo anˊ zin`

華語釋義：貶稱一個人絕不會吃虧上當。

168.

四縣拼音：gui` fa xi` doˊ

海陸拼音：guiˊ faˇ siˊ do`

華語釋義：編造不眞實的話，非常離譜的謊話。

169.

四縣拼音：gui zii` lanˇ sunˊ

海陸拼音：guiˇ ziiˊ lan sun`

華語釋義：對人子孫的美稱。

170.

四縣拼音：gungˊ poˇ ceˇ qionˇ ngoi gaˊ xi` qied

海陸拼音：gung` po ce cion ngoi+ ga` siˊ cied`

華語釋義：用來比喻自私自利的人。

171.

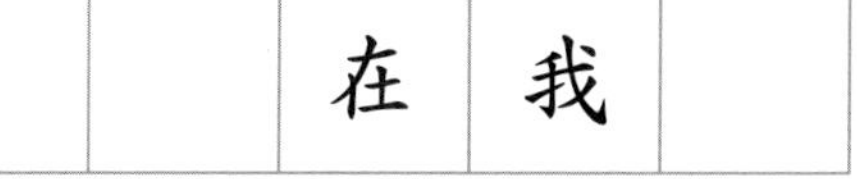

四縣拼音：gungˊ fuˊ cai ngoˊ suˋ

海陸拼音：gungˋ fuˋ cai^{+} ngoˋ shiuˊ

華語釋義：工作在我手上，錢卻在你手裡。

H

1.

	公	老	

四縣拼音：haˇ gungˊ loˋ haiˋ

海陸拼音：ha gungˋ loˊ haiˊ

華語釋義：輕蔑愚蠢工作人員的說詞。

2.

四縣拼音：haˇ gungˊ giogˋ he nginˇ i

海陸拼音：ha gungˋ giog heˇ ngin rhiˇ

華語釋義：指禮輕情意重。

3.

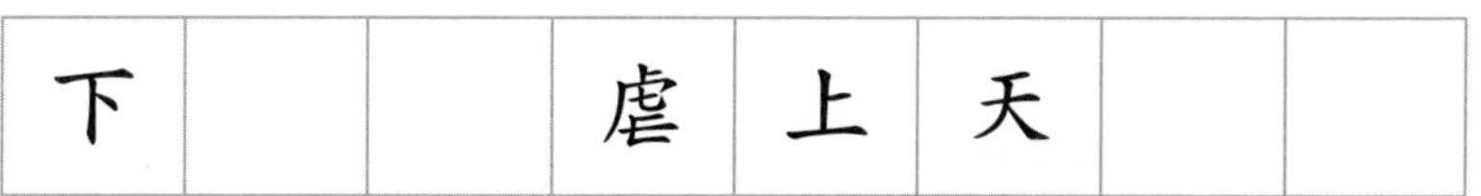

四縣拼音：ha minˇ i ngiogˋ song tienˊ nanˇ kiˊ

海陸拼音：ha^{+} min rhiˇ ngiog shong^{+} tienˋ nan kiˋ

華語釋義：天底下的老百姓，容易被官吏欺負，但天上的神明，是難以被欺騙的。

4.

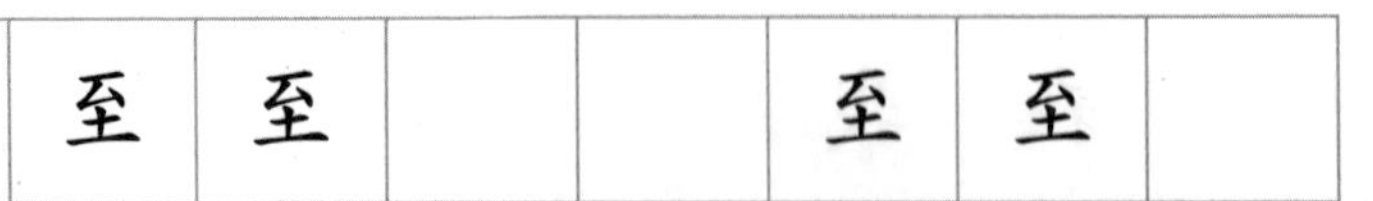

四縣拼音：ha zii zii congˇ dungˊ zii zii donˋ

海陸拼音：ha+ zhiˇ zhiˇ chong dungˋ zhiˇ zhiˇ donˊ

華語釋義：夏至晝長夜短，冬至夜長晝短。

5.

四縣拼音：hadˋ mugˋ gongˊ gun

海陸拼音：had mug gongˋ gunˇ

華語釋義：目不識丁的人卻能技巧地欺騙他人。

6.

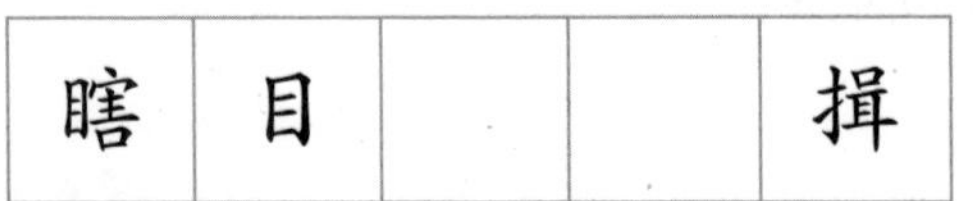

四縣拼音：hadˋ mugˋ eˋ zogˋ ibˋ

海陸拼音：had mug er zog rhib

華語釋義：盲目崇拜。

7.

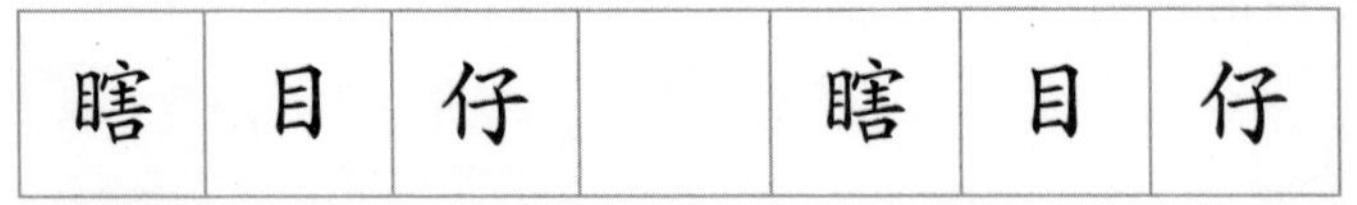

四縣拼音：hadˋ mugˋ eˋ kienˊ hadˋ mugˋ eˋ

海陸拼音：had mug er kienˋ had mug er

華語釋義：方向不明。

8.

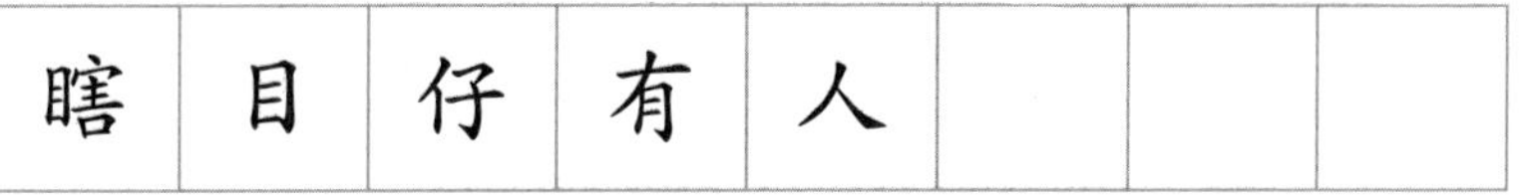

四縣拼音：hadˋ mugˋ eˋ iuˊ nginˇ kienˊ go kieuˇ

海陸拼音：had mug er rhiuˋ ngin kienˋ goˇ kiau

華語釋義：瞎子自有人攙扶過橋，表示人間處處有溫情。

9.

四縣拼音：hagˋ zeuˋ zuˋ nginˇ konˊ

海陸拼音：hag zeuˊ zhuˊ ngin konˋ

華語釋義：指客人離開了，主人就可以休息了。

10.

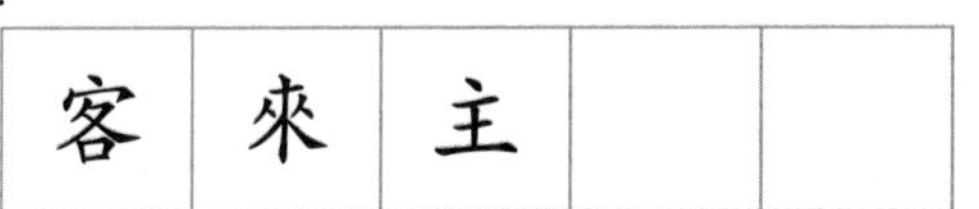

四縣拼音：hagˋ loiˇ zuˋ budˋ gu

海陸拼音：hag loi zhuˊ bud guˇ

華語釋義：主人見客人到來了不去打招呼。

11.

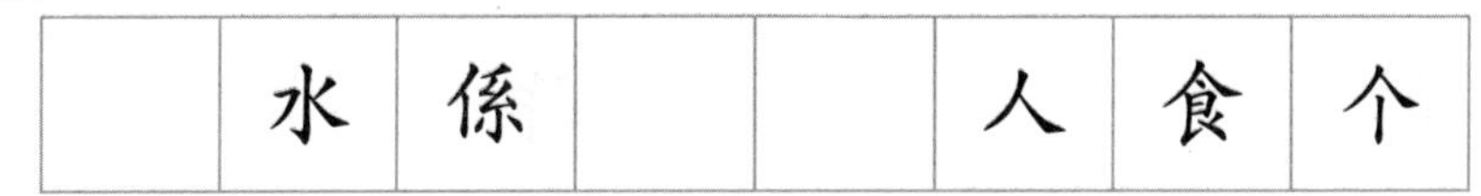

四縣拼音：hamˇ suiˋ he duˋ hodˋ nginˇ siid ge

海陸拼音：ham shuiˊ heˇ duˊ hod ngin shidˋ gaiˇ

華語釋義：比喻只求解救眼前困難，而不顧將來的大禍患。

12.

四縣拼音：hamˇ hiedˋ pun nginˇ xienˊ vuˊ kiˇ kieuˋ

海陸拼音：ham hied punˇ ngin senˋ vuˋ ki kieuˊ

華語釋義：比喻揑造事實，誣賴他人。

13.

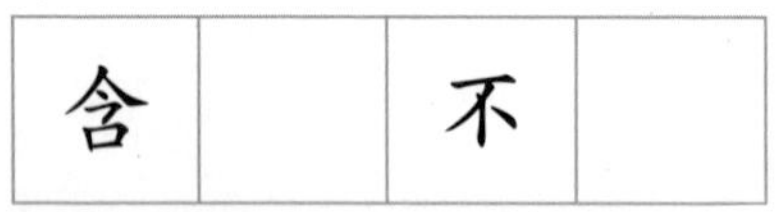

四縣拼音：hamˇ zuˊ budˋ tuˋ

海陸拼音：ham zhuˋ bud tuˊ

華語釋義： 不願意透露事實。

14.

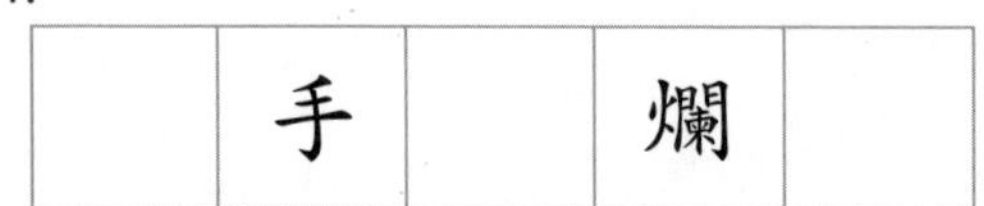

四縣拼音：hanˇ suˋ zauˋ lan baˊ

海陸拼音：han shiuˊ zauˊ lan^{+} baˋ

華語釋義：比喻太閒時，常會做些無意義的事。

15.

閒	時	毋				時			

四縣拼音：hanˇ siiˇ mˇ seuˊ hiongˊ gibˋ siiˇ pau fud giogˋ

海陸拼音：han shi m shauˋ hiongˋ gib shi pau^{+} fudˋ giog

華語釋義：比喻平時不準備，一旦事到臨頭，才匆忙應付，倉促設法補救。

16.

四縣拼音：hanˇ siiˇ vud gib` siiˇ iung

海陸拼音：han shi vud` gib shi rhung+

華語釋義：平時蒐集看似無用的東西，到了急用時便不至於慌張。

17.

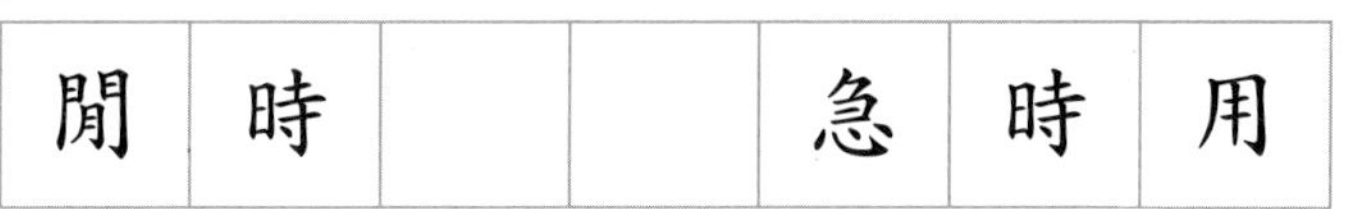

四縣拼音：hanˇ siiˇ zii ha gib` siiˇ iung

海陸拼音：han shi zhiˇ ha+ gib shi rhung+

華語釋義：我在閒暇時所做的準備，可以在緊急壓力下使用。

18.

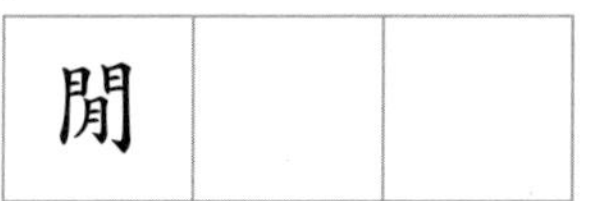

四縣拼音：hanˇ go gua´

海陸拼音：han goˇ gua`

華語釋義：嘲弄朋友閒得像南瓜或包心菜般一動也不動躺在那裡。

19.

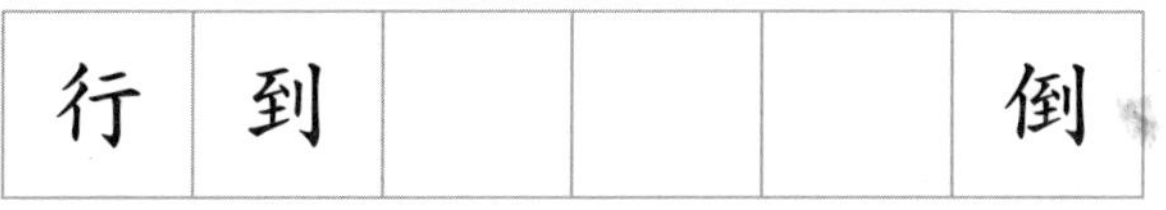

四縣拼音：hangˇ do gia qia pien´ do`

海陸拼音：hang doˇ giaˇciaˇ pien` do´

華語釋義：一直走到身體左右搖擺。

20.

行				不	離		

四縣拼音：hangˇ sonˇ kiˊ pu budˋ liˇ ban pu

海陸拼音：hang shon kiˋ puˇ bud li banˇ pu^{+}

華語釋義：船夫和店主不得離門五里遠；緊緊地看守着。

21.

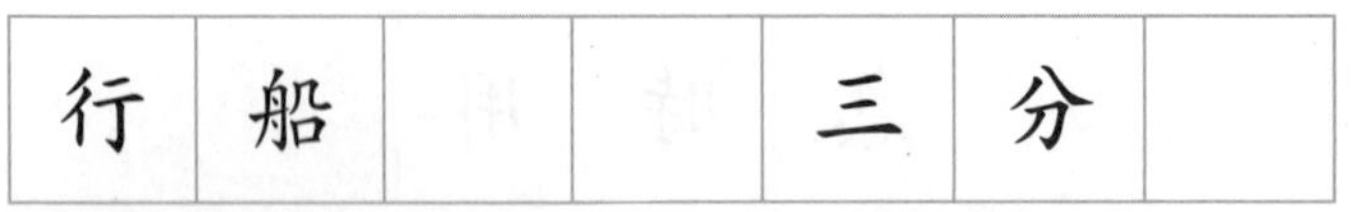

四縣拼音：hangˇ sonˇ kiˇ maˊ samˊ funˊ miang

海陸拼音：hang shon ki maˋ samˋ funˋ miang^{+}

華語釋義：一個人所從事的生計行業，有幾分是先天註定的，不必怨尤。

22.

行		一	生		
行		一	朝		

四縣拼音：hangˇ san idˋ senˊ budˋ jiugˋ
hangˇ ogˋ idˋ zeuˊ iuˊ iˇ

海陸拼音：hang shan^{+} rhid senˋ bud ziug
hang og rhid zhauˋ rhiuˋ rhi

華語釋義：形容好事要永遠做下去，壞事一件也不能做。

23.

行	路					有	目

四縣拼音：hangˇ lu mˇ cog zung nginˇ iu´ mug`

海陸拼音：hang lu$^+$ m chog` zhungˇ ngin rhiu` mug

華語釋義：走歪路，所有人的眼睛都看得到這種錯誤的行爲。

24.

行	嫁		無		
送	嫁				

四縣拼音：hangˇ ga saˇ moˇ an` gin`

sung ga saˇ ha gin`

海陸拼音：hang gaˇ sa mo an´ gin´

sungˇ gaˇ sa haˇ gin´

華語釋義：送嫁者比新娘那一方還急；皇帝不急，急死太監。

25.

四縣拼音：hangˇ lu tab xi` ngie

海陸拼音：hang lu$^+$ tab` si´ ngieˇ

華語釋義：形容走路很慢，慢到踩死路上所有的螞蟻。

26.

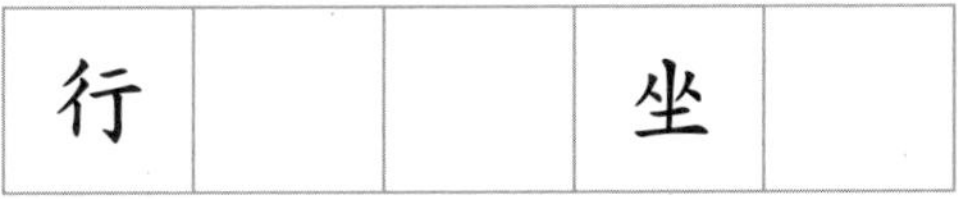

四縣拼音：hangˇ hag` bai co´ hag`

海陸拼音：hang hag baiˇ co` hag

華語釋義：指外來的客人要先拜訪當地的主人。

27.

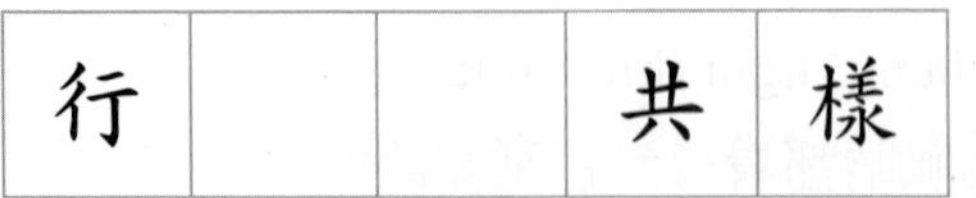

四縣拼音：hangˇ zo haˊ kiung iong

海陸拼音：hang zoˇ haˋ kiung+ rhong+

華語釋義：指經常自由到的地方。

28.

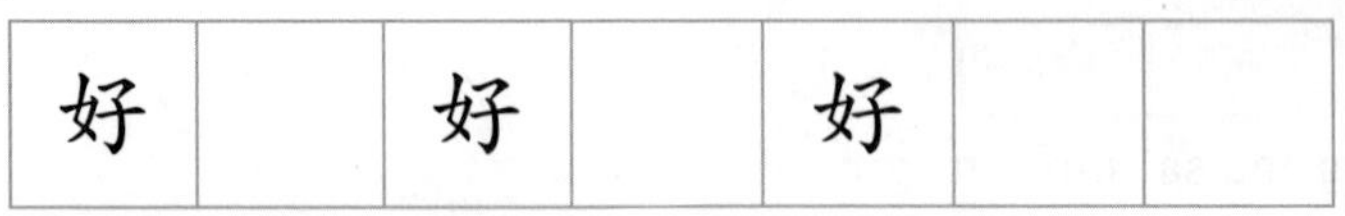

四縣拼音：hau tongˇ hau za hau ti teu

海陸拼音：hauˇ tong hauˇ zhaˇ hauˇ ti+ teu+

華語釋義：吃好住好用度高；表示一個人物欲太強，存不了錢。

29.

四縣拼音：hau siid dongˊ seuˋ duˋ

海陸拼音：hauˇ shidˋ dongˋ siauˊ duˊ

華語釋義：貪吃就像賭博，有破產的可能。

30.

四縣拼音：hau ti lid tienˇ

海陸拼音：hauˇ tiˇ lidˋ tien

華語釋義：指孝順父母，尊敬兄長，努力務農。

31.

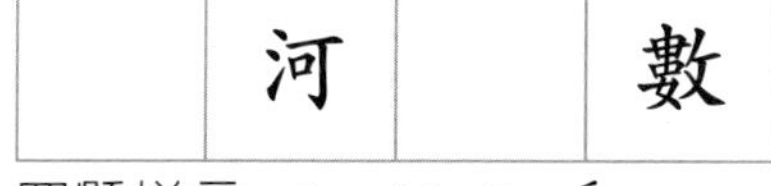

四縣拼音：henˇ hoˇ saˊ su

海陸拼音：hen ho saˋ suˇ

華語釋義：形容數量極多。

32.

四縣拼音：heuˇ he gongˊ xiˊ nginˇ muˋ ge

海陸拼音：heu heˇ gongˋ siˋ ngin muˊ gaiˇ

華語釋義：每個人都有自己在行的生意。

33.

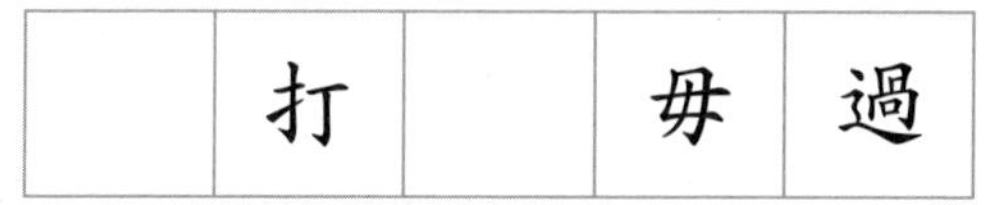

四縣拼音：hiˊ daˋ siid mˇ go

海陸拼音：hiˋ daˊ shidˋ m goˇ

華語釋義：假的不能贏得眞理。

34.

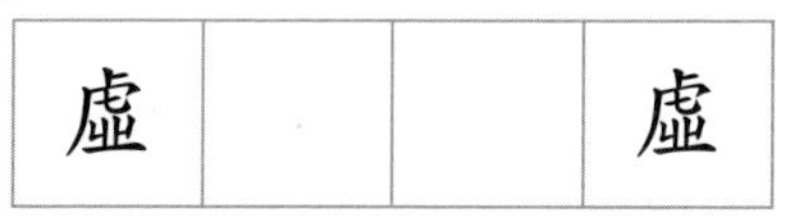

四縣拼音：hiˊ ziiˊ iu hiˊ

海陸拼音：hiˋ ziiˋ rhiu+ hiˋ

華語釋義：所有一切皆是虛空。

35.

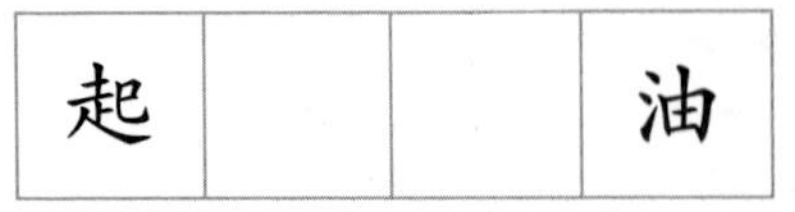

四縣拼音：hiˋ iamˊ gieˊ iuˇ

海陸拼音：hiˊ rhamˋ gaiˋ rhiu

華語釋義：瘡已經化成黃色的膿了。

36.

四縣拼音：hiˋ ngiunˇ bunˊ nginˇ

海陸拼音：hiˊ ngiun bunˋ ngin

華語釋義：提供金錢給那些發現祕密的人；遮口費。

37.

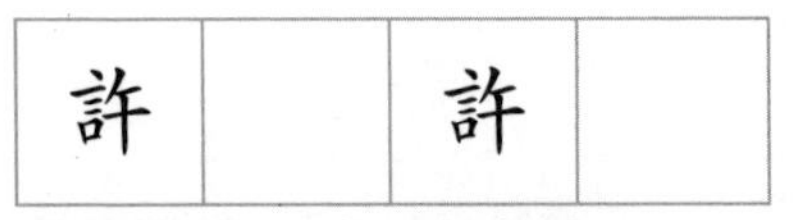

四縣拼音：hiˋ zamˊ hiˋ no

海陸拼音：hiˊ zhamˋ hiˊ no+

華語釋義：答應了各種各樣的事情，但沒有一件兌現承諾。

38.

四縣拼音：hi zaˋ hiˊ iaˇ caiˋ caˇ siid fa

海陸拼音：hiˇ zhaˊ hiˋ rha+ caiˊ ca shidˋ faˇ

華語釋義：戲劇演員的話是虛構的，民謠歌手的話是寫實的。

39.

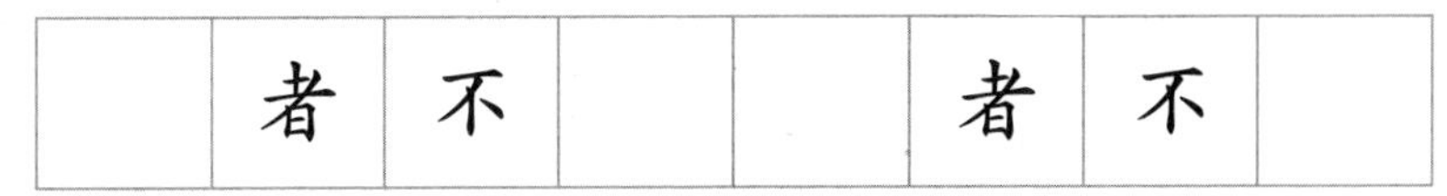

四縣拼音：hi zaˋ budˋ liuˇ loiˇ zaˋ budˋ ciiˇ

海陸拼音：hiˇ zhaˊ bud liu loi zhaˊ bud cii

華語釋義：待人之道，隨順人的心意。想離開的讓他離開，要來的讓他來。

40.

四縣拼音：hiamˇ fo zang he maiˊ fo nginˇ

海陸拼音：hiam foˇ zhangˇ heˇ maiˋ foˇ ngin

華語釋義：會挑剔貨品的人就是懂貨的人，也才是眞正的買家。

41.

四縣拼音：hiamˇ nginˇ qiu iˇ siinˇ iˇ siin

海陸拼音：hiam ngin ciu+ rhi shin rhi shinˇ

華語釋義：挑剔別人的缺點，好像他自己是不會犯過錯的。

42.

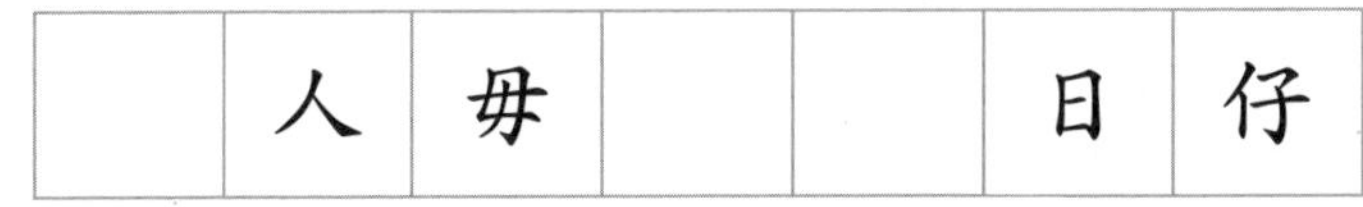

四縣拼音：hiamˇ nginˇ mˇ siiˋ gienˋ ngidˋ eˋ

海陸拼音：hiam ngin m siiˊ ganˊ ngid er

華語釋義：挑人家毛病不需要挑日子。

43.

	人	毋	使		

四縣拼音：hiamˇ nginˇ mˇ siiˋ kon hiong

海陸拼音：hiam ngin m siiˊ konˇ hiongˇ

華語釋義：不分場合隨興挑人家毛病。

44.

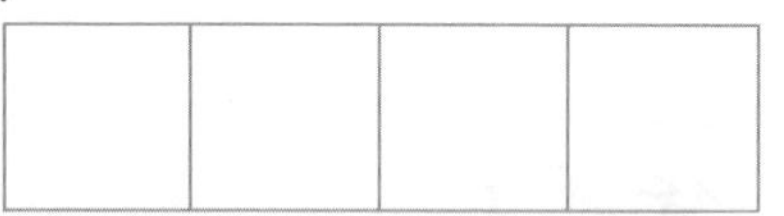

四縣拼音：hienˋ hienˋ dienˋ dienˋ

海陸拼音：hienˊ hienˊ dienˊ dienˊ

華語釋義：尊榮與眾所周知的。

45.

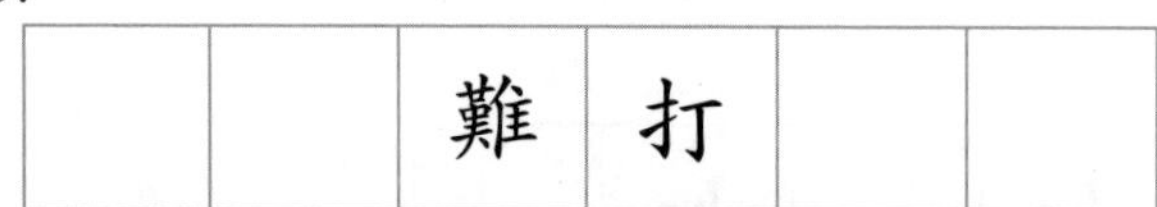

四縣拼音：hiungˇ binˊ nanˇ daˋ ceu cag

海陸拼音：hiung binˋ nan daˊ seuˇ cagˋ

華語釋義：一個貧脊的寨子也能爲勇敢的士兵提供了堅固的抵擋。

46.

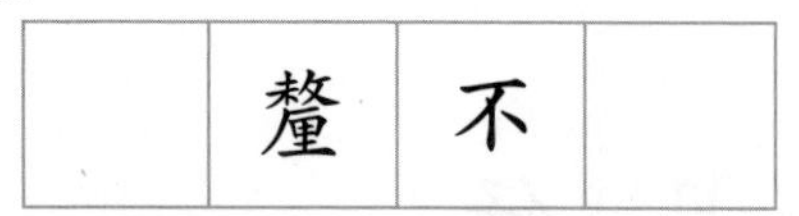

四縣拼音：hoˇ liˊ budˋ songˋ

海陸拼音：ho liˋ bud songˊ

華語釋義：絲毫不差，非常準確。

47.

四縣拼音：hoˇ vuˇ gau´ god`

海陸拼音：ho vu gau` god

華語釋義：沒有任何關係和牽連。

48.

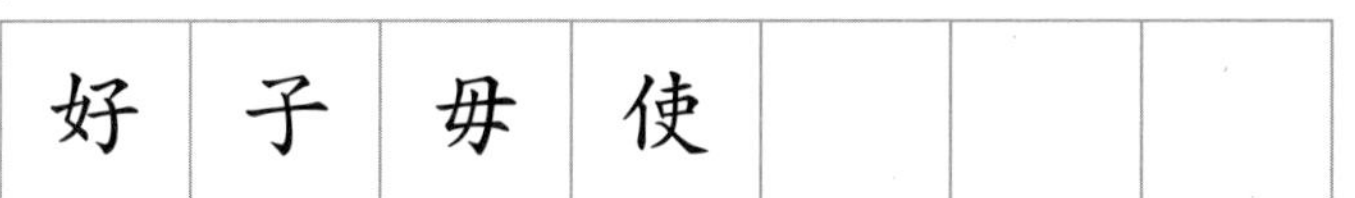

四縣拼音：ho` zii` mˇ sii` iaˇ tienˇ ti

海陸拼音：ho´ zii´ m sii´ rha tien ti⁺

華語釋義：好的兒女是不需要父母的幫助，而能靠自己的力量開創事業和生活。

49.

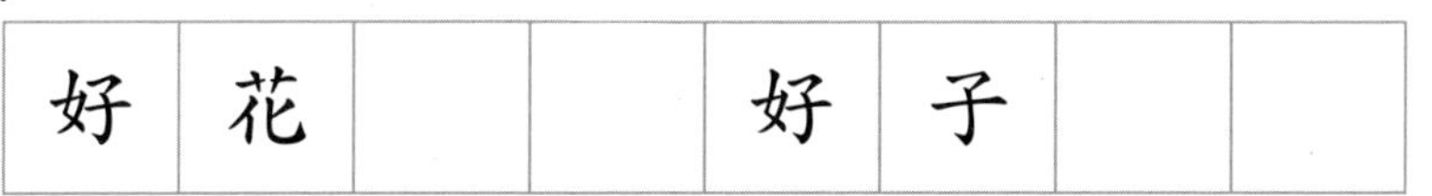

四縣拼音：ho` fa´ fon koi´ ho` zii` fon loiˇ

海陸拼音：ho´ fa` fonˇ koi` ho´ zii´ fonˇ loi

華語釋義：一個人的婚姻絕對急不得，慢慢找到好對象再結婚生子，所生的子女再好好地教養。

50.

四縣拼音：ho` hon mˇ siid liug` ngied han

海陸拼音：ho´ honˇ m shid` liug ngied` han⁺

華語釋義：英雄行所當行，止所當止，及時取用三四月間，大出盛產之莧菜，而不食過時的粗梗老葉。

51.

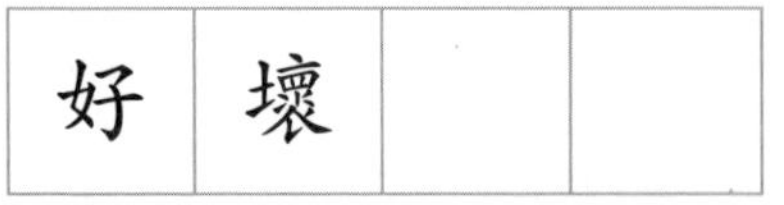

四縣拼音：ho` fai` mˇ sang´

海陸拼音：ho´ fai´ m shang`

華語釋義：對於什麼是好的，什麼是壞的，保持沉默；不予置評。

52.

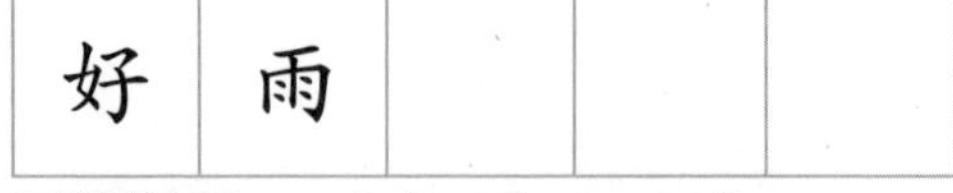

四縣拼音：ho` i` di´ siiˇ jied`

海陸拼音：ho´ rhi´ di` shi zied

華語釋義：春雨知道適應季節。

53.

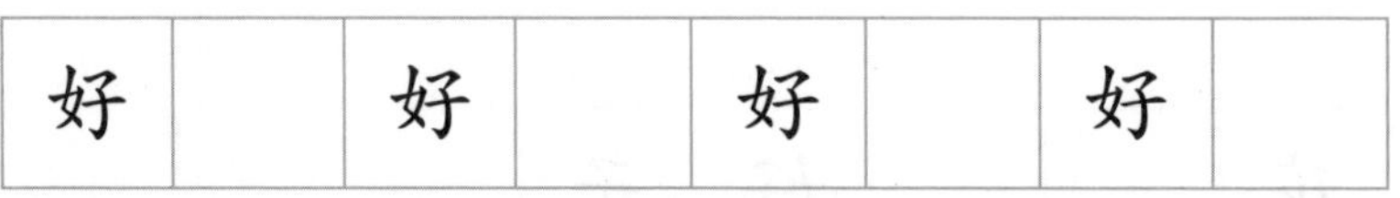

四縣拼音：ho` tienˇ ho` iong´ ho` zii` ho` ngiongˇ

海陸拼音：ho´ tien ho´ rhong` ho´ zii´ ho´ ngiong

華語釋義：收成好的良田，是因爲有好秧苗，而一個品行端莊的人，背後必有一位好母親。

54.

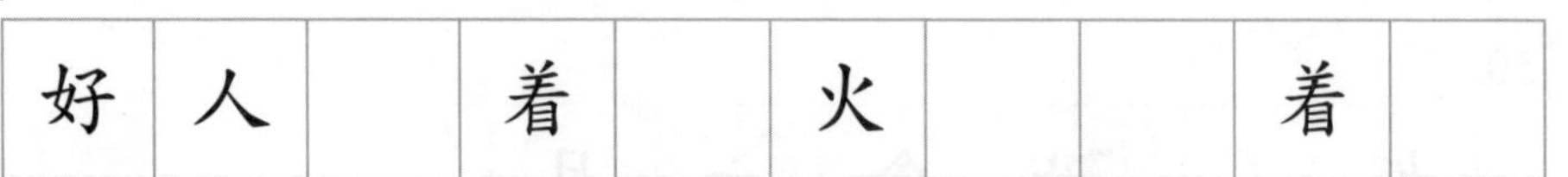

四縣拼音：ho` nginˇ lau` do` ced fo` tan lau` do` med

海陸拼音：ho´ ngin lau´ do´ ced` fo´ tanˇ lau´ do´ med`

華語釋義：辦事不公正，把好人說成是壞人、把煮飯的木炭當作墨使用；形容認識不清、顛倒是非的批評。

55.

四縣拼音：ho` ngiug` mˇ voi iong´ sii´

海陸拼音：ho´ ngiug m voi+ rhong` shi`

華語釋義：好好的沒事找事，反而把事情搞砸了。

56.

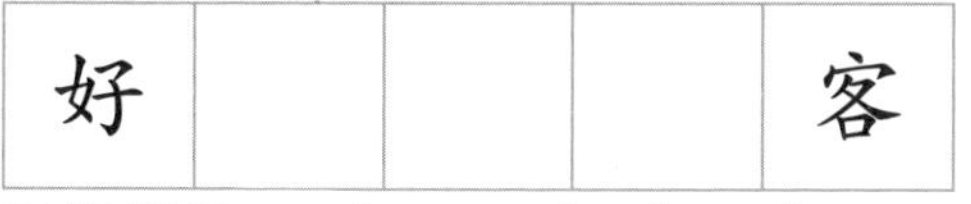

四縣拼音：ho` ga zeu´ ien` hag`

海陸拼音：ho´ gaˇ zhau` rhan´ hag

華語釋義：好的價格吸引遠方的商人前來買賣。

57.

四縣拼音：ho` ng` mˇ sii` iaˇ ngiongˇ i´

海陸拼音：ho´ ng´ m sii´ rha ngiong rhi`

華語釋義：好的兒女是不需要父母的幫助，而能靠自己的力量開創事業和生活。

58.

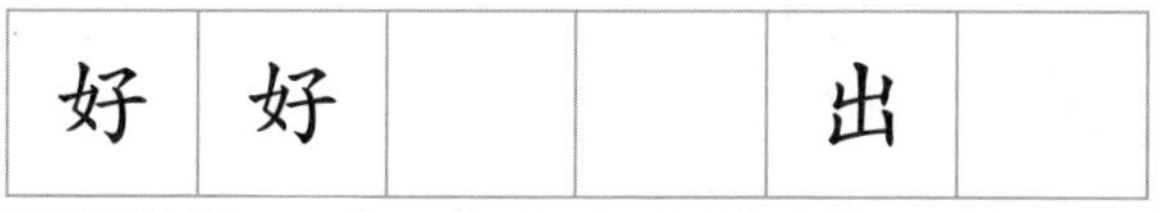

四縣拼音：ho` ho` oˇ ciiˇ cud` sii`

海陸拼音：ho´ ho´ o chi chud shi´

華語釋義：比喻一件好事就這麼容易被搞壞了。

59.

四縣拼音：hoˇ suiˋ iuˊ xiongˊ fungˇ

海陸拼音：ho shuiˊ rhiuˋ siongˋ fung

華語釋義：指人生總有相遇，打交道的機會，勸人行事不要做得太絕對，總得留有餘地。

60.

四縣拼音：hodˋ soi hon

海陸拼音：hod shoi^{+} honˇ

華語釋義：想睡而睡不着的人。

61.

四縣拼音：hodˋ zaˋ gamˊ imˋ

海陸拼音：hod zhaˊ gamˋ rhimˊ

華語釋義：口渴的人，不論什麼飲料，都覺得好喝。

62.

四縣拼音：hodˋ siiˇ idˋ diamˋ iˇ gamˊ lu

海陸拼音：hod shi rhid diamˊ rhi gamˋ luˇ

華語釋義：當一個人口渴時，雖少得只有一滴清水，也甜得像甘露，意指人要多做雪中送炭的義舉。

63.

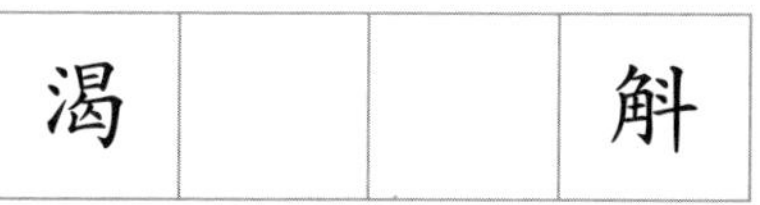

四縣拼音：hod` ciinˇ van fuˇ

海陸拼音：hod chin van⁺ fu

華語釋義：形容十分想念。

64.

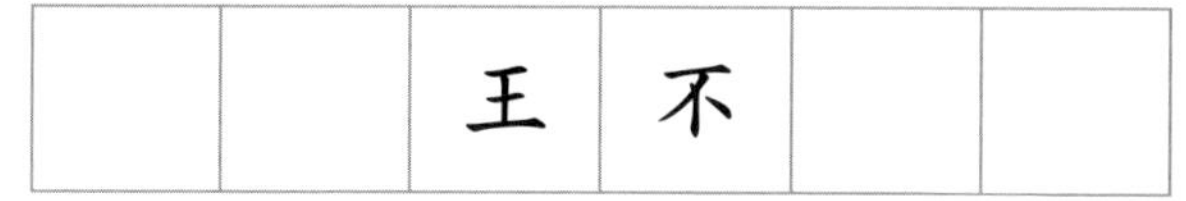

四縣拼音：hoi` liungˇ vongˇ bud` tod` bo`

海陸拼音：hoiˊ liung vong bud tod boˊ

華語釋義：（恭維）有錢人的身邊聚集的都是富有的人。

65.

四縣拼音：honˊ tienˇ lag` tai

海陸拼音：hon` tien lag tai⁺

華語釋義：乾燥的地面有很大的犁溝，因爲它很硬。

66.

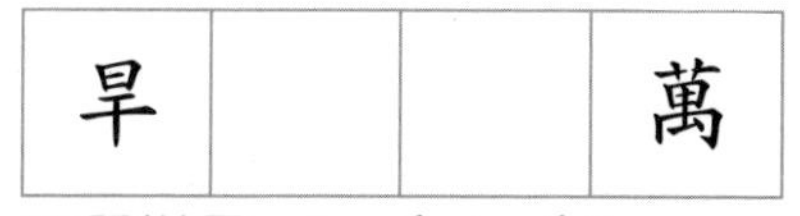

四縣拼音：honˊ qienˊ jim van

海陸拼音：hon` cien` zimˇ van⁺

華語釋義：乾旱摧毀千斤糧食，大水則會淹沒萬頓作物。

67.

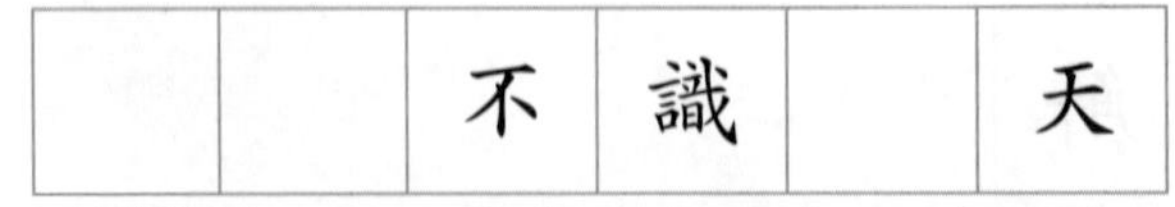

四縣拼音：honˇ gieu` bud` siid` ngied tien´

海陸拼音：hon gieu´ bud shid ngied` tien`

華語釋義：意指不知曉季節轉換，不識冷熱變化，多用於譏諷某人天熱時仍穿厚實的衣服。

68.

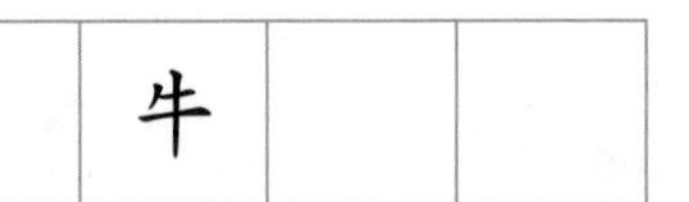

四縣拼音：hon ngiuˇ cung´ dung

海陸拼音：hon+ ngiu chung` dungˇ

華語釋義：形容書籍着作極多。

69.

四縣拼音：hon zoi mˇ vun`

海陸拼音：hon+ zhoiˇ m vun´

華語釋義：形容糧食不足。

70.

四縣拼音：hon limˇ munˇ qienˇ mai vunˇ zong´

海陸拼音：honˇ lim mun cien mai+ vun zhong`

華語釋義：不自量力。

71.

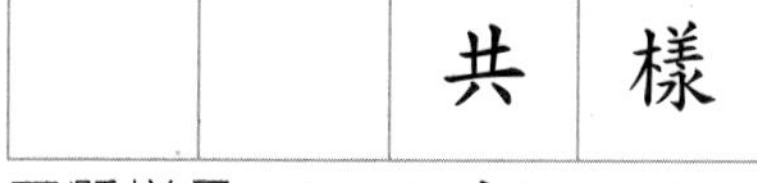

四縣拼音：hon lonˋ kiung iong

海陸拼音：hon^{+} lonˊ kiung^{+} rhong^{+}

華語釋義：呵護得像手持一顆蛋般的小心。

I

1.

四縣拼音：iˇ guiˊ iˇ zongˊ

海陸拼音：rhi guiˋrhi zhongˋ

華語釋義：比喻人品質高尚，氣宇軒昂。

2.

四縣拼音：iˊ giˋ ziiˊ ximˊ tu nginˇ ziiˊ ximˊ

海陸拼音：rhiˋ giˊ ziiˋ simˋ tu^{+} ngin ziiˋ simˋ

華語釋義：用自己的想法去推測別人的心思。

3.

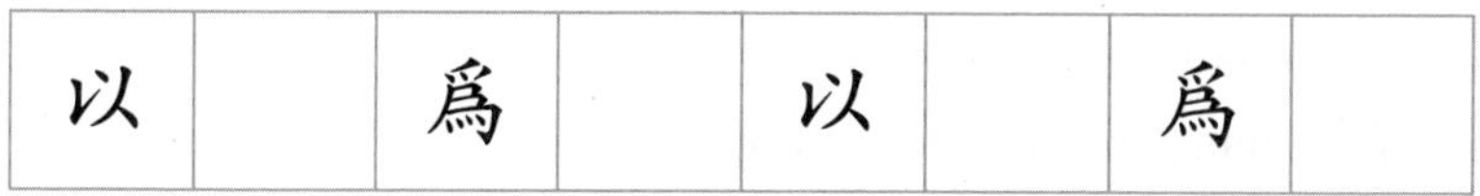

四縣拼音：iˊ fiˊ viˇ sii iˊ sii viˇ fiˊ

海陸拼音：rhiˋ fuiˋ vui shi^{+} rhiˋ shi^{+} vui fuiˋ

華語釋義：指顛倒黑白、混淆是非的人或信口雌黃、胡說八道的人。

4.

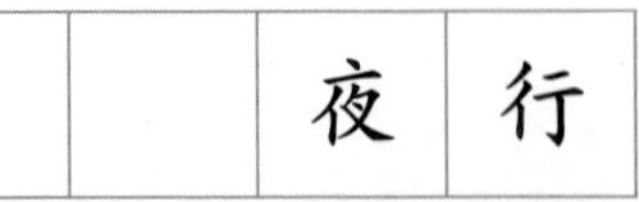

四縣拼音：iˊ gimˋ ia hangˇ

海陸拼音：rhiˋ gimˊ rha+ hang

華語釋義：比喻榮顯不為人知，獨自埋沒湮滅。

5.

四縣拼音：iˊ budˋ ginˊ xinˊ hoˇ iuˇ siinˇ gu

海陸拼音：rhiˋ bud ginˋ sinˋ ho rhiu shin guˇ

華語釋義：衣服若不經由新衣被穿着，如何會成為舊衣？

6.

四縣拼音：iˊ ngi viˇ li

海陸拼音：rhiˋ ngi+ vui li+

華語釋義：指把道義作為利益。

7.

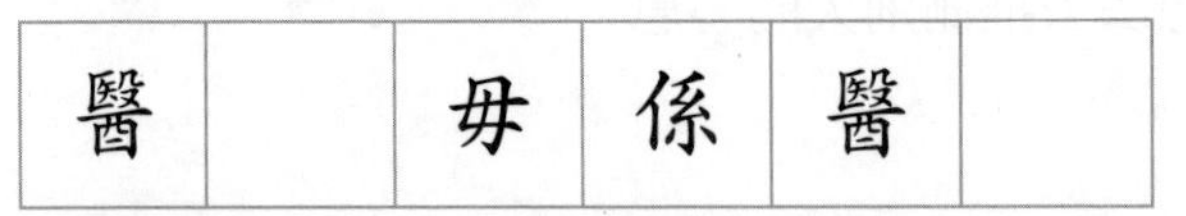

四縣拼音：iˊ piang mˇ he iˊ miang

海陸拼音：rhiˋ piang+ m heˇ rhiˋ miang+

華語釋義：醫生的工作是幫你治療疾病，而不是改變你的命運。

8.

四縣拼音：iˊ xiˋ nginˇ mˇ siiˋ songˋ miang

海陸拼音：rhiˋ siˊ ngin m siiˊ shongˊ miang⁺

華語釋義：在治療下死亡也無法讓醫生賠償一條性命。

9.

四縣拼音：giˊ gogˋ ziiˊ se

海陸拼音：giˋ gog ziiˋ sheˇ

華語釋義：比喻兩邊彼此呼應，共同夾擊對方。

10.

四縣拼音：iˇ fo go dungˊ ngˇ

海陸拼音：rhi foˇ goˇ dungˋ ng

華語釋義：形容將原本要發生在自己身上的禍事，轉移到別人的身上。

11.

四縣拼音：iˋ iongˇ siiˇ iog

海陸拼音：rhiˊ rhong shi rhogˋ

華語釋義：指晴雨適時，氣候調和。

12.

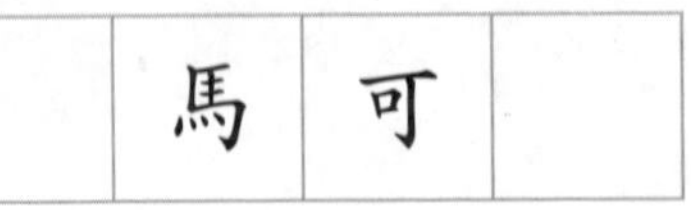

	馬	可	

四縣拼音：iˋ maˊ koˋ tai

海陸拼音：rhiˊ maˋ koˊ tai+

華語釋義：比喻文思敏捷，寫作迅速。

13.

易		易				水
易		易				心

四縣拼音：i zong i tui sanˊ haiˊ suiˋ
　　　　　i fanˋ i fugˋ seuˋ nginˇ ximˊ

海陸拼音：rhiˇ zhongˇ rhiˇ tuiˇ sanˋ haiˋ shuiˊ
　　　　　rhiˇ fanˊ rhiˇ fug siauˊ ngin simˋ

華語釋義：比喻小人的言行前後不一，反覆無常。

14.

諭		親		處

四縣拼音：iˋ gungˊ qinˊ liˊ cuˋ

海陸拼音：rhiˊ gungˋ cinˋ liˋ chuˊ

華語釋義：指定仲裁員來解決案件。

15.

爺	娘	想	子			
子	想	爺	娘			

四縣拼音：iaˇ ngiongˇ xiongˋ ziiˋ congˇ gongˊ suiˋ
　　　　　ziiˋ xiongˋ iaˇ ngiongˇ idˋ ciin fungˊ

海陸拼音：rha ngiong siongˊ ziiˊ chong gongˋ shuiˊ
　　　　　ziiˊ siongˊ rha ngiong rhid chin+ fungˋ

華語釋義：父母疼愛子女，就像河流一樣長長久久，心甘情願，不計回報；可是相反地，子女孝順父母，卻是很難求，這樣的差異真是令人感嘆。

16.

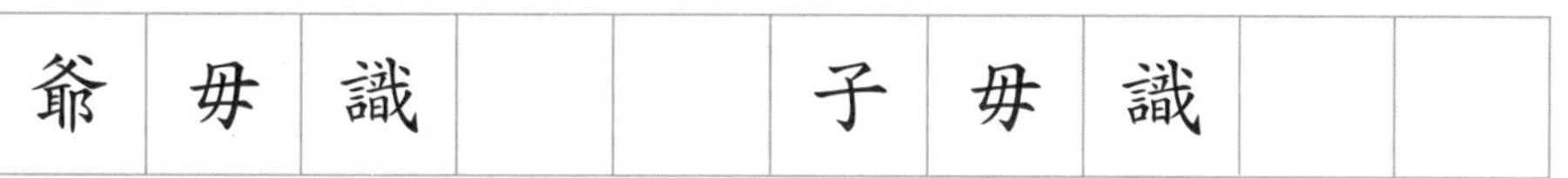

四縣拼音：iaˇ mˇ siidˋ gangˊ tienˇ ziiˋ mˇ siidˋ gugˋ zungˋ

海陸拼音：rha m shid gangˋ tien ziiˊ m shid gug zhungˊ

華語釋義：父親不種田，子女便不認得穀種。此乃對一個外行人的嘲諷；同時寓有環境教育的可貴。

17.

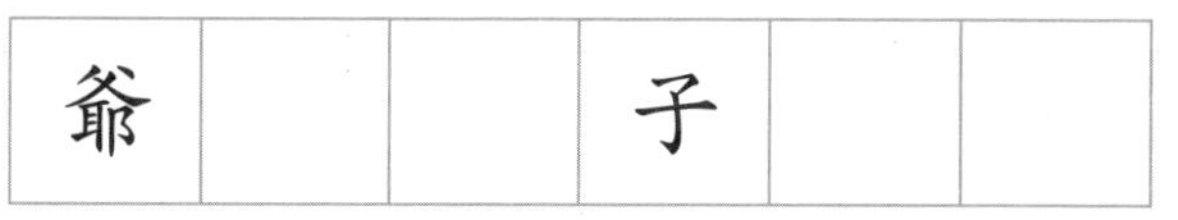

四縣拼音：iaˇ kiam zai ziiˋ vanˇ qienˇ

海陸拼音：rha kiamˇ zaiˇ ziiˊ van cien

華語釋義：父債子還。

18.

四縣拼音：iaˊ iungˇ fi imˇ

海陸拼音：rhaˋ rhung fuiˇ rhim

華語釋義：女子打扮妖媚則易招致淫邪之事。

19.

夜	想				路	
天	光	又	係			

四縣拼音：ia xiongˋ qienˊ tiauˇ munˇ lu
tienˊ gongˊ iu he mo teu fu

海陸拼音：rha+ siongˊ cienˋ tiau mun lu+
tienˋ gongˋ rhiu+ heˇ mo+ teu+ fu+

華語釋義：晚上想很多改變現在的途徑，等到一覺睡起來，隔天沒有去付諸行動，還是一樣做原本的工作。勸人不要想法太多，還是腳踏實地、安於現狀。

20.

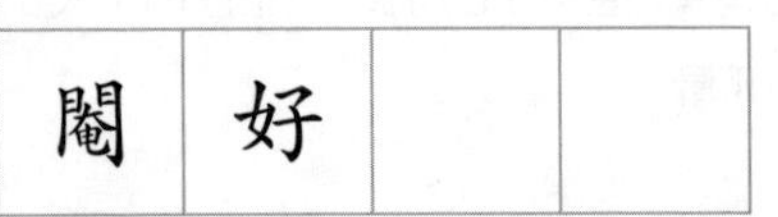

四縣拼音：iamˊ hoˋ doˊ ngiunˇ

海陸拼音：rhamˋ hoˊ doˋ ngiun

華語釋義：從別人身上榨乾很多錢財。

21.

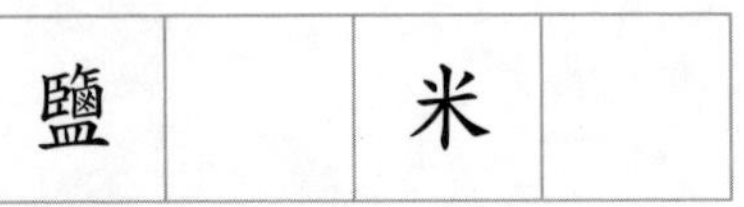

四縣拼音：iamˇ faˊ miˋ sui

海陸拼音：rham faˋ miˊ suiˇ

華語釋義：如最小的鹽粒，碎米粒一般細微；非常細心。

22.

四縣拼音：iamˇ ginˊ cii lid

海陸拼音：rham ginˋ cuˇ lidˋ

華語釋義：鹽和醋是增強力量筋骨的東西。

23.

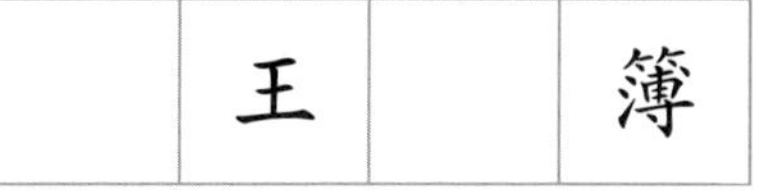

四縣拼音：iamˇ vongˇ kieuˊ puˊ

海陸拼音：ngiam vong kieuˋ puˋ

華語釋義：閻王用記號勾出將死者的名字。

24.

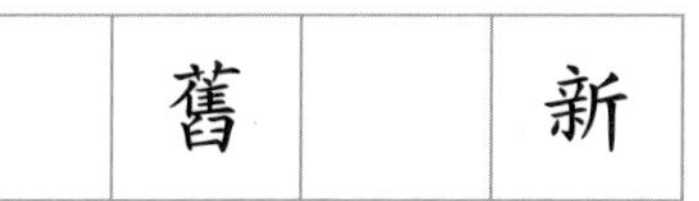

四縣拼音：iam kiu hiˋ xinˊ

海陸拼音：rhamˇ kiu+ hiˊ sinˋ

華語釋義：形容好惡無常，多指感情不專一。

25.

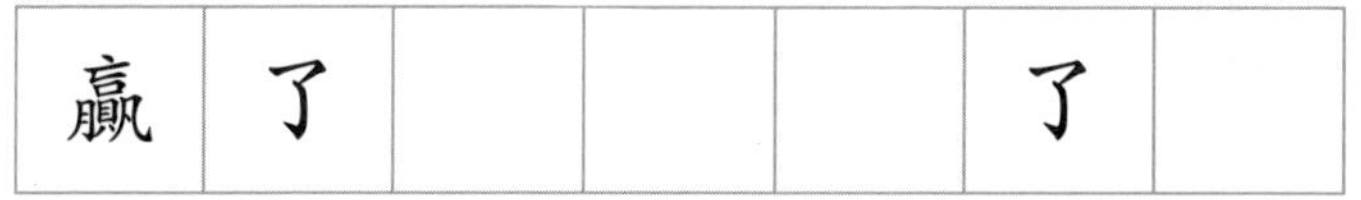

四縣拼音：iangˇ liauˋ gonˊ siiˊ suˊ liauˋ qienˇ

海陸拼音：rhang liauˊ gonˋ siiˋ shuˋ liauˊ cien

華語釋義：他雖贏得了訴訟，但也失去了大筆金錢。

26.

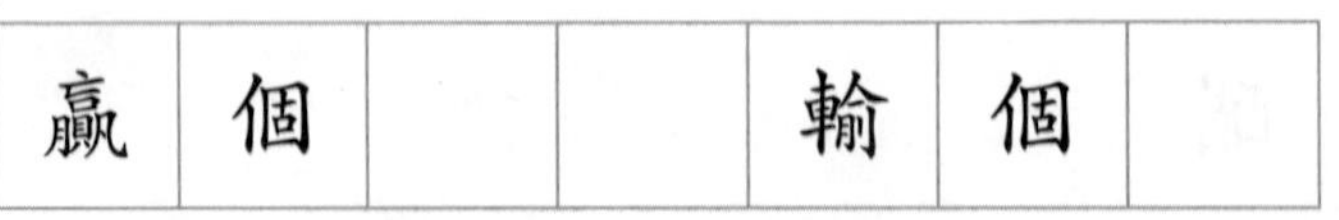

四縣拼音：iangˇ ge zoˊ hongˊ suˊ ge miˋ

海陸拼音：rhang gaiˇ zoˋ hongˋ shuˋ gaiˇ miˊ

華語釋義：你贏得的只是渣滓、廢物，你輸的卻是好的米粒。

27.

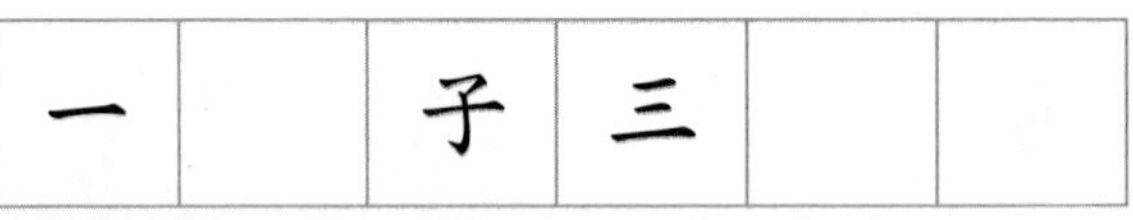

四縣拼音：idˋ cagˋ ziiˋ samˊ cagˋ iˊ

海陸拼音：rhid chag ziiˊ samˋ chag rhiˋ

華語釋義：一個小孩子需要三套衣服更換；養子不易。

28.

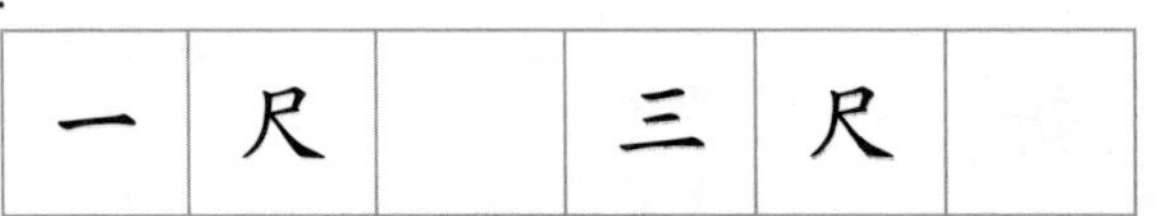

四縣拼音：idˋ cagˋ fungˊ samˊ cagˋ long

海陸拼音：rhid chag fungˋ samˋ chag long⁺

華語釋義：比喻事情被人弄得沸沸揚揚的。

29.

四縣拼音：idˋ cong bagˋ foˇ

海陸拼音：rhid chongˇ bag fo

華語釋義：形容附和的人極多。

30.

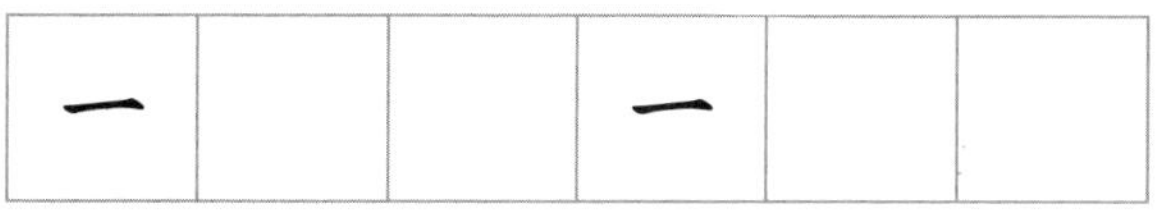

四縣拼音：id` gang´ loiˇ id` gang´ guad`

海陸拼音：rhid gang` loi rhid gang` guad

華語釋義：錢如何來就怎麼去。

31.

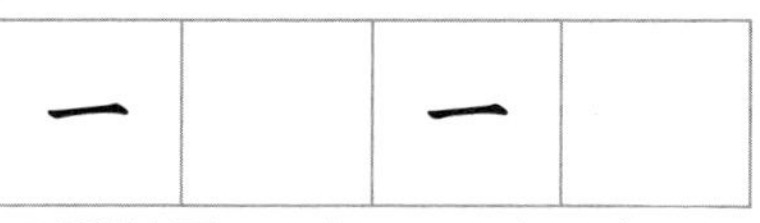

四縣拼音：id` jien id` fa´

海陸拼音：rhid zienˇ rhid fa`

華語釋義：每隻箭頭都有它的標記；一步一腳印。

32.

四縣拼音：id` lid sii hangˇ

海陸拼音：rhid lud` shi+ hang

華語釋義：整件事都是依這樣的方式進行。

33.

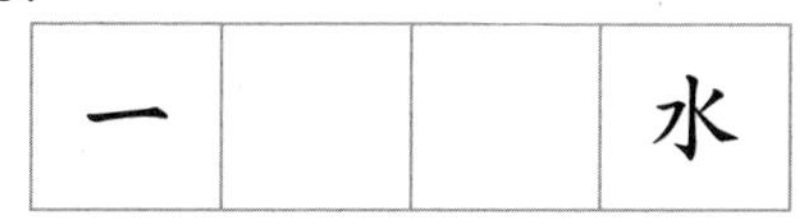

四縣拼音：id` liuˇ hiong sui`

海陸拼音：rhid liu hiongˇ shui´

華語釋義：從頭至尾。

34.

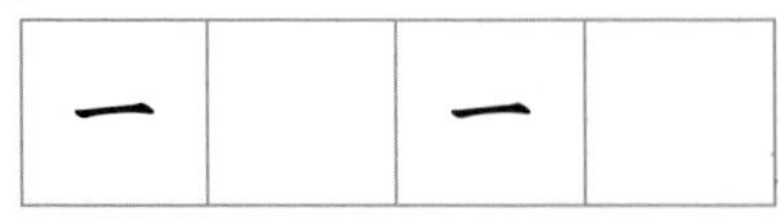

四縣拼音：id` mu´ id` li

海陸拼音：rhid mu` rhid li+

華語釋義：貸款和利息的金額是一樣的；勸人少借貸。

35.

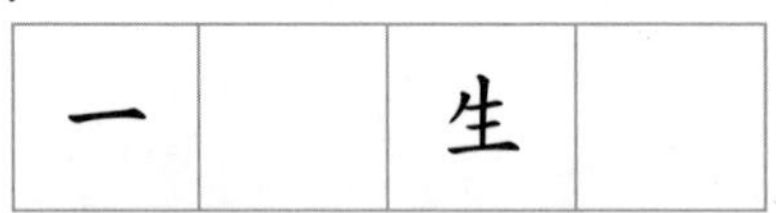

四縣拼音：id` pien` sang´ sug

海陸拼音：rhid pien´ sang` shug`

華語釋義：半生不熟。

36.

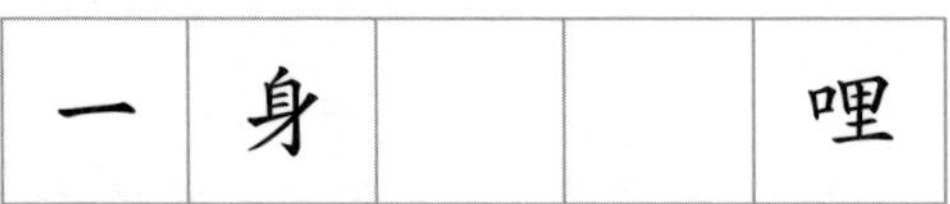

四縣拼音：id` siin´ miong` sed` li´

海陸拼音：rhid shin` miong´ sed li+

華語釋義：纏在網裡了；被某事纏住了。

37.

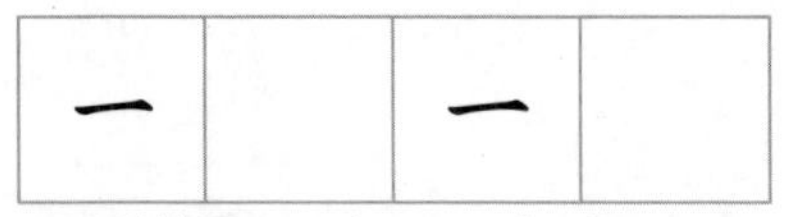

四縣拼音：id` vong´ id` xiug

海陸拼音：rhid vong` rhid siug`

華語釋義：即一莊一俗。

38.

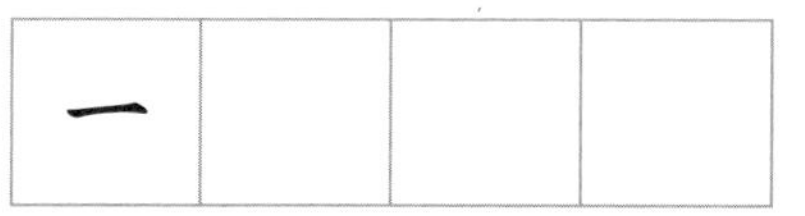

四縣拼音：idˋ zongˋ piangˇ iongˇ

海陸拼音：rhid zhongˊ piang rhong

華語釋義：一片可耕之地。

39.

一		食	得	三		
	死	街	頭	賣		

四縣拼音：idˋ zeuˊ siid dedˋ samˊ pienˋ giongˊ
ngo xiˋ gieˊ teuˇ mai iog fongˊ

海陸拼音：rhid zhauˋ shidˋ ded samˋ pienˊ giongˋ
ngo+ siˊ gaiˋ teu mai+ rhogˋ fongˋ

華語釋義：意指多食用薑，身體較不易生病。

40.

四縣拼音：idˋ zeuˊ tienˊ ziiˋ idˋ zeuˊ siinˇ

海陸拼音：rhid zhauˋ tienˋ ziiˊ rhid zhauˋ shin

華語釋義：天子換人做，大臣也隨着更換。意思是名位無法永久。

41.

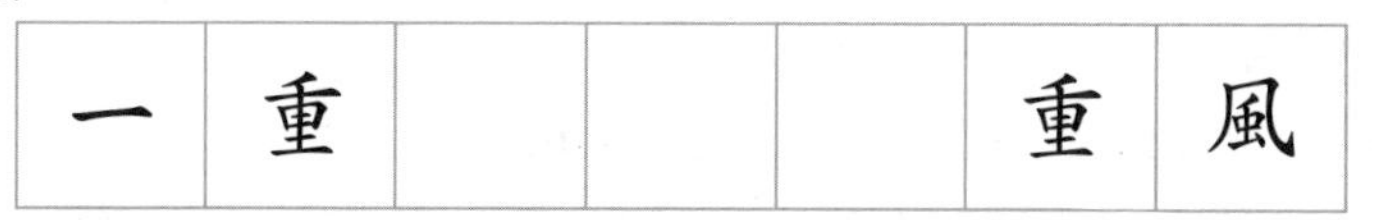

四縣拼音：idˋ cungˇ maˇ bu diˋ cungˇ fungˊ

海陸拼音：rhid chung+ ma buˇ diˊ chung fungˋ

華語釋義：反映過去窮寒士缺少衣衫過冬時的狼狽形象。

42.

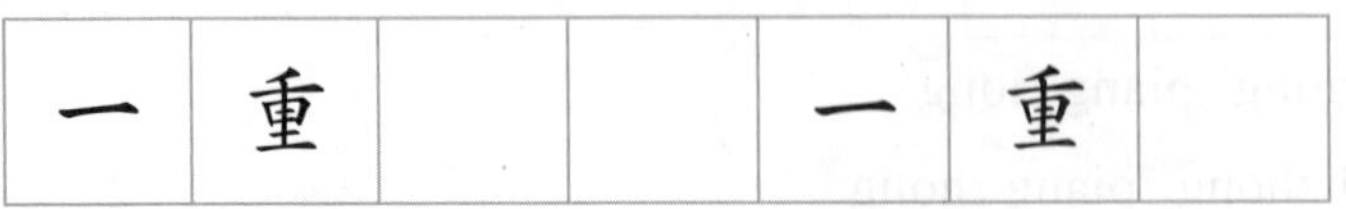

四縣拼音：id` qiungˇ fon´ hi` id` qiungˇ seuˇ

海陸拼音：rhid chiung fon` hi´ rhid chiung seu

華語釋義：有思前想後，居安思危，中道和諧的涵義在內。

43.

四縣拼音：id` ziin hi bag` xiaˇ

海陸拼音：rhid zhinˇ hiˇ bag sia

華語釋義：正氣能壓倒各種邪氣。

44.

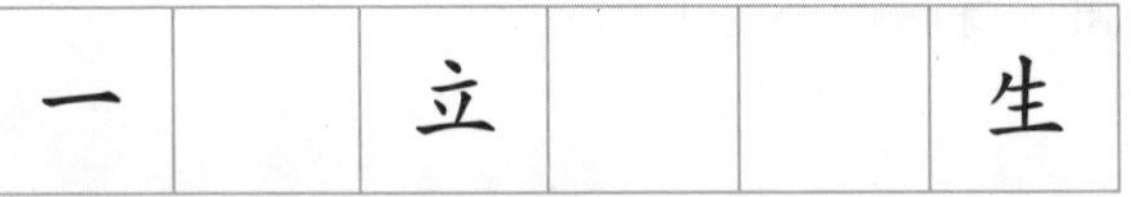

四縣拼音：id` fab` lib bag` bi sang´

海陸拼音：rhid fab lib` bag biˇ sen`

華語釋義：創立新法，固得其利，亦會衍生新的弊端、漏洞。

45.

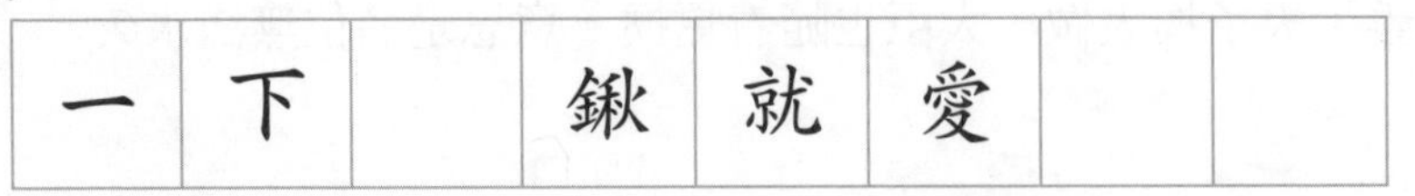

四縣拼音：id` ha´ qiam´ qiau´ qiu oi siinˇ jiang`

海陸拼音：rhid ha` ciam` ciau` ciu+ oiˇ shin ziang´

華語釋義：當第一塊草皮被翻出來時，井就要挖好了，有這麼容易嗎？

46.

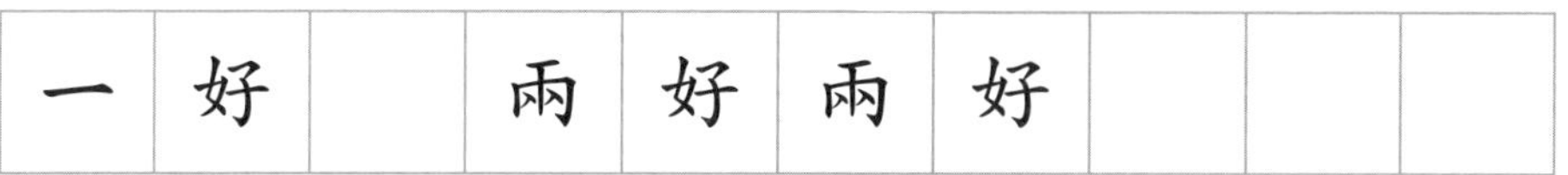

四縣拼音：id` ho` mo` liong` ho` liong` ho` mo` do lo`

海陸拼音：rhid ho´ mo liong´ ho´ liong´ ho´ mo do` lo´

華語釋義：比喻福無雙至，另喻世上沒有十全十美的事。

47.

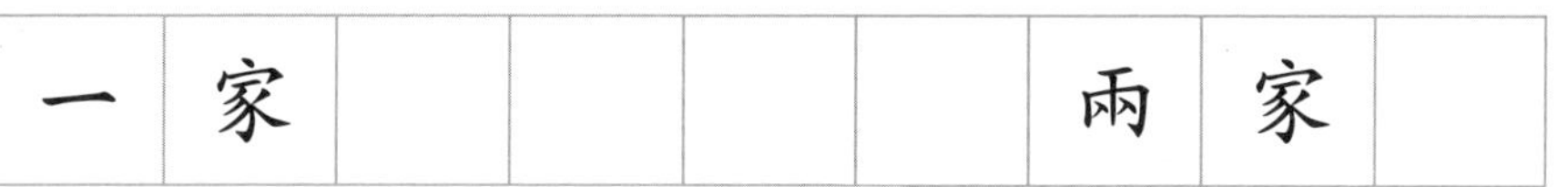

四縣拼音：id` ga´ den´ fo` nan` zeu liong` ga´ gong´

海陸拼音：rhid ga` den` fo´ nan zhau` liong´ ga` gong`

華語釋義：一盞燈不能點亮兩座房子；一個人很難身兼數職。

48.

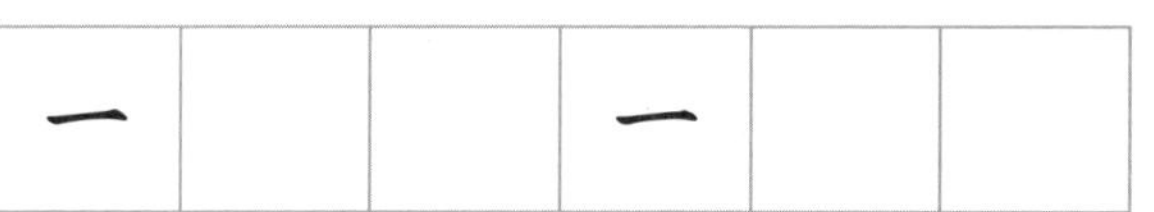

四縣拼音：id` liab mi` id` diam` hon

海陸拼音：rhid liab` mi´ rhid diam´ hon+

華語釋義：農夫種田辛勞，糧食不可浪費。

49.

四縣拼音：id` zag` tien` lo` zu` sag ngi sui`

海陸拼音：rhid zhag tien lo zhu´ shag` ngi+ shui´

華語釋義：食物烹煮的味道太淡或對某事物感到無趣。

50.

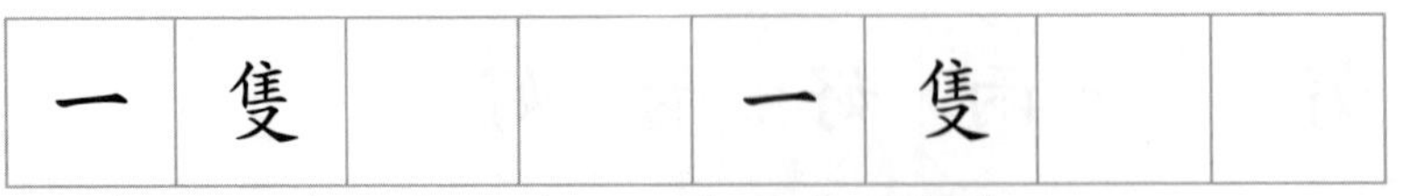

四縣拼音：id` zag` san´ teuˇ id` zag` za gu´

海陸拼音：rhid zhag san` teu rhid zhag zhaˇ gu`

華語釋義：意指一山不容二虎，否則就難以定勝負、稱霸山頭。

51.

四縣拼音：id` kieu` conˇ siib sad

海陸拼音：rhid kieu´ chon shib` shad`

華語釋義：形容多言多嘴。

52.

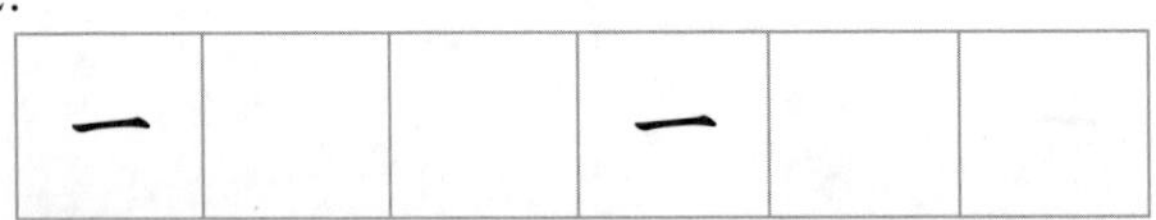

四縣拼音：id` gi´ co` id` diam` lu

海陸拼音：rhid gi` co´ rhid diam´ luˇ

華語釋義：每一個生命，老天都會賜與存活的條件。引喻為天無絕人之路。

53.

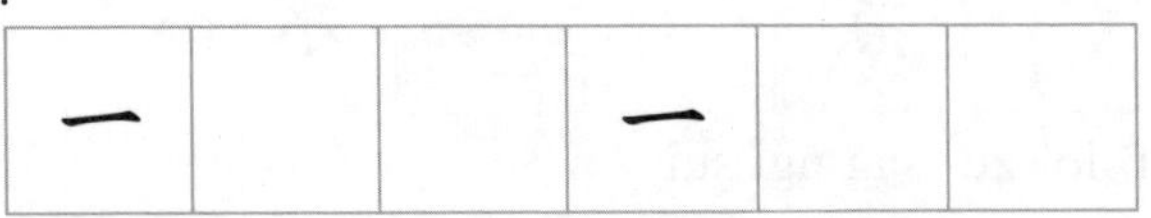

四縣拼音：id` giog` teuˇ id` bun gi´

海陸拼音：rhid giog teu rhid bunˇ gi`

華語釋義：一把鋤頭就塞滿整個籃子；行事太急躁就沒好成果。

54.

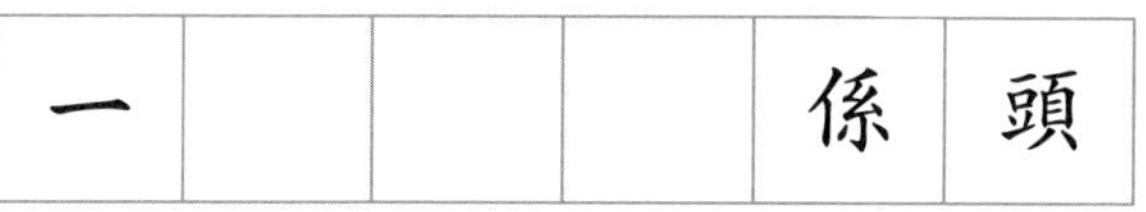

四縣拼音：idˋ lamˇ vu qin he teuˇ

海陸拼音：rhid lam vu+ cin+ heˇ teu

華語釋義：整團都是一般大小；沒有一個領頭的人。

55.

四縣拼音：idˋ liˊ tungˊ bagˋ liˊ iungˇ

海陸拼音：rhid liˋ tungˋ bag liˋ rhung

華語釋義：指關鍵的道理弄通了，相關的道理都好領會。

56.

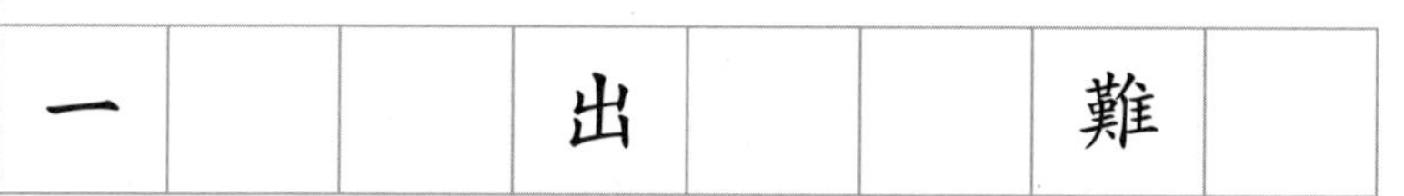

四縣拼音：idˋ ngienˇ gi cudˋ xi maˊ nanˇ duiˊ

海陸拼音：rhid ngien giˇ chud siˇmaˋ nan duiˋ

華語釋義：比喻話已說出口，難再收回。

57.

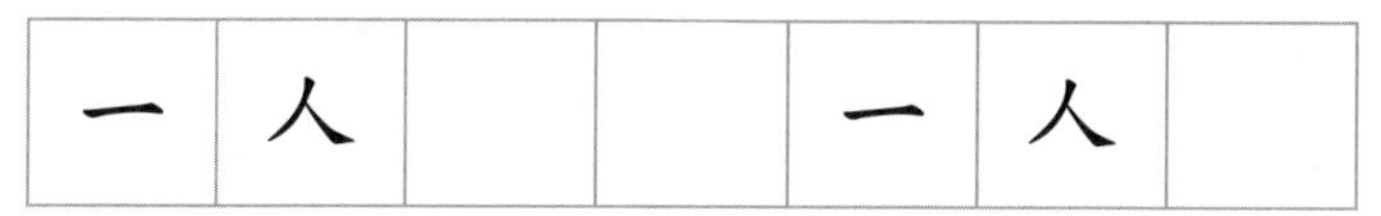

四縣拼音：idˋ nginˇ mˇ diˊ idˋ nginˇ sii

海陸拼音：rhid ngin m diˋ rhid ngin sii+

華語釋義：這個人不會知道那個人的風流韻事。

58.

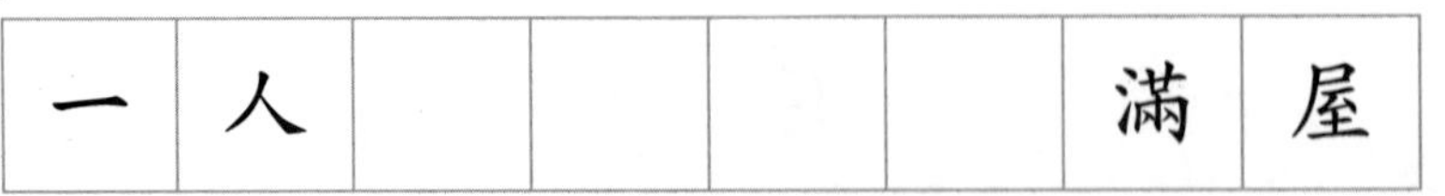

四縣拼音：idˋ nginˇ iuˊ fugˋ voi zaˊ manˊ vugˋ

海陸拼音：rhid ngin rhiuˋ fug voi+ zhaˋ manˋ vug

華語釋義：一個人得到了好處，一屋大小的人連帶受益。

59.

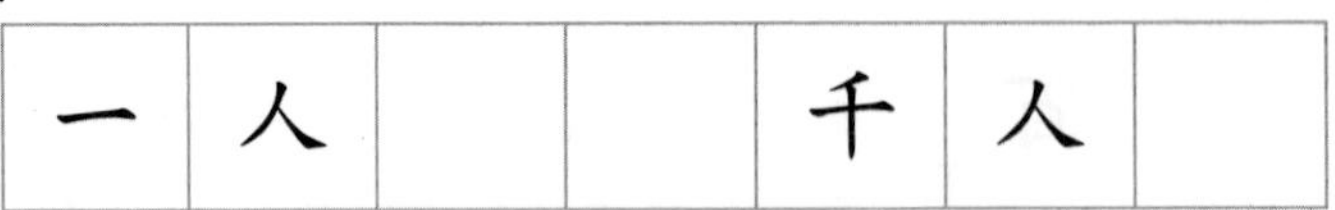

四縣拼音：idˋ nginˇ nanˇ hab qienˊ nginˇ i

海陸拼音：rhid ngin nan habˋ cienˋ ngin rhiˇ

華語釋義：不論做人多好或者老天爺多照顧，總是會有人不滿的，做事很難使大家都稱心滿意。

60.

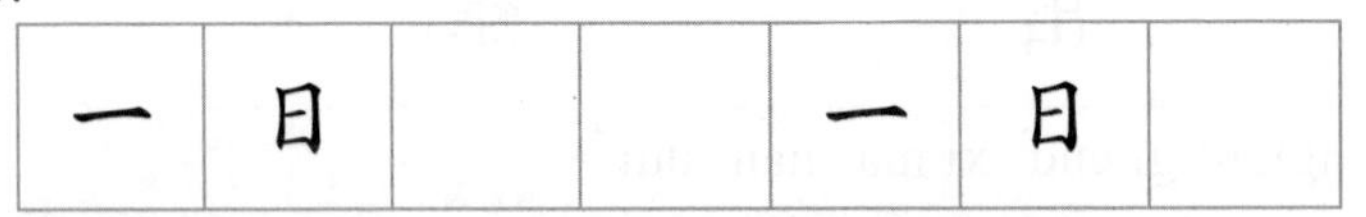

四縣拼音：idˋ ngidˋ seuˇ loiˇ idˋ ngidˋ dongˊ

海陸拼音：rhid ngid seu loi rhid ngid dongˋ

華語釋義：今天的難處今天承受就夠了，不要爲明天憂慮，因爲明天自有明天的煩惱。勉人不要過度操心、憂慮。

61.

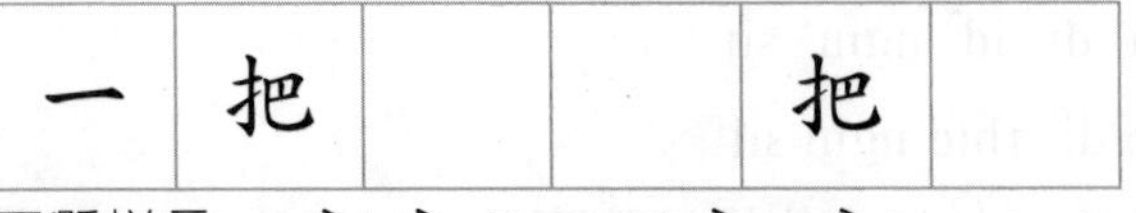

四縣拼音：idˋ baˋ piˇ canˇ baˋ gudˋ

海陸拼音：rhid baˊ pi chan baˊ gud

華語釋義：形容體型非常消瘦。

62.

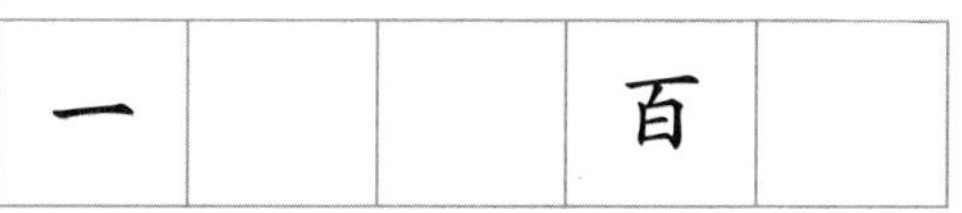

四縣拼音：id` pi ˇ za ˊ bag` cu`

海陸拼音：rhid pui zha` bag chiu ˊ

華語釋義：古代肥胖就代表着衣食無憂，女子受人喜愛，男子更容易討到老婆。

63.

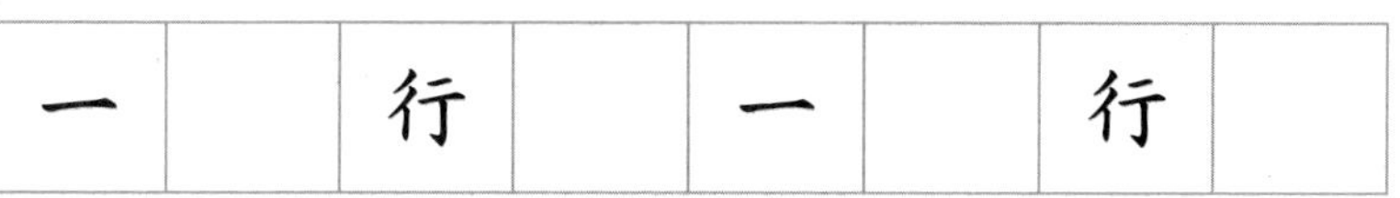

四縣拼音：id` sa ˇ hang ˇ giung ˊ id` sa ˇ hang ˇ jien

海陸拼音：rhid sa hang giung` rhid sa hang zien ˇ

華語釋義：事情要做圓滿，就要相互配合良好，就像射箭的道理一樣，要往後拉弓，要往前瞄準，才會射中目標。

64.

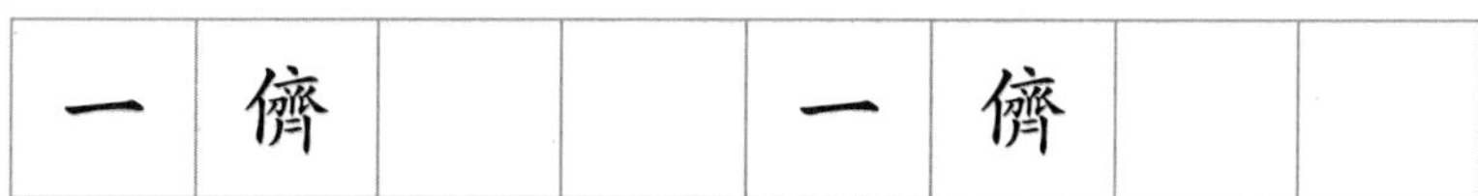

四縣拼音：id` sa ˇ ban gin ˊ id` sa ˇ bad` liong ˊ

海陸拼音：rhid sa ban ˇ gin` rhid sa bad liong`

華語釋義：比喻彼此旗鼓相當、不相上下。

65.

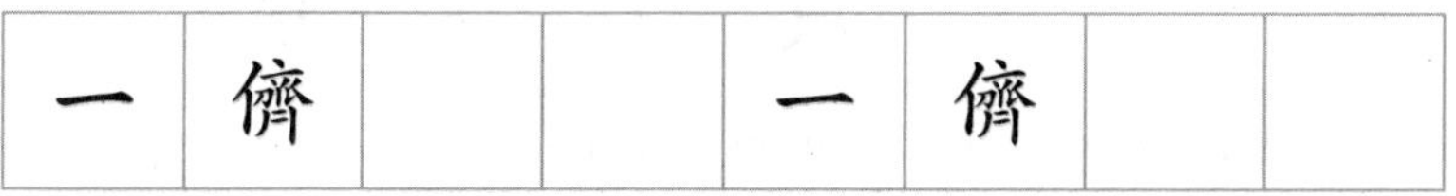

四縣拼音：id` sa ˇ tai go id` sa ˇ bud` kib

海陸拼音：rhid sa tai ˇ go ˇ rhid sa bud kib`

華語釋義：一個做得太過火了，另一個連門檻都沒有過。

66.

四縣拼音：idˋ sanˊ kong mˇ dedˋ liongˋ fuˋ

海陸拼音：rhid sanˋ kongˇ m ded liongˊ fuˊ

華語釋義：比喻在一個地方兩個強者不能相容。

67.

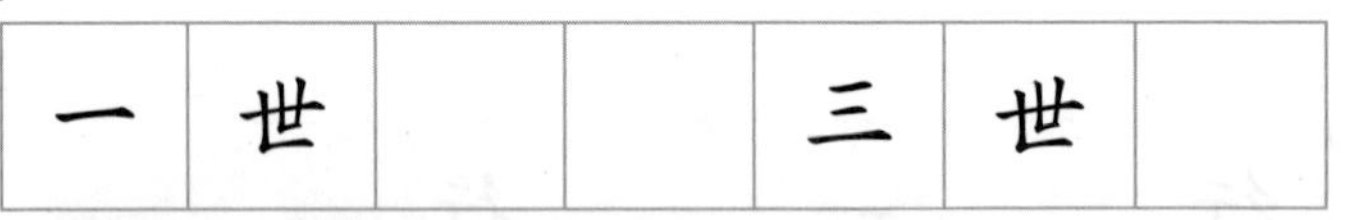

四縣拼音：idˋ se zo gonˊ samˊ se qied

海陸拼音：rhid sheˇ zoˇ gonˋ samˋ sheˇ ciedˋ

華語釋義：當官難免因疏忽而誤人誤事，殃及子孫，會使三代受連累。

68.

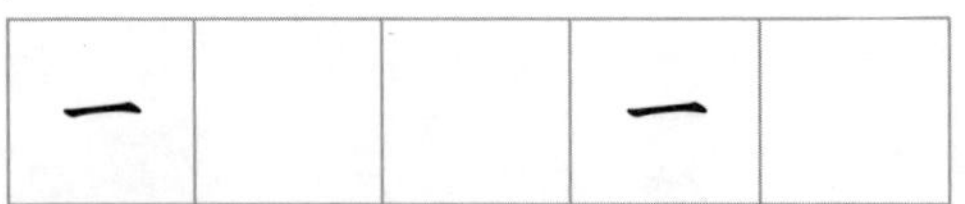

四縣拼音：idˋ siinˊ giungˊ idˋ kieuˋ

海陸拼音：rhid shinˋ giungˋ rhid kieuˊ

華語釋義：獨自提供自己生活所需。

69.

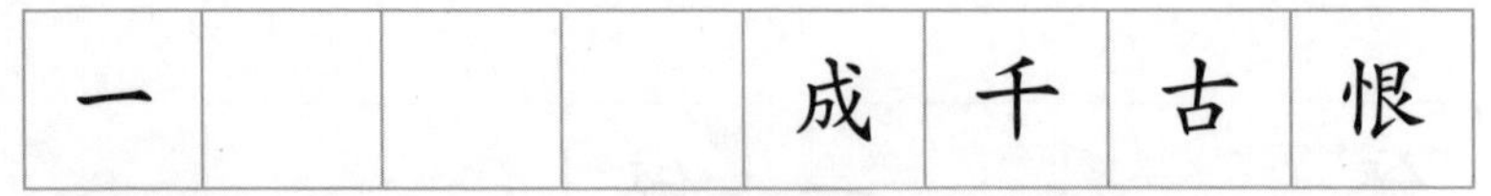

四縣拼音：idˋ siidˋ jiugˋ sui siinˇ qienˊ guˋ hen

海陸拼音：rhid shid ziug suiˇ shin cienˋ guˊ hen+

華語釋義：一次犯錯墮落，便造成一輩子的悔恨。

70.

四縣拼音：idˋ sii liauˋ bagˋ sii liauˋ

海陸拼音：rhid sii+ liauˊ bag sii+ liauˊ

華語釋義：一件事成功完成，將會昂揚鬥志，不斷前進，繼續取得成就。

71.

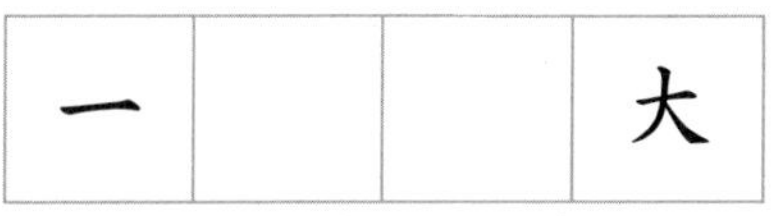

四縣拼音：idˋ tam goˊ tai

海陸拼音：rhid tamˇ goˋ tai+

華語釋義：像手臂伸長一樣高。

72.

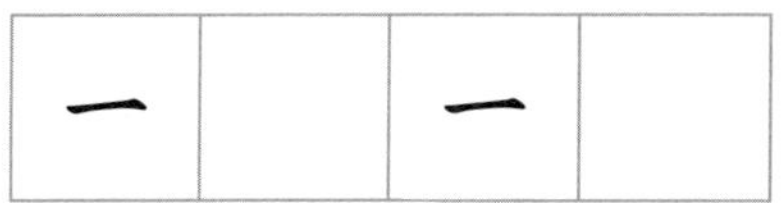

四縣拼音：idˋ teuˇ idˋ lu

海陸拼音：rhid teu rhid lu+

華語釋義：按順序地；詳細地從事。

73.

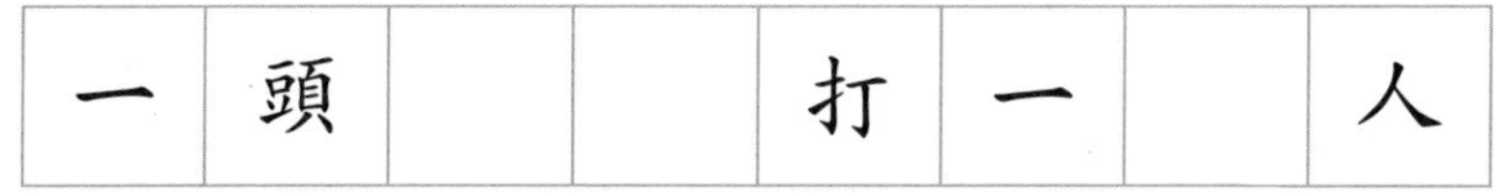

四縣拼音：idˋ teuˇ zugˋ goˊ daˋ idˋ sonˇ nginˇ

海陸拼音：rhid teu zhug goˋ daˊ rhid shon ngin

華語釋義：以偏概全的意思。

74.

四縣拼音：idˋ tungˇ miˋ muˋ xiˋ idˋ zagˋ heuˇ

海陸拼音：rhid tung miˊ muˊ siˊ rhid zhag heu

華語釋義：形容工作很多，報酬很少。

75.

四縣拼音：idˋ qienˊ caˊ mˇ dong badˋ bagˋ hien

海陸拼音：rhid cienˋ chaˋ m dongˇ bad bag hien+

華語釋義：做生意，現金買賣比賖欠好。

76.

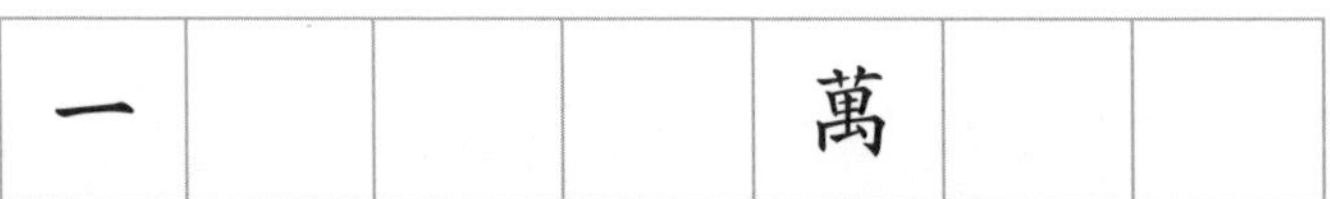

四縣拼音：idˋ cun miˇ damˊ van zungˋ seuˇ

海陸拼音：rhid cunˇ mi damˋ van+ zhungˊ seu

華語釋義：美麗的外表下承受着無數的悲傷。

77.

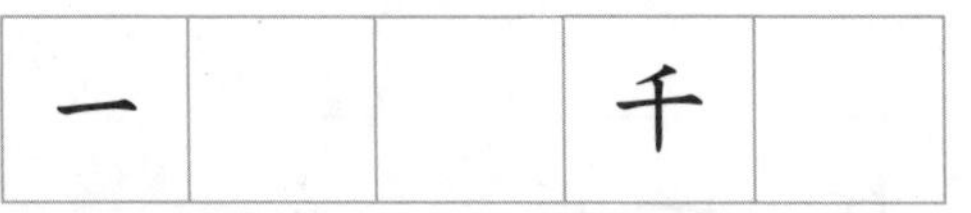

四縣拼音：idˋ sii ciid qienˊ gimˊ

海陸拼音：rhid sii+ chidˋ cienˋ gimˋ

華語釋義：比喻文章寫得極好。

78.

四縣拼音：id` du` qiang mien

海陸拼音：rhid du´ ciang+ mien+

華語釋義：除了肚子會咕嚕叫以外，什麼都不會。

79.

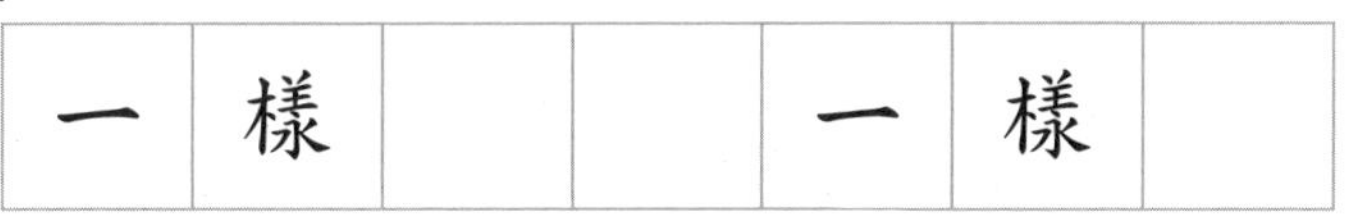

四縣拼音：id` iong zai´ gung´ id` iong gau

海陸拼音：rhid rhong+ zai` gung` rhid rhong+ gauˇ

華語釋義：同樣是吃素的，就有許多不同的教派。

80.

四縣拼音：ieuˇ sunˇ gu` sad

海陸拼音：rhau shun gu´ shad`

華語釋義：形容利用口才進行煽動或遊說，亦泛指大發議論。

81.

四縣拼音：ien` sui` nanˇ giu kiun fo`

海陸拼音：rhan´ shui´ nan giuˇ kiun+ fo´

華語釋義：比喻緩不濟急。

82.

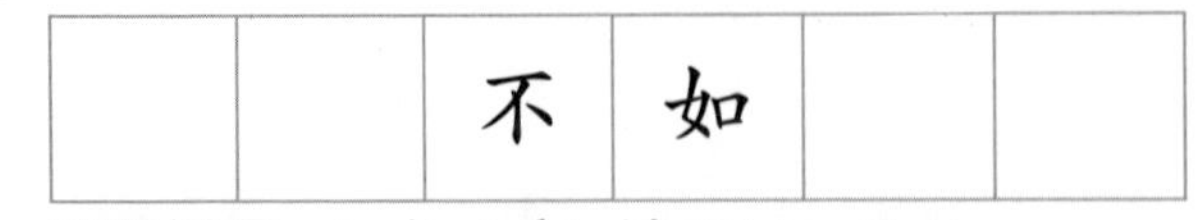

四縣拼音：ienˋ qinˊ budˋ iˇ kiun linˇ

海陸拼音：rhanˊ cinˋ bud rhi kiun^{+} lin

華語釋義：住得遠的親戚不如近處的鄰居，可以相互照顧、扶持。

83.

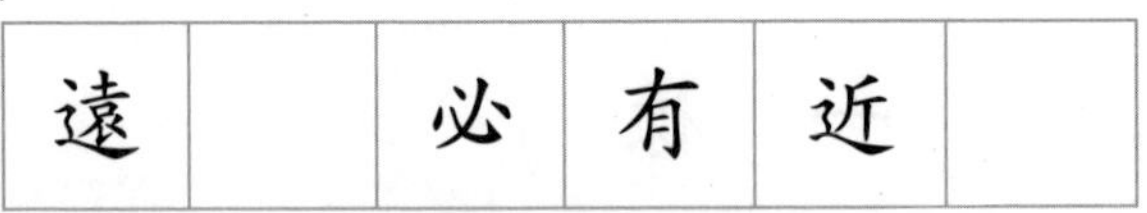

四縣拼音：ienˋ ced bidˋ iuˊ kiunˊ giogˋ

海陸拼音：rhanˊ cedˋ bid rhiuˋ kiunˋ giog

華語釋義：意指遠處來偷東西者，一定有附近的人通風報信。

84.

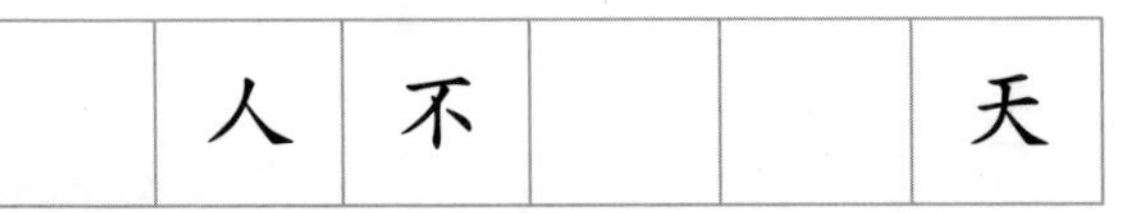

四縣拼音：im nginˇ budˋ iˇ im tienˊ

海陸拼音：rhim^{+} ngin bud rhi rhim^{+} tienˋ

華語釋義：寧可相信上天而不是人。

85.

四縣拼音：inˊ coiˇ siidˋ ngi

海陸拼音：rhinˋ coi shid ngi^{+}

華語釋義：因爲錢財而失掉道義。

86.

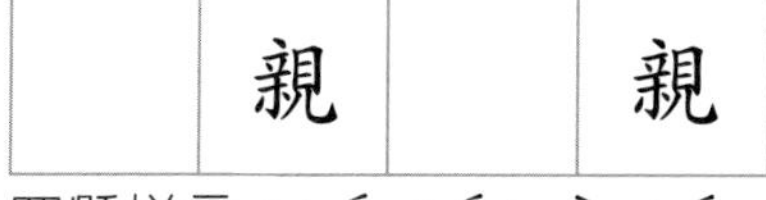

四縣拼音：inˊ qinˊ togˋ qinˊ

海陸拼音：rhinˋ cinˋ tog cinˋ

華語釋義：己身的婚姻關係反而去諮詢才要訂婚的人；本末倒置。

87.

四縣拼音：enˊ bauˋ budˋ naˊ tu

海陸拼音：enˋ bauˊ bud naˋ tuˇ

華語釋義：比喻人要是在事業上滿足現狀，沒有新的追求，就會貪圖安逸，不求進取。

88.

四縣拼音：enˊ ngienˋ heuˇ suˋ

海陸拼音：enˋ nganˊ heu shiuˊ

華語釋義：比喻人很機警又很靈敏。

89.

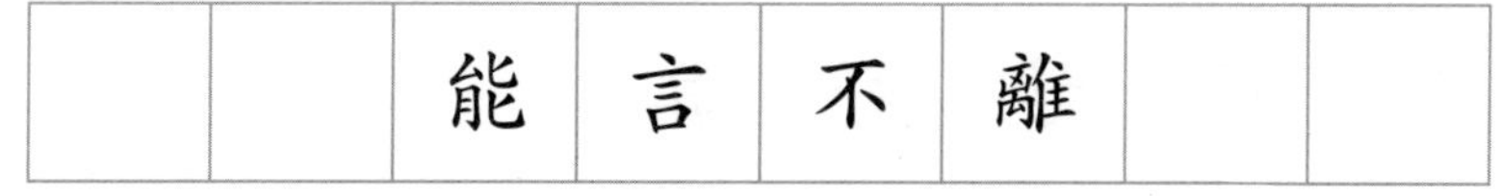

四縣拼音：inˊ vuˋ nenˇ ngienˇ budˋ liˇ fiˊ niauˊ

海陸拼音：rhinˋ vuˊ nen ngien bud li buiˋ diauˋ

華語釋義：比喻人很難改變他原始的身分。

90.

四縣拼音：iog oi gongˊ fuˇ zeuˋ mo li idˋ baˋ kieuˋ

海陸拼音：rhogˋ oiˇ gongˋ fu zeuˊ mo⁺ li⁺ rhid baˊ kieuˊ

華語釋義：若要遊走四方且很順利的話，就必需訓練好自己的口才。

91.

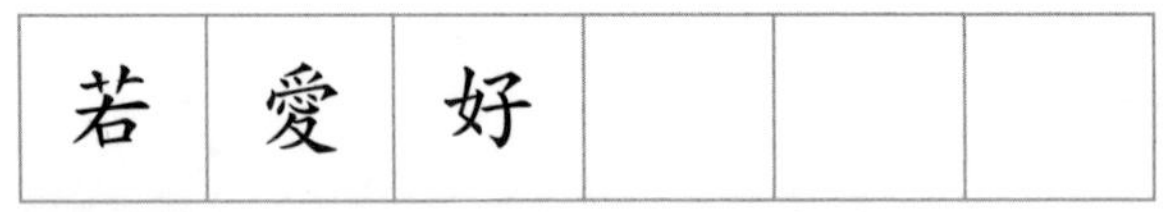

四縣拼音：iog oi hoˋ mun samˊ loˋ

海陸拼音：rhogˋ oiˇ hoˊ munˇ samˋ loˊ

華語釋義：比喻為學須向老年人、老實人和經驗多的人請教。

92.

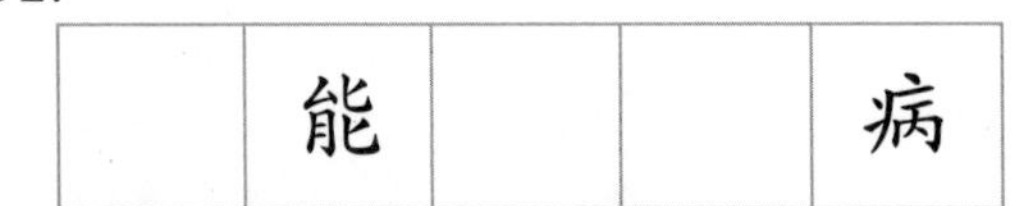

四縣拼音：iog nenˇ iˊ gaˋ piang

海陸拼音：rhogˋ nen rhiˋ gaˊ piang⁺

華語釋義：藥物所能治療的只是表面顯露的病徵，真正的疾病是沒有藥物可以治療的。勸人不要太過相信藥物的效用。

93.

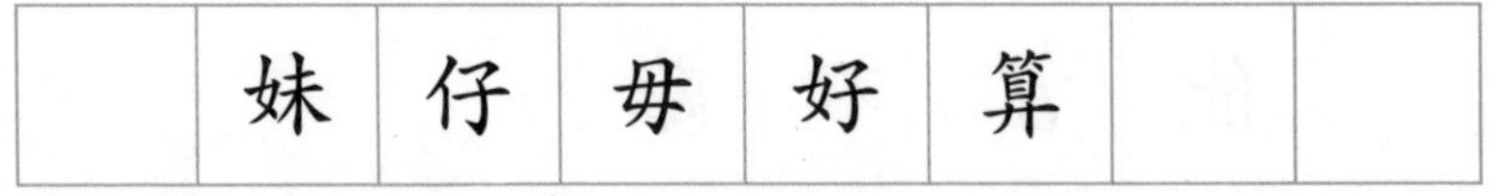

四縣拼音：iongˊ moi eˋ mˇ hoˋ son fan conˊ

海陸拼音：rhongˋ moiˇ er m hoˊ sonˇ pon⁺ conˋ

華語釋義：當女兒訂婚時，不要計算她吃過的糧食。

94.

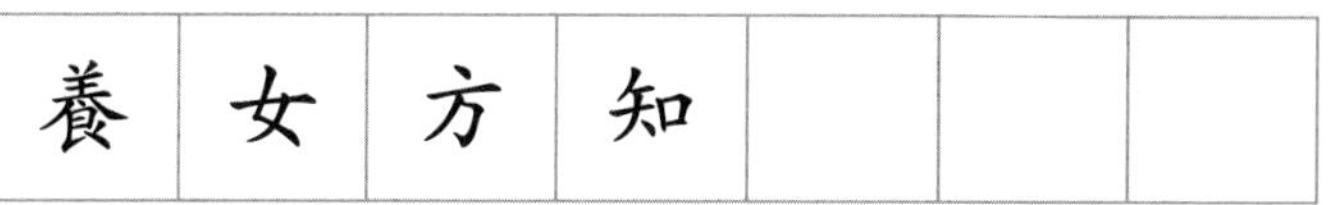

四縣拼音：iongˊ ngˋ fongˊ diˊ qia ngiongˇ enˊ

海陸拼音：rhongˋ ngˊ fongˋ diˋ cia⁺ ngiong enˋ

華語釋義：養兒女的時候才知道自己父母的辛苦，才知道去感謝自己的父母。

95.

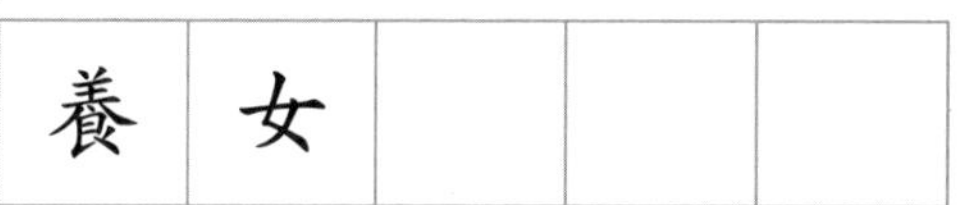

四縣拼音：iongˊ ngˋ go gaˊ ngiongˇ

海陸拼音：rhongˋ ngˊ goˇ gaˋ ngiong

華語釋義：把女兒養大，及早幫她找婆家。

96.

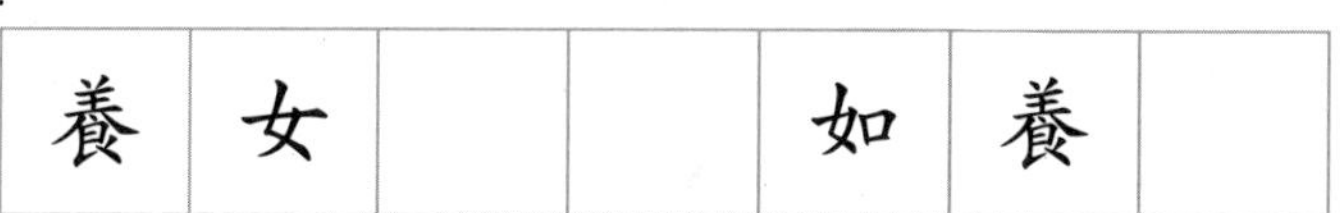

四縣拼音：iongˊ ngˋ budˋ gauˊ iˇ iongˊ zuˊ

海陸拼音：rhongˋ ngˊ bud gauˋ rhi rhongˋ zhuˋ

華語釋義：生了女兒，如果不好好教育，等於只是消耗糧食而沒有用處。

97.

四縣拼音：iongˊ binˊ qienˊ ngidˋ iung cai idˋ zeuˊ

海陸拼音：rhongˋ binˋ cienˋ ngid rhung⁺ cai⁺ rhid zhauˋ

華語釋義：長期培訓軍隊，以備一時用兵之需。

98.

四縣拼音：iongˊ saˇ siid gieˊ

海陸拼音：rhongˋ sha shidˋ gaiˋ

華語釋義：比喻因姑息惡人，結果卻使自己受到損害。

99.

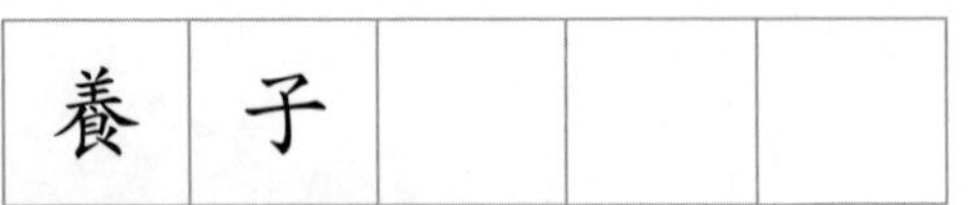

四縣拼音：iongˊ ziiˋ go hog tongˇ

海陸拼音：rhongˋ ziiˊ goˇ hogˋ tong

華語釋義：生兒子就把他送去接受教育。

100.

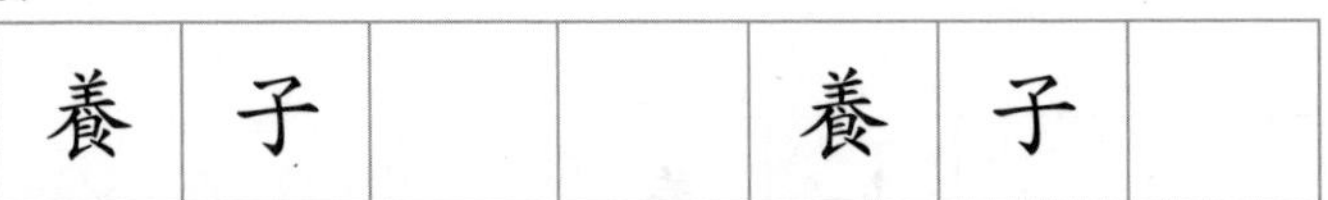

四縣拼音：iongˊ ziiˋ siinˊ moˇ iongˊ ziiˋ ximˊ

海陸拼音：rhongˋ ziiˊ shinˋ mo rhongˋ ziiˊ simˋ

華語釋義：生下小孩的身體，卻無法蘊育小孩的心理。意喻子女的想法不是父母能決定的。

101.

養 子

四縣拼音：iongˊ ziiˋ budˋ gau iˇ iongˊ liˇ

海陸拼音：rhongˋ ziiˊ bud gauˇ rhi rhongˋ li

華語釋義：生了兒子，如果不好好教育，甚至還不如養牲畜，更可能會惹禍。

102.

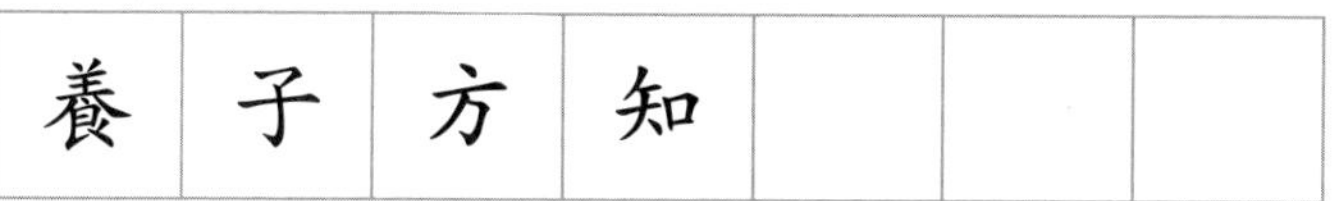

四縣拼音：iongˊ ziiˋ fongˊ diˊ ngiongˇ xinˊ kuˋ

海陸拼音：rhongˋ ziiˊ fongˋ diˋ ngiong sinˋ kuˊ

華語釋義：兒子不知道母親養育的辛苦，只有自己做了父母後，才能更加深切地體會到母親的偉大，從而知道報答母親恩情。

103.

四縣拼音：iongˇ ziidˋ fuˋ piˇ

海陸拼音：rhong zhid fuˊ pi

華語釋義：比喻空有壯麗的外表，而缺乏實力。

104.

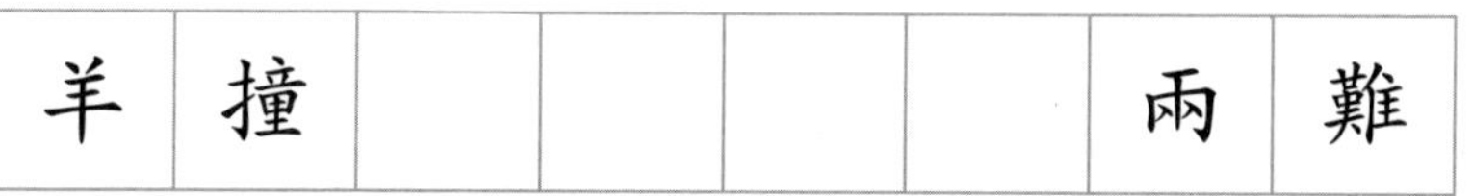

四縣拼音：iongˇ cong liˇ baˊ jin tui liongˋ nanˇ

海陸拼音：rhong cong⁺ li baˋ zinˇ tuiˇ liongˊ nan

華語釋義：羊撞上用竹子或樹枝編成的遮攔物，既撞不倒，羊角又纏住樹枝，因而無法前進，也無法後退。

105.

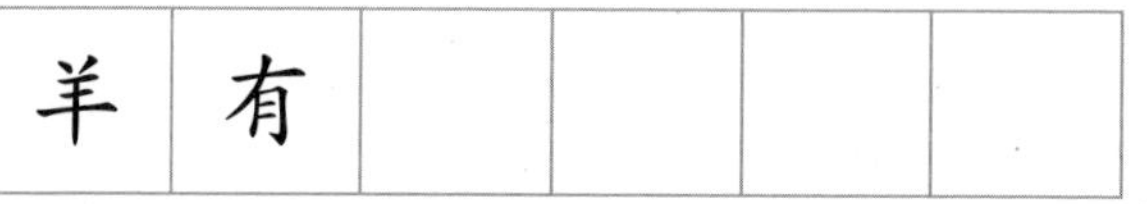

四縣拼音：iongˇ iuˊ kuiˋ nen ziiˊ enˊ

海陸拼音：rhong rhiuˋ kuiˊ nenˇ ziiˋ enˋ

華語釋義：羊羔有跪下接受母乳的感恩舉動，做子女的更要懂得孝順父母。

106.

四縣拼音：iongˇ gau ia zam` zug` im´ gau ia zam` zug`

海陸拼音：rhong gauˇ rha+ zam´ zhug rhim` gauˇ rha+ zam´ zhug

華語釋義：無論神諭的答案是什麼，都決心繼續幹下去。

107.

四縣拼音：iu´ ziim´ zog` mˇ pa dam´ ngu

海陸拼音：rhiu` zhim` zog m paˇ dam` ngu+

華語釋義：事前協商以避免延誤。

108.

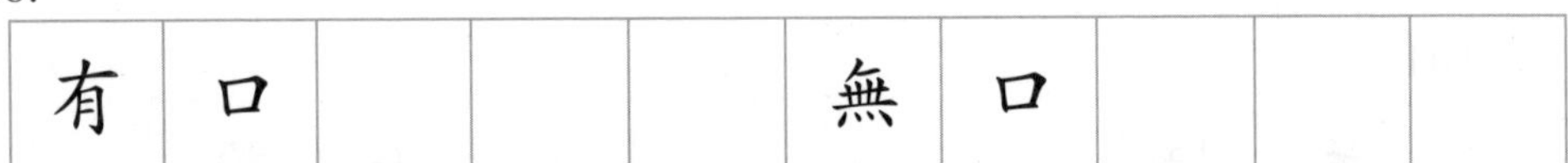

四縣拼音：iu´ kieu` va ped nginˇ moˇ kieu` va qid` ga´

海陸拼音：rhiu` kieu´ va+ ped` ngin mo kieu´ va+ cid ga`

華語釋義：把別人說得一無是處，而看不到自己的不足，不敢說自己的短處。

109.

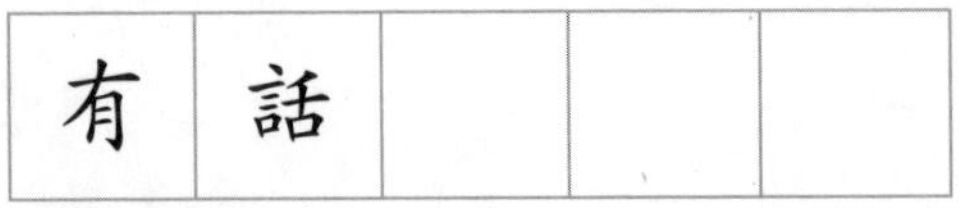

四縣拼音：iu´ fa´ dong´ mien cab`

海陸拼音：rhiu` fa` dong` mienˇ cab

華語釋義：有話直說，不要在背後講人壞話。

110.

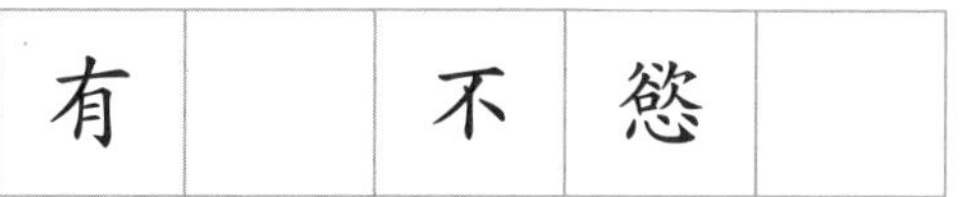

四縣拼音：iu´ fo bud` iug pinˇ

海陸拼音：rhiu` foˇ bud rhug` pin

華語釋義：貨物足則貧困消。

111.

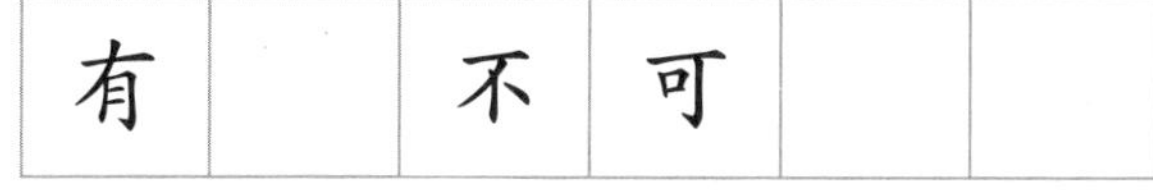

四縣拼音：iu´ fug` bud` ko` hiong` qin

海陸拼音：rhiu` fug bud ko´ hiong´ cin+

華語釋義：一個人一但將上一世修來的福緣早早用完，那麼未來要過的必定是苦日子，所以凡事須留有餘地。

112.

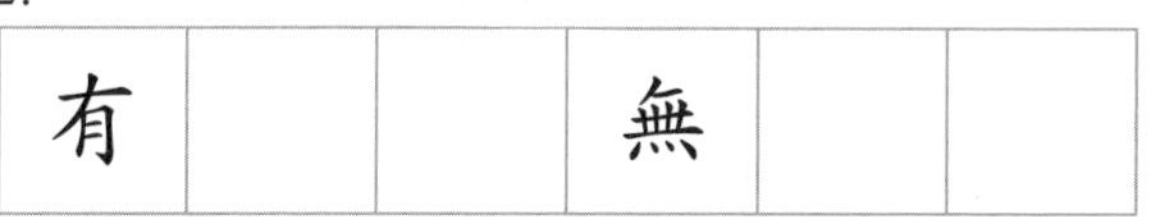

四縣拼音：iu´ ga` zii` moˇ ga` sun´

海陸拼音：rhiu` ga´ zii´ mo ga´ sun`

華語釋義：這句話是說實在沒有兒子繼承，只好領養一個假兒子，但這假兒子結婚後生了男孩，這個男孩就成了眞的孫子。

113.

四縣拼音：iu´ ge muˇ cu ge vog

海陸拼音：rhiu` gaiˇ mu chu+ gaiˇ vog`

華語釋義：有這種模子，就造出這種鍋；有其父必有其子。

114.

四縣拼音：iuˊ gangˊ moˇ suˊ

海陸拼音：rhiuˋ gangˋ mo shiuˋ

華語釋義：耕耘了，但卻沒有任何回報。

115.

四縣拼音：iuˊ giogˋ moˇ lu zeuˋ

海陸拼音：rhiuˋ giog mo lu$^+$ zeuˊ

華語釋義：形容處境困窘，卻找不到解決的方法。

116.

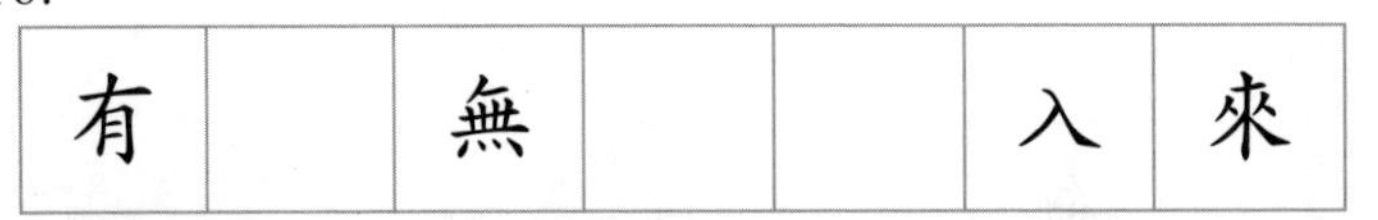

四縣拼音：iuˊ liˊ moˇ qienˇ mog ngib loiˇ

海陸拼音：rhiuˋ liˋ mo cien mogˋ ngibˋ loi

華語釋義：進衙門打官司全憑花錢，沒錢即使再有理也打不贏官司，指衙門是只認錢不認理的。

117.

四縣拼音：iuˊ liˊ budˋ cai ciiˇ

海陸拼音：rhiuˋ liˋ bud cai$^+$ chi

華語釋義：指做事情小心仔細，再多也不嫌煩；如果有理的話，遲來一點也沒關係。

118.

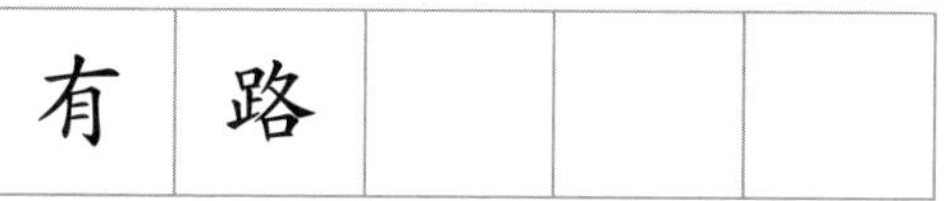

四縣拼音：iuˊ lu mog denˊ zuˊ

海陸拼音：rhiuˋ lu⁺ mogˋ denˋ zhiuˋ

華語釋義：如果可以在陸地上行走，就不要選擇坐船出行。指提醒及注意人身安全，有規避風險的意思。

119.

四縣拼音：iuˊ ngiangˇ moˇ sung

海陸拼音：rhiuˋ ngiang mo sungˇ

華語釋義：熱情歡迎來到的客人，對於將離開的遊客卻不相送。

120.

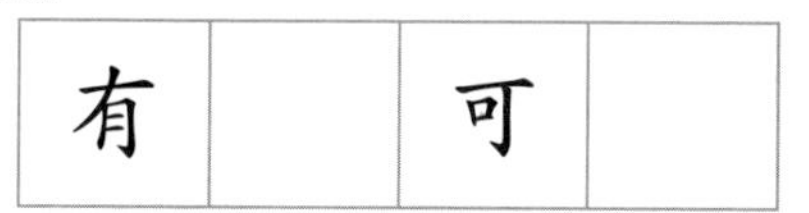

四縣拼音：iuˊ ngiˇ koˋ qiong

海陸拼音：rhiuˋ ngi koˊ ciongˇ

華語釋義：他的典範值得仿效。

121.

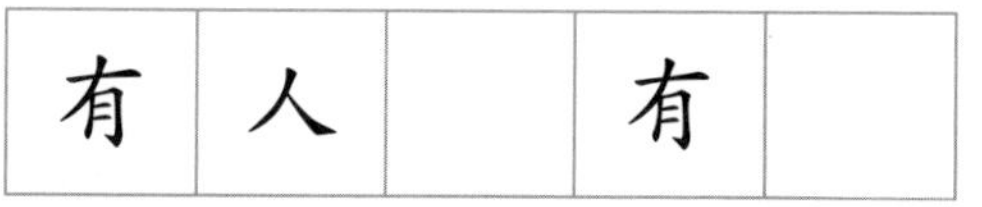

四縣拼音：iuˊ nginˇ zang iuˊ coiˇ

海陸拼音：rhiuˋ ngin zhangˇ rhiuˋ coi

華語釋義：你必須有人（光臨）才有財富上門。

122.

有		不	可		
有		不	可		

四縣拼音：iuˊ se budˋ koˋ qin hangˇ

iuˊ lid budˋ koˋ qin cang

海陸拼音：rhiuˋ sheˇ bud koˊ cin$^+$ hang

rhiuˋ lidˋ bud koˊ cin$^+$ cangˇ

華語釋義：不能不擇手段，無節制的使用權力。

123.

有		不	可		

四縣拼音：iuˊ se budˋ koˋ qin siiˋ

海陸拼音：rhiuˋ sheˇ bud koˊ cin$^+$ siiˊ

華語釋義：不能不擇手段，無節制的使用權力。

124.

有	錢			

四縣拼音：iuˊ qienˇ goˊ samˊ bi

海陸拼音：rhiuˋ cien goˋ samˋ buiˇ

華語釋義：錢財滋養三代人。

125.

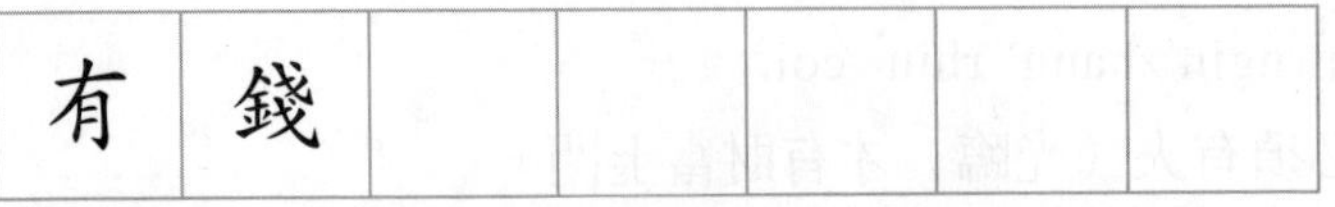

有	錢					

四縣拼音：iuˊ qienˇ nanˇ maiˊ qinˊ senˊ ziiˋ

海陸拼音：rhiu` cien nan mai` cin` sen` zii´

華語釋義：血緣關係可貴，孩子是上天賞賜的禮物，要好好珍惜教導，因爲錢財再多，也難以買到親生兒子。

126.

四縣拼音：iu´ qienˇ mai´ zii` bien´ ngiug`

海陸拼音：rhiu` cien mai` zhi´ bien` ngiug

華語釋義：富人根據選擇購買豬肉或牛肉；隨心所欲。

127.

四縣拼音：iu´ qienˇ nanˇ mai´ zii` sun´ hienˇ

海陸拼音：rhiu` cien nan mai` zii´ sun` hien

華語釋義：孝順賢德的子孫是金錢買不來的。

128.

四縣拼音：iu´ qienˇ sii` ded` gui` ai´ mo

海陸拼音：rhiu` cien sii´ ded gui´ ai` mo+

華語釋義：形容只要有錢，就能使他人願意辦事。

129.

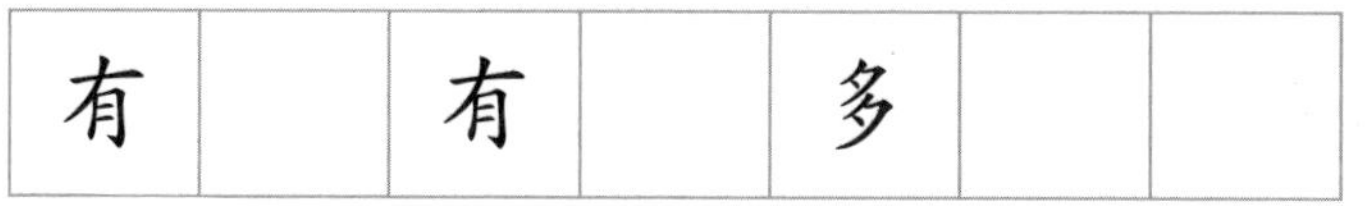

四縣拼音：iu´ qienˇ iu´ ngiug` do´ hiung´ ti

海陸拼音：rhiuˋ cien rhiuˋ ngiug doˋ hiungˋ ti⁺

華語釋義：當你遇到挫折的時候，你才會發現，當初那些對你趨之若鶩的酒肉朋友，早已經各奔東西，甚至走在路上遇見你，也會裝作不認識。

130.

四縣拼音：iuˊ vangˇ go zang iuˊ ciid log

海陸拼音：rhiuˋ vang goˇ zhangˇ rhiuˋ chidˋ logˋ

華語釋義：有了基本的水準收益才會有超過的盈餘；先求有，再求好。

131.

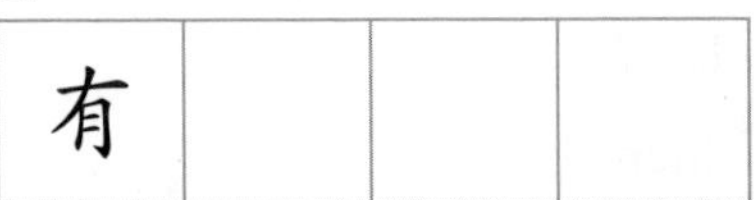

四縣拼音：iuˊ vunˇ bidˋ liug

海陸拼音：rhiuˋ vun bid liugˋ

華語釋義：聽到什麼，不管對不對，全都記錄下來。

132.

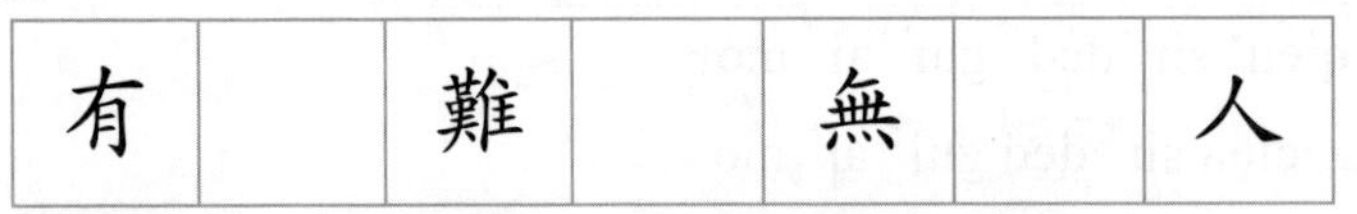

四縣拼音：iuˊ iog nanˇ iˊ moˇ miang nginˇ

海陸拼音：rhiuˋ rhogˋ nan rhiˋ mo miang⁺ ngin

華語釋義：病情已經到末期，任何藥物都無法醫治。

133.

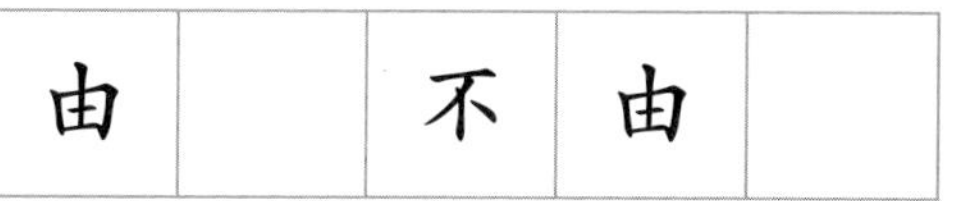

四縣拼音：iuˇ tienˊ budˋ iuˇ nginˇ

海陸拼音：rhiu tienˋ bud rhiu ngin

華語釋義：一切都是命中註定，半點由不得人做主。

134.

四縣拼音：iuˇ qiongˇ dabˋ biagˋ

海陸拼音：rhiu ciong dab biag

華語釋義：就像在牆上行走；指事情太難了。

135.

四縣拼音：iu oi maˊ ziiˋ hoˋ

iu oi maˊ ziiˋ mˇ siid coˋ

海陸拼音：rhiu⁺ oiˇ maˋ ziiˊ hoˊ

rhiu⁺ oiˇ maˋ ziiˊ m shidˋ coˊ

華語釋義：要求馬兒長得壯快，又希望馬兒少吃草料。比喻要求過高卻吝於付出。

136.

	加	之				無	

四縣拼音：iug gaˊ ziiˊ cui hoˇ fam moˇ ciiˇ

海陸拼音：rhugˋ gaˋ ziiˋ cui+ ho fam+ mo cii

華語釋義：指存心誣陷他人，總是可以找到藉口。

137.

四縣拼音：iug limˇ coˋ sa

海陸拼音：rhugˋ lim coˊ shaˇ

華語釋義：意指極力歡迎客人的到訪。

138.

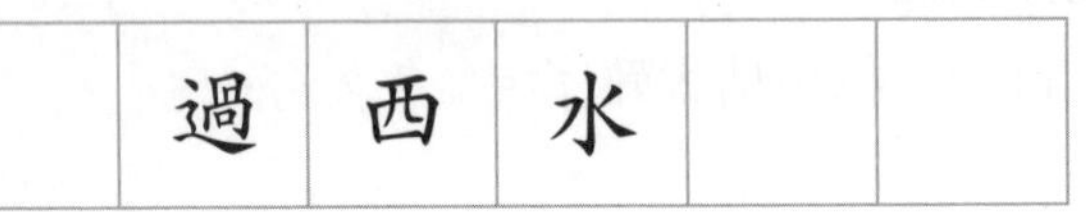

四縣拼音：iunˇ go xiˊ suiˋ daˋ biˊ

海陸拼音：rhun goˇ siˋ shuiˊ daˊ biˋ

華語釋義：當雲往西邊飄過，會帶來足夠的雨量，注滿池塘。

139.

四縣拼音：iunˇ go dungˊ moˇ suiˋ iu moˇ fungˊ

海陸拼音：rhun goˇ dungˋ mo shuiˊ rhiu+ mo fungˋ

華語釋義：當雲往東邊飄過，沒有雲也沒有雨。

140.

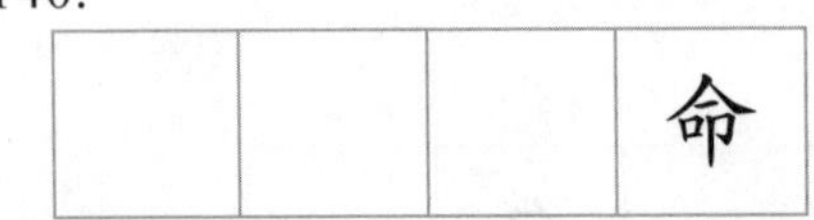

四縣拼音：iunˋ ngienˇ pi miang

海陸拼音：rhunˊ ngien poiˇ miang+

華語釋義：永遠配合天命行事。

141.

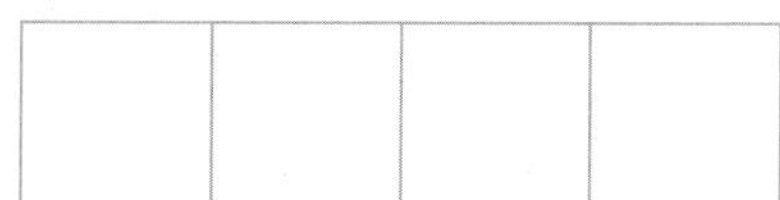

四縣拼音：iungˇ iungˇ dung dung

海陸拼音：rhung rhung dungˇ dungˇ

華語釋義：就像冰水可融化可凍結；意謂事情的結果是可改變的。

142.

四縣拼音：iung qienˇ iuˇ iˇ suiˋ zungˊ saˊ

海陸拼音：rhung+ cien rhiu rhi shuiˊ zhungˋ saˋ

華語釋義：花錢如水推沙那麼快，毫不費力。

J

1.

四縣拼音：jia ginˊ zuˊ sangˇ guˋ ngiab

海陸拼音：ziaˇ ginˋ zhiuˋ shin guˊ ngiabˋ

華語釋義：比喻只借不還。

2.

四縣拼音：jiabˋ bogˋ mˇ doˋ

海陸拼音：ziab bog m doˊ

華語釋義：嫁接、剪接不成功。

3.

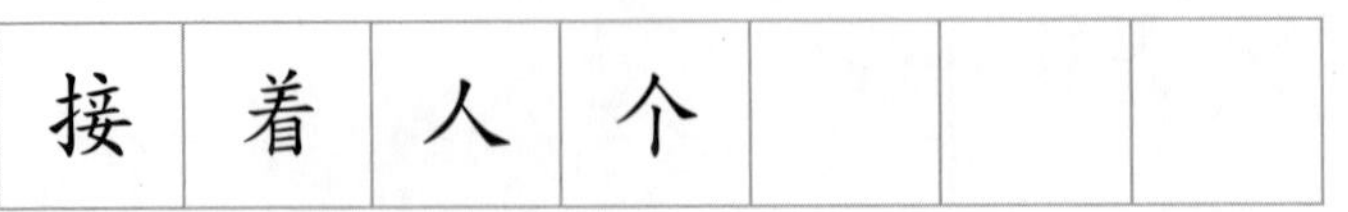

四縣拼音：jiabˋ doˋ nginˇ ge iuˇ ziiˋ foˋ

海陸拼音：ziab doˊ ngin gaiˇ rhiu zhiˊ foˊ

華語釋義：接受別人的紙鈔；一件很有價值的事。

4.

四縣拼音：jiangˋ kiuˊ ziiˊ loˇ

海陸拼音：ziangˊ kiuˋ ziiˋ lo

華語釋義：指操持汲水與舂米的家務。

5.

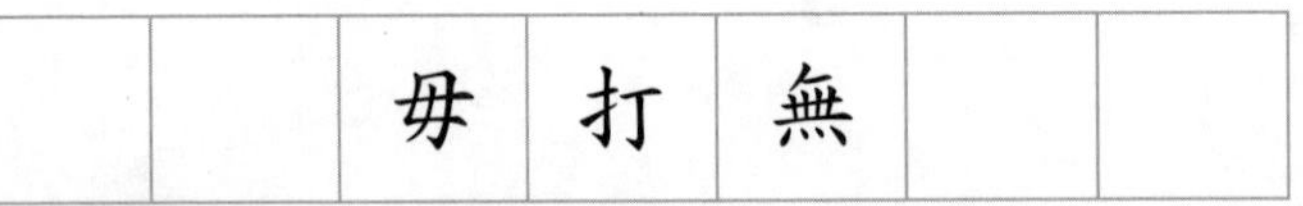

四縣拼音：jiangˋ suiˋ mˇ daˋ moˇ punˇ lanˇ

海陸拼音：ziangˊ shuiˊ m daˊ mo pun lan

華語釋義：如果你不抽水，井就不會自動溢出水。

6.

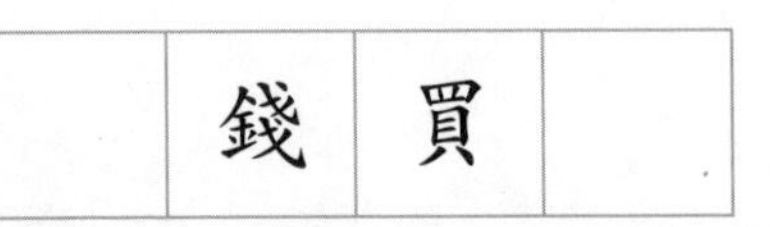

四縣拼音：jiongˊ qienˇ maiˊ cuˋ

海陸拼音：ziongˋ cien maiˋ chiuˊ

華語釋義：你的這些錢只會讓你受到侮辱。

7.

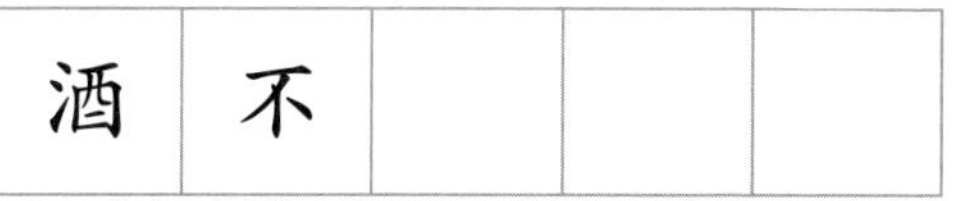

四縣拼音：jiuˋ budˋ gieˋ ziinˊ seuˇ

海陸拼音：ziuˊ bud gaiˊ zhinˋ seu

華語釋義：喝酒充其量只是一時的忘記煩惱而已，一夢醒來，愁還在，問題猶存。

K

1.

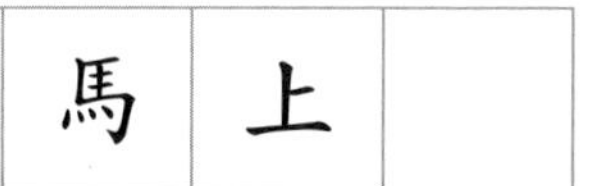

四縣拼音：kaˇ maˊ songˊ boi

海陸拼音：ka maˋ shongˋ boiˇ

華語釋義：騎上一匹馬。

2.

四縣拼音：kag xiˋ biong biˊ

海陸拼音：kagˋ siˊ biongˇ buiˋ

華語釋義：在釋放鳥兒之前把它掐死；決策非常緩慢，以致胎死腹中。

3.

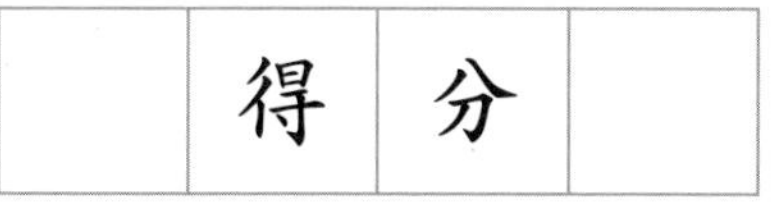

四縣拼音：kamˊ dedˋ bunˊ giˇ

海陸拼音：kam` ded bun` gi

華語釋義：甚至可把頭取下來給他。

4.

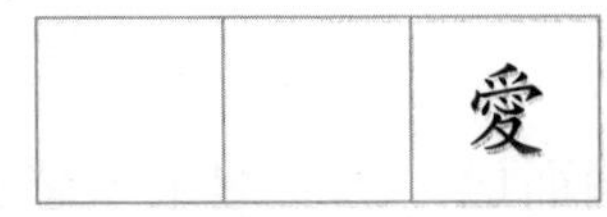

四縣拼音：kad` ban` oi

海陸拼音：kad ban´ oiˇ

華語釋義：這個我肯定是要的。

5.

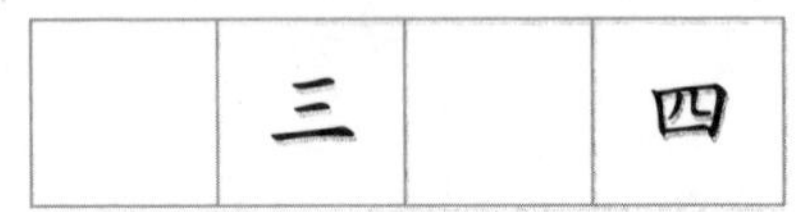

四縣拼音：kau sam´ kau xi

海陸拼音：kauˇ sam` kauˇ siˇ

華語釋義：對自己感興趣的事，詢問每一個細節。

6.

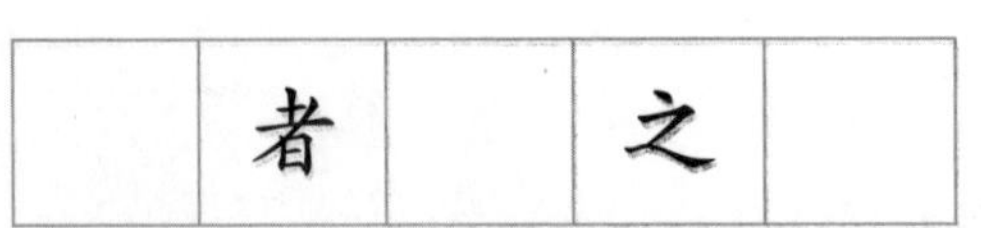

四縣拼音：kau` za` zod` zii´ nuˇ

海陸拼音：kiau´ zha´ zhod zii` nu

華語釋義：有能力的人要多多幫助沒能力或能力弱的人。

7.

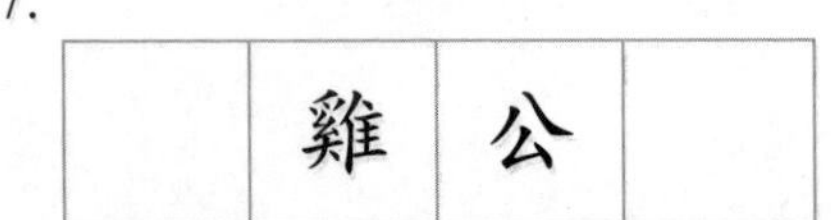

四縣拼音：kiˇ gie´ gung´ ma´

海陸拼音：ki gai` gung` ma`

華語釋義：指不易駕馭的人或事物。

8.

四縣拼音：kiˊ loˋ mog kiˊ seu

海陸拼音：kiˋ loˊ mogˋ kiˋ shauˇ

華語釋義：告誡人們不要欺負少年人。因爲少年人來日方長，將來有一天可能在各方面勝過於你，就會報復當年的仇恨。

9.

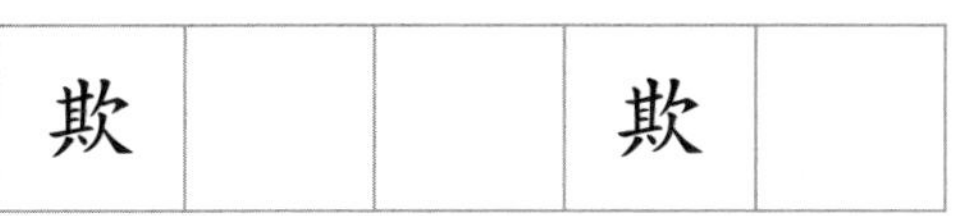

四縣拼音：kiˊ sanˊ mog kiˊ suiˋ

海陸拼音：kiˋ sanˋ mogˋ kiˋ shuiˊ

華語釋義：由於山在明處，眼前的一切危機，幾乎都不難發現；而很多水域深不見底，潛藏很多看不見的危機，所以不可小看水的力量。

10.

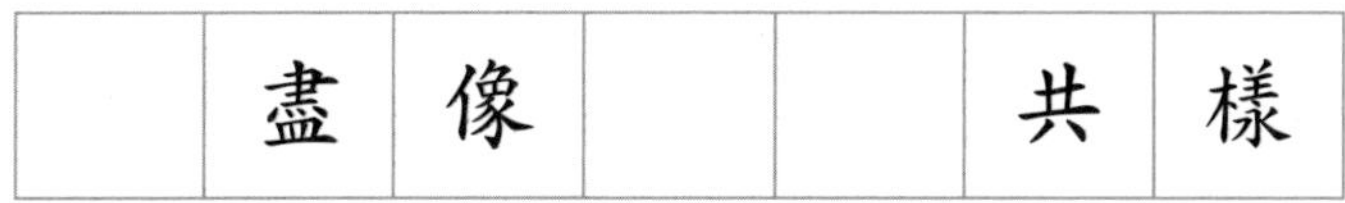

四縣拼音：kiˊ qin qiong dangˊ mugˋ kiung iong

海陸拼音：kiˋ cin+ ciongˇ dangˋ mug kiung+ rhong+

華語釋義：他像柱子一樣站在那裡僵直着。

11.

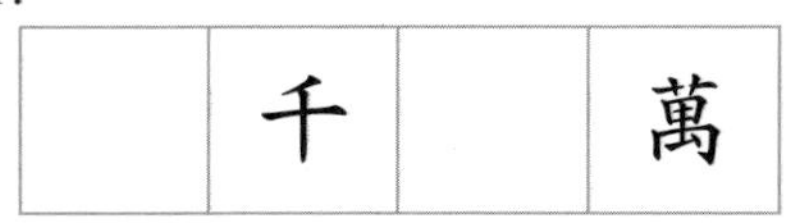

四縣拼音：kiˊ qienˊ doˋ van

海陸拼音：kiˋ cienˋ doˊ van+

華語釋義：賭博時，賭金以兩種方式放在桌子上—現金放在物資的上面或現金整個攤開。後者的呈現，有可能讓下注金一千變成一萬。

12.

四縣拼音：ki´ zau´

海陸拼音：ki` zau`

華語釋義：雖直立着卻枯萎了；指一個正在憔悴的人。

13.

四縣拼音：ki´ qin´ sui`

海陸拼音：ki` cin` shui´

華語釋義：他一面叫苦，一面把這份艱苦的工作交給別人。

14.

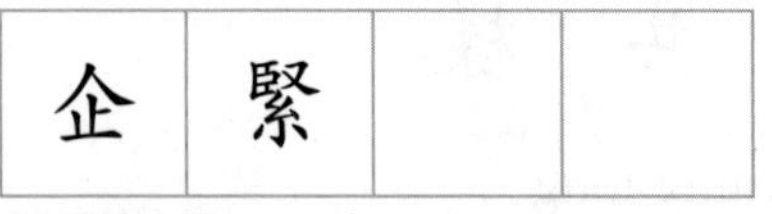

四縣拼音：ki´ gin` ngoiˇ ngoiˇ

海陸拼音：ki` gin´ ngoi ngoi

華語釋義：站在那裡張口結舌的，像一個傻瓜因驚訝過度或其他原因以致如此。

15.

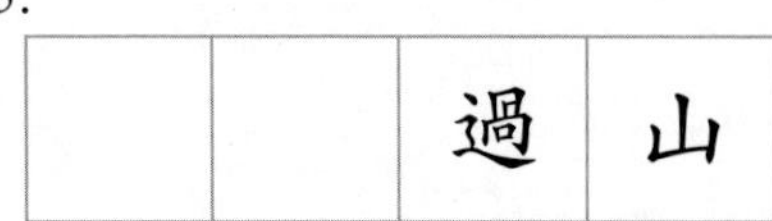

四縣拼音：kiˇ linˇ go san´

海陸拼音：ki lin goˇ san`

華語釋義：麒麟穿過山丘；指散射的火苗。

16.

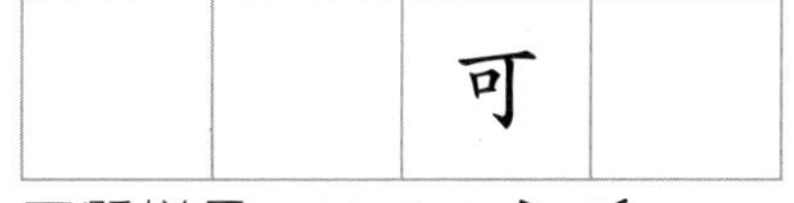

四縣拼音：kiˇ fo ko` gi´

海陸拼音：ki foˇ ko´ gi`

華語釋義：比喻持有某種事物或具有專長的人才作資本，等待時機，以牟取利益。

17.

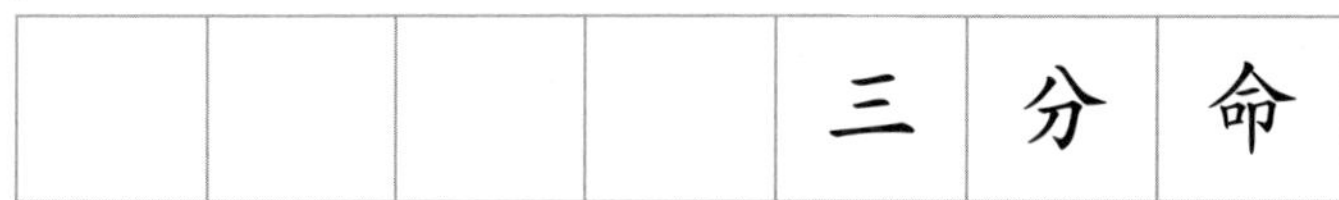

四縣拼音：kiˇ ma´ hangˇ sonˇ sam´ fun´ miang

海陸拼音：ki ma` hang shon sam` fun` miang+

華語釋義：一個人所從事的生計行業，有幾分是先天註定的，不必怨尤。

18.

四縣拼音：kiˇ vi liuˇ xim´

海陸拼音：ki vui+ liu sim`

華語釋義：祈禱自己凡事小心謹慎。

19.

四縣拼音：kiaˇ sun fungˊ kiˇ

海陸拼音：kia shun⁺ fungˋ ki

華語釋義：比喻順着有利情勢的投機行爲。

20.

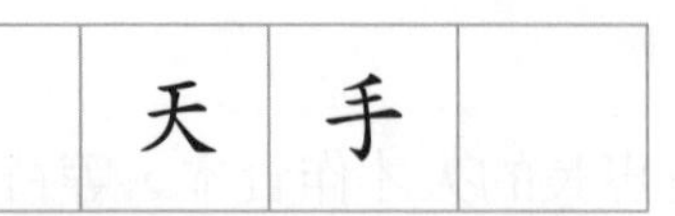

四縣拼音：kiaˇ tienˊ suˋ don

海陸拼音：kia tienˋ shiuˊ ton⁺

華語釋義：比喻強壯高大而有力。

21.

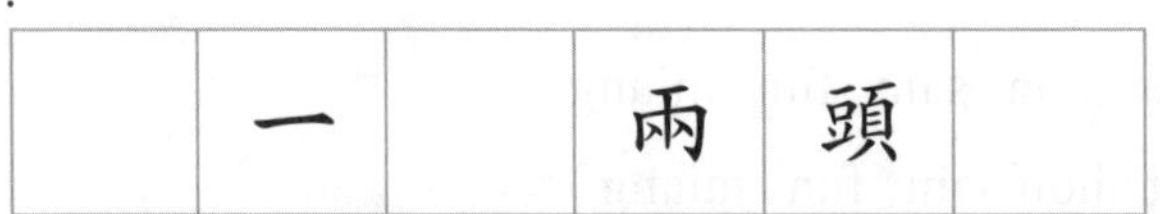

四縣拼音：kiam idˋ sii liongˋ teuˇ daiˊ

海陸拼音：kiamˇ rhid siiˇ liongˊ teu daiˋ

華語釋義：指欠了別人債務，處處低人一等。

22.

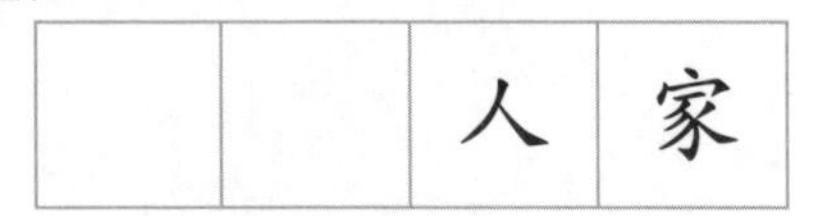

四縣拼音：kiamˇ kiugˋ nginˇ gaˊ

海陸拼音：kiam kiug ngin gaˋ

華語釋義：指誤解、曲解他人。

23.

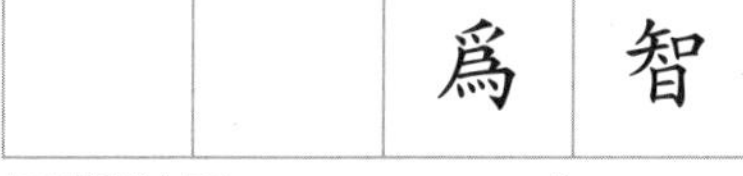

四縣拼音：kiamˇ kieu` viˇ zii

海陸拼音：kiam kieu´ vui zhiˇ

華語釋義：保持沉默是一種智慧。

24.

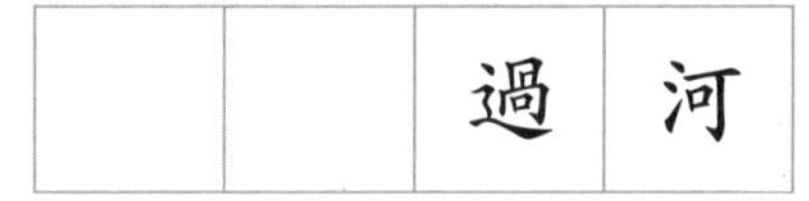

四縣拼音：kiamˇ nginˇ go hoˇ

海陸拼音：kiam ngin goˇ ho

華語釋義：背着別人過河。

25.

四縣拼音：kiam zai moˇ ciiˇ nginˇ

海陸拼音：kiamˇ zaiˇ mo chi ngin

華語釋義：負債不會招致死亡刑罰（逃避責任的說法）。

26.

四縣拼音：kiang´ coiˇ bud` cud` gui nginˇ su`

海陸拼音：kiang` coi bud chud guiˇ ngin shiu´

華語釋義：尊榮的人從不吝嗇施捨。

27.

四縣拼音：kiang´ ca´ sug lu

海陸拼音：kiang` cha` shug` lu+

華語釋義：比喻熟悉某事，做起事來很省力。

28.

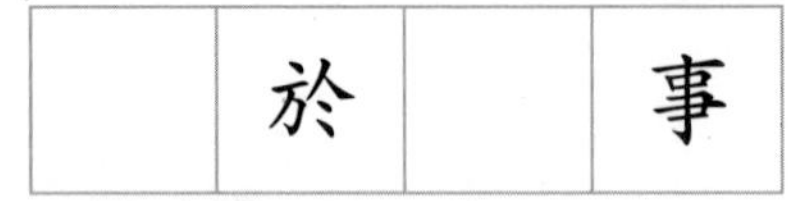

四縣拼音：kiang´ iˇ im sii

海陸拼音：kiang` rhi rhim+ sii+

華語釋義：做事情欠缺考慮，倉促決定任何事。

29.

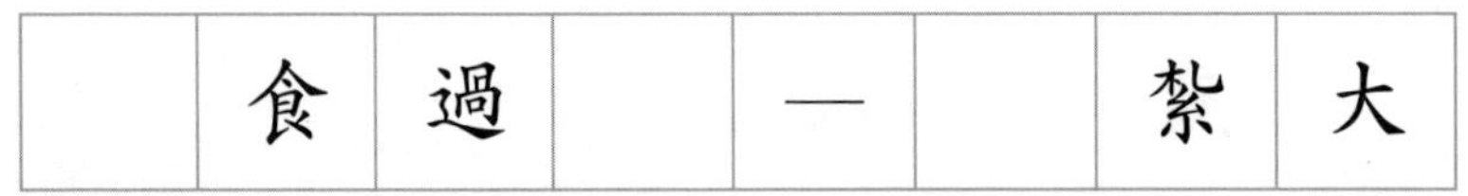

四縣拼音：kied` siid go hang´ – zong´ zad` tai

海陸拼音：kied shid` goˇ hang` – zong` zad tai+

華語釋義：乞丐在過河時小心地把他的東西綁起來，以免丟失它們；大費周章。

30.

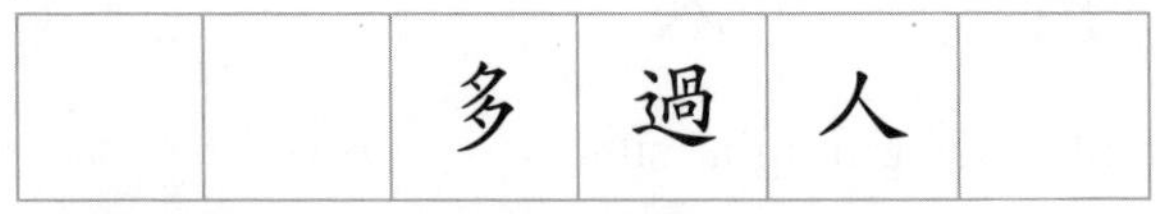

四縣拼音：kied` siid do´ go nginˇ ga´

海陸拼音：kied shid` do` goˇ ngin ga`

華語釋義：指大部分的財富掌握在少數人的手中，勞動者拿到手的工資很少，體現了一種貧富懸殊的狀況。

31.

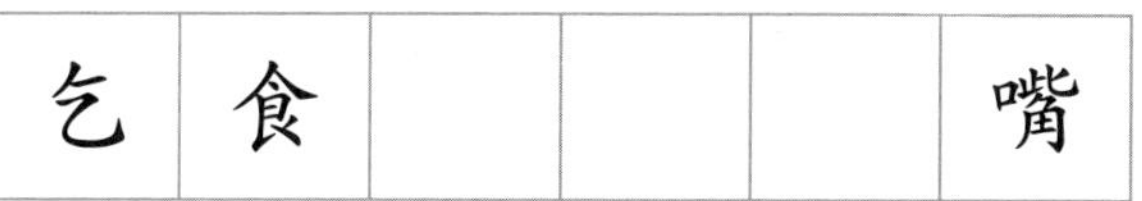

四縣拼音：kiedˋ siid siinˊ liongˇ fu zoi

海陸拼音：kied shidˋ shinˋ liong fuˇ zhoiˇ

華語釋義：諷刺有些做事與自己的身分不相稱的人，沒有自知之明，本身的能力程度不足，卻妄想享受榮華富貴。

32.

四縣拼音：kiedˋ siid seuˋ budˋ dedˋ lai goˊ ge qienˇ

海陸拼音：kied shidˋ shauˊ bud ded laiˇ goˋ gaiˇ cien

華語釋義：痲風病人會從乞丐那裡索回他的錢；你欠的錢終究要還清。

33.

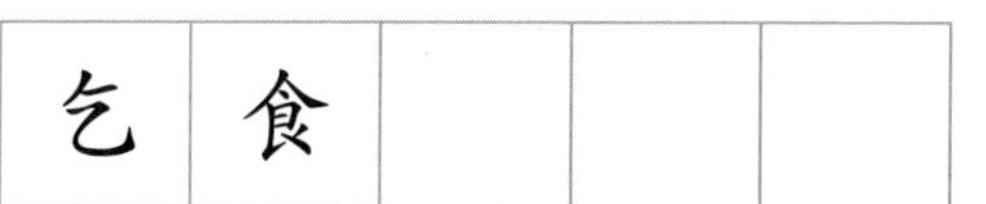

四縣拼音：kiedˋ siid xiongˊ zangˊ hong

海陸拼音：kied shidˋ siongˋ zangˋ hong^{+}

華語釋義：此句為歇後語，指：爭小利。

34.

四縣拼音：kienˊ gieuˋ log tongˊ

海陸拼音：kienˋ gieuˊ logˋ tongˋ

華語釋義：把狗帶進池塘；表達意願低落、很勉強。

35.

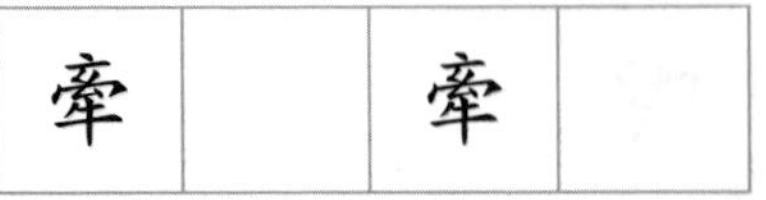

四縣拼音：kienˊ suˋ kienˊ giogˋ

海陸拼音：kienˋ shiuˊ kienˋ giog

華語釋義：形容非常高興、喜悅的樣子。

36.

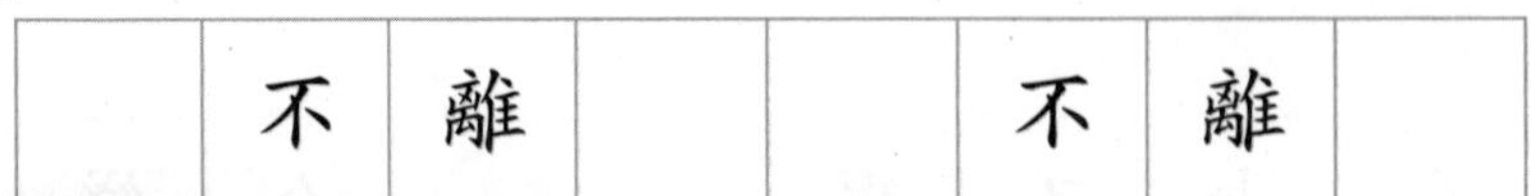

四縣拼音：kienˇ budˋ liˇ suˋ kiugˋ budˋ liˇ kieuˋ

海陸拼音：kien bud li shiuˊ kiug bud li kieuˊ

華語釋義：比喻只有勤學苦練，才能使功夫純熟。

37.

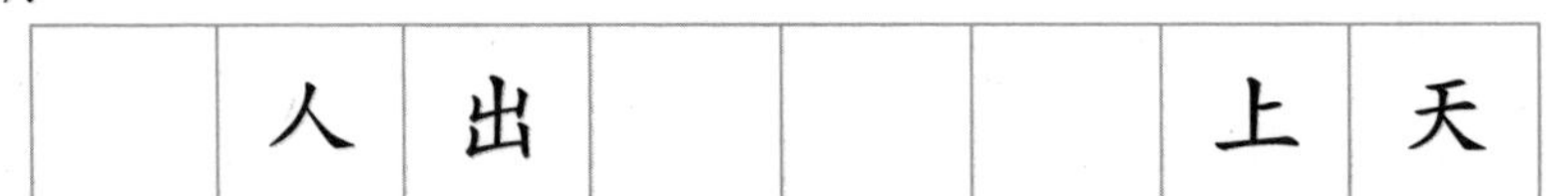

四縣拼音：kien nginˇ cudˋ qienˇ fu suiˋ songˊ tienˊ

海陸拼音：kienˇ ngin chud cien fuˇ shuiˊ shongˋ tienˋ

華語釋義：勸人多募捐來鋪橋施路，實在比低水向上流還難。

38.

四縣拼音：kieuˋ siid tienˊ coiˇ ginˋ siid ginˋ iuˊ loiˇ

海陸拼音：kieuˊ shidˋ tienˋ coi ginˊ shidˋginˊ rhiuˋ loi

華語釋義：天堂的食物被享用時，反而成倍地增加；表示口福好，越吃越旺。

39.

四縣拼音：kieuˋ lanˊ log ti suˊ mˇ zonˋ

海陸拼音：kieuˊ lanˋ logˋ ti+ shiuˋ m zhonˊ

華語釋義：口水吐出去就收不回來了，勸人要重承諾，說話要守信用。

40.

四縣拼音：kieuˋ bidˋ liongˋ li

海陸拼音：kieuˊ bid liongˊ li+

華語釋義：形容人有口才又有文才，博得別人信服。

41.

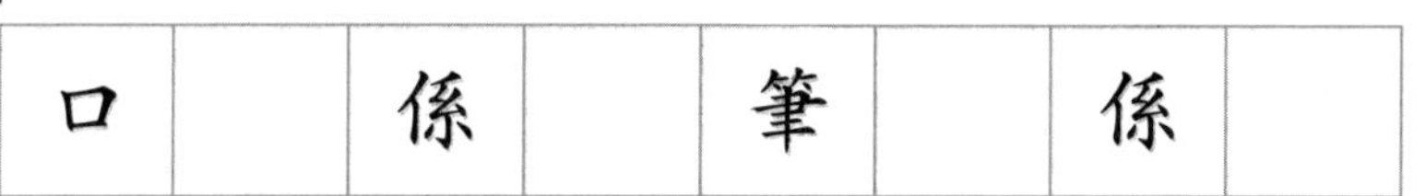

四縣拼音：kieuˋ gongˋ he fungˊ bidˋ xiaˋ he jiungˊ

海陸拼音：kieuˊ gongˊ heˇ fungˋ bid siaˊ heˇ ziungˋ

華語釋義：用嘴說的就像一陣風，說過無痕，無所憑依，用筆寫下來才有跡可證。

42.

四縣拼音：kieuˋ tungˊ samˊ funˊ lid

海陸拼音：kieuˊ tungˋ samˋ funˋ lidˋ

華語釋義：一些點心飲料就能使人精力恢復、心曠神怡。

43.

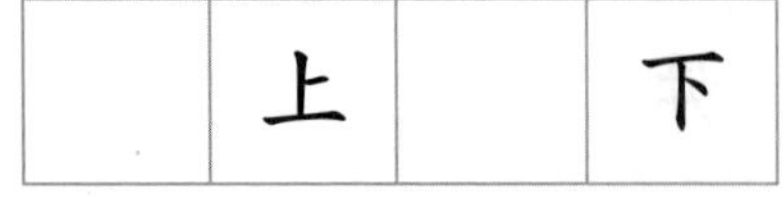

四縣拼音：kieu song´ kieu ha´

海陸拼音：kiau⁺ shong` kiau⁺ ha`

華語釋義：在所有場合都運用同一把椅子；檯面上檯面下都同樣的作法。

44.

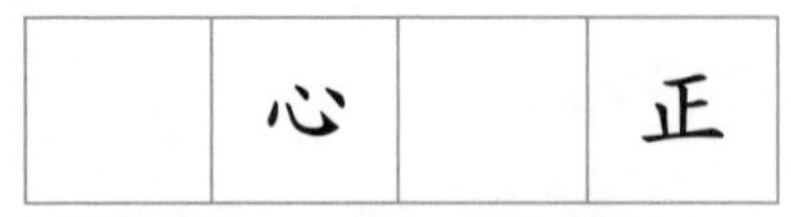

四縣拼音：kieu xim´ hanˇ zang

海陸拼音：kiau⁺ sim` han zhangˇ

華語釋義：坐在椅子上的那位新娘是很好的人妻典型。

45.

四縣拼音：kioˇ nginˇ iu´ kioˇ gie

海陸拼音：kio ngin rhiu` kio gieˇ

華語釋義：每個人都有不同的謀生方略。

46.

四縣拼音：kiog` piang ienˇ ngienˇ

海陸拼音：kiog piang⁺ rhan ngien

華語釋義：免除病疾，延長壽命。

47.

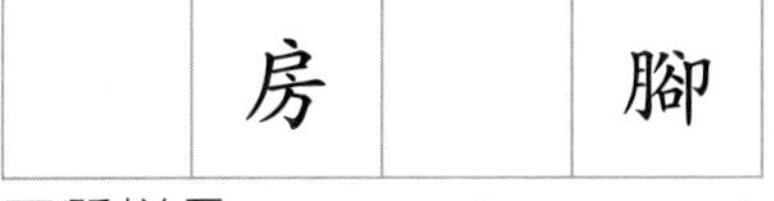

四縣拼音：kiongˇ fongˇ seu giog`

海陸拼音：kiong fong siauˇ giog

華語釋義：一個氏族中最強大的部分。

48.

四縣拼音：kiongˇ zii zong xim´

海陸拼音：kiong zhiˇ zongˇ sim`

華語釋義：意志堅強，勇氣十足。

49.

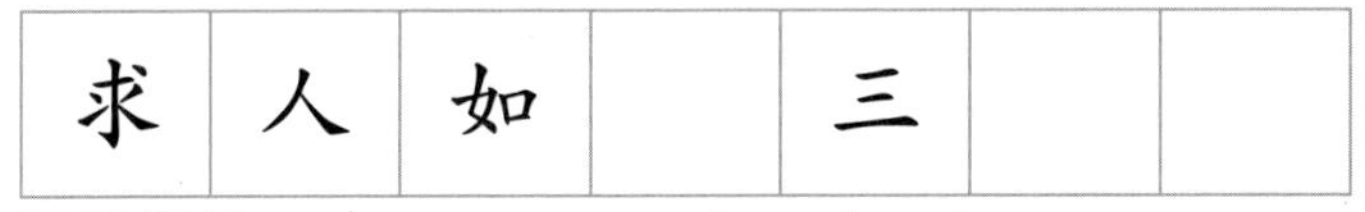

四縣拼音：kiuˇ nginˇ iˇ tun´ sam´ cag` giam

海陸拼音：kiu ngin rhi tun` sam` chag giamˇ

華語釋義：求別人幫忙就像吞一把長劍一樣痛苦，不如靠自己自己努力，才能減少求人的機會。

50.

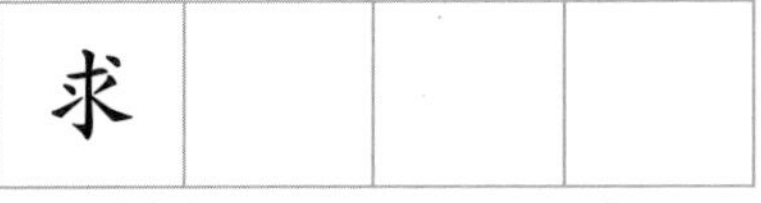

四縣拼音：kiuˇ qionˇ jid` pi

海陸拼音：kiu cion zid pi+

華語釋義：指對人或事要求完美無缺。

51.

四縣拼音：kiuˇ iungˇ fan` iug

海陸拼音：kiu rhung fanˊ rhug`

華語釋義：比喻追求榮譽不成反而遭受恥辱。

52.

四縣拼音：kiuˇ gonˊ mˇ do` xiu coiˇ cai

海陸拼音：kiu gon` m doˊ siuˇ coi cai+

華語釋義：勉勵人要把握機會，勇於應試，才能踏入仕途，假若不得志難覓官職，仍不改其功名。

53.

四縣拼音：kiun sui` moˇ sui` siid

海陸拼音：kiun+ shuiˊ mo shuiˊ shid`

華語釋義：反諷人佔有優勢反而不會利用、不知努力，便會造成失敗。

54.

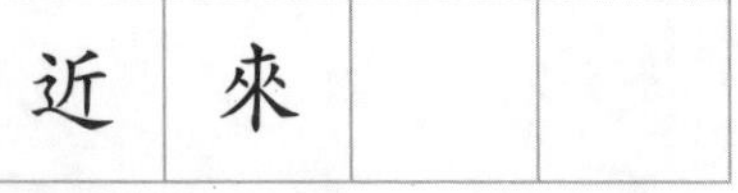

四縣拼音：kiun loiˇ nab fug`

海陸拼音：kiun+ loi nab` fug

華語釋義：此句為問候語，用來問候對方近來可好？

55.

四縣拼音：kiun sui` di´ ngˇ xin

海陸拼音：kiun+ shui´ di` ng sinˇ

華語釋義：臨近水邊，時間長了，就會懂得水中魚的習性。比喻在怎樣的環境中，就會有怎樣的才能。

56.

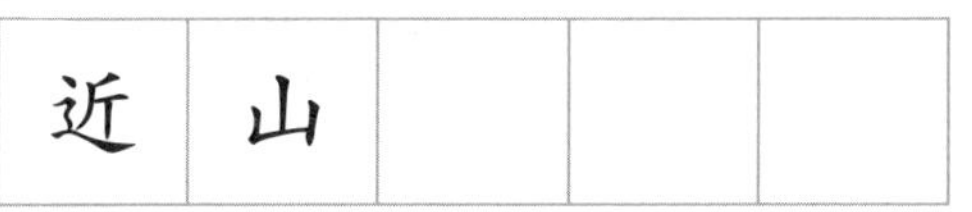

四縣拼音：kiun san´ siid` niau´ im´

海陸拼音：kiun+ san` shid niau` rhim`

華語釋義：靠近山林，時間長了，就會知道林中鳥兒的習性。

57.

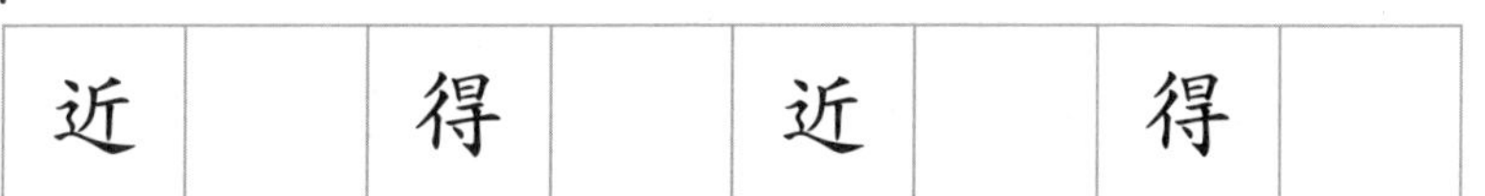

四縣拼音：kiun gon´ ded` gui kiun cuˇ ded` siid

海陸拼音：kiun+ gon` ded guiˇ kiun+ chu ded shid`

華語釋義：比喻跟哪一方面的人關係密切，就會在哪一方面得到好處。

58.

四縣拼音：kiungˇ nginˇ hau bu sii´ po meu hau seu´ hiong´

海陸拼音：kiung ngin hauˇ buˇ shi` poˇ miau+ hauˇ shau` hiong`

華語釋義：意指勸人要行善，只要心誠意善，仍能得到慰藉。

59.

四縣拼音：kiungˇ nginˇ moˇ kiungˇ sanˊ

海陸拼音：kiung ngin mo kiung sanˋ

華語釋義：世上沒有貧脊的山丘，但有窮困的人；要努力耕耘才有收成。

60.

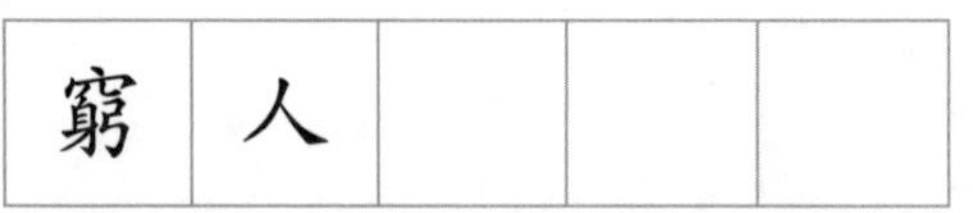

四縣拼音：kiungˇ nginˇ siid vud gui

海陸拼音：kiung ngin shidˋ vudˋ guiˇ

華語釋義：窮人必須按一天的物價來決定吃的東西。

61.

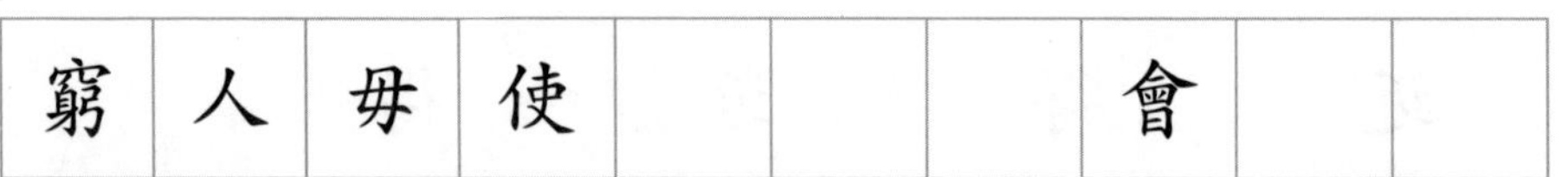

四縣拼音：kiungˇ nginˇ mˇ siiˋ doˊ deuˋ miˋ voi cong goˊ

海陸拼音：kiung ngin m siiˊ doˋ deuˊ miˊ voi+ chongˇ goˋ

華語釋義：對窮人而言，得到的東西不用很多，只要有兩升白米就很高興了。比喻窮人很容易滿足。

62.

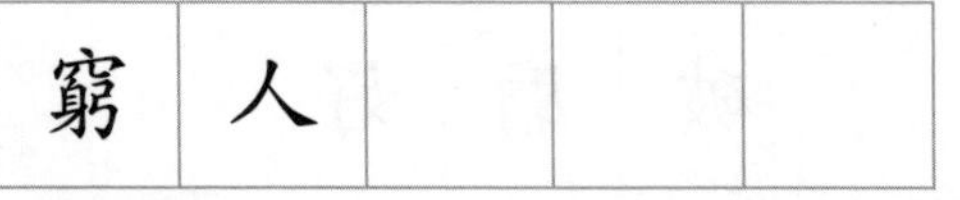

四縣拼音：kiungˇ nginˇ doˊ miangˇ ngienˇ

海陸拼音：kiung ngin doˋ mang ngien

華語釋義：人之所以窮，大多是不及時努力，把希望寄託在明年，於是明年何其多。

63.

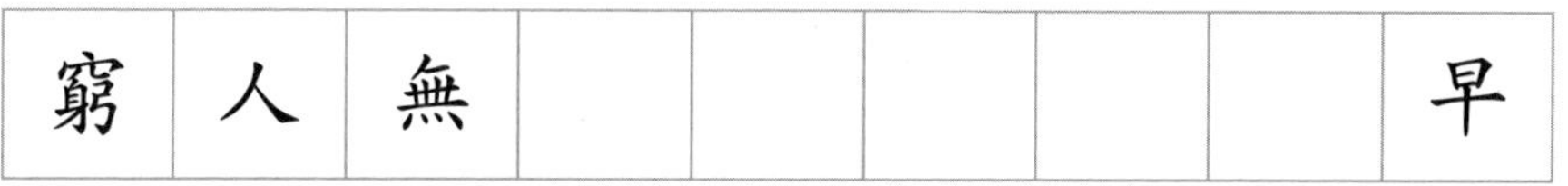

窮	人	無						早

四縣拼音：kiungˇ nginˇ moˇ maˋ ge hoˋ samˊ conˊ zoˋ

海陸拼音：kiung ngin mo maˊ gaiˇ hoˊ samˋ conˋ zoˊ

華語釋義：窮人一大清早就得起床工作，所以早餐吃得比別人早。窮人的自我解嘲。

64.

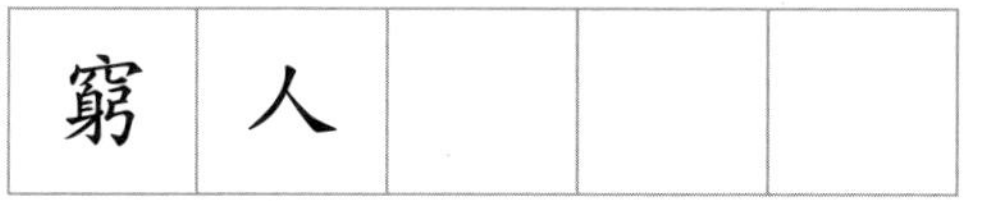

窮	人			

四縣拼音：kiungˇ nginˇ iongˊ gieuˊ ziiˋ

海陸拼音：kiung ngin rhongˋ giauˋ ziiˊ

華語釋義：窮人家還嬌慣小孩，讓孩子不成才，導致家裡難以翻身，一直窮。

65.

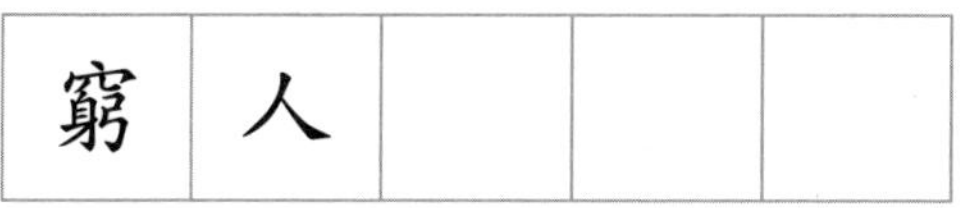

窮	人			

四縣拼音：kiungˇ nginˇ zii hi tai

海陸拼音：kiung ngin zhiˇ hiˇ tai⁺

華語釋義：雖然生活貧困，志氣卻不被磨滅。

66.

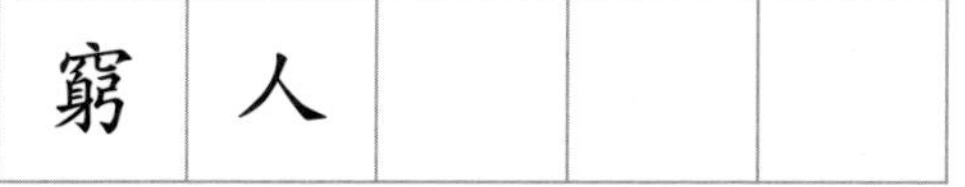

窮	人			

四縣拼音：kiungˇ nginˇ moˇ kieuˋ ciiˋ

海陸拼音：kiung ngin mo kieuˊ chiˊ

華語釋義：窮人自顧不暇，無法保證履行某些事物。

67.

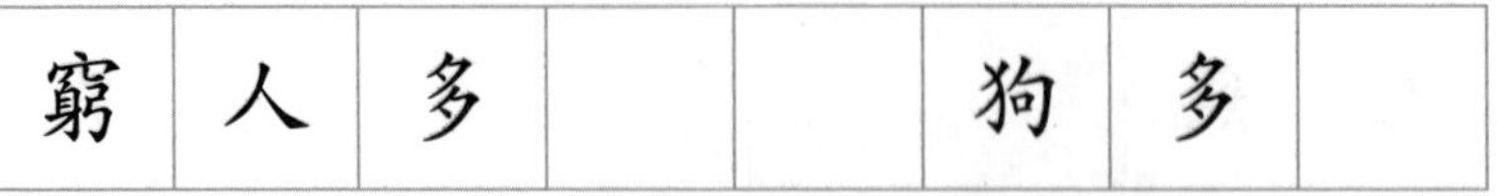

四縣拼音：kiungˇ nginˇ doˊ qinˊ ceu gieuˋ doˊ inˇ

海陸拼音：kiung ngin doˋ cinˋ seuˇ gieuˊ doˋ rhin

華語釋義：窮人有許多依附的親戚要互相救濟，就像瘦弱的狗有許多蒼蠅黏在身上；形容那些不受歡迎的人。

68.

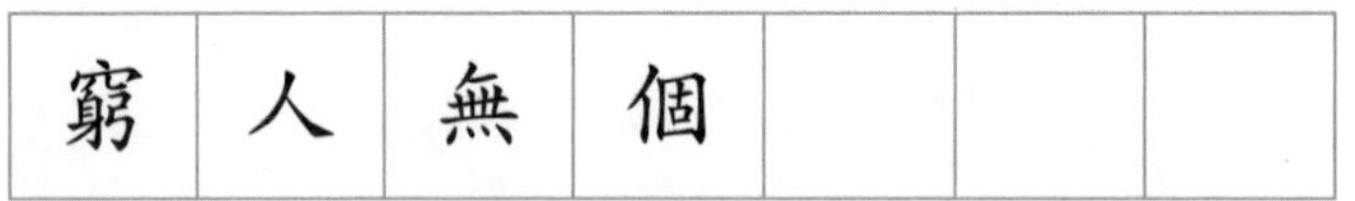

四縣拼音：kiungˇ nginˇ moˇ ge fu qinˊ qidˋ

海陸拼音：kiung ngin mo gaiˇ fuˇ cinˋ cid

華語釋義：窮人沒有豐富的人脈可攀。

69.

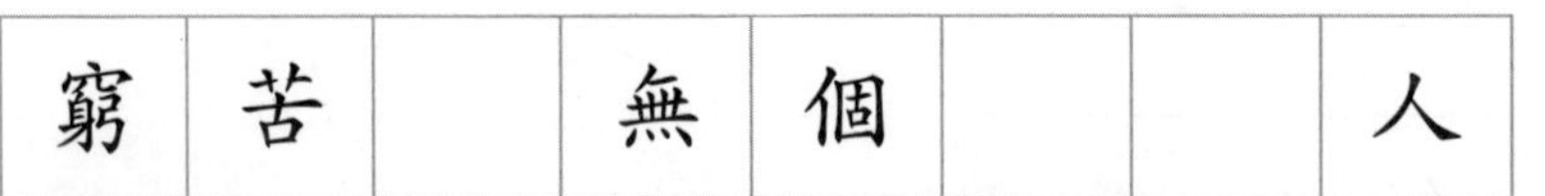

四縣拼音：kiungˇ kuˋ miang moˇ ge tung congˇ nginˇ

海陸拼音：kiung kuˊ miang^{+} mo gaiˇ tungˇ chong ngin

華語釋義：充滿悲傷的人沒有人同情他；窮苦者也沒有人會憐憫他。

70.

四縣拼音：kiung iaˇ gogˋ oiˊ

海陸拼音：kiung^{+} rha gog oiˋ

華語釋義：指同父異母。

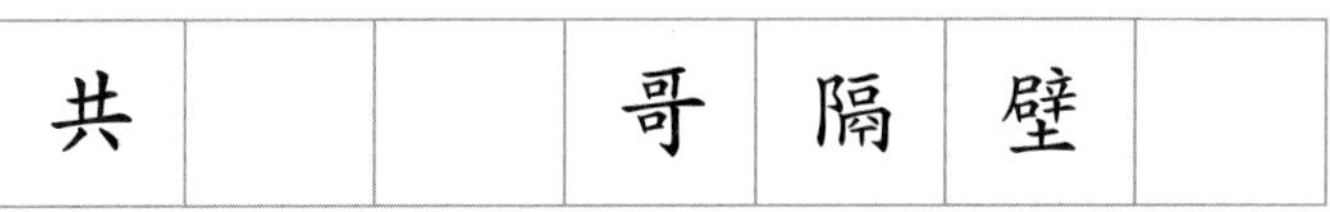

四縣拼音：kiung congˇ lai goˊ gagˋ biagˋ congˊ

海陸拼音：kiung+ cong laiˇ goˋ gag biag congˋ

華語釋義：與痲風病人共用一張床會引起感染，而膿瘡甚至是從鄰近另一張床的地方就可以感染。

72.

四縣拼音：koˋ qiam budˋ koˋ songˇ

海陸拼音：koˊ ciam+ bud koˊ shong

華語釋義：一兩次還可以接受，經常如此就不可行了。

73.

四縣拼音：koiˊ pien jiangˋ bunˊ nginˇ siid suiˋ

海陸拼音：koiˋ pien+ ziangˊ bunˋ ngin shidˋ shuiˊ

華語釋義：開通渠道，給別人方便的意思。

74.

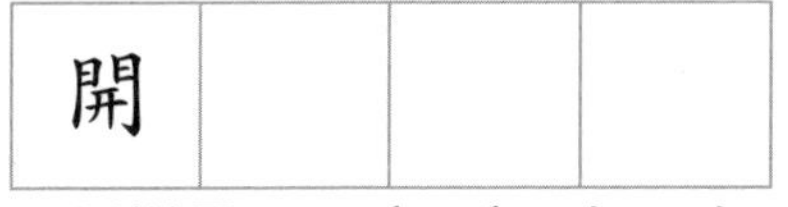

四縣拼音：koiˊ koˊ fadˋ gabˋ

海陸拼音：koiˋ koˋ fad gab

華語釋義：通過考試並取得勝利和榮譽。

75.

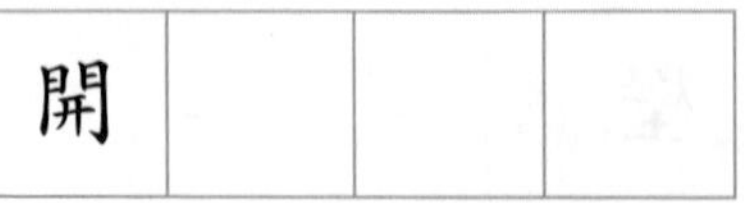

四縣拼音：koiˊ hiungˊ li gagˋ

海陸拼音：koiˋ hiungˋ li+ gag

華語釋義：消除胸部疾病的藥物。

76.

四縣拼音：kon coi bongˋ fan

海陸拼音：konˇ coiˇ bongˊ pon+

華語釋義：比喻根據具體情況辦事。

77.

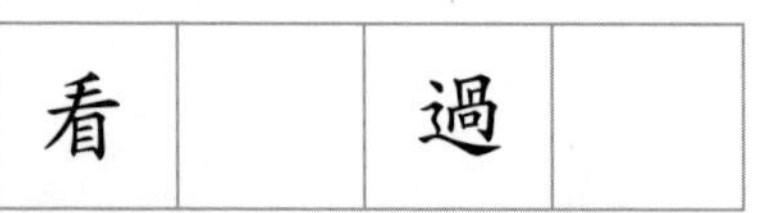

四縣拼音：kon mˇ go mugˋ

海陸拼音：konˇ m goˇ mug

華語釋義：比喻看不過去。

78.

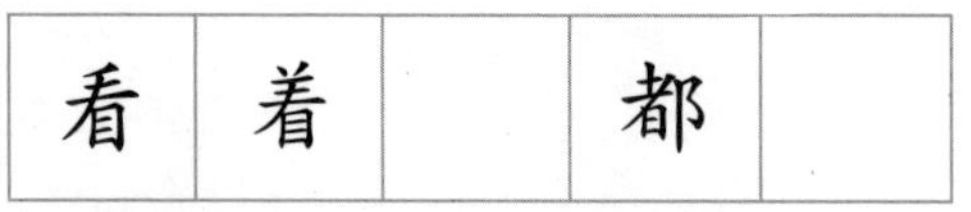

四縣拼音：kon doˋ gieuˋ du euˋ

海陸拼音：konˇ doˊ gieuˊ du+ euˊ

華語釋義：一件讓目睹者都不以爲然的事。

79.

四縣拼音：kon xinˊ mog kon kiu kon kiu gaˊ gaˊ iuˊ

海陸拼音：konˇ sinˋ mogˋ konˇ kiu+ konˇ kiu+ gaˋ gaˋ rhiuˋ

華語釋義：大家都愛看新娘子，老的黃臉婆是每戶人家都有的。

80.

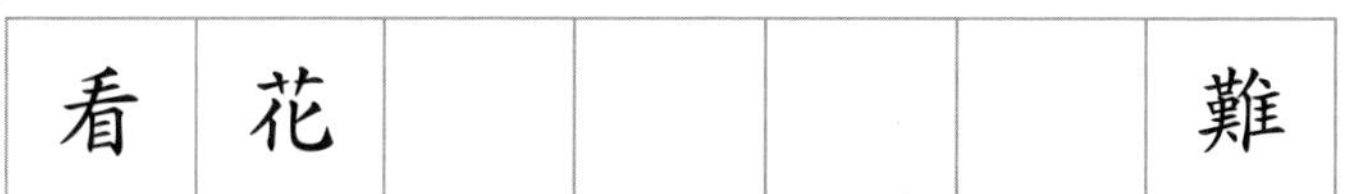

四縣拼音：kon faˊ iungˇ i xiu faˊ nanˇ

海陸拼音：konˇ faˋ rhung rhiˇ siuˇ faˋ nan

華語釋義：有些事情身爲旁觀者看起來似乎很輕鬆，實際親手做起來則十分困難。

81.

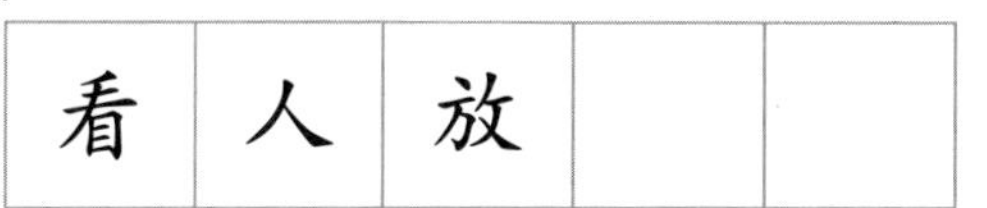

四縣拼音：kon nginˇ biong zeuˊ liau

海陸拼音：konˇ ngin biongˇ ziauˋ liau+

華語釋義：看人出菜之意。如果他比你強壯，就別招惹他。

82.

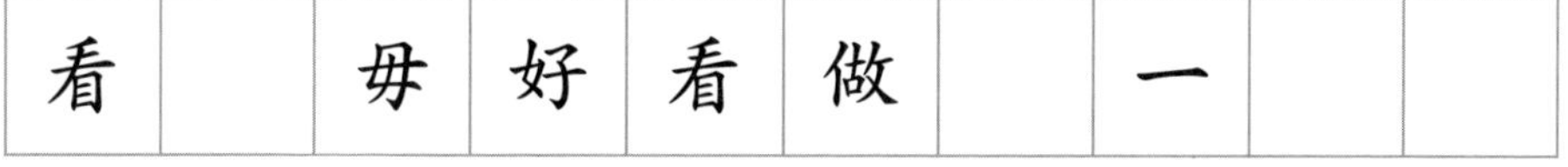

四縣拼音：kon saˇ mˇ hau kon zo saˇ idˋ siinˊ hon

海陸拼音：konˇ sa m hauˇ konˇ zoˇ sa rhid shinˋ hon+

華語釋義：旁觀者鄙視對方拿出全部的力量去完成一件事情；局外人說風涼話。

83.

四縣拼音：kungˊ suˋ ngˋ moˇ kungˊ suˋ ximˊ kiuˊ

海陸拼音：kungˋ shiuˊ ngˊ mo kungˋ shiuˊ simˋ kiuˋ

華語釋義：一個女孩可能兩串蕉去看望她的母親，但當她回到她的婆婆身邊時，就一定要帶着禮物。

84.

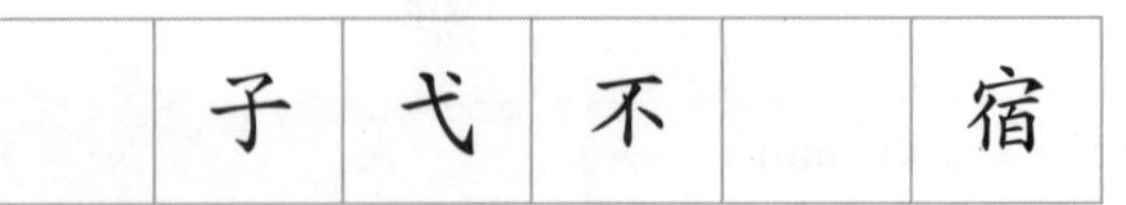

四縣拼音：kungˋ ziiˋ id budˋ sa xiugˋ

海陸拼音：kungˊ ziiˊ rhidˋ bud sha+ siug

華語釋義：孔子只射飛鳥，但不射捕食歸巢棲息的鳥。

85.

四縣拼音：kuai qiagˋ moˇ hoˋ saˊ kuai ga moˇ hoˋ gaˊ

海陸拼音：kuaiˇ ciag mo hoˊ saˋ kuaiˇ gaˇ mo hoˊ gaˋ

華語釋義：勸人婚前要明察秋毫，慎選結婚對象，凡事不可操之過急，如果輕率行動，反而欲速則不達，慎重行事才能獲得較圓滿結果。

86.

四縣拼音：konˊ mangˊ xiongˊ ji

海陸拼音：konˋ mangˋ siongˋ ziˇ

華語釋義：宏大與嚴厲兩種方式相輔而行。

87.

	公	公		奶	奶

四縣拼音：kui` gung´ gung´ bai nai´ nai´

海陸拼音：kui´ gung` gung` baiˇ nai` nai`

華語釋義：當一個請求很難被接受時，你需要謙卑地向岳父母（公婆）求討。

88.

		耐	打

四縣拼音：kun` ced nai da`

海陸拼音：kun´ ced` nai+ da´

華語釋義：被縛綁的小偷能忍受被毆；你也應有如此強大能耐。

L

1.

	人	偷	掇	

四縣拼音：lai nginˇ teu´ dod` jiang`

海陸拼音：lai+ ngin teu` dod ziang´

華語釋義：那竊賊指控別人偷井；指做賊的喊捉賊。

2.

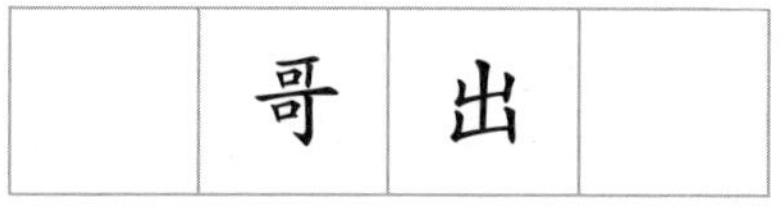
	哥	出	

四縣拼音：lai go´ cud` mien

海陸拼音：laiˇ go` chud mienˇ

華語釋義：痲風病出現在臉上；不用害怕沒人知曉。

3.

四縣拼音：nanˊ go saˇ

海陸拼音：nanˋ goˇ sha

華語釋義：形容一個人十分懶惰。

4.

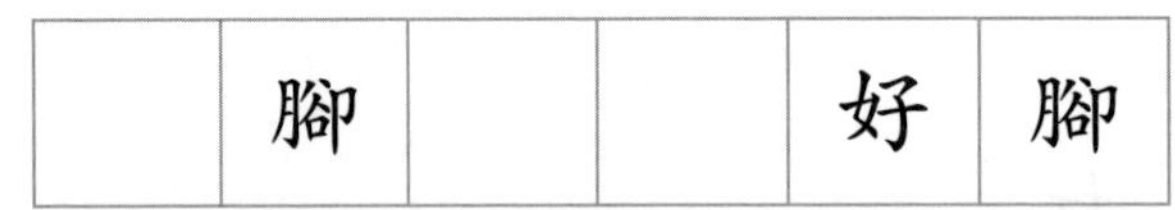

四縣拼音：lan giogˋ toˊ lui hoˋ giogˋ

海陸拼音：lan+ giog toˋ lui+ hoˊ giog

華語釋義：形容一個團體中，好人被壞人拖累。

5.

四縣拼音：lam naiˇ fuˊ mˇ songˊ biagˋ

海陸拼音：lam+ nai fuˋ m shongˋ biag

華語釋義：比喻毫無能力，根本沒辦法幫上忙。

6.

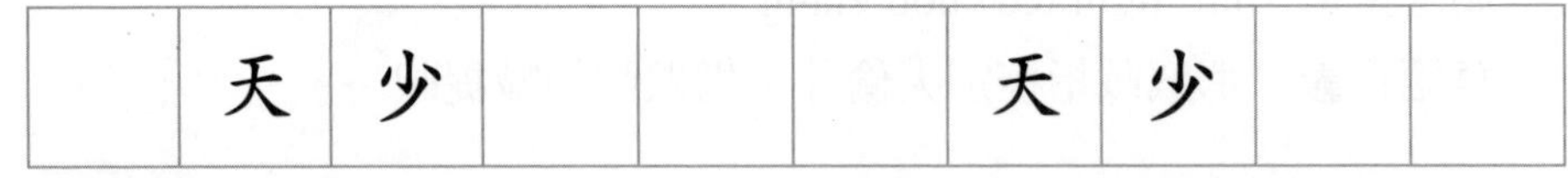

四縣拼音：langˊ tienˊ seuˋ zongˊ piˊ ngied tienˊ seuˋ dangˋ zong

海陸拼音：langˋ tienˋ shauˊ zhongˋ piˋ ngiedˋ tienˋ shauˊ dangˊ zhongˇ

華語釋義：窮人中最窮的人一天冷時沒有被子蓋，酷熱時少了遮蚊帳。

7.

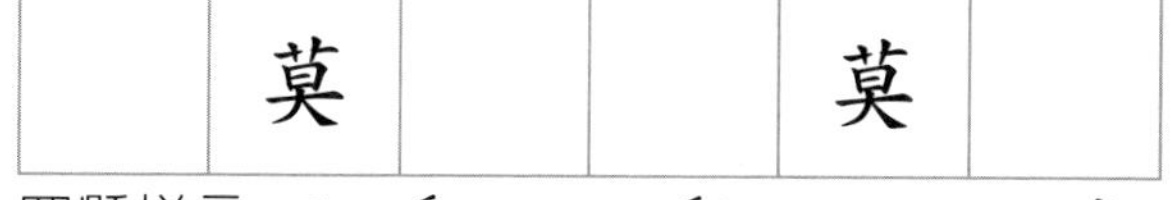

四縣拼音：langˊ mog tungˊ kiungˇ mog zeuˋ

海陸拼音：langˋ mogˋ tungˋ kiung mogˋ zeuˊ

華語釋義：天寒時別亂移動；窮困者別到處亂跑。

8.

	水	煮		

四縣拼音：langˊ suiˋ zuˋ ngiuˇ piˇ

海陸拼音：langˋ shuiˊ zhuˊ ngiu pi

華語釋義：就像用涼水軟化牛皮，拿起來都不變；曠日廢時，完全無作用。

9.

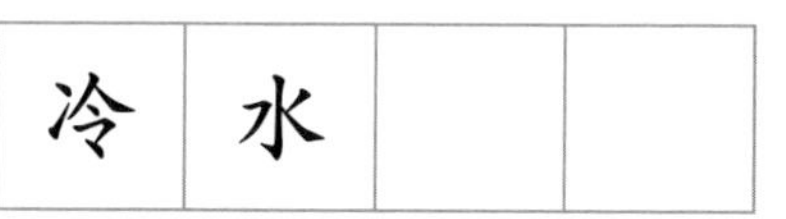

四縣拼音：langˊ suiˋ zuˋ haiˋ

海陸拼音：langˋ shuiˊ zhuˊ haiˊ

華語釋義：冷水慢慢加熱會產生蒸汽，用蒸汽去蒸熟大閘蟹，可以鎖住鮮美味道。

10.

四縣拼音：langˇ langˇ sangˊ sangˊ

海陸拼音：lang lang sangˋ sangˋ

華語釋義：寓意不太吉利。

11.

四縣拼音：langˇ sangˊ pa zungˋ son

海陸拼音：lang sangˋ paˇ zungˊ sonˇ

華語釋義：積少成多，聚沙成塔。

12.

四縣拼音：liˊ gongˊ mˇ liˊ am

海陸拼音：liˋ gongˋ m liˋ amˇ

華語釋義：喻行事光明磊落。

13.

四縣拼音：liˊ sung gaˊ laˊ baˊ anˋ ienˋ

海陸拼音：liˋ sungˇ gaˋ laˋ baˋ anˊ rhanˊ

華語釋義：形容非常遙遠。

14.

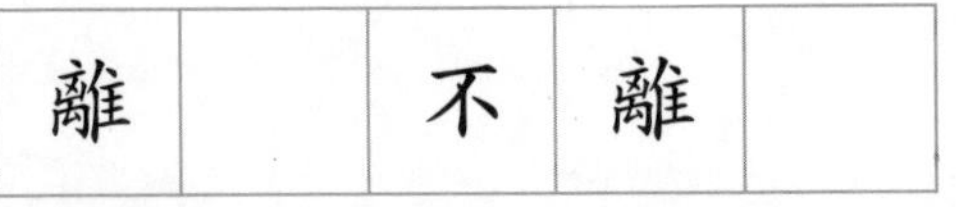

四縣拼音：liˇ hiongˊ budˋ liˇ kiongˊ

海陸拼音：li hiongˋ bud li kiongˋ

華語釋義：雖然離開故鄉，卻很難改變故鄉的口音腔調。

15.

四縣拼音：liˋ haˊ budˋ ziinˋ gonˊ

海陸拼音：liˊ haˋ bud zhinˊ gonˇ

華語釋義：後比喻避免招惹嫌疑。

16.

四縣拼音：liˊ jin liˊ tui

海陸拼音：liˋ zinˇ liˋ tuiˇ

華語釋義：與眾人共進共退，採取一致的步調。

17.

四縣拼音：li ngienˇ ngoi idˋ

海陸拼音：li^{+} ngien ngoi^{+} rhid

華語釋義：財利的來源外流。

18.

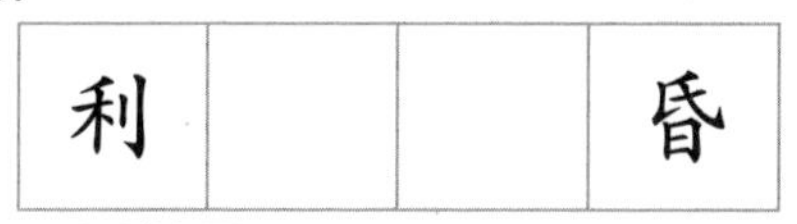

四縣拼音：li lin zii funˇ

海陸拼音：li^{+} lin^{+} zhiˇ fun

華語釋義：貪圖利益，以致失去理智。

19.

四縣拼音：liab gieuˋ hoˋ ge mˇ congˇ miang

海陸拼音：liabˋ gieuˊ hoˊ gaiˇ m chong miang⁺

華語釋義：擅長打獵的狗活不久；勿追求名利；訓人勢利。

20.

四縣拼音：liab abˋ kiung iong

海陸拼音：liabˋ ab kiung⁺ rhong⁺

華語釋義：就像射殺鴨子般容易。

21.

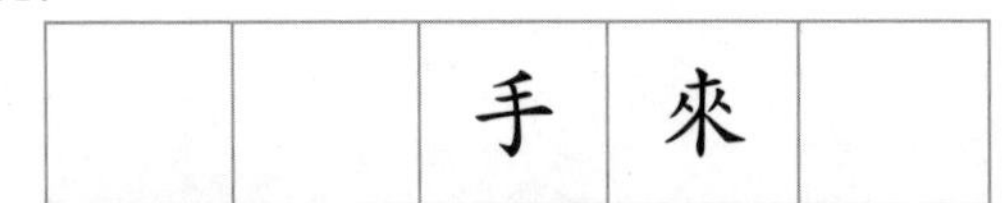

四縣拼音：liamˋ ginˋ suˋ loiˇ denˋ

海陸拼音：liamˊ ginˊ shiuˊ loi denˊ

華語釋義：比喻遇到困難不積極想辦法。

22.

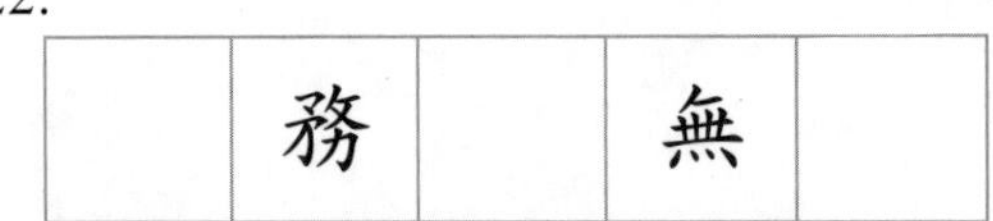

四縣拼音：lienˇ vu du moˇ dedˋ

海陸拼音：lien vuˇ du⁺ mo ded

華語釋義：完全沒有痕跡；彼此的連接丟失了。

23.

四縣拼音：limˇ ha´ coiˇ zu`

海陸拼音：lim ha` coi zhu´

華語釋義：閒賦在家裡的富有紳士。

24.

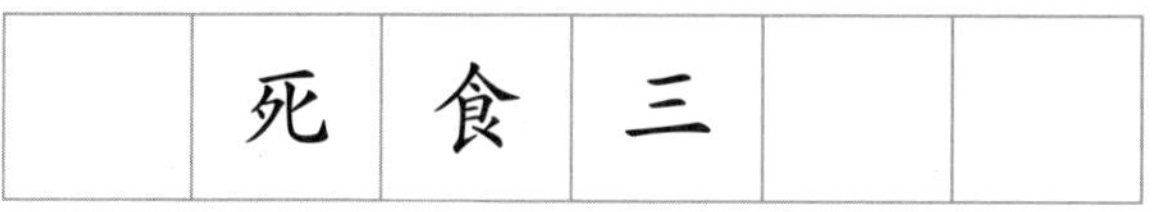

四縣拼音：limˇ xi` siid sam´ von` mien

海陸拼音：lim si´ shid` sam` von´ mien+

華語釋義：一個人做壞事，面對懲處還倔強硬拗，假裝輕鬆。

25.

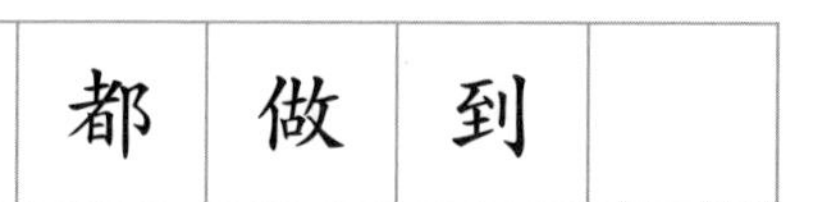

四縣拼音：lin´ du zo do tod`

海陸拼音：lin` du+ zoˇ doˇ tod

華語釋義：工作非常勞累。

26.

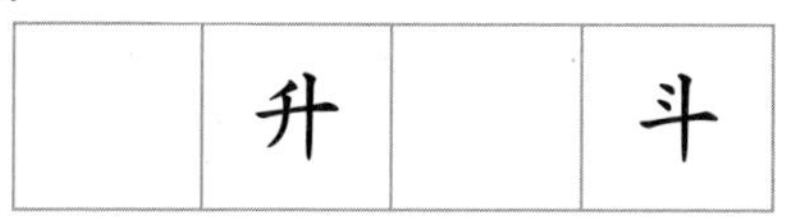

四縣拼音：liongˇ siin´ tiau deu`

海陸拼音：liong shin` tiauˇ deu´

華語釋義：升斗都是容器，買進論升，賣出論斗。

27.

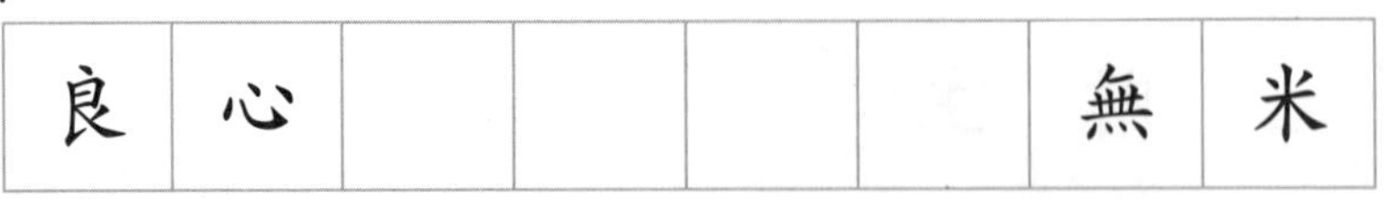

四縣拼音：liongˇ ximˊ tienˊ liˊ vog zungˊ moˇ miˋ

海陸拼音：liong simˋ tienˋ liˋ vogˋ zhungˋ mo miˊ

華語釋義：做人有道德良心，自然就兩袖清風，身上一無所有。

28.

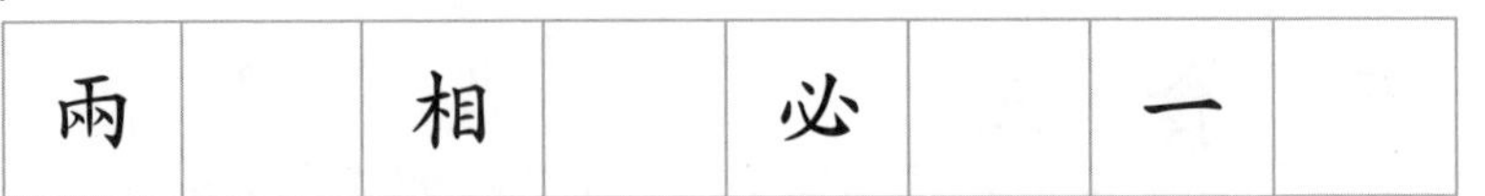

四縣拼音：liongˋ fuˋ xiongˊ deu bidˋ iuˊ idˋ songˊ

海陸拼音：liongˊ fuˊ siongˋ deuˇ bid rhiuˋ rhid shongˋ

華語釋義：比喻兩強互相爭鬥，必然會有一方傷敗。

29.

四縣拼音：liongˋ ngiˋ cuiˇ gienˊ sungˊ suˋ go qidˋ

海陸拼音：liongˊ ngiˊ sui gienˋ sungˋ shiuˊ goˇ cid

華語釋義：形容一個天賦異稟的人。

30.

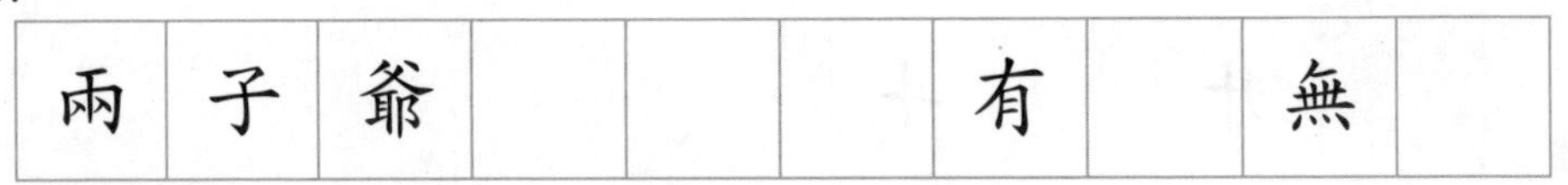

四縣拼音：liongˋ ziiˋ iaˇ zo kiedˋ siid iuˊ hoˋ moˇ faiˋ

海陸拼音：liongˊ iiˊ rha zoˇ kied shidˋ rhiuˋ hoˊ mo faiˊ

華語釋義：如果父親和兒子共同乞討，就有希望恢復一個更快樂的狀態；父子同心，其力斷金。

31.

四縣拼音：liongˋ teuˇ mˇ diˊ ngied

海陸拼音：liongˊ teu m diˋ ngiedˋ

華語釋義：雙方都不了解情況。

32.

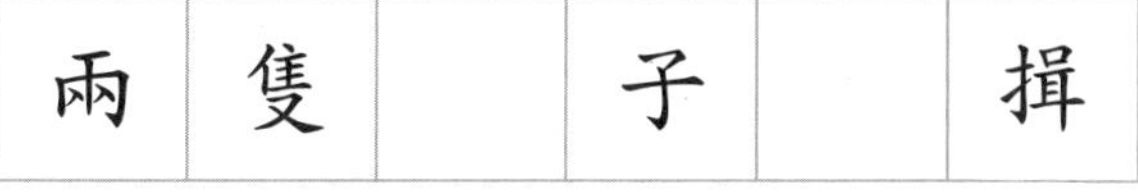

四縣拼音：liongˋ zagˋ hadˋ ziiˋ zogˋ ibˋ

海陸拼音：liongˊ zhag had ziiˊ zog rhib

華語釋義：盲目崇拜。

33.

四縣拼音：liongˋ doˊ xiongˊ zogˋ bidˋ iuˊ idˋ songˊ

海陸拼音：liongˊ doˋ siongˋ zhog bid rhiuˋ rhid shongˋ

華語釋義：比喻兩個強者互相搏鬥，必然有一方要遭嚴重損害。

34.

四縣拼音：liongˋ kienˇ goˊ sadˋ fuˊ doˊ

海陸拼音：liongˊ kien goˋ sad fuˋ doˋ

華語釋義：古時認爲顴骨高的女人往往性格霸道，權力欲及佔有欲強。

35.

四縣拼音：liuˇ liˇ mien mˇ sii` sii` qid`

海陸拼音：liu li mienˇ m sii´ sii´ cid

華語釋義：有頭腦有組織的人，不會被人言語左右；你是無法欺騙他的。

36.

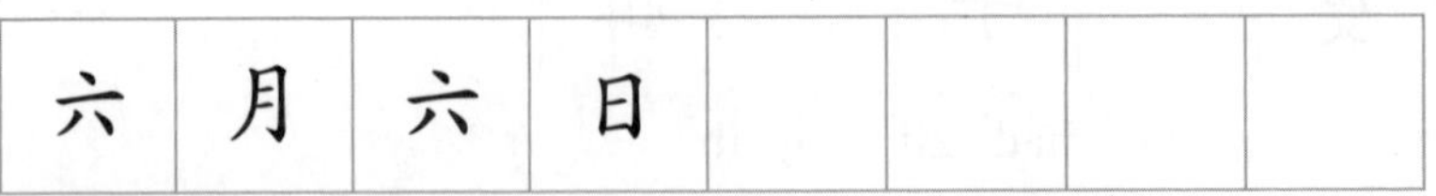

四縣拼音：liug` ngied liug` ngid` meu pi cud` hon

海陸拼音：liug ngied` liug ngid ngiauˇ pi+ chud hon+

華語釋義：形容農曆六月天氣炎熱。

37.

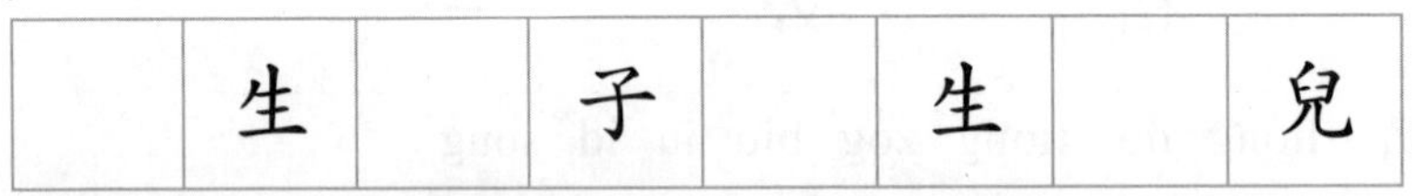

四縣拼音：liungˇ sang´ liungˇ zii` fu` sang´ bau iˇ

海陸拼音：liung sang` liung zii´ fu´ sang` bauˇ rhi

華語釋義：形容有其父必有其子。

38.

四縣拼音：lo´ ca´ tiˇ mug`

海陸拼音：lo` ca` ti mug

華語釋義：說話或寫作模糊了焦點。

39.

四縣拼音：loˋ nginˇ samˊ kien vaiˊ

海陸拼音：loˊ ngin samˋ kien^{+} vaiˋ

華語釋義：喻年紀大，生理機能弱化的自然現象－行路頭犁犁，打屁打出屎，屙尿淋溼鞋。

40.

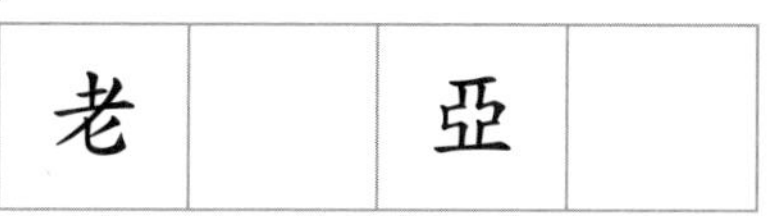

四縣拼音：lo fuˋ aˋ kiuˊ

海陸拼音：loˊ fuˊ aˊ kiuˋ

華語釋義：指的是螳螂。

41.

四縣拼音：loˋ bauˊ ge jiuˋ nanˇ siid

海陸拼音：loˊ bauˋ gaiˇ ziuˊ nan shidˋ

華語釋義：一頓臭魚盛宴是令人不快的；鴻門宴難吃。

42.

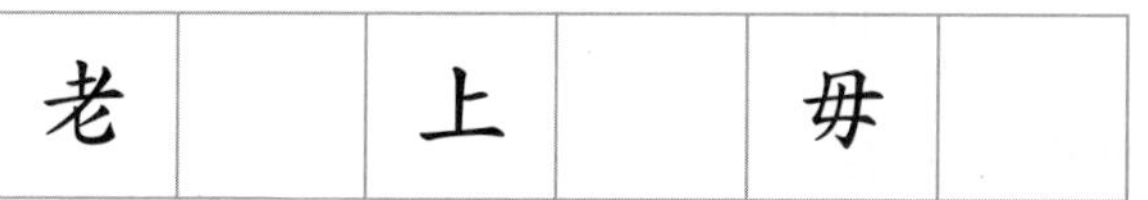

四縣拼音：loˋ heuˇ songˊ su mˇ dedˋ

海陸拼音：loˊ heu shongˋ shu^{+} m ded

華語釋義：老經驗的人也有不靈光的時候。

43.

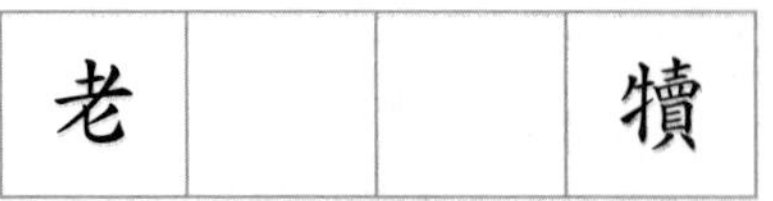

四縣拼音：loˋ ngiuˇ seˊ dugˋ

海陸拼音：loˊ ngiu sheˋ dug

華語釋義：比喻人疼愛子女是天性。

44.

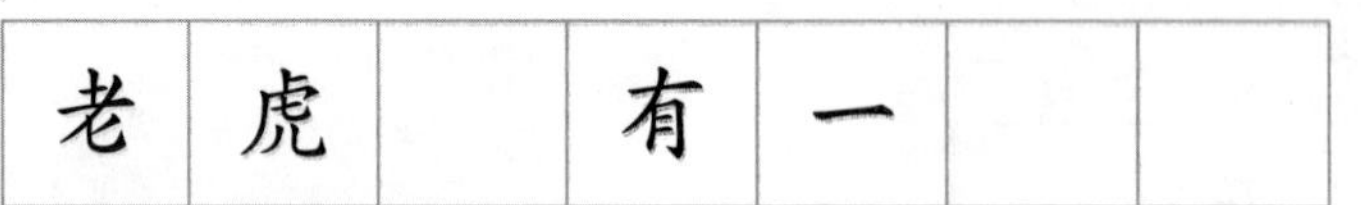

四縣拼音：lo fuˋ ia iuˊ idˋ gau soi

海陸拼音：loˊ fuˊ rha+ rhiuˋ rhid gauˇ shoi+

華語釋義：指一個人再精明幹練也會有計畫不周、失算的時候。

45.

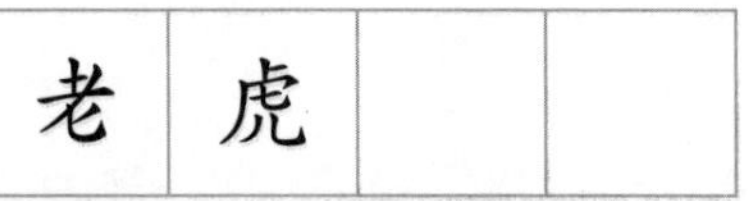

四縣拼音：lo fuˋ jia zuˊ

海陸拼音：loˊ fuˊ ziaˇ zhuˋ

華語釋義：比喻東西正合自己的心願，到手後就據爲己有。

46.

四縣拼音：lo fuˋ zonˊ siid daˋ tungˇ loˇ saˇ

海陸拼音：loˊ fuˊ zhonˋ shidˋ daˊ tung lo sa

華語釋義：擒賊擒王之意；拿領頭者開刀。

47.

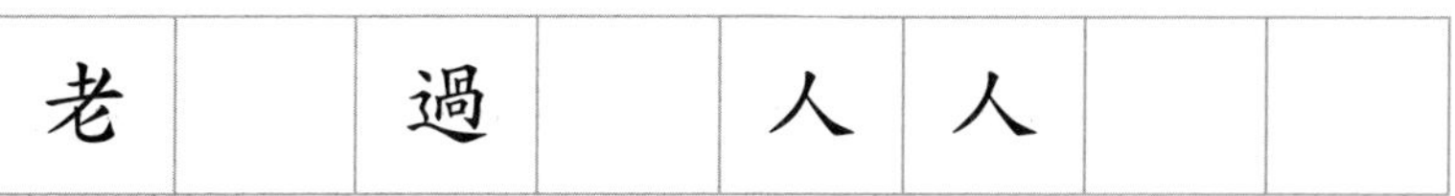

四縣拼音：lo cuˋ go gaˊ nginˇ nginˇ hemˊ sadˋ

海陸拼音：loˊ chuˊ goˇ gaˋ ngin ngin hemˋ sad

華語釋義：比喻害人的東西，大家一致痛恨。

48.

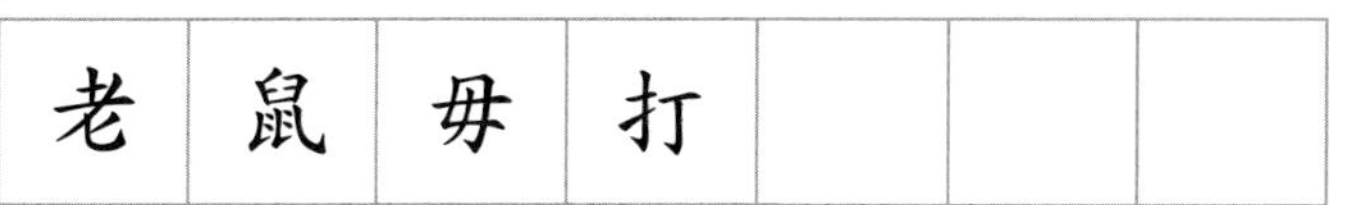

四縣拼音：lo cuˋ mˇ daˋ kungˋ bienˊ coˋ

海陸拼音：loˊ chuˊ m daˊ kungˊ bienˋ coˊ

華語釋義：比喻不在鄉裡作惡或不侵犯周圍人的利益。

49.

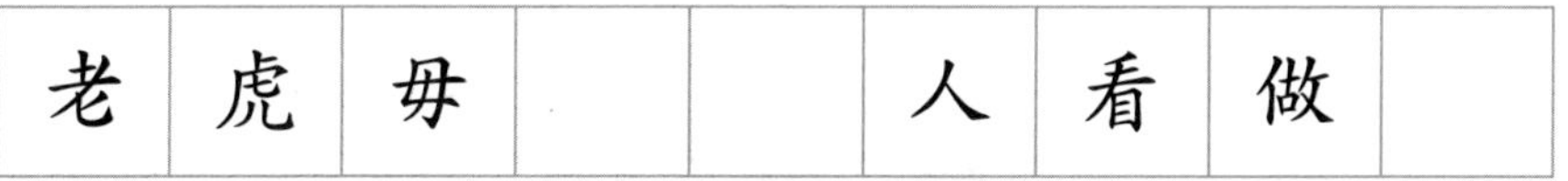

四縣拼音：lo fuˋ mˇ zogˋ viˊ nginˇ kon zo meu

海陸拼音：loˊ fuˊ m zog vuiˋ ngin konˇ zoˇ ngiauˇ

華語釋義：覺得對方好欺負就恃強凌弱。不要小看對方實力，人家只是不想張揚。

50.

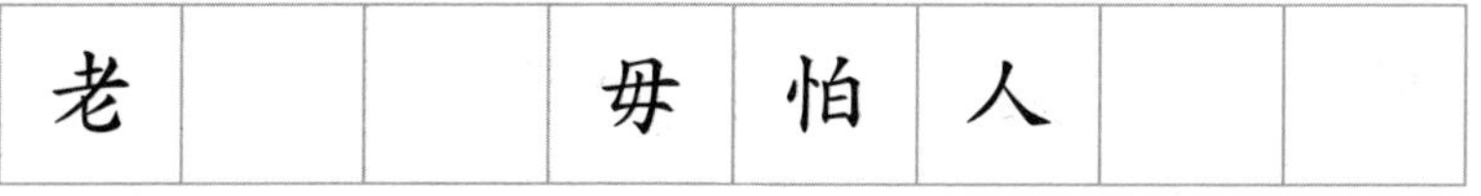

四縣拼音：loˋ sanˊ zuˊ mˇ pa nginˇ coiˊ gogˋ

海陸拼音：loˊ sanˋ zhuˋ m paˇ ngin choiˋ gog

華語釋義：比喻經驗老道不會因一些風吹草動就驚慌失措。

51.

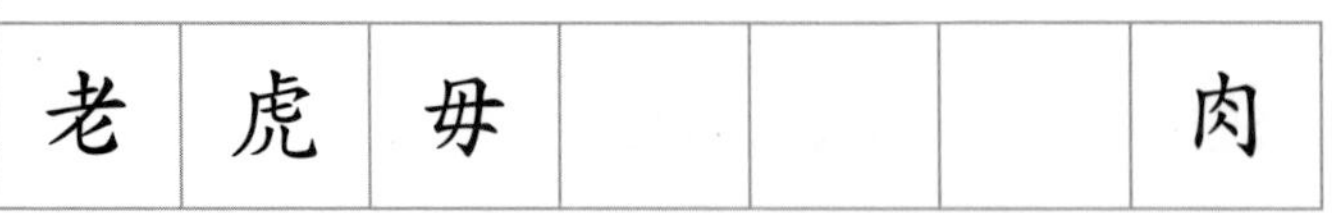

四縣拼音：lo fu` m ˇ siid gu´ honˇ ngiug`

海陸拼音：lo´ fu´ m shid` gu` hon ngiug

華語釋義：孤寒本指人身世寒微，這裡指弱小的動物。老虎不吃弱小動物，喻勸人不應欺負弱小。

52.

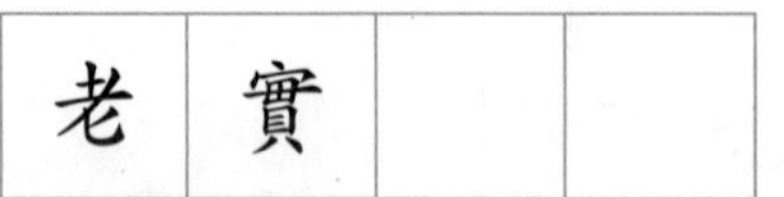

四縣拼音：lo` siid go oˇ

海陸拼音：lo´ shid` goˇ o

華語釋義：呆板等待，直到自己被抓住；不知變通。

53.

四縣拼音：lo` gie´ maˇ ha ho` tab

海陸拼音：lo´ gai` ma haˇ ho´ tab`

華語釋義：老母雞比較不怕公雞，年長者比較好商量。

54.

四縣拼音：lo` a´ mˇ liuˇ gag` ia lon`

海陸拼音：lo´ a` m liu gag rha+ lon´

華語釋義：比喻一個人的個性急躁或不知為自己的明日做打算。

55.

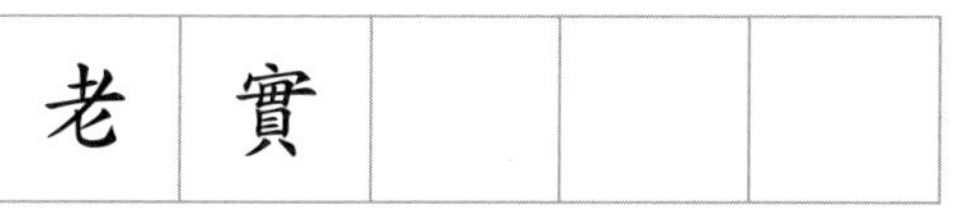

四縣拼音：loˋ siid zungˊ giuˋ cai

海陸拼音：loˊ shidˋ zhungˋ giuˊ cai+

華語釋義：做老實人永遠是恆久不變的。

56.

四縣拼音：loˋ siid he moˇ iung ge ped miangˇ

海陸拼音：loˊ shidˋ heˇ mo rhung+ gaiˇ pedˋ miang

華語釋義：魯迅說老實即是忠厚，忠厚導致無用，無用導致忠厚，二者便融爲一體不分彼此。

57.

四縣拼音：loˋ ziiˋ loˋ soˋ

海陸拼音：loˊ ziiˊ loˊ soˊ

華語釋義：不需要行特別儀式的老朋友。

58.

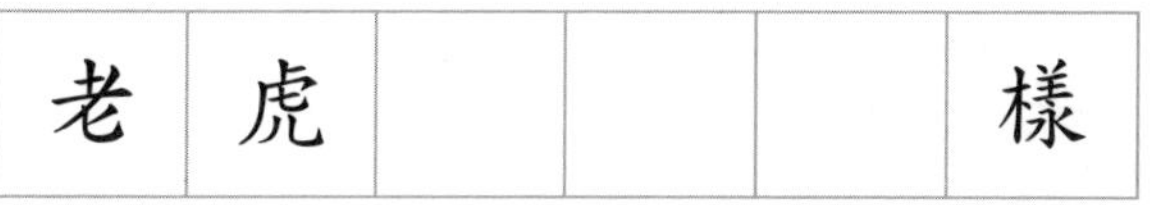

四縣拼音：lo fuˋ daˋ munˊ siid iong

海陸拼音：loˊ fuˊ daˊ munˋ shidˋ rhong+

華語釋義：食物太少根本就不夠吃。

59.

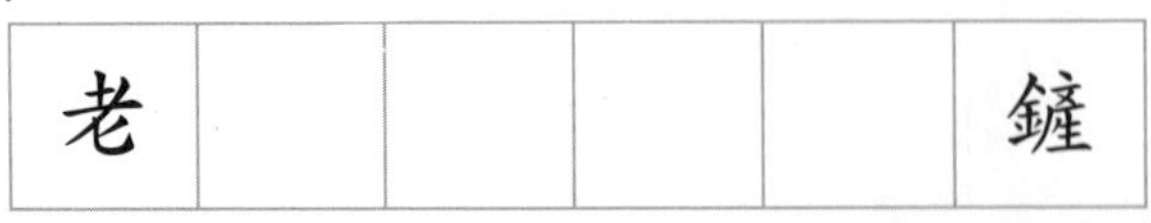

四縣拼音：loˋ giˊ ngienˋ ti doˊ canˋ

海陸拼音：loˊ giˋ nganˊ tiˇ doˋ canˊ

華語釋義：一個妓女的眼睛就像木匠的刀刃一樣敏銳，可看穿哪個人有錢沒錢。

60.

四縣拼音：loˇ mangˇ sangˊ guˋ xienˊ sangˊ

海陸拼音：lo mang shangˋ guˊ senˋ shangˋ

華語釋義：正確順序反了，就像妻子搶了丈夫的發言權。

61.

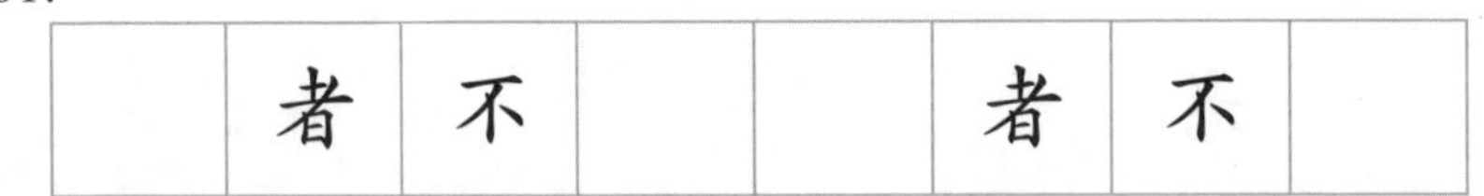

四縣拼音：loiˇ zaˋ budˋ ciiˇ hi zaˋ budˋ liuˇ

海陸拼音：loi zhaˊ bud cii hiˇ zhaˊ bud liu

華語釋義：順其自然，無需勉強。

62.

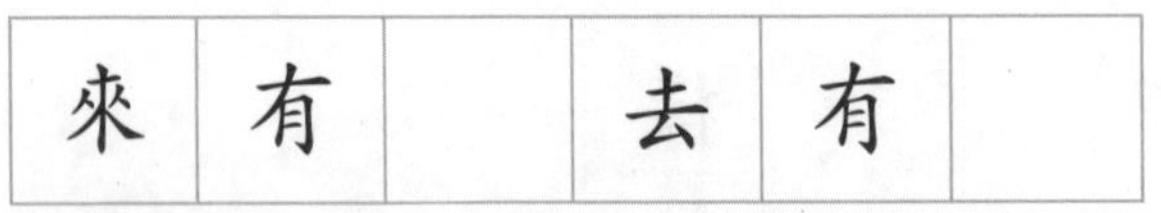

四縣拼音：loiˇ iuˊ ngidˋ hi iuˊ siiˇ

海陸拼音：loi rhiuˋ ngid hiˇ rhiuˋ shi

華語釋義：人的一生做的、取的、吃的凡幾，都是天註定的，不必強求。

63.

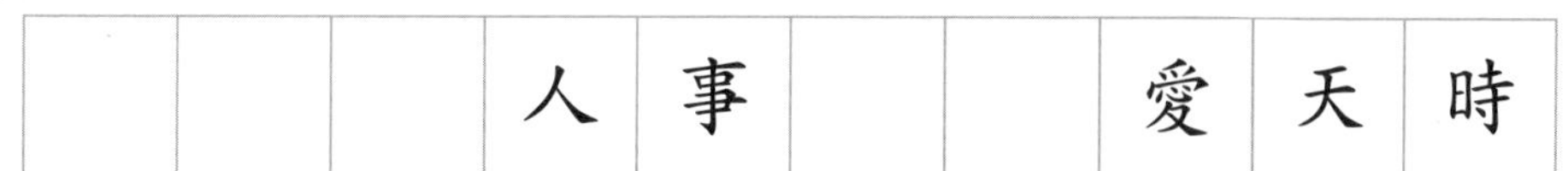

四縣拼音：log zung` qin nginˇ sii fad` sen´ oi tien´ siiˇ

海陸拼音：log` zhung´ cin+ ngin sii+ fad sen` oiˇ tien` shi

華語釋義：人要照時序種植，要順利發芽成長要看氣候。

64.

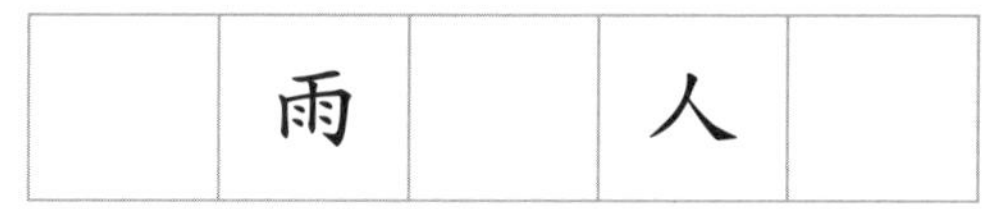

四縣拼音：log i` liuˇ nginˇ hag`

海陸拼音：log` rhi´ liu ngin hag

華語釋義：下雨天要把客人留下，是一種禮貌。

65.

四縣拼音：log ded` teuˇ moˇ

海陸拼音：log` ded teu mo

華語釋義：你是友好可以協商的嗎？

66.

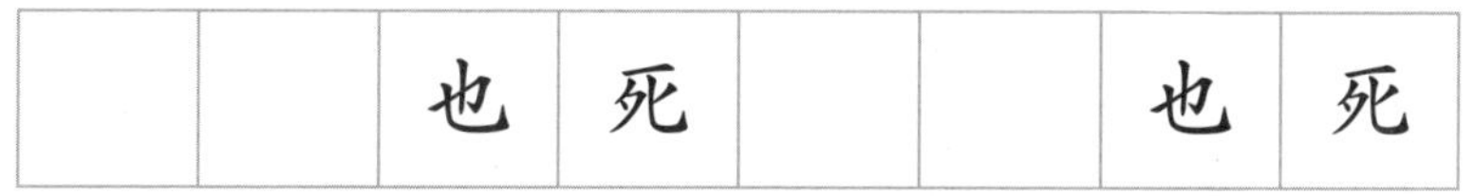

四縣拼音：log lungˇ ia xi` cud` lungˇ ia xi`

海陸拼音：log` lung rha+ si´ chud lung rha+ si´

華語釋義：形容左右爲難的窘境。

67.

四縣拼音：log liauˋ ngaˇ munˇ he gonˊ vud

海陸拼音：logˋ liauˊ nga mun heˇ gonˋ vudˋ

華語釋義：進了衙門打官司，會得到怎樣的結果都不是自己能決定的。

68.

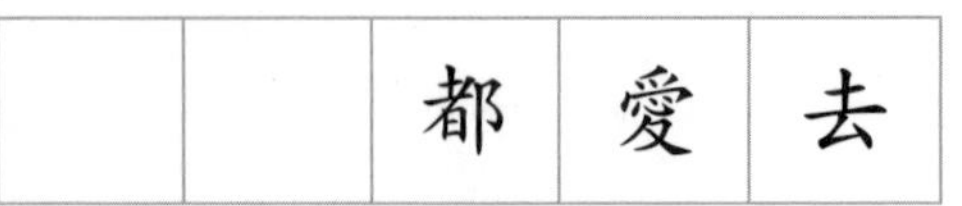

四縣拼音：log doˊ du oi hi

海陸拼音：logˋ doˋ du⁺ oiˇ hiˇ

華語釋義：上刀山下油鍋，我都願意去做。

69.

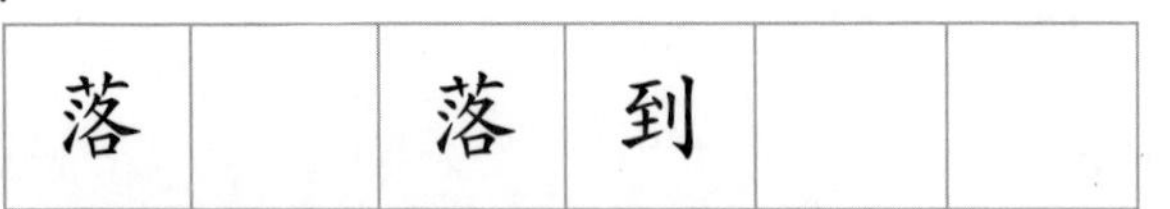

四縣拼音：log suiˋ log do iamˋ iamˋ

海陸拼音：logˋ shuiˊ logˋ doˇ rhamˊ rhamˊ

華語釋義：雨水不斷，滿地泥濘。

70.

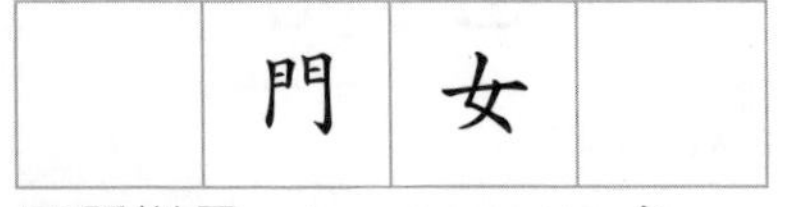

四縣拼音：longˇ munˇ ngˋ se

海陸拼音：long mun ngˊ seˇ

華語釋義：大家都是一家人。

71.

四縣拼音：longˇ gongˊ lui bi

海陸拼音：long gongˋ lui+ buiˇ

華語釋義：骯髒而混亂的情況。

72.

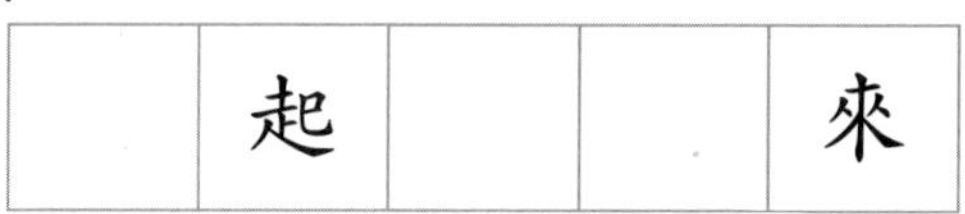

四縣拼音：lod hiˋ samˊ qiu loiˇ

海陸拼音：lodˋ hiˊ samˋ ciu+ loi

華語釋義：用手抓住袖子，往胳膊上方滑去。

73.

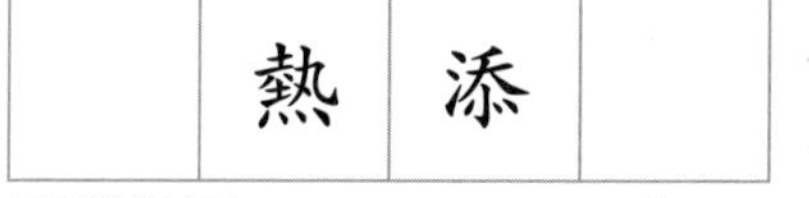

四縣拼音：luˇ ngied tiamˊ tan

海陸拼音：lu ngiedˋ tiamˋ tanˇ

華語釋義：這句話與火上加油同義。

74.

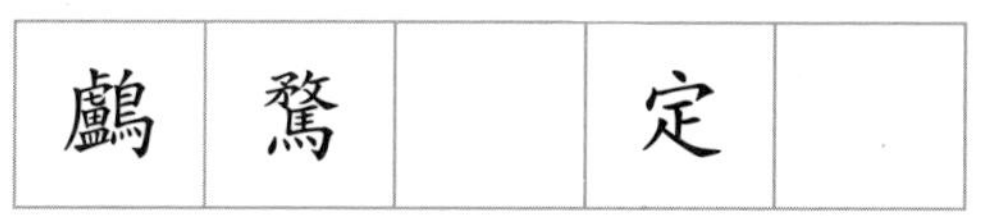

四縣拼音：luˇ vu kieuˊ tin giangˋ

海陸拼音：lu vuˇ kieuˋ tin+ giangˊ

華語釋義：比喻為人受到了限制，而不能盡情施展抱負。

75.

鸕	鶿			鸕	鶿	

四縣拼音：luˇ vu mˇ siid luˇ vu ngiugˋ

海陸拼音：lu vuˇm shidˋ lu vuˇ ngiug

華語釋義：不吃同類的肉是基於本能產生的一種反應與習慣。

76.

鸕	鶿	毋	得			
		毋	得	鸕	鶿	

四縣拼音：luˇ vu mˇ dedˋ abˋ maˇ moˊ

　　　　　abˋ maˇ mˇ dedˋ luˇ vu zoi

海陸拼音：lu vuˇ m ded ab ma moˋ

　　　　　ab ma m ded lu vuˇ zhoiˇ

華語釋義：指人不可能十全十美。

77.

四縣拼音：lu he hanˇ ngiun

海陸拼音：lu+ heˇ han ngiun+

華語釋義：路途遙遠又乏味。

78.

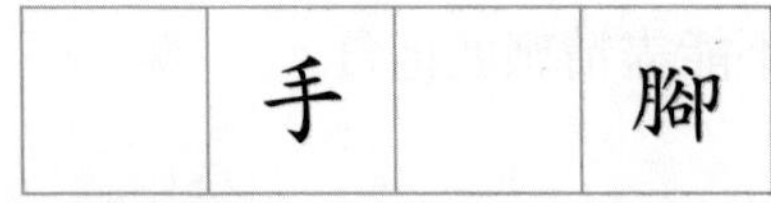

四縣拼音：luˇ suˋ lod giogˋ

海陸拼音：lu shiuˊ lodˋ giog

華語釋義：捲起衣袖、拉起褲管，準備努力做事。

79.

四縣拼音：lun zaˊ budˋ lun su

海陸拼音：lun+ zaˋ bud lun+ suˇ

華語釋義：以一把的單位來數，不以個別數量計數。

80.

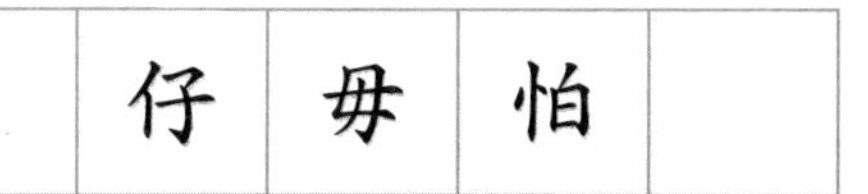

四縣拼音：lungˊ eˋ mˇ pa cung

海陸拼音：lungˋ er m paˇ chungˇ

華語釋義：指不知道害怕的意思。

81.

四縣拼音：lungˇ hongˊ hiabˋ cudˋ iuˇ

海陸拼音：lung hongˋ hiab chud rhiu

華語釋義：本來沒有的東西，強迫人家拿出來。

82.

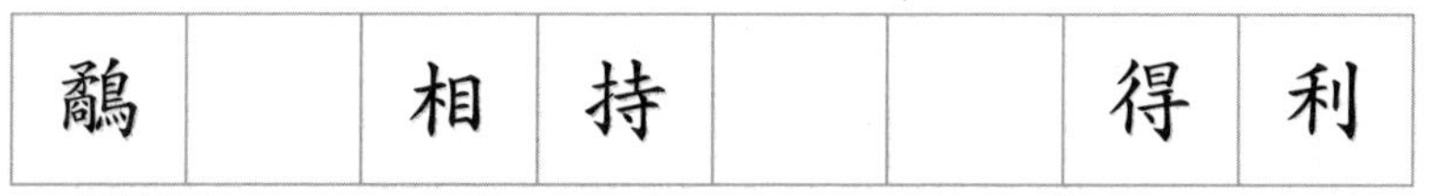

四縣拼音：iug pongˊ xiongˊ ciiˇ ngˇ nginˇ dedˋ li

海陸拼音：rhiugˋpongˋ siongˋ chi ng ngin ded li+

華語釋義：比喻雙方爭持不下，而使第三者獲利。

M

1.

四縣拼音：mˇ dui kieuˋ ciiˋ

海陸拼音：m duiˇ kieuˊ chiˊ

華語釋義：沒有根據承諾行事。

2.

四縣拼音：mˇ gamˋ haˊ ngaˇ

海陸拼音：m gamˊ haˋ nga

華語釋義：不敢攻擊對方。

3.

四縣拼音：mˇ he qienˇ suiˋ gin voi qienˇ ginˋ loiˇ

海陸拼音：m heˇ can shuiˊ ginˇ voi+ can ginˊ loi

華語釋義：我的收入不像泉水般總是源源不絕的；有付出才有收穫。

4.

四縣拼音：mˇ he con qiu he siid

海陸拼音：m heˇ con+ ciu+ heˇ shidˋ

華語釋義：沒有獲利就是損失。

5.

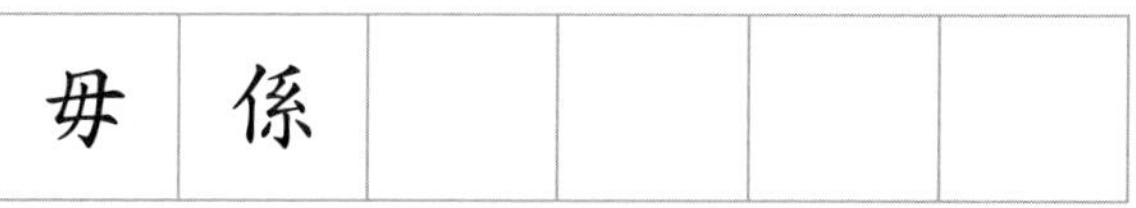

四縣拼音：mˇ he zeuˋ maˊ gauˊ guanˊ

海陸拼音：m heˇ zeuˊ maˋ gauˋ guanˋ

華語釋義：不僅僅是個過路商人；不是個騙子。

6.

四縣拼音：mˇ hiauˋ zo gonˊ ia hiauˋ caiˊ qinˇ

海陸拼音：m hiauˊ zoˇ gonˋ rha+ hiauˊ caiˋ cin

華語釋義：雖不懂得如何當官，也懂得推理分析，因此也就別隱瞞了。

7.

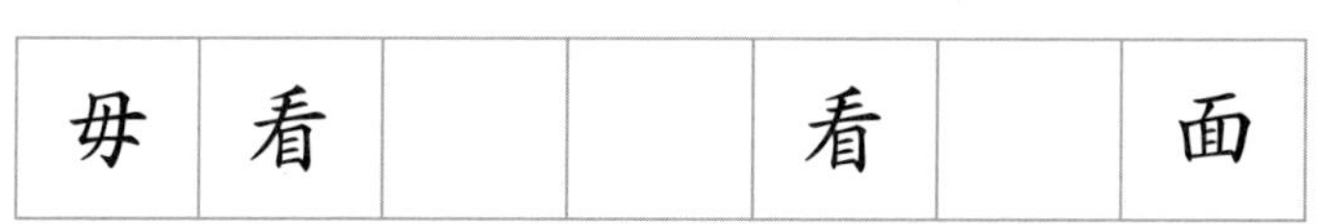

四縣拼音：mˇ kon loˇ fuˇ kon fud mien

海陸拼音：m konˇ lo fu konˇ fudˋ mienˇ

華語釋義：不看本人的情面，也看第三者的情面。指總要給點面子。

8.

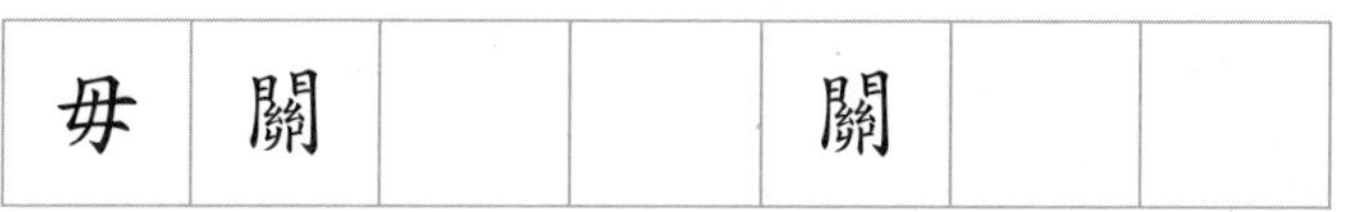

四縣拼音：mˇ guanˊ zuˊ maˋguanˊ lo fuˋ

海陸拼音：m guanˋ zhuˋ ma guanˋ loˊ fuˊ

華語釋義：怕母豬被老虎吃掉，應該要關好的是母豬，別讓牠滿山跑才對，而不是想方設法要把兇惡的老虎關起來；引喻爲面對挫折要先檢討自己的言行有無失當，而不是急着責怪他人。

9.

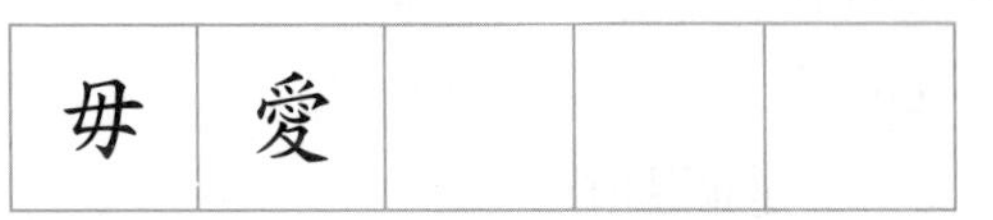

四縣拼音：mˇ oi con anˋ ciimˊ

海陸拼音：m oiˇ con⁺ anˊ chimˋ

華語釋義：價錢別開得這麼硬；不要渴望這麼多的獲利。

10.

四縣拼音：mˇ pa ngiˇ xiˋ ziiˋ pa ngiˇ cu

海陸拼音：m paˇ ngi siˊ zhiˊ paˇ ngi chiuˇ

華語釋義：他不關心你的死活，他最在乎的是被屍臭沾染；殘忍自私的性格。

11.

四縣拼音：mˇ pa qienˊ nginˇ kon ziiˋ pa idˋ nginˇ siidˋ

海陸拼音：m paˇ cienˋ ngin konˇ zhiˊ paˇ rhid ngin shid

華語釋義：意思是不怕許多不識貨的人看，就怕被有其中一位內行的人識破。

12.

四縣拼音：mˇ pa deu ziiˋ pa ceu

海陸拼音：m paˇ deuˇ zhiˊ paˇ ceuˇ

華語釋義：我不怕言語上的爭辯，但引起爭吵是可怕的。

13.

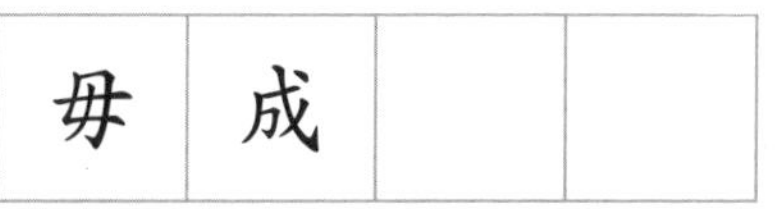

四縣拼音：mˇ sangˇ senˊ qi

海陸拼音：m shin senˋ ciˇ

華語釋義：不符合他做事的順序或類型。

14.

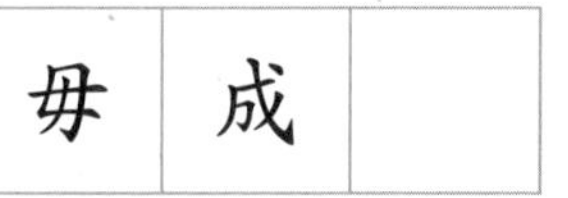

四縣拼音：mˇ sangˇ giedˋ

海陸拼音：m shang gied

華語釋義：不能用來當作例子。

15.

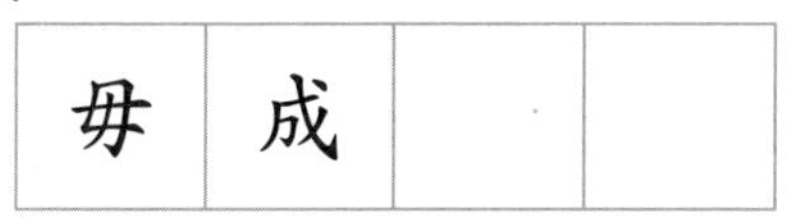

四縣拼音：mˇ sangˇ meu iong

海陸拼音：m shang ngiauˇ rhong+

華語釋義：行動甚至沒有貓的些許力量。

16.

四縣拼音：mˇ siidˋ hadˋ sii

海陸拼音：m shid had sii+

華語釋義：罵人不識字。

17.

毋	上			毋	知			好

四縣拼音：mˇ songˊ goˊ sanˊ mˇ diˊ piangˇ ti hoˋ

海陸拼音：m shongˋ goˋ sanˋ m diˋ piang ti⁺ hoˊ

華語釋義：直到你爬上高處，你才會珍視平原的遼闊平坦；經歷重重困難，你才會珍惜平時的舒坦。

18.

毋	到			毋	
毋	到			毋	

四縣拼音：mˇ do ha zii mˇ nonˊ

mˇ do dungˊ zii mˇ honˇ

海陸拼音：m doˇ ha⁺ zhiˇ m nonˋ

m doˇ dungˋ zhiˇ m hon

華語釋義：夏至是夏天的開始，夏至不到，天氣不會眞正暖；冬至是冬天的開始，冬至不到，當然也不會很冷。

19.

毋	得		

四縣拼音：mˇ dedˋ cudˋ fudˋ

海陸拼音：m ded chud fud

華語釋義：無法擺脫糾結。

20.

四縣拼音：mˇ dedˋ kieuˋ med

海陸拼音：m ded kieuˊ medˋ

華語釋義：別對它發火，沒作用的！

21.

四縣拼音：mˇ dedˋ go conˊ

海陸拼音：m ded goˇ conˋ

華語釋義：沒有一頓飯可吃。

22.

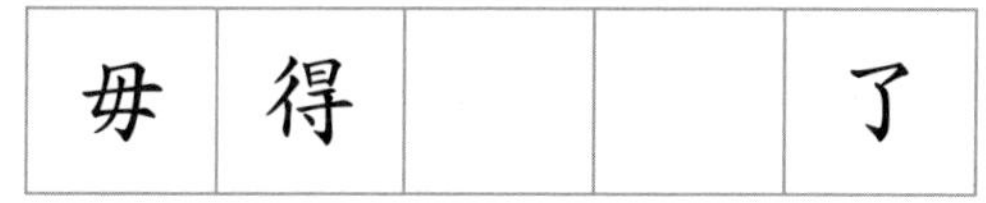

四縣拼音：mˇ dedˋ caiˇ foˋ leˋ

海陸拼音：m ded cai foˊ liauˊ

華語釋義：形容做沒意義的事。

23.

四縣拼音：mˇ dedˋ duˋ giˊ

海陸拼音：m ded duˊ giˋ

華語釋義：一個不工作又總是叫餓的人。

24.

四縣拼音：mˇ dedˋ nginˇ vi

海陸拼音：m ded ngin vuiˇ

華語釋義：他的行爲不是爲了引起恐懼。

25.

四縣拼音：mˇ dedˋ miˋ liauˋ

海陸拼音：m ded miˊ liauˊ

華語釋義：形容做沒意義的事。

26.

毋	得		一	杯	水	來		

四縣拼音：mˇ dedˋ doˋ idˋ biˊ suiˋ loiˇ daˋ ngaˇ

海陸拼音：m ded doˊ rhid buiˋ shuiˊ loi daˊ nga

華語釋義：連塞牙縫的水都沒有；事業失敗了。

27.

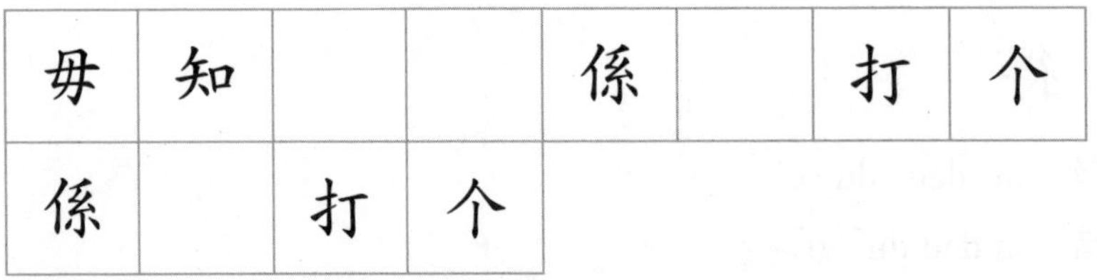

四縣拼音：mˇ diˊ qienˇ ngiunˇ he tenˇ daˋ ge

he su daˋ ge

海陸拼音：m diˋ cien ngiun heˇ ten daˊ gaiˇ

heˇ shu^{+} daˊ gaiˇ

華語釋義：富家子弟手頭寬裕、錢財來的容易，不明白很多人必須要辛苦工作、流血流汗才能有所得。

28.

毋	知			做	幾	久
修	理					

四縣拼音：mˇ diˊ voˇ song zo giˋ giuˋ
xiuˊ liˊ amˊ tongˇ

海陸拼音：m diˋ vo shong+ zoˇ giˊ giuˊ
siuˋ liˋ amˋ tong

華語釋義：都還不確定這個位置可以做多久，何來擔心工作處的修復？生命是無常的，不須擔憂太多。

29.

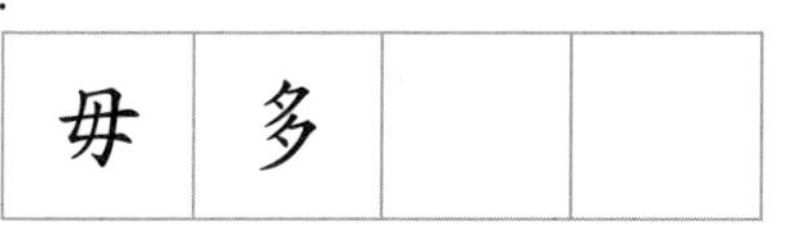

毋	多		

四縣拼音：mˇ doˊ gien gungˊ

海陸拼音：m doˋ gienˇ gungˋ

華語釋義：沒有顯示出有多少優點或成果。

30.

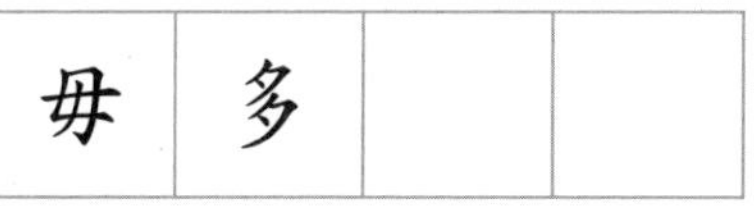

毋	多		

四縣拼音：mˇ doˊ nab i

海陸拼音：m doˋ nabˋ rhiˇ

華語釋義：不太能接受的意思。

31.

四縣拼音：mˇ dui ziiˋ ngˋ

海陸拼音：m duiˇ ziiˊ ngˊ

華語釋義：偏離直線；扭曲的；歪斜的。

32.

四縣拼音：mˇ voi cang sonˇ hiamˇ haiˊ kiugˋ

海陸拼音：m voi^{+} cangˇ shon hiam haiˋ kiug

華語釋義：不會開船藉口溪流彎曲。喻自己能力或技術欠佳，反而怪罪環境差，不檢討自己沒有本事。

33.

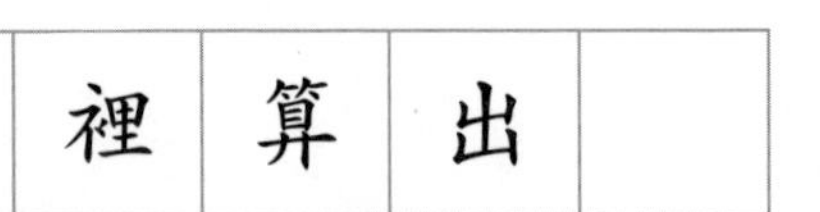

四縣拼音：maˇ diˊ son cudˋ teu

海陸拼音：ma diˋ sonˇ chud teu^{+}

華語釋義：在計算上超過了其他人；精打細算。

34.

四縣拼音：ma hoˋ zuˊ sodˋ

海陸拼音：maˇ hoˊ zuˋ sod

華語釋義：嚴厲地責罵。

35.

四縣拼音：ma samˊ ngienˇ moˇ diamˋ vuˊ qiangˊ

海陸拼音：maˇ samˋ ngien mo diamˊ vuˋ ciangˋ

華語釋義：不管怎麼罵完全沒有作用。

36.

四縣拼音：madˋ xien ziiˊ coiˇ

海陸拼音：mad sienˇ ziiˋ coi

華語釋義：自謙才疏學淺。

37.

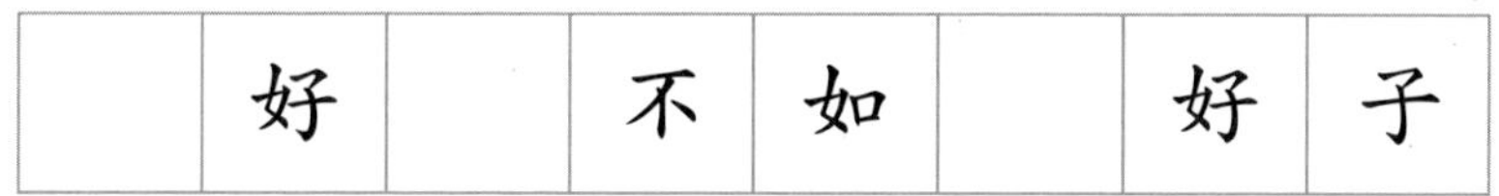

四縣拼音：maiˊ hoˋ tienˇ budˋ iˇ iongˊ hoˋ ziiˋ

海陸拼音：maiˋ hoˊ tien bud rhi rhongˋ hoˊ ziiˊ

華語釋義：良田的產收畢竟有限，不如培育賢良子弟，才是前途無量。

38.

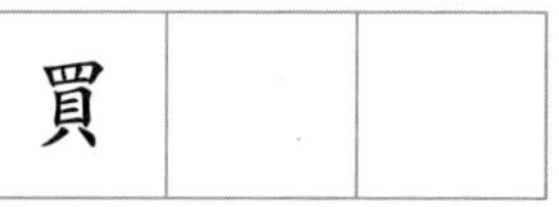

四縣拼音：maiˊ hamˇ tamˊ

海陸拼音：maiˋ ham tamˋ

華語釋義：買些醃漬過的蔬菜食材。

39.

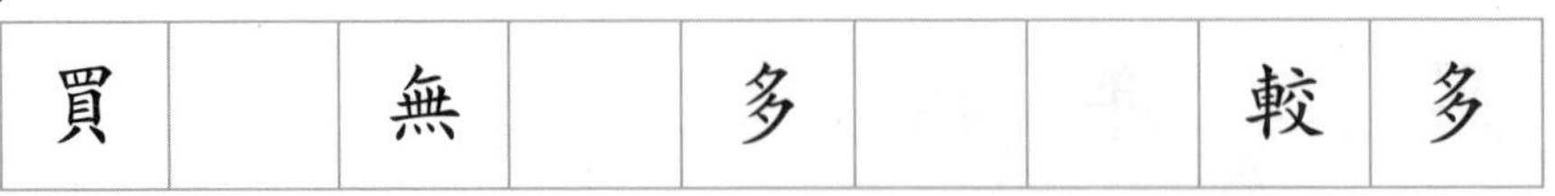

四縣拼音：maiˊ maˊ moˇ anˋ doˊ zii onˊ ha doˊ

海陸拼音：maiˋ maˋ mo anˊ doˋ zhiˇ onˋ haˇ doˋ

華語釋義：買匹馬容易，但要買與馬搭配的物件卻要花費更多。

40.

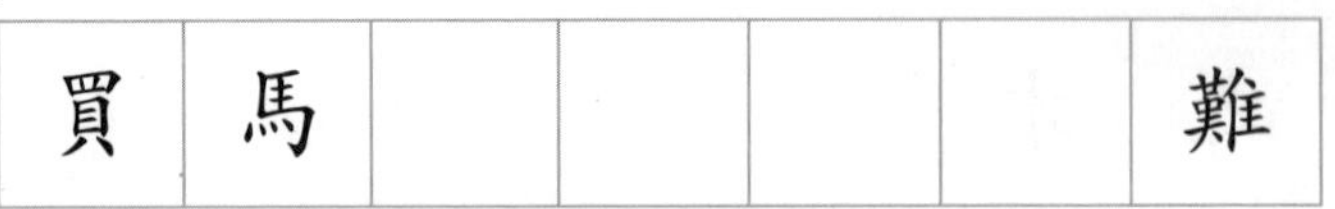

四縣拼音：maiˊ maˊ iungˇ i zii onˊ nanˇ

海陸拼音：maiˋ maˋ rhung rhiˇ zhiˇ onˋ nan

華語釋義：買匹馬簡單，但要買與馬搭配的物件確要花費更多。

41.

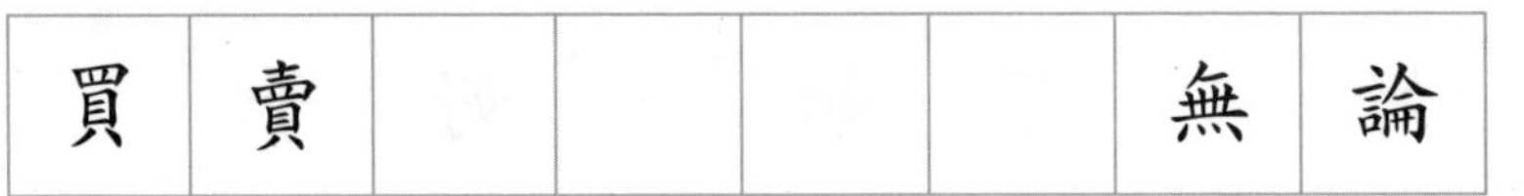

四縣拼音：maiˊ mai son funˊ xiongˊ qiangˋ moˇ lun

海陸拼音：maiˋ mai+ sonˇ funˋ siongˋ ciangˊ mo lun+

華語釋義：說明生意與人情之間有清楚界線，不應相混。

42.

四縣拼音：mai vangˇ mai ogˋ

海陸拼音：mai+ vang mai+ og

華語釋義：從事各種邪惡的勾當。

43.

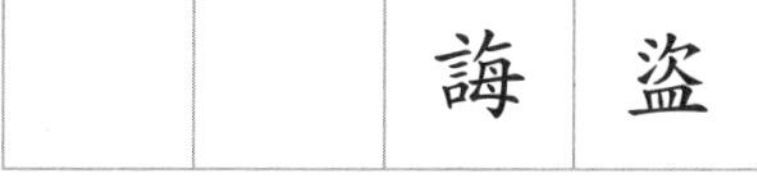

四縣拼音：man congˇ fi to

海陸拼音：man⁺ cong fuiˇ to⁺

華語釋義：指收藏財物不謹慎，引起盜賊偷竊；或婦女衣着太暴露，容易引起壞人的邪惡心思。

44.

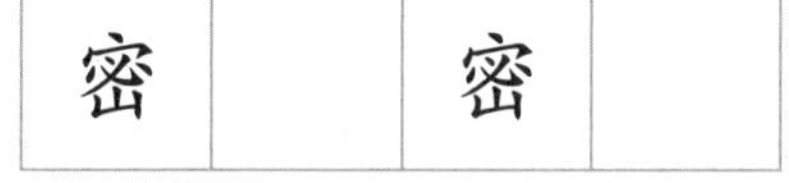

四縣拼音：med hangˇ med gogˋ

海陸拼音：medˋ hang medˋ gog

華語釋義：光束和板椿彼此緊密靠近。

45.

四縣拼音：meuˇ nginˇ qiˊ ziiˋ jiam nginˇ tienˇ

海陸拼音：meu ngin ciˋ ziiˊ ziamˇ ngin tien

華語釋義：搶別人老婆，謀奪別人的田產。

46.

四縣拼音：meu cuˋ tungˇ minˇ

海陸拼音：ngiauˇ chuˊ tung min

華語釋義：比喻官吏失職，包庇下屬幹壞事，也比喻上下狼狽爲奸。

47.

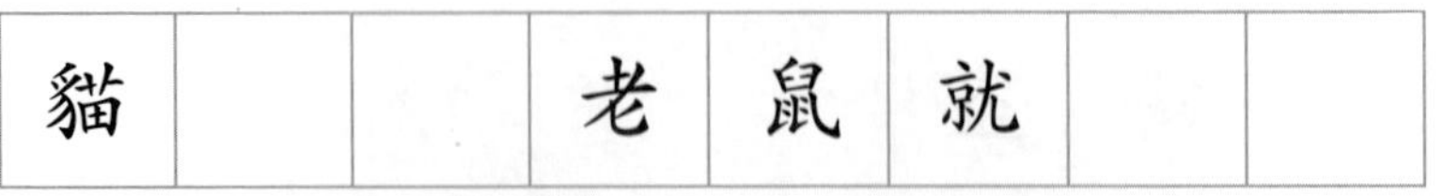

四縣拼音：meu zeuˋ koiˊ lo cuˋ qiu zogˋ guai

海陸拼音：ngiauˇ zeuˊ koiˋ loˊ chuˊ ciu+ zog guaiˇ

華語釋義：意思爲老師不在，學生就搗蛋。

48.

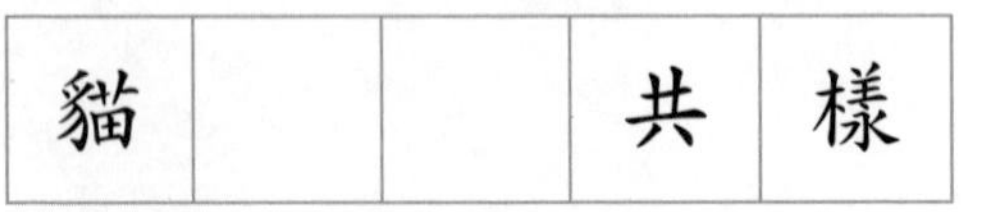

四縣拼音：meu saiˋ deu kiung iong

海陸拼音：ngiauˇ saiˊ deuˇ kiung+ rhong+

華語釋義：用以比喻一個人在生活或工作上不甚穩定，常有調動。

49.

四縣拼音：miˇ foˋ diamˋ seuˇ nginˇ

海陸拼音：mi foˊ diamˊ seu ngin

華語釋義：微光使人悲傷；昏暗不明使人愁。

50.

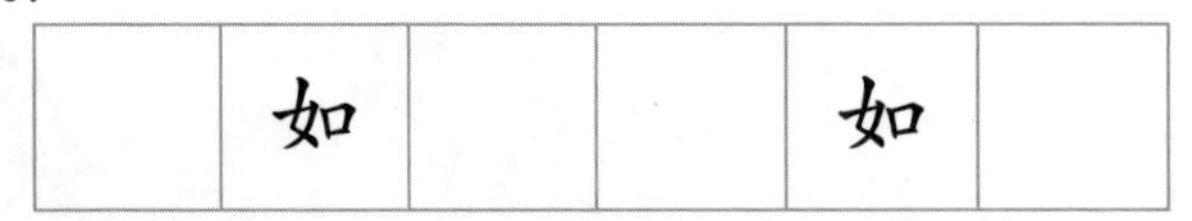

四縣拼音：miˋ iˇ zuˊ xinˊ iˇ gui

海陸拼音：miˊ rhi zhuˋ sinˋ rhi guiˇ

華語釋義：比喻物價昂貴。語本《戰國策．楚策三》。

51.

四縣拼音：miˋ moˇ inˇ

海陸拼音：miˊ mo rhin

華語釋義：缺乏澱粉的大米；毫無營養的東西。

52.

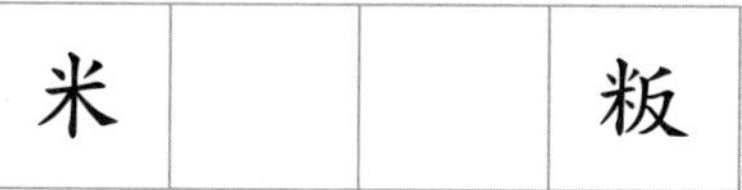

四縣拼音：miˋ tab siinˇ banˋ

海陸拼音：miˊ tabˋ shin banˊ

華語釋義：米飯被搗成了糕餅麻糬。

53.

四縣拼音：miang zungˊ moˇ idˋ bagˋ hoˇ loˇ kiuˇ idˋ qienˊ

海陸拼音：miang+ zhungˋ mo rhid bag ho lo kiu rhid cienˋ

華語釋義：意思是求財爲少而吉，溫飽有，需防貪心或走險棋。

54.

命	裡			人	
做	出	花			

四縣拼音：miang liˊ mˇ hab nginˇ
zo cudˋ faˊ du hanˇ qinˇ

海陸拼音：miang+ diˋ m habˋ ngin
zoˇ chud faˋ du+ han cin

華語釋義：無論工作得多麼完美，命運都被人鄙視；一點價值都沒有！

55.

四縣拼音：miang liˊ moˇ siiˇ mog kuˋ kiuˇ

海陸拼音：miang+ diˋ mo shi mogˋ kuˊ kiu

華語釋義：命中註定沒有的，即使再三強求也是枉然。

56.

四縣拼音：mien piˇ moˇ dai hiedˋ

海陸拼音：mienˇ pi mo daiˇ hied

華語釋義：不會臉紅的；臉皮很厚!

57.

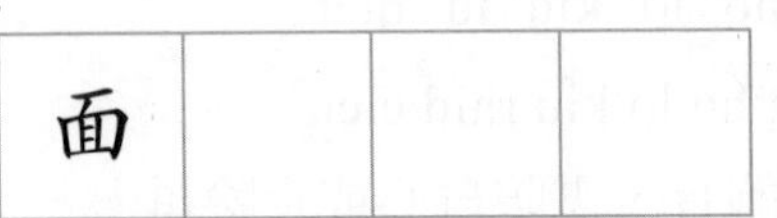

四縣拼音：mien doˊ congˇ congˇ

海陸拼音：mienˇ doˋ chong chong

華語釋義：臉長得像小提琴。

58.

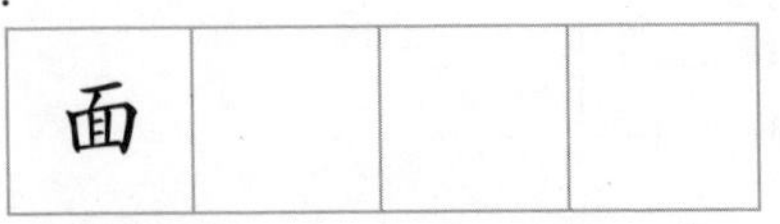

四縣拼音：mien piˇ daˋ zabˋ

海陸拼音：mienˇ pi daˊ zhab

華語釋義：專指人面皺紋。

59.

四縣拼音：minˇ fo` ced

海陸拼音：min fo´ ced`

華語釋義：手裡拿着燈火的竊賊；笨傢伙。

60.

四縣拼音：minˇ siin´ am gong

海陸拼音：min shin` amˇ gongˇ

華語釋義：指表面上升官，而實際上被削去權力。

61.

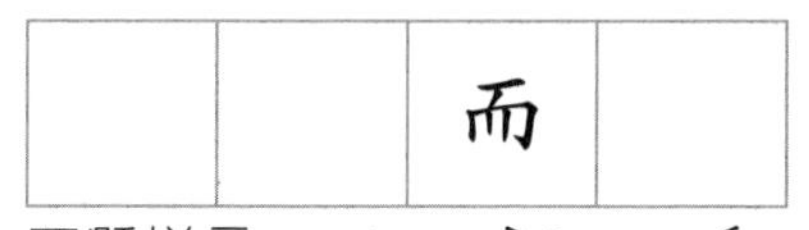

四縣拼音：minˇ gu` iˇ gung´

海陸拼音：min gu´ rhi gung`

華語釋義：比喻宣佈罪狀，加以譴責或討伐。

62.

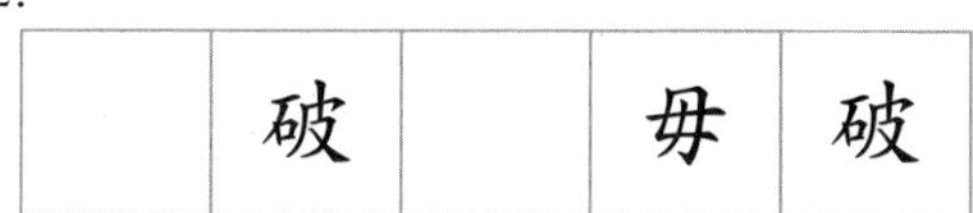

四縣拼音：miong` po gong´ mˇ po

海陸拼音：miong´ poˇ gong` m poˇ

華語釋義：網雖破了，繩子仍完整；雖然家族成員多數已亡，領導者依然健在。

63.

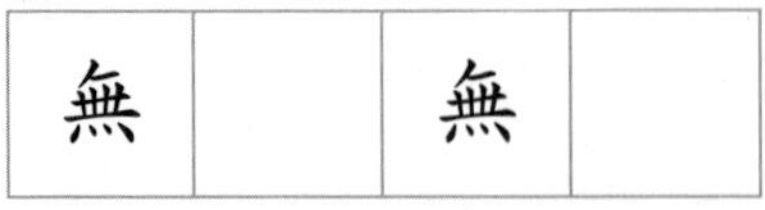

四縣拼音：moˇ ai´ moˇ pong

海陸拼音：mo ai` mo pongˇ

華語釋義：意謂沒有人可依靠或無處得到支援。

64.

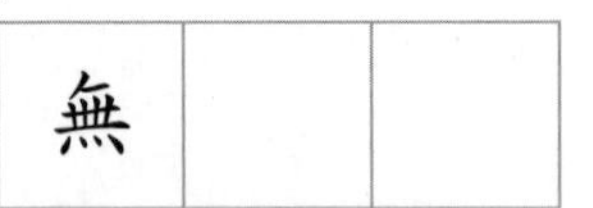

四縣拼音：moˇ giam´ siin´

海陸拼音：mo giam` shin`

華語釋義：指無法近身。歇後語：「六月炙火囪_兼身毋得。」

65.

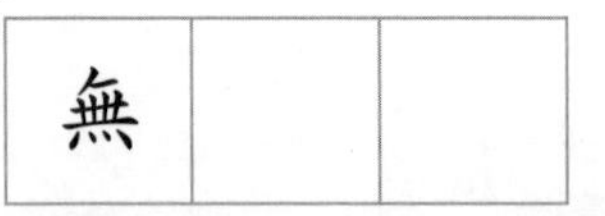

四縣拼音：moˇ kung´ siin´

海陸拼音：mo kung` shin`

華語釋義：指婦女連續懷孕，沒間斷。

66.

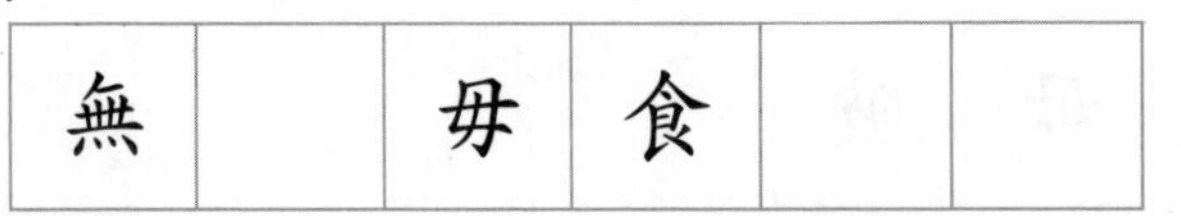

四縣拼音：moˇ meu mˇ siid xien´ ngˇ

海陸拼音：mo ngiauˇ m shid` sien` ng

華語釋義：貓喜歡吃魚是天性，指男性很難拒絕女性的誘惑。

67.

四縣拼音：moˇ mien moˇ piˇ

海陸拼音：mo mienˇ mo pi

華語釋義：喻沒有廉恥心。

68.

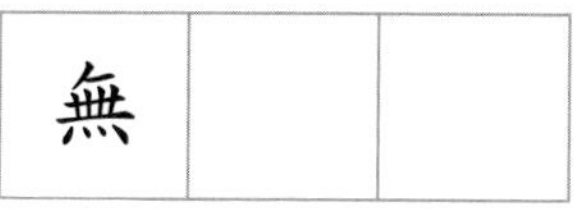

四縣拼音：moˇ daiˋ ziiˋ

海陸拼音：mo daiˊ ziiˊ

華語釋義：無法支撐；沒有立論的基礎。或指不間斷的；無限制的。

69.

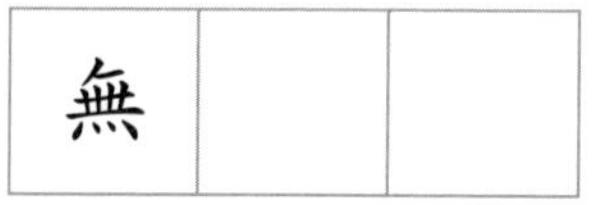

四縣拼音：moˇ saˊ naˊ

海陸拼音：mo saˋ naˋ

華語釋義：是沒有把握的意思。

70.

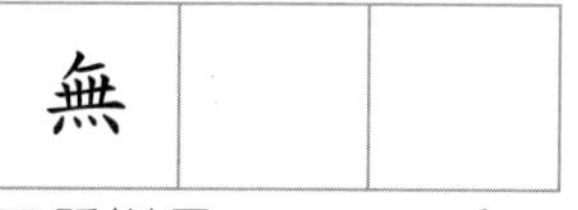

四縣拼音：moˇ ieuˊ gudˋ

海陸拼音：mo rhauˋ gud

華語釋義：指做人沒有骨氣。

71.

四縣拼音：moˇ iuˇ todˋ mˇ dedˋ vog

海陸拼音：mo rhiu tod m ded vogˋ

華語釋義：喻沒有得到資助就無法脫離困境。

72.

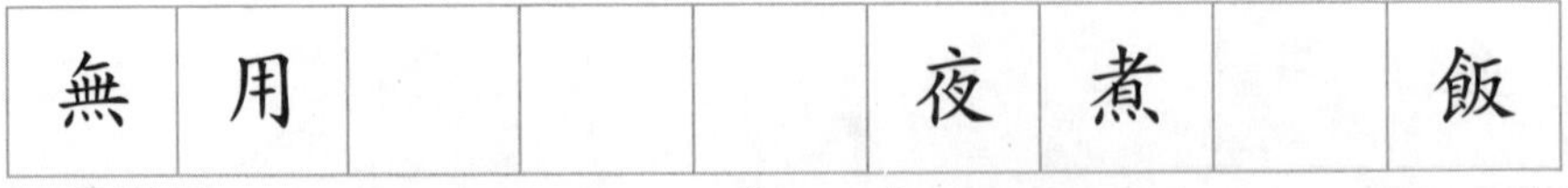

四縣拼音：moˇ iung fu nginˇ gagˋ ia zuˋ pien fan

海陸拼音：mo rhung+ fu+ ngin gag rha+ zhuˊ pien+ pon+

華語釋義：一個無用的女人今晚得做明日的餐飯；沒有在適當的時間做該做的事情。

73.

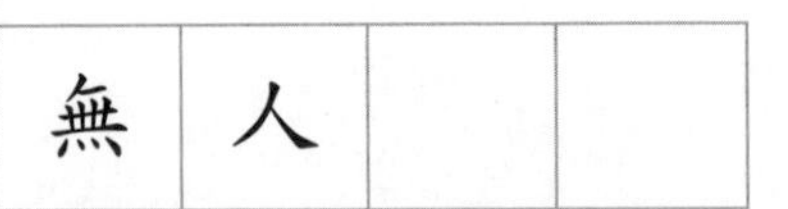

四縣拼音：moˇ nginˇ gungˊ loˇ

海陸拼音：mo ngin gungˋ lo

華語釋義：謊報功績。

74.

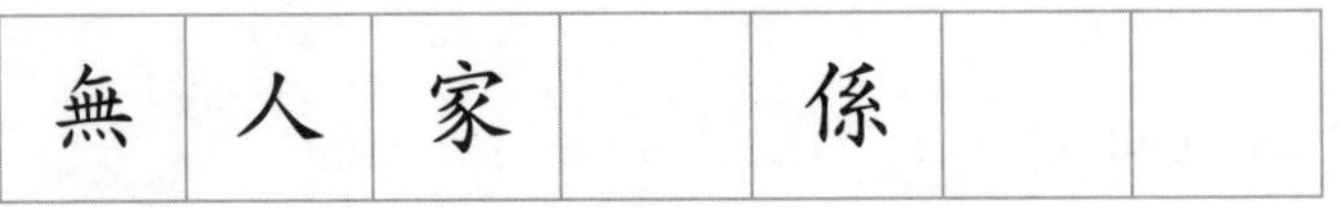

四縣拼音：moˇ nginˇ gaˊ coiˇ he siid bunˋ

海陸拼音：mo ngin gaˋ coi heˇ shidˋ bunˊ

華語釋義：知道一個人的財富就等於是遭受損失（有可能被誣賴）；冒險。

75.

四縣拼音：moˇ duˇ moˇ diˋ

海陸拼音：mo du mo diˊ

華語釋義：不允許或將其隱藏。

76.

四縣拼音：moˇ hoˋ sangˊ con

海陸拼音：mo hoˊ senˋ con+

華語釋義：沒有賺錢的手段。

77.

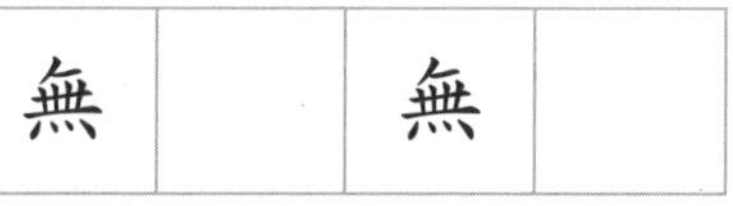

四縣拼音：moˇ poˇ moˇ lonˋ

海陸拼音：mo po mo lonˊ

華語釋義：指單身無妻無子的男性。

78.

四縣拼音：moˇ sangˊ moˇ con

海陸拼音：mo senˋ mo con+

華語釋義：沒有生出一男半女。

79.

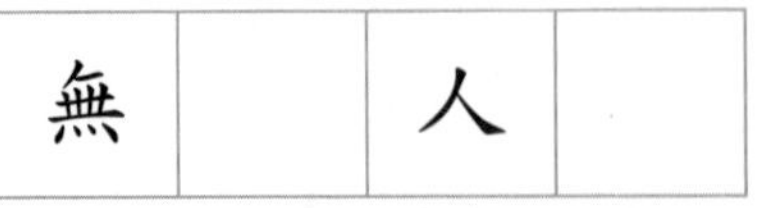

四縣拼音：moˇ zag` nginˇ xiang´

海陸拼音：mo zhag ngin siang`

華語釋義：形容連個人影都沒有。

80.

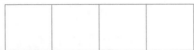

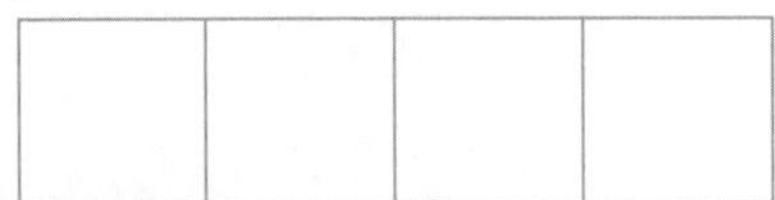

四縣拼音：mo´ mo´ id` id`

海陸拼音：mo` mo` rhid rhid

華語釋義：指一個老頭愛管閒事的樣子。

81.

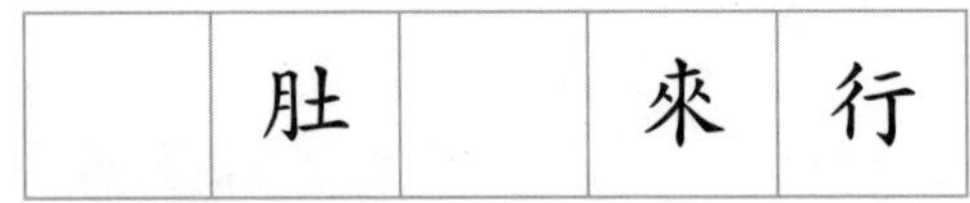

四縣拼音：mo du` dai` loiˇ hangˇ

海陸拼音：mo$^+$ du´ dai´ loi hang

華語釋義：像蛇一樣用肚子爬行。

82.

四縣拼音：moiˇ nginˇ sam´ ge du`

海陸拼音：moi ngin sam` gaiˇ du´

華語釋義：媒人必須有三個胃：裝肉、裝酒、還得裝婚姻雙方的辱罵。

83.

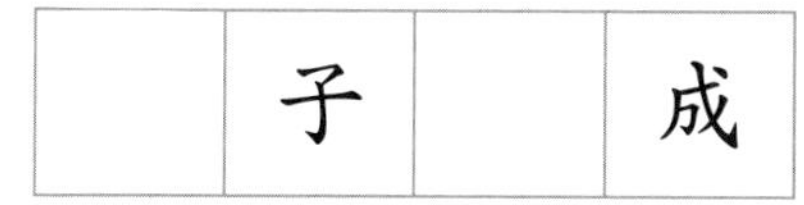

四縣拼音：moi ziiˋ biong siinˇ

海陸拼音：moiˇ ziiˊ biongˇ shin

華語釋義：女兒的婚訂已成。

84.

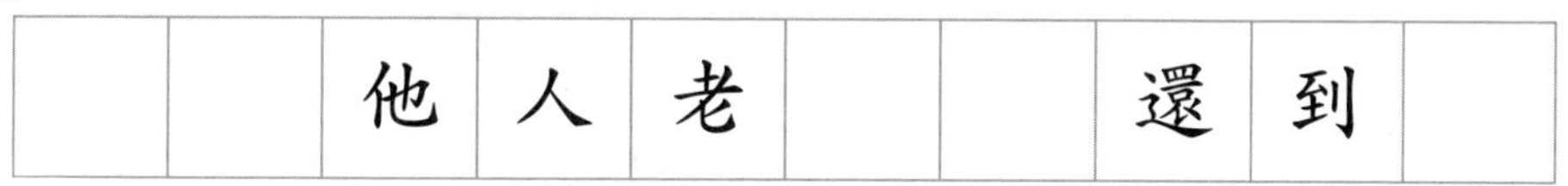

四縣拼音：mog seu taˊ nginˇ loˋ zungˊ xiˊ vanˇ do giunˊ

海陸拼音：mogˋ siauˇ taˋ ngin loˊ zhungˋ siˋ van doˇ giunˋ

華語釋義：出自《增廣賢文．上集》。不要笑話別人很老，自己有一天也會變老。

85.

四縣拼音：moˊ nginˇ kiˇ hadˋ maˊ ban ia limˇ ciimˊ ciiˇ

海陸拼音：moˋ ngin ki had maˋ banˇ rha^{+} lim chimˋ chi

華語釋義：比喻盲目行動，後果十分危險。

86.

四縣拼音：mongˇ goˋ doˊ voˇ seuˋ

海陸拼音：mong goˊ doˋ vo shauˊ

華語釋義：當芒果很多的時候，大米是稀缺的；魚與熊掌，無法兼得。

87.

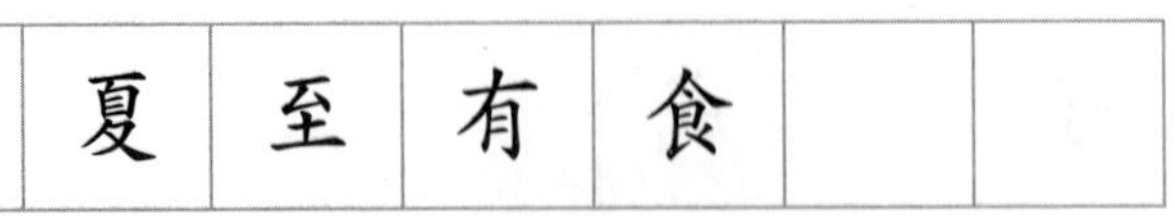

四縣拼音：mongˇ zung ha zii iuˊ siid nanˊ hi

海陸拼音：mong zhungˇ ha+ zhiˇ rhiuˋ shidˋ nanˋ hiˇ

華語釋義：形容天氣變熱，會影響人的活動力。

88.

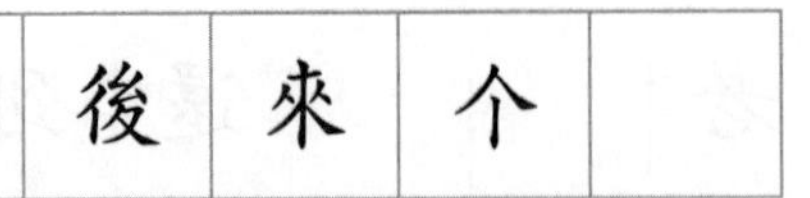

四縣拼音：mong heu loiˇ ge fugˋ

海陸拼音：mong+ heu+ loi gaiˇ fug

華語釋義：期望未來的幸福。

89.

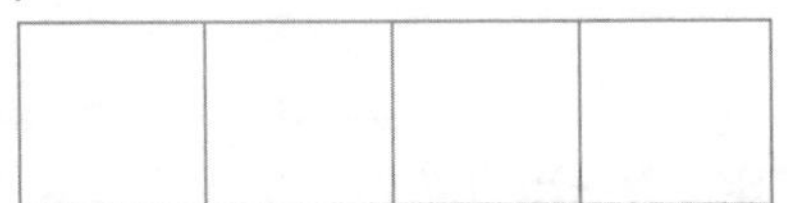

四縣拼音：mong vunˇ mun qiedˋ

海陸拼音：mong+ vun munˇ cied

華語釋義：是中醫藉以收集病史、了解病情的方法，統稱「四診」。

90.

四縣拼音：mong mong ienˇ hi ziiˊ

海陸拼音：mong+ mong+ rhan hiˇ ziiˋ

華語釋義：失望、慚愧的樣子。

91.

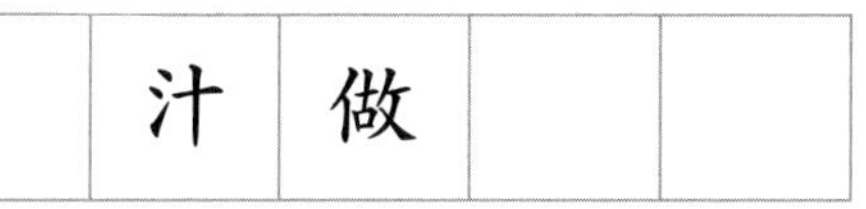

四縣拼音：mugˋ ziibˋ zo ziimˋ teuˇ

海陸拼音：mug zhib zoˇ zhimˊ teu

華語釋義：整晚流淚不止。

92.

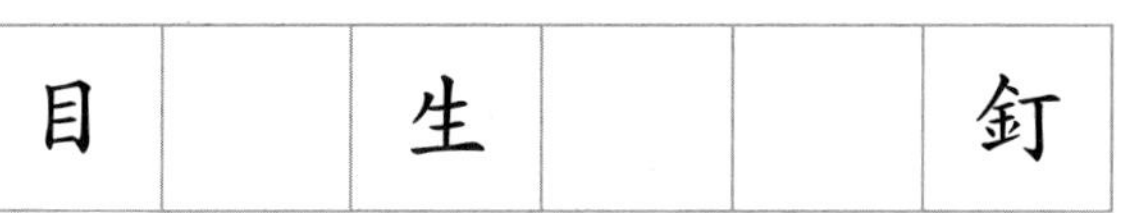

四縣拼音：mugˋ zuˊ sangˊ tienˇ loˇ dangˊ

海陸拼音：mug zhuˋ sangˋ tien lo dangˋ

華語釋義：眼裡長的東西，使眼睛失明；指看不清真相。

93.

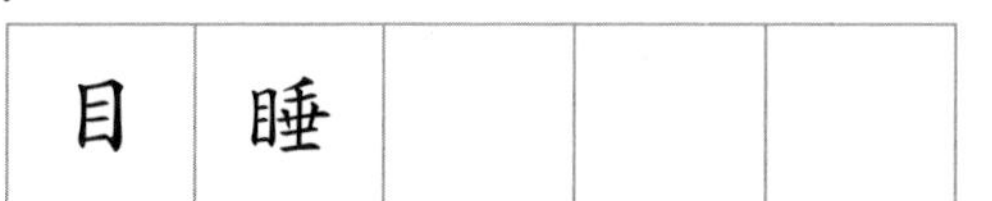

四縣拼音：mugˋ soi cii diˊ minˇ

海陸拼音：mug shoi+ cii+ diˋ min

華語釋義：當眼瞼關閉時，就知道這是睡覺時間；知道何時行動。

94.

四縣拼音：mugˋ miˇ moˊ du voi va sii

海陸拼音：mug mi moˋ duˇ voi+ va+ sii+

華語釋義：能用眉毛說話；形容表達很巧妙。

95.

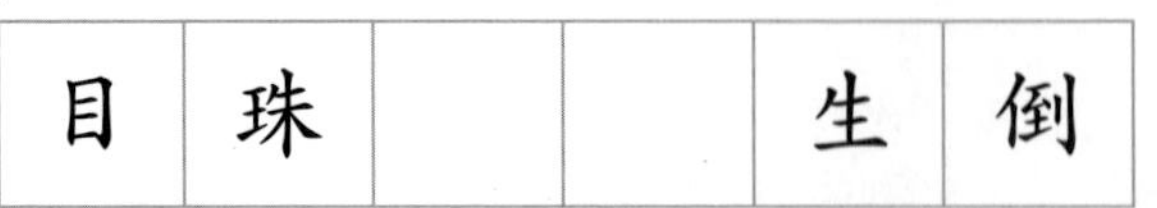

四縣拼音：mug\` zu´ giog\` dai\` sang´ do

海陸拼音：mug zhu\` giog dai´ sang\` doˇ

華語釋義：眼睛長在腳底；認識了自己的基礎在哪裡，知道了穩固基礎的重要性。

96.

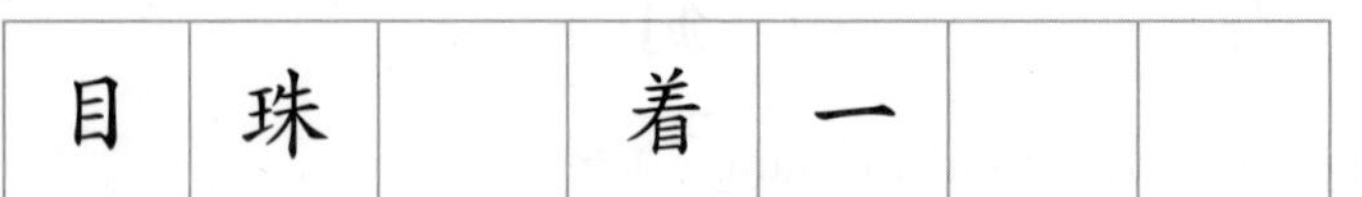

四縣拼音：mug\` zu´ da\` do\` id\` moiˇ cii

海陸拼音：mug zhu\` da´ do´ rhid moi ciˇ

華語釋義：喻一粒灰塵進入了眼睛。

97.

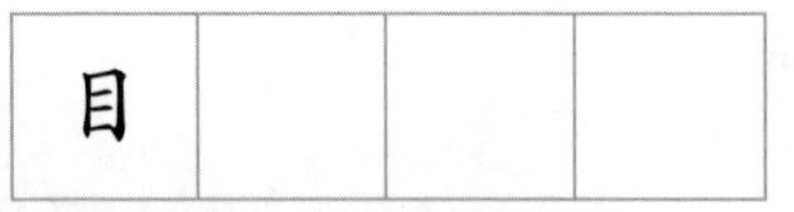

四縣拼音：mug\` ziib\` an\` coi

海陸拼音：mug zhib an´ cioiˇ

華語釋義：很輕易就感傷流淚的樣子。

98.

四縣拼音：mug\` mˇ gien du\` mˇ mun´

海陸拼音：mug m gienˇ du´ m munˇ

華語釋義：意謂眼不見 心不煩。

99.

四縣拼音：mugˋ sii mugˋ pag

海陸拼音：mug shi⁺ mug pagˋ

華語釋義：指人存心不良。

100.

四縣拼音：mugˋ sii sii liˊ

海陸拼音：mug shi⁺ shi⁺ leˋ

華語釋義：不友善的目光。

101.

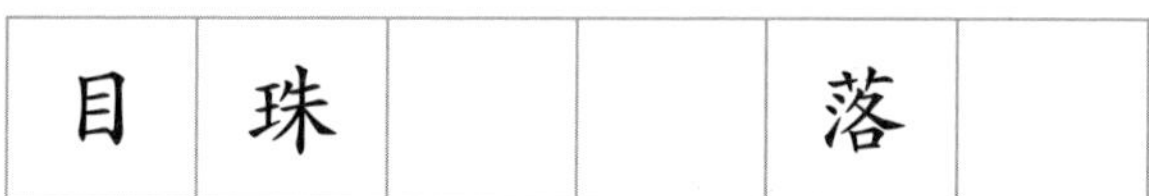

四縣拼音：mugˋ zuˊ inˇ diedˋ log kiongˊ

海陸拼音：mug zhuˋ rhin died logˋ kiongˋ

華語釋義：眼睛凹陷在眼圈深處；形容憔悴。

102.

四縣拼音：mugˋ zuˊ moˇ vuˊ suiˋ

海陸拼音：mug zhuˋ mo vuˋ shuiˊ

華語釋義：形容人無法區分好壞。

103.

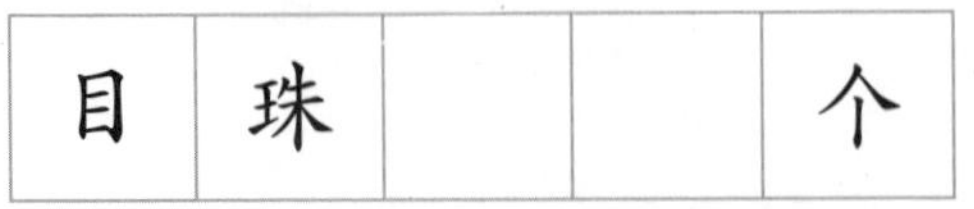

四縣拼音：mug\` zu´ fiˇ seu´ ge

海陸拼音：mug zhu\` fui shau\` gaiˇ

華語釋義：怪怨一個人看不清事物、看不穿事理，說他眼珠是陶瓷製品。

104.

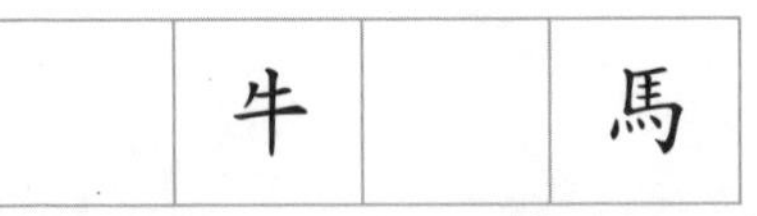

四縣拼音：mug\` ngiuˇ liuˇ ma´

海陸拼音：mug ngiu liu ma\`

華語釋義：木制的牛馬形體，爲可行走的運輸工具。

105.

四縣拼音：mug\` bun\` sui\` ngienˇ

海陸拼音：mug bun´ shui´ ngien

華語釋義：樹的根本，水的源頭。比喻事物的根本或事情的原因。

106.

四縣拼音：mun a\` xin´ sang´

海陸拼音：munˇ a´ sin\` sang\`

華語釋義：不懂就去查字典。

N

1.

四縣拼音：naˇ zaˊ tai ziiˋ tai maˊ gimˊ doˊ

海陸拼音：na zaˋ taiˇ ziiˊ tai^{+} maˋ gimˋ doˋ

華語釋義：那個勇敢的人，連國王的繼承人都敢抓。

2.

四縣拼音：naiˇ ngiuˇ ngib hoiˋ

海陸拼音：nai ngiu ngibˋ hoiˊ

華語釋義：泥塑的牛一旦掉進海中，立刻瓦解。比喻一去不復返。

3.

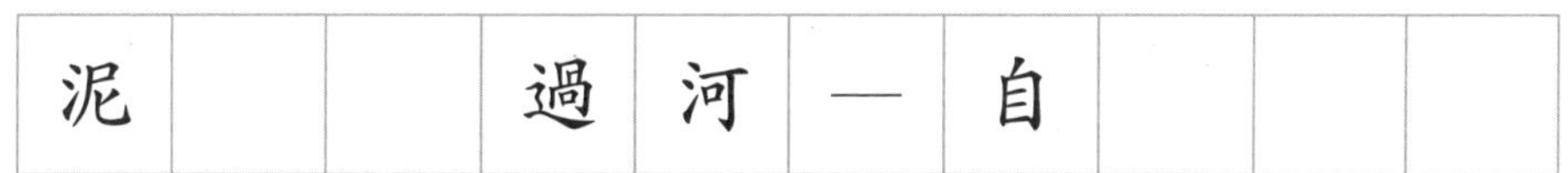

四縣拼音：naiˇ puˇ sadˋ go hoˇ – cii siinˊ nanˇ boˋ

海陸拼音：nai pu sad goˇ ho – cii^{+} shinˋ nan boˊ

華語釋義：比喻自顧不暇，更遑幫助他人。

4.

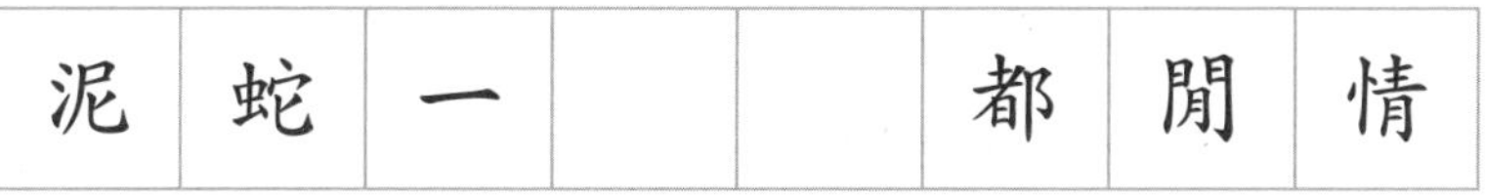

四縣拼音：naiˇ saˇ idˋ bun giˊ du hanˇ qinˇ

海陸拼音：nai sha rhid bunˇ giˋ du^{+} han cin

華語釋義：比喻某人儘管生子一群，但皆爲庸碌無能之才，而不及某人只一獨子，卻有不凡之成就。

5.

四縣拼音：naiˇ zog` mug` diau´ ge

海陸拼音：nai zog mug diau` gaiˇ

華語釋義：用泥巴做的和木頭刻的偶像。比喻人的表情和舉動呆板。

6.

四縣拼音：naiˇ do´ fud tai

海陸拼音：nai do` fud` tai+

華語釋義：比喻底子厚或增加進來的多，成就就大。

7.

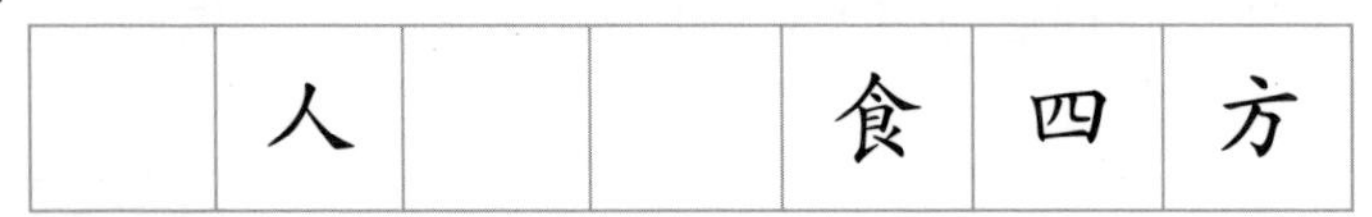

四縣拼音：namˇ nginˇ zoi fad` siid xi fong´

海陸拼音：nam ngin zhoiˇ fad shid` siˇ fong`

華語釋義：有口福、口才佳。

8.

四縣拼音：namˇ nginˇ kieu` cud` jiong´ giun´ lin

海陸拼音：nam ngin kieu´ chud ziong` giun` lin+

華語釋義：一個男人說話應像下達命令的軍官一樣直截了當。

9.

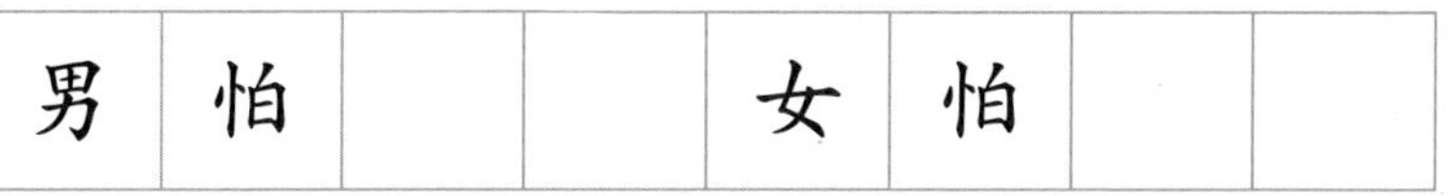

四縣拼音：namˇ pa zog` hio´ ng` pa dai mo

海陸拼音：nam paˇ zhog hio` ng´ paˇ daiˇ mo+

華語釋義：是說如果男性出現下肢水腫，女性出現頭面部水腫，意味着不祥之兆，病情較重，治療困難，癒後不佳。

10.

四縣拼音：namˇ nginˇ moˇ zii tun tied` moˇ gong

海陸拼音：nam ngin mo zhiˇ tun+ tied mo gongˇ

華語釋義：如果一個男人胸無大志，那麼就是如一塊練不出鋼的純鐵。

11.

四縣拼音：namˇ nginˇ kiunˇ gang´ ng` nginˇ kiunˇ qiag`

海陸拼音：nam ngin kiun gang` ng´ ngin kiun ciag

華語釋義：男人勤耕家人就能三餐溫飽，女人勤織家人就能衣着暖和。

12.

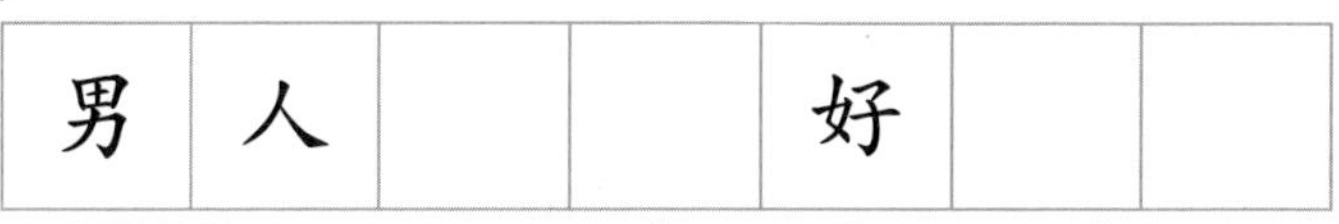

四縣拼音：namˇ nginˇ bag` ngi ho` suiˇ siin´

海陸拼音：nam ngin bag ngi+ ho´ sui shin`

華語釋義：職場如戰場，男人身無專技就難立足社會。

13.

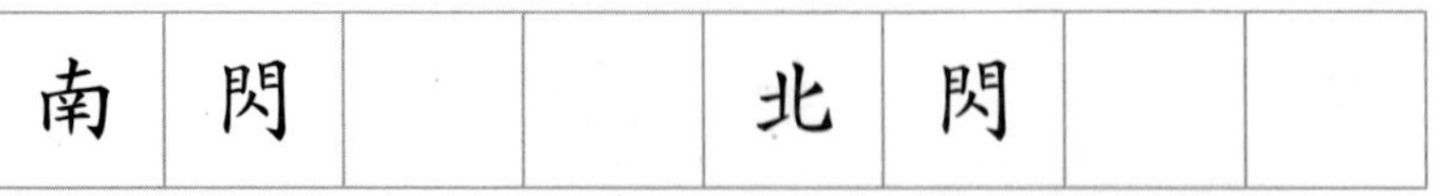

四縣拼音：namˇ sam` samˊ ngid` bed` sam` dui siiˇ

海陸拼音：nam shamˊ sam` ngid bed shamˊ duiˇ shi

華語釋義：閃電在南方，可能幾天內就會下雨；若北方閃電，則立即會有雨水。

14.

四縣拼音：namˇ bed` sam` sui` iˇ zu

海陸拼音：nam bed shamˊ shuiˊ rhi zhuˇ

華語釋義：北方和南方的閃電預示着山雨欲來的景象。

15.

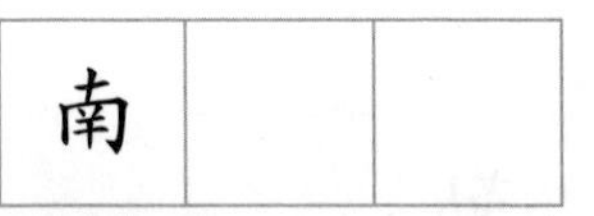

四縣拼音：namˇ fungˊ xien`

海陸拼音：nam fung` sienˊ

華語釋義：天暖時讓人易患的疥癬。

16.

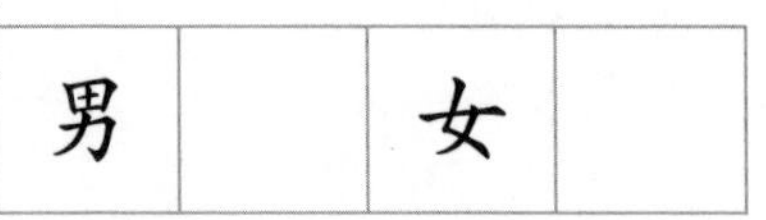

四縣拼音：namˇ liuˇ ng` ga

海陸拼音：nam liu ngˊ gaˇ

華語釋義：在通姦的情況下，男人會被放逐，而女人卻嫁給了其他人。

17.

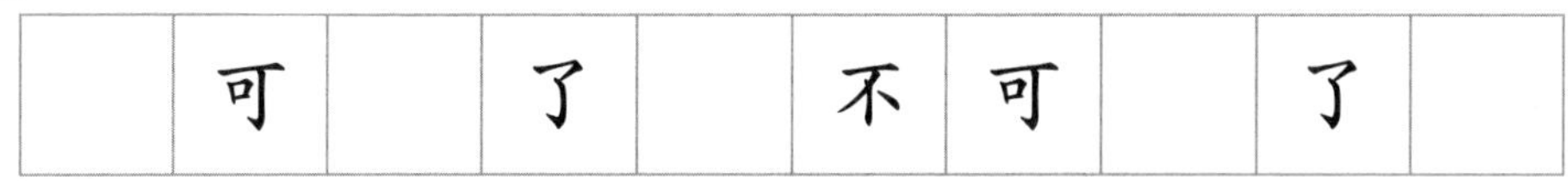

	可		了		不	可		了	

四縣拼音：nenˇ koˋ moˇ liauˋ iuˊ budˋ koˋ iuˊ liauˋ moˇ

海陸拼音：nen koˊ mo liauˊ rhiuˋ bud koˊ rhiuˋ liauˊ mo

華語釋義：人生際遇得失無常，寧可由窮變富，也不要由富變窮。勸人謹守已得，以免得而復失。

18.

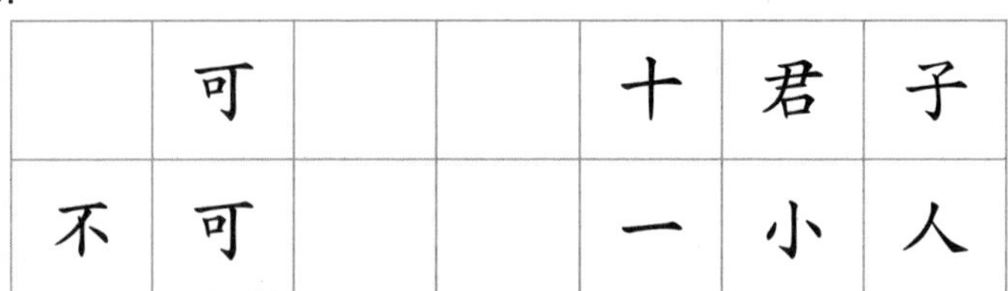

	可			十	君	子
不	可			一	小	人

四縣拼音：nenˇ koˋ dedˋ cui siib giunˊ ziiˋ

bud ˋ koˋ dedˋ cui idˋ seuˋ nginˇ

海陸拼音：nen koˊ died cui+ shibˋ giunˋ ziiˊ

bud koˊ died cui+ rhid siauˊ ngin

華語釋義：君子心胸寬廣，能夠包容別人，擅長自我修身；小人心胸狹窄，斤斤計較，時常埋怨他人。

19.

寧	做			狗		做			人

四縣拼音：nenˇ zo tai pinˇ gieuˋ mog zo sii lon nginˇ

海陸拼音：nen zoˇ taiˇ pin gieuˊ mogˋ zoˇ sheˇ lon+ ngin

華語釋義：寧可在平安世代當一條狗，也不願做戰亂時期的人。說明人們厭惡戰爭的心態。

20.

寧	可			人			衣
不	可			人			

四縣拼音：nenˇ koˋ lauˊ kiungˇ nginˇ buˋ po iˊ

budˋ koˋ lauˊ fu nginˇ dongˊ qiˊ qiabˋ

海陸拼音：nen koˊ lauˋ kiung ngin buˊ poˇ rhiˋ

bud koˊ lauˋ fuˇ ngin dongˋ ciˋ ciab

華語釋義：寧可嫁給窮人，因爲他需要你，你才有地位和尊嚴；相反的，不可嫁給有錢人家，因爲或許會被瞧不起。

21.

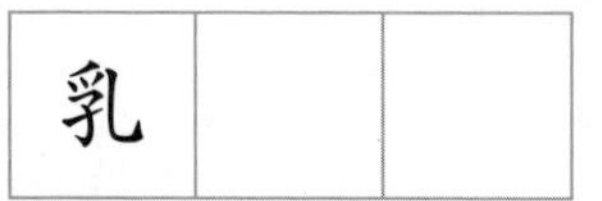

四縣拼音：nen gongˊ tonˊ

海陸拼音：nenˇ gongˋ tonˋ

華語釋義：乳頭撕裂的孔洞；形容哺乳處疼痛。

22.

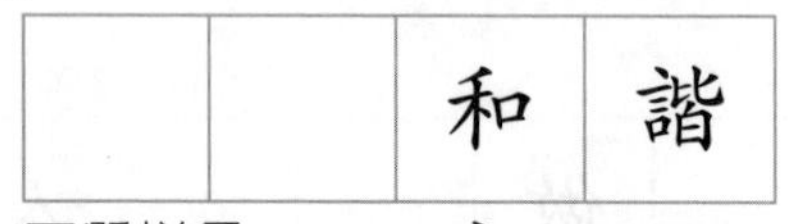

四縣拼音：ngˇ suiˋ foˇ haiˇ

海陸拼音：ng shuiˊ fo hai

華語釋義：形容夫婦關係和好諧調和睦。

23.

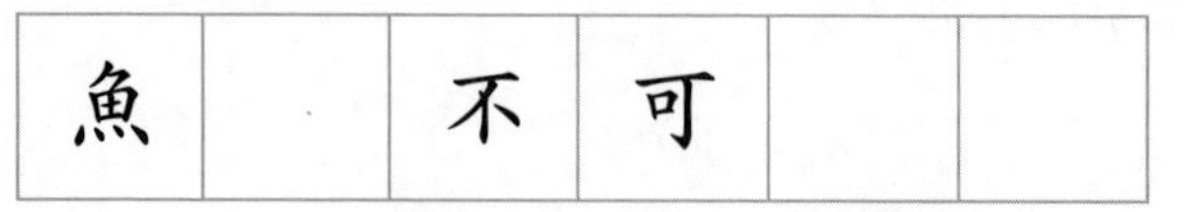

四縣拼音：ngˇ lan budˋ koˋ fug qionˇ

海陸拼音：ng lan^{+} bud koˊ fugˋ cion

華語釋義：比喻因自身原因潰敗滅亡而不可挽救。

24.

四縣拼音：ngˇ bongˊ suiˋ suiˋ bongˊ ngˇ

海陸拼音：ng bongˋ shuiˊ shuiˊ bongˋ ng

華語釋義：比喻相輔相成，各蒙其利。

25.

四縣拼音：ngˇ iuˇ buˋ zungˊ

海陸拼音：ng rhiu buˊ zhungˋ

華語釋義：魚在鍋裡游。比喻處境危險，快要滅亡。

26.

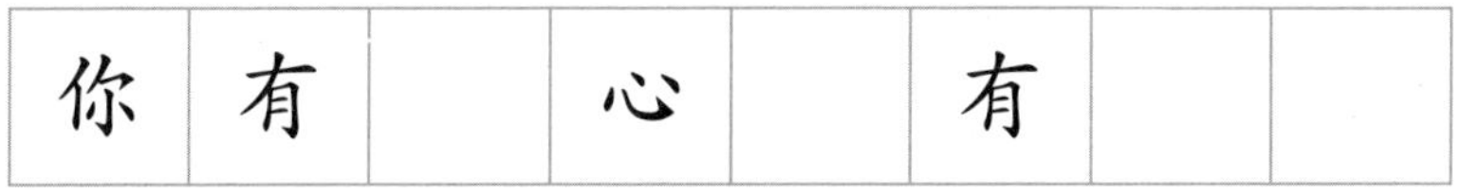

四縣拼音：ngˇ iuˊ fiˇ ximˊ giˇ iuˊ zonˋ i

海陸拼音：ngi rhiuˋ fui simˋ gi rhiuˋ zhonˊ rhiˇ

華語釋義：重新考慮，改變原來的想法和態度。

27.

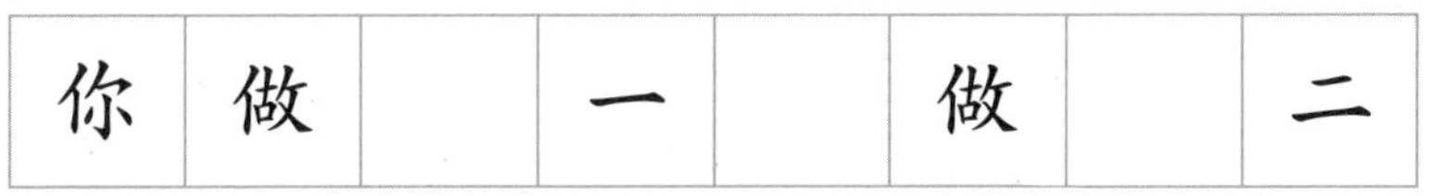

四縣拼音：ngˇ zo cuˊ idˋ ngaiˇ zo cuˊ ngi

海陸拼音：ngi zoˇ cuˋ rhid ngai zoˇ cuˋ ngi^{+}

華語釋義：就像你對我一樣，我會對你做相同的回報。

28.

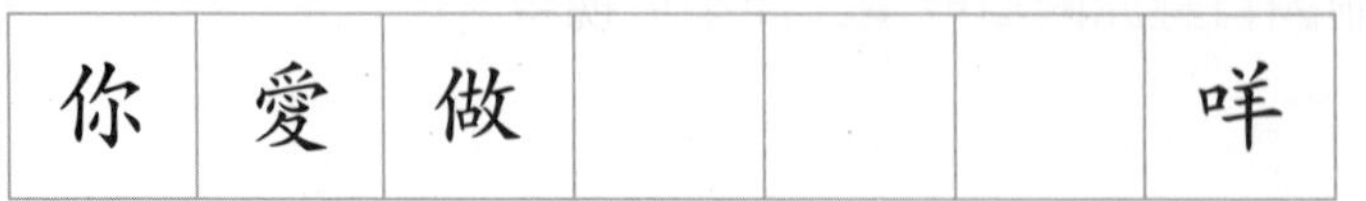

四縣拼音：ngˇ oi zo cagˋ ngˇ teuˇ me

海陸拼音：ngi oiˇ zoˇ chag ng teu me^{+}

華語釋義：（責備一個人）去干涉他無權干涉的事物。

29.

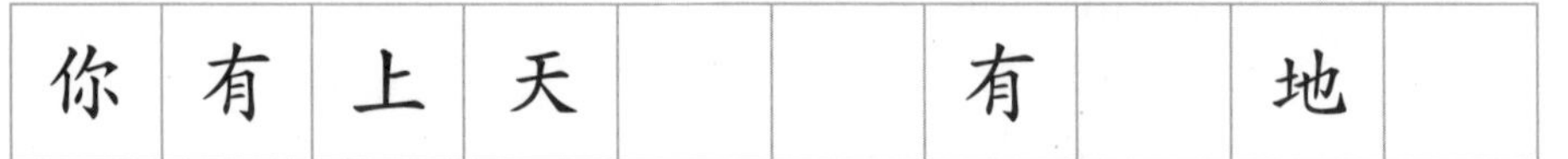

四縣拼音：ngˇ iuˊ songˊ tienˊ toiˊ ngaiˇ iuˊ log ti sogˋ

海陸拼音：ngi rhiuˋ shongˋ tienˋ toiˋ ngai rhiuˋ logˋ ti^{+} sog

華語釋義：比喻你有通天的技能，我也有一套下地的本事。

30.

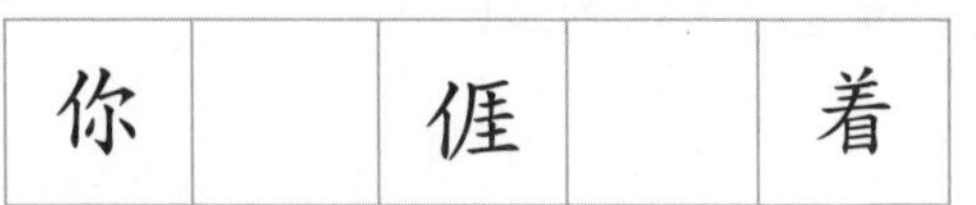

四縣拼音：ngˇ hibˋ ngaiˇ mˇ doˋ

海陸拼音：ngi hib ngai m doˊ

華語釋義：你無法激怒我。

31.

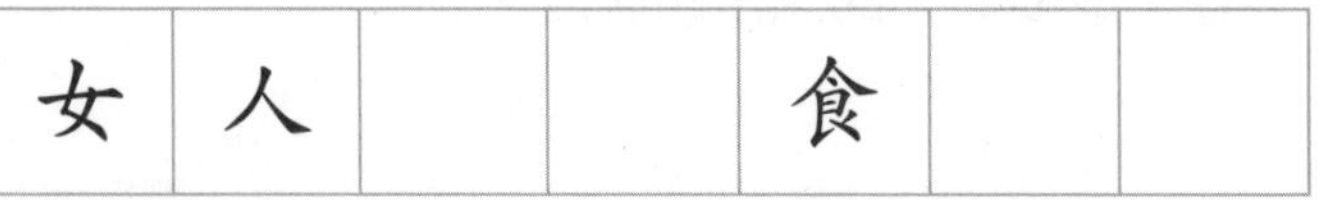

四縣拼音：ngˋ nginˇ zoi fadˋ siid iaˇ ngiongˇ

海陸拼音：ngˊ ngin zhoiˇ fad shidˋ rha ngiong

華語釋義：男人嘴大吃四方，女人嘴大吃家當。

32.

四縣拼音：ngˋ san longˇ dongˊ

海陸拼音：ngˊ sanˇ long dongˋ

華語釋義：一個家庭支離破碎。

33.

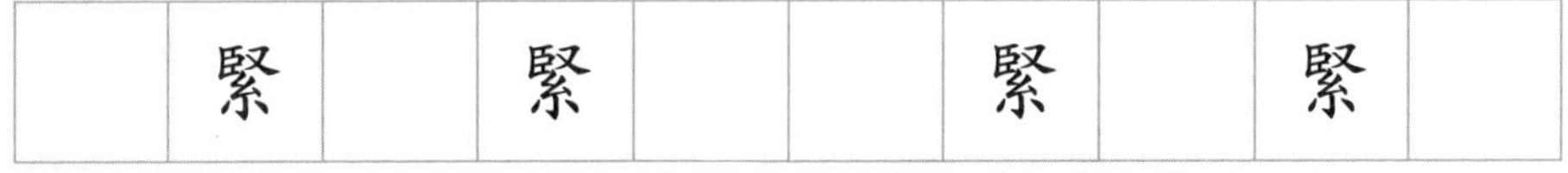

四縣拼音：ngaˇ ginˋ qiugˋ ginˋ kungˊ ngiˋ ginˋ qiˋ ginˋ lungˊ

海陸拼音：nga ginˊ ciug ginˊ kungˋ ngiˊ ginˊ ciˊ ginˊ lungˋ

華語釋義：牙縫愈挖愈大，耳洞愈清潔愈聽不清楚聲音；過猶不及。

34.

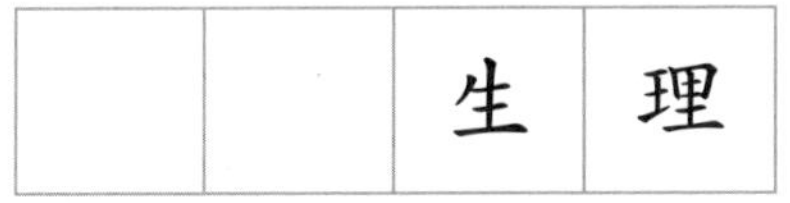

四縣拼音：ngaˇ gaˊ senˊ liˊ

海陸拼音：nga gaˋ senˋ liˋ

華語釋義：經紀公司；經紀人。

35.

四縣拼音：ngaˇ lanˇ su ton

海陸拼音：nga lan suˇ ton+

華語釋義：深紅色緞子。

36.

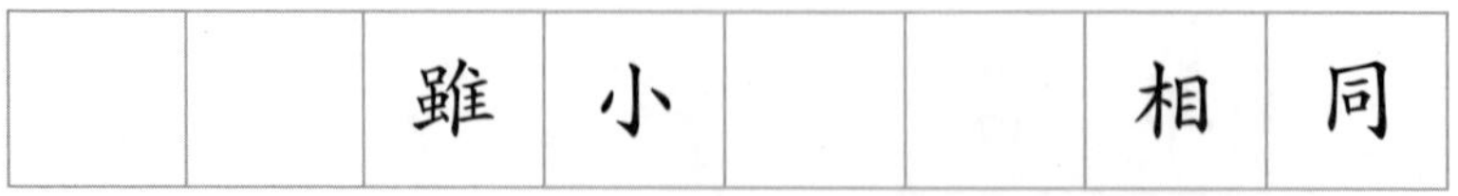

四縣拼音：ngaˇ munˇ suiˊ seuˋ liˊ fabˋ xiongˊ tungˇ

海陸拼音：nga mun suiˋ siauˊ liˋ fab siongˋ tung

華語釋義：不管法院人員、地點配置規模大或小，其律法都是一致的。

37.

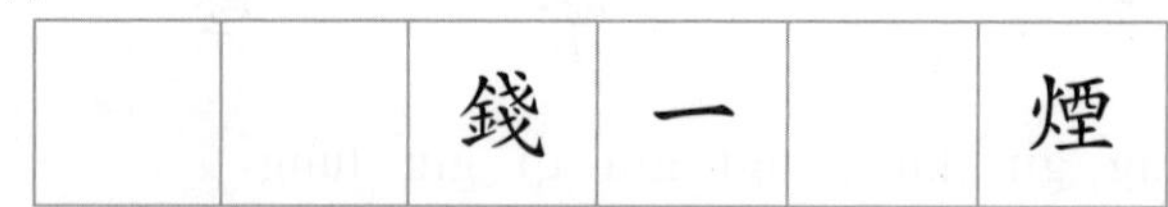

四縣拼音：ngaˇ munˇ qienˇ idˋ ciin ienˊ

海陸拼音：nga mun cien rhid chin+ rhanˋ

華語釋義：透過權利換取的錢就像煙霧，轉眼消失不見。

38.

四縣拼音：ngaˇ munˇ badˋ sii koiˊ

iuˊ liˊ moˇ qienˇ mog jin loiˇ

海陸拼音：nga mun bad sii+ koiˋ

rhiuˋ liˋ mo cien mogˋ zinˇ loi

華語釋義：過去官府腐敗，只貪圖老百姓的錢財，而不爲老百姓辦事。

39.

四縣拼音：ngaiˇ co gang´ tienˇ giˇ co tug su´

海陸拼音：ngai co⁺ gang` tien gi co⁺ tug` shu`

華語釋義：我選擇耕種，他有文采適合去讀書。

40.

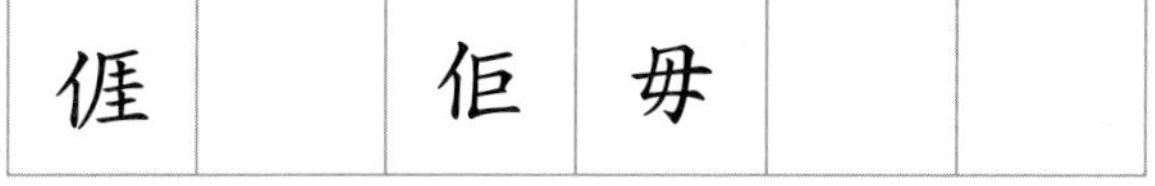

四縣拼音：ngaiˇ tungˇ giˇ mˇ xiong´ sang´

海陸拼音：ngai tung gi m siong` sang`

華語釋義：我和他關係不好。

41.

四縣拼音：ngaiˇ fu zau´ sui` bun´ ngˇ zog` ngˇ

海陸拼音：ngai fuˇ zau` shui´ bun` ngi zug ng

華語釋義：勞力的我來做，甜美的成果你來享受。

42.

四縣拼音：ngaiˇ mˇ seu´ ge ceuˇ mˇ zag` ge fo`

海陸拼音：ngai m shau` gai ciau m zhag gai fo´

華語釋義：我既不去燒那木頭也不藉此取暖；意謂我不會去碰某些事物。

43.

四縣拼音：ngaiˇ ge du` qiˇ fud` moˇ giˇ ge an` ciim´

海陸拼音：ngai gaiˇ du´ ci fud mo gi gaiˇ an´ chim`

華語釋義：意指我沒有像他那麼富有。

44.

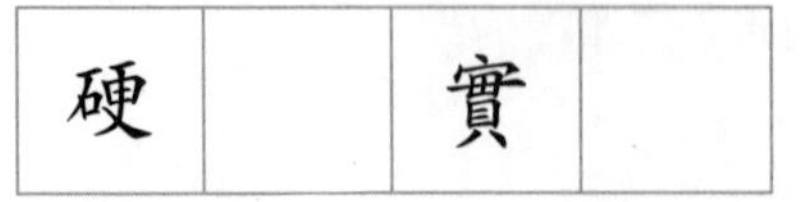

四縣拼音：ngang zog` siid cog

海陸拼音：ngang+ zhog shid` cog`

華語釋義：指硬碰硬地實幹。

45.

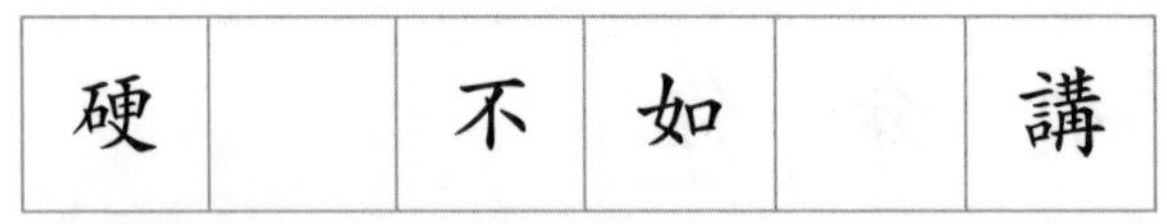

四縣拼音：ngang fa bud` iˇ ciid gong`

海陸拼音：ngang+ faˇ bud rhi chid` gong´

華語釋義：比喻人個性率直，直話直說。

46.

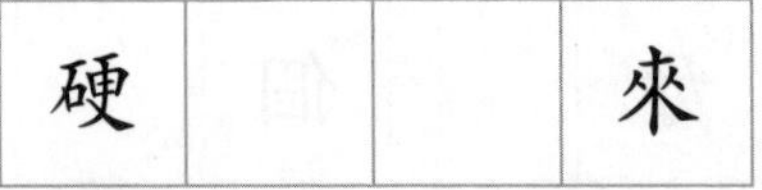

四縣拼音：ngang giog` dam´ loiˇ

海陸拼音：ngang+ giog dam` loi

華語釋義：指男人肩上的擔子。

47.

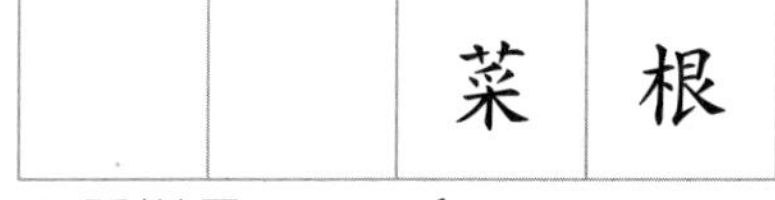

四縣拼音：ngau´ hamˇ coi gin´

海陸拼音：ngau` ham coiˇ gin`

華語釋義：咀嚼蔬菜根莖；非常窮困。

48.

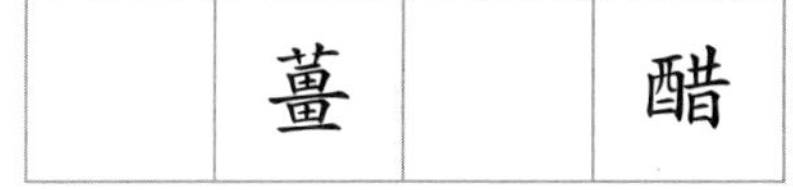

四縣拼音：ngau´ giong´ cod` cii

海陸拼音：ngau` giong` cod cuˇ

華語釋義：三餐以薑和醋來伴飯過活，用以比喻生活清苦。

49.

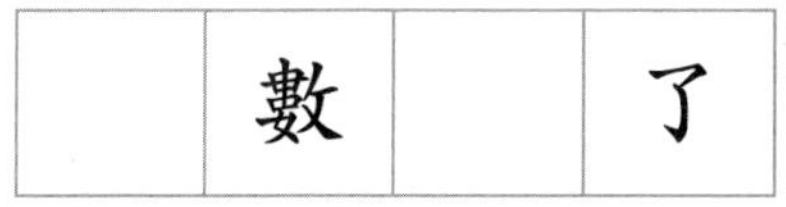

四縣拼音：ngiag` sii man´ le`

海陸拼音：ngiag siiˇ man` liau´

華語釋義：到達限定的數額。

50.

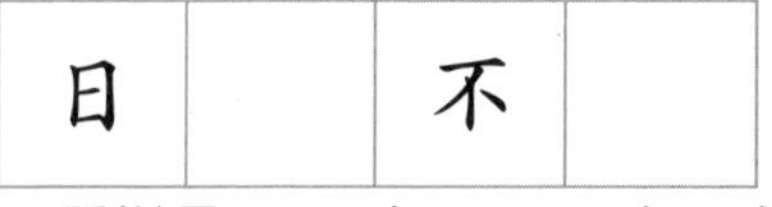

四縣拼音：ngid` iung bud` gib`

海陸拼音：ngid rhung^{+} bud gib

華語釋義：形容物資不足以滿足一天的需要。

51.

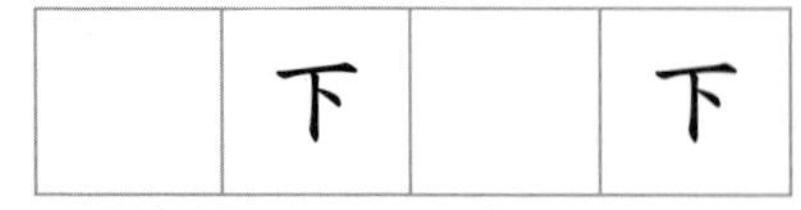

四縣拼音：ngiam´ ha pi ha

海陸拼音：ngiam` ha⁺ pi⁺ ha⁺

華語釋義：把花摘下來聞然後丟棄；沒有要領地推遲和承擔工作。

52.

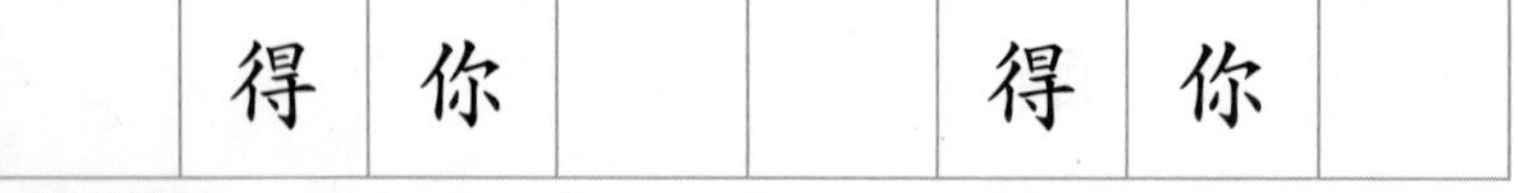

四縣拼音：ngiam´ ded` ngˇ hi` biong ded` ngˇ log

海陸拼音：ngiam` ded ngi hi´ biongˇ ded ngi log`

華語釋義：我可以把你舉起，也可以把你放；我會依我的選擇來對待你。

53.

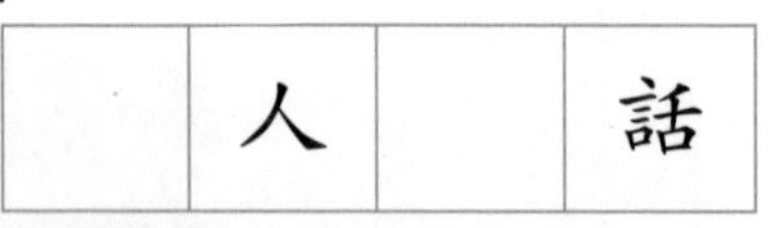

四縣拼音：ngiamˇ nginˇ gi fa

海陸拼音：ngiam ngin giˇ faˇ

華語釋義：小孩在人後面重複話語。

54.

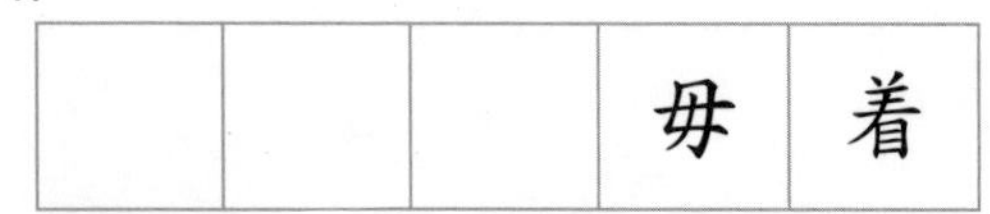

四縣拼音：ngiamˇ voˇ song mˇ do`

海陸拼音：ngiam vo shong⁺ m do´

華語釋義：我不能遵循着這個和尚的意思；蔑視之意。

55.

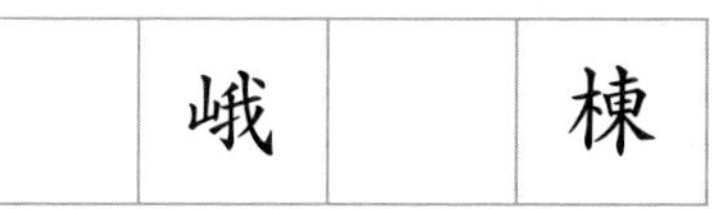

四縣拼音：ngiamˇ ngoˊ zogˋ dung

海陸拼音：ngiam ngo zog dungˇ

華語釋義：做裝飾屋頂的工作。

56.

四縣拼音：ngiamˇ suˋ dabˋ giogˋ

海陸拼音：ngiam shiuˊ dab giog

華語釋義：像小孩般粘在父母手和腳上。

57.

四縣拼音：ngienˇ nginˇ nginˇ suˊ

海陸拼音：ngien ngin ngin shuˋ

華語釋義：對同一件事各人所言不同。

58.

四縣拼音：ngienˋ faˊ pi vongˇ

海陸拼音：nganˊ faˋ pi^{+} vong

華語釋義：頭腦昏沉，視線模糊的樣子。

59.

四縣拼音：mugˋ siiˋ qiong ciin toˇ tai

海陸拼音：mug shiˊ ciongˇ chinˇ to tai⁺

華語釋義：你眼睛裡的污垢和砝碼一樣大；你什麼都看不見了。

60.

四縣拼音：ngienˋ zungˊ kon bauˋ duˋ zungˊ giˊ

海陸拼音：nganˊ zhungˋ konˇ bauˊ duˊ zhungˋ giˋ

華語釋義：只能飽飽眼福，無法解決肚腹飢餓的問題。

61.

四縣拼音：ngienˋ（mugˋ）kiongˊ tai

海陸拼音：nganˊ（mug）kiongˋ tai⁺

華語釋義：眼睛太大以至於看不到小事物。

62.

四縣拼音：ngienˇ zaˋ dunˊ dunˊ tangˊ zaˋ meuˋ meuˋ

海陸拼音：ngien zhaˊ dunˋ dunˋ tangˋ zhaˊ miauˊ miauˊ

華語釋義：形容白費脣舌，徒勞無功。

63.

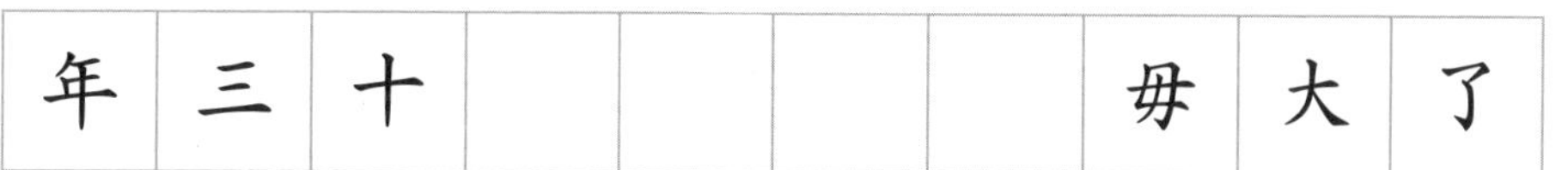

四縣拼音：ngienˇ sam´ siib am bu´ giung zu´ mˇ tai le´

海陸拼音：ngien sam` shib` amˇ bu` giungˇ zhu` m tai+ le`

華語釋義：你無法在短期內養大一頭豬；你的時間有限。

64.

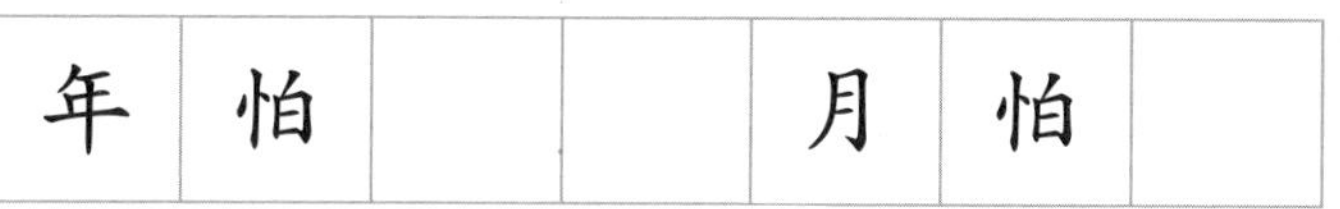

四縣拼音：ngienˇ pa zung´ qiu´ ngied pa ban

海陸拼音：ngien paˇ zhung` ciu` ngied` paˇ banˇ

華語釋義：時光荏苒，再美的容顏也抵擋不了歲月的侵蝕。

65.

四縣拼音：ngienˇ qin´ liuˇ qin´

海陸拼音：ngien cin` liu cin`

華語釋義：含義爲源頭的水清，下游的水自然就清。比喻因果相連，事物的本源好，其發展和結局也就好；或領導賢明，其下屬也廉潔。

66.

四縣拼音：ngien` gie´ mˇ di´ gie´ sii` cud`

海陸拼音：ngien´ gai` m di` gai` shi´ chud

華語釋義：抓雞時太用力，連雞脫糞快死了都不知道（比喻貪得無厭）。

67.

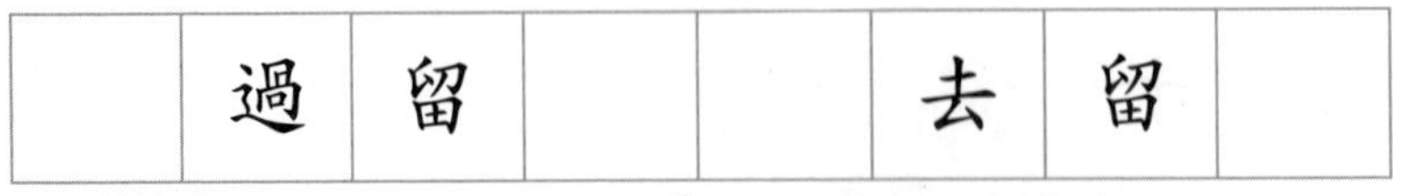

四縣拼音：ngien go liuˇ sangˊ nginˇ hi liuˇ miangˇ

海陸拼音：ngien⁺ goˇ liu shangˋ ngin hiˇ liu miang

華語釋義：人的一生不能虛度，應做些有益於後人之事。

68.

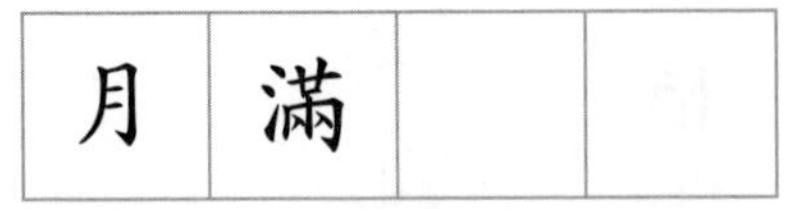

四縣拼音：ngied manˊ zedˋ kuiˊ

海陸拼音：ngiedˋ manˋ zed kuiˋ

華語釋義：月亮到最圓的時候，就要開始虧損了。比喻物盛極必衰。

69.

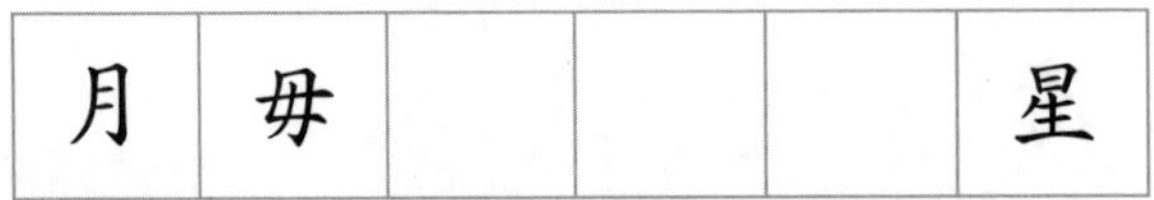

四縣拼音：ngied mˇ gongˊ iˋ sii senˊ

海陸拼音：ngiedˋ m gongˋ rhiˊ shi⁺ siangˋ

華語釋義：退而求其次。沒有月亮的光照，就依附星星的指引。

70.

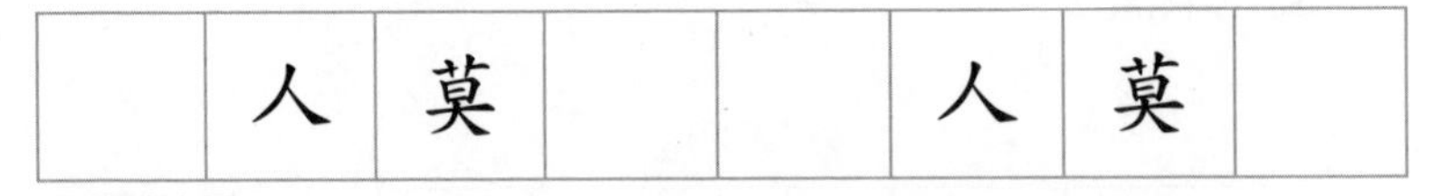

四縣拼音：ngiˇ nginˇ mog iung iung nginˇ mog ngiˇ

海陸拼音：ngi ngin mogˋ rhung⁺ rhung⁺ ngin mogˋ ngi

華語釋義：對人懷疑就不要任用，既已任用就不應再對他產生疑慮。

71.

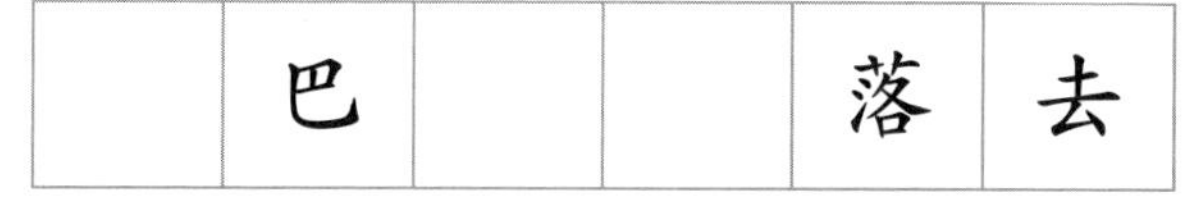

四縣拼音：ngi` ba´ ma˘ fung´ log hi

海陸拼音：ngi´ ba` ma fung` log` hi˘

華語釋義：一巴掌要打下去囉！

72.

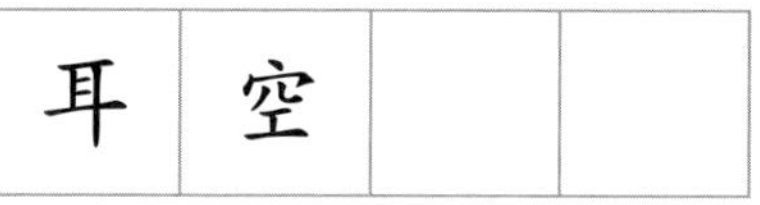

四縣拼音：ngi` kung´ mi´ pog

海陸拼音：ngi´ kung` mui` pog`

華語釋義：指樂意地傾聽並輕易接受別人話語的人。

73.

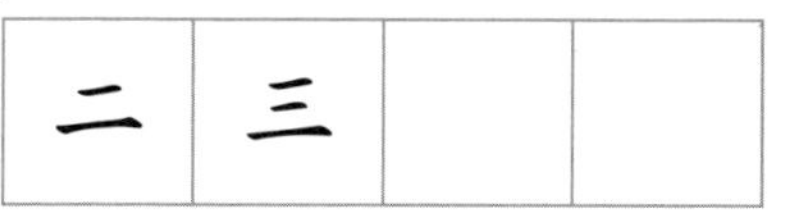

四縣拼音：ngi sam´ ki˘ ded`

海陸拼音：ngi+ sam` ki ded

華語釋義：三心二意而沒有一定的節操。

74.

四縣拼音：ngin˘ zog` bu bu zog` jiong´

海陸拼音：ngin zhog bu˘ bu˘ zhog ziong`

華語釋義：人要穿衣才有威儀，布要上漿才會堅挺。

75.

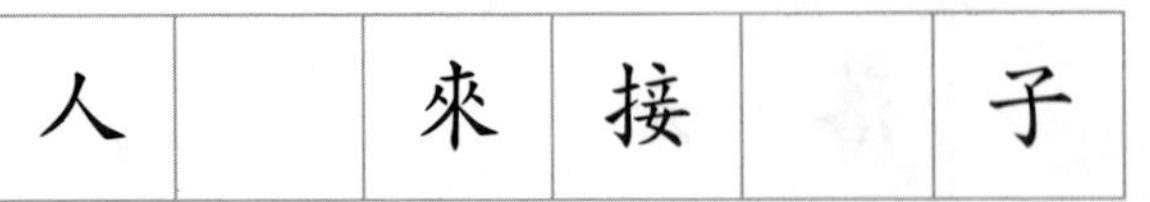

四縣拼音：nginˇ hagˋ loiˇ jiabˋ zaˊ ziiˋ

海陸拼音：ngin hag loi ziab zhaˋ ziiˊ

華語釋義：客人到來要接過他手邊的雨傘，讓來客方便坐下休息。

76.

四縣拼音：nginˇ he vugˋ cang

海陸拼音：ngin heˇ vug cangˇ

華語釋義：一起居住共同支撐着房子。

77.

四縣拼音：nginˇ giogˋ gieuˋ zoi mˇ seuˊ mˇ soi

海陸拼音：ngin giog gieuˊ zhoiˇ m shauˋ m shoi+

華語釋義：人的腳和狗嘴一樣，只要暖和就會犯睏，想睡覺。

78.

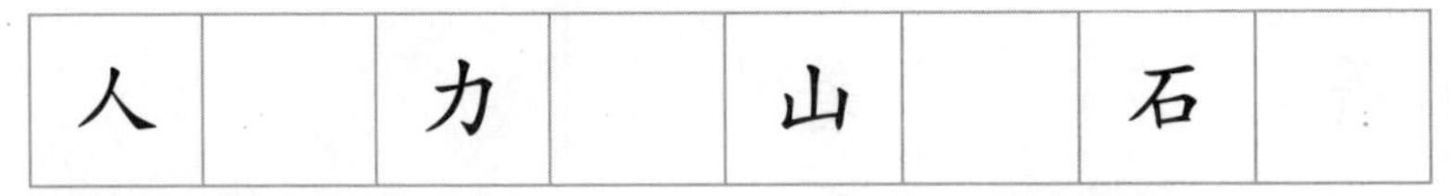

四縣拼音：nginˇ kiungˇ lid cudˋ sanˊ benˊ sag ludˋ

海陸拼音：ngin kiung lidˋ chud sanˋ benˋ shagˋ lud

華語釋義：人在窮困時，才會去打拚，才會有成果，人要經過窮困，才會發揮潛能。

79.

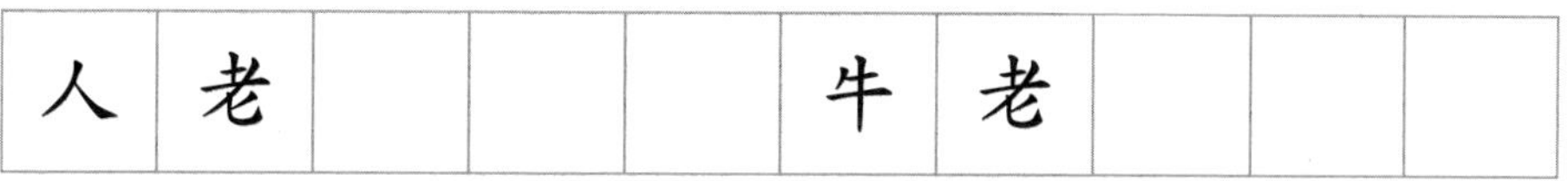

四縣拼音：nginˇ lo` ximˊ congˇ og` ngiuˇ lo` sangˊ congˇ gog`

海陸拼音：ngin loˊ sim` chong og ngiu loˊ sang` chong gog

華語釋義：人老了就容易固着不良善，牛老了便會生出堅硬的角。

80.

四縣拼音：nginˇ miangˇ moˇ pag sui`

海陸拼音：ngin miang mo pag` shuiˊ

華語釋義：係指每個人的名字，都是有意義的。

81.

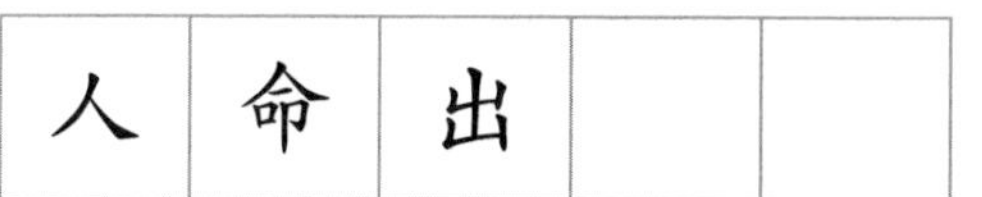

四縣拼音：nginˇ miang cud` tienˊ coˇ

海陸拼音：ngin miang+ chud tien` co

華語釋義：人的生命是天註定的。

82.

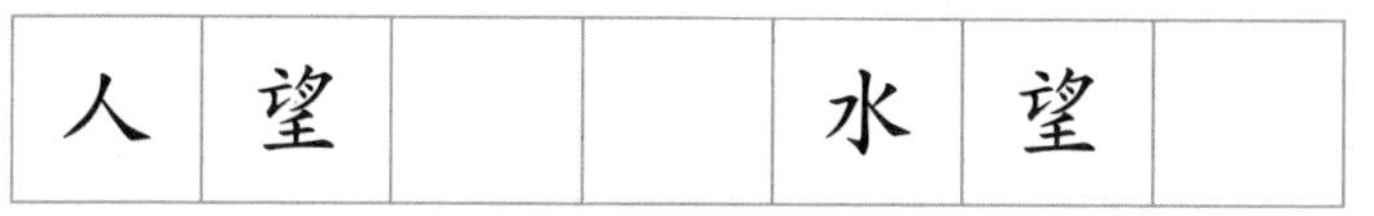

四縣拼音：nginˇ mong goˊ leuˇ sui` mong daiˊ

海陸拼音：ngin mong+ go` leu shuiˊ mong+ dai`

華語釋義：人往高處爬、水往低處流，可形成動力，鼓舞人振作奮發有爲，爭取事業上的成就。

83.

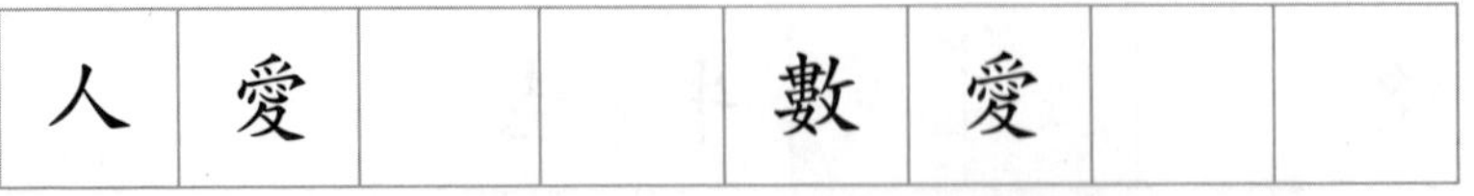

人	愛			數	愛		

四縣拼音：nginˇ oi congˇ gauˊ sii oi donˋ giedˋ

海陸拼音：ngin oiˇ chong gauˋ siiˇ oiˇ donˊ gied

華語釋義：人情交往貴在持久，而帳目往來要隨時釐清，才不致傷感情。

84.

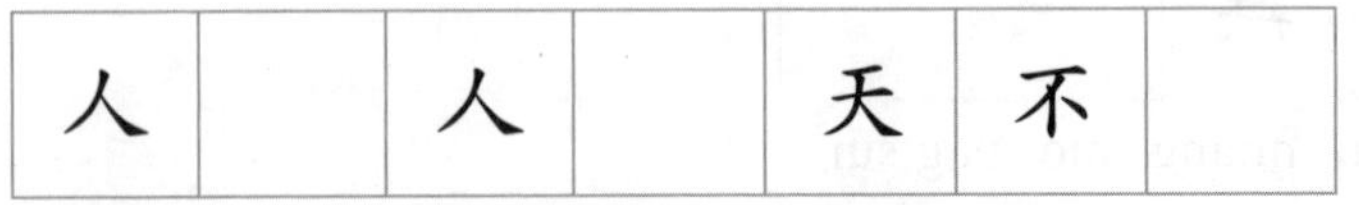

人		人		天	不	

四縣拼音：nginˇ ogˋ nginˇ pa tienˊ budˋ pa

海陸拼音：ngin og ngin paˇ tienˋ bud paˇ

華語釋義：一個人兇惡，別人會懼怕，但老天爺不怕；一個人善良，別人會欺負他，但老天爺不會如此做。

85.

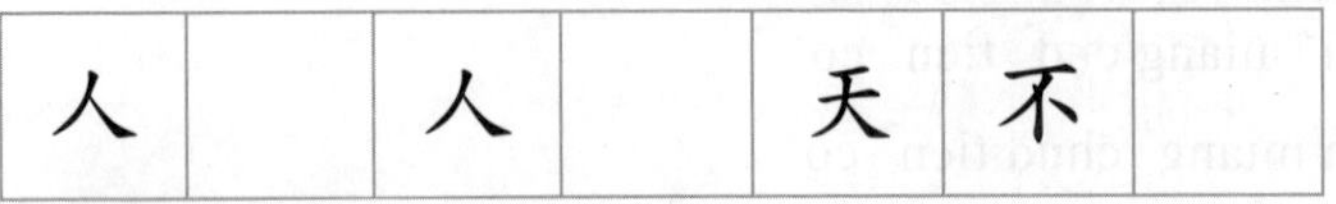

人		人		天	不	

四縣拼音：nginˇ san nginˇ kiˊ tienˊ budˋ kiˊ

海陸拼音：ngin shan^{+} ngin kiˋ tienˋ bud kiˋ

華語釋義：人善良了雖然可能有人會欺負，但是善有善報，最終他會有好報的。

86.

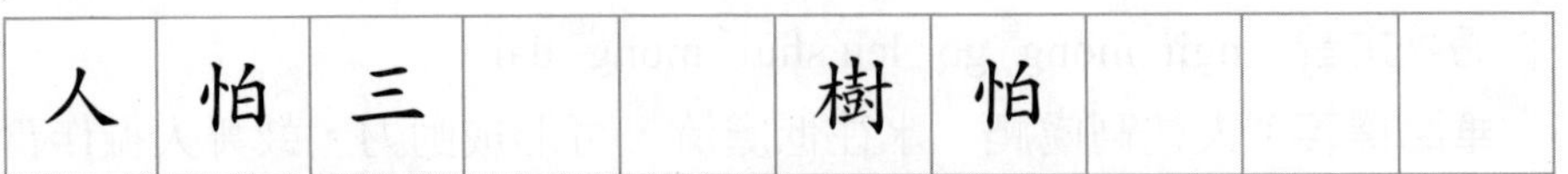

人	怕	三			樹	怕			

四縣拼音：nginˇ pa samˊ gien mien su pa tanˇ med xien

海陸拼音：ngin paˇ samˋ gienˇ mienˇ shu^{+} paˇ tan medˋ sienˇ

華語釋義：人害怕遇到眞正能指正自己的能人，木頭害怕木匠的記號開鋸；人如果有本事，不怕考驗，眞金不怕火煉。

87.

四縣拼音：nginˇ pinˇ siinˇ lid gon´ pinˇ in

海陸拼音：ngin pin shin lid` gon` pin rhinˇ

華語釋義：除了自己努力以外，更須要倚靠神，就像當官也得要有官印來證明任用資格。

88.

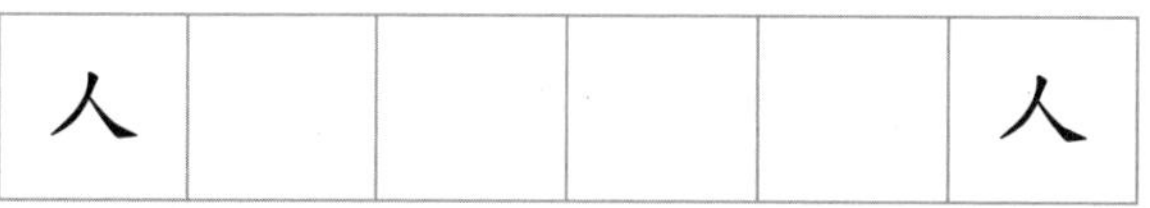

四縣拼音：nginˇ pu ced ced pu nginˇ

海陸拼音：ngin pu⁺ ced` ced` pu⁺ ngin

華語釋義：人在躲藏中等待抓住小偷，小偷在躲藏中抓住人；互抓辮子。

89.

四縣拼音：nginˇ pa cu´ gui` pa lu´

海陸拼音：ngin paˇ cu` gui´ paˇ lu`

華語釋義：人害怕被屈打成招，惡鬼害怕被驅伏降魔。

90.

四縣拼音：nginˇ sug moˇ liˊ

海陸拼音：ngin shugˋ mo liˋ

華語釋義：人因相處太熟了而變得沒有禮節。

91.

人	死			虎	死		

四縣拼音：nginˇ xiˋ iˇ fuˋ fuˋ xiˋ iˇ liungˇ

海陸拼音：ngin siˊ rhi fuˊ fuˊ siˊ rhi liung

華語釋義：一個人臨死就像老虎被擒一樣害怕，然而當人們看到一隻死老虎，好奇的樣子就像看到一條龍一樣；形容換了立場，換了腦袋。

92.

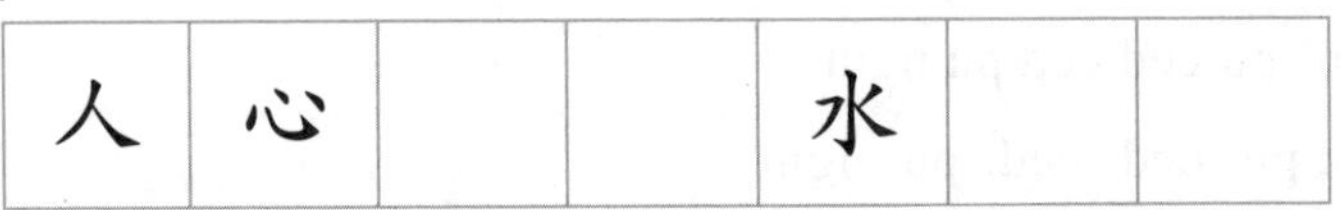

人	心			水		

四縣拼音：nginˇ ximˊ nanˇ cedˋ suiˋ nanˇ liongˇ

海陸拼音：ngin simˋ nan ced shuiˊ nan liong

華語釋義：喻人的心思難以探究，即「知人知面不知心」。

93.

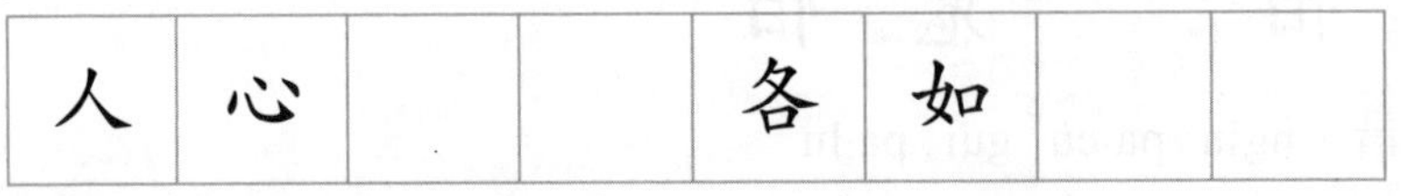

人	心			各	如		

四縣拼音：nginˇ ximˊ budˋ tungˇ gogˋ iˇ kiˇ mien

海陸拼音：ngin simˋ bud tung gog rhi ki mienˇ

華語釋義：人的內心就好像他們的面貌各不相同一樣。

94.

四縣拼音：nginˇ ximˊ sii tiedˋ gonˊ fabˋ iˇ luˇ

海陸拼音：ngin simˋ siiˇ tied gonˋ fab rhi lu

華語釋義：人心即使堅硬如鐵，也敵不過如火爐般的刑律。比喻刑法無情，使人屈服。

95.

四縣拼音：nginˇ ximˊ jiedˋ jiedˋ goˊ
xiongˋ liˊ fongˇ di xiongˋ siinˇ xienˊ

海陸拼音：ngin simˋ zied zied goˋ
siongˊ leˋ fong diˇ siongˊ shin sienˋ

華語釋義：天高不如人心高。想住高樓，住進高樓又想住宮殿，住進宮殿又想當皇帝，當了皇帝又想做神仙，做了神仙又想做玉皇大帝。

96.

四縣拼音：nginˇ ximˊ budˋ jiugˋ saˇ tunˊ xiong

海陸拼音：ngin simˋ bud ziug sha tunˋ siong^{+}

華語釋義：指人貪心，就會被自己的欲望所害。

97.

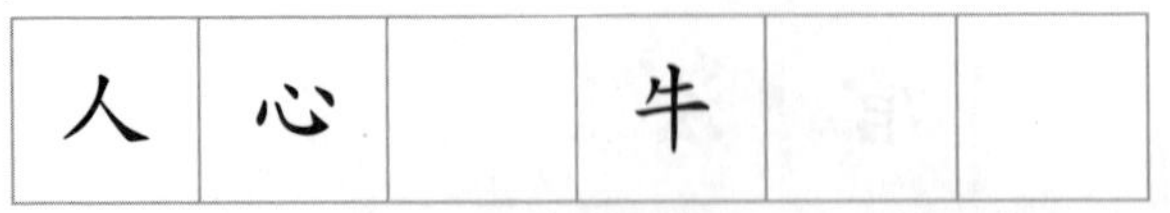

四縣拼音：nginˇ ximˊ gonˊ ngiuˇ siiˋ duˋ

海陸拼音：ngin simˋ gonˋ ngiu shiˊ duˊ

華語釋義：指人心貪婪欲望妄大，毫不知足。

98.

四縣拼音：nginˇ xin doˊ go iog xin

海陸拼音：ngin sinˇ doˋ goˇ rhogˋ sinˇ

華語釋義：比喻人性的多樣性。

99.

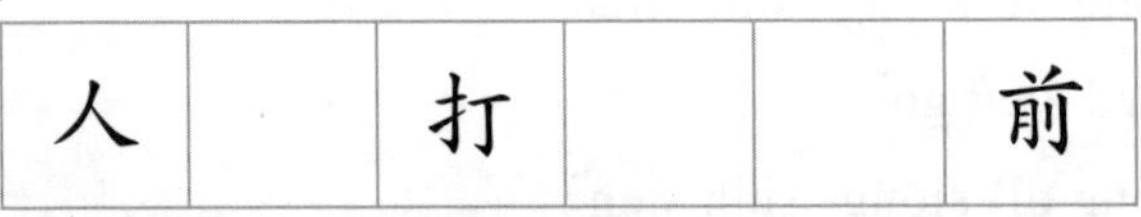

四縣拼音：nginˇ xiongˊ daˋ mog hangˇ qienˇ

海陸拼音：ngin siongˋ daˊ mogˋ hang cien

華語釋義：別人打架時，應保持中立，不去幫助任何一方。

100.

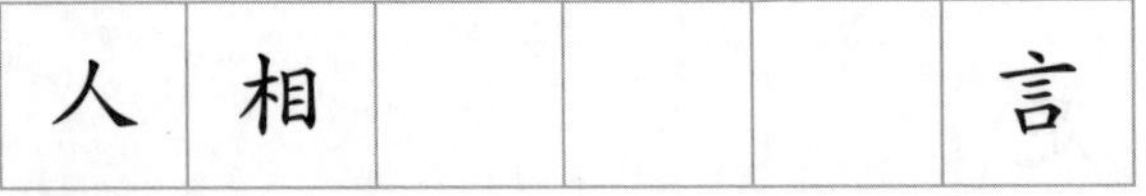

四縣拼音：nginˇ xiongˊ ma mog bongˊ ngienˇ

海陸拼音：ngin siongˋ maˇ mogˋ bongˋ ngien

華語釋義：他人吵架時，應慎言，不去插手較好。

101.

四縣拼音：nginˇ siinˊ siiˊ gieuˋ gudˋ teuˇ

海陸拼音：ngin shinˋ shiˋ gieuˊ gud teu

華語釋義：就像留下的死屍和狗的骨頭；指沒有結果。

102.

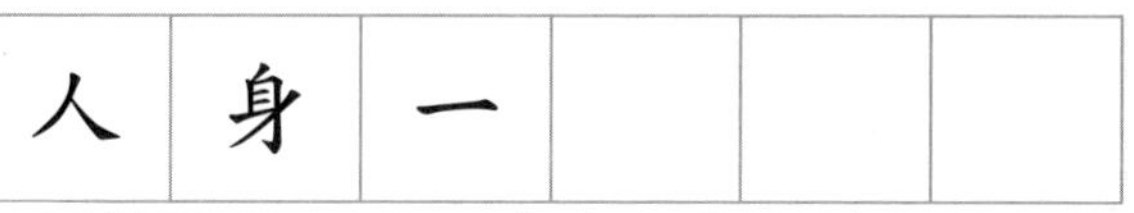

四縣拼音：nginˇ siinˊ idˋ seuˋ tienˊ ti

海陸拼音：ngin shinˋ rhid siauˊ tienˋ ti+

華語釋義：人稟陰陽五行之氣，以生於天地間，無處不與天地合。人之有病，猶天地陰陽之不得其宜。

103.

四縣拼音：nginˇ doˊ kiongˇ fongˇ gieuˋ doˊ gongˊ iongˇ

海陸拼音：ngin doˋ kiong fong gieuˊ doˋ gongˋ rhong

華語釋義：在男人眾多的地方，就有強大的派系；當狗很多的時候，他們可把山羊扛起。意謂團結力量大！

104.

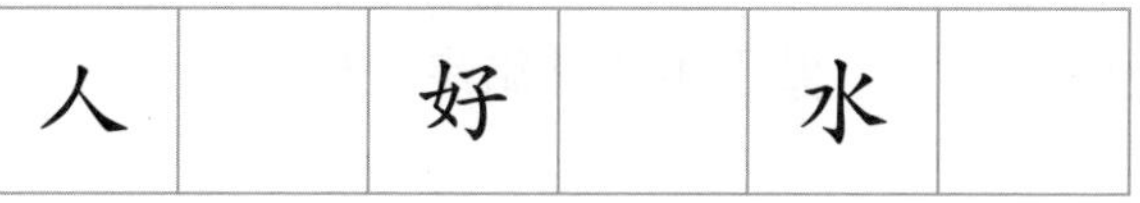

四縣拼音：nginˇ qinˇ hoˋ siid suiˋ tiamˇ

海陸拼音：ngin cin hoˊ shidˋ shuiˊ tiam

華語釋義：人際關係好，做事順遂。風俗淳厚人情濃郁，連喝水都覺得特別甘甜。

105.

四縣拼音：nginˇ ziiˊ soˋ iug tienˊ bidˋ qiungˇ ziiˊ

海陸拼音：ngin ziiˋ soˊ rhugˋ tienˋ bid ciung ziiˋ

華語釋義：意思是指上天能順應民心所向所求。

106.

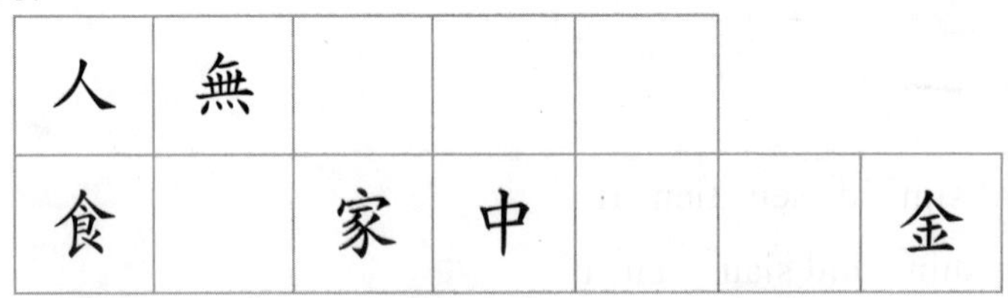

四縣拼音：nginˇ moˇ senˊ fad gie
siid qin gaˊ zungˊ deuˋ liong gimˊ

海陸拼音：ngin mo senˋ fadˋ gieˇ
shidˋ cin+ gaˋ zhungˋ deuˊ liong+ gimˋ

華語釋義：指家中若沒有謀生的長遠之計，即使存有用大量的黃金也不頂事。

107.

四縣拼音：nginˇ iuˊ co ngienˇ maˊ iuˊ co jiagˋ

海陸拼音：ngin rhiuˋ coˇ ngien maˋ rhiuˋ coˇ ziag

華語釋義：人在言語上會犯錯，就像馬也會踏錯步一樣。

108.

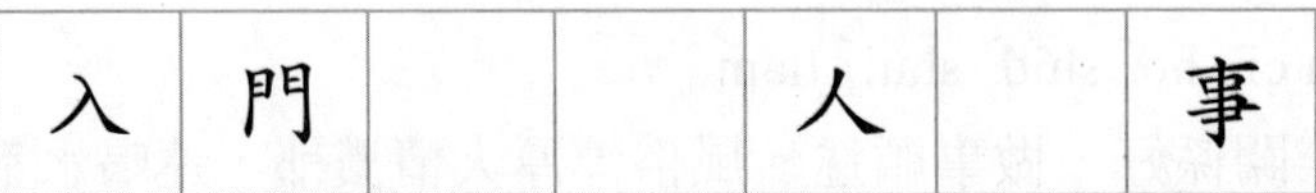

四縣拼音：ngib munˇ kon gien nginˇ gu sii

海陸拼音：ngibˋ mun konˇ gienˇ ngin guˇ sii^{+}

華語釋義：當你進入一扇門時，你會觀察是否有歡迎的跡象。

109.

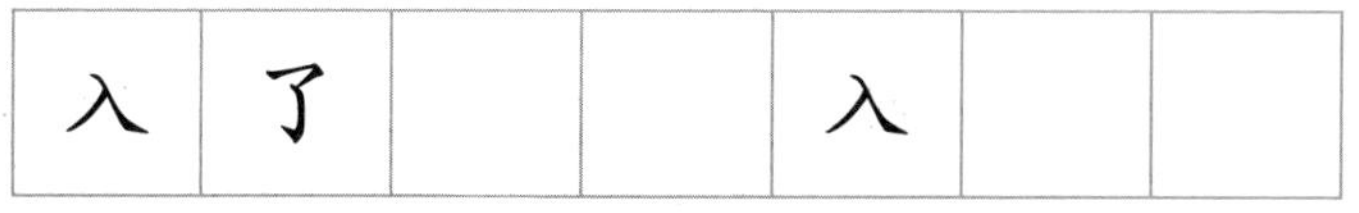

四縣拼音：ngib liauˋ munˇ leuˇ ngib tangˊ haˊ

海陸拼音：ngibˋ liauˊ mun leu ngibˋ tangˋ haˋ

華語釋義：進了門，接着進入了宅第大廳；一點一點地進行。

110.

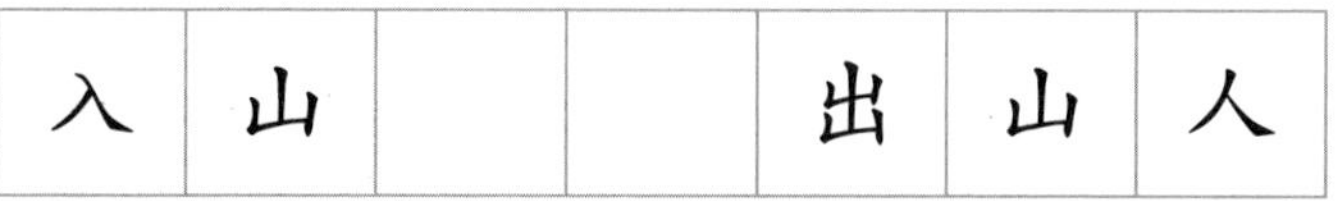

四縣拼音：ngib sanˊ mog mun cudˋ sanˊ nginˇ

海陸拼音：ngibˋ sanˋ mogˋ munˇ chud sanˋ ngin

華語釋義：上山時不要問下山的人，因爲山中的景致，要自己親身體會。

111.

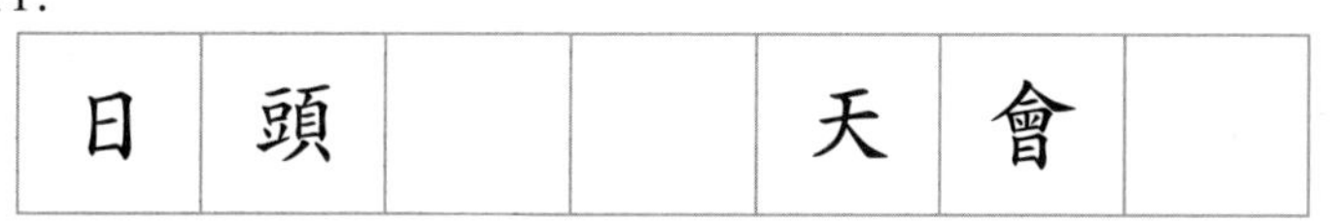

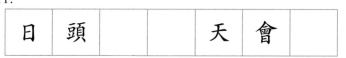

四縣拼音：ngidˋ teuˇ sung gongˊ tienˊ voi qiangˇ

海陸拼音：ngid teu sungˇ gongˋ tienˋ voi^{+} ciang

華語釋義：如果傍晚的太陽落在山崗上，明天就會很晴朗。

112.

日	毋	好			夜	毋	好		

四縣拼音：ngidˋ mˇ hoˋ gongˋ nginˇ ia mˇ hoˋ gongˋ siinˇ

海陸拼音：ngid m hoˊ gongˊ ngin rha^{+} m hoˊ gongˊ shin

華語釋義：白天最好別談人，晚上最好別談鬼。比喻不隨意談論他人。

113.

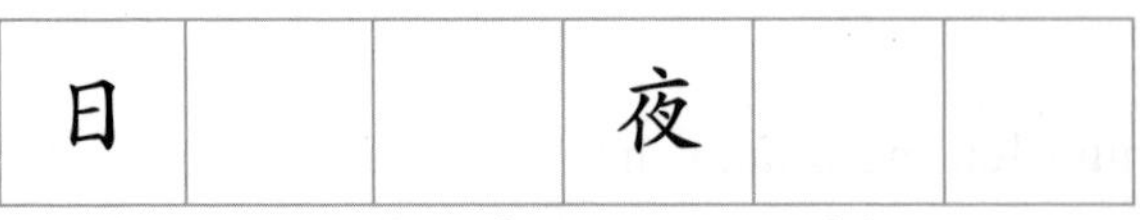

四縣拼音：ngidˋ gaˊ qiangˇ ia gaˊ iˋ

海陸拼音：ngid gaˋ ciang rha^{+} gaˋ rhiˊ

華語釋義：出現日暈代表晴天，看見月暈是下雨的預兆。

114.

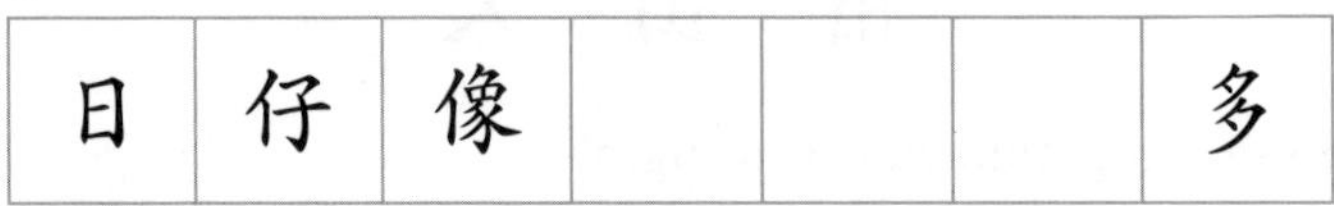

四縣拼音：ngidˋ eˋ qiong meu moˊ anˋ doˊ

海陸拼音：ngid er ciongˇ ngiauˇ moˋ anˊ doˋ

華語釋義：比喻有很多空閒的時間。

115.

四縣拼音：ngidˋ qiu ngied jiongˊ

海陸拼音：ngid ciu^{+} ngiedˋ ziongˋ

華語釋義：含義爲每天有成就，每月有進步。形容精進不止。

116.

日	大			夜	大		

四縣拼音：ngid` tai qien´ gin´ ia tai bad` bag`

海陸拼音：ngid tai+ cien` gin` rha+ tai+ bad bag

華語釋義：指畜養豬隻順利成長，無病無災。

117.

四縣拼音：ngiog gued` moˇ ngoi gau´

海陸拼音：ngiog` gued mo ngoi+ gau`

華語釋義：主動權完全掌握在強國的手裡，地位極不對等。

118.

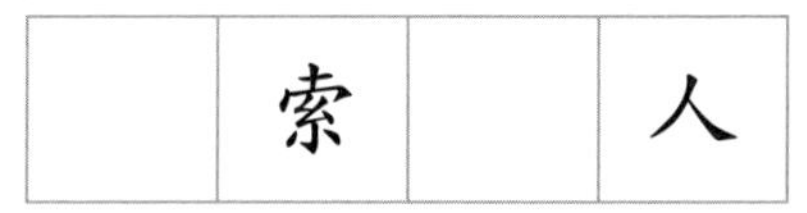

四縣拼音：ngion´ sog` toˇ nginˇ

海陸拼音：ngion` sog to ngin

華語釋義：用柔和的言詞來誘騙。

119.

四縣拼音：ngiuˇ zii´ ma´ mien

海陸拼音：ngiu zhi` ma` mienˇ

華語釋義：（粗俗語）喻兇惡不堪或冥頑不靈。

120.

四縣拼音：ngiuˇ gieu ciiˇ lanˇ fu` gieu ciiˇ san´

海陸拼音：ngiu giauˇ cii lan fu´ giauˇ cii san`

華語釋義：當牛離開牠的棚子時，牠悲哞；老虎離開獸穴時也哭泣。
形容捨不得離開自己的家園。

121.

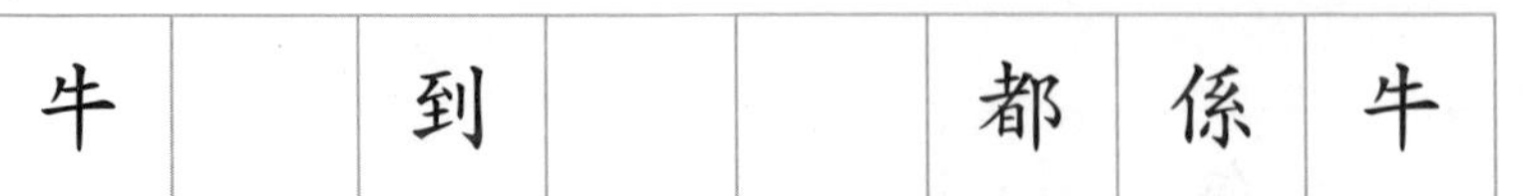

四縣拼音：ngiuˇ kienˊ do gongˊ xiˊ du he ngiuˇ

海陸拼音：ngiu kienˋ doˇ gongˋ siˋ du⁺ heˇ ngiu

華語釋義：江山易改 本性難移。

122.

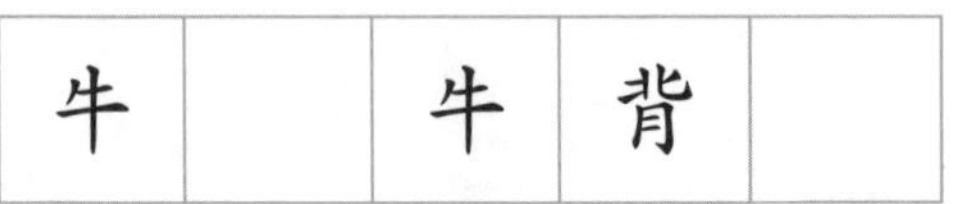

四縣拼音：ngiuˇ ginˊ ngiuˇ boi qiˋ

海陸拼音：ngiu ginˋ ngiu boiˇ ciˊ

華語釋義：比喻所獲的利益，實際上來自本身。

123.

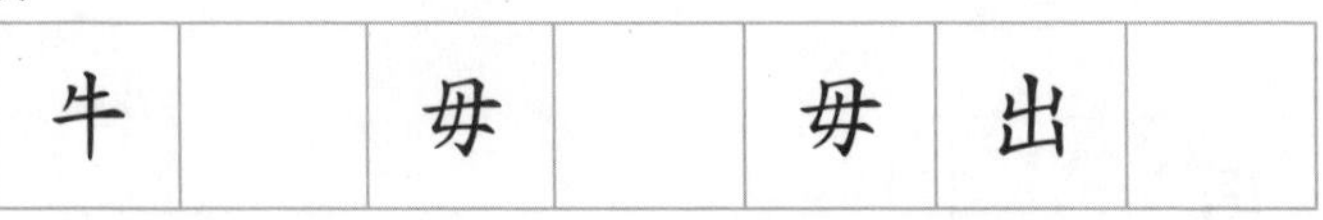

四縣拼音：ngiuˇ gogˋ mˇ jiamˊ mˇ cudˋ cunˊ

海陸拼音：ngiu gogˊ m ziamˋ m chud cunˋ

華語釋義：比喻人沒有眞本事，不敢外出與他人一較長短。

124.

四縣拼音：ngiuˇ guˋ senˊ liˊ

海陸拼音：ngiu guˊ senˋ liˋ

華語釋義：做背負重擔的生意。

125.

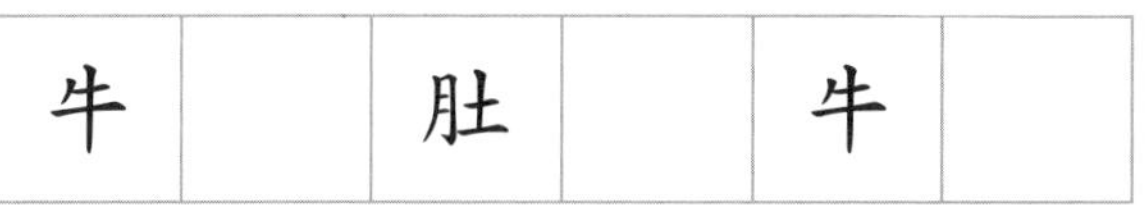

四縣拼音：ngiuˇ lanˇ du` deu ngiuˇ maˇ

海陸拼音：ngiu lan du´ deuˇ ngiu ma

華語釋義：比喻勤於內鬥，不知防範外來的侵害。

126.

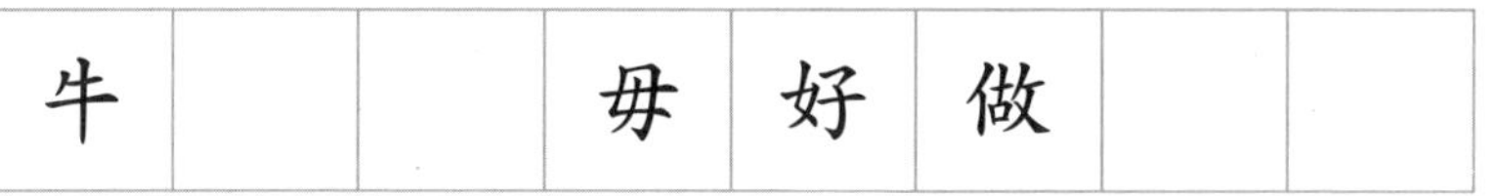

四縣拼音：ngiuˇ ngiug` gon´ mˇ ho` zo ziim` teuˇ

海陸拼音：ngiu ngiug gon` m ho´ zoˇ zhim´ teu

華語釋義：別暴殄天物。

127.

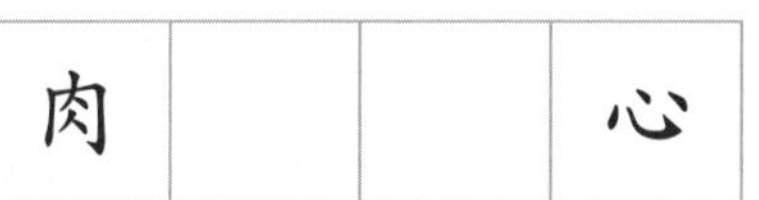

四縣拼音：ngiug` tung gui´ xim´

海陸拼音：ngiug tungˇ gui` sim`

華語釋義：打在兒身，痛在娘心。

128.

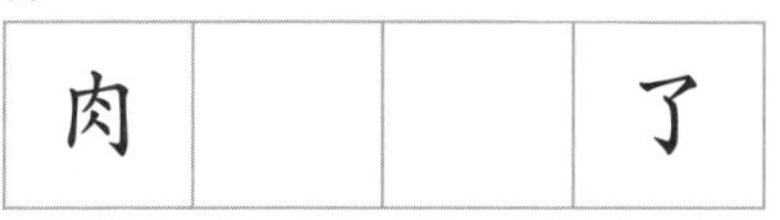

四縣拼音：ngiug` san´ log le`

海陸拼音：ngiug san` log` liau´

華語釋義：他的脂肪已經融化了、消瘦了。

129.

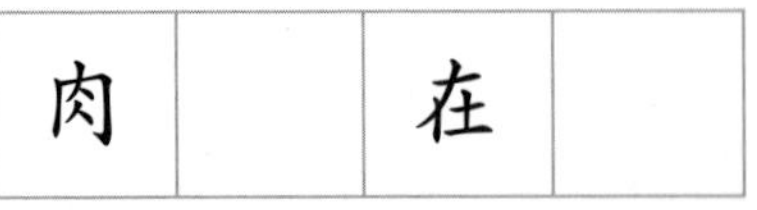

四縣拼音：ngiugˋ lan cai gangˊ

海陸拼音：ngiug lan^{+} cai^{+} gangˋ

華語釋義：煮得軟爛的肉湯。

130.

	得	一		之	
	得	百		之	

四縣拼音：ngiunˊ dedˋ idˋ siiˇ ziiˊ hi
mienˊ dedˋ bagˋ ngidˋ ziiˊ iuˊ

海陸拼音：ngiunˋ ded rhid shi ziiˋ hiˇ
mienˋ ded bag ngid ziiˋ rhiuˋ

華語釋義：俗話說：「退一步海闊天空，忍一時風平浪靜」，是對忍讓境界的詮釋。

131.

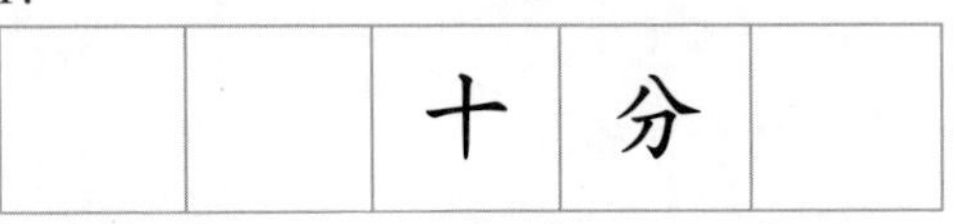

四縣拼音：ngiunˇ ginˊ siib funˊ henˇ

海陸拼音：ngiun ginˋ shibˋ funˋ hen

華語釋義：指手頭不寬裕，資金週轉有困難的狀態。

132.

四縣拼音：ngiun piˇ zu´ tung piˇ ngiuˇ

海陸拼音：ngiun+ pi zhuˋ tungˇ pi ngiu

華語釋義：刺激豬，牠會咕噥叫着；刺激牛，牠就起身走動。

133.

四縣拼音：ngia´ doˋ giˇ moˇ hoˋ iangˇ iuˇ

海陸拼音：ngiaˋ do´ gi mo ho´ rhang rhiu

華語釋義：招惹到他，絕對沒好下場。

134.

	死	條	

四縣拼音：ngo xiˋ tiauˇ congˇ

海陸拼音：ngo+ si´ tiau chong

華語釋義：過度縮減食物；卑賤的生活。

135.

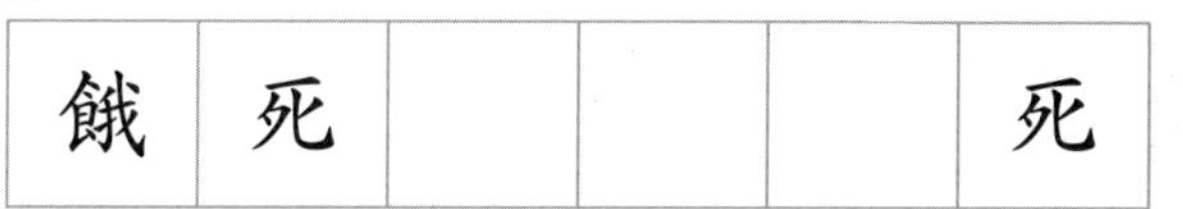

四縣拼音：ngo xiˋ budˋ iˇ co xiˋ

海陸拼音：ngo+ si´ bud rhi co+ si´

華語釋義：與其挨餓，寧可叛逆受懲罰。

136.

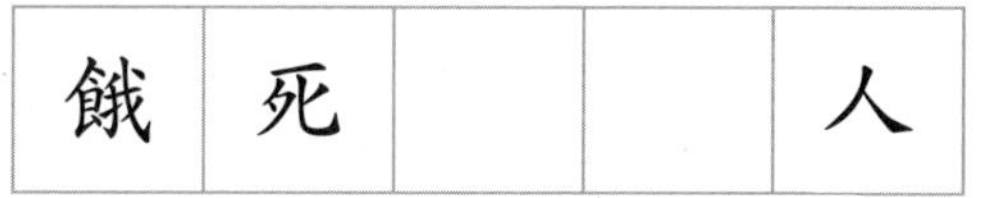

四縣拼音：ngo xiˋ moˇ damˋ nginˇ

海陸拼音：ngo+ si´ mo dam´ ngin

華語釋義：因爲缺乏勇氣而死。

137.

四縣拼音：ngoiˇ jin bud` ngoiˇ cud`

海陸拼音：ngoi zinˇ bud ngoi chud

華語釋義：爲了自己的利益裝傻；錢入袋而不是付款方面當個傻瓜。

138.

四縣拼音：ngoi sen´ do´ qiong kiu´

海陸拼音：ngoi+ sang` do` ciongˇ kiu`

華語釋義：女兒的孩子就像她自己的家人。

139.

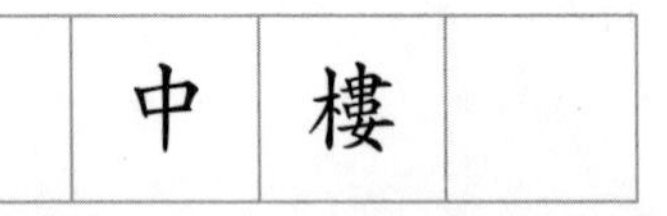

四縣拼音：ngong zung´ leuˇ gog`

海陸拼音：ngongˇ zhung` leu gog

華語釋義：光學錯覺；海市蜃樓。

140.

四縣拼音：ngong qienˇ qied heu

海陸拼音：ngongˇ cien cied` heu+

華語釋義：驗證時間到了、它不會再出現了。

141.

四縣拼音：ngong ximˊ luiˇ mˇ go ngˋ siiˇ suiˋ

海陸拼音：ngongˇ simˋ lui m goˇ ngˊ shi shuiˊ

華語釋義：如果早餐前有雷聲，中午前就會下雨。

142.

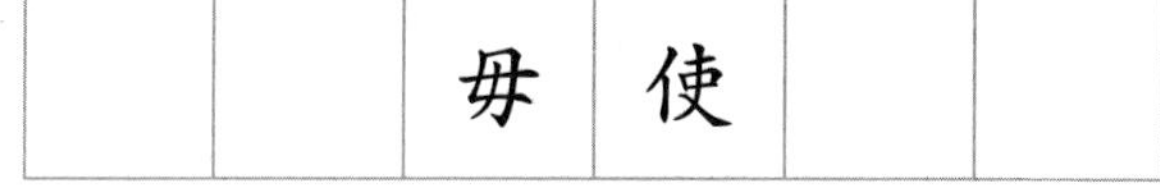

四縣拼音：noˇ naiˇ mˇ siiˋ seˋ suˋ

海陸拼音：no nai m siiˊ seˊ shiuˊ

華語釋義：指一起玩泥巴的人，感情非常融洽。

143.

四縣拼音：nung hi qidˋ dienˊ badˋ do

海陸拼音：nung+ hiˇ cid dienˋ bad doˇ

華語釋義：形容十分凌亂。

144.

四縣拼音：nun coˋ vi cenˇ dong go songˊ

海陸拼音：nun+ coˊ vui+ cen dongˇ goˇ songˋ

華語釋義：指年輕人未曾歷練社會現實的磨練，人生經驗尚淺的意思。

O

1.

四縣拼音：o´ tien´ zan ti

海陸拼音：o` tien` zhanˇ ti+

華語釋義：一聲呼喊到達天庭，威震大地。

2.

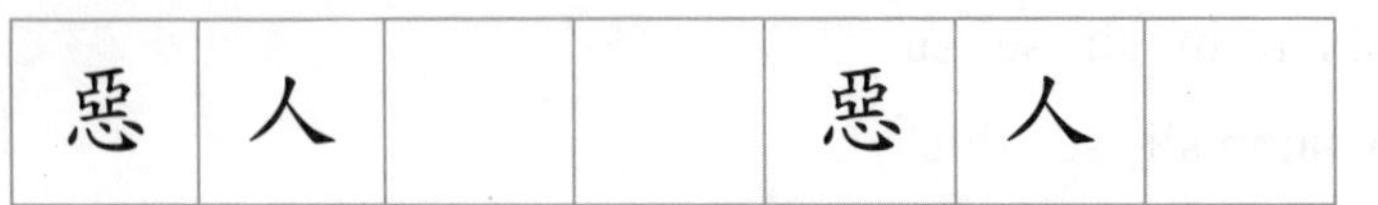

四縣拼音：og` nginˇ xi´ iung og` nginˇ mo

海陸拼音：og ngin si` rhung+ og ngin mo+

華語釋義：常用來形容壞人最後終會受到報應。

3.

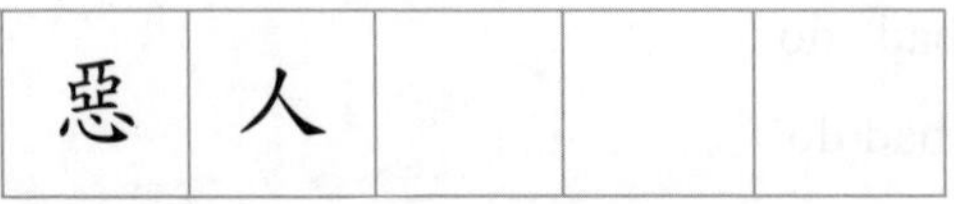

四縣拼音：og` nginˇ moˇ qien´ ngid`

海陸拼音：og ngin mo cien` ngid

華語釋義：惡者兇殘霸道，有朝一日將受到公理之教訓、天理與國法之制裁，最後遭到悲慘之地步。

4.

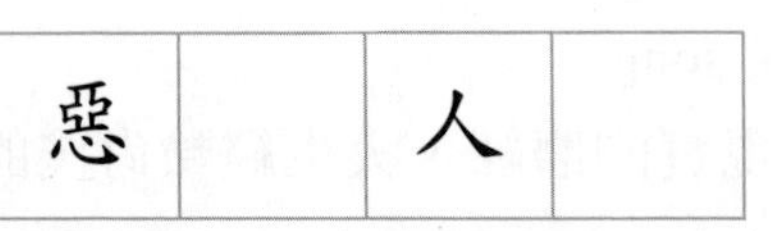

四縣拼音：og` qied nginˇ zung`

海陸拼音：og cied` ngin zhung´

華語釋義：邪惡剝奪了人類的後代。

5.

四縣拼音：oi di ˊ zon ˋ gau

海陸拼音：oi ˇ di ˋ zhon ˊ gau ˇ

華語釋義：指做事情要知道轉圜，留餘地。

6.

四縣拼音：oi siid mo ˇ von ˋ

海陸拼音：oi ˇ shid ˋ mo von ˊ

華語釋義：看着一桌好菜，卻沒有餐具可用，也有書到用時方恨少的意思。

7.

四縣拼音：oi siid gin ˋ go cung

海陸拼音：oi ˇ shid ˋ gin ˊ go ˇ chung ˇ

華語釋義：想吃的要命，有急切等不及要開吃的意思。

8.

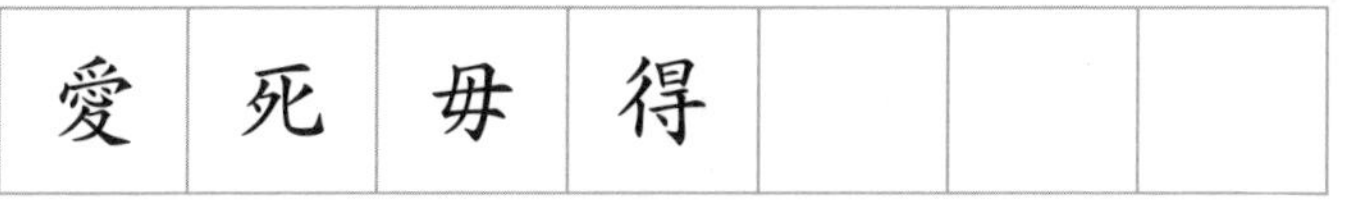

四縣拼音：oi xi ˋ m ˇ ded ˋ heu ˇ giang ˋ ton ˊ

海陸拼音：oi ˇ si ˊ m ded heu giang ˊ ton ˋ

華語釋義：想死卻不得斷氣，比喻想了斷一件事卻遲遲無法如願。

9.

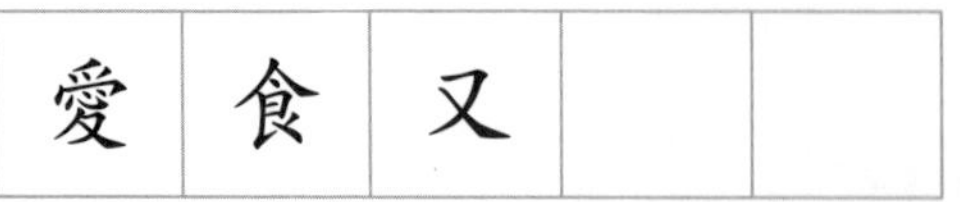

四縣拼音：oi siid iu vi seuˊ

海陸拼音：oiˇ shidˋ rhiu^{+} vuiˇ shauˋ

華語釋義：從字面看是想吃又怕燙，引申想要成果卻不想努力付出。

10.

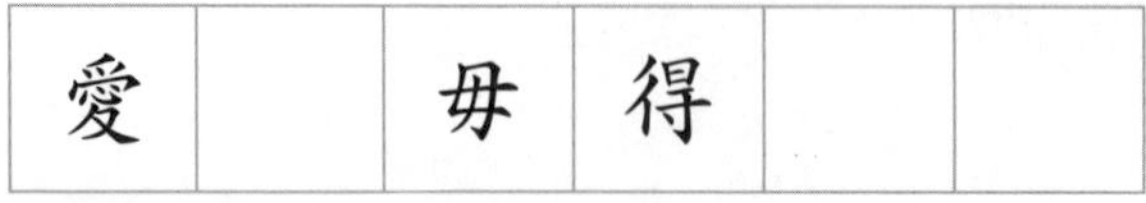

四縣拼音：oi gieu mˇ dedˋ zoi bienˋ

海陸拼音：oiˇ giauˇ m ded zhoiˇ bienˊ

華語釋義：想要哭卻無法哭出來而強抿着嘴；藉以形容心中有怨氣、不痛快，恨不得找個藉口宣洩出來。

11.

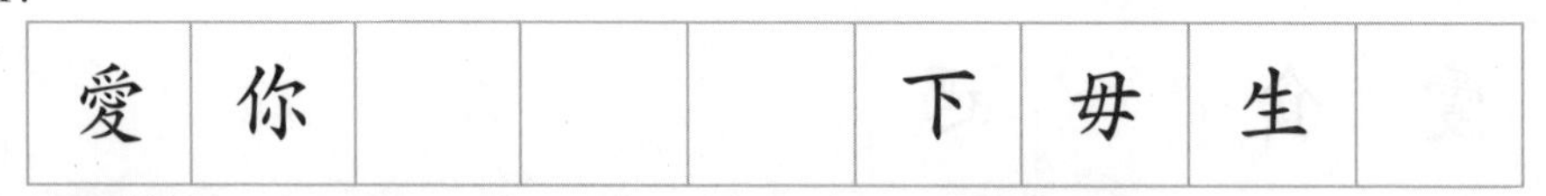

四縣拼音：oi ngˇ siinˊ tienˊ giogˋ haˊ mˇ sangˊ iunˇ

海陸拼音：oiˇ ngi shinˋ tienˋ giog haˋ m sangˋ rhun

華語釋義：指的是想要孩子得到最好的教育，但卻缺乏方法。

12.

四縣拼音：onˊ log mˇ diˊ ngidˋ leˋ go

海陸拼音：onˋ logˋ m diˋ ngid er goˇ

華語釋義：日子在逸樂生活中不知不覺地過了。

P

1.

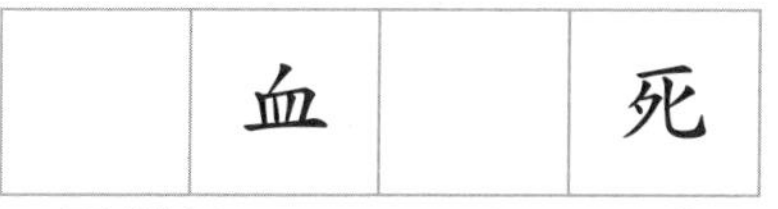

四縣拼音：pad hiedˋ pad xiˋ

海陸拼音：padˋ hied padˋ siˊ

華語釋義：因傷口問題失血而死。

2.

四縣拼音：pad tug senˊ giˊ

海陸拼音：padˋ tugˋ sangˋ giˋ

華語釋義：利用中藥外敷解決腐肉癰疽之症。

3.

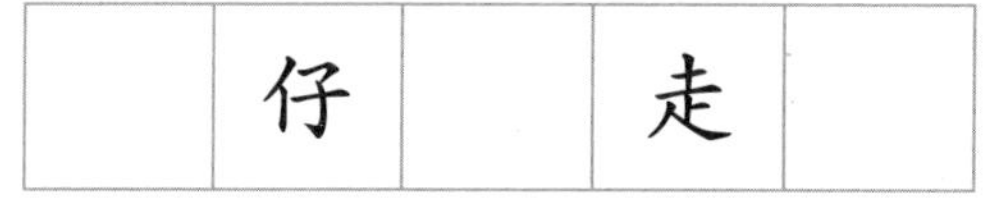

四縣拼音：pai eˋ jiamˊ zeuˋ voˇ

海陸拼音：pai^{+} er ziamˋ zeuˊ vo

華語釋義：田間雜草常與水稻長在一起，而影響水稻的生長發育。

4.

四縣拼音：pai binˊ ziiˊ jiong budˋ koˋ ngienˇ iungˋ

海陸拼音：pai^{+} binˋ ziiˋ ziongˇ bud koˊ ngien rhungˊ

華語釋義：戰敗的將領，沒有資格談勇敢。

5.

四縣拼音：pag gi ˊ go kid ˋ

海陸拼音：pag ˋ gi ˋ go ˇ kid

華語釋義：指馬從洞孔前一下子就跑過去。後比喻時間過得很快。

6.

四縣拼音：pag giog ˋ zeu ˋ cud ˋ loi ˇ

海陸拼音：pag ˋ giog zeu ˊ chud loi

華語釋義：騙子露出了馬腳。

7.

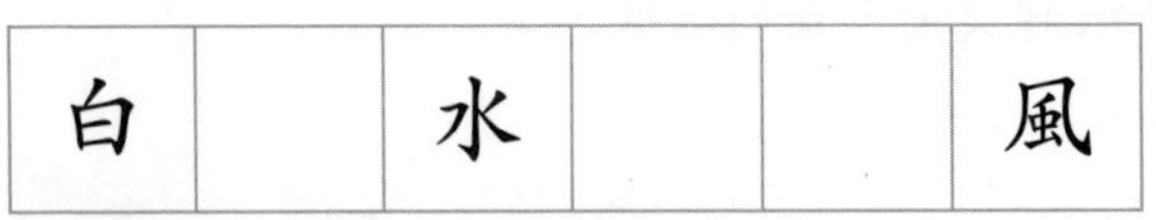

四縣拼音：pag lu sui ˋ hon ˇ lu fung ˊ

海陸拼音：pag ˋ lu ˇ shui ˊ hon lu ˇ fung ˋ

華語釋義：秋分前易下雨，秋分後會刮颱風。

8.

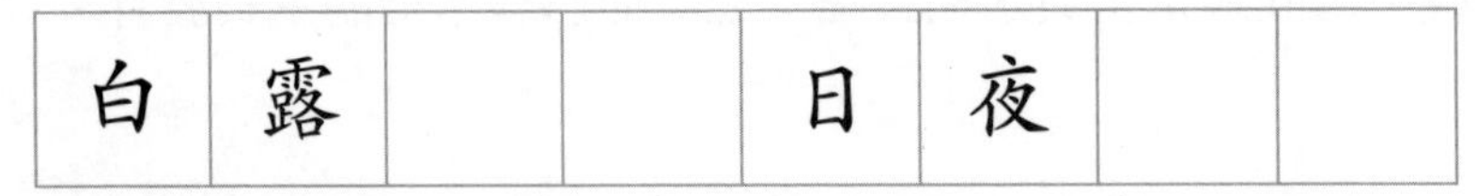

四縣拼音：pag lu qiu ˊ fun ˊ ngid ˋ ia piang ˇ fun ˊ

海陸拼音：pag ˋ lu ˇ ciu ˋ fun ˋ ngid rha⁺ piang fun ˋ

華語釋義：這兩日，白天與黑夜所占時間一樣長。

9.

四縣拼音：pag mugˋ kon hi iuˊ sangˊ moˇ iangˋ

海陸拼音：pagˋ mug konˇ hiˇ rhiuˋ shangˋ mo rhangˊ

華語釋義：就像一個盲人要看戲一樣，聽到聲音，但沒看到影子。

10.

四縣拼音：pag mugˋ iˊ siinˇ tienˇ loˇ dangˊ

海陸拼音：pagˋ mug rhiˋ shin tien lo dangˋ

華語釋義：經過治療反使眼睛凸出，通過干預使事情變得更糟。

11.

四縣拼音：pag gudˋ iˇ maˇ

海陸拼音：pagˋ gud rhi ma

華語釋義：形容殺人極多。

12.

四縣拼音：panˇ sag ziiˊ onˊ

海陸拼音：pan shagˋ ziiˋ onˋ

華語釋義：形容極其穩固。

13.

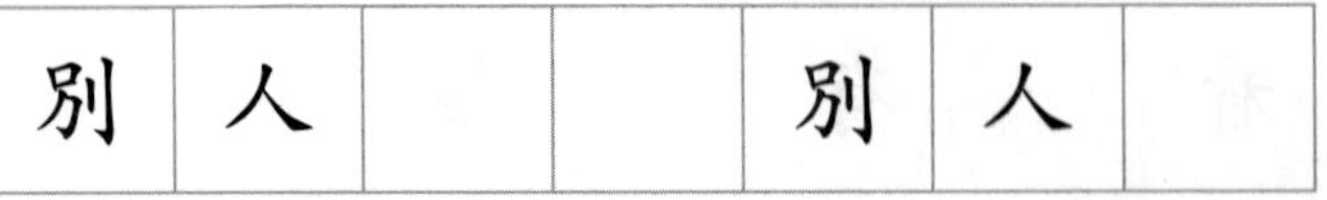

四縣拼音：ped nginˇ co` ban` ped nginˇ tongˇ

海陸拼音：ped` ngin co´ ban´ ped` ngin tong

華語釋義：貪吃價錢便宜的甜點，無所節制而引起的腸疾病。

14.

四縣拼音：peu´ hi` zong´ sii

海陸拼音：piau` hi´ zhong` sii+

華語釋義：新店開張。

15.

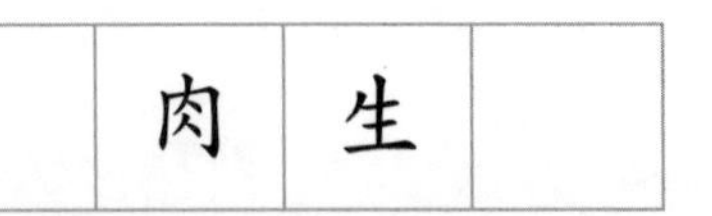

四縣拼音：piˇ ngiug` sen´ ngaiˇ

海陸拼音：pi ngiug sen` ngai

華語釋義：以性服務換取收入的一段辛苦日子。

16.

四縣拼音：pin` gie´ sii´ siinˇ

海陸拼音：pin´ gai` sii` shin

華語釋義：母雞代公雞執行清晨報曉的鳴啼。比喻婦人專權。

17.

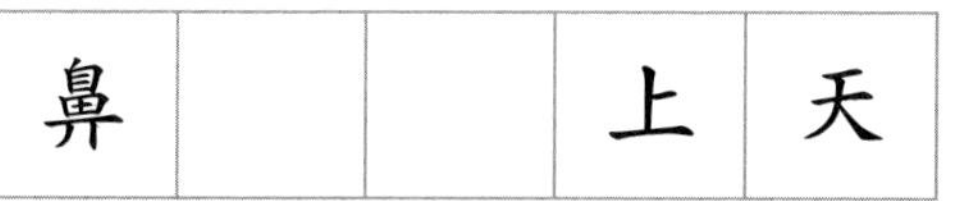

四縣拼音：pi kungˊ hiong songˊ tienˊ

海陸拼音：pi⁺ kungˋ hiongˇ shongˋ tienˋ

華語釋義：表示仰着頭看人。謂傲慢旁若無人。

18.

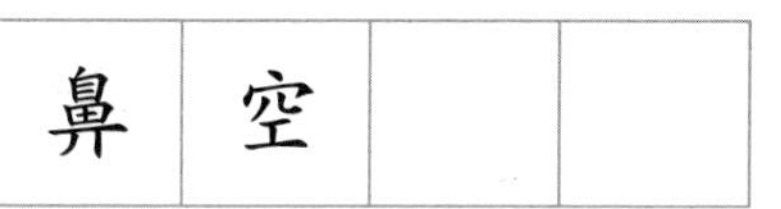

四縣拼音：pi kungˊ moˇ hi

海陸拼音：pi⁺ kungˋ mo hiˇ

華語釋義：沒有任何生命氣息的跡象。

19.

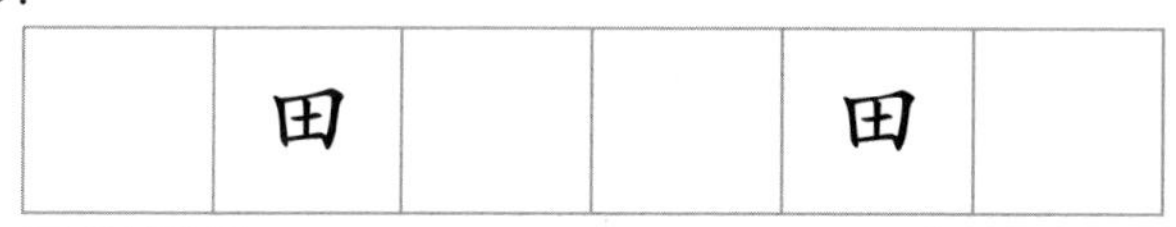

四縣拼音：piˇ tienˇ voˇ ceu tienˇ gugˋ

海陸拼音：pui tien vo seuˇ tien gug

華語釋義：土壤肥沃，則禾苗茂盛；貧瘠的土地，反而穀粒會長得比較精實飽滿。後用以比喻一個人的生活條件，不見得可以左右他的未來。

20.

四縣拼音：piˇ suiˋ mˇ voi cudˋ ngoi haiˊ

海陸拼音：pui shuiˊ m voi⁺ chud ngoi⁺ haiˋ

華語釋義：意謂肥水不落外人田。

21.

四縣拼音：boiˊ deuˋ zadˋ fenˇ

海陸拼音：boiˋ deuˊ zhad fen

華語釋義：剖開量物的斗，折斷稱物的衡。指廢除讓人爭多論少的斗衡。出自《莊子．胠篋》。

22.

四縣拼音：piang nginˇ iuˊ piang liongˇ

海陸拼音：piang⁺ ngin rhiuˋ piang⁺ liong

華語釋義：病人急着要抱病工作時，旁人勸他安心養病的勸說詞。

23.

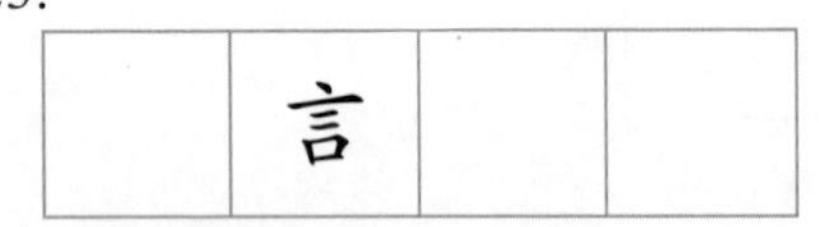

四縣拼音：pienˋ ngienˇ zadˋ ngiug

海陸拼音：pienˊ ngien zhad ngiugˋ

華語釋義：憑一句話就能斷定訟獄。

24.

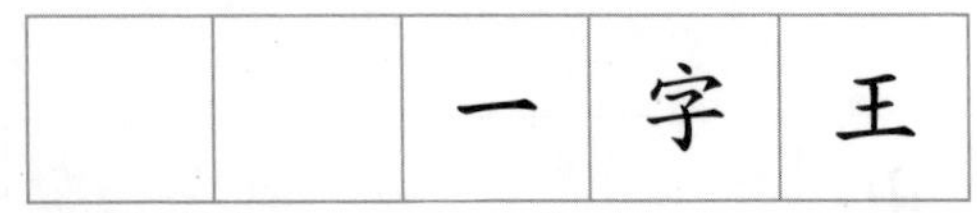

四縣拼音：pinˇ gienˊ idˋ sii vongˇ

海陸拼音：pin gienˋ rhid sii⁺ vong

華語釋義：舊戲曲、小說中指僅次於皇帝的最高的爵位。藉以揶揄被砍頭的人。

25.

四縣拼音：pianǧ ti fung´ po´

海陸拼音：piang ti+ fung` po`

華語釋義：比喻突然發生事故或變化。

26.

四縣拼音：pinˇ kiungˇ cii cai fu gui do´ iu´

海陸拼音：pin kiung cii+ cai+ fuˇ guiˇ do` rhiu`

華語釋義：窮苦的人過得自在，富有的人反而面對很多煩愁的事。

27.

貧			市	無	人	
富	在		山	有		

四縣拼音：pinˇ gi´ nau sii moˇ nginˇ siid`
fu cai ciim´ san´ iu´ ien` qin´

海陸拼音：pin gi` nau+ shi+ mo ngin shid
fuˇ cai+ chim` san` rhiu` rhan´ cin`

華語釋義：貧困時乏人問津，富貴時車馬盈門。形容人情冷暖，嫌貧愛富。

28.

四縣拼音：pinˇ qien zii´ gau´ bud` ko` mong
海陸拼音：pin cien+ zii` gau` bud ko´ mong+
華語釋義：在患難貧困時結交的朋友要謹記。

29.

四縣拼音：pinˇ kiungˇ nanˇ goi` kiu ga´ fung´
海陸拼音：pin kiung nan goi´ kiu+ ga` fung`
華語釋義：長期處於貧窮狀態下的人很難一下子適應富有的生活狀態和社交環境。

30.

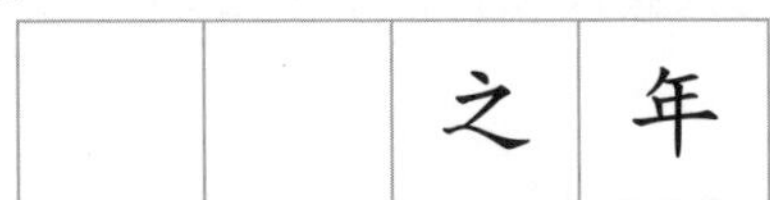

四縣拼音：po gua´ zii´ ngienˇ
海陸拼音：poˇ gua` zii` ngien
華語釋義：比喻女子十六歲，又喻女子初次與人性交。

31.

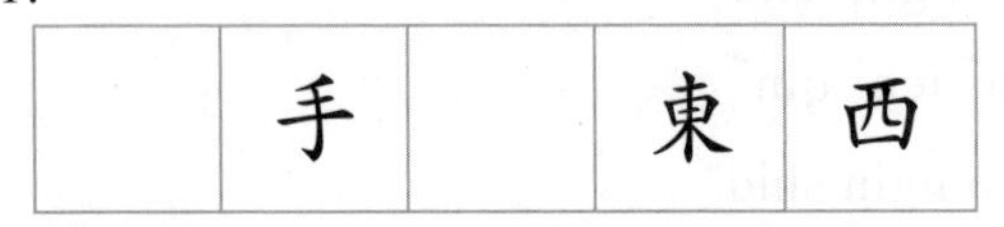

四縣拼音：poi su` cod` dung´ xi´
海陸拼音：poi+ shiu´ cod dung` si`
華語釋義：在某人背後偷東西。

32.

四縣拼音：puˇ loˇ soi meu

海陸拼音：pu lo shoi+ ngiauˇ

華語釋義：讓貓睡在鍋子裡，表示家中窮得沒有食物可煮了。

33.

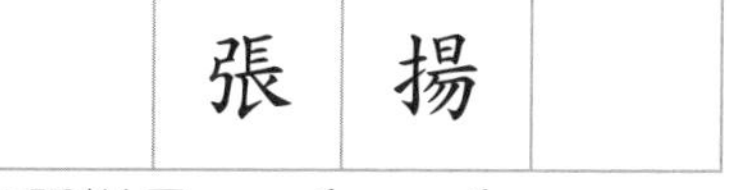

四縣拼音：puˊ zongˊ iongˇ li

海陸拼音：puˋ zhongˋ rhong li+

華語釋義：極力粉飾誇張，過分講究排場。

34.

四縣拼音：pu pu gieuˊ ziimˊ

海陸拼音：pu+ pu+ gieuˋ zhimˋ

華語釋義：步步爲營，直到完成。

35.

四縣拼音：puˇ moˇ miˋ zugˋ

海陸拼音：pu mo miˊ zhug

華語釋義：要煮稀飯沒有米，指說一個人光想要有錢富有卻不努力。

36.

四縣拼音：punˇ xiˊ mˇ tungˊ

海陸拼音：pun siˋ m tungˋ

華語釋義：你吹的風甚至無法吹動他的鬍子；你沒辦法得到任何補償。

37.

四縣拼音：pungˊ nuˇ siid med

海陸拼音：pungˋ nu shidˋ medˋ

華語釋義：雄蜂吃蜂蜜；沒有爲所吃的食物貢獻什麼。

Q

1.

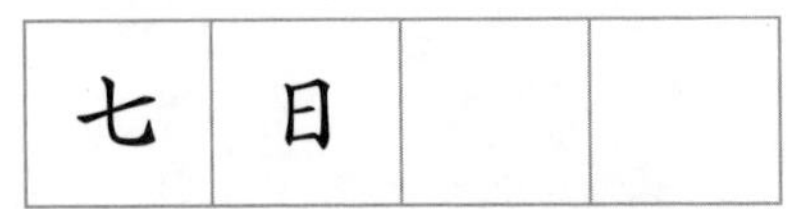

四縣拼音：qidˋ ngidˋ loiˇ fug

海陸拼音：cid ngid loi fugˋ

華語釋義：一星期是七天，舊時一週爲一來復。

2.

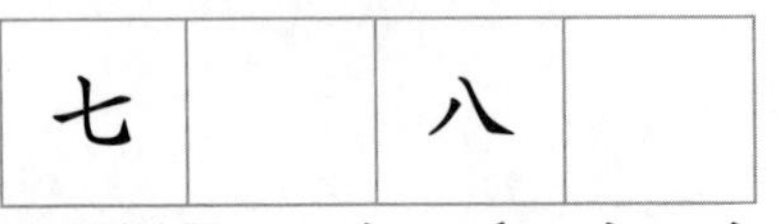

四縣拼音：qidˋ seuˊ badˋ codˋ

海陸拼音：cid siauˋ bad cod

華語釋義：東西放在易融化或被偷的地方。

3.

四縣拼音：qiungˇ fungˊ gonˊ jinˊ

海陸拼音：chiung fungˋ gonˋ zinˋ

華語釋義：租賃別人的稻穀重新播種。

4.

	鍁	就	愛	成	

四縣拼音：qiamˊ qiauˊ qiu oi siinˇ jiangˋ

海陸拼音：ciamˋ cioˋ ciu+ oiˇ shin ziangˊ

華語釋義：一揮鍁，井就做成了；動作太迅速了。

5.

	時	成		時

四縣拼音：qiam siiˇ siinˇ guˋ siiˇ

海陸拼音：ciam+ shi shin guˊ shi

華語釋義：原本是暫時的東西已經成爲永久的；沒有任何長進。

6.

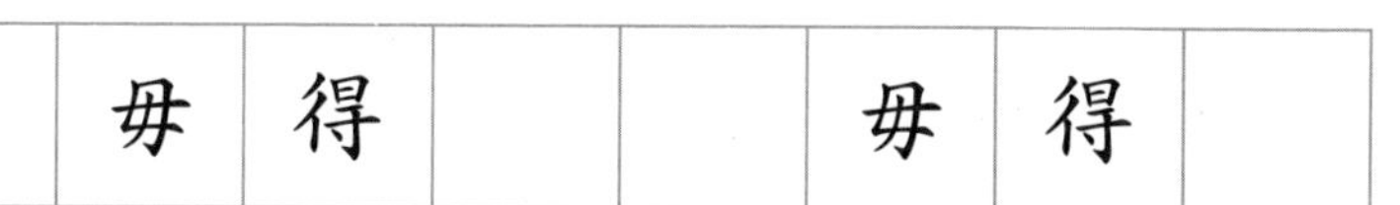

	毋	得			毋	得	

四縣拼音：qiangˋ mˇ dedˋ loiˇ ciiˇ mˇ dedˋ zeuˋ

海陸拼音：ciangˊ m ded loi cii m ded zeuˊ

華語釋義：被邀的人不來；被下逐客令的卻不離開。

7.

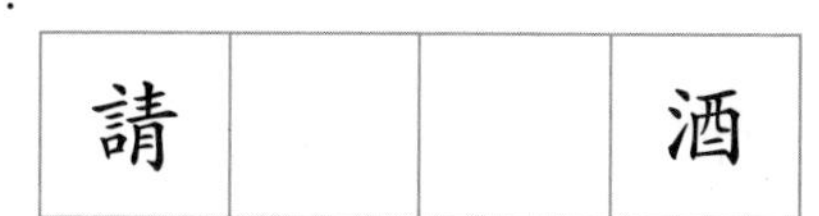

請			酒

四縣拼音：qiangˋ imˋ giongˊ jiuˋ

海陸拼音：ciangˊ rhimˊ giongˋ ziuˊ

華語釋義：爲了個十天大的小孩而宴客。

8.

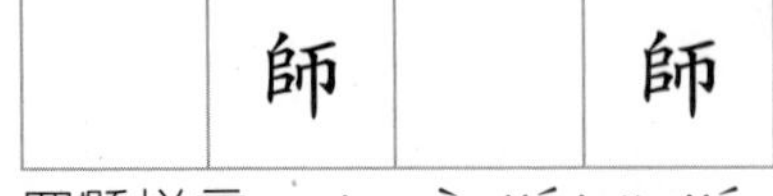

四縣拼音：qiangˋ siiˊ iuˇ siiˊ

海陸拼音：ciangˊ siiˋ rhiu siiˋ

華語釋義：一切由老師決定是否接受這個任命。

9.

四縣拼音：qienˊ ginˊ lid mˇ dong xi liongˊ miang

海陸拼音：cienˋ ginˋ lidˋ m dongˇ siˇ liongˋ miang+

華語釋義：有個人，力大會賺錢，但卻娶了一個懶做好賭的老婆；另一個人平凡瘦弱，可是老婆爲人賢慧，凡事會精打細算，勤儉過日，心地善良。

10.

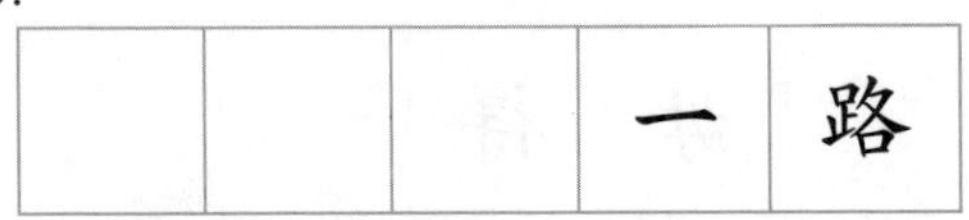

四縣拼音：qienˊ munˇ guiˊ idˋ lu

海陸拼音：cienˋ mun guiˋ rhid lu+

華語釋義：禪宗指入世出世間一切森羅萬象，都在此萬法之中。

11.

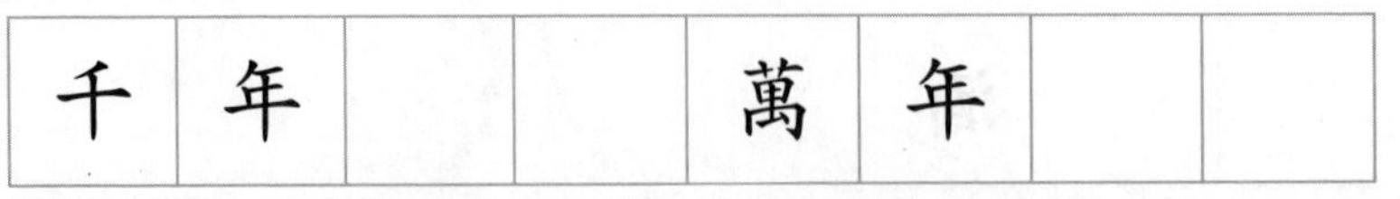

四縣拼音：qienˊ ngienˇ qinˊ qidˋ van ngienˇ ziiˋ sugˋ

海陸拼音：cienˋ ngien cinˋ cid van+ ngien ziiˊ shug

華語釋義：意喻宗親之淵源雖勝過姻親，但兩者都是與我們關係密切的親戚，都應互相敬重、互相關照、守望相助，才可延續到萬萬年。

12.

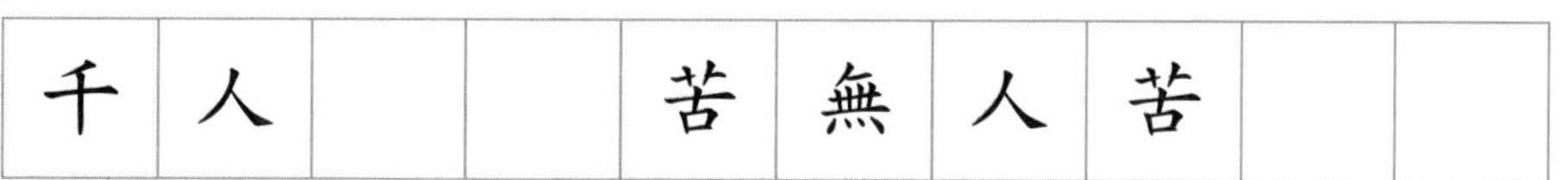

四縣拼音：qienˊ nginˇ qienˊ iong kuˋ moˇ nginˇ kuˋ xiongˊ tungˇ

海陸拼音：cienˋ ngin cienˋ rhong+ kuˊ mo ngin kuˊ siongˋ tung

華語釋義：人生像是一方田，種什麼，得什麼，莫道因果無人見，萬般自作還自受。

13.

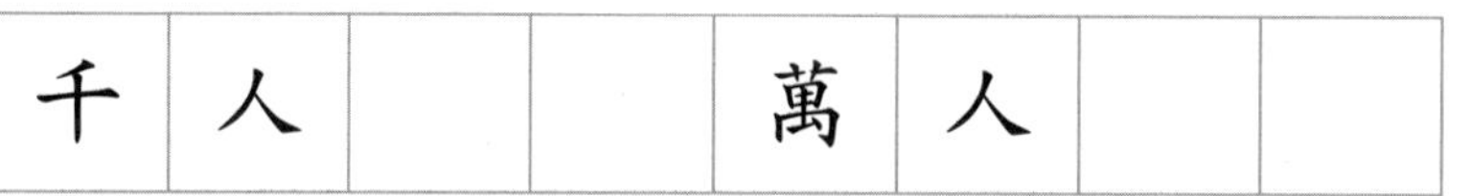

四縣拼音：qienˊ nginˇ cu gungˊ van nginˇ cu lid

海陸拼音：cienˋ ngin cu+ gungˋ van+ ngin cu+ lidˋ

華語釋義：許多人協助這項工作。

14.

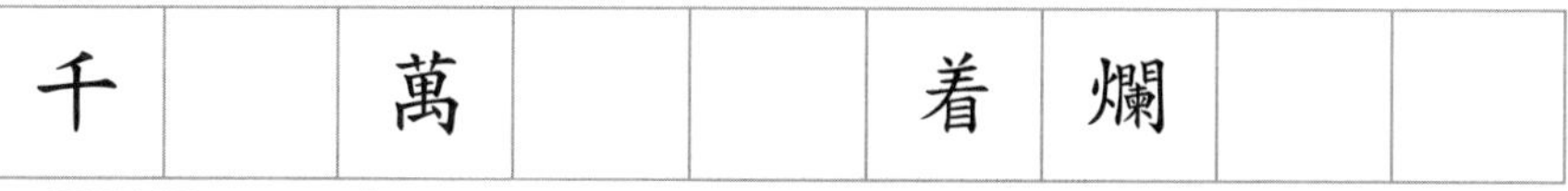

四縣拼音：qienˊ tog van tog tog doˋ lan puˇ sog

海陸拼音：cienˋ togˋ van+ togˋ togˋ doˊ lan+ pu shogˋ

華語釋義：找對象時，如果過分挑剔，結果可能挑到條件最不好的人。

15.

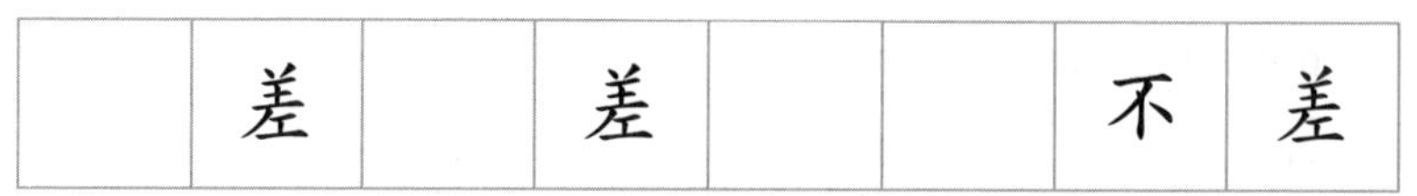

四縣拼音：qienˊ caˊ van caˊ loiˇ nginˇ budˋ caˊ

海陸拼音：cienˋ caˋ van+ caˋ loi ngin bud caˋ

華語釋義：受差遣的人只是奉命行事，並沒有錯，不應該加以責怪。

16.

四縣拼音：qienˊ ngidˋ kimˇ bagˋ ngidˋ seuˊ

海陸拼音：cienˋ ngid kim bag ngid siauˋ

華語釋義：學彈琴吹簫都要持之以恆，不斷苦練，才能有所成就。

17.

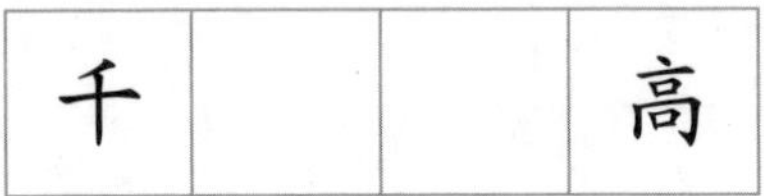

四縣拼音：qienˊ kimˇ ziiˊ goˊ

海陸拼音：cienˋ cim ziiˋ goˋ

華語釋義：古時長度單位，意指高度驚人。

18.

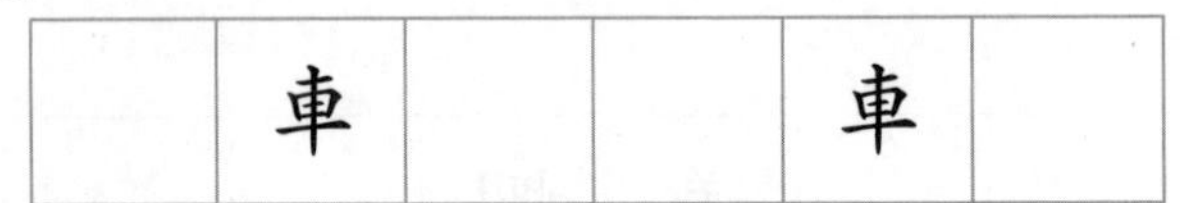

四縣拼音：qienˇ caˊ pugˋ heu caˊ gam

海陸拼音：cien chaˋ pug heu+ chaˋ gamˇ

華語釋義：比喻先前的失敗經驗，可作爲以後的教訓。

19.

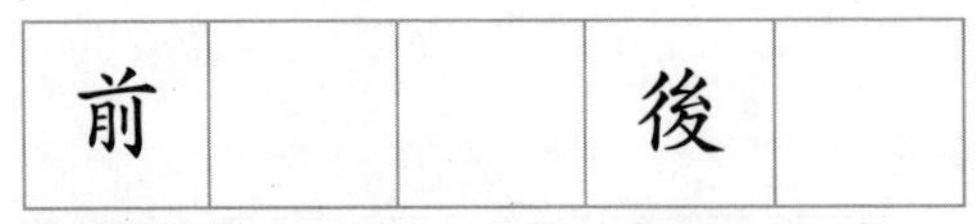

四縣拼音：qienˇ hagˋ tuiˋ heu hagˋ

海陸拼音：cien hag tuiˊ heu+ hag

華語釋義：早到的遊客讓路給後來的人。

20.

四縣拼音：qienˇ ngied siid go heu ngied liongˇ

海陸拼音：cien ngied` shid` goˇ heu⁺ ngied` liong

華語釋義：喻家境困窘，手頭拮据，入不敷出。

21.

四縣拼音：qienˇ nginˇ zung zug` heu nginˇ za´ im

海陸拼音：cien ngin zhungˇ zhug heu⁺ ngin zha` rhimˇ

華語釋義：比喻前人爲後人造福。

22.

四縣拼音：qienˇ zang siid` pinˇ

海陸拼音：cien zhangˇ shid pin

華語釋義：好的物品耗費金錢。

23.

四縣拼音：qienˇ liongˇ pa zung` son

海陸拼音：cien liong paˇ zung´ sonˇ

華語釋義：錢財的事須及時處理清楚，否則積少成多，易惹糾紛。

24.

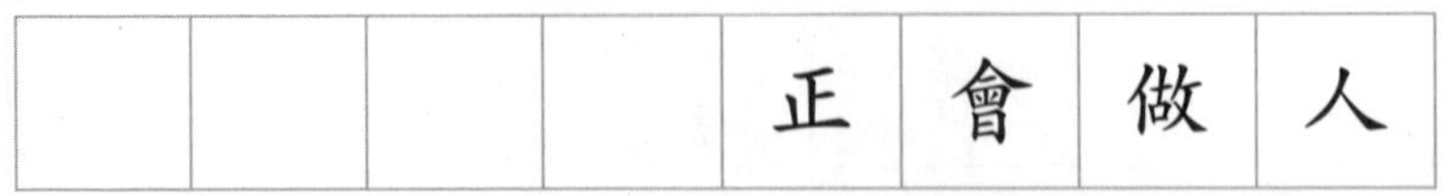

四縣拼音：qienˇ ngiunˇ miˋ gugˋ zang voi zo nginˇ

海陸拼音：cien ngiun miˊ gug zhangˇ voi+ zoˇ ngin

華語釋義：人類社會是現實的，有錢人才能得到敬重、才有人瞧得起。

25.

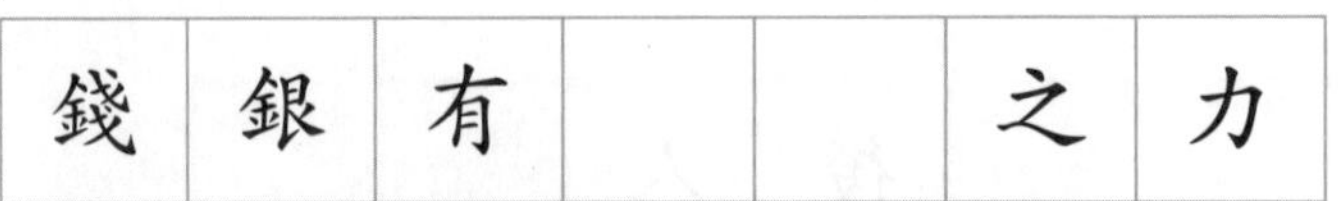

四縣拼音：qienˇ ngiunˇ iuˊ pad sanˊ ziiˊ lid

海陸拼音：cien ngiun rhiuˋ padˋ sanˋ ziiˋ lidˋ

華語釋義：意思說金錢力量大，可以做很多事。

26.

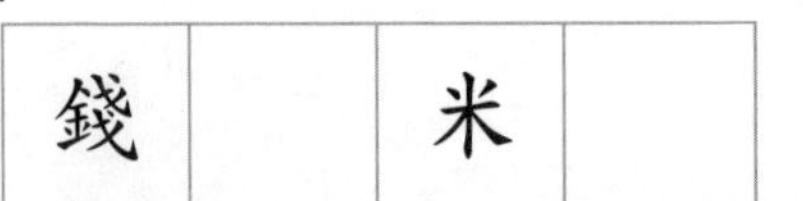

四縣拼音：qienˇ sangˊ miˋ biong

海陸拼音：cien sangˋ miˊ biongˇ

華語釋義：有錢借出的人當然有米飯可煮；謂富者恆富。

27.

四縣拼音：qienˇ su koiˊ faˊ

海陸拼音：cien shu+ koiˋ faˋ

華語釋義：比喻事情非常罕見或極難實現。

28.

四縣拼音：qienˇ siiˋ guiˋ aiˊ lungˇ

海陸拼音：cien siiˊ guiˊ aiˋ lung

華語釋義：比喻錢的力量非常大，連幽冥世界都能通用。

29.

四縣拼音：qienˇ coiˇ iˇ fun tuˋ inˇ ngi ciid qienˊ gimˊ

海陸拼音：cien coi rhi funˇ tuˊ rhin ngi^{+} chidˋ cienˋ gimˋ

華語釋義：金錢和財務像糞土一樣沒有什麼價值，仁愛和正義比錢財更可貴。

30.

四縣拼音：qimˇ liauˋ abˋ maˇ oi qimˇ cunˊ

海陸拼音：cim liauˊ ab ma oiˇ cim chunˋ

華語釋義：找到鴨子後，他會索求鴨蛋；嘲諷人心貪婪。

31.

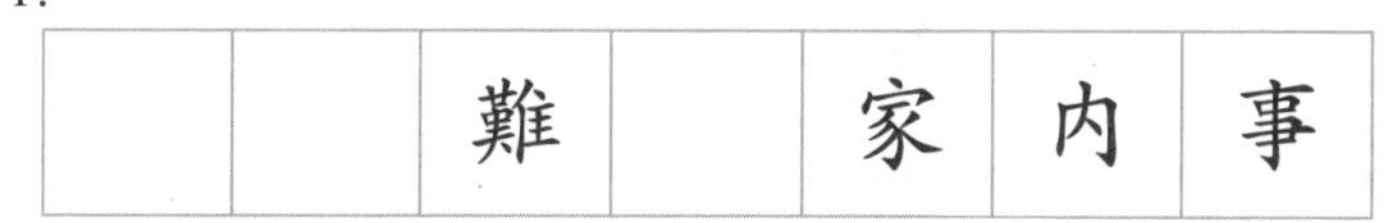

四縣拼音：qinˊ gonˊ nanˇ liˊ gaˊ nui sii

海陸拼音：cinˋ gonˋ nan liˋ gaˋ nui^{+} sii^{+}

華語釋義：家家都有一本難念的經，所以家務事很難斷。

32.

四縣拼音：qin siinˊ gaˊ dangˊ co lungˇ

海陸拼音：cin+ shinˋ gaˋ dangˋ co+ lung

華語釋義：指家境窮困，將身邊所有的錢財拿出來也只能買座石磨。

33.

四縣拼音：qin ximˊ ienˊ ngiˋ iˋ

海陸拼音：cin+ simˋ rhanˋ ngiˊ rhiˊ

華語釋義：對於國家夠盡力爲百姓操心。

34.

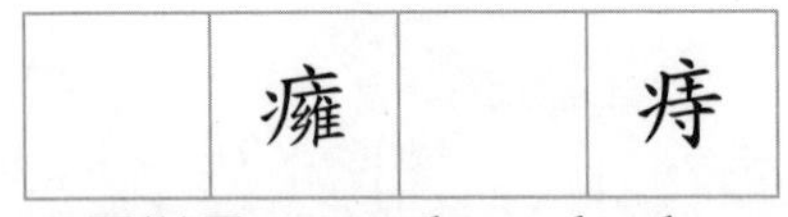

四縣拼音：qionˊ iungˊ seˊ cii

海陸拼音：cionˋ rhungˋ sheˋ chi+

華語釋義：用嘴吸膿，用舌舔瘡。形容人諂媚、巴結的無恥行徑。

35.

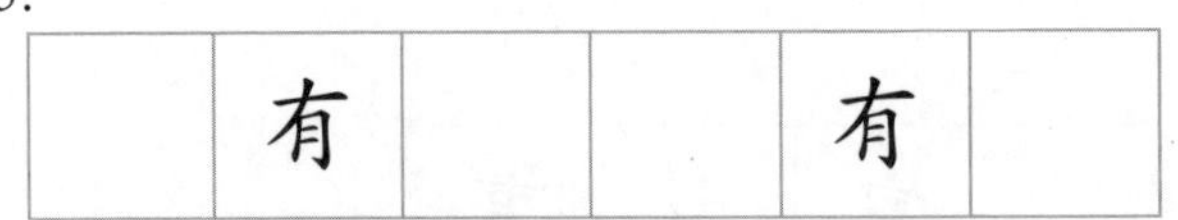

四縣拼音：qiongˇ iuˊ kungˊ biagˋ iuˊ ngiˋ

海陸拼音：ciong rhiuˋ kungˋ biag rhiuˋ ngiˊ

華語釋義：壁牆外有人偷聽；比喻祕密容易洩露。

36.

四縣拼音：qidˋ teuˇ du voi cudˋ mugˋ ziibˋ

海陸拼音：cid teu du+ voi+ chud mug zhib

華語釋義：傷心到膝蓋都流出了眼淚，比喻傷心到了極點。

37.

四縣拼音：qidˋ teuˇ mˇ sangˊ ngiugˋ dabˋ ia mˇ sangˊ ngiugˋ

海陸拼音：cid teu m sangˋ ngiug dab rha+ m sangˋ ngiug

華語釋義：不跟你的，你再怎麼努力也沒有用！

38.

四縣拼音：qiuˊ qienˇ samˊ ngidˋ qiuˊ heu samˊ ngidˋ

海陸拼音：ciuˋ cien samˋ ngid ciuˋ heu+ samˋ ngid

華語釋義：水稻在收穫前三天和開始後三天種植。

39.

四縣拼音：qiuˊ limˇ ia iˋ

海陸拼音：ciuˋ lim rha+ rhiˊ

華語釋義：此句話是指秋天夜晚下的雨，對土地來說比施肥料還要滋補。

40.

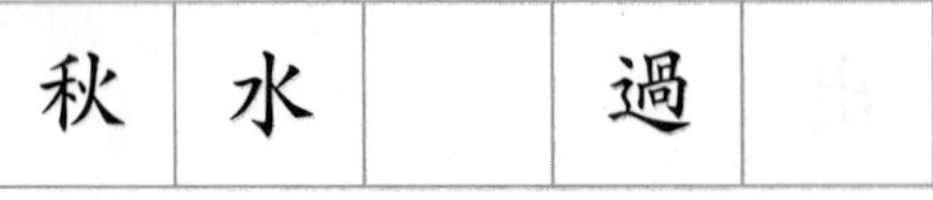

四縣拼音：qiuˊ suiˋ ogˋ go guiˋ

海陸拼音：ciuˋ shuiˊ og goˇ guiˊ

華語釋義：古人認爲陰氣聚集的水珠對人體不利，昔日農耕時代，若皮膚有傷口，沾到秋天的露水，會發炎加劇而難痊癒。

41.

四縣拼音：qiuˊ hoˇ moˇ fam

海陸拼音：ciuˋ ho mo fam+

華語釋義：指連細微的秋毫都不侵犯，比喻對任何東西都不侵犯、不動用。

42.

四縣拼音：qiungˇ siiˊ samˊ ngienˇ qiu cudˋ siiˊ

海陸拼音：ciung siiˋ samˋ ngien ciu+ chud siiˋ

華語釋義：三年學徒後，工作就熟練了。

43.

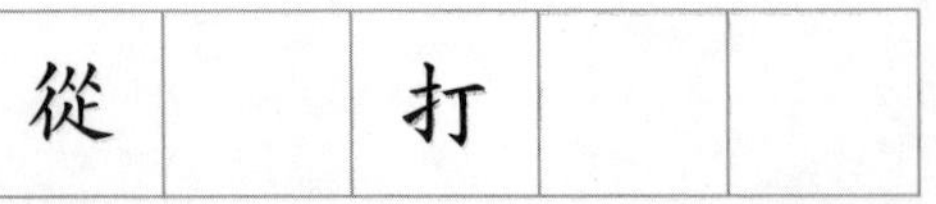

四縣拼音：qiungˇ teuˇ daˋ ngˋ gangˊ

海陸拼音：ciung teu daˊ ngˊ gangˋ

華語釋義：做事循序漸進的意思。

44.

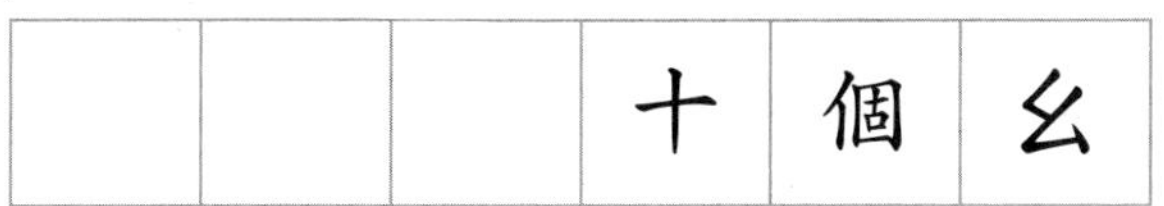

四縣拼音：qid` ga´ lam` siib ge au

海陸拼音：cid ga` lam´ shib` gaiˇ auˇ

華語釋義：自己照顧整個的生意。

45.

四縣拼音：qid` ga´ su` zii` ied` qid` ga´ ge mug`

海陸拼音：cid ga` shiu´ zhi´ rhad cid ga` gaiˇ mug

華語釋義：這句跟自己搬磚頭砸自己的腳同樣意思。

46.

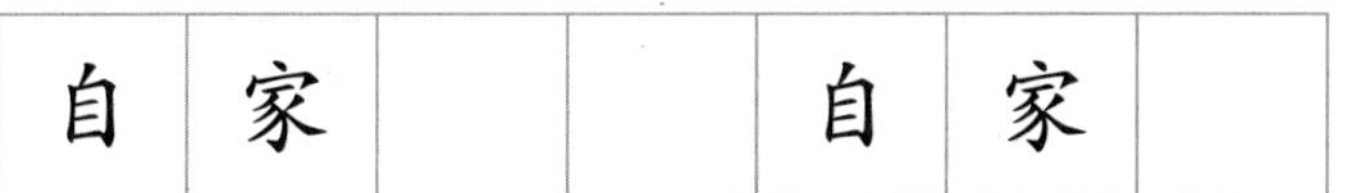

四縣拼音：qid` ga´ co´ sii` qid` ga´ di´

海陸拼音：cid ga` co` shi´ cid ga` di`

華語釋義：自己做壞事，自己最知道。

47.

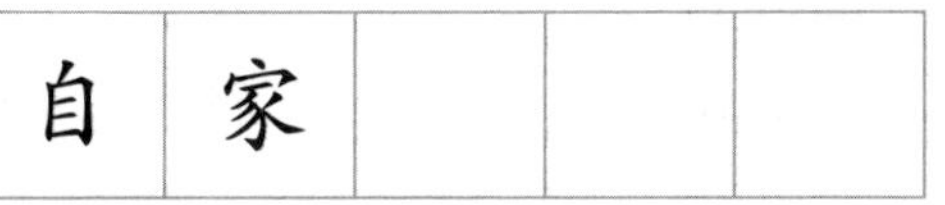

四縣拼音：qid` ga´ zo zag` nginˇ

海陸拼音：cid ga` zoˇ zhag ngin

華語釋義：一個非常保守的人。

S

1.

四縣拼音：saˇ iuˊ saˇ lu bied` iuˊ bied` lu

海陸拼音：sha rhiu` sha lu$^{+}$ bied rhiu` bied lu^{+}

華語釋義：意思是說每個人都有自己的生活方式，任何職業都可以做出成績，三十六行，行行出狀元。

2.

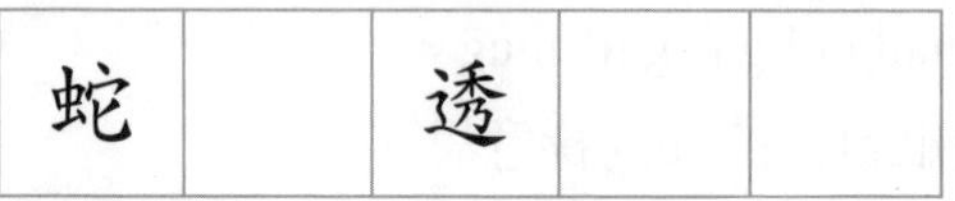

四縣拼音：saˇ lungˇ teu guai` fud`

海陸拼音：sha lung teuˇ guaiˊ fud

華語釋義：比喻人與人之間，不當得利相互串通。

3.

四縣拼音：saˇ go leˊ zang loiˇ da` gun

海陸拼音：sha goˇ le` zhangˇ loi daˊ gunˇ

華語釋義：指錯失時效的意思，看見蛇才急忙找棍子來打，蛇早就溜走了。

4.

四縣拼音：saˇ ngib zug` tungˇ kiug` xin nanˇ goi`

海陸拼音：sha ngibˋ zhug tung kiug sinˇ nan goiˊ

華語釋義：原來的性質或個性難改。

5.

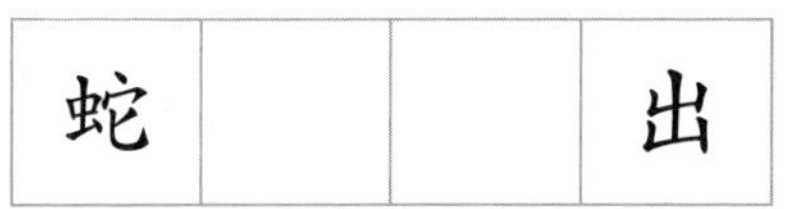

四縣拼音：saˇ xiˋ giogˋ cudˋ

海陸拼音：sha siˊ giog chud

華語釋義：水落石出，比喻每個「事件」都會水清見底露出原形真像。

6.

四縣拼音：saˇ cunˊ anˋ congˇ

海陸拼音：sha chunˋ anˊ chong

華語釋義：像蛇蛋那麼長。

7.

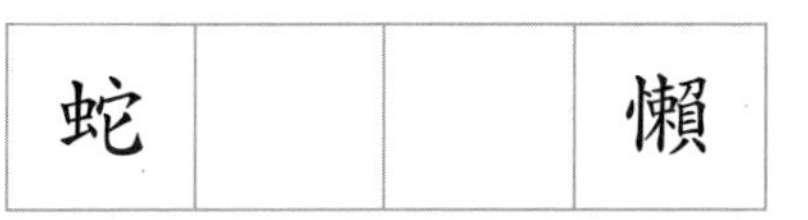

四縣拼音：saˇ vongˇ anˋ nanˊ

海陸拼音：sha vong anˊ nanˋ

華語釋義：像巨蛇一樣懶惰；一動也不動。

8.

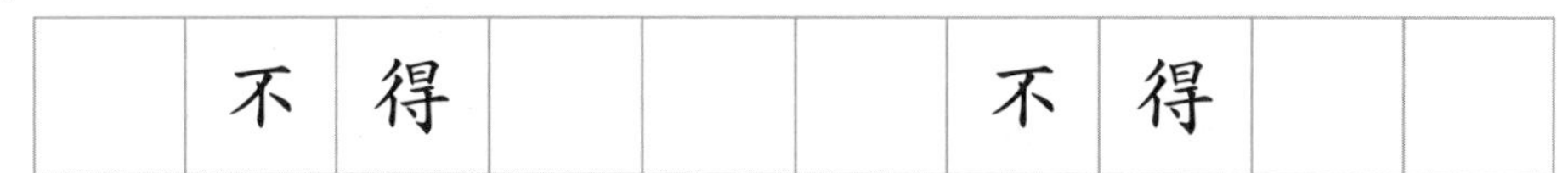

四縣拼音：saˋ budˋ dedˋ gieuˊ qiˊ zo budˋ dedˋ hoˋ hon

海陸拼音：shaˊ bud ded giauˋ ciˋ zoˇ bud ded hoˊ honˇ

華語釋義：只顧得在家裡與妻子親親我我，那是無法在外面做成大事的。

9.

四縣拼音：sai` vug` mongˇ qi´

海陸拼音：sai´ vug mong ci`

華語釋義：搬家時甚麼都帶了，就是忘記帶上妻子。比喻粗心健忘。

10.

四縣拼音：sam´ zeu´ ngib cuˇ fongˇ

海陸拼音：sam` zhau` ngib` chu fong

華語釋義：古代風俗，新媳婦婚後三日須下廚做飯菜。

11.

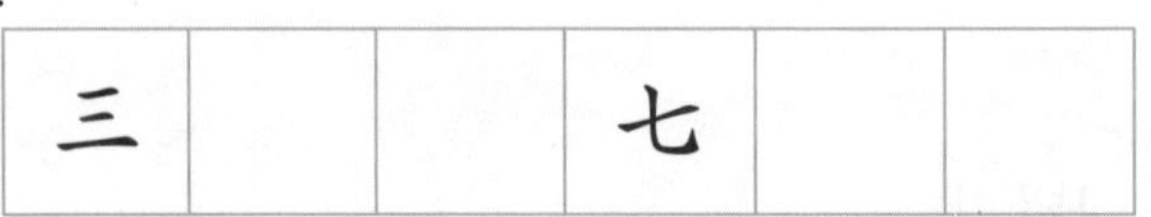

四縣拼音：sam´ zeu´ maˇ qid` ngid` teuˇ

海陸拼音：sam` zhau` ma cid ngid teu

華語釋義：痲疹在三天內顯現病症；天花則在七天後才展現。

12.

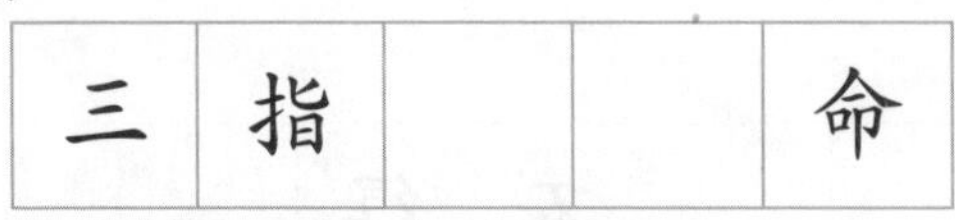

四縣拼音：sam´ zii` fad xin miang

海陸拼音：sam` zhi´ fad` sinˇ miang+

華語釋義：熟練的醫生可以用他的三個手指治癒人；技術高超。

13.

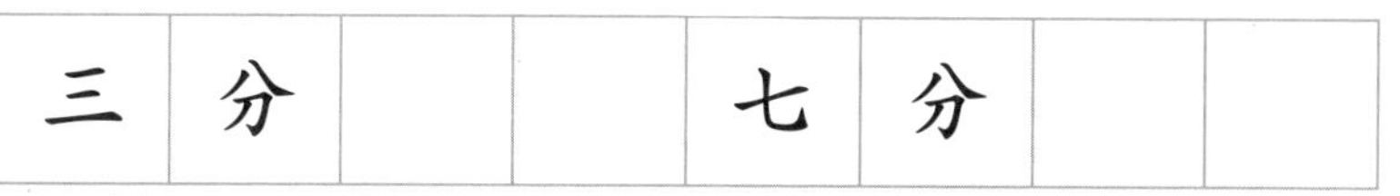

四縣拼音：samˊ funˊ nginˇ coiˇ qidˋ funˊ daˋ ban

海陸拼音：samˋ funˋ ngin coi cid funˋ daˊ banˇ

華語釋義：謂外表的裝飾更勝於內在的實質。比喻一個人的聰明才智，雖與生俱來，但後天的努力才是成功的要件。

14.

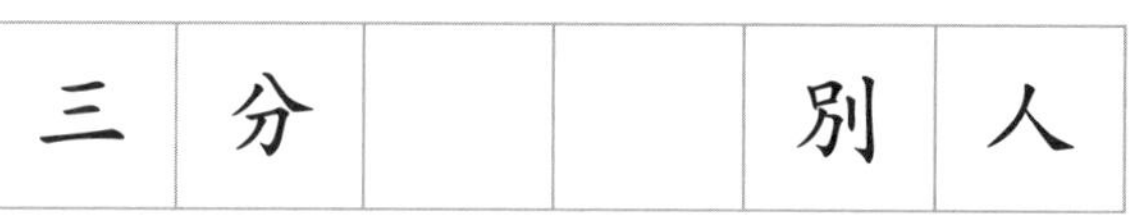

四縣拼音：samˊ funˊ qinˊ iangˇ ped nginˇ

海陸拼音：samˋ funˋ cinˋ rhang pedˋ ngin

華語釋義：即使是遠親，有什麼利益交關的情況，也會先保護有親屬關係的自家人。

15.

四縣拼音：samˊ ha hi piˇ xi ha hi gudˋ

海陸拼音：samˋ ha^{+} hiˇ pi siˇ ha^{+} hiˇ gud

華語釋義：三次中風，皮膚就剝落了；四度中風，肉和骨頭是分離的。

16.

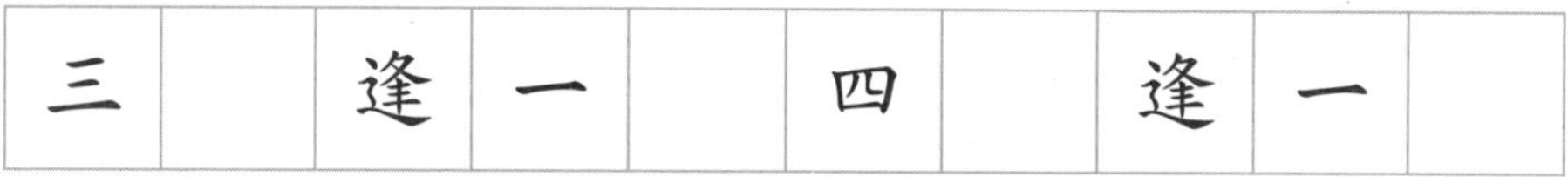

四縣拼音：samˊ ngienˇ fungˇ idˋ iun xi gui fungˇ idˋ cunˊ

海陸拼音：samˋ ngien fung rhid rhun^{+} siˇ guiˇ fung rhid chunˋ

華語釋義：農曆一年比陽曆少11天左右，每三年便會多出一個月，用閏月來平衡一天的春夏秋冬四季。使得一年四季季節分明。

17.

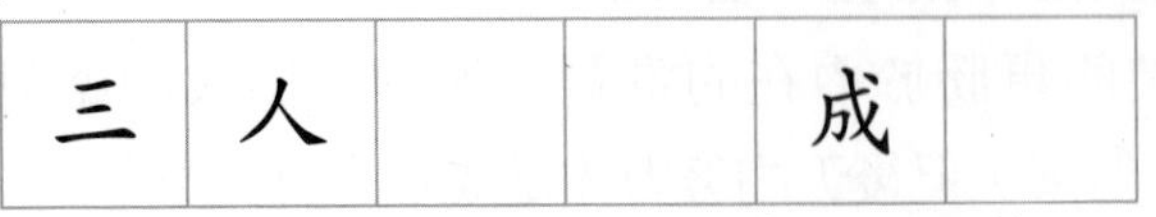

四縣拼音：samˊ nginˇ ziin guiˊ siinˇ biedˋ

海陸拼音：samˋ ngin zhinˇ guiˋ shin bied

華語釋義：將烏龜硬說成鱉，比喻歪曲事實；顛倒是非。與三人成虎的意思相近。

18.

四縣拼音：samˊ banˊ moˇ idˋ kien

海陸拼音：samˋ banˋ mo rhid kien^{+}

華語釋義：沒有看到所需的物件。

19.

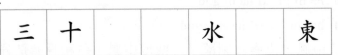

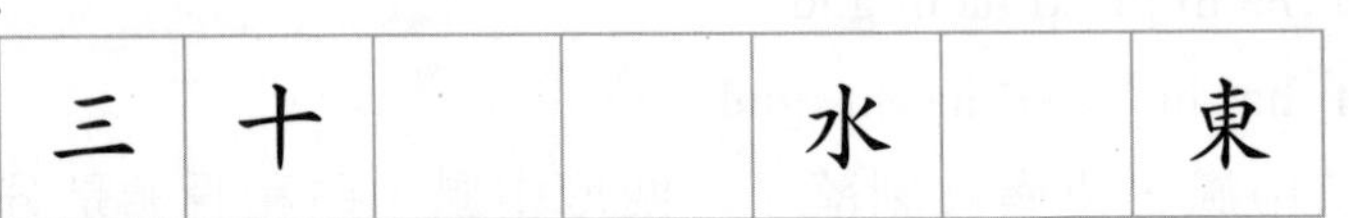

四縣拼音：samˊ siib ngienˇ qienˇ suiˋ liuˇ dungˊ

海陸拼音：samˋ shibˋ ngien cien shuiˊ liu dungˋ

華語釋義：世事無常，滄海成桑田，因此，感嘆時移勢易，榮華富貴轉眼成空。

20.

四縣拼音：samˊ deuˋ no po liugˋ siinˊ zamˊ

海陸拼音：samˋ deuˊ no+ poˇ liug shinˋ zhamˋ

華語釋義：一定比例的糯米摻入在來米，不失其黏度又不會太黏，很適合做各種的粄食。

21.

四縣拼音：samˊ tiauˇ tai su kiung tiauˇ ginˊ

海陸拼音：samˋ tiau tai+ shu+ kiung+ tiau ginˋ

華語釋義：三棵大樹共用一根；根基共存。

22.

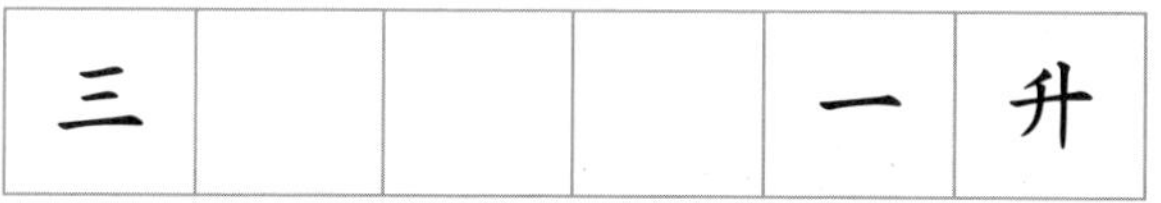

四縣拼音：samˊ tungˇ kiˊ fu idˋ siinˊ

海陸拼音：samˋ tung kiˋ fu+ rhid shinˋ

華語釋義：比喻小人人多勢眾、君子人少勢弱，這句話意思指君子常受到小人的欺負。

23.

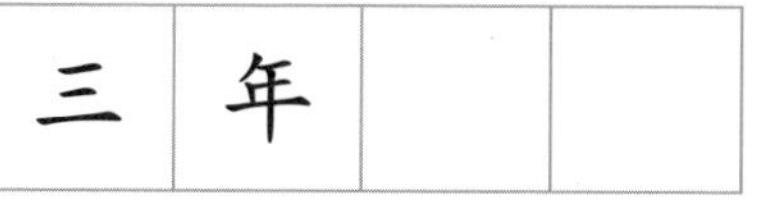

四縣拼音：samˊ ngienˇ pauˊ fongˊ

海陸拼音：samˋ ngien pauˋ fongˋ

華語釋義：指適宜耕種的田地而不耕種，任其荒廢的現象。這句話是說好田地任其閒置荒蕪的意思。

24.

四縣拼音：samˊ ngienˇ pauˊ liongˋ

海陸拼音：samˋ ngien pauˋ liongˊ

華語釋義：每三年生兩個孩子的妻子。

25.

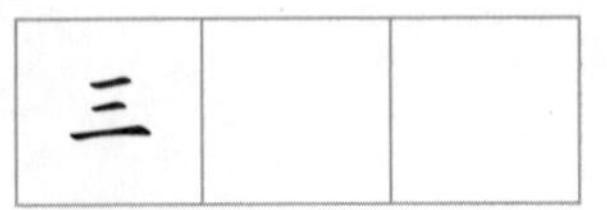

四縣拼音：samˊ sogˋ xien

海陸拼音：samˋ sog sienˇ

華語釋義：有三根像線一樣的繩子纏繞着身體；非常之毒。

26.

四縣拼音：samˇ suˇ tiau anˋ ienˋ

海陸拼音：sham shu tiauˇ anˊ rhanˊ

華語釋義：蟾蜍一跳最多30公分；表示距離很短。

27.

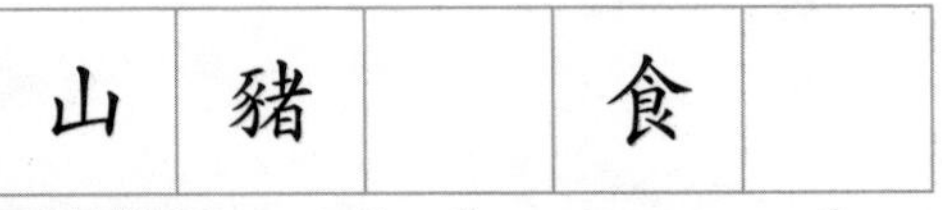

四縣拼音：sanˊ zuˊ hog siid hongˊ

海陸拼音：sanˋ zhuˋ hogˋ shidˋ hongˋ

華語釋義：山豬從未吃過米糠，不知其味道。比喻首嘗其事，不知好壞。

28.

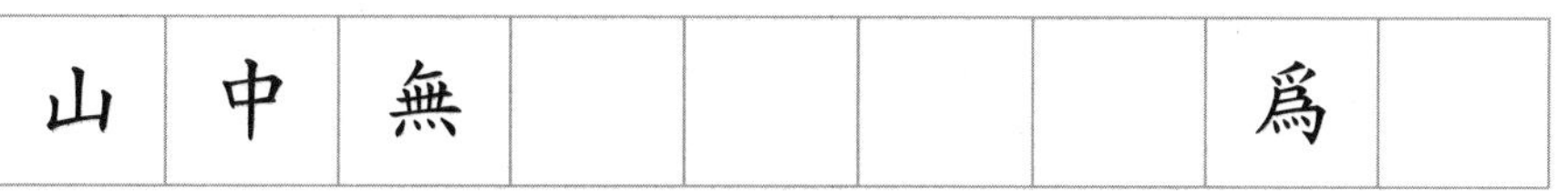

四縣拼音：sanˊ zungˊ moˇ lo fuˋ heuˇ goˊ viˇ vongˇ

海陸拼音：sanˋ zhungˋ mo loˊ fuˊ heu goˋ vui vong

華語釋義：用以比喻在沒有理想人選的時候，普通人物亦能稱王稱霸。

29.

四縣拼音：sanˊ zungˊ iuˊ ciid su sii song moˇ ciid nginˇ

海陸拼音：sanˋ zhungˋ rhiuˋ chidˋ shu+ sheˇ shong+ mo chidˋ ngin

華語釋義：山裡還可能看到長得筆直的樹，但世上不能找到誠實的人。

30.

四縣拼音：sanˊ siid du voi benˊ

海陸拼音：sanˋ shidˋ du+ voi+ benˋ

華語釋義：像山那麼大堆的食物都會被這些人吃光。

31.

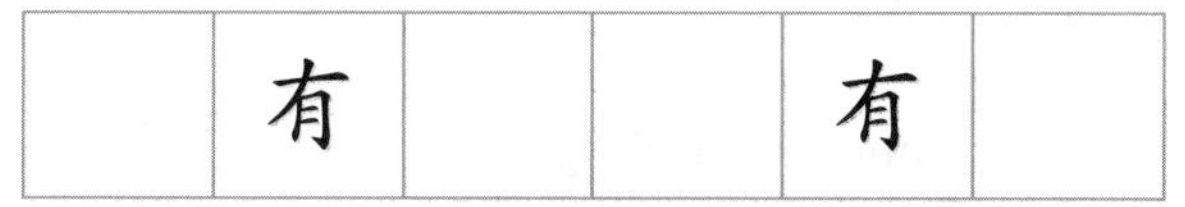

四縣拼音：sanˊ iuˊ nginˇ suiˋ iuˊ nginˇ

海陸拼音：sanˋ rhiuˋ ngin shuiˊ rhiuˋ ngin

華語釋義：山復育着人，水也乘載着人。

32.

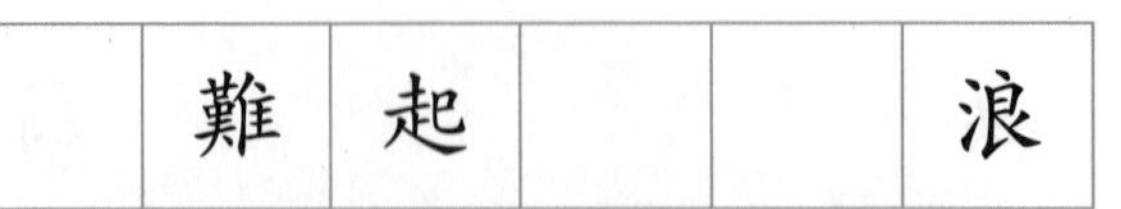

四縣拼音：san fungˊ nanˇ hiˋ qienˊ cenˇ long

海陸拼音：shanˇ fungˋ nan hiˊ cienˋ cen long+

華語釋義：知勢不可為就別徒勞無功。

33.

四縣拼音：san ogˋ do teuˇ zungˊ iuˊ bo

海陸拼音：shan+ og doˇ teu zhungˋ rhiuˋ boˇ

華語釋義：善有善報惡有惡報，不是不報時候未到。

34.

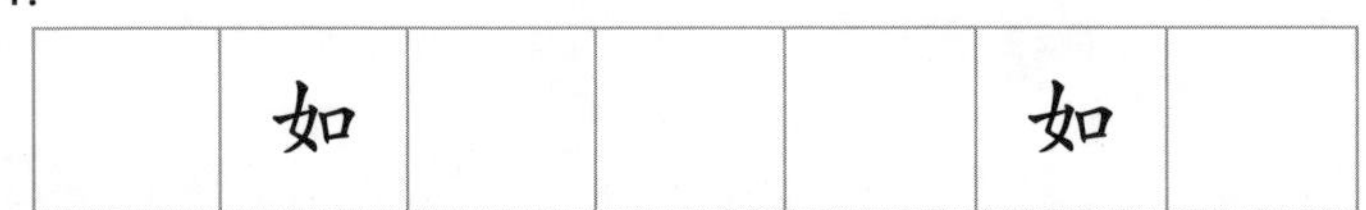

四縣拼音：san iˇ qiangˊ qiungˇ ogˋ iˇ faˊ

海陸拼音：shan+ rhi ciangˋ ciung og rhi faˋ

華語釋義：良善就像青松可以長久，邪惡正如艷麗的花朵，無法經霜耐久。

35.

四縣拼音：sangˇ munˇ siidˋ fo iongˊ kib ciiˇ ngˇ

海陸拼音：shang mun shid foˊ rhongˋ kibˋ chi ng

華語釋義：趴着也中槍，意思指無辜被牽累。

36.

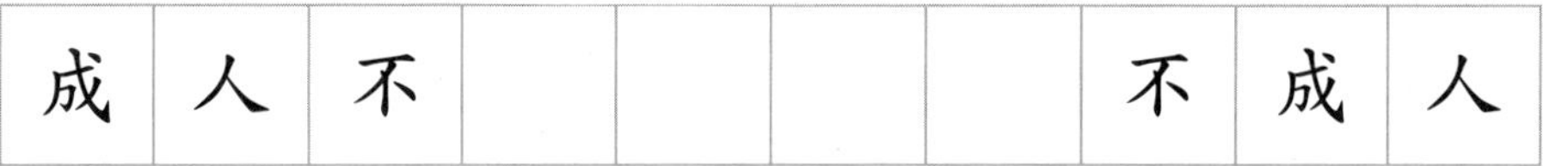

四縣拼音：sangˇ nginˇ budˋ cii cai cii cai budˋ sangˇ nginˇ

海陸拼音：shang ngin bud cii+ cai+ cii+ cai+ bud shang ngin

華語釋義：意思是人要有成就，必須刻苦努力，不可安逸自在。

37.

四縣拼音：sang gungˊ diedˋ log jiangˋ–moˇ fabˋ

海陸拼音：shang+ gungˋ died logˋ ziangˊ–mo fab

華語釋義：連法力高強的道士也被困在井中，無計可施。

38.

四縣拼音：sang gungˊ jinˊ guiˋ ia jinˊ

海陸拼音：shang+ gungˋ zinˋ guiˊ rha+ zinˋ

華語釋義：指道高一尺，魔高一丈。俗話說你有你的落地索，我有我的上天梯，不管對方的招式如何變化，總有應對的方式。

39.

四縣拼音：sangˊ cu hoˋ con qienˇ sug cu hoˋ go ngienˇ

海陸拼音：sangˋ chuˇ hoˊ con+ cien shugˋ chuˇ hoˊ goˇ ngien

華語釋義：在陌生的地方，容易賺錢；在熟悉的地方，如果遇到困難則容易得到援助，渡過難關。

40.

四縣拼音：sangˊ mˇ cog zung dedˋ cog

海陸拼音：sangˋ m chogˋ zhungˇ ded chogˋ

華語釋義：出生在貧窮中卻變爲富者；指被收養的小孩。

41.

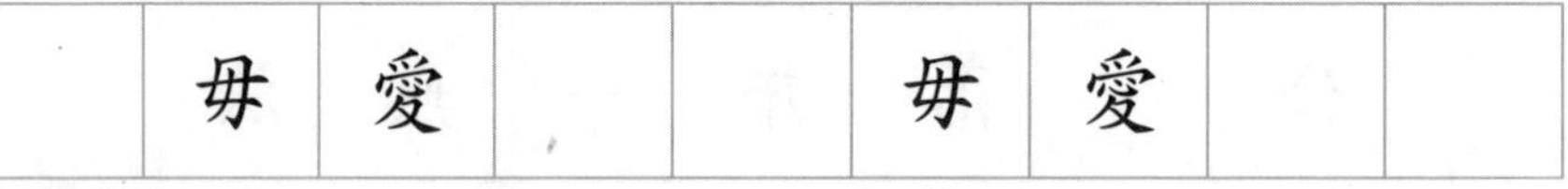

四縣拼音：sangˊ mˇ oi vugˋ xiˋ mˇ oi gonˊ coiˇ

海陸拼音：sangˋ m oiˇ vug siˊ m oiˇ gonˋ coi

華語釋義：指天性浪蕩的流浪漢、無賴，活着時不顧家庭，死了也不怕沒人收屍。

42.

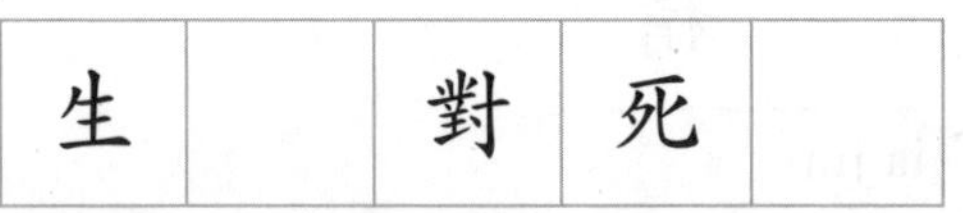

四縣拼音：sangˊ nginˇ dui xiˋ on

海陸拼音：sangˋ ngin duiˇ siˊ onˇ

華語釋義：指無法釐清案情的事件，引申叫人有百口莫辯的意思。

43.

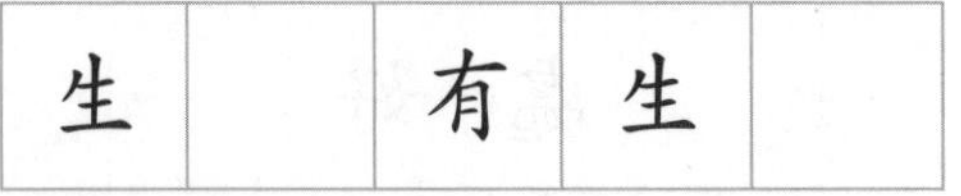

四縣拼音：sangˊ nginˇ iuˊ sangˊ gie

海陸拼音：sangˋ ngin rhiuˋ sangˋ gieˇ

華語釋義：人活着不管遇到甚麼困難，要能隨機應變設法解決。

44.

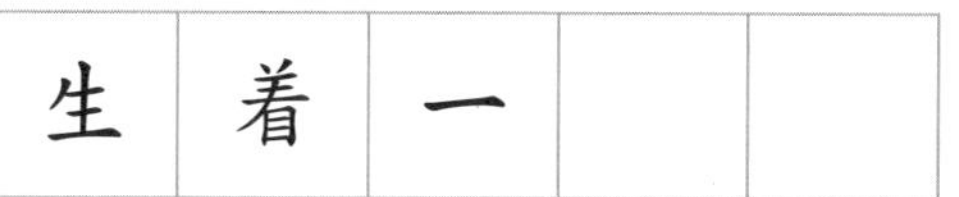

四縣拼音：sangˊ doˋ idˋ bidˋ fa

海陸拼音：sangˋ doˊ rhid bid fa⁺

華語釋義：天生就像百合花那般的好看。

45.

四縣拼音：sangˊ qienˇ mˇ doˋ fungˊ suiˋ hoˋ

海陸拼音：sangˋ cien m doˊ fungˋ shuiˊ hoˊ

華語釋義：我不能因爲風水好就借到錢；努力才能獲得。

46.

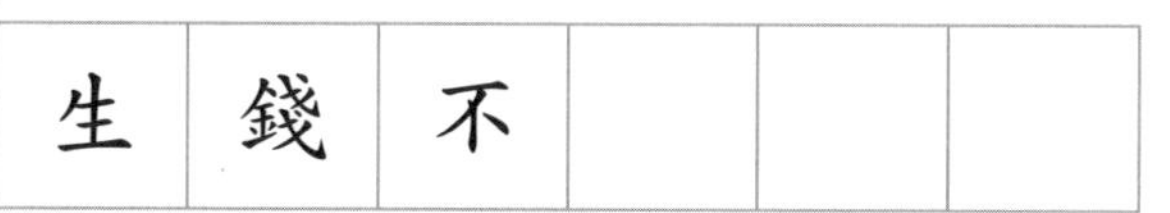

四縣拼音：sangˊ qienˇ budˋ iˇ mai vud

海陸拼音：sangˋ cien bud rhi mai⁺ vudˋ

華語釋義：與其向人借貸，不如賣掉財產求現，來得有尊嚴。

47.

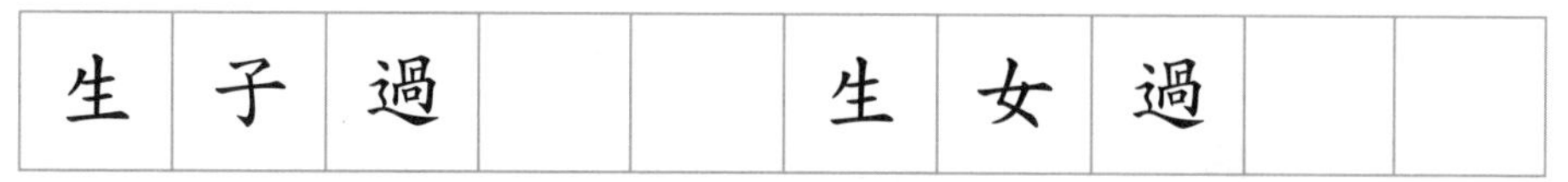

四縣拼音：sangˊ ziiˋ go hog tongˇ sangˊ ngˋ go gaˊ ngiongˇ

海陸拼音：sangˋ ziiˊ goˇ hogˋ tong sangˋ ngˊ goˇ gaˋ ngiong

華語釋義：兒子在學校接受教育，女兒早早被嫁做人婦。

48.

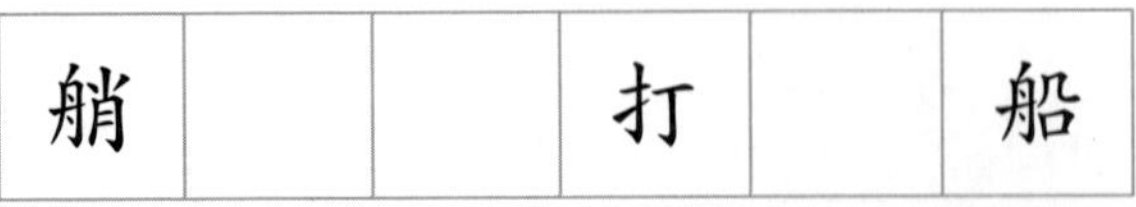

四縣拼音：sau gung´ do´ da` lan sonˇ

海陸拼音：siauˇgung` do` da´ lan+ shon

華語釋義：指人多嘴雜意見多，事情做不好。

49.

四縣拼音：sag teuˇ gin he fan´ gin` ha

海陸拼音：shag` teu ginˇ heˇ fan` gin´ ha`

華語釋義：石頭是向下滾動的；指老人家喜愛回味年輕的過往。

50.

四縣拼音：se` von` iu´ xiong´ kab

海陸拼音：se´ von´ rhiu` siong` kab`

華語釋義：碗與碗之間會相碰撞，人與人同居相處，自然也會有磨擦。

51.

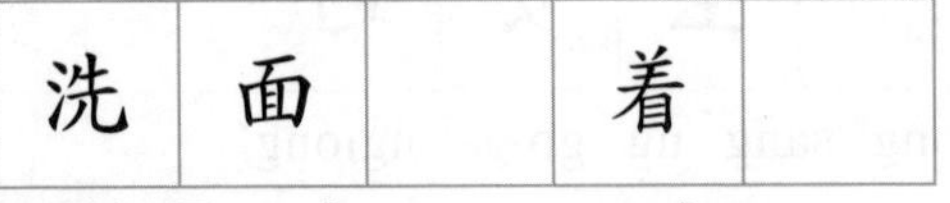

四縣拼音：se` mien ngoi do` pi

海陸拼音：se´ mienˇ ngoi+ do´ pi+

華語釋義：洗臉時，水都會碰到鼻子，表示說話要謹慎小心，不要隨便亂講，免得傷到別人。

52.

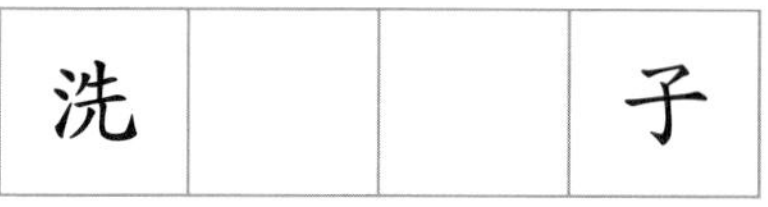

四縣拼音：seˋ hiˋ moi ziiˋ

海陸拼音：seˊ hiˊ moiˇ ziiˊ

華語釋義：抱起新生的女嬰洗一洗，別毀了她；接受事實。

53.

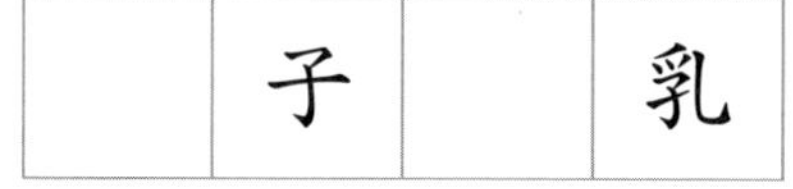

四縣拼音：se ziiˋ hanˋ nen

海陸拼音：seˇ ziiˊ hanˊ nenˇ

華語釋義：一個營養不足的孩子。

54.

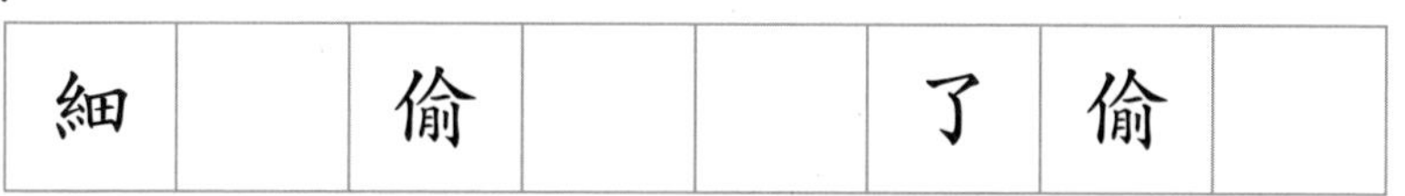

四縣拼音：se siiˇ teuˊ ziimˊ tai liauˋ teuˊ gimˊ

海陸拼音：seˇ shi teuˋ zhimˋ tai^{+} liauˊ teuˋ gimˋ

華語釋義：喻小時候就要注意教養，否則長大後會變成歹人。

55.

四縣拼音：senˊ liˊ hoˋ zo foˋ gie nanˇ hab

海陸拼音：senˋ liˋ hoˊ zoˇ foˊ gieˇ nan habˋ

華語釋義：做生意不難，要找到合意的生意夥伴才真困難。

56.

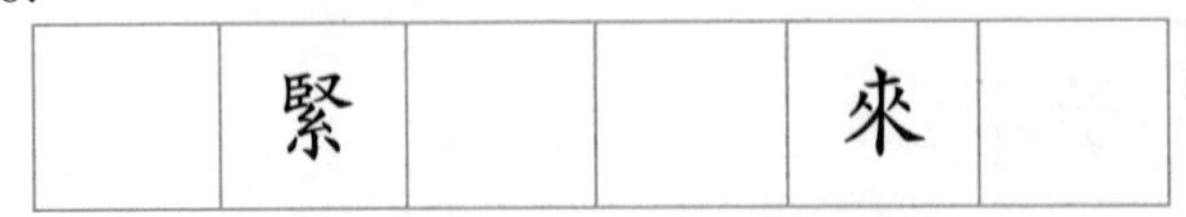

四縣拼音：sedˋ ginˋ sii vudˋ loiˇ au

海陸拼音：sed ginˊ shi+ vud loi auˇ

華語釋義：爭論到了極限的人。

57.

四縣拼音：sedˋ doˊ mˇ diˊ iongˊ

海陸拼音：sed doˋ m diˋ rhongˋ

華語釋義：比喻困難成堆，乾脆就不去愁它。

58.

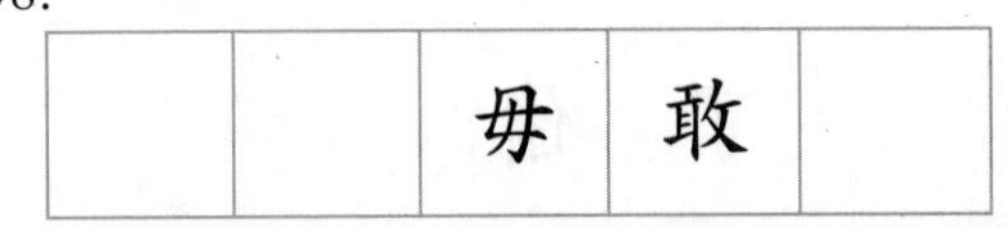

四縣拼音：sedˋ iongˊ mˇ gamˋ tungˊ

海陸拼音：sed rhongˋ m gamˊ tungˋ

華語釋義：被蝨子叮咬過的人都知道，患處是愈抓愈癢，故要盡量避免搔抓才是。

59.

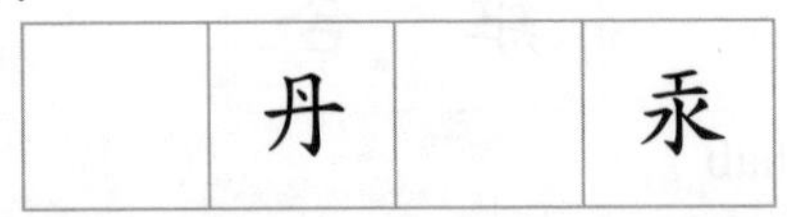

四縣拼音：seuˊ danˊ lien gungˋ

海陸拼音：shauˋ danˋ lien+ gungˊ

華語釋義：道家用爐火燒煉礦石或丹藥的方術。

60.

四縣拼音：seuˊ ziiˋ qienˇ sung giˇ zeuˋ

海陸拼音：shauˋ zhiˊ cien sungˇ gi zeuˊ

華語釋義：民眾焚燒金銀紙錢表達對祖先及好兄弟的敬意，家人辭世時也會燒紙錢送行。

61.

四縣拼音：seuˋ siid doˊ diˊ mi

海陸拼音：shauˊ shidˋ doˋ diˋ mui+

華語釋義：食物好吃，偶而吃一次，感覺才令人回味。

62.

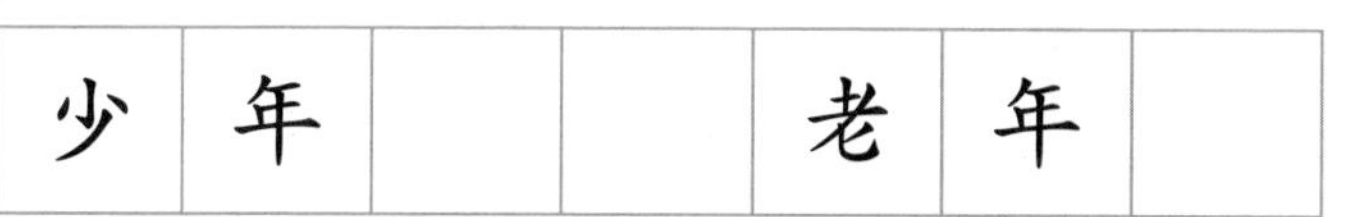

四縣拼音：seu ngienˇ ziimˊ ziiˋ loˋ ngienˇ iˊ

海陸拼音：shauˇ ngien zhimˋ zhiˊ loˊ ngien rhiˋ

華語釋義：裁縫的工作，年輕人眼力好、心手巧；而幫人診療則需要經驗豐富者。

63.

四縣拼音：cauˇ ngiˋ sedˋ fudˋ

海陸拼音：cau ngiˊ sed fud

華語釋義：指周遭環境喧鬧震耳。

64.

四縣拼音：seuˊ fam iˇ vi menˇ

海陸拼音：siauˋ fam^{+} rhi vui^{+} men

華語釋義：防止禍患於未發生之前。

65.

四縣拼音：seuˋ guiˋ nung tai siinˇ

海陸拼音：siauˊ guiˊ nung^{+} tai^{+} shin

華語釋義：意思就是聰慧的小孩捉弄一個很厲害的成年人。

66.

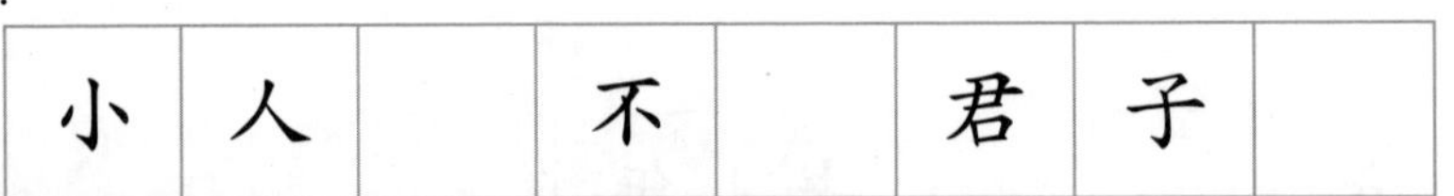

四縣拼音：seuˋ nginˇ hiongˋ budˋ dedˋ giunˊ ziiˋ fugˋ

海陸拼音：siauˊ ngin hiongˊ bud ded giunˋ ziiˊ fug

華語釋義：卑鄙的人無法體會善良人們的幸福。

67.

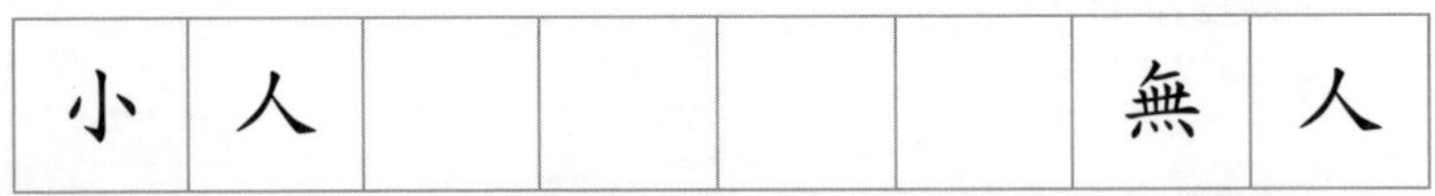

四縣拼音：seuˋ nginˇ dedˋ zii pongˇ iog vuˇ nginˇ

海陸拼音：siauˊ ngin ded zhiˇ pong rhogˋ vu ngin

華語釋義：指人格卑下的人取得了權勢就看不起周遭的人。

68.

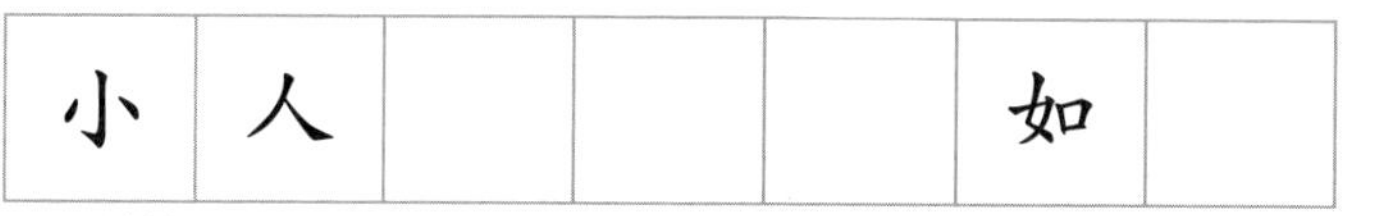

四縣拼音：seuˋ nginˇ ziiˊ gauˊ tiamˇ iˇ med

海陸拼音：siauˊ ngin ziiˋ gauˋ tiam rhi medˋ

華語釋義：小人與人交往有其目的，可能看上口袋裡面的錢，或者看上社會關係，因此會巧言令色求取攀附。

69.

四縣拼音：seuˋ qienˇ mˇ guan siiˋ

海陸拼音：siauˊ cien m guanˇ siiˊ

華語釋義：不願施捨現金讓人感覺幸福；連小惠都不願施捨。

70.

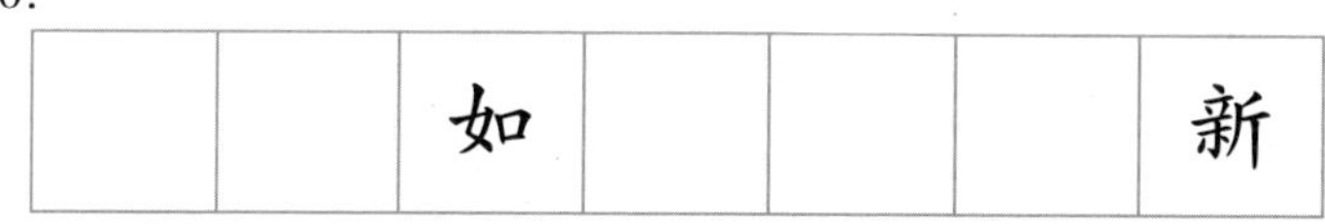

四縣拼音：sii sii iˇ kiˇ kiug kiug xinˊ

海陸拼音：sheˇ sii⁺ rhi ki kiugˋ kiugˋ sinˋ

華語釋義：世間的事情就跟下棋一樣，的確是充滿諸多變故，但還是如下棋一樣，輸贏不能太過計較，大不了重新開一局。

71.

四縣拼音：siiˊ mi xiugˋ conˊ

海陸拼音：shiˋ mui⁺ siug conˋ

華語釋義：空占位置而不做事甚至不勞而坐食。比喻居其位而不勤其事。

72.

四縣拼音：sii vud` co´ do` sii`

海陸拼音：shi+ vud co` do´ shi´

華語釋義：觸碰他不應該干涉的東西；與不適合與伴的人在一起。

73.

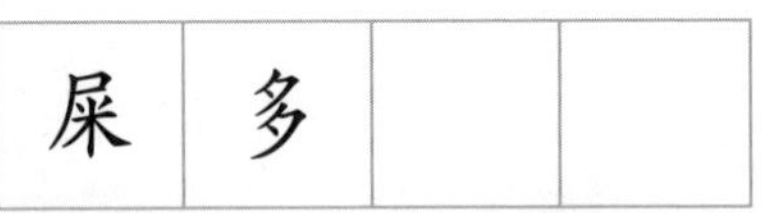

四縣拼音：sii` do´ gieu` bau`

海陸拼音：shi´ do` gieu´ bau´

華語釋義：形容東西多而無用、不值錢。

74.

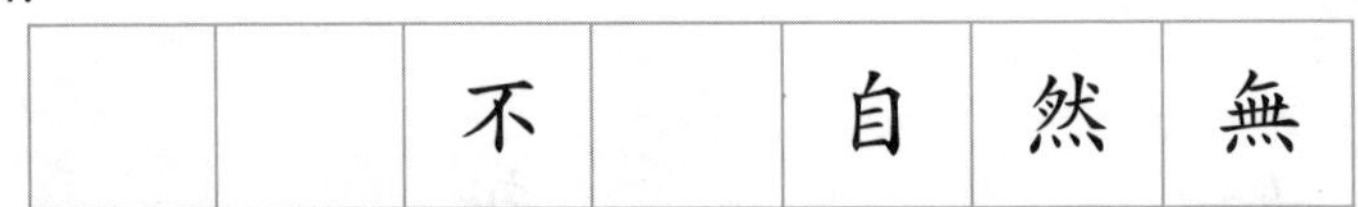

四縣拼音：sii fi´ bud` pien cii ienˇ moˇ

海陸拼音：shi+ fui` bud pien+ cii+ rhan mo

華語釋義：是對是錯以不辯爲解脫，明白因果報應，自然放得下。

75.

四縣拼音：sii´ e` kun` kiuˇ kiung iong

海陸拼音：sii` er kun´ kiu kiung+ rhong+

華語釋義：兩個人無情地戰鬥，殘酷不仁的彼此對待。

76.

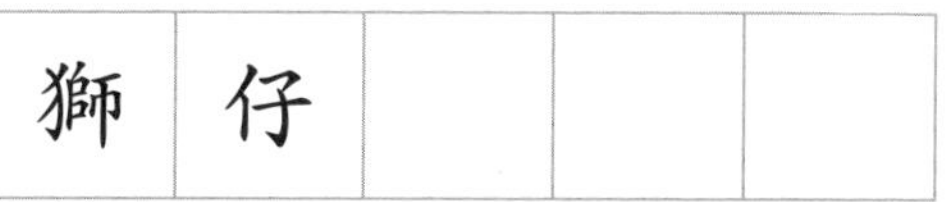

四縣拼音：siiˊ eˋ gamˊ ngaiˇ kiaˇ

海陸拼音：siiˋ er gamˋ ngai kia

華語釋義：指那些被迫爲所有相關事物承擔責任的人。

77.

四縣拼音：siiˊ budˋ cudˋ fuˊ munˇ vedˋ

海陸拼音：siiˋ bud chud fuˋ mun ved

華語釋義：指思考格局不大。

78.

四縣拼音：siiˊ iug cunˇ ximˊ zo sii budˋ siinˇ

海陸拼音：siiˋ rhugˋ cun simˋ zoˇ sii+ bud shin

華語釋義：爲人心胸坦蕩、做人受歡迎、做事都成功。

79.

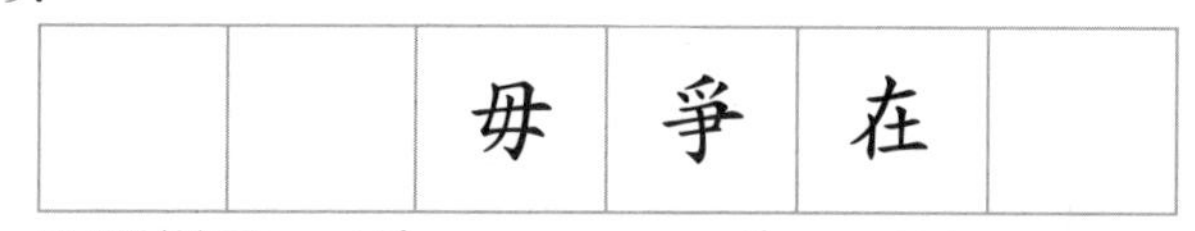

四縣拼音：siiˊ vunˇ mˇ zangˊ cai siid

海陸拼音：siiˋ vun m zangˋ cai+ shidˋ

華語釋義：性情謙遜的人並不在乎自己吃多吃少，不與人爭食。

80.

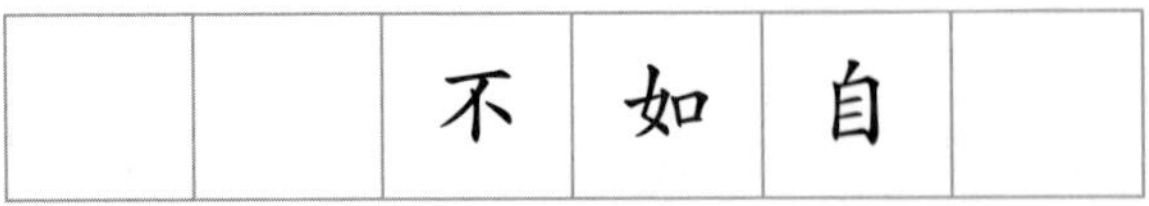

四縣拼音：siiˋ kieuˋ budˋ iˇ cii zeuˋ

海陸拼音：siiˊ kieuˊ bud rhi cii^{+} zeuˊ

華語釋義：動口使喚別人，不如自己去行動。

81.

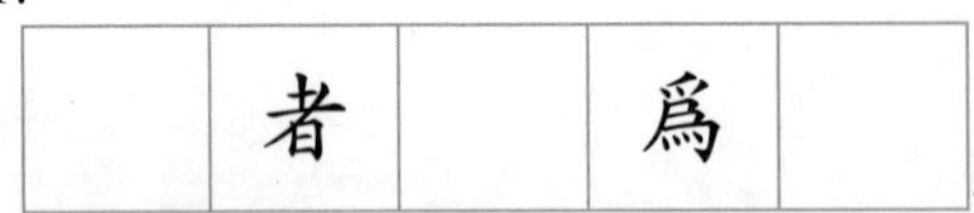

四縣拼音：sii zaˋ songˇ viˇ sii

海陸拼音：sii^{+} zhaˊ shong vui sii^{+}

華語釋義：父道在前，子道在後；父親言行端正，做孩子的也會學其榜樣。

82.

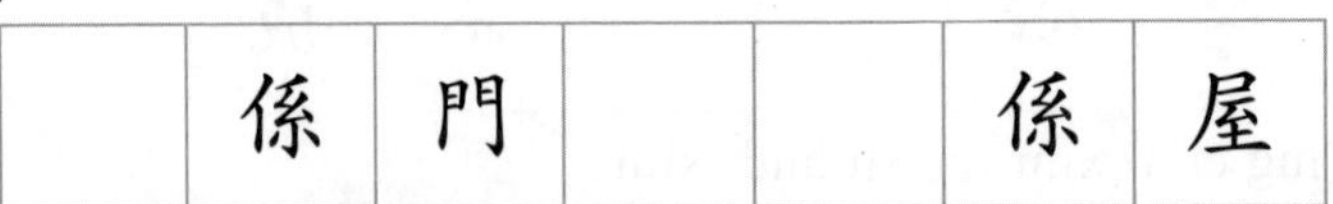

四縣拼音：sii he munˇ leuˇ suˊ he vugˋ

海陸拼音：sii^{+} heˇ mun leu shuˋ heˇ vug

華語釋義：一手好字、一棟棟黃金屋，一筆一劃都是風景。

83.

四縣拼音：sii moˇ bagˋ ngidˋ gungˊ

海陸拼音：sii^{+} mo bag ngid gungˋ

華語釋義：指只要下百日之功，就能見一定效果。

84.

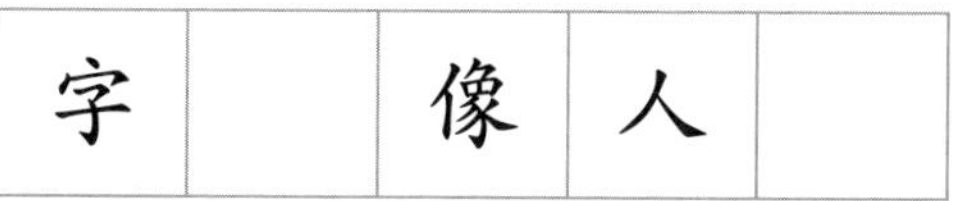

四縣拼音：sii tiˋ qiong nginˇ hinˇ

海陸拼音：sii+ tiˊ ciongˇ ngin hin

華語釋義：個人有個人的字體風格。

85.

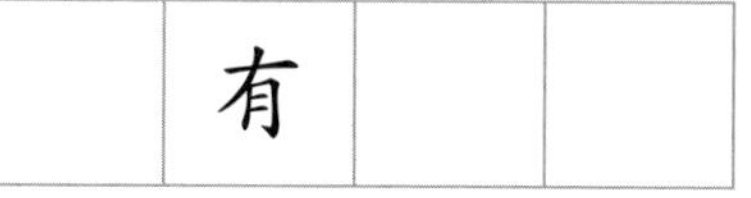

四縣拼音：sii iuˊ gudˋ lid

海陸拼音：sii+ rhiuˋ gud lidˋ

華語釋義：形容字體寫出石刻的感覺，給人沉穩實在的感受。

86.

四縣拼音：se teuˇ iam iam

海陸拼音：sheˇ teu rham+ rham+

華語釋義：指人的氣勢力量猶如烈火般猛烈。

87.

四縣拼音：siiˋ zogˋ iungˋ zaˋ kiˇ vuˇ heu fuˊ

海陸拼音：shiˊ zog rhungˊ zhaˊ ki vu heu+ fuˋ

華語釋義：指責最初發明俑的人，一定會得到報應，絕子絕孫。

88.

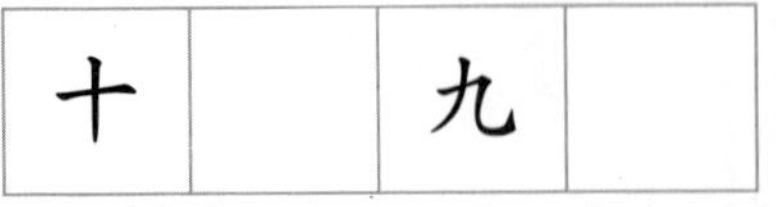

四縣拼音：siib gau` giu` song´

海陸拼音：shib` gau´ giu´ shong`

華語釋義：十場競賽中有九次會導致受傷；與十賭九輸意同。

89.

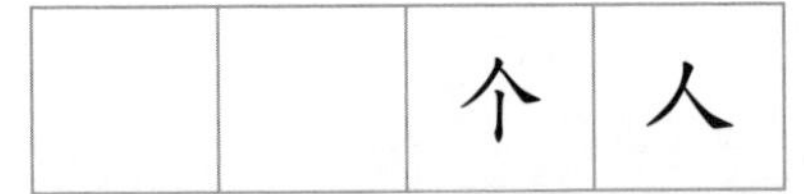

四縣拼音：siid fuˇ ge nginˇ

海陸拼音：shid` fu gaiˇ ngin

華語釋義：指的是嬰兒。

90.

四縣拼音：siid bun` coiˇ zu` moˇ siid bun` giog` fu´

海陸拼音：shid` bun´ coi zhu´ mo shid` bun´ giog fu`

華語釋義：損失落在商人身上，而不是承運人身上；表示貨物沒有準時運送到達。

91.

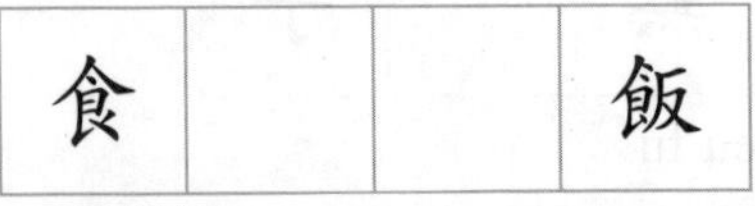

四縣拼音：siid cu mien fan

海陸拼音：shid` chiuˇ mienˇ pon+

華語釋義：工頭吃飯時不高興；表示不滿意下屬的工作。

92.

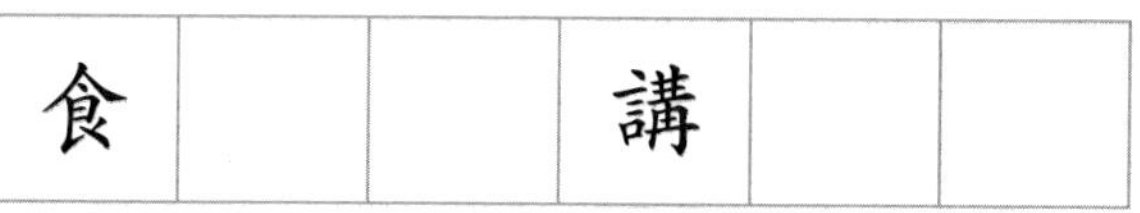

四縣拼音：siid fanˊ suˇ gongˋ miˋ ga

海陸拼音：shidˋ fanˋ shu gongˊ miˊ gaˇ

華語釋義：指人虛榮心太重，做事不肯腳踏實地。

93.

四縣拼音：siid he nginˇ damˋ zogˋ he nginˇ viˊ

海陸拼音：shidˋ heˇ ngin damˊ zhog heˇ ngin vuiˋ

華語釋義：食得飽，人就有膽量；穿着講究，人就顯得有威儀。

94.

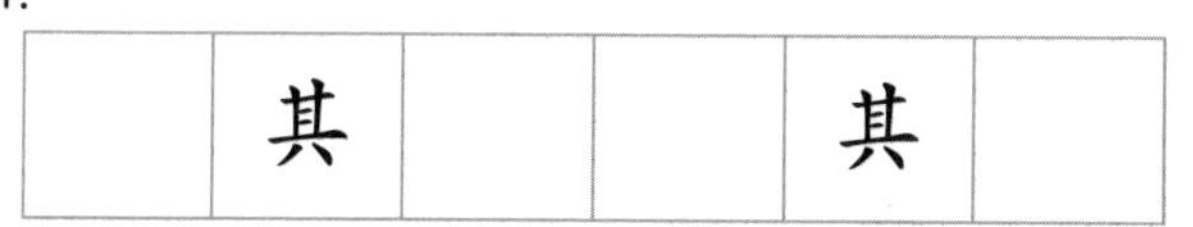

四縣拼音：siid kiˇ lugˋ zungˊ kiˇ sii

海陸拼音：shidˋ ki lug zhungˋ ki sii+

華語釋義：領老闆的薪水，就要好好爲老闆做事。

95.

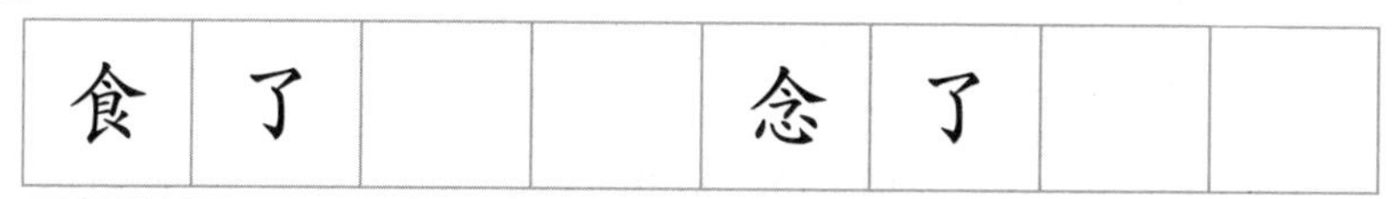

四縣拼音：siid leˋ gaˊ fan ngiam leˋ gaˊ ginˊ

海陸拼音：shidˋ liauˊ gaˋ pon+ ngiam+ liauˊ gaˋ ginˋ

華語釋義：比喻得了別人的好處，因礙於情面，凡事就不能秉公處理。

96.

四縣拼音：siid leˋ tongˇ siid za mˇ tiamˇ

海陸拼音：shidˋ liauˊ tong shidˋ zhaˇ m tiam

華語釋義：吃了甜糖再吃甘蔗，覺得甘蔗不夠甜。喻過習慣舒適的日子，再過較差些的生活會不習慣。

97.

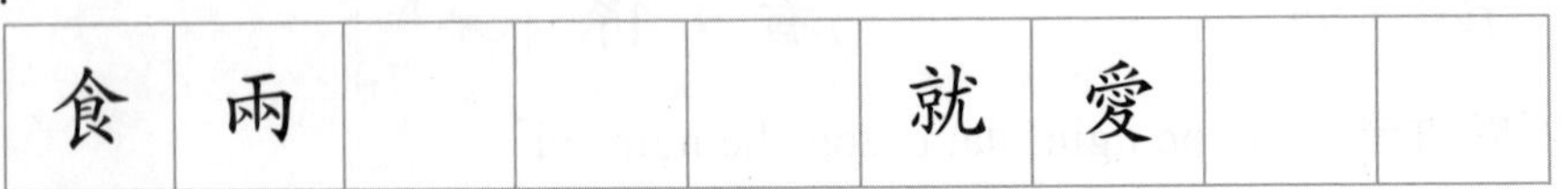

四縣拼音：siid liongˋ zagˋ vongˇ teu qiu oi bien xienˊ

海陸拼音：shidˋ liongˊ zhag vong teu⁺ ciu⁺ oiˇ bienˇ sienˋ

華語釋義：比喻修行或者道行還不夠，不自量力。

98.

	無	窮		無	窮	
		毋	着			窮

四縣拼音：siid moˇ kiungˇ siiˋ moˇ kiungˇ

da ˋ son mˇ cog idˋ sii kiungˇ

海陸拼音：shidˋ mo kiung siiˊ mo kiung

daˊ sonˇ m chogˋ rhid sheˇ kiung

華語釋義：吃穿不會使人貧窮，計劃不對才會使人一生貧窮潦倒。

99.

四縣拼音：siid ngˇ piˇ siid ngiugˋ ceu

海陸拼音：shidˋ ng pui shidˋ ngiug seuˇ

華語釋義：指人專挑好的（部位）來吃。

100.

四縣拼音：siid nginˇ gudˋ teuˇ doiˊ sanˊ

海陸拼音：shidˋ ngin gud teu doiˋ sanˋ

華語釋義：形容一個人極其貪婪。

101.

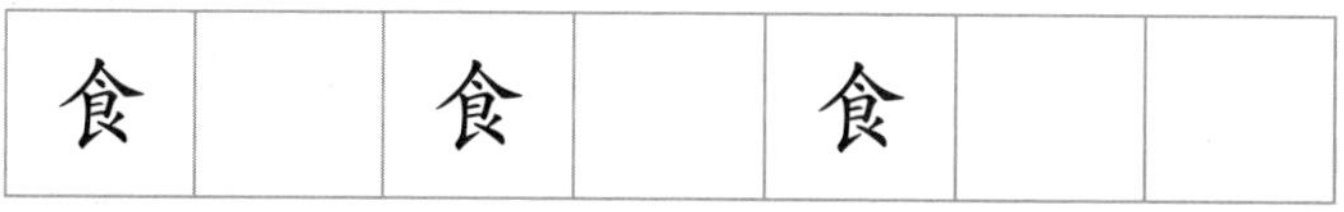

四縣拼音：siid songˊ siid haˊ siid qidˋ gaˊ

海陸拼音：shidˋ shongˋ shidˋ haˋ shidˋ cid gaˋ

華語釋義：到處又食又飲佔人便宜，總也會輪到自己請別人。

102.

四縣拼音：siid suiˋ ngiam suiˋ ngienˇ teuˇ

海陸拼音：shidˋ shuiˊ ngiam^{+} shuiˊ ngien teu

華語釋義：勸人要飲水思源。

103.

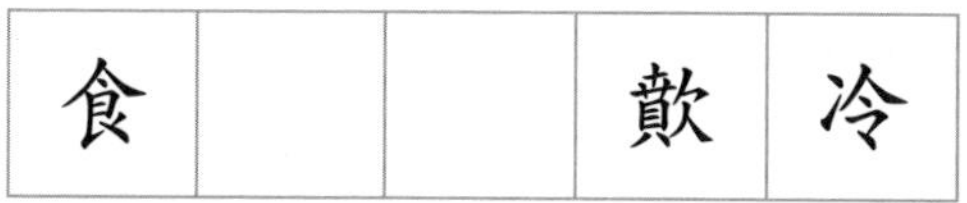

四縣拼音：siid suiˋ du punˇ langˊ

海陸拼音：shidˋ shuiˊ du^{+} pun langˋ

華語釋義：對一件事過於謹慎或注重細節。

104.

四縣拼音：siid sii` cun´ gong´

海陸拼音：shid` sii´ chun` gong`

華語釋義：生活的吃穿用度皆無虞。

105.

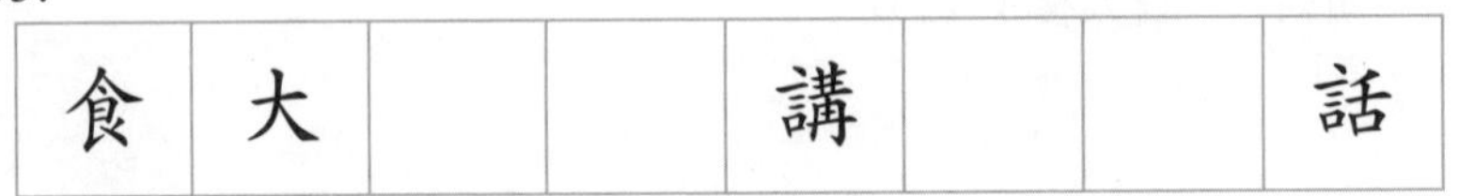

四縣拼音：siid tai mag zug` gong` fongˇ di fa

海陸拼音：shid` tai+ mag` zhug gong´ fong diˇ faˇ

華語釋義：譬喻胡說八道，大言不慚。

106.

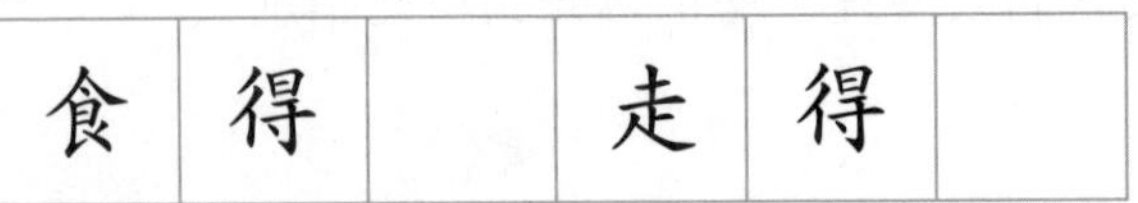

四縣拼音：siid ded` piˇ zeu` ded` ceu

海陸拼音：shid` ded pui zeu´ ded seuˇ

華語釋義：如果吃得多，就會發胖。如果多走路，就會變瘦。

107.

四縣拼音：siid tienˇ do´ o´ tied` zab`

海陸拼音：shid` tien do` o` tied zab

華語釋義：形容生活極其清苦。

108.

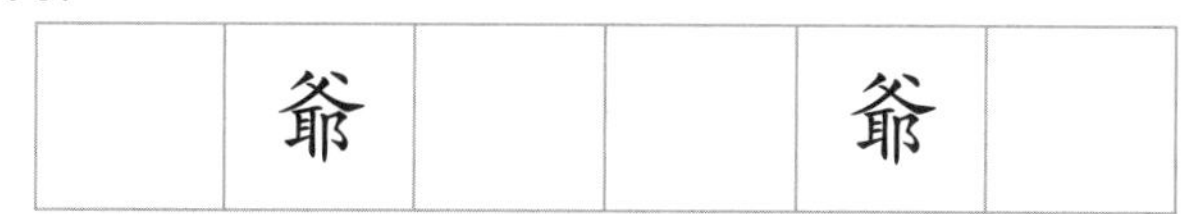

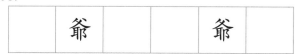

四縣拼音：siid iaˇ fan zog` iaˇ iˊ

海陸拼音：shid` rha pon+ zhog rha rhi`

華語釋義：吃穿都仰賴父母，自己毫無生產。

109.

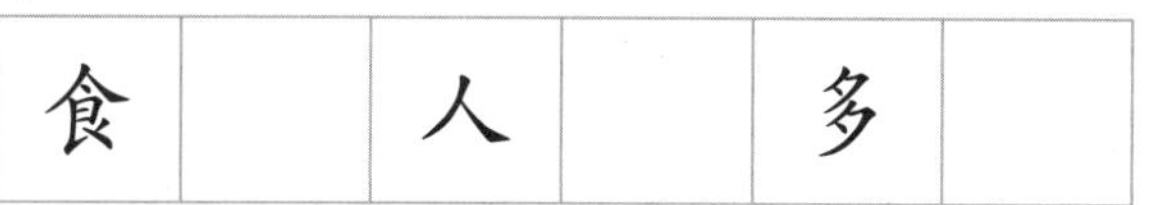

四縣拼音：siid ienˊ nginˇ hangˇ doˊ lu

海陸拼音：shid` rhan` ngin hang do` lu+

華語釋義：抽菸的人多徒勞；花費精神在沒意義的搜尋上。

110.

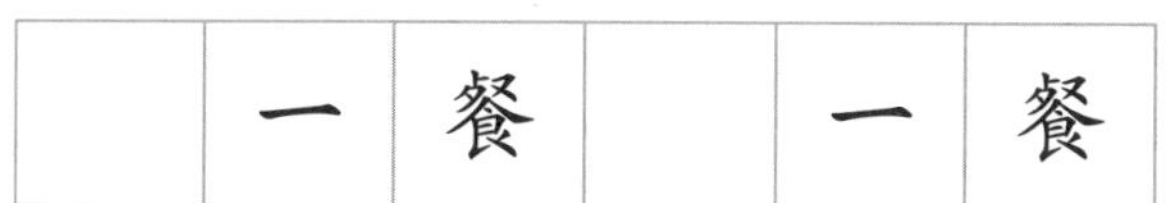

四縣拼音：siid id` conˊ tiau id` conˊ

海陸拼音：shid` rhid con` tiauˇ rhid con`

華語釋義：吃了一餐就得拿東西換米糧；指生活拮据。

111.

四縣拼音：siid iog tuˇ lai

海陸拼音：shid` rhog` tu lai+

華語釋義：爲了嫁禍別人而自己服用毒藥。

112.

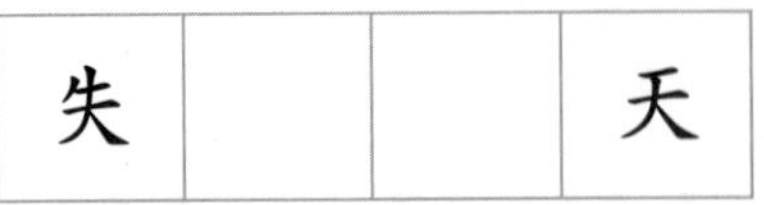

四縣拼音：siidˋ kiˇ soˋ tienˊ

海陸拼音：shid ki soˊ tienˋ

華語釋義：女子失去所仰賴的男人。

113.

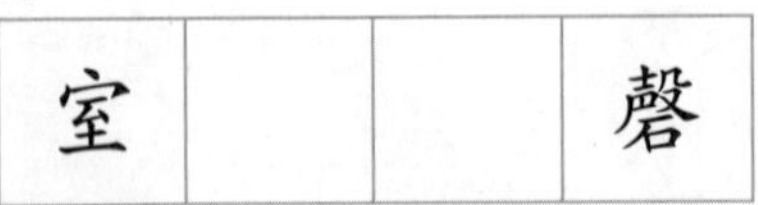

四縣拼音：siidˋ iˇ hienˇ qin

海陸拼音：shid rhi hien cinˇ

華語釋義：指居室空無所有，比喻非常貧窮。

114.

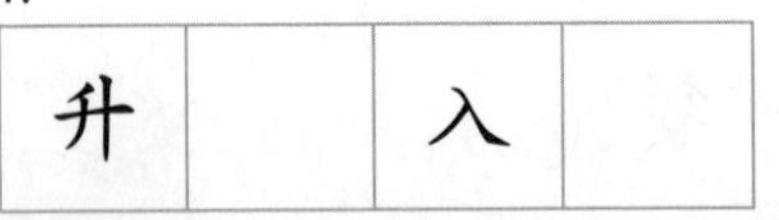

四縣拼音：siinˊ tongˇ ngib siidˋ

海陸拼音：shinˋ tong ngibˋ shid

華語釋義：原來比喻學習所達到的境地有程度深淺的差別，後來多用以讚揚人在學問或技能方面有高深的造詣。

115.

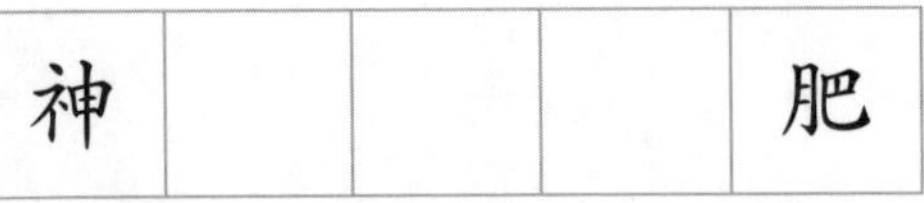

四縣拼音：siinˇ linˇ meu zugˋ piˇ

海陸拼音：shin lin miau+ zhug pui

華語釋義：神明很靈香火就盛，廟祝就能收到很多香火錢，過着豐裕的生活，所以才很胖。

116.

四縣拼音：siinˇ xienˊ du voi go giabˋ

海陸拼音：shin sienˋ du⁺ voi⁺ goˇ giab

華語釋義：即便是神靈都會爲之悲痛；令人極爲難過的消息。

117.

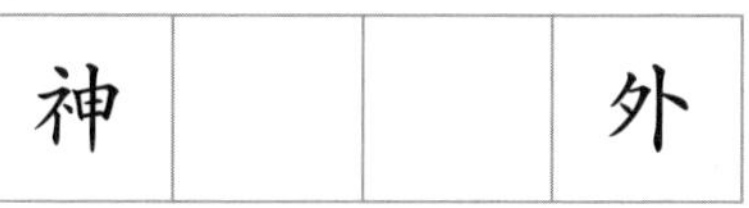

四縣拼音：siinˇ iuˇ xiong ngoi

海陸拼音：shin rhiu siong⁺ ngoi⁺

華語釋義：精神離開眼前的某事某物之外，因此不知道迴避。

118.

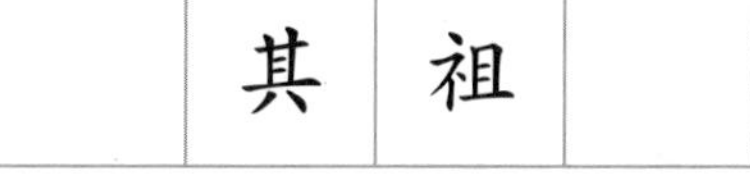

四縣拼音：siinˇ kiˇ zuˋ vuˋ

海陸拼音：shin ki zuˊ vuˊ

華語釋義：比喻能夠繼承祖先的功業。出自《大雅．下武》。

119.

四縣拼音：siinˇ linˇ nginˇ pinˇ

海陸拼音：shin lin ngin pin

華語釋義：如果神仙都很靈驗的話，那些巫術道士就沒飯吃了。

120.

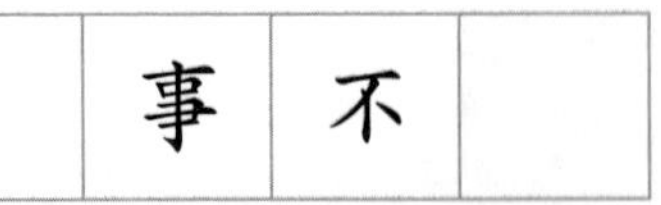

四縣拼音：siinˇ sii bud` sod`

海陸拼音：shin sii+ bud shod

華語釋義：已經做過的事、已經完成的事、已經過去的事都不用再提了。

121.

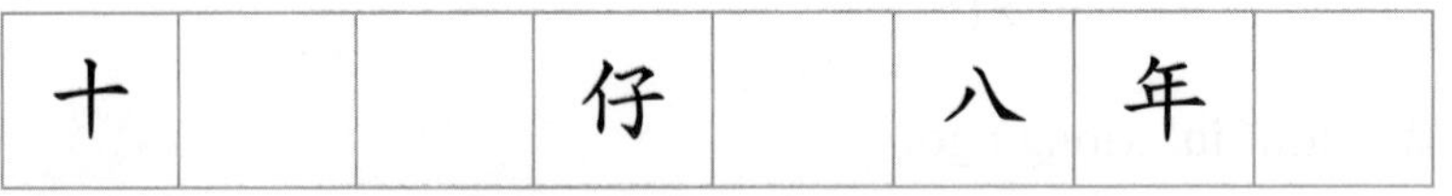

四縣拼音：siib se lai e` zong` bad` ngienˇ ngiuˇ

海陸拼音：shib` soiˇ laiˇ er zhong´ bad ngien ngiu

華語釋義：年紀小小就已工作多年；形容人年少時即奔波勞苦。

122.

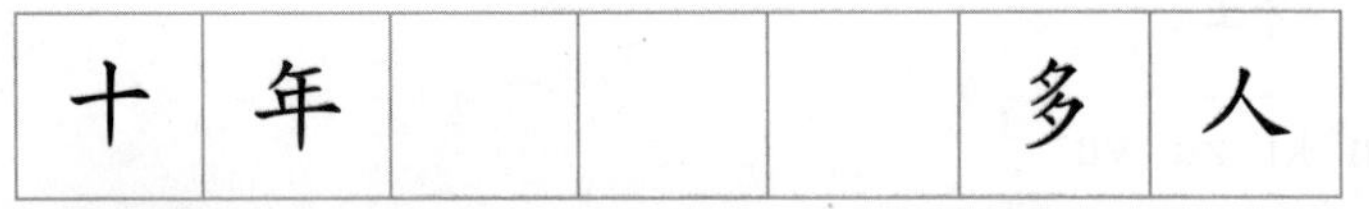

四縣拼音：siib ngienˇ hin´ pai gi` do´ nginˇ

海陸拼音：shib` ngien hin` pai+ gi´ do` ngin

華語釋義：十年興衰變遷，人也成敗立現。

123.

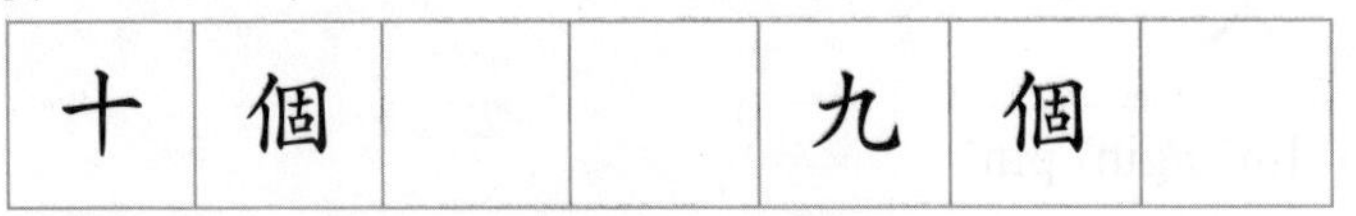

四縣拼音：siib ge fu nginˇ giu` ge du

海陸拼音：shib` gaiˇ fu+ ngin giu´ gaiˇ duˇ

華語釋義：這句話說善於嫉妒是女人的特質。

124.

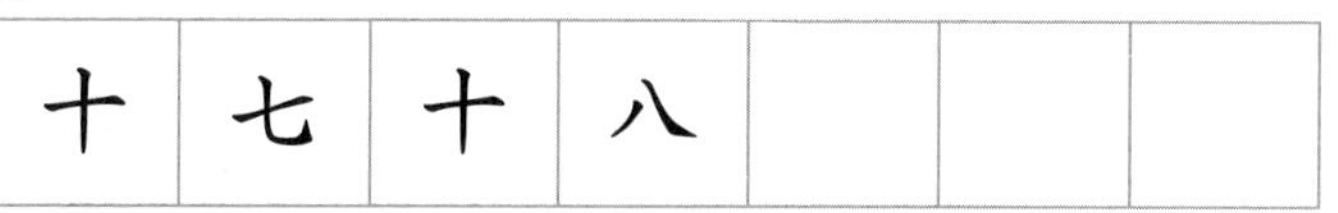

四縣拼音：siib qid` siib bad` mo˅ cu` fu

海陸拼音：shib` cid shib` bad mo chiu´ fu+

華語釋義：青春活力的年紀，每個女孩都是大美人。

125.

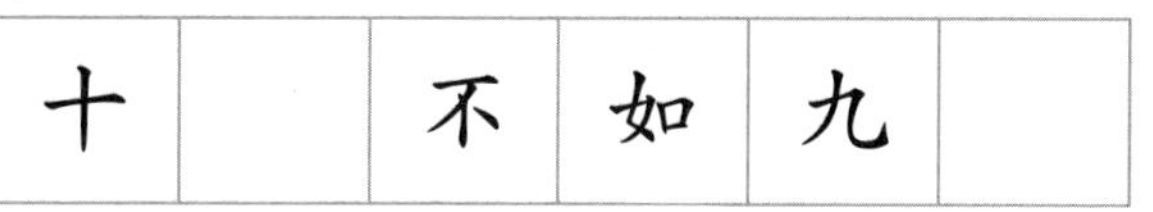

四縣拼音：siib ca´ bud` i˅ giu` hien

海陸拼音：shib` cha` bud rhi giu´ hien+

華語釋義：拒絕虛幻，只求務實，先得手再說。

126.

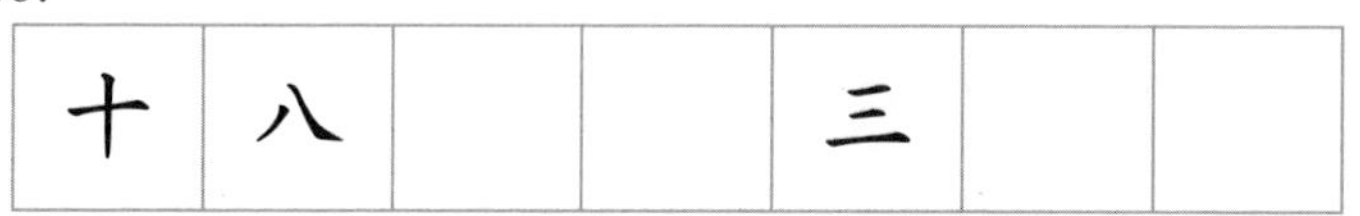

四縣拼音：siib bad` heu sang´ sam´ se ma´

海陸拼音：shib` bad heu+ sang` sam` soi˅ ma`

華語釋義：形容一個人的志向喜好，在小時候就奠定了。

127.

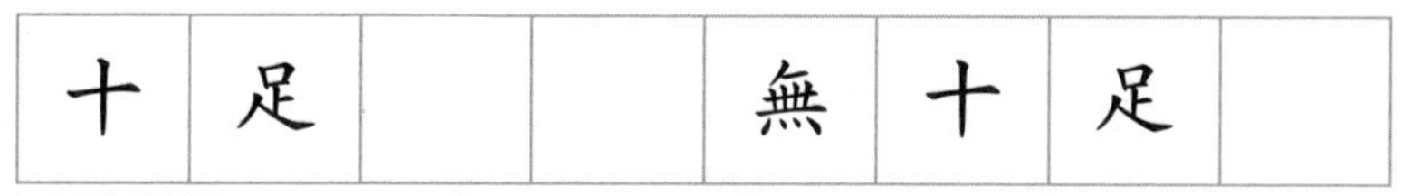

四縣拼音：siib jiug` ngiun˅ mai´ mo˅ siib jiug` fo

海陸拼音：shib` ziug ngiun mai` mo shib` ziug fo˅

華語釋義：一分錢買一分貨，假如花了錢買到的東西不如預期的好，
就可以用這句話形容。

128.

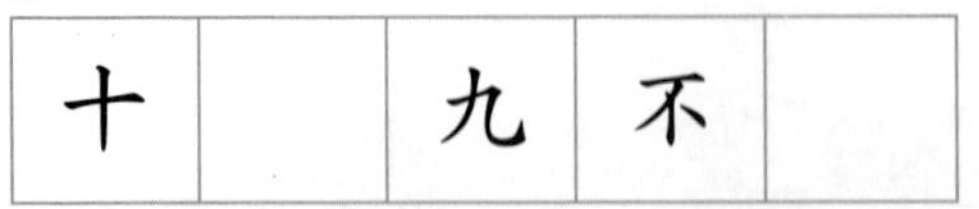

四縣拼音：siib tai giuˋ budˋ suˊ

海陸拼音：shibˋ tai^{+} giuˊ bud shuˋ

華語釋義：指善於打牌的人，贏得次數多，輸的次數少。

129.

四縣拼音：so miˇ coiˇ ziiˋ

海陸拼音：soˇ mi coi ziiˊ

華語釋義：比喻通曉文學的女子。

130.

四縣拼音：soˋ zangˊ mˇ diˊ loiˇ dedˋ moˇ

海陸拼音：soˊ zangˋ m diˋ loi ded mo

華語釋義：對於自己所求的東西有所阻礙，無法順利如願。

131.

四縣拼音：soi mugˋ diauˊ iuˊ biˊ loiˇ cungˇ

海陸拼音：shoi^{+} mug diauˋ rhiuˋ buiˋ loi chung

華語釋義：指意外降臨的好運氣。

132.

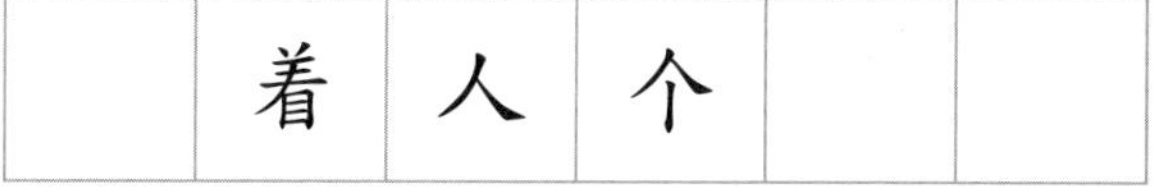

四縣拼音：soi doˋ nginˇ ge piˊ mien

海陸拼音：shoi+ doˊ ngin gaiˇ piˋ mienˇ

華語釋義：自己想要的東西，早已被人佔據取去。

133.

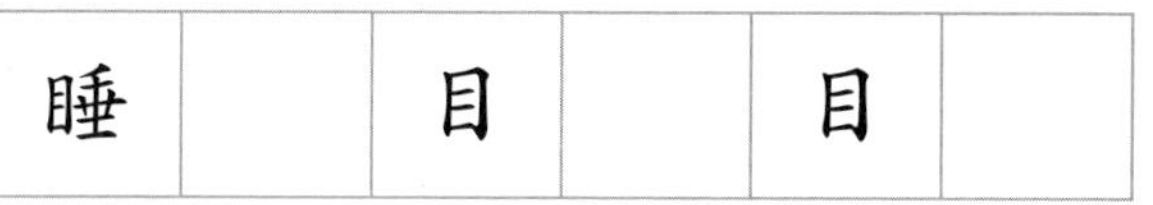

四縣拼音：soi ginˋ mugˋ imˊ mugˋ iongˇ

海陸拼音：shoi+ ginˊ mug rhimˋ mug rhong

華語釋義：形容半夢半醒之間。

134.

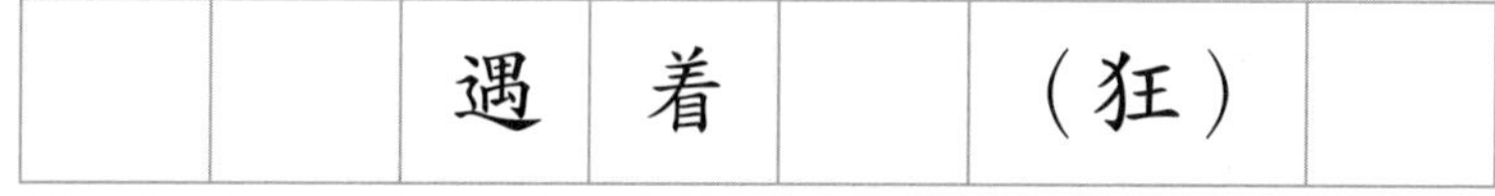

四縣拼音：soiˊ diauˊ ngi doˋ tongˊ（kongˇ）cung

海陸拼音：soiˋ diauˋ ngi+ doˊ tongˋ（kong）chungˇ

華語釋義：比喻運氣不佳、禍不單行。

135.

四縣拼音：son miang xinˊ sangˊ ban lu mongˇ

海陸拼音：sonˇ miang+ sinˋ sangˋ banˇ lu+ mong

華語釋義：意謂人無法預知未來所發生的事，凡事皆應順其自然。

136.

四縣拼音：sonˇ ciimˇ iu´ hoi` dong`

海陸拼音：shon chim rhiu` hoi´ dong´

華語釋義：形容天塌下來還有別人頂着；不用太過擔心。

137.

四縣拼音：sonˇ tai cii ienˇ poˇ

海陸拼音：shon tai+ cii+ rhan po

華語釋義：船身夠大，自然可以浮得起來。

138.

四縣拼音：sonˇ teuˇ iu´ xiong´ ngu

海陸拼音：shon teu rhiu` siong` ngu+

華語釋義：關係再親密，有時難免不小心會有摩擦。

139.

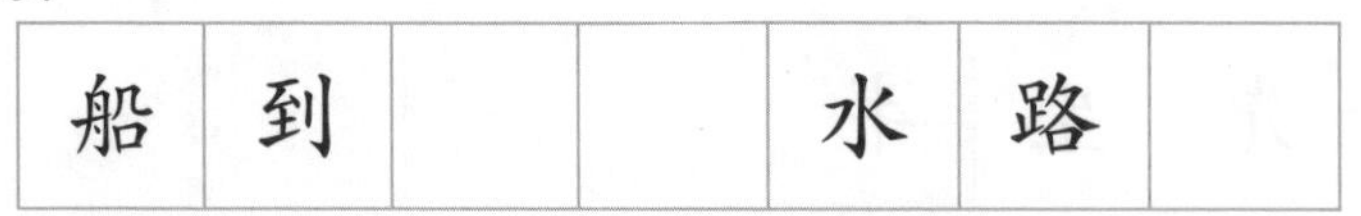

四縣拼音：songˇ do tan´ teuˇ sui` lu koi´

海陸拼音：shon doˇ tan` teu shui´ lu+ koi`

華語釋義：水流過處自然成渠，比喻事情條件完備則自然成功，不需要強求。

140.

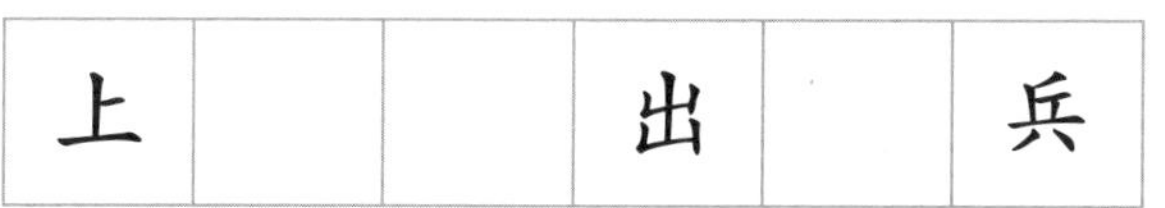

四縣拼音：songˊ ginˊ giˋ cudˋ ciin binˊ

海陸拼音：shongˋ ginˋ giˊ chud chin+ binˋ

華語釋義：形容這位學者有很大的影響力量。

141.

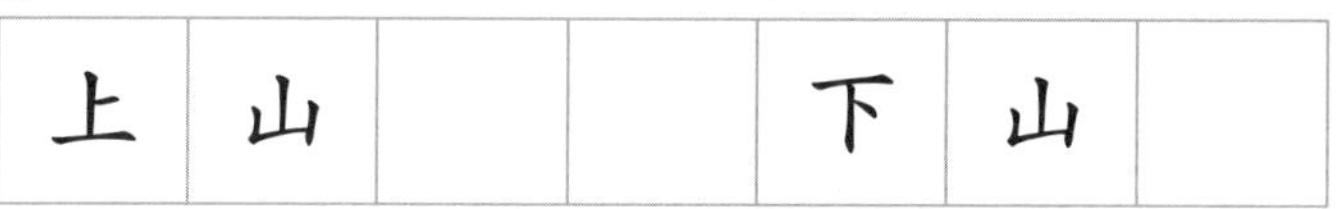

四縣拼音：songˊ sanˊ mog mun haˊ sanˊ nginˇ

海陸拼音：shongˋ sanˋ mogˋ munˇ haˋ sanˋ ngin

華語釋義：親身體驗是最可貴的，每個人對每件事，都有不同的感受，是故水的冷暖，應由自己慢慢品嚐得知。

142.

四縣拼音：songˊ doˋ nginˇ ge tungˇ kieuˇ

海陸拼音：shongˋ doˊ ngin gaiˇ tung kiau

華語釋義：落入別人設的圈套。

143.

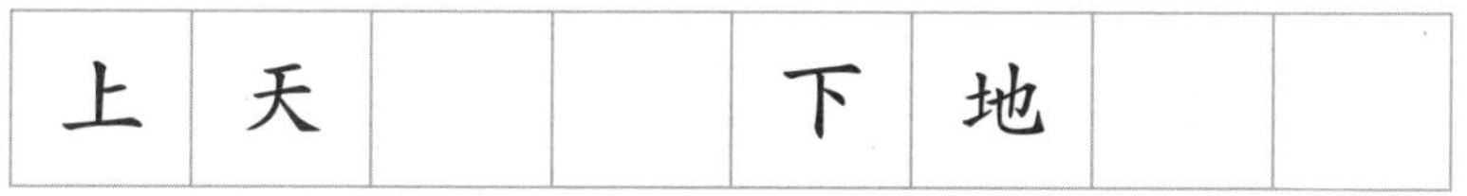

四縣拼音：songˊ tienˊ moˇ lu haˊ ti moˇ munˇ

海陸拼音：shongˋ tienˋ mo lu+ haˋ ti+ mo mun

華語釋義：無處可逃，走投無路的意思。

144.

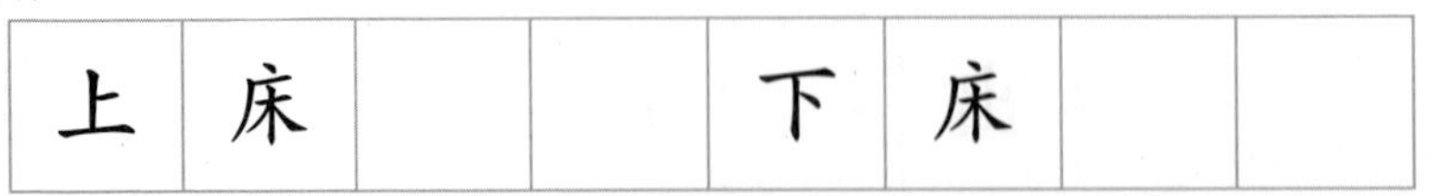

四縣拼音：songˊ congˇ fuˊ qiˊ haˊ congˇ zunˊ biˊ

海陸拼音：shongˋ cong fuˋ ciˋ haˋ cong zunˋ biˋ

華語釋義：夫妻房內同床共寢看似地位相等，出了房門就要分男尊女卑。

145.

四縣拼音：songˊ log pinˇ onˊ

海陸拼音：shongˋ logˋ pin onˋ

華語釋義：祝福別人出入平安。

146.

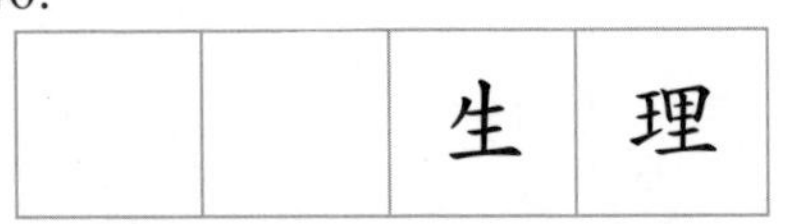

四縣拼音：song panˇ senˊ liˊ

海陸拼音：shongˋ pan senˋ liˋ

華語釋義：指批發銷售的買賣。

147.

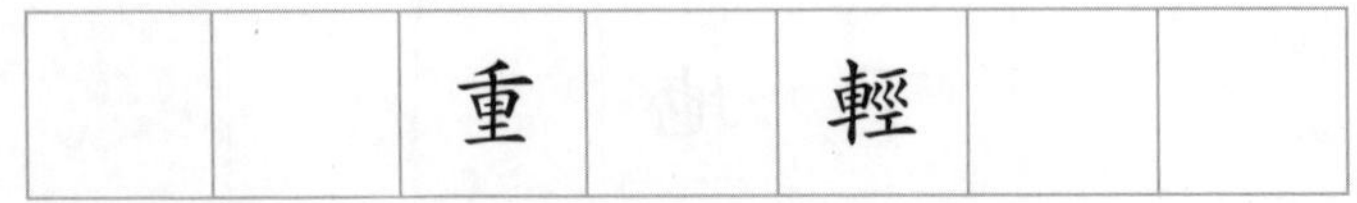

四縣拼音：songˊ nginˇ cung li kiangˊ ped liˇ

海陸拼音：shongˋ ngin chung+ li+ kiangˋ pedˋ li

華語釋義：做生意的人只看重利潤，不重夫婦情感；生意在那裡人就到那裏，較不注重兒女私情。

148.

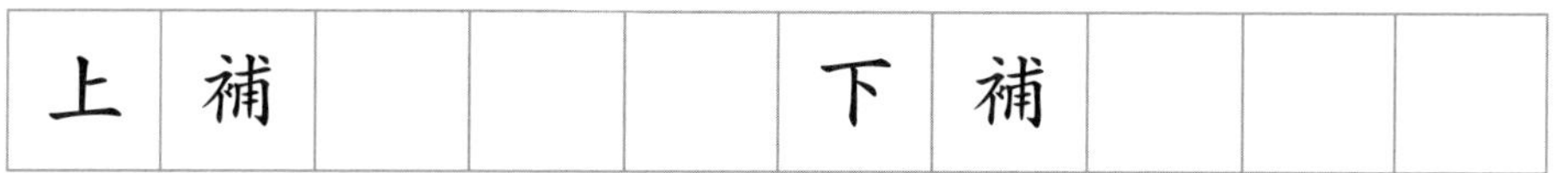

四縣拼音：songˊ buˋ moˊ bienˊ gudˋ haˊ buˋ giogˋ ziiˋ gabˋ

海陸拼音：shongˋ buˊ moˋ bienˋ gud haˋ buˊ giog zhiˊ gab

華語釋義：形容好的藥物可以補中益氣固筋骨。

149.

四縣拼音：songˊ budˋ kiam qienˇ liongˇ haˊ budˋ seuˋ siiˊ zai

海陸拼音：shongˋ bud kiamˇ cien liong haˋ bud shauˊ siiˋ zaiˇ

華語釋義：對任何人都無所虧欠。

150.

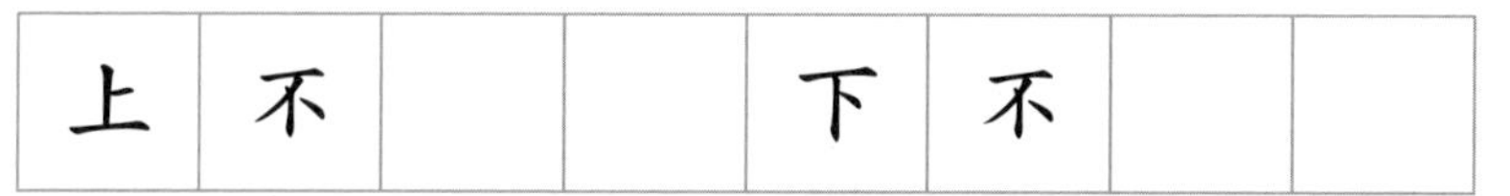

四縣拼音：songˊ budˋ go miˇ haˊ budˋ go qidˋ

海陸拼音：shongˋ bud goˇ mi haˋ bud goˇ cid

華語釋義：打拳時，手臂高抬不超過眉毛，手臂切勿伸直，要曲蓄有餘地。

151.

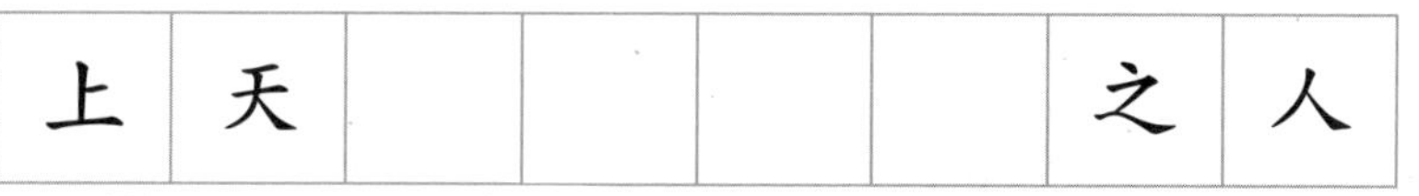

四縣拼音：song tienˊ budˋ senˊ moˇ lugˋ ziiˊ nginˇ

海陸拼音：shong^{+} tienˋ bud senˋ mo lug ziiˋ ngin

華語釋義：比喻只要自己肯努力，一定有辦法活下去。

152.

四縣拼音：song vug` sai` ha´ vug` m` gien id` lo` gug`

海陸拼音：shong+ vug sai´ ha` vug m gienˇ rhid lo gug

華語釋義：勸人擇鄰而居，儘量別搬家，搬家時難免毀壞、丟失東西，既傷神又失財。

153.

四縣拼音：suˇ bog` suˇ ien´ bog` ien´

海陸拼音：shiu bog shiu rhan` bog rhan`

華語釋義：形容冤仇相報無止盡；比喻做事不要做絕，須留有餘地。

154.

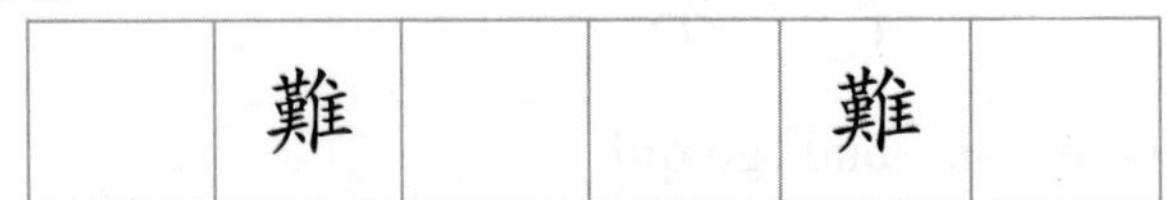

四縣拼音：suˇ nanˇ bo en´ nanˇ tienˇ

海陸拼音：shiu nan boˇ en` nan tien

華語釋義：仇恨及恩德都像深谷一樣，很難消弭或填滿。勸人放下恩仇，面對現實人生。

155.

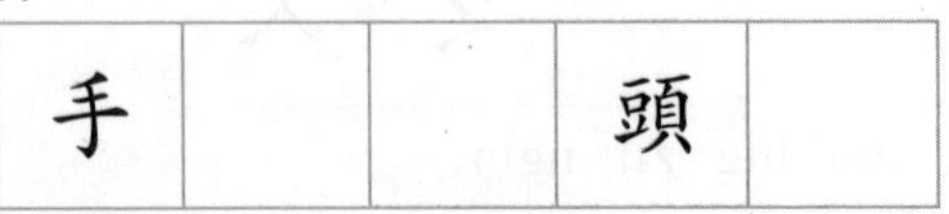

四縣拼音：su` zii` gab` teuˇ ciim´

海陸拼音：shiu´ zhi´ gab teu chim`

華語釋義：指與人金錢往來，對方抓住你不能討價還價的弱點，要價高得離譜。

156.

四縣拼音：suˋ ziiˋ gin he auˋ gongˊ ngib

海陸拼音：shiuˊ zhiˊ ginˇ heˇ auˊ gongˋ ngibˋ

華語釋義：比喻凡事照顧自己人，不會照顧外人。

157.

四縣拼音：suˋ ziiˋ la soˊ

海陸拼音：shiuˊ zhiˊ laˇ soˋ

華語釋義：指手指合掌併攏，有縫隙會漏財，要帶一隻戒指來擋住。

158.

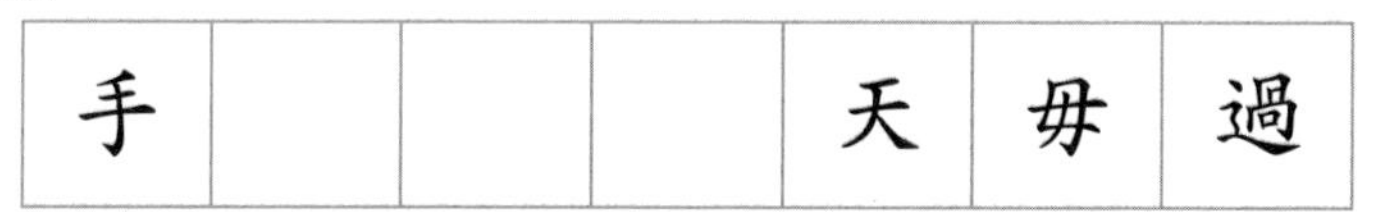

四縣拼音：suˋ baˊ zongˋ zaˊ tienˊ mˇ go

海陸拼音：shiuˊ baˋ zhongˊ zhaˋ tienˋ m goˇ

華語釋義：事實絕不可能遮掩、隱藏。瞞騙得一時，也瞞騙不了永遠。

159.

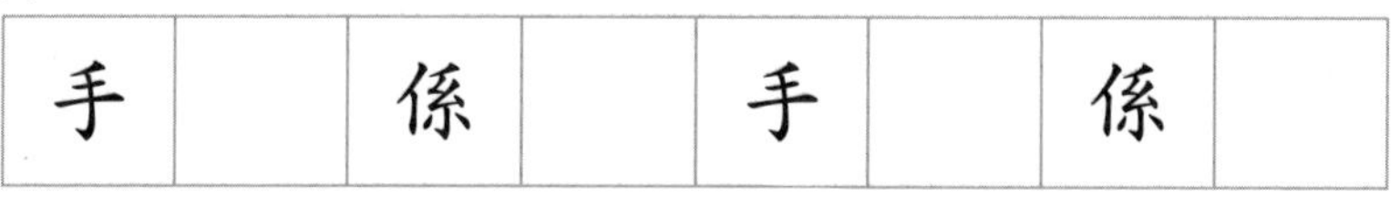

四縣拼音：suˋ panˇ he ngiugˋ suˋ boi he ngiugˋ

海陸拼音：shiuˊ pan heˇ ngiug shiuˊ boiˇ heˇ ngiug

華語釋義：意思係好難作出抉擇，左右爲難。

160.

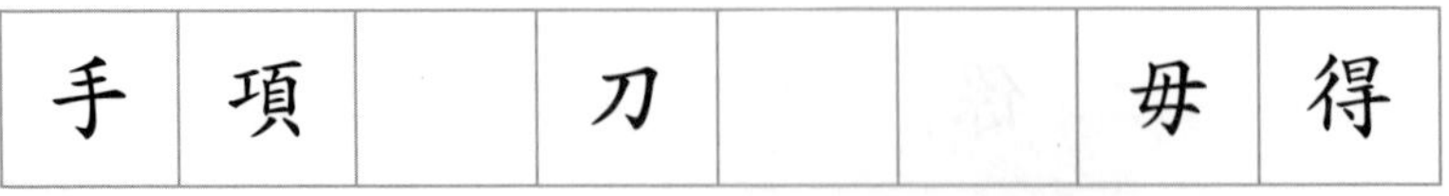

四縣拼音：suˋ hong moˇ doˊ ciiˇ nginˇ mˇ dedˋ

海陸拼音：shiuˊ hong^{+} mo doˋ chi ngin m ded

華語釋義：手中沒有利刃就傷不得別人分毫；人無本事，就說服不了他人。

161.

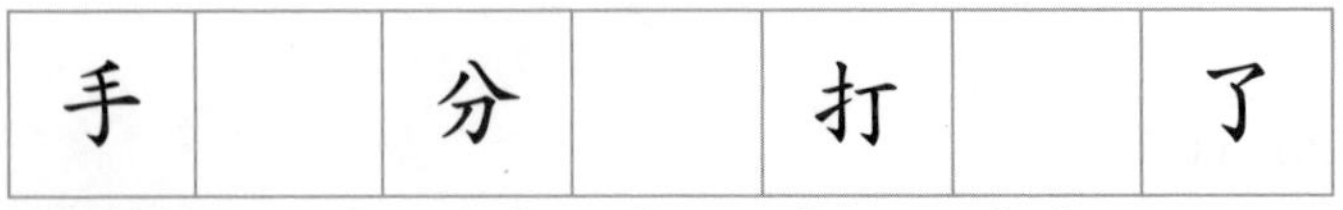

四縣拼音：suˋ zangˊ bunˊ giˇ daˋ ngionˊ leˋ

海陸拼音：shiuˊ zangˋ bunˋ gi daˊ ngionˋ leˊ

華語釋義：形容被人徹底收買了。

162.

四縣拼音：suˊ teuˇ hi miˊ

海陸拼音：shuˋ teu hiˇ muiˋ

華語釋義：閱讀的開頭大家都比較有興趣，看戲是看到後面才最精彩。

163.

書	為			

四縣拼音：suˊ viˇ inˊ soi moiˇ

海陸拼音：shuˋ vui rhinˋ shoi^{+} moi

華語釋義：酒或許是治愁的藥方，書可能是引人入睡的媒介。

164.

四縣拼音：su zang hoˇ seuˇ ngidˋ iangˋ qia

海陸拼音：shu⁺ zhangˇ ho seu ngid rhangˊ ciaˇ

華語釋義：站得又直又挺的大樹，也不管日昇日落、月沉月起，不管日蔭婆娑、月影斜陳，它只做一棵樹該做的事—往下紮根，向上成長。

165.

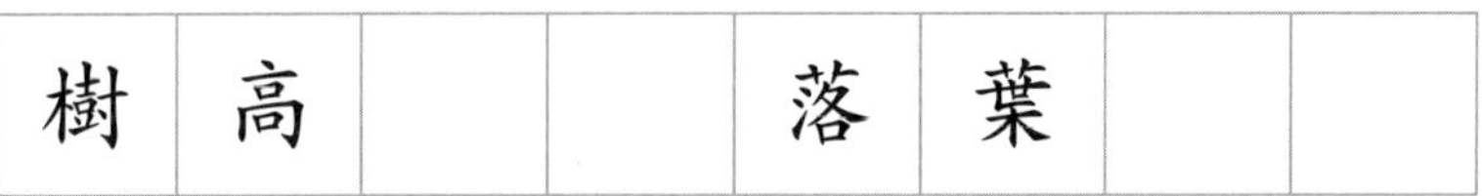

四縣拼音：su goˊ qienˊ cong log iab guiˊ ginˊ

海陸拼音：shu⁺ goˋ cienˋ chongˇ logˋ rhabˋ guiˋ ginˋ

華語釋義：樹雖然長得高，落葉仍然回到樹根。比喻離鄉多年最後仍會返回家園。

166.

四縣拼音：su siinˊ kiˊ dedˋ zang mˇ pa fungˊ loiˇ ieuˇ

海陸拼音：shu⁺ shinˋ kiˋ ded zhangˇ m paˇ fungˋ loi rhau

華語釋義：人作得正時，本着問心無愧的心，就不怕他人的流言流語，更無懼於外界的風風雨雨！

167.

四縣拼音：su hong ge diauˊ du guaiˋ dedˋ haˊ loiˇ

海陸拼音：shu+ hong+ gaiˇ diauˋ du+ guaiˊ ded haˋ loi

華語釋義：指口才好極了，連樹上的小鳥都可以哄到手。

168.

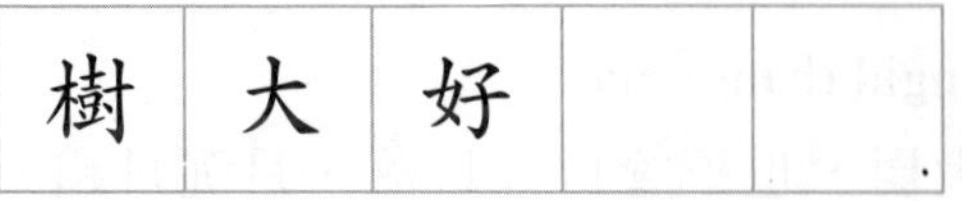

四縣拼音：su tai hoˋ zaˊ im

海陸拼音：shu+ tai+ hoˊ zhaˋ rhimˇ

華語釋義：樹長得愈大，能遮到的陰涼處就愈多。指能力高、財富雄厚者更能成爲家人的支柱。

169.

四縣拼音：su tai oi koiˊ aˊ nginˇ doˊ oi fadˋ gaˊ

海陸拼音：shu+ tai+ oiˇ koiˋ aˋ ngin doˋ oiˇ fad gaˋ

華語釋義：樹長大就會杈枝，孩子們長大自然各自成家。

170.

四縣拼音：suˊ maˊ mˇ zonˋ

海陸拼音：shiuˋ maˋ m zhonˊ

華語釋義：指事情發展到無法收拾的情境。

171.

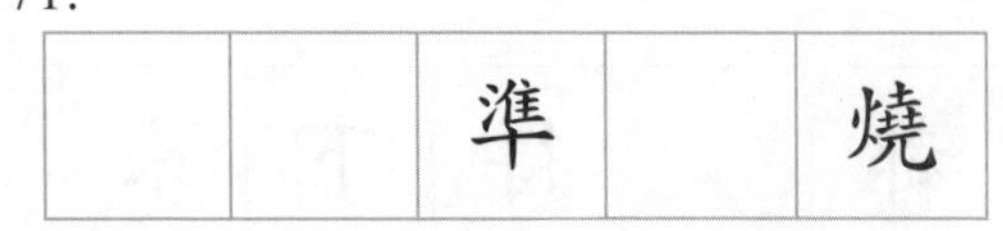

四縣拼音：suˊ mugˋ zunˋ coiˇ seuˊ

海陸拼音：suˋ mug zhunˊ ciau shauˋ

華語釋義：把好東西拿來浪費；是不識貨的意思。

172.

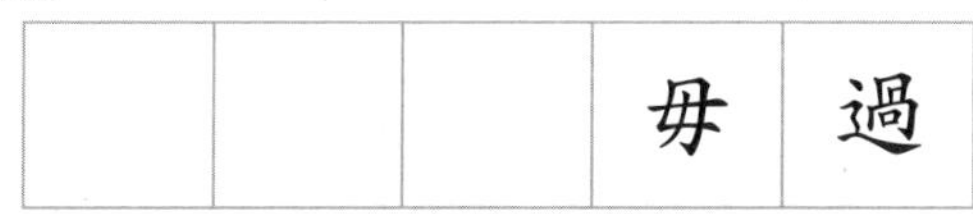

四縣拼音：sui` ciim´ nginˇ mˇ go

海陸拼音：shui´ chim` ngin m goˇ

華語釋義：無法涉水而過的地域；指水很深。

173.

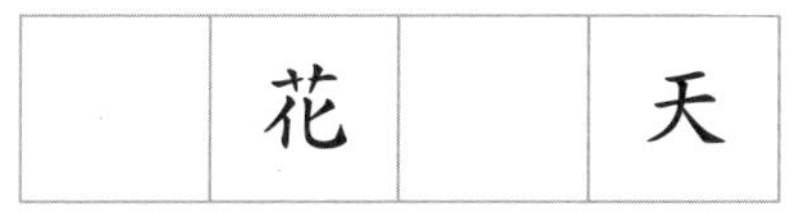

四縣拼音：sui` fa´ can tien´

海陸拼音：shui´ fa` canˇ tien`

華語釋義：是指看見漂亮女生心花朵朵開的情狀。

174.

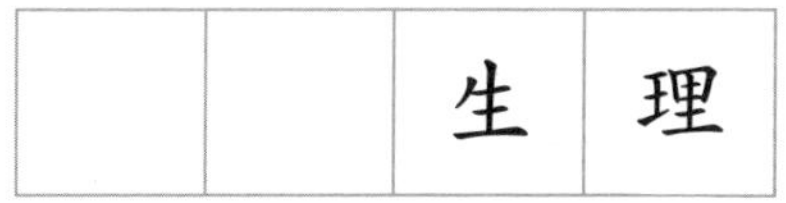

四縣拼音：sui` fo` sen´ li´

海陸拼音：shui´ fo´ sen` li`

華語釋義：做生意有一定的風險，賺大錢或賠個精光都有可能發生。

175.

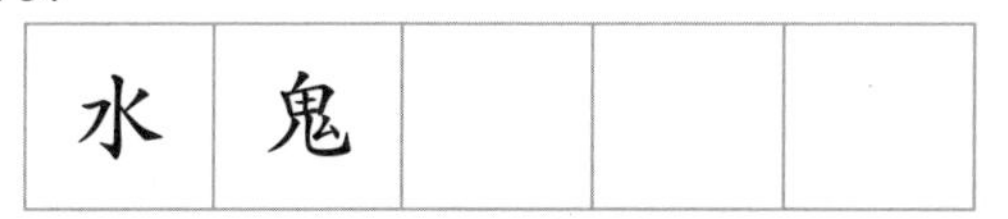

四縣拼音：sui` gui` siin´ sangˇ fongˇ

海陸拼音：shui´ gui´ shin` shang fong

華語釋義：形容人事上的特殊升遷，從低賤驟進高貴。

176.

四縣拼音：suiˋ loiˇ iuˊ nginˇ diˋ fungˊ loiˇ iuˊ nginˇ dongˋ

海陸拼音：shuiˊ loi rhiuˋ ngin diˊ fungˋ loi rhiuˋ ngin dongˊ

華語釋義：人生路上，有人披荊斬棘，為你開創康莊大道。

177.

四縣拼音：suiˋ daiˋ daˋ pi iuˊ poˊ hiˋ

海陸拼音：shuiˊ daiˊ daˊ piˇ rhiuˋ poˋ hiˊ

華語釋義：在水裡放屁以為沒有人發現，沒想到只要一放屁，水面就會起泡泡，反而更容易被抓包。

178.

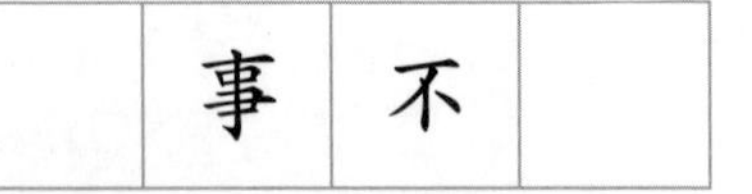

四縣拼音：sui sii budˋ gien

海陸拼音：suiˇ sii^{+} bud gienˇ

華語釋義：已做過的事不必再解釋，已經完成的事不要再勸說了。

179.

四縣拼音：sug nginˇ mai po vog

海陸拼音：shugˋ ngin mai^{+} poˇ vogˋ

華語釋義：比喻跟熟人做生意反而最容易被騙。

180.

四縣拼音：sug cai xiong´ ho`

海陸拼音：shug` cai⁺ siong` ho´

華語釋義：指親密私交的朋友。

181.

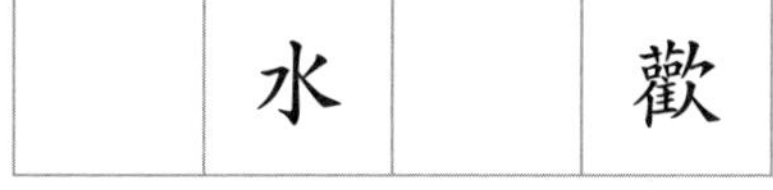

四縣拼音：sug` sui` siinˇ fon´

海陸拼音：shug shui´ shin fon`

華語釋義：比喻子女孝順父母，雖然是豆和水這樣平常的飲食，也能使父母歡悅。

182.

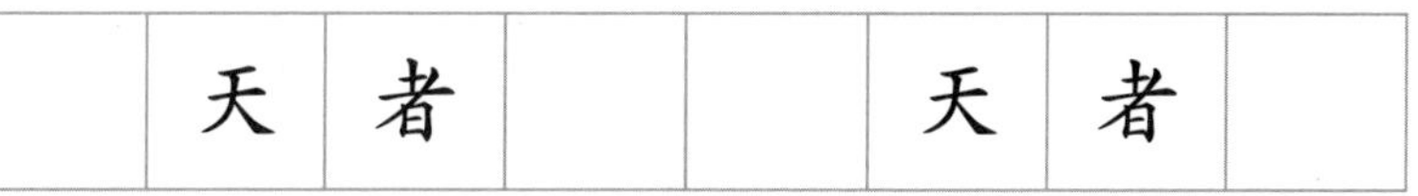

四縣拼音：sun tien´ za` cong´ ngiag tien´ za` mongˇ

海陸拼音：shun⁺ tien` zha´ chong` ngiag` tien` zha´ mong

華語釋義：人們順其自然而生活就是符合天理，符合天理就會受到神的保護，違反天理的人會給自己惹上禍患。

183.

四縣拼音：sung´ zug` do mi´

海陸拼音：sung` zhug doˇ mui`

華語釋義：與人一起白首到老。

184.

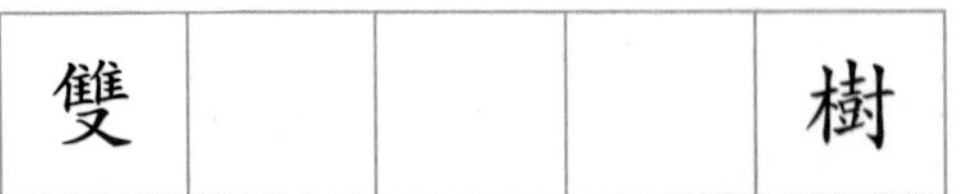

四縣拼音：sungˊ buˋ fad kuˊ su

海陸拼音：sungˋ buˊ fadˋ kuˋ shu⁺

華語釋義：指嗜酒好色，摧殘身體。

185.

四縣拼音：sungˊ liungˇ qiongˋ boˋ

海陸拼音：sungˋ liung ciongˊ boˊ

華語釋義：是中國傳統吉祥喜慶圖案。也象徵夫妻互相尊敬、謙讓包容、陰陽合和的相處模式。

186.

四縣拼音：sungˊ suˋ budˋ xiongˊ xin

海陸拼音：sungˋ shiuˊ bud siongˋ sinˇ

華語釋義：一件事物提供給對它質疑的人。

187.

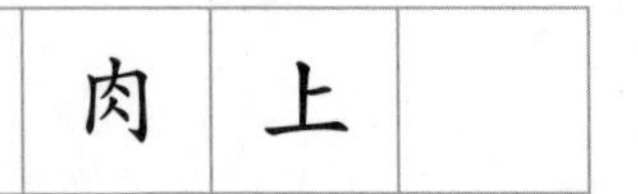

四縣拼音：sung ngiugˋ songˊ diamˊ

海陸拼音：sungˇ ngiug shongˋ diamˋ

華語釋義：形容放棄自己了。

T

1.

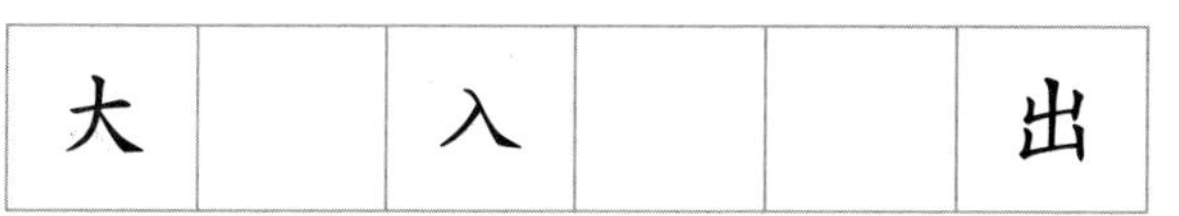

四縣拼音：tai ciin ngib se ciin cud`

海陸拼音：tai⁺ chinˇ ngib` seˇ chinˇ chud

華語釋義：致富之道是貨品低價買入，高價賣出。

2.

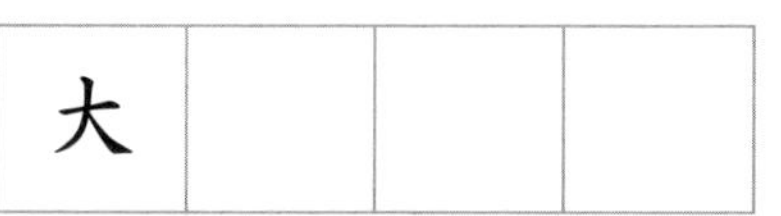

四縣拼音：tai dien` gin´ lunˇ

海陸拼音：tai⁺ dien´ gin` lun

華語釋義：指充分施展政治才能。

3.

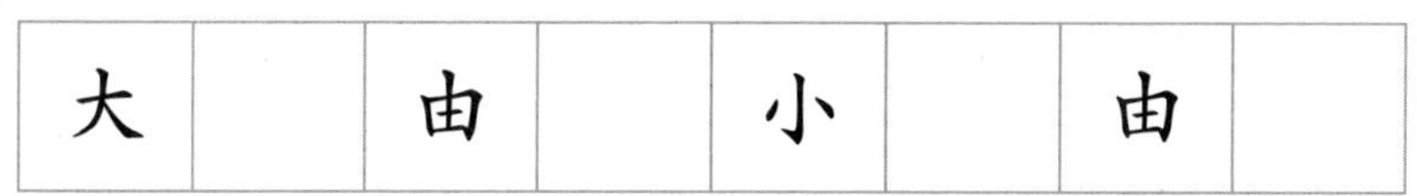

四縣拼音：tai fu iuˇ tien´ seu` fu iuˇ kiunˇ

海陸拼音：tai⁺ fuˇ rhiu tien` siau´ fuˇ rhiu kiun

華語釋義：能節省、勤勞、肯去做，一定能聚財，但要發大財，也得靠機運。

4.

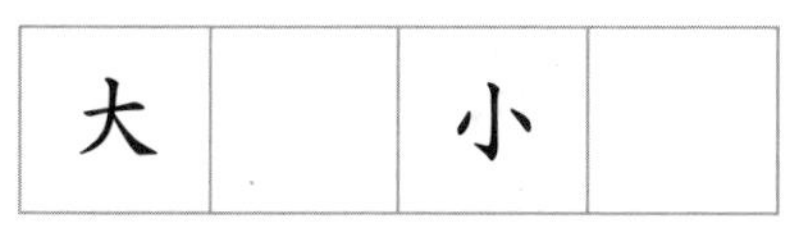

四縣拼音：tai fung´ seu` sii

海陸拼音：tai⁺ fung` siau´ sii⁺

華語釋義：指親身參與繁瑣事務。

5.

四縣拼音：tai hem´ diau´ cii ˇ moˇ ngiug`

海陸拼音：tai+ hem` diau` chi mo ngiug

華語釋義：會叫的狗不會咬人；指虛張聲勢的人。

6.

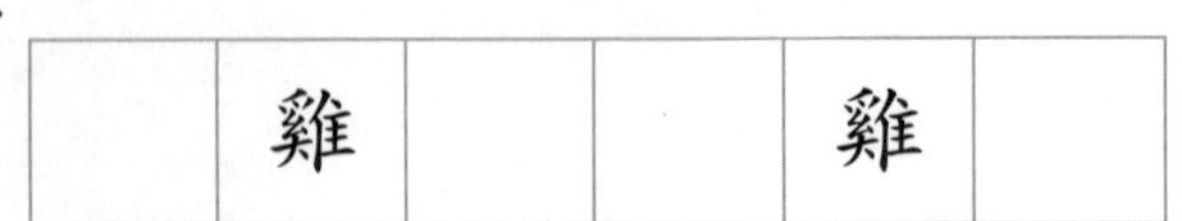

四縣拼音：tai gie´ kiamˇ se gie´ dug`

海陸拼音：tai+ gai` kiam seˇ gai` dug

華語釋義：強壯的雞啄你，稚弱的雞也啄你，喻受盡眾人種種的欺凌侮辱。

7.

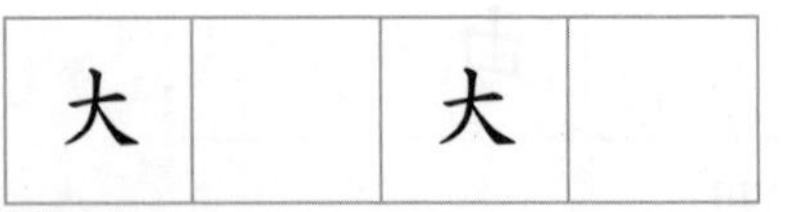

四縣拼音：tai log tai qiangˇ

海陸拼音：tai+ log` tai+ ciang

華語釋義：下大雨後又出大太陽的天氣。

8.

四縣拼音：tai ngˇ gud` iangˇ go se ngˇ ngiug`

海陸拼音：tai+ ng gud rhang goˇ seˇ ng ngiug

華語釋義：粗食吃得飽勝過量很少的巧食。

9.

四縣拼音：tai sonˇ oi seuˋ tinˋ

海陸拼音：tai⁺ shon oiˇ siauˊ tinˊ

華語釋義：比喻富貴之人也需要很多手下才能維持。

10.

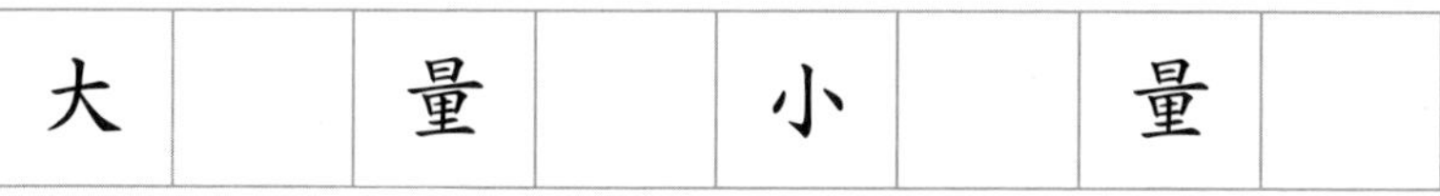

四縣拼音：tai deuˋ liongˇ ngib seuˋ deuˋ liongˇ cudˋ

海陸拼音：tai⁺ deuˊ liong ngibˋ siauˊ deuˊ liong chud

華語釋義：以小秤短尺銷出貨物，大秤長則用來進貨。

11.

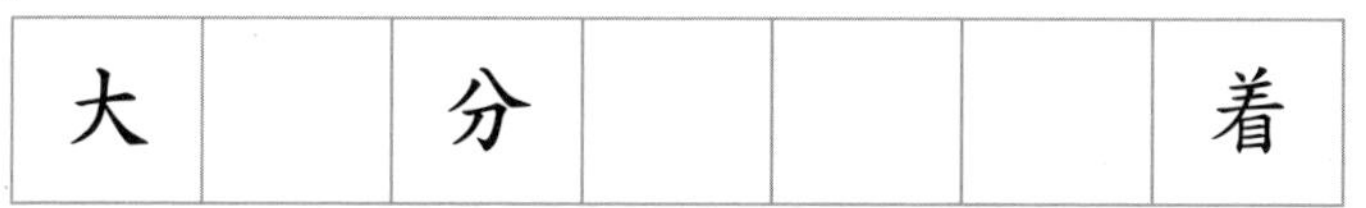

四縣拼音：tai codˋ bunˊ se codˋ codˋ doˋ

海陸拼音：tai⁺ cod bunˋ seˇ cod cod doˊ

華語釋義：意同陰溝裡翻船，意思是大騙子被小騙子騙到。

12.

四縣拼音：tai vog fon gunˋ se vog xienˊ gunˋ

海陸拼音：tai⁺ vogˋ fonˇ gunˊ seˇ vogˋ senˋ gunˊ

華語釋義：比喻有能力的人不喜誇耀，反倒半調子的人聲音很大。

13.

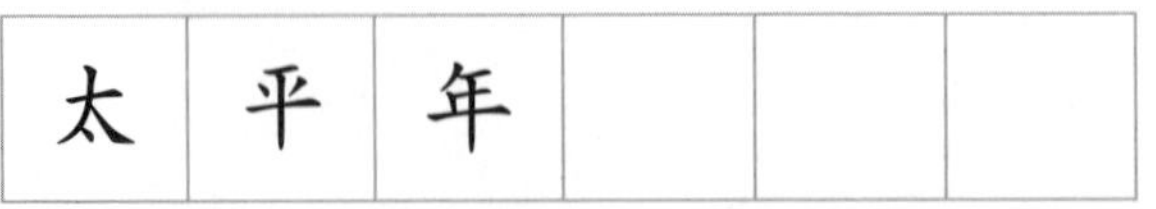

四縣拼音：tai pinˇ ngienˇ ced ciiˇ ced

海陸拼音：taiˇ pin ngien cedˋ chi cedˋ

華語釋義：太平盛世，賊寇無從施展，只能互相掠奪；形容國治民就安。

14.

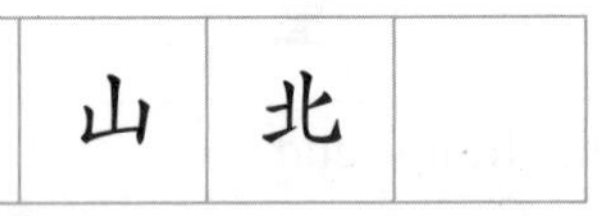

四縣拼音：tai sanˊ bedˋ deuˋ

海陸拼音：taiˇ sanˋ bed deuˊ

華語釋義：比喻在學術界或藝術界具有特別崇高聲望，受人景仰的人。

15.

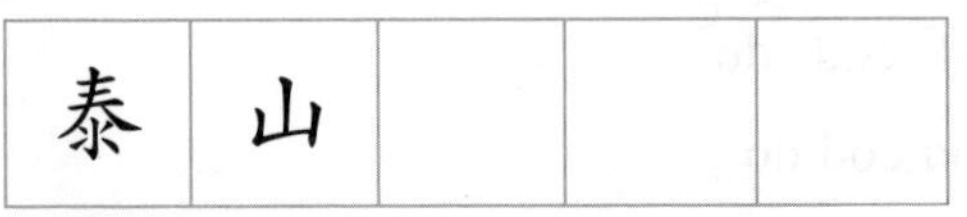

四縣拼音：tai sanˊ sag gamˋ dongˊ

海陸拼音：taiˇ sanˋ shagˋ gamˊ dongˋ

華語釋義：是調節風水、化煞辟邪、穩定家宅的物品。

16.

四縣拼音：tag tungˇ siid tungˇ

海陸拼音：tag tung shidˋ tung

華語釋義：形容窮得僅夠糊口，勉強度日。

17.

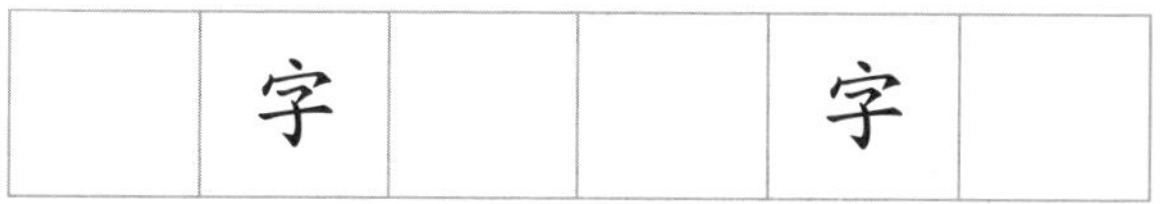

四縣拼音：tamˊ sii teuˇ pinˇ sii giogˋ

海陸拼音：tamˋ sii^{+} teu pin sii^{+} giog

華語釋義：貪一時的小便宜而得不償失，反而賠了夫人又折兵。

18.

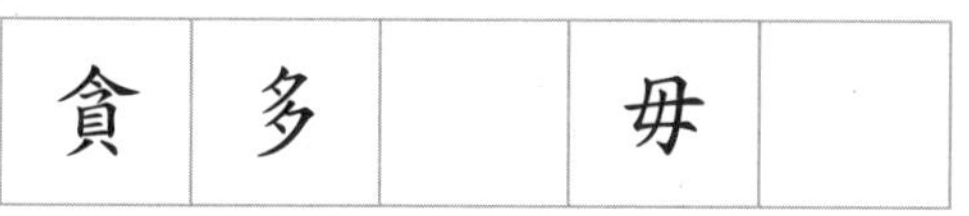

四縣拼音：tamˊ doˊ ngauˊ mˇ lan

海陸拼音：tamˋ doˋ ngauˋ m lan^{+}

華語釋義：貪圖多吃消化不了。比喻工作或學習，貪圖量多而做不好或吸收不了。

19.

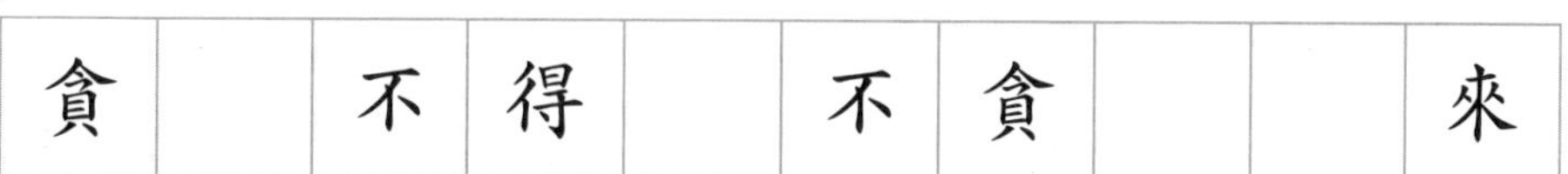

四縣拼音：tamˊ coiˇ budˋ dedˋ coiˇ budˋ tamˊ coiˇ cii loiˇ

海陸拼音：tamˋ coi bud ded coi bud tamˋ coi cii^{+} loi

華語釋義：無福之人不必苦貪財，貪得財來天降災，積德行善財自來。

20.

四縣拼音：tamˇ foˋ du voi hiˋ

海陸拼音：tam foˊ du^{+} voi^{+} hiˊ

華語釋義：指無形之火與有形之痰煎熬，膠結貯積於肺的病證。

21.

四縣拼音：tanˊ pai siinˇ fi

海陸拼音：tanˋ paiˇ shin fuiˇ

華語釋義：指用在偶像崇拜相關的花費。

22.

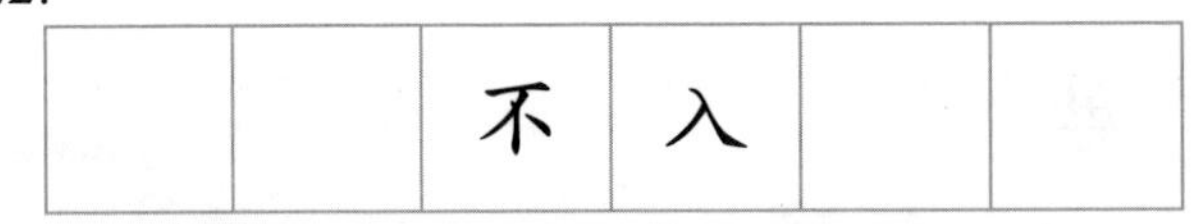

四縣拼音：tanˇ kimˇ budˋ ngib ngiuˇ ngiˋ

海陸拼音：tan kim bud ngibˋ ngiu ngiˊ

華語釋義：喻對蠢人講深奧的道理是白費口舌。

23.

四縣拼音：tangˊ ngiˋ mˇ tangˊ pi

海陸拼音：tangˋ ngiˊ m tangˋ pi+

華語釋義：指對於別人的陳述只聽到一部分，就斷章取義的用句。

24.

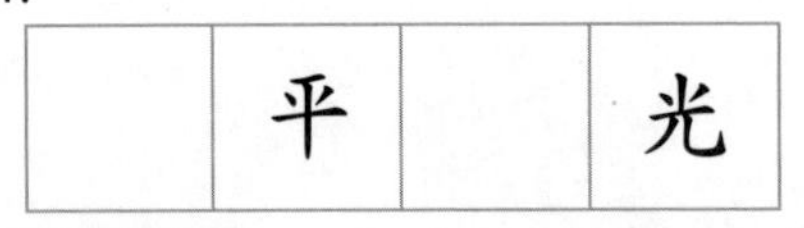

四縣拼音：tab piangˇ buˋ gongˊ

海陸拼音：tabˋ piang buˊ gongˋ

華語釋義：處理一件對任何一方都沒有好處的問題；指兩面受損。

25.

四縣拼音：tad nginˇ cii ngiug

海陸拼音：tad\` ngin cii+ ngiug\`

華語釋義：謹慎的人會照顧好自己；形容自我珍重，不讓人擔心。

26.

四縣拼音：tad nginˇ diˊ miang

海陸拼音：tad\` ngin di\` miang+

華語釋義：心胸豁達的人，能安於命運。

27.

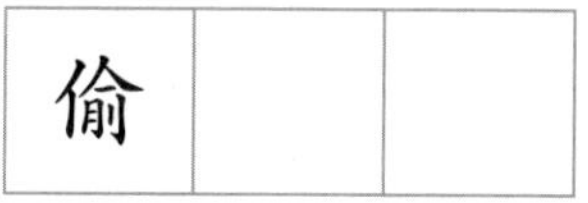

四縣拼音：teuˊ gieu\` i

海陸拼音：teu\` gieuˊ rhiˇ

華語釋義：形容做事偷偷摸摸，不光明正大。

28.

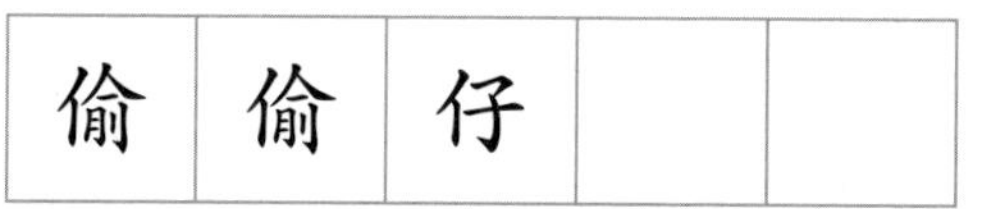

四縣拼音：teuˊ teuˊ e\` loiˇ pu

海陸拼音：teu\` teu\` er loi pu+

華語釋義：祕密地趴着等待中；喻蟄伏以待。

29.

頭			二		

四縣拼音：teuˇ amˊ tongˇ ngi suˊ fongˇ

海陸拼音：teu amˋ tong ngi^{+} shuˋ fong

華語釋義：有不良行爲時，首先在寺廟受戒，然後送到學校教化；即精神力量與科學文明並進行導正。

30.

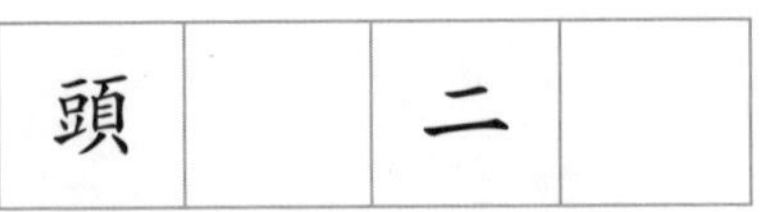

頭		二	

四縣拼音：teuˇ fuˇ ngi aiˋ

海陸拼音：teu fu ngi^{+} aiˊ

華語釋義：滿臉鬍渣的人讓人望而生畏，短小精幹的人心機重也讓人害怕。

31.

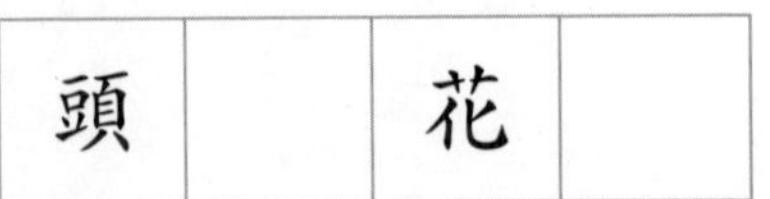

頭		花	

四縣拼音：teuˇ fungˇ faˊ cagˋ

海陸拼音：teu fung faˋ chag

華語釋義：形容臉色紅潤，喜氣貌。

32.

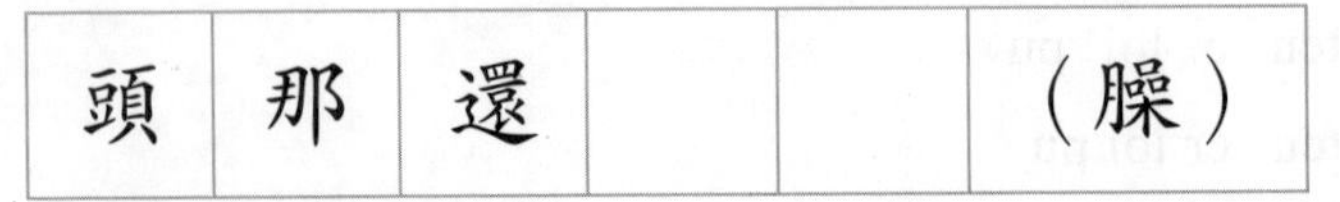

頭	那	還			（臊）

四縣拼音：teuˇ naˇ hanˇ cu cii（soˊ）

海陸拼音：teu na han chiuˇ cuˇ（soˋ）

華語釋義：喻人少不更事。

33.

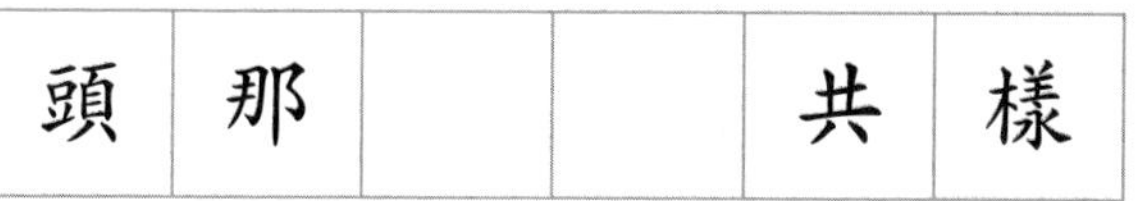

四縣拼音：teuˇ naˇ da` jiam´ kiung iong

海陸拼音：teu na da´ ziam` kiung^{+} rhong^{+}

華語釋義：喻人思考偏激狹隘。

34.

四縣拼音：teuˇ naˇ voi koi´ sog

海陸拼音：teu na voi^{+} koi` shog`

華語釋義：腦袋會裂成兩半；焦頭爛額。

35.

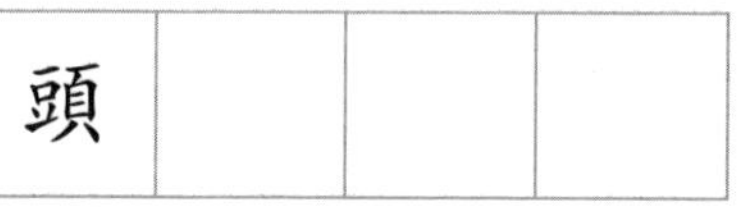

四縣拼音：teuˇ pung gi sung´

海陸拼音：teu pungˇ giˇ sung`

華語釋義：形容頭髮散亂，沒有梳順齊整的模樣。

36.

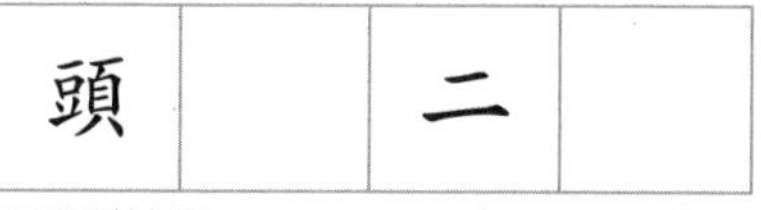

四縣拼音：teuˇ bai´ ngi had`

海陸拼音：teu bai ngi^{+} had

華語釋義：形容其痛苦莫甚於瘸腿與眼盲。

37.

四縣拼音：teuˇ vuˊ mien am

海陸拼音：teu vuˋ mienˇ amˇ

華語釋義：同灰頭土臉，形容事情艱難無法解決，工作辛勞或失志失意的樣子。

38.

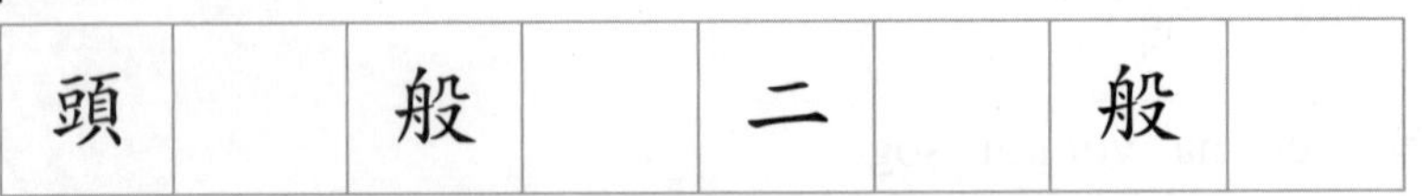

四縣拼音：teuˇ gogˋ banˊ tai ngi gogˋ banˊ congˇ

海陸拼音：teu gog banˋ tai+ ngi+ gog banˋ chong

華語釋義：兩個角一般大、一樣長；指勢力相當。

39.

四縣拼音：teuˇ siinˇ miˊ siinˇ

海陸拼音：teu shin muiˋ shin

華語釋義：形容事已告終。

40.

四縣拼音：teuˇ sangˊ moˇ teuˇ xiˋ

海陸拼音：teu sangˋ mo teu siˊ

華語釋義：即便是一個難民或俘虜，也有生存的權利；要想辦法解救而不是摧毀。

41.

四縣拼音：teu sangˊ ngib sug

海陸拼音：teuˇ sangˋ ngibˋ shugˋ

華語釋義：指用掩人耳目的手法偷竊作案。

42.

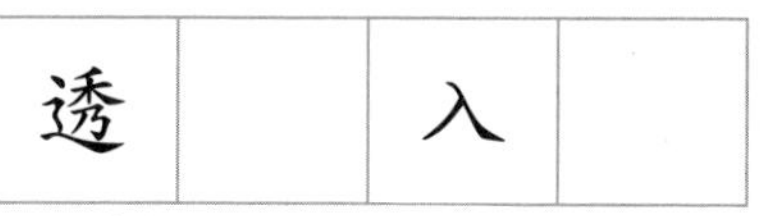

四縣拼音：teu suiˋ ngib sonˇ

海陸拼音：teuˇ shuiˊ ngibˋ shon

華語釋義：抓耙仔，通風報信者。盜賊勾結，引賊入室，坐地分贓。

43.

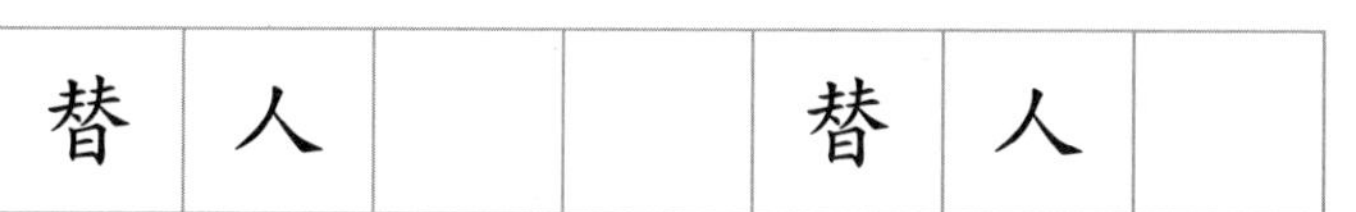

四縣拼音：ti nginˇ xiˋ mog ti nginˇ sangˊ

海陸拼音：taiˇ ngin siˊ mogˋ taiˇ ngin sangˋ

華語釋義：爲了他人的生計而盤算，比死亡還痛苦、困難。

44.

四縣拼音：ti doˊ mˇ lun tiedˋ

海陸拼音：tiˇ doˋ m lun^{+} tied

華語釋義：形容只要事能成，用什麼方法計策都行。

45.

四縣拼音：ti liˊ xinˊ sangˊ moˇ vugˋ congˇ

son miang xinˊ sangˊ ban lu mongˇ

海陸拼音：ti⁺ liˋ sinˋ sangˋ mo vug chong

sonˇ miang⁺ sinˋ sangˋ banˇ lu⁺ mong

華語釋義：意謂人無法預知未來所發生的事，凡事皆應順其自然。

46.

四縣拼音：ti budˋ sangˊ moˇ ginˊ ziiˊ coˋ

海陸拼音：ti⁺ bud sangˋ mo ginˋ ziiˋ coˊ

華語釋義：地面不會長出沒有鬚根的草木（天生我才必有用）。

47.

四縣拼音：tiamˊ idˋ deuˋ mog tiamˊ idˋ heuˋ

海陸拼音：tiamˋ rhid deuˊ mogˋ tiamˋ rhid kieuˊ

華語釋義：寧可多消耗一斗糧食，也不願家裡多添一口人。

48.

四縣拼音：tiamˊ kuai moˇ tiamˊ panˇ

海陸拼音：tiamˋ kuaiˇ mo tiamˋ pan

華語釋義：形容事情再簡單不過，一點都不費心力。

49.

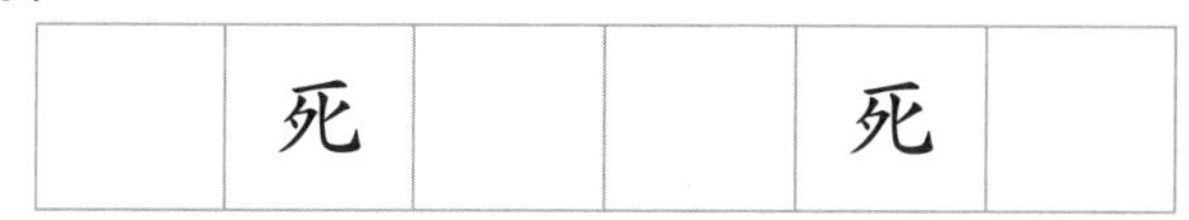

四縣拼音：tiauˊ xiˋ saˇ hagˋ xiˋ guaiˋ

海陸拼音：tiauˋ siˊ sha hag siˊ guaiˊ

華語釋義：有裝模作樣、虛張聲勢的意思。

50.

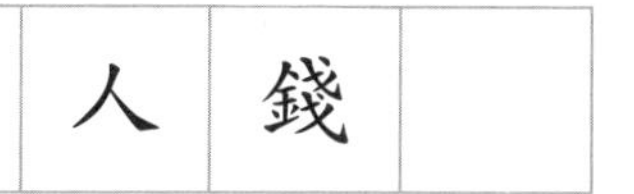

四縣拼音：tiau nginˇ qienˇ ngiunˇ

海陸拼音：tiauˇ ngin cien ngiun

華語釋義：帶着錢財潛逃遠去。

51.

四縣拼音：tiauˇ cuˊ dui tiauˇ liongˇ

海陸拼音：tiau chuˋ duiˇ tiau liong

華語釋義：每根橫樑的支柱；指家中的每個成員。

52.

四縣拼音：tiedˋ ngienˋ du oi zon

海陸拼音：tied nganˊ du+ oiˇ zonˇ

華語釋義：想要的心意甚至能穿鐵。

53.

四縣拼音：tienˊ goiˊ ti zai

海陸拼音：tienˋ goiˋ ti^{+} zaiˇ

華語釋義：像天覆蓋萬物，地承受一切一樣。比喻範圍極廣大，也比喻恩澤深厚。

54.

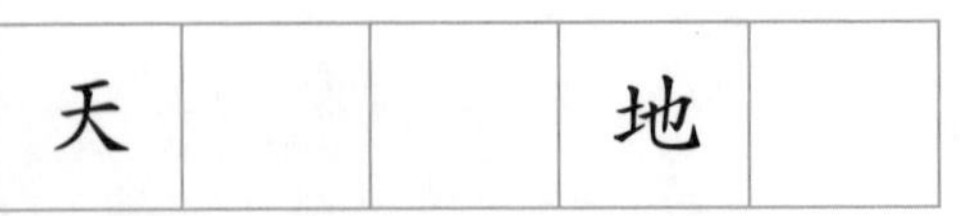

四縣拼音：tienˊ hoˇ teu ti hoˇ

海陸拼音：tienˋ ho teuˇ ti^{+} ho

華語釋義：形容海天一線。

55.

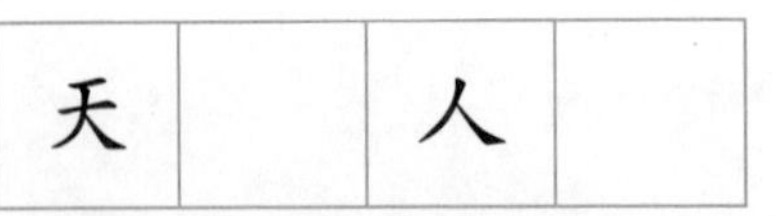

四縣拼音：tienˊ jiogˋ nginˇ jiogˋ

海陸拼音：tienˋ ziog ngin ziog

華語釋義：有天賜的爵位：仁義忠信；有人授的爵位：公卿大夫。

56.

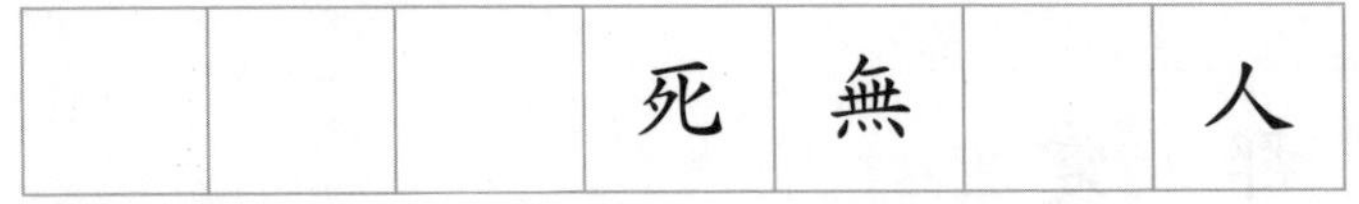

四縣拼音：tienˊ ha ngo xiˋ moˇ damˋ nginˇ

海陸拼音：tienˋ ha^{+} ngo^{+} siˊ mo damˊ ngin

華語釋義：沒有勇氣的人，最後將一無所獲。

57.

四縣拼音：tienˊ koiˊ vunˇ iun

海陸拼音：tienˋ koiˋ vun rhun+

華語釋義：是美好祈願的具體表現。

58.

四縣拼音：tienˊ gongˊ hau soi mugˋ
nginˇ loˋ mˇ hoˋ hiongˋ fugˋ

海陸拼音：tienˋ gongˋ hauˇ shoi+ mug
ngin loˊ m hoˊ hiongˊ fug

華語釋義：早晨做事最有效率，卻賴床不肯努力，年老後就無福可享了。

59.

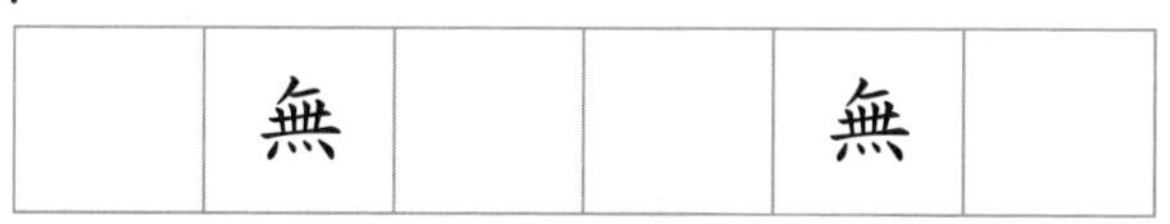

四縣拼音：tienˊ moˇ sunˇ hoiˋ moˇ daiˋ

海陸拼音：tienˋ mo shun hoiˊ mo daiˊ

華語釋義：指萬物天地的寬廣無窮盡。

60.

天	怕		來		人	怕		來	

四縣拼音：tien´ pa qiu´ loiˇ hon´ nginˇ pa lo` loiˇ honˇ

海陸拼音：tien` paˇ ciu` loi hon` ngin paˇ lo´ loi hon

華語釋義：勸人要注意秋天的乾旱，以及預防年老時落入窮困的窘境。

61.

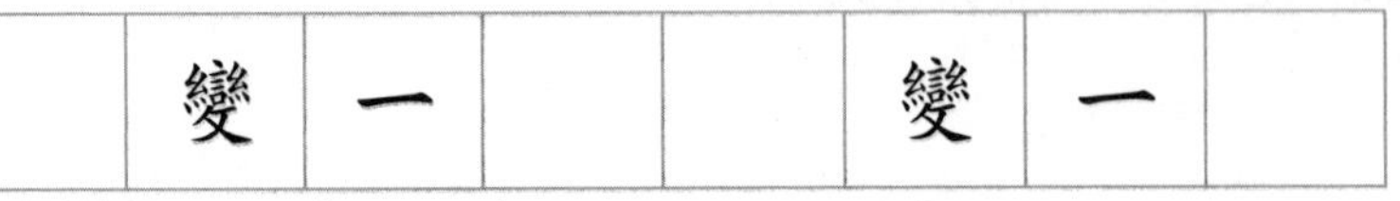

四縣拼音：tien´ bien id` siiˇ nginˇ bien id` sii

海陸拼音：tien` bienˇ rhid shi ngin bienˇ rhid sheˇ

華語釋義：天要變，一下子就變了；人要變，需要很長的一段時間。因為人的本性是根深蒂固的。

62.

四縣拼音：tien´ sang´ nginˇ ti sang´ vud

海陸拼音：tien` sen` ngin ti⁺ sen` vud`

華語釋義：指人的出生成長，莫不依仗大道運行。

63.

四縣拼音：tien´ hong luiˇ gung´ ti hong kiu´ gung´

海陸拼音：tien` hong⁺ lui gung` ti⁺ hong⁺ kiu` gung`

華語釋義：舅權在某些社會中，母親的兄弟具有特殊權利和義務。舅父必須出席外甥的重大場合。

64.

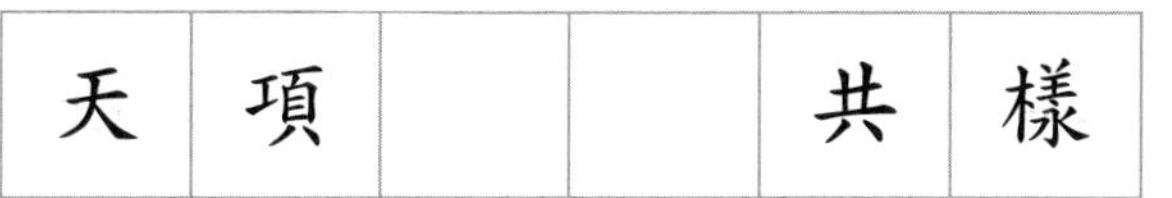

四縣拼音：tienˊ hong mong ngied kiung iong

海陸拼音：tienˋ hong+ mong+ ngiedˋ kiung+ rhong+

華語釋義：形容引頸企盼貌。

65.

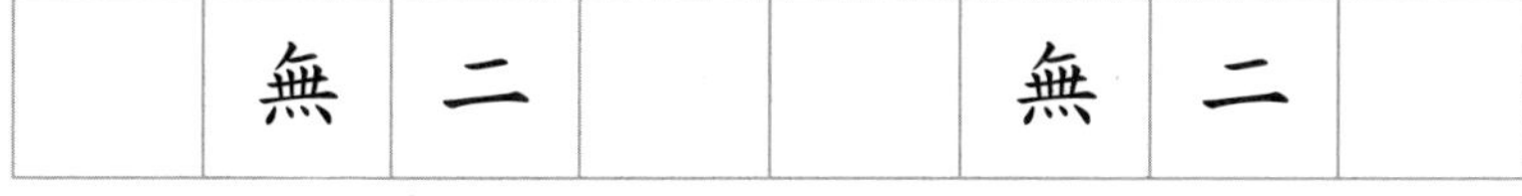

四縣拼音：tienˊ moˇ ngi ngidˋ minˇ moˇ ngi vongˇ

海陸拼音：tienˋ mo ngi+ ngid min mo ngi+ vong

華語釋義：天上不可能同時出現兩個太陽，一國之內不能同時有兩個君主存在。

66.

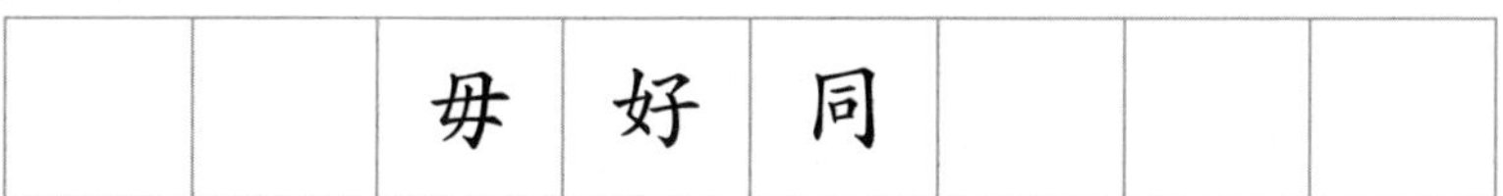

四縣拼音：tienˇ loˇ mˇ hau tungˇ sag guˋ qiˊ

海陸拼音：tien lo m hauˇ tung shagˋ guˊ siˋ

華語釋義：物以類聚；道不同不相爲謀。

67.

四縣拼音：tienˇ loˇ mˇ diˊ dugˋ diˊ jiu

海陸拼音：tien lo m diˋ dug diˋ ziuˇ

華語釋義：比喻不知檢討自己的缺失，只顧批評別人。

68.

四縣拼音：tien gongˊ du\` ca\` mˇ cud\` pag bu loiˇ

海陸拼音：tien+ gong\` duˊ chaˊ m chud pag\` buˇ loi

華語釋義：白布絕對不會出自靛青的染缸。

69.

四縣拼音：tied\` ciin gieuˊ du oi bangˊ ciid

海陸拼音：tied chinˇ gieu\` du+ oiˇ bang\` chid\`

華語釋義：即使是鉤子都想拉直；一個人有志就要伸。

70.

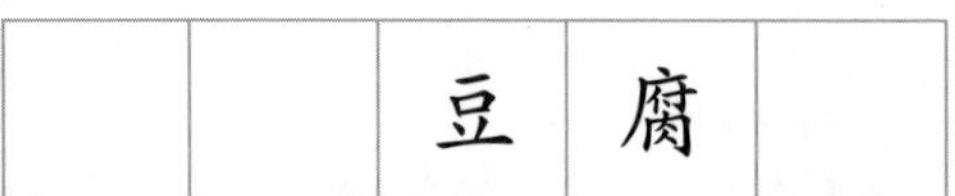

四縣拼音：tied\` kieu\` teu fu giog\`

海陸拼音：tied kieuˊ teu+ fu+ giog

華語釋義：比喻說話刻薄、言語尖利，但心地柔和、寬厚仁慈。

71.

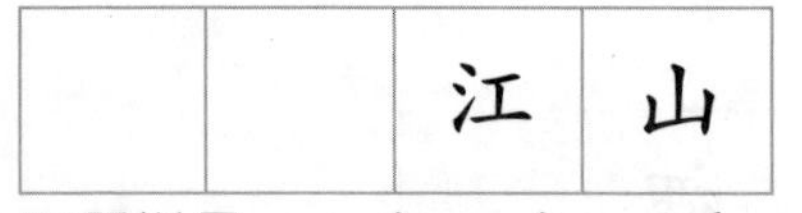

四縣拼音：tied\` tung\` gongˊ sanˊ

海陸拼音：tied tungˊ gong\` san\`

華語釋義：比喻牢固的政權或地位。

72.

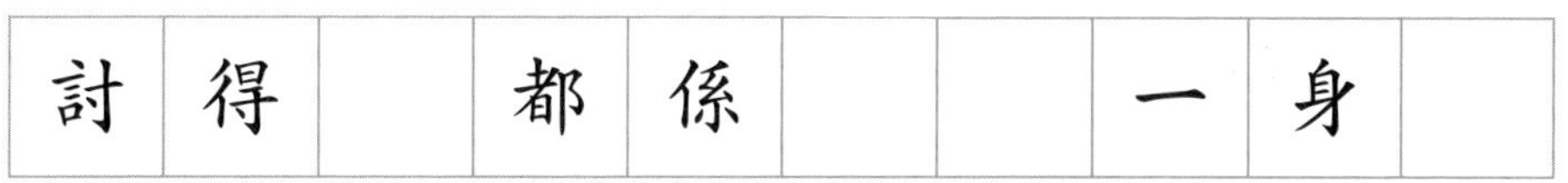

四縣拼音：toˋ dedˋ siid du he seuˋ nginˇ idˋ siinˊ zai

海陸拼音：toˊ ded shidˋ du^{+} heˇ shauˊ ngin rhid shinˋ zaiˇ

華語釋義：乞討來的食物無法長久維生；靠天吃飯會餓死。

73.

四縣拼音：toˋ qienˇ ngiaˊ doˋ zai

海陸拼音：toˊ cien ngiaˋ doˊ zaiˇ

華語釋義：原本以爲自己是債主，經收支相抵後才發現自己是欠債人。

74.

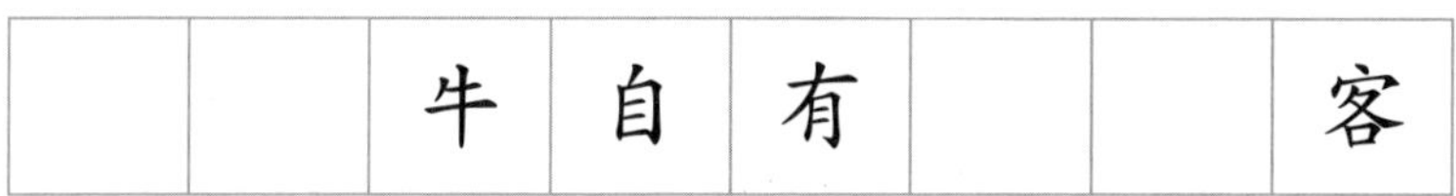

四縣拼音：toˇ duˋ ngiuˇ cii iuˊ toˇ duˋ hagˋ

海陸拼音：to duˊ ngiu cii^{+} rhiuˋ to duˊ hag

華語釋義：每種商品都有購買者；每個人都有其自身優點讓人欣賞。

75.

四縣拼音：todˋ tinˇ cudˋ sedˋ

海陸拼音：tod tin chud sed

華語釋義：形容特別的優異。

76.

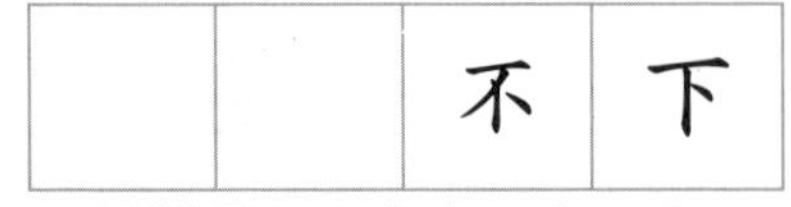

四縣拼音：toiˊ iˊ budˋ haˊ

海陸拼音：toiˋ rhiˋ bud haˋ

華語釋義：分娩後不能在正常時間內將胎膜完全排出的狀況。

77.

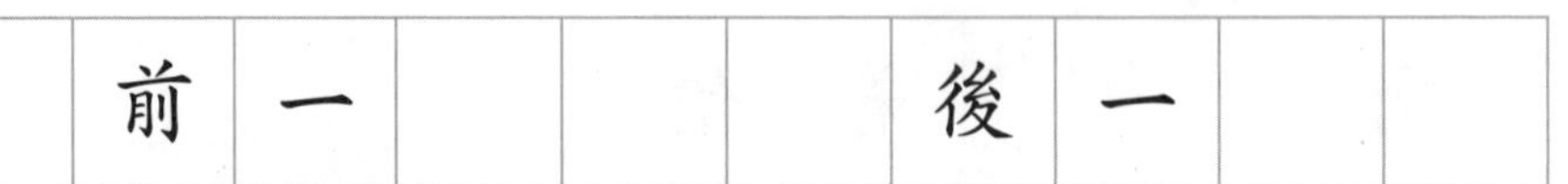

四縣拼音：toiˊ qienˇ idˋ baˋ foˋ toiˊ heu idˋ punˇ songˊ

海陸拼音：toiˋ cien rhid baˊ foˊ toiˋ heu^{+} rhid pun songˋ

華語釋義：產前準媽媽的體質由於激素的影響，往往表現爲燥熱的症狀，就是「胎火」過盛，不需要太過溫補，而產後產婦氣血雙虧，需要補溫性的食物。

78.

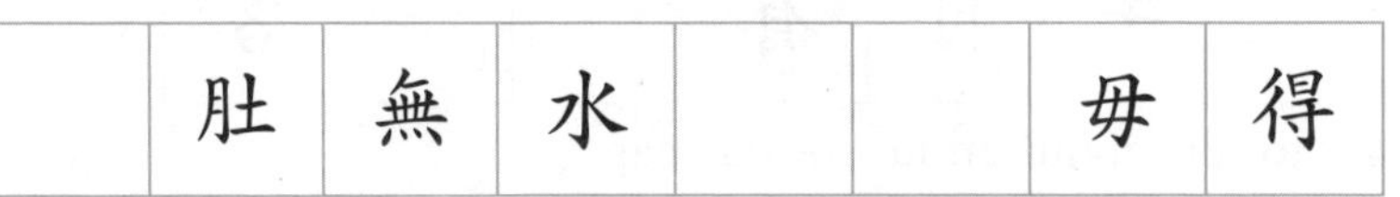

四縣拼音：tongˇ duˋ moˇ suiˋ iongˊ ngˇ mˇ dedˋ

海陸拼音：tong duˊ mo shuiˊ rhongˋ ng m ded

華語釋義：字面意思是池塘裡沒有水，魚就留不住，比喻當丈夫離世，他老婆就會改嫁。

79.

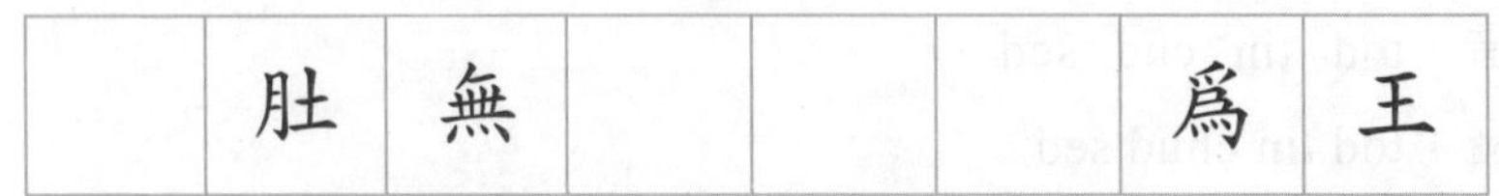

四縣拼音：tongˇ duˋ moˇ ngˇ haˇ gungˊ viˇ vongˇ

海陸拼音：tong duˊ mo ng ha gungˋ vui vong

華語釋義：就是山中無老虎，猴子當大王的意思。

80.

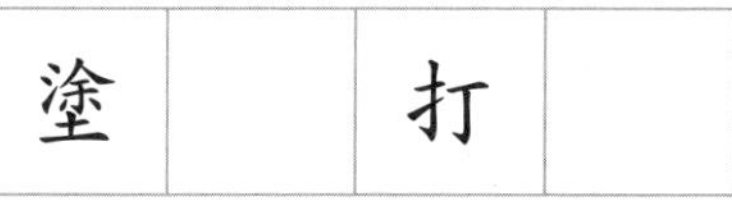

四縣拼音：tuˇ tongˇ daˋ iuˇ

海陸拼音：tu tong daˊ rhiu

華語釋義：做糖與油方面的買賣。

81.

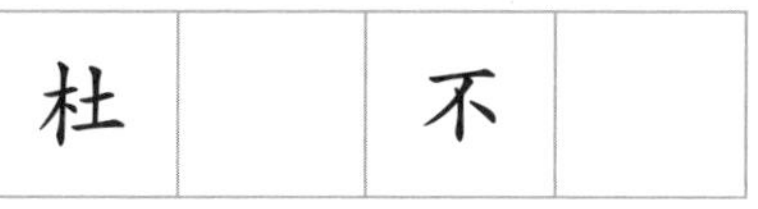

四縣拼音：tu munˇ budˋ cudˋ

海陸拼音：tu+ mun bud chud

華語釋義：緊閉門戶，不外出與人交往。

82.

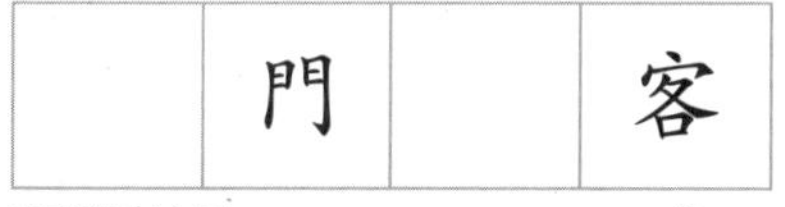

四縣拼音：tu munˇ qia hagˋ

海陸拼音：tu+ mun cia+ hag

華語釋義：閉門謝絕賓客。指不與外界往來。

83.

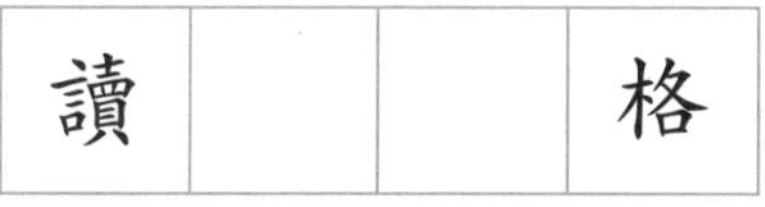

四縣拼音：tug suˊ go giedˋ

海陸拼音：tugˋ shuˋ goˇ gied

華語釋義：一個超出正常水準的優秀學生。

84.

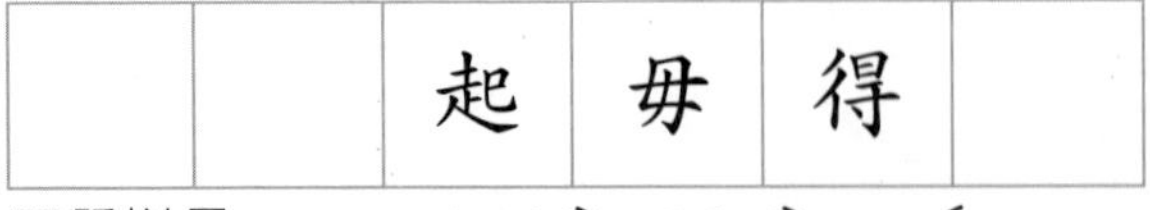

四縣拼音：tug ngiuˇ hiˋ mˇ dedˋ gongˊ

海陸拼音：tugˋ ngiu hiˊ m ded gongˋ

華語釋義：一座充斥牛的交易市場。

85.

四縣拼音：tun doˊ cai li suˋ

海陸拼音：tun+ doˋ cai+ li+ shiuˊ

華語釋義：能幹的人能使用不鋒利的工具。比喻功夫深，工具雖不好，仍舊能把事情做得很好。

86.

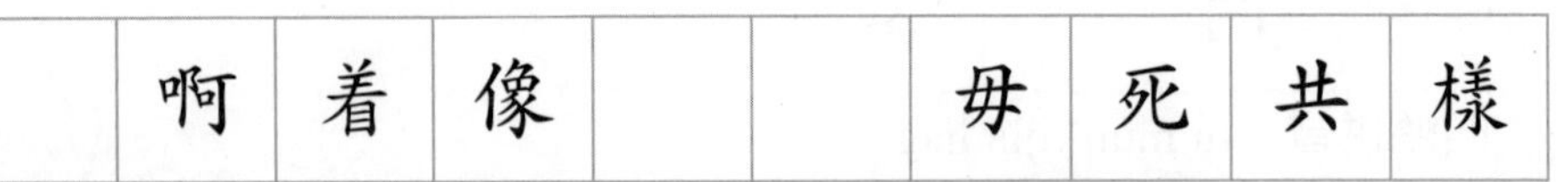

四縣拼音：tungˊ a doˋ qiong godˋ gieˊ mˇ xiˋ kiung iong

海陸拼音：tungˋ a+ doˊ ciongˇ god gaiˋ m siˊ kiung+ rhong+

華語釋義：形容見識淺陋的人遇見事物，動不動就大驚小怪。

87.

四縣拼音：tungˇ liˊ budˋ tungˇ qinˊ

海陸拼音：tung liˋ bud tung cinˋ

華語釋義：形容作事要站在理字上，而不是看在情分上。

88.

四縣拼音：tungˇ luiˇ gungˊ soi du mˇ giangˊ

海陸拼音：tung lui gungˋ shoi+ du+ m giangˋ

華語釋義：有天良的人，敢睡雷公身邊，憑天良做事的人，即使與雷公靠近也不擔心。

89.

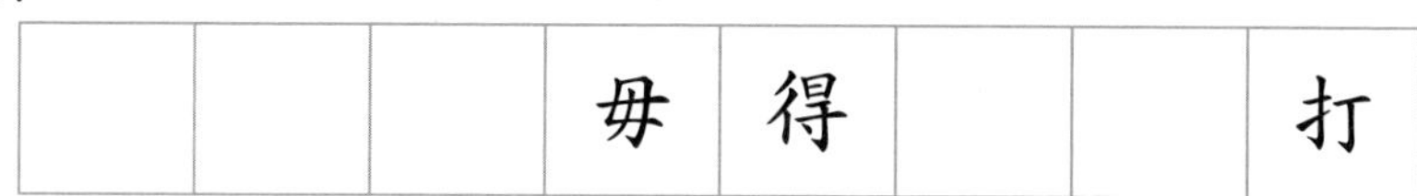

四縣拼音：tungˇ loˇ kong mˇ dedˋ samˊ qiu daˋ

海陸拼音：tung lo kongˇ m ded samˋ ciu+ daˊ

華語釋義：你不能把樂器藏在外套袖子裡，同時又拿來打擊；魚與熊掌，無法兼得。

90.

四縣拼音：tungˇ ngiunˇ maiˊ ziiˋ hioˊ

海陸拼音：tung ngiun maiˋ zhiˊ hioˋ

華語釋義：意即想使用僞幣，但卻也買到假貨。想騙人自己也被騙。有害人終害己之意。

91.

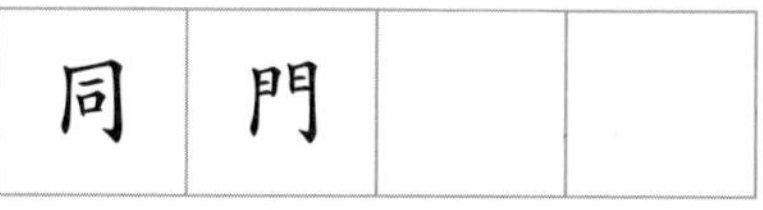

四縣拼音：tungˇ munˇ iˇ congˊ

海陸拼音：tung mun rhi chongˋ

華語釋義：俗稱同門女婿爲「挑擔」，即連襟。

92.

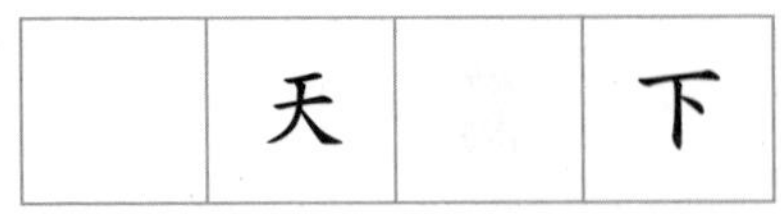

四縣拼音：tungˊ tienˊ tai ha

海陸拼音：tungˋ tienˋ tai+ ha

華語釋義：全世界。

V

1.

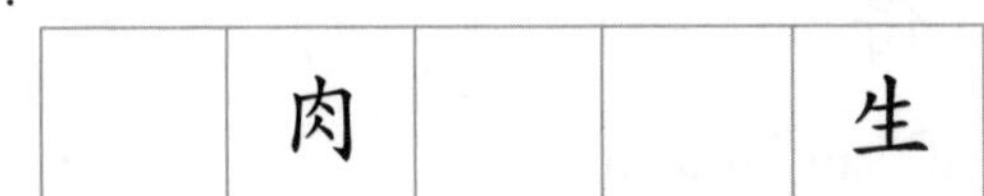

四縣拼音：vaˊ ngiugˋ loˊ congˊ sangˊ

海陸拼音：vaˋ ngiug lauˋ congˋ sangˋ

華語釋義：沒有收入，依靠積蓄爲生。

2.

四縣拼音：vaiˊ nginˇ mˇ siidˋ hoˋ

海陸拼音：vaiˋ ngin m shid hoˊ

華語釋義：形容有眼不識泰山，不識好歹。

3.

四縣拼音：vanˋ siid dongˊ ngiugˋ

海陸拼音：vanˊ shidˋ dongˋ ngiug

華語釋義：飢餓了才吃，味道自然甘美，好像有食肉一般。

4.

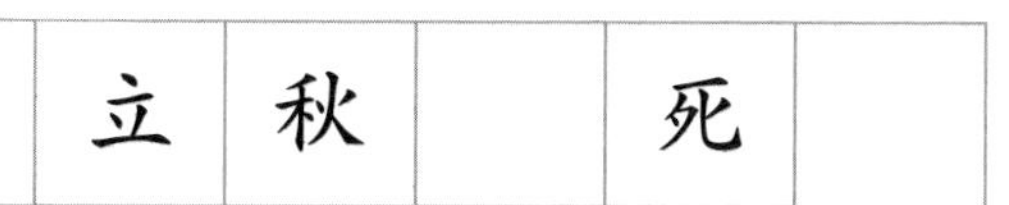

四縣拼音：vanˋ lib qiuˊ ngied xiˋ ngiuˇ

海陸拼音：vanˊ libˋ ciuˋ ngiedˋ siˊ ngiu

華語釋義：如果立秋立得早的話，立秋之後的天氣就會很涼快，可是如果立秋立得比較晚的話，後面的天氣依舊會很熱，也就是「秋老虎」。

5.

四縣拼音：van ogˋ imˇ viˇ suˋ

海陸拼音：van^{+} og rhim vui shiuˊ

華語釋義：貪婪是所有罪惡中最惡的。

6.

四縣拼音：vangˇ coiˇ budˋ fu miang kiungˇ nginˇ

海陸拼音：vang coi bud fuˇ miang^{+} kiung ngin

華語釋義：過去造了很多的業，債主的怨恨引起我們身上的病痛，這是因果病，再好的神奇妙藥也無法醫治。

7.

四縣拼音：vangˇ giabˋ ciid tunˊ

海陸拼音：vang giab chidˋ tunˋ

華語釋義：不論用什麼方法，都要抓住機會並吞噬。

8.

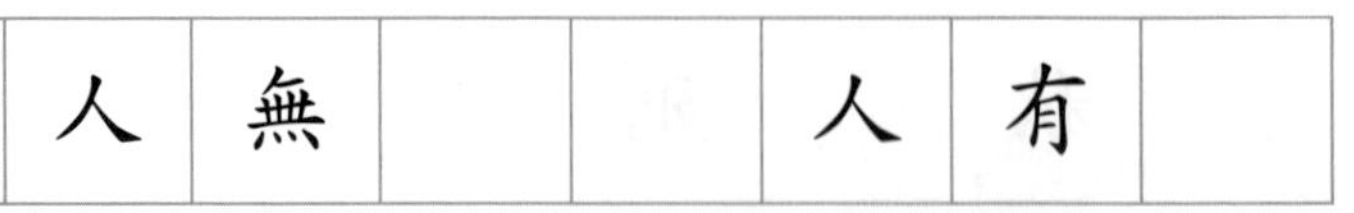

	人	無			人	有	

四縣拼音：viˇ nginˇ moˇ gungˊ ciiˇ nginˇ iuˊ songˋ

海陸拼音：vui ngin mo gungˋ chi ngin rhiuˋ shongˊ

華語釋義：缺乏羞恥者會爲了獎賞而殺害有榮耀之人。

9.

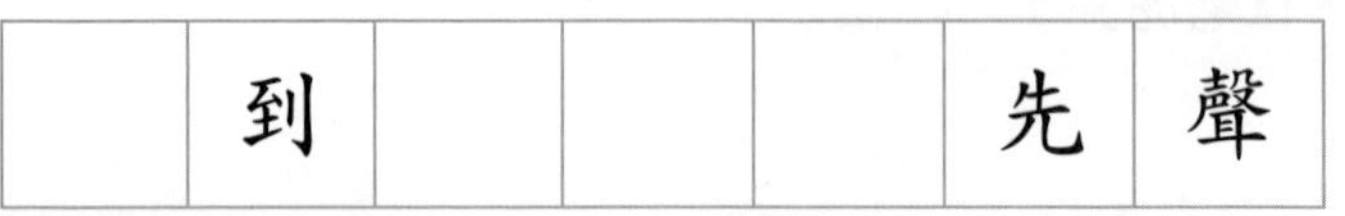

	到				先	聲

四縣拼音：vi do giangˊ ciid luiˇ xienˊ sangˊ

海陸拼音：vui+ doˇ giangˋ chidˋ lui senˋ shangˋ

華語釋義：春天的雷聲把那些已經蟄伏了整整一個冬天的動物驚醒，雷聲就像是鬧鐘一樣，把這些冬眠中的動物給叫醒了。

10.

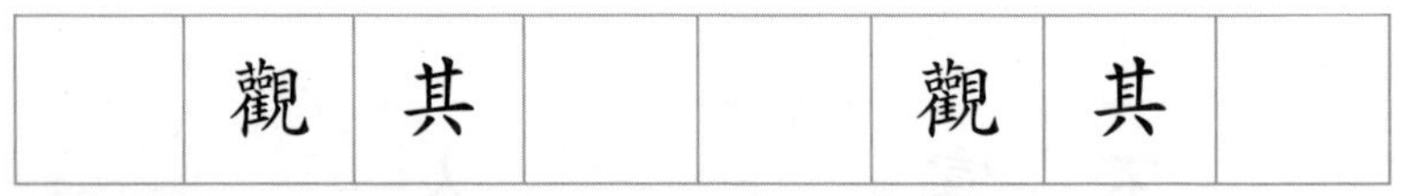

	觀	其			觀	其	

四縣拼音：vi gonˊ kiˇ nginˇ xienˊ gonˊ kiˇ iuˊ

海陸拼音：vui+ gonˋ ki ngin senˋ gonˋ ki rhiuˋ

華語釋義：要看一個人的爲人態度，看其往來友人的品性即可推測。

11.

		放		

四縣拼音：voˇ song biong miˋ toi

海陸拼音：vo shong+ biongˇ miˊ toi+

華語釋義：形容人非常多話，就像喪禮中唸經的和尚講不停。

12.

四縣拼音：voˇ song moˇ ngienˋ（minˇ）hau ziiˋ moˇ soi

海陸拼音：vo shong⁺ mo nganˊ（min）hauˇ ziiˊ mo shoi⁺

華語釋義：客家莊傳統喪禮，子孫要爲往生者做法事，開鑼做功德起始後，做法事的和尚沒休息，披麻帶孝的子孫也得打起精神侍立一旁。引申爲受人牽制、不得自由。

13.

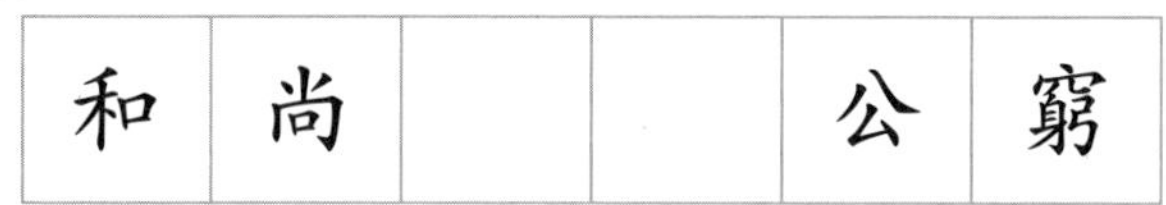

四縣拼音：voˇ song qied sang gungˊ kiungˇ

海陸拼音：vo shong⁺ ciedˋ shang⁺ gungˋ kiung

華語釋義：和尚沒有子嗣，巫師生活窮困；意謂即便是能人，亦無法掌握世事，凡事皆應順其自然。

14.

四縣拼音：voˇ piog voi bien saˇ

海陸拼音：vo piogˋ voi⁺ bienˇ sha

華語釋義：小兵也可以立大功；小危害亦可成大禍患。

15.

四縣拼音：voi zo ced qiu voi zogˋ ced

海陸拼音：voi⁺ zoˇ cedˋ ciu⁺ voi⁺ zug cedˋ

華語釋義：身為小偷，最清楚小偷的伎倆，所以要把小偷抓住是再容易不過了。

16.

四縣拼音：vongˇ faˊ fuˊ qiˊ

海陸拼音：vong faˋ fuˋ ciˋ

華語釋義：初結連理的新婚夫婦。

17.

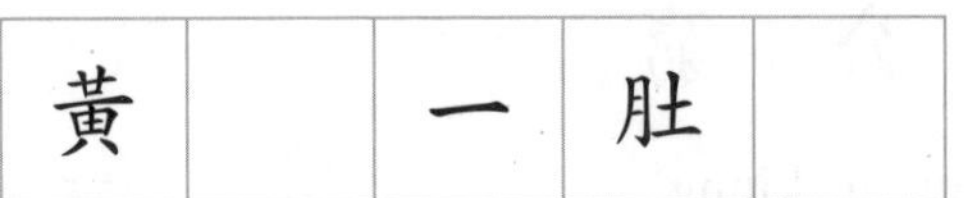

四縣拼音：vongˇ kioˇ idˋ duˋ fud

海陸拼音：vong kio rhid duˊ fudˋ

華語釋義：黃掉或成熟的茄子，果實裡有滿滿具有毒性的茄鹼，不宜食用；人或東西過了盛期，就不堪用了。

18.

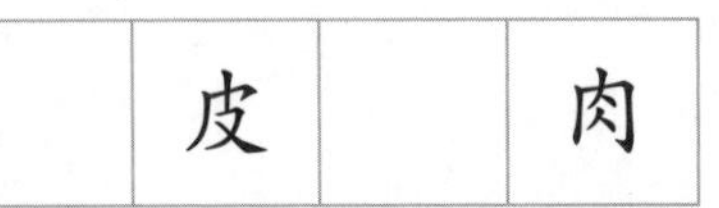

四縣拼音：vongˇ piˇ ceu ngiugˋ

海陸拼音：vong pi seuˇ ngiug

華語釋義：形容某人面黃肌瘦，身體很差的樣子。

19.

四縣拼音：vongˇ tungˇ pag soˋ

海陸拼音：vong tung pagˋ seuˊ

華語釋義：指老老少少。

20.

四縣拼音：vongˇ zoˋ ziiˊ coiˇ

海陸拼音：vong zoˊ ziiˋ coi

華語釋義：意思是具有非凡的治國能力。

21.

四縣拼音：vongˋ cagˋ ciid kimˇ

海陸拼音：vongˊ chag chidˋ cim

華語釋義：指彎曲一尺而能伸長八尺。

22.

四縣拼音：vongˇ iaˇ tag – nanˇ coiˊ

海陸拼音：vong rha tagˋ – nan choiˋ

華語釋義：「吹」音同「炊」。例如露營時遇到下大雨，想生火煮飯卻是難炊。

23.

四縣拼音：vongˇ bagˋ se gie

海陸拼音：vong bag sheˇ gieˇ

華語釋義：形容兩個人總是有一定的差異。

24.

			雲	半	夜	
半	夜		雲			

四縣拼音：vongˇ fun´ vongˇ iunˇ ban ia koi´
　　　　　ban ia song´ iunˇ iˋ qiu loiˇ（qiu loiˇ iˋ）
海陸拼音：vong funˋ vong rhun banˇ rha⁺ koiˋ
　　　　　banˇ rha⁺ shongˋ rhun rhi´ ciu⁺ loi（ciu⁺ loi rhi´）
華語釋義：就是鋒面所造成的雲雨區。太陽下山時，西邊有雲發展過來，天氣由晴變陰，很快會下雨。

25.

				也	係	閒

四縣拼音：vongˇ gim´ doi´ dung ia he hanˇ
海陸拼音：vong gimˋ doiˋ dungˇ rha⁺ heˇ han
華語釋義：指再多的財寶對死者來說都沒有任何幫助了。

26.

黃	金		在				故	人	

四縣拼音：vongˇ gim´ feuˇ cai sii pag fadˋ gu nginˇ hi´
海陸拼音：vong gimˋ feu cai⁺ sheˇ pagˋ fad guˇ ngin hiˋ
華語釋義：多金並不如安樂珍貴，百年隨時過，萬事轉頭空。

27.

黃	金			外	人	

四縣拼音：vongˇ gimˊ log ti ngoi nginˇ coiˇ

海陸拼音：vong gimˋ logˋ ti⁺ ngoi⁺ ngin coi

華語釋義：錢財落地絕不會沒人要，他人撿拾起來，豈不就變成外人的錢財嘛。

28.

四縣拼音：vongˇ ngiuˇ piˇ maˊ zeuˋ

海陸拼音：vong ngiu poi maˋ zeuˊ

華語釋義：牛在賽馬；喻不自量力。

29.

四縣拼音：vongˇ pungˊ ieuˊ tiedˋ cagˋ boi

海陸拼音：vong pungˋ rhauˋ tied chag boiˇ

華語釋義：形容一個人的身材筆直苗條。

30.

四縣拼音：vongˇ sanˊ dog jiedˋ iangˇ fuˇ qiuˊ

海陸拼音：vong shanˋ dogˋ zied rhang fu ciuˋ

華語釋義：比喻富有人家即使家道中落了，也強過貧窮人家。

31.

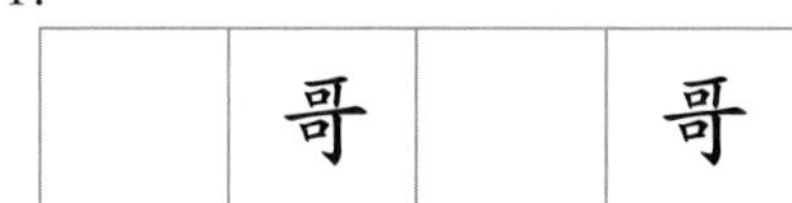

四縣拼音：vuˊ goˊ liuˇ goˊ

海陸拼音：vuˋ goˋ liu goˋ

華語釋義：形容那些懶惰不工作的人。

32.

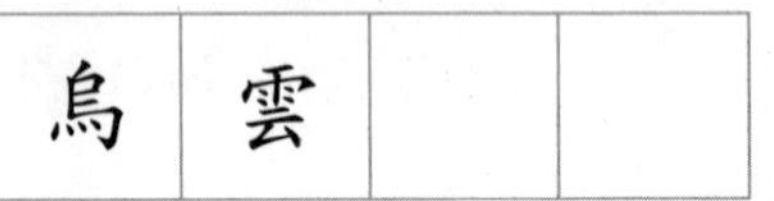

四縣拼音：vuˊ iunˇ jiabˋ ngidˋ

海陸拼音：vuˋ rhun ziab ngid

華語釋義：太陽沒入烏雲當中。

33.

四縣拼音：vuˇ fu hoˇ ku vuˇ muˊ hoˇ sii

海陸拼音：vu fuˇ ho ku+ vu muˋ ho shi+

華語釋義：我沒有了父親、母親能依賴。

34.

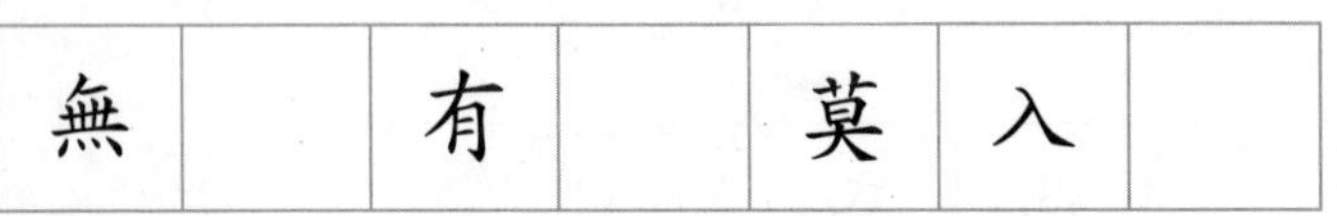

四縣拼音：vuˇ qienˇ iuˊ liˊ mog ngib loiˇ

海陸拼音：vu cien rhiuˋ liˋ mogˋ ngibˋ loi

華語釋義：意思是只要進法院打官司，即使站在受害的一方，也是得花錢。

35.

四縣拼音：vugˋ vuˊ ziiˊ oi

海陸拼音：vug vuˋ ziiˋ oiˇ

華語釋義：因為愛一個人而連帶喜愛他屋上的烏鴉。比喻愛一個人而連帶關心與他有關係的人或物。

36.

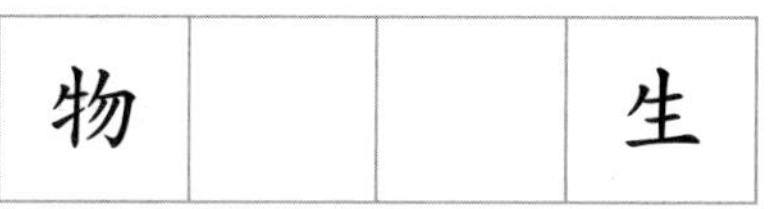

四縣拼音：vud fuˋ cungˇ senˊ

海陸拼音：vudˋ fuˊ chung sangˋ

華語釋義：物品必先腐爛後才會長蛆。比喻事出有因，必先有弱點而後才使他人有機可乘。

X

1.

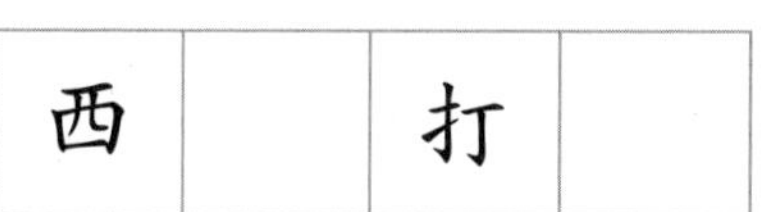

四縣拼音：xiˊ fungˊ daˋ cungˇ

海陸拼音：siˋ fungˋ daˊ chung

華語釋義：指專吃米的蛆；罵人米蟲。

2.

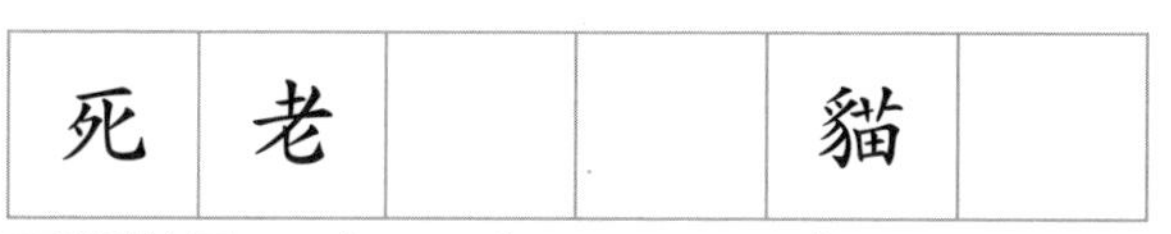

四縣拼音：xiˋ lo cuˋ qin meu toˊ

海陸拼音：siˊ loˊ chuˊ cin⁺ ngiauˇ toˋ

華語釋義：不管死活。事情都到這個地步了，隨便你怎麼處理。

3.

四縣拼音：xiˋ leˋ mugˋ zuˊ du mˇ sabˋ

海陸拼音：siˊ liauˊ mug zhuˋ du+ m shab

華語釋義：人死了眼睛不肯閉上，表示心中對人世還有牽掛。

4.

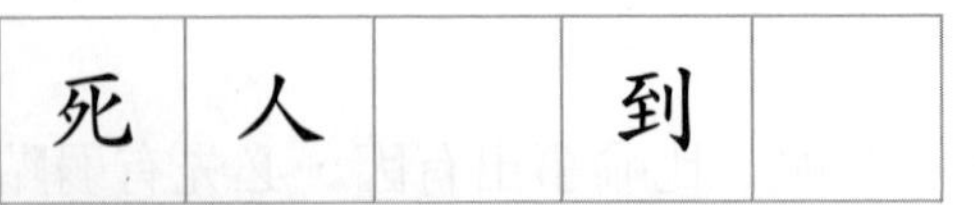

四縣拼音：xiˋ nginˇ au do kiˊ

海陸拼音：siˊ ngin auˇ doˇ kiˋ

華語釋義：喻人好辯，連死掉打橫躺了，還會爭辯到站起來。

5.

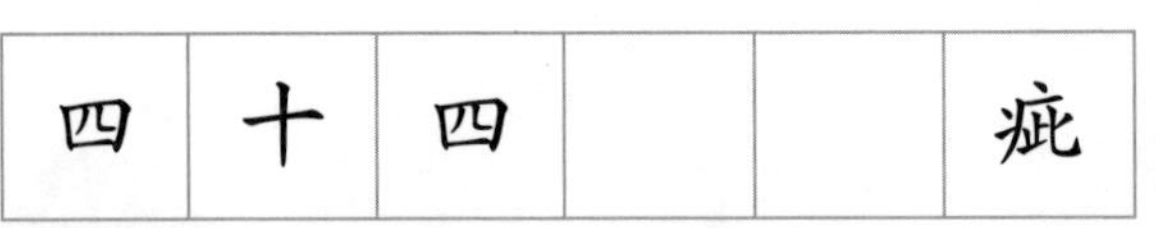

四縣拼音：xi siib xi mugˋ sangˊ ciiˊ

海陸拼音：siˇ shibˋ siˇ mug sangˋ ciiˋ

華語釋義：年過四十，除了眼力漸衰，還可能生成眼翳；勸人不得不服老。

6.

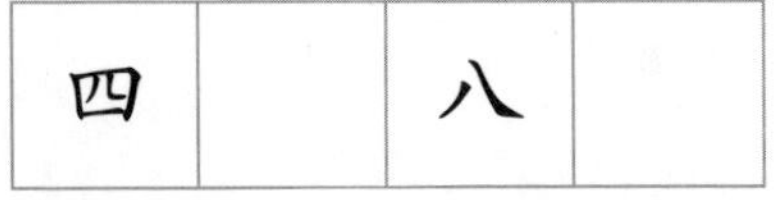

四縣拼音：xi tienˊ badˋ gogˋ

海陸拼音：siˇ tienˋ bad gog

華語釋義：形容到處遊歷、四海爲家的人。

7.

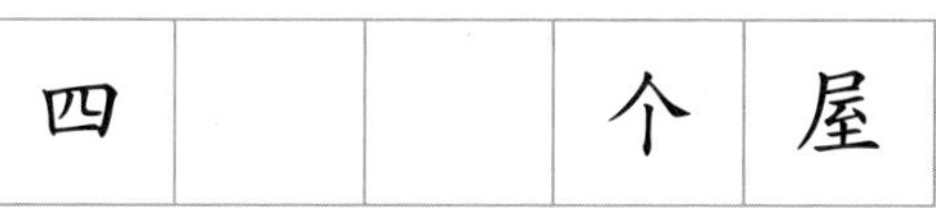

四縣拼音：xi diamˋ gimˊ ge vugˋ

海陸拼音：siˇ diamˊ gimˋ gaiˇ vug

華語釋義：是潮州風水屋，可以稱之爲風水大宅。

8.

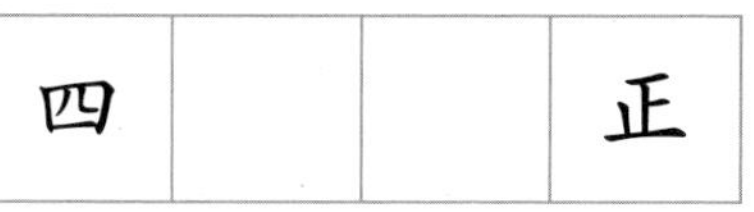

四縣拼音：xi cuˊ donˊ zang

海陸拼音：siˇ chuˋ donˋ zhangˇ

華語釋義：形容一個人四肢強健。

9.

四縣拼音：xi tangˊ xiongˊ zeu

海陸拼音：siˇ tangˋ siongˋ zhauˇ

華語釋義：有四個相鄰庭院的房子，指大戶人家。

10.

四縣拼音：xiaˋ sag teuˇ ngadˋ sag teuˇ

海陸拼音：siaˊ shagˋ teu ngad shagˋ teu

華語釋義：意指把房子拿來當作擔保品。

11.

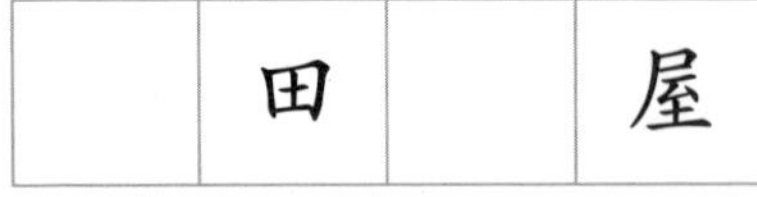

四縣拼音：xiaˋ tienˇ mai vugˋ

海陸拼音：siaˊ tien mai^{+} vug

華語釋義：抵押自己的土地並賣掉房子；傾家蕩產。

12.

四縣拼音：xiagˋ ziiˋ siinˇ ngiag ziiˋ

海陸拼音：siag ziiˊ shin ngiagˋ ziiˊ

華語釋義：寵溺孩子成禍害，是自己造孽，危害自己也危害社會。

13.

四縣拼音：xiagˋ ziiˋ siidˋ zongˋ

海陸拼音：siag zhiˊ shid zhongˊ

華語釋義：意思是因捨不得一個指頭而失掉一個手掌，比喻因小失大。

14.

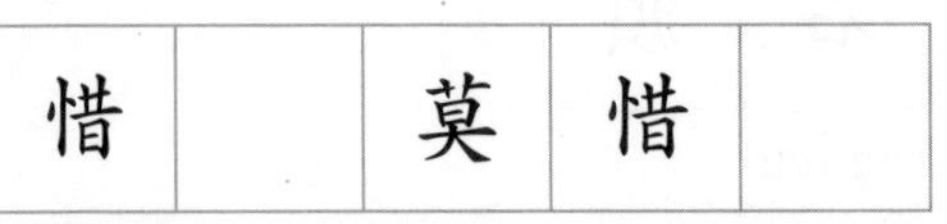

四縣拼音：xiagˋ gudˋ mog xiagˋ piˇ

海陸拼音：siag gud mogˋ siag pi

華語釋義：着重教導孩子為人處世的道理，對子女教養方式，賞罰要清楚。

15.

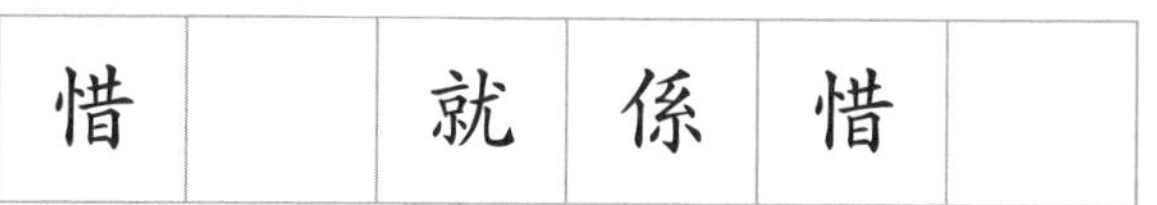

四縣拼音：xiag` zii` qiu he xiag` ngiongˇ

海陸拼音：siag zii´ ciu+ heˇ siag ngiong

華語釋義：孩子是母親的心頭肉，憐愛孩子就等同憐惜孩子的娘。

16.

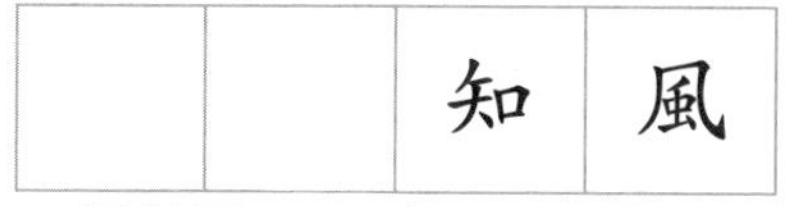

四縣拼音：xiag` sauˇ di´ fung´

海陸拼音：siag sau di` fung`

華語釋義：舊說鵲能預知當年風之多少，風多則巢建於低外。比喻人有預見性。

17.

四縣拼音：xiang` ngien` kon zui nginˇ

海陸拼音：siang´ ngan´ konˇ zuiˇ ngin

華語釋義：如果想得到戒酒的方法，只需用清醒的眼光看看喝醉酒的人的醉態。

18.

四縣拼音：xien´ do viˇ giun´ heu do gie´ siinˇ

海陸拼音：sen` doˇ vui giun` heu+ doˇ gai` shin

華語釋義：搶先一步就能當上君王，後到一步只能稱作臣子。

19.

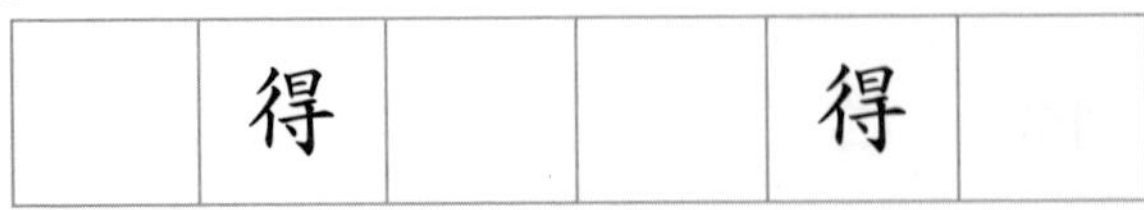

四縣拼音：xienˊ dedˋ xienˊ heu dedˋ heu

海陸拼音：senˋ ded senˋ heu^{+} ded heu^{+}

華語釋義：先提出來的人可以得到專利，跟着別人做的，只是仿冒的山寨版。

20.

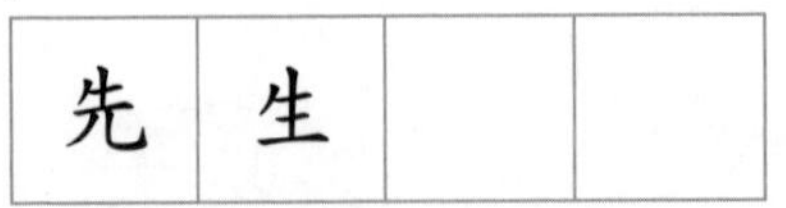

四縣拼音：xinˊ sangˊ minˇ gungˊ

海陸拼音：sinˋ sangˋ min gungˋ

華語釋義：這醫生知道他的生意如何做，形容對事情心有盤算。

21.

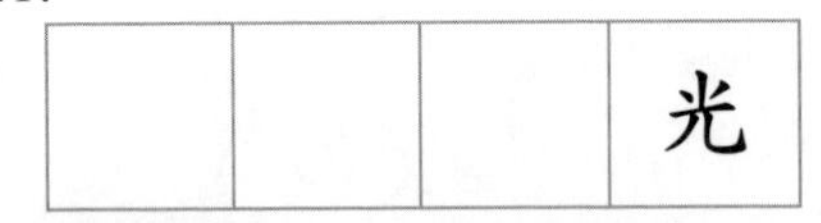

四縣拼音：xien bogˋ qinˊ gongˊ

海陸拼音：sienˇ bog cinˋ gongˋ

華語釋義：形容完全裸露毫無遮掩。

22.

四縣拼音：xienˊ danˊ du oi samˊ fug

海陸拼音：sienˋ danˋ du^{+} oiˇ samˋ fugˋ

華語釋義：就算吃仙丹妙藥，也要明辨體質，並且持續服用。

23.

四縣拼音：xim´ ciid do kiuˇ nginˇ

海陸拼音：sim` chid` doˇ kiu ngin

華語釋義：誠實正直的人往往需乞求他人；嘲諷太過老實者不圓滑，容易遭人欺負。

24.

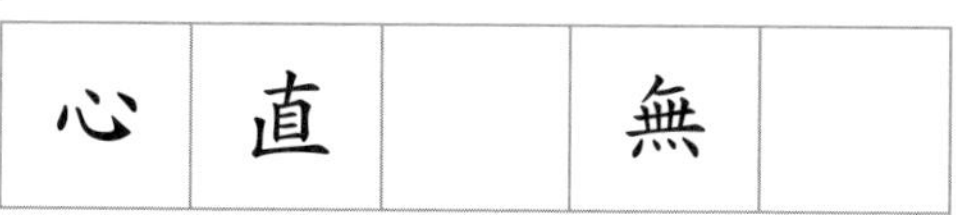

四縣拼音：xim´ ciid zo moˇ siid

海陸拼音：sim` chid` zoˇ mo shid`

華語釋義：心地誠實正直善良的人直腸直肚不虛假，在這個注重表像的社會要謀生，容易有阻礙。

25.

四縣拼音：xim´ gon´ died` log ha´ gag`

海陸拼音：sim` gon` died log` ha` gag

華語釋義：意謂提心吊膽。面對突發的事件，驚恐害怕不已。

26.

四縣拼音：xim´ gon´ ied` cud` bun´ ngˇ fa gieu` fi

海陸拼音：sim` gon` rhad chud bun` ngi faˇ gieu´ fuiˇ

華語釋義：眞心換絕情。誠心誠意被嫌棄到一無是處。

27.

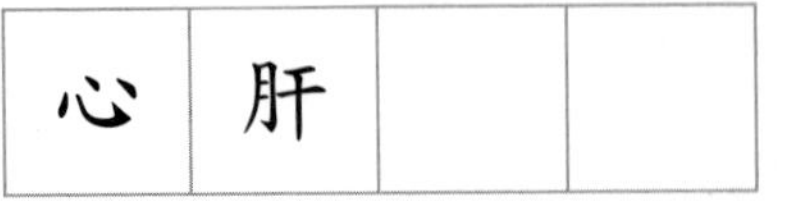

四縣拼音：xim´ gon´ cong cab

海陸拼音：sim` gon` cong+ cab`

華語釋義：形容心有千千結，無法梳理。

28.

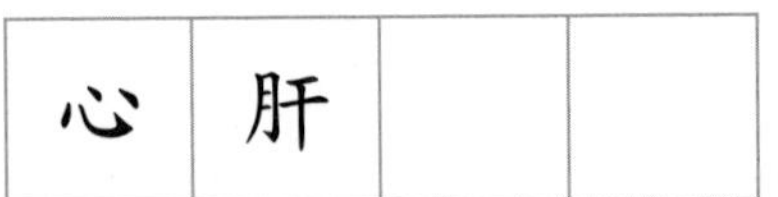

四縣拼音：xim´ gon´ linˇ lungˇ

海陸拼音：sim` gon` lin lung

華語釋義：心中感覺好像被貓爪撕裂了。

29.

四縣拼音：xin´ giong´ lad go lo` giong´

海陸拼音：sin` giong` lad` goˇ lo´ giong`

華語釋義：年輕人比老年人直率魯莽得多。

30.

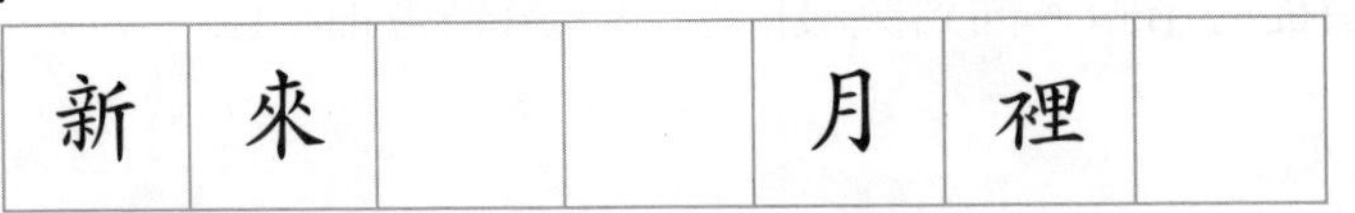

四縣拼音：xin´ loiˇ xim´ kiu´ ngied li´ haiˇ

海陸拼音：sin` loi sim` kiu` ngied` li` hai

華語釋義：新迎娶的媳婦和出生未滿月的新生兒，都要特別地關愛及照顧。

31.

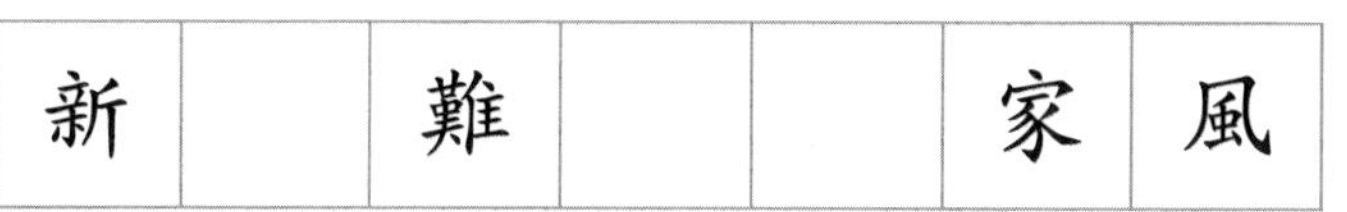

四縣拼音：xinˊ pinˇ nanˇ goiˋ kiu gaˊ fungˊ

海陸拼音：sinˋ pin nan goiˊ kiu$^+$ gaˋ fungˋ

華語釋義：突然變貧窮困乏的人，很難改變之前生活享受的習性。

32.

四縣拼音：xin xiaˇ xiaˇ ngib vugˋ xin guiˋ guiˋ ngib ximˊ

海陸拼音：sinˇ sia sia ngibˋ vug sinˇ guiˊ guiˊ ngibˋ simˋ

華語釋義：寓意是心要存浩然正氣就不怕鬼邪。

33.

四縣拼音：xiongˊ gien hoˋ giuˋ cu nanˇ

海陸拼音：siongˋ gienˇ hoˊ giuˊ chu$^+$ nan

華語釋義：初次相見容易相處得很好，長久居住在一起，就不易友好相處了。

34.

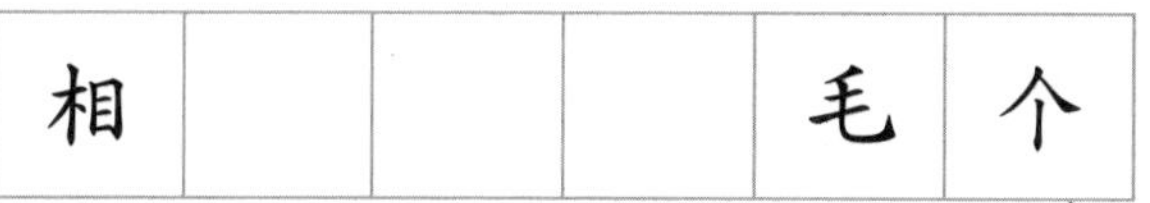

四縣拼音：xiongˊ bangˊ teuˇ naˇ moˊ ge

海陸拼音：siongˋ bangˋ teu na moˋ gaiˇ

華語釋義：指同血源的兄弟姊妹。

35.

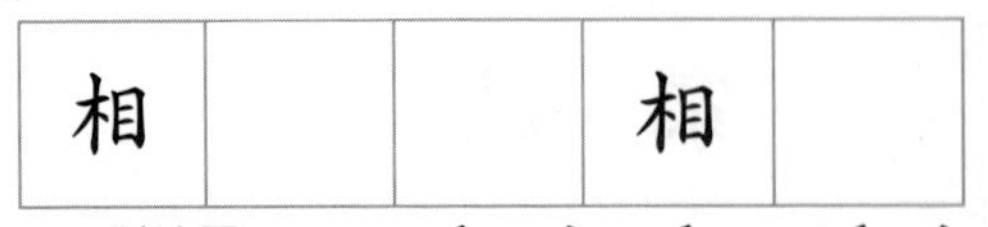

四縣拼音：xiongˊ siidˋ laiˊ xiongˊ hoˋ

海陸拼音：siongˋ shid laiˋ siongˋ hoˊ

華語釋義：認爲別人第一次認識就會喜歡他；形容那些自我感覺良好的人。

36.

四縣拼音：xiongˊ daˋ moˇ hoˋ suˋ

海陸拼音：siongˋ daˊ mo hoˊ shiuˊ

華語釋義：兩人打架每每各出毒手，就是要把對方打倒。

37.

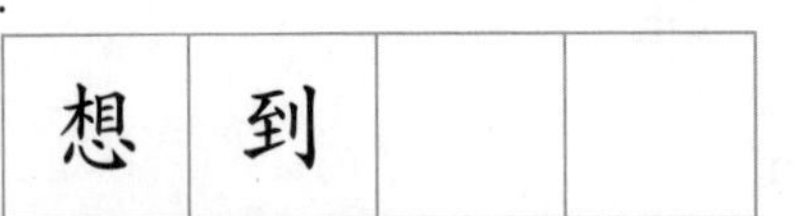

四縣拼音：xiongˋ do giedˋ funˋ

海陸拼音：siongˊ doˇ gied funˊ

華語釋義：心中很想要婚姻。

38.

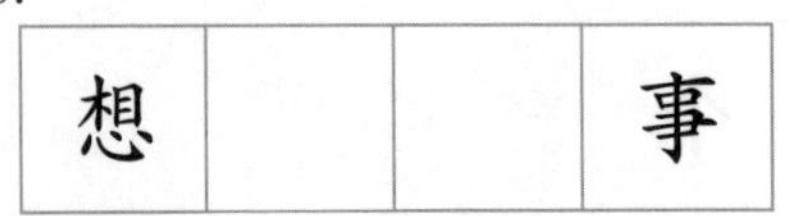

四縣拼音：xiongˋ pang ximˊ sii

海陸拼音：siongˊ pangˇ simˋ sii⁺

華語釋義：形容思考一些空無的事情。

39.

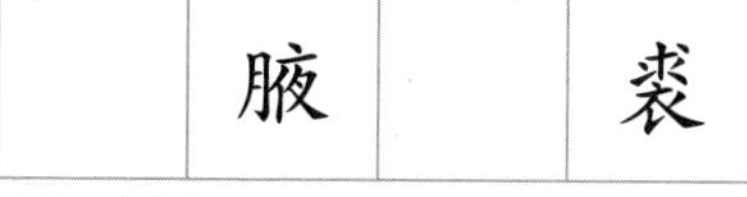

四縣拼音：xib id siinˇ kiuˇ

海陸拼音：sib` rhid`shin ciu

華語釋義：狐狸腋下的皮毛雖不多，但聚集起來就可縫製成一件皮衣。比喻積少成多。

40.

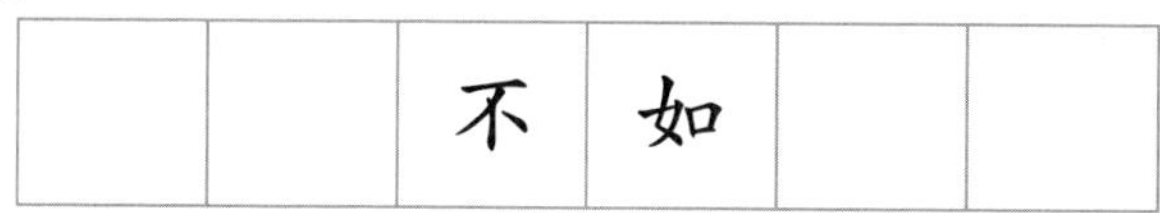

四縣拼音：xiuˊ suˊ bud` iˇ mien qiang`

海陸拼音：siu` shu` bud rhi mienˇ ciangˊ

華語釋義：寫信相邀，不如當面邀請。

41.

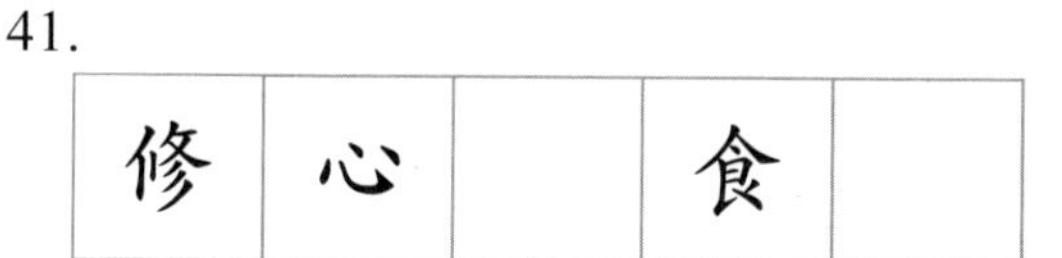

四縣拼音：xiuˊ ximˊ iangˇ siid zaiˊ

海陸拼音：siu` sim` rhang shid` zai`

華語釋義：要修心才叫做修行，勝過每天吃素而忘記修養自己的口德。

Z

1.

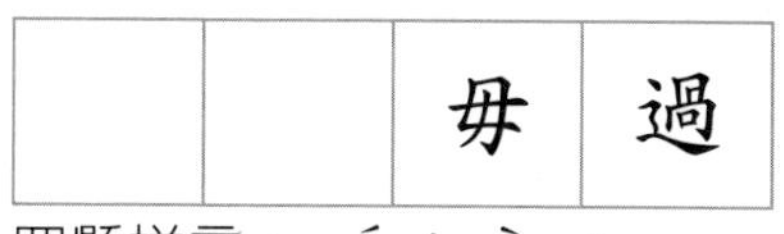

四縣拼音：zaˊ giog` mˇ go

海陸拼音：zhaˋ giog m goˇ

華語釋義：形容捉襟見肘，生活窮困。

2.

四縣拼音：za xiˋ zogˋ hoiˋ ngoˇ

海陸拼音：zaˇ siˊ zug hoiˊ ngo

華語釋義：形容欺騙的手段。

3.

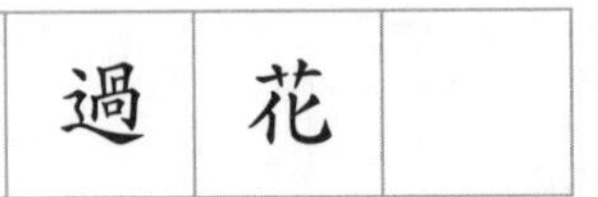

四縣拼音：zagˋ go faˊ bienˊ

海陸拼音：zhag goˇ faˋ bienˋ

華語釋義：形容微不足道；僅能糊口。

4.

四縣拼音：zam tienˊ siiˊ bunˊ guiˋ miˇ

海陸拼音：ziamˇ tienˋ siiˋ bunˋ guiˊ mi

華語釋義：形容最聰明的人有時也會受挫。

5.

四縣拼音：zamˊ zonˋ fungˇ ngaˋ

海陸拼音：zamˋ zhonˊ fung ngaˊ

華語釋義：意指承認自己做錯了。

6.

四縣拼音：zamˊ sunˇ qinˇ mien

海陸拼音：zhamˋ sun cin mienˇ

華語釋義：徇顧惡人的私情，不公平決斷好人的案件，都爲不善。

7.

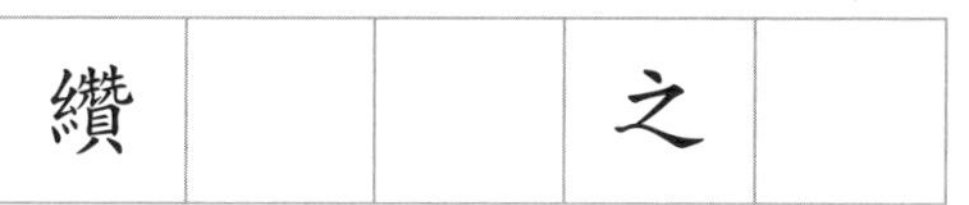

四縣拼音：zonˋ fu zuˋ ziiˊ ngiab

海陸拼音：zonˊ fuˇ zuˊ ziiˋ ngiabˋ

華語釋義：繼承世業。

8.

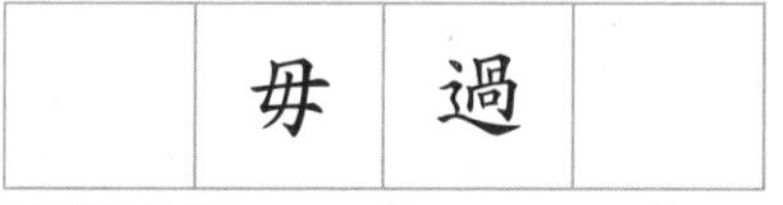

四縣拼音：zauˊ mˇ go gudˋ

海陸拼音：zauˋ m goˇ gud

華語釋義：指衣服的接縫處還沒有徹底乾燥。

9.

四縣拼音：zangˊ xidˋ moˇ xiongˊ gien

海陸拼音：zangˋ sid mo siongˋ gienˇ

華語釋義：幾乎永遠消逝了；死了!

10.

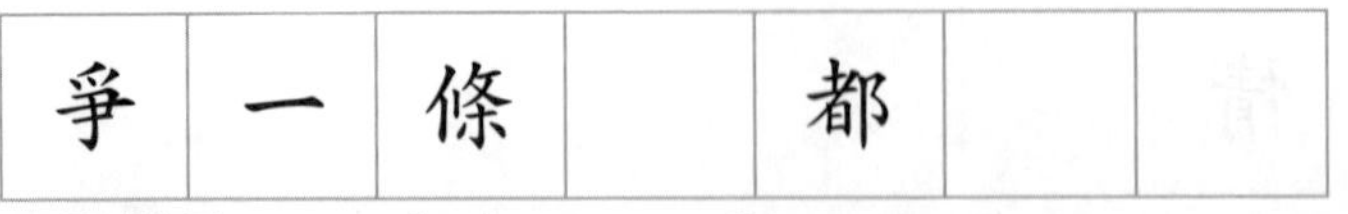

四縣拼音：zangˊ idˋ tiauˇ moˊ du mˇ hi

海陸拼音：zangˋ rhid tiau moˋ du^{+} m hiˇ

華語釋義：形容沒有絲毫不同。

11.

正	月		死		二	月		死	
三	月		死						

四縣拼音：zangˊ ngied dung xiˋ ngiuˇ ngi ngied dung xiˋ maˊ
sanˊ ngied dung xiˋ gangˊ tienˇ saˇ

海陸拼音：zhangˋ ngiedˋ dungˇ siˊ ngiu ngi^{+} ngiedˋ dungˇ siˊ maˋ
samˋ ngiedˋ dungˇ siˊ gangˋ tien sa

華語釋義：此俚語是提醒人們在正、二月裏，應特別注意保護好耕牛和馬等牲口。因爲這個時候青草飼料緊缺，又要春耕，牲口們難擋料峭春寒。三月農夫則要注意本人的健康，防止倒春寒的襲擊，因爲此時絕大部分農民都要在水田裏插秧。

12.

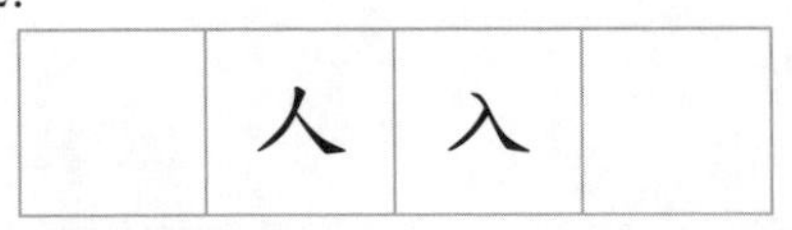

四縣拼音：zeuˊ nginˇ ngib vugˋ

海陸拼音：zhauˋ ngin ngibˋ vug

華語釋義：指婦人家招野男人入屋私通。

13.

四縣拼音：zeuˊ maiˊ zeuˊ mai

海陸拼音：zhauˋ maiˋ zhauˋ mai+

華語釋義：形容一個善於做生意的商人。

14.

四縣拼音：zeuˊ siinˇ zung zugˋ am buˊ zaˊ imˊ

海陸拼音：zhauˋ shin zhungˇ zhug amˇ buˋ zhaˋ rhimˋ

華語釋義：早上才種下的竹子，到傍晚就想可以遮陽了，意指急於見到成果。

15.

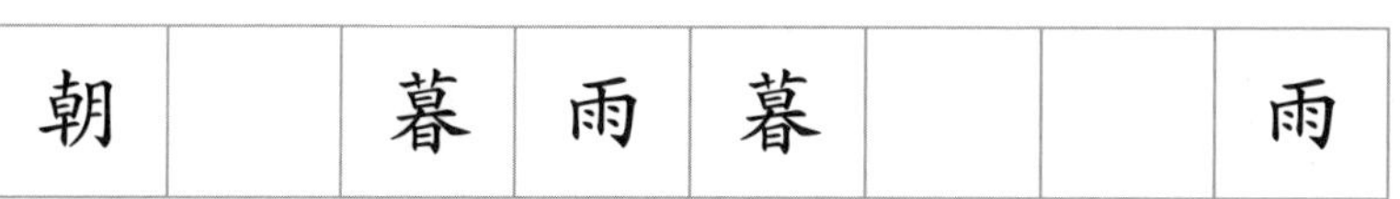

四縣拼音：zeuˊ haˇ mu iˋ mu haˇ qied iˋ

海陸拼音：zhauˋ ha muˇ rhiˊ muˇ ha ciedˋ rhiˊ

華語釋義：日出前後出現偏紅的朝霞，說明大氣中的水氣已經很多，而且雲層已經從西方開始侵入，天氣將要轉爲有雨。

16.

四縣拼音：zeuˊ haˇ vanˋ haˇ moˇ suiˋ boˊ caˇ

海陸拼音：zhauˋ ha vanˊ ha mo shuiˊ boˋ ca

華語釋義：早晚都出現霞光，表示將會有旱災，如此連煮茶的水都會沒有了。

17.

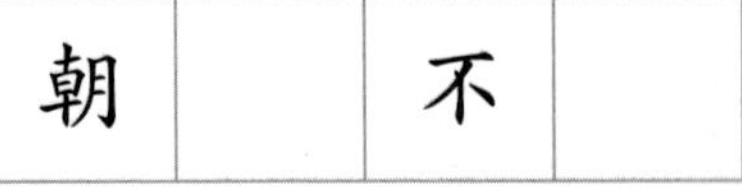

四縣拼音：zeuˊ xid budˋ haˇ

海陸拼音：zhauˋ sidˋ bud ha

華語釋義：日夜都在忙碌。

18.

四縣拼音：zeu abˋ giamˋ lonˋ

海陸拼音：zhauˇ ab giamˊ lonˊ

華語釋義：鴨蛋經過光照，檢查有無受精；依照鴨子的數量，估算蛋的產量。

19.

四縣拼音：zeuˋ guiˋ zeuˋ ngib sangˇ fongˇ meu

海陸拼音：zeuˊ guiˊ zeuˊ ngibˋ shang fong miau+

華語釋義：處處遇鬼神，有自投羅網的意思。

20.

四縣拼音：zeuˋ maˊ gauˊ guanˊ

海陸拼音：zeuˊ maˋ gauˋ guanˋ

華語釋義：一個過路的商人；形容毫無作用的人。

21.

四縣拼音：zeuˋ do maˊ puˊ leˊ

海陸拼音：zeuˊ doˇ maˋ buˋ leˋ

華語釋義：形容已經走得很遠了。

22.

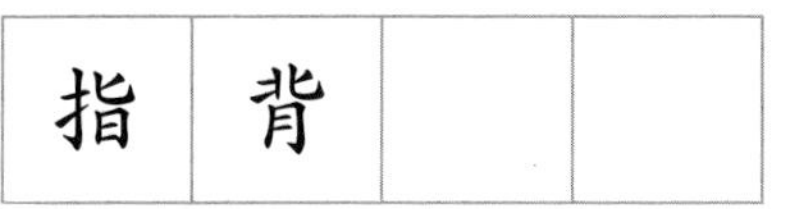

四縣拼音：ziiˋ boi nongˇ jiagˋ

海陸拼音：zhiˊ boiˇ nong ziag

華語釋義：對人指指點點誹謗。

23.

四縣拼音：ziiˋ pu iongˇ sangˊ

海陸拼音：zhiˊ pu^{+} rhong shangˋ

華語釋義：意思是拜訪別人家，必須在門口停下腳步，先通報訪客姓名，得到主人的許可後才可以進門。

24.

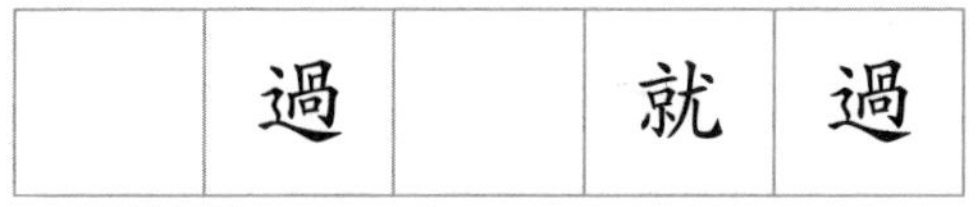

四縣拼音：ziimˊ go xien qiu go

海陸拼音：zhimˋ goˇ sienˇ ciu^{+} goˇ

華語釋義：最困難的部分已經完成，其他的就輕鬆容易了。

25.

四縣拼音：ziimˊ teuˇ xiogˋ tiedˋ

海陸拼音：zhimˋ teu siog tied

華語釋義：形容極力剝削搜刮。

26.

四縣拼音：ziimˊ moˇ sungˊ teuˇ li

海陸拼音：zhimˋ mo sungˋ teu li+

華語釋義：針只有一端是尖銳的，故此句用以比喻一物不能兩用、一好無兩好。

27.

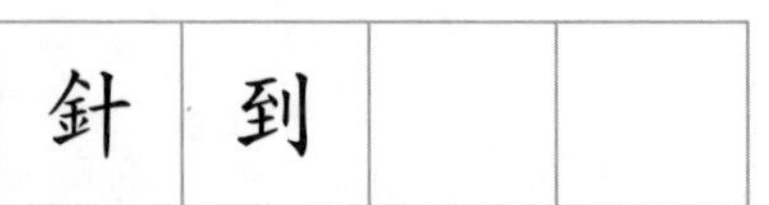

四縣拼音：ziimˊ do dui dui

海陸拼音：zhimˋ doˇ duiˇ duiˇ

華語釋義：形容分析透徹，切中要害。

28.

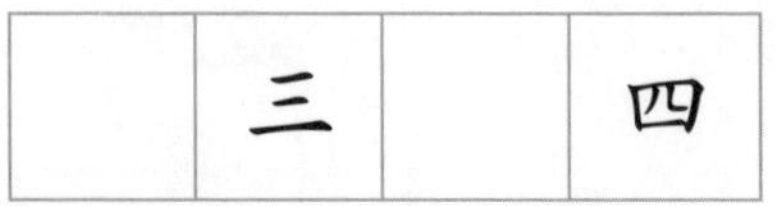

四縣拼音：ziinˊ samˊ minˇ xi

海陸拼音：zhinˋ samˋ min siˇ

華語釋義：（發誓）確有其事。

29.

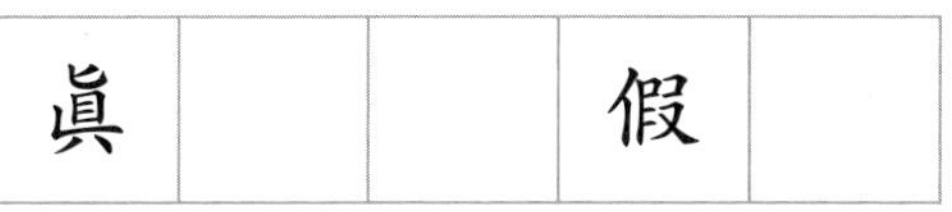

四縣拼音：ziin´ iog i´ ga` piang

海陸拼音：zhin` rhog` rhi` ga´ piang+

華語釋義：藥物所能治療的只是表面顯露的病徵，眞正的疾病是沒有藥物可以治療的。

30.

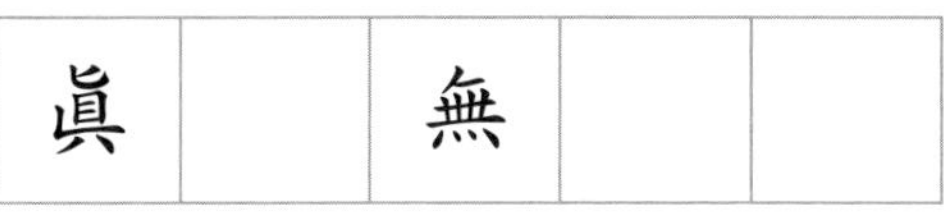

四縣拼音：ziin´ piang moˇ iog i´

海陸拼音：zhin` piang+ mo rhog` rhi`

華語釋義：勸人不要太過相信藥物的效用。

31.

四縣拼音：ziin´ bo` moˇ nong

海陸拼音：zhin` bo´ mo nong+

華語釋義：眞實可靠，絕不荒謬。

32.

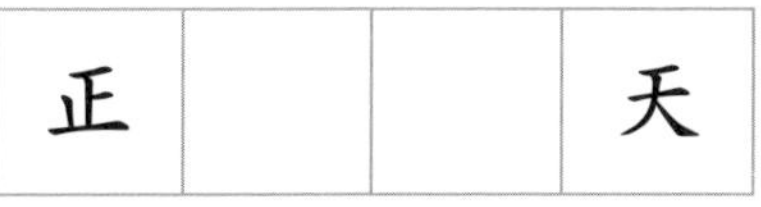

四縣拼音：ziin sii to´ tien´

海陸拼音：zhangˇ sii+ to` tien`

華語釋義：他以會說普通話而自誇口才；指用微不足道的事來炫耀。

33.

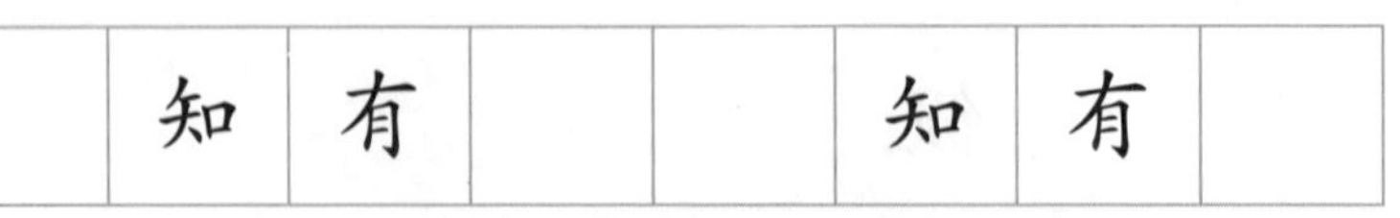

四縣拼音：zii` di´ iu´ gi` bud` di´ iu´ nginˇ

海陸拼音：zhi´ di` rhiu` gi´ bud di` rhiu` ngin

華語釋義：自私自利，不爲別人設想。

34.

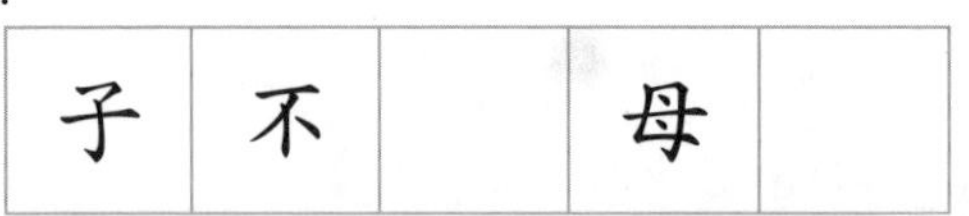

四縣拼音：zii` bud` hiamˇ mu´ cu`

海陸拼音：zii´ bud hiam mu` chiu´

華語釋義：是中國的傳統道德與價值觀，講的是做人千萬不要忘記了自己的來處，要孝敬自己的長輩，要愛自己的家庭，教育大家做人不要忘本。

35.

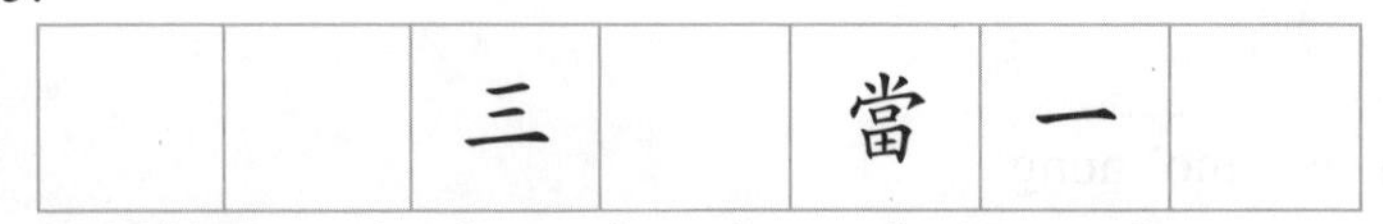

四縣拼音：zo` hi` sam´ zeu´ dong´ id` gung´

海陸拼音：zo´ hi´ sam` zhau` dong` rhid gung`

華語釋義：連續三天早起，抵得上一天的光陰，連續三年早起可以多出一年有用的時間。

36.

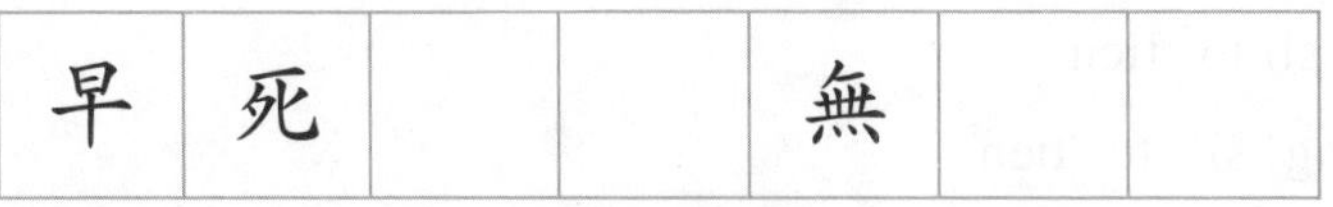

四縣拼音：zo` xi` iaˇ ngiongˇ moˇ gau zeu´

海陸拼音：zo´ si´ rha ngiong mo gauˇ zhau`

華語釋義：父母仙逝，失去學習的典範。

37.

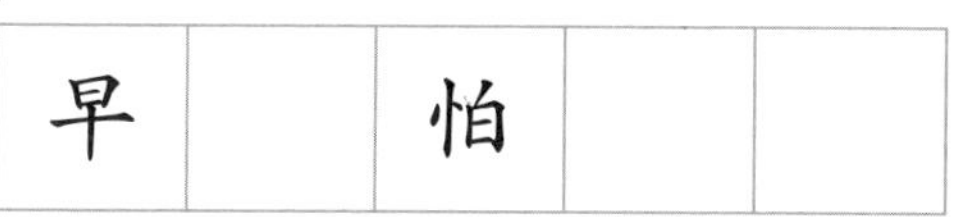

四縣拼音：zoˋ voˇ pa ia iˋ

海陸拼音：zoˊ vo paˇ rha+ rhiˊ

華語釋義：貯存的乾米怕深夜下的暴雨；恐付之一炬。

38.

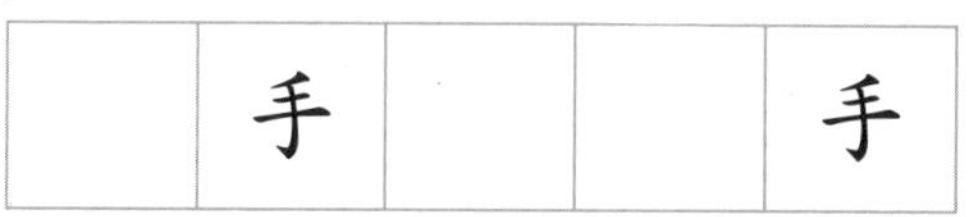

四縣拼音：zoˋ suˋ gauˊ iu suˋ

海陸拼音：zoˊ shiuˊ gauˋ rhiu+ shiuˊ

華語釋義：形容輕鬆容易的事。

39.

四縣拼音：zoˋ zo zoˋ cog iu zo iu cog

海陸拼音：zoˊ zoˇ zoˊ chogˋ rhiu+ zoˇ rhiu+ chogˋ

華語釋義：無論他嘗試什麼都會成功；形容一個人時運非常好。

40.

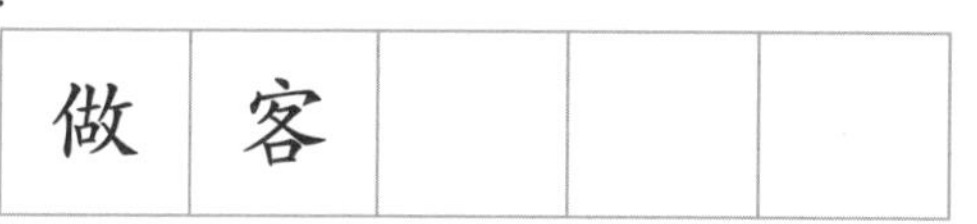

四縣拼音：zo hagˋ mog cai heu

海陸拼音：zoˇ hag mogˋ cai+ heu+

華語釋義：到別人家去做客的時候，也不要太自卑，躲在角落不說話，一方面有失大方得體，二方面是坐遠了容易被主人忽視，有些好處得不到。

41.

四縣拼音：zo liauˋ ced zang loiˇ zo lien zungˋ

海陸拼音：zoˇ liauˊ cedˋ zhangˇ loi zoˇ lien⁺ zungˊ

華語釋義：形容一個盜賊手把手的教人如何做賊。

42.

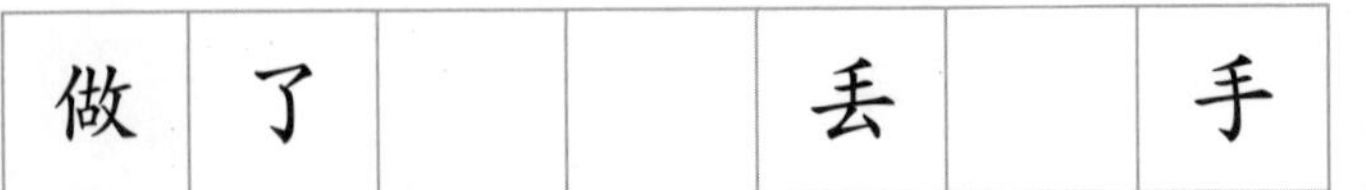

四縣拼音：zo liauˋ moiˇ nginˇ diuˊ heu suˋ

海陸拼音：zoˇ liauˊ moi ngin diuˋ heu⁺ shiuˊ

華語釋義：形容沒有利用價值時就會被丟棄。

43.

四縣拼音：zo moˇ miˋ banˋ

海陸拼音：zoˇ mo miˊ banˊ

華語釋義：賤稱那些無用的勞工。

44.

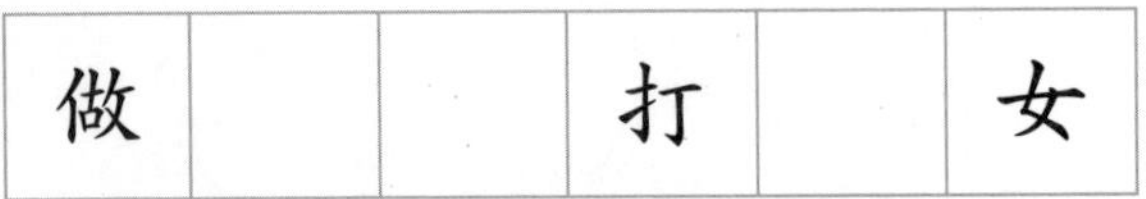

四縣拼音：zo moiˇ nginˇ daˋ cudˋ ngˋ

海陸拼音：zoˇ moi ngin daˊ chud ngˊ

華語釋義：媒人本來幫別人牽紅線，卻嫁出自己的女兒。

45.

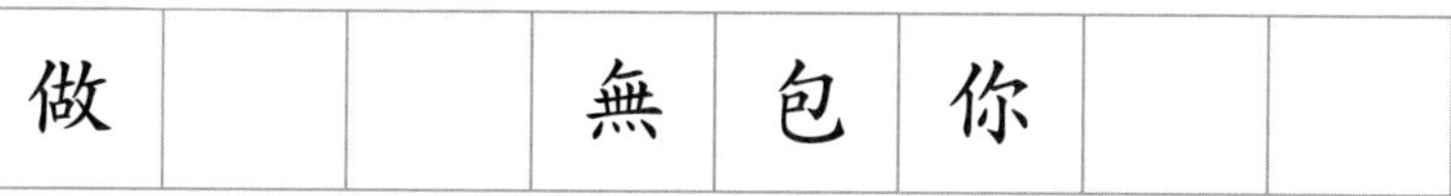

四縣拼音：zo moiˇ nginˇ moˇ bauˊ ngˇ giung lai

海陸拼音：zoˇ moi ngin mo bauˋ ngi giungˇ laiˇ

華語釋義：只是幫人媒合婚約，沒有保證他們婚後一定會生兒子。

46.

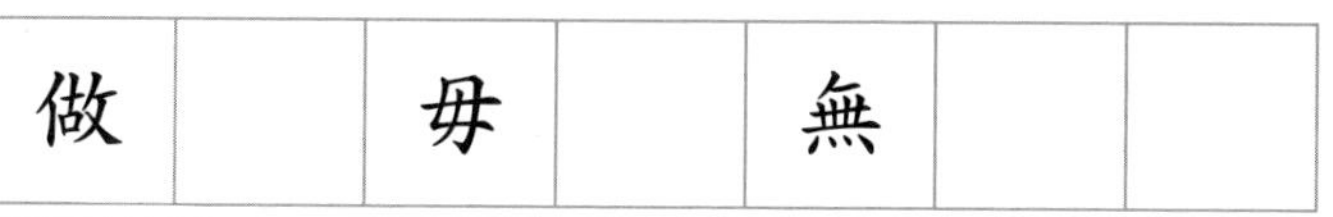

四縣拼音：zo ngiuˇ mˇ seuˇ moˇ agˋ toˊ

海陸拼音：zoˇ ngiu m seu mo ag toˋ

華語釋義：喻一個人只要肯努力去做，就一定有事情做。

47.

四縣拼音：zo nuˇ zang diˊ nuˇ xinˊ kuˋ

海陸拼音：zoˇ nu zhangˇ diˋ nu sinˋ kuˊ

華語釋義：進了廚房才知廚房有多熱，只有自己成爲當事人，才會了解箇中滋味。

48.

四縣拼音：zo samˊ ngienˇ giˊ fongˊ
ngo budˋ xiˋ foˋ teuˇ ngiongˇ

海陸拼音：zoˇ samˋ ngien giˋ fongˋ

ngo+ bud siˊ foˊ teu ngiong

華語釋義：意指一技在身，不怕餓死；人要生存，必須常握生存的本領。

49.

四縣拼音：zo xiˋ lug bunˊ nginˇ sa

海陸拼音：zoˇ siˊ lugˋ funˋ ngin sha+

華語釋義：向不會回覆的人請願；形容做徒勞無益的工作。

50.

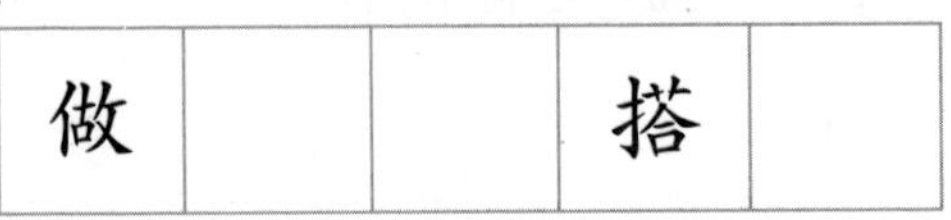

四縣拼音：zo togˋ panˇ dabˋ gongˊ

海陸拼音：zoˇ tog pan dab gongˋ

華語釋義：對自己太過苛刻；作繭自縛。

51.

四縣拼音：zoˋ iˋ ien qiangˇ

海陸拼音：zoˊ rhiˊ rhanˇ ciang

華語釋義：清晨下雨，這雨不會下很久，白天就放晴。

52.

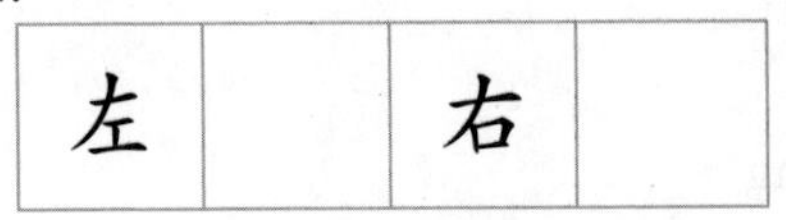

四縣拼音：zoˋ zedˋ iu ngienˋ

海陸拼音：zoˊ zed rhiu+ nganˊ

華語釋義：形容四處圍繞。

53.

四縣拼音：zo gonˊ vi zoi

海陸拼音：zoˇ gonˋ vui+ zhoiˇ

華語釋義：爲生存做官方生意；指爲五斗米折腰。

54.

四縣拼音：zogˋ langˊ zogˋ ngied

海陸拼音：zog langˋ zog ngiedˋ

華語釋義：指患了瘧疾，陣冷陣熱。

55.

作	善		之	百		
作	不	善		之	百	

四縣拼音：zogˋ san gong ziiˊ bagˋ xiongˇ
zogˋ budˋ san gong ziiˊ bagˋ iongˊ

海陸拼音：zog shan+ gongˇ ziiˋ bag siong
zog bud shan+ gongˇ ziiˋ bag rhongˋ

華語釋義：作善事的，就賜給他百福；作惡的，就降給他百禍。

56.

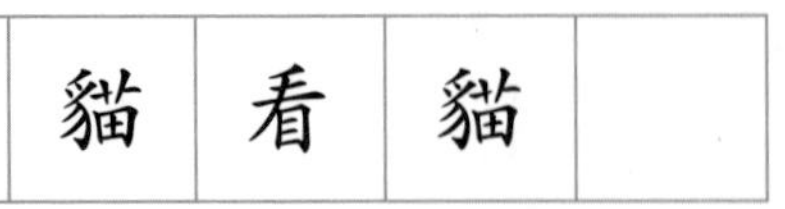

四縣拼音：zogˋ meu kon meu ngiongˇ

海陸拼音：zug ngiauˇ konˇ ngiauˇ ngiong

華語釋義：要養小貓要先看母貓的模樣和個性。

57.

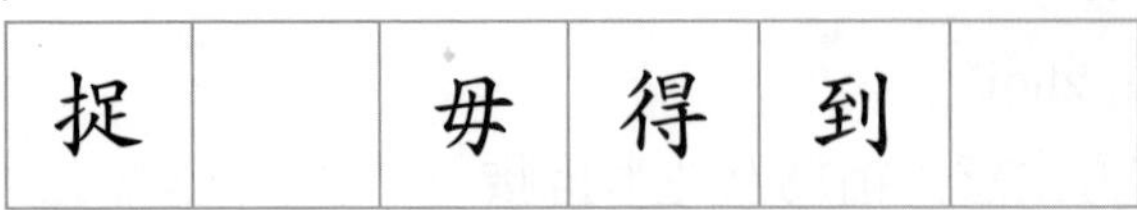

四縣拼音：zogˋ ced mˇ dedˋ do ien

海陸拼音：zug cedˋ m ded doˇ rhanˇ

華語釋義：等不及、迫不及待的意思。例如客人剛走，小孩就急着要打開客人送來的禮物。

58.

四縣拼音：zongˊ iˊ budˋ honˇ zongˊ liongˇ budˋ ngo

海陸拼音：zongˋ rhiˋ bud hon zongˋ liong bud ngo+

華語釋義：平時準備好衣物糧食，以防饑寒。

59.

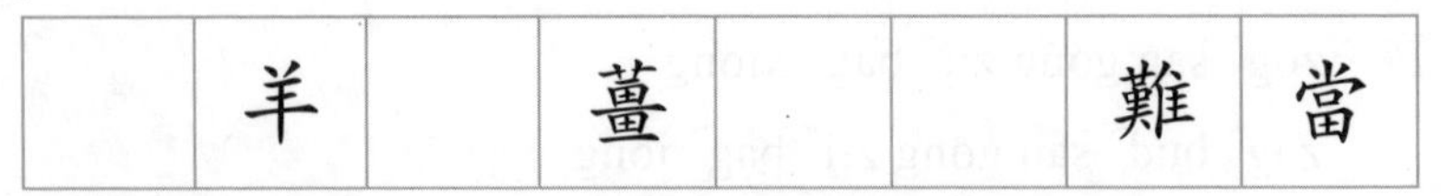

四縣拼音：zongˋ iongˇ zung giongˊ li xidˋ nanˇ dong

海陸拼音：zhongˊ rhong zhungˇ giongˋ li+ sid nan dongˇ

華語釋義：養羊和種薑，其獲利遠超過把錢借出去所得利息；把錢做生產投資，遠比把錢存放在銀行生利息要好。

60.

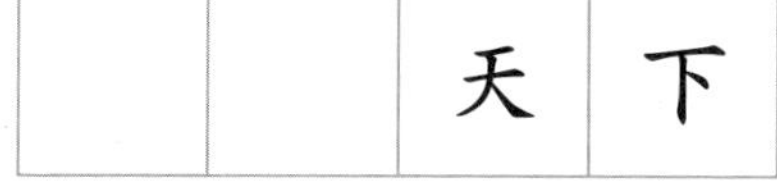

四縣拼音：zuˊ liuˇ tienˊ ha

海陸拼音：zhiuˋ liu tienˋ ha+

華語釋義：周邊流行、遍及各地。

61.

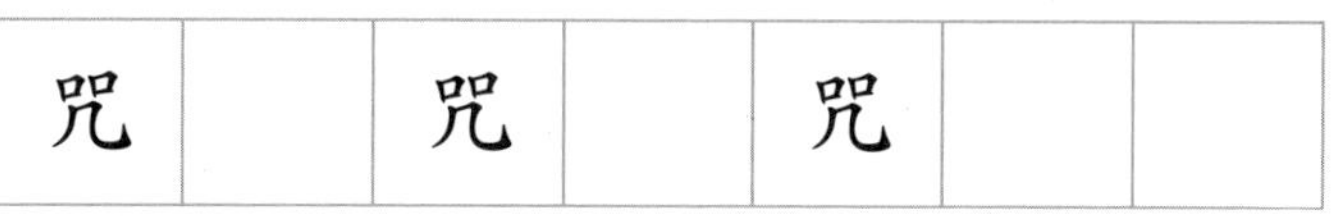

四縣拼音：zu songˊ zu haˊ zu qidˋ gaˊ

海陸拼音：zhiuˇ shongˋ zhiuˇ haˋ zhiuˇ cid gaˋ

華語釋義：詛咒別人的話語，都會回應到自己身上。

62.

四縣拼音：zuˊ ximˊ ziiˊ lid

海陸拼音：zhuˋ simˋ ziiˋ lidˋ

華語釋義：指不問罪行，只根據其用心以認定罪狀。也指揭穿動機的評論。

63.

四縣拼音：zuˊ toˊ gieuˋ bagˋ

海陸拼音：zhuˋ toˋ gieuˊ bag

華語釋義：生前做惡多端，死後無全屍。

64.

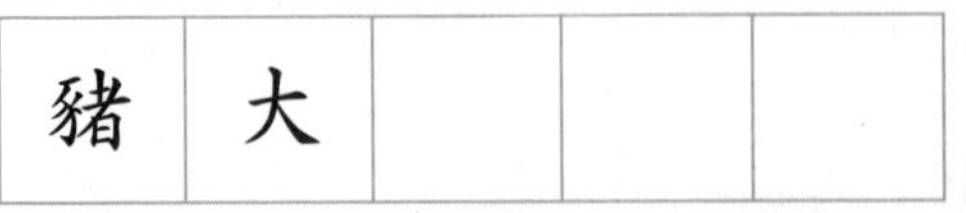

四縣拼音：zuˊ tai baˋ munˇ fungˊ

海陸拼音：zhuˋ tai+ baˊ mun fungˋ

華語釋義：以前養大一頭豬是很難的事，家裡有一隻健康強壯的大豬是很有面子的。

65.

四縣拼音：zuˊ maˇ zeuˋ suiˋ

海陸拼音：zhuˋ ma zeuˊ shuiˊ

華語釋義：母豬發情時會不安定，到處走到處找公伴，形容一個人不安定，到處玩樂，帶有貶義。

66.

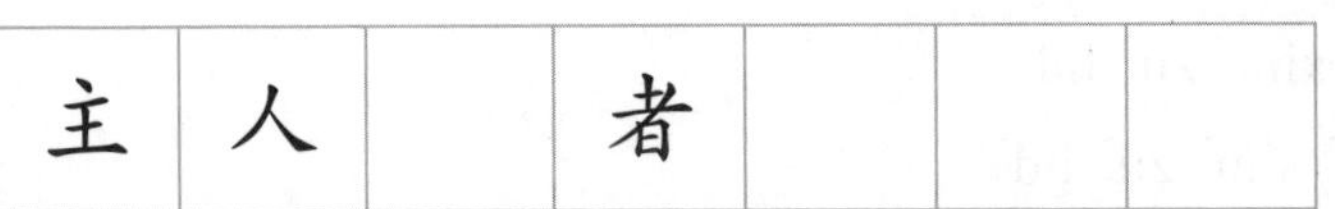

四縣拼音：zuˋ nginˇ log zaˋ he ziinˊ liungˇ

海陸拼音：zhuˊ ngin logˋ zhaˊ heˇ zhinˋ liung

華語釋義：迎合當事人的意思，以當事人的意見爲準。

67.

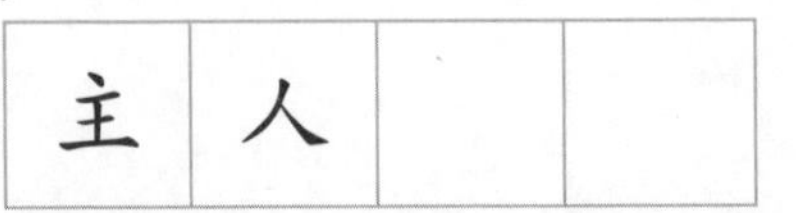

四縣拼音：zuˋ nginˇ bongˋ hagˋ

海陸拼音：zhuˊ ngin pongˇ hag

華語釋義：意指祈盼客人來訪，並感謝客人帶來之物品。

68.

	豆		

四縣拼音：zu` teu ienˇ kiˇ

海陸拼音：zhu´ teu⁺ rhan ki

華語釋義：用豆萁作燃料煮豆子。比喻兄弟間自相殘殺。

69.

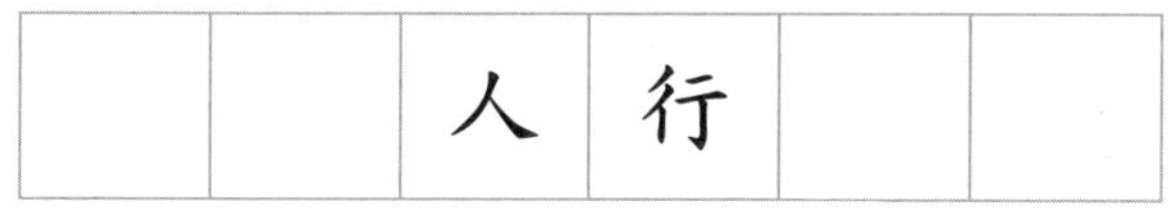

		人	行		

四縣拼音：zu` gag` nginˇ hangˇ tien´ lu

海陸拼音：zu´ gag ngin hang tien` lu⁺

華語釋義：意指阻撓人通往成功的窄門。

70.

竹		量		價	錢		

四縣拼音：zug` go´ liongˇ bu ga qienˇ song´ log

海陸拼音：zhug go` liong⁺ buˇ gaˇ cien shong` log`

華語釋義：買布通常以尺作單位，用竹竿來量測就難以取信於人，最後只好用價錢來決定；只要總價有賺頭，用什麼尺量都可以。

71.

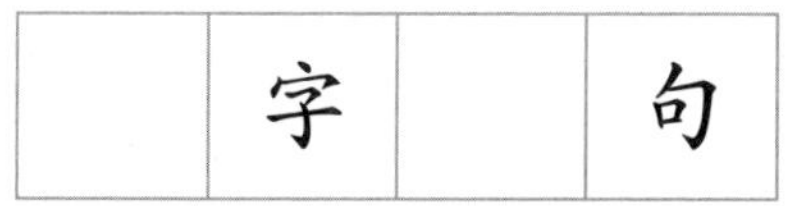

	字		句

四縣拼音：zui sii siinˇ gi

海陸拼音：zhuiˇ sii⁺ shin giˇ

華語釋義：用連接兩個詞的方式來組成一個小短句。

72.

四縣拼音：zungˊ faˊ qienˇ

海陸拼音：zhungˇ faˋ cien

華語釋義：給中間介紹人的費用。

73.

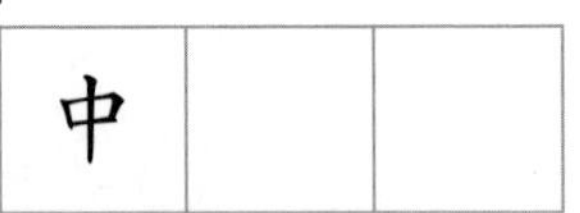

四縣拼音：zung zungˊ ziiˋ

海陸拼音：zhungˇ zhungˋ ziiˊ

華語釋義：相當地公道。

74.

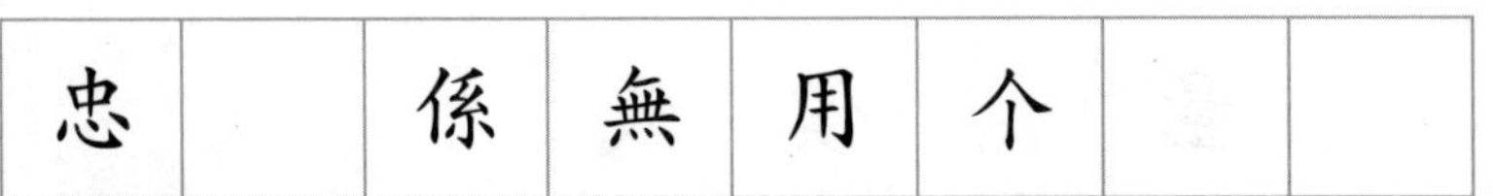

四縣拼音：zungˊ heu he moˇ iung ge ped miangˇ

海陸拼音：zhungˋ heu+ heˇ mo rhung+ gaiˇ pedˋ miang

華語釋義：太過老實不知變通，做人處事不圓融，就不是優點。

75.

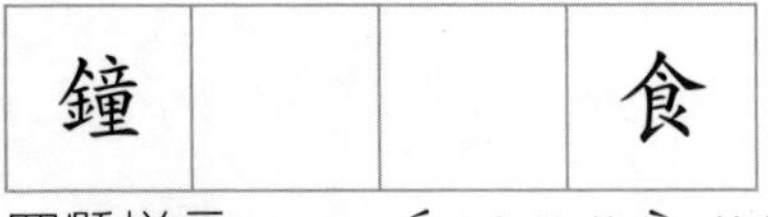

四縣拼音：zungˊ minˇ dinˋ siid

海陸拼音：zhungˋ min dinˊ shidˋ

華語釋義：指古時大戶人家因爲人口眾多，開飯時必須敲鐘爲號，以鼎煮食。

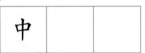

76.

四縣拼音：zung´ foi´ sa´

海陸拼音：zhung` foi` sa`

華語釋義：打一片灰泥牆，用混凝土建造；形容銅牆鐵壁的作法。

77.

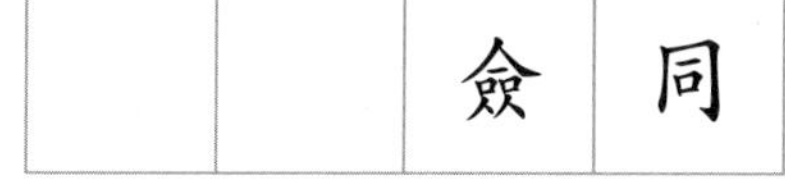

四縣拼音：zung lun qiam´ tungˇ

海陸拼音：zhungˇ lun+ ciam` tung

華語釋義：指諮詢和商議的意見都一致。

78.

四縣拼音：zung go´ mˇ zung so`

海陸拼音：zhungˇ go` m zhungˇ so´

華語釋義：中大哥的意，又違背大嫂的願，比喻做事難能讓大家都滿意。

第五章
客家俗諺字音練習

	客家俗諺	四縣腔或海陸腔客語拼音
1	啞口無言	
2	藹然可親	
3	黯然下淚	
4	暗箭難防	
5	暗箭傷人	
6	諳練老成	
7	暗中做事	
8	恁樣就難	
9	恁無見識	
10	恁無規矩	
11	恁大出手	
12	恁會留糧	
13	百弊叢生	
14	百發百中	
15	百福並臻	
16	百藝停工	
17	百年歸世	
18	百年偕老	
19	百鳥歸巢	
20	百病叢生	
21	百病消除	
22	百步穿楊	
23	百煞潛藏	

	客家俗諺	四縣腔或海陸腔客語拼音
24	百善孝為先	
25	百無禁忌	
26	百聞不如一見	
27	百折不回	
28	百戰百勝	
29	百子千孫	
30	拜盟結黨	
31	頒行天下	
32	班門弄斧	
33	半斤八兩	
34	半面相識	
35	半步難行	
36	半途而廢	
37	半吞半吐	
38	半信半疑	
39	包藏禍心	
40	暴牙露齒	
41	冰肌玉骨	
42	冰清玉潔	
43	冰消瓦解	
44	杯杯先敬有錢人	
45	杯弓蛇影	
46	杯水車薪	
47	彼一時 此一時	
48	比上不足 比下有餘	
49	比手畫腳	
50	閉門不納	

	客家俗諺	四縣腔或海陸腔客語拼音
51	閉門思過	
52	閉門失盜	
53	壁上觀	
54	鞭長莫及	
55	兵不厭詐	
56	兵貴神速	
57	兵精將勇	
58	兵精糧足	
59	播弄是非	
60	博古通今	
61	博施濟眾	
62	背城一戰	
63	榜上無名	
64	綁手縛腳	
65	捕風捉影	
66	不奢不儉	
67	不在話下	
68	不辭勞苦	
69	不恥下問	
70	不值一文	
71	不出所想	
72	不知是非	
73	不分皂白	
74	不分高低	
75	不分勝負	
76	不分上下	
77	不尷不尬	

	客家俗諺	四縣腔或海陸腔客語拼音
78	不計其數	
79	不見為淨	
80	不高不矮好人才	
81	不過如此	
82	不合時宜	
83	不孝有三 無後為大	
84	不學無術	
85	不仁不義	
86	不約而同	
87	不即不離	
88	不足為奇	
89	不近人情	
90	不共戴天	
91	不可救藥	
92	不快不緩	
93	不勞而得	
94	不明不白	
95	不義之財	
96	不念舊惡	
97	不諳世務	
98	不請不醫	
99	不請自來	
100	不疾不徐	
101	不三不四	
102	不成體統	
103	不識人情世務	
104	不識時務	

	客家俗諺	四縣腔或海陸腔客語拼音
105	不成文法	
106	不烏不白	
107	不務正業	
108	不文不武	
109	不信不醫	
110	不祥之兆	
111	不相上下	
112	奔波勞碌	
113	查根問底	
114	茶淡人意重	
115	賖米來食	
116	差之毫釐 失之千里	
117	車載斗量	
118	插翼難飛	
119	插針毋落	
120	雜亂無章	
121	察言觀色	
122	尺寸毋靈	
123	赤身露體	
124	赤地千里	
125	樵草近便	
126	樵近水便	
127	樵燥米白	
128	在家千日好 出外半朝難	
129	讒言惹禍	
130	殘燈復明	
131	剷草除根	

	客家俗諺	四縣腔或海陸腔客語拼音
132	操必勝之券	
133	惻隱之心	
134	賊係大膽人做	
135	層出不窮	
136	超凡脫俗	
137	超群出眾	
138	湊三湊四	
139	辭不達意	
140	剛人放火	
141	剛人種瓜	
142	剛牛宰馬	
143	馳情縱慾	
144	剛死屍	
145	馳心左右	
146	癡人說夢	
147	癡心蒙昧	
148	自稱自頌	
149	自東至西	
150	自家顧自家	
151	自古至今	
152	自然而然	
153	自遠方來	
154	自怨自哀	
155	自幼及老	
156	自謙自卑	
157	自問本心	
158	自惹其災	

	客家俗諺	四縣腔或海陸腔客語拼音
159	自暴自棄	
160	自取罪戾	
161	自取其禍	
162	自尋短見	
163	自思自想	
164	自始至終	
165	自為一國	
166	自相矛盾	
167	自斟自飲	
168	自作自受	
169	自作聰明	
170	沉迷不返	
171	深耕淺種	
172	深居罕出	
173	深閨處女	
174	深謀遠慮	
175	深微奧妙	
176	深潭無底	
177	稱功討勞	
178	稱名道姓	
179	稱說人	
180	逞功夫	
181	逞英雄	
182	陣風陣水	
183	陣冷陣熱	
184	坐北向南	
185	坐在暗處	

	客家俗諺	四縣腔或海陸腔客語拼音
186	坐到生根	
187	坐觀成敗	
188	坐井觀天	
189	坐視不究	
190	坐食山空	
191	坐地分贓	
192	草菅人命	
193	草蜢撩雞	
194	草木皆兵	
195	挫了銳氣	
196	造言生事	
197	財丁兩旺	
198	財多累己	
199	財多身弱	
200	才高學博	
201	財高勢大	
202	財可通神	
203	才貌雙全	
204	才人無貌	
205	財散人亡	
206	才疏學淺	
207	財動人心	
208	財無獨得	
209	才子風流	
210	才子佳人	
211	吹毛求疵	
212	傳子傳賢	

	客家俗諺	四縣腔或海陸腔客語拼音
213	餐餐於魚魚肉肉	
214	川流不息	
215	穿窿挖窟	
216	穿麻戴孝	
217	穿牆挖壁	
218	賺錢如賺水	
219	長纏个病	
220	床公床婆	
221	長衣短襖	
222	長嗟短嘆	
223	長流不息	
224	長命富貴	
225	長病無孝子	
226	長篇大論	
227	長聲嘹調	
228	長生不老	
229	藏身匿影	
230	藏頭露尾	
231	狀元及第	
232	狀貌非常	
233	創業難 守業更難	
234	酬答天恩	
235	除暴安良	
236	除死無大病	
237	粗茶淡飯	
238	初出茅廬	
239	粗傢硬伙	

	客家俗諺	四縣腔或海陸腔客語拼音
240	粗食粗肥	
241	粗心浮氣	
242	暑往寒來	
243	臭名萬代	
244	出兵贏守城	
245	出乎無奈	
246	出乎愛心	
247	出一身汗	
248	出將入相	
249	出類拔萃	
250	出沒不測	
251	出門不換	
252	出入亨通	
253	出入平安	
254	出唇出嘴	
255	出死入生	
256	觸類旁通	
257	觸目傷心	
258	觸眼之處	
259	觸悟徹醒	
260	促膝談論	
261	罪惡貫盈	
262	罪惡滔天	
263	罪所應得	
264	存心不善	
265	伸着个零頭碎腳	
266	春耕夏耘	

	客家俗諺	四縣腔或海陸腔客語拼音
267	春光滿面	
268	春秋二祭	
269	春水淋漓	
270	寸金難買寸光陰	
271	寸陰是惜	
272	寸步難移	
273	寸土尺金	
274	重輕都愛做	
275	聰明伶俐	
276	重外不重內	
277	銃礮連天	
278	打草驚蛇	
279	打烏目	
280	打着佢个痛腳	
281	打腳偏	
282	打轎來接	
283	打慶斗	
284	打空手	
285	打冷人个心	
286	打落冷宮	
287	打落你做毋來	
288	打膝頭跪	
289	打千字文	
290	打退堂鼓	
291	打死毋枉	
292	打側耳來聽	
293	搭心个人	

	客家俗諺	四縣腔或海陸腔客語拼音
294	搭爪毋核	
295	底面共樣	
296	低言細語	
297	低頭不語	
298	帶毋落窟	
299	帶頭無好樣	
300	擔當不起	
301	膽大心細	
302	單刀直入	
303	單手獨拳	
304	釘恨在心	
305	頂天立地	
306	得不償失	
307	得本又得利	
308	得寸入尺	
309	得寸則寸 得尺則尺	
310	得過且過	
311	得意洋洋	
312	德立謗興	
313	得隴望蜀	
314	得蒙老人家	
315	得魚忘筌	
316	得心應手	
317	得子有命	
318	登高望遠	
319	等飯難熟	
320	斗頭愛量正	

	客家俗諺	四縣腔或海陸腔客語拼音
321	鬥當个事毋好做	
322	鬥是駁非	
323	知恩必報	
324	知己知彼 百戰百勝	
325	知過必改	
326	知一不知二	
327	知進知退	
328	知人知面不知心	
329	知頭知尾	
330	知死毋知走	
331	玷辱家門	
332	雕龍畫鳳	
333	跌落誘惑	
334	跌落羅網	
335	丟去邪神菩薩	
336	丟戈棄甲	
337	丟落河海	
338	丟宗失祖	
339	多財善賈	
340	多多益善	
341	多見多聞	
342	刀快愛傷人	
343	多睡多夢	
344	多中取利	
345	倒哩桃樹 倒李樹	
346	到个時 擎个旗	
347	倒行逆施	

	客家俗諺	四縣腔或海陸腔客語拼音
348	倒堂翻做	
349	堆金積玉	
350	堆山塞海	
351	當仁不讓	
352	當局者迷 旁觀者醒	
353	當面見功	
354	當斷不斷	
355	當作耳邊風	
356	對得人住	
357	對牛彈琴	
358	對手親家	
359	對症發藥	
360	諄諄告誡	
361	餐餐食黃魚	
362	東奔西走	
363	東倒西歪	
364	東風帶雨	
365	東拉西扯	
366	東成西就	
367	冬頭人毋閑	
368	東偷西撮	
369	冬至毋過十二月	
370	棟樑之材	
371	恩反為仇	
372	恩將仇報	
373	恩義兼盡	
374	恩上加恩	

	客家俗諺	四縣腔或海陸腔客語拼音
375	謳歌誦詩	
376	漚到生烏霉	
377	華陀先師	
378	花殘春老	
379	花花世界	
380	花街柳巷	
381	花開花謝	
382	花言巧語	
383	花天酒地	
384	花無百日紅	
385	畫餅充飢	
386	話不投機	
387	畫虎 畫皮 難畫骨	
388	畫虎類狗	
389	話梅止渴	
390	化外頑民	
391	畫蛇添足	
392	畫地為牢	
393	法立弊生	
394	法外逍遙	
395	發號施令	
396	活潑人心	
397	懷才欲試	
398	凡人不可貌相 海水不可斗量	
399	凡事預則立	
400	凡事留人情 後來好相見	

	客家俗諺	四縣腔或海陸腔客語拼音
401	氾濫於天下	
402	患難之中	
403	翻來覆去	
404	翻牙倒齒	
405	反口覆舌	
406	反面無情	
407	飯好亂食 話毋好亂講	
408	飯碗都舐忒	
409	或生或死	
410	悔罪改過	
411	悔改自新	
412	回心轉意	
413	悔之晚矣	
414	揮金如土	
415	飛禽走獸	
416	非禮勿言	
417	非禮勿視	
418	非禮勿聽	
419	非禮勿動	
420	飛牆走壁	
421	飛沙走石	
422	飛天之災	
423	廢棄舊例	
424	惠而不費	
425	慧然肯來	
426	諱名諱姓	
427	誨人不倦	

	客家俗諺	四縣腔或海陸腔客語拼音
428	費盡心機	
429	沸水不響	
430	廢物利用	
431	廢長立幼	
432	和氣生財	
433	和氣致祥	
434	火光燦天	
435	火候未到	
436	火焰沖天	
437	火烟濃濃	
438	火煙濃天	
439	火燒目眉	
440	火燒豬頭_熟面	
441	禍不單行	
442	禍福無門 唯人自招	
443	禍根不斷	
444	禍因惡積	
445	貨真價實	
446	歡喜就來 毋歡喜就歇	
447	歡容喜笑	
448	歡天喜地	
449	歡心悅意	
450	緩話先贏	
451	緩急相濟	
452	煥然一新	
453	皇帝犯法 與庶民同罪	
454	皇帝相打爭天	

	客家俗諺	四縣腔或海陸腔客語拼音
455	皇恩寵惜	
456	房房到來	
457	房房富貴	
458	恍恍惚惚	
459	惶惶急急	
460	恍然醒悟	
461	皇親國戚	
462	皇天后土	
463	荒工廢業	
464	荒淫無道	
465	荒渺古洞	
466	放虎回山	
467	放火燒天都敢	
468	放狗去操	
469	狐惑人心	
470	浮浮沉沉	
471	狐假虎威	
472	狐狸打扮像貓樣	
473	狐狸打雞	
474	湖鰍鑽泥	
475	扶危救困	
476	狐死兔悲	
477	夫唱婦隨	
478	呼得來 喝得去	
479	夫和婦順	
480	夫婦之道	
481	夫妻反目	

	客家俗諺	四縣腔或海陸腔客語拼音
482	夫妻好合	
483	夫妻相敬如賓	
484	呼天喊地	
485	夫為婦綱	
486	呼醒迷徒	
487	虎視眈眈	
488	虎頭蛇尾	
489	虎無善死	
490	富在深山有遠親	
491	父慈子孝	
492	富國兵強	
493	富貴不離城郭	
494	富貴在天	
495	富貴斗量金	
496	富貴多驕傲	
497	富貴多淫慾	
498	富貴如浮雲	
499	富貴輪流	
500	負氣責人	
501	婦孺細子	
502	父精母血	
503	父母之邦	
504	婦女無才便是德	
505	父嚴母慈	
506	婦人從一而終	
507	婦人三從	
508	父仇不共戴天	

	客家俗諺	四縣腔或海陸腔客語拼音
509	父天母地	
510	互相和睦	
511	互相來往	
512	互相愛惜	
513	付之東流	
514	福不可享盡	
515	福自天來	
516	福如東海	
517	福善禍淫	
518	福星拱照	
519	福無雙至 禍不單行	
520	福者禍之根	
521	魂飛魄散	
522	魂升於天 魄降於地	
523	焚書坑儒	
524	分得平 使得行	
525	葷酒莫入	
526	分門別戶	
527	婚男嫁女	
528	分所當然	
529	粉骨碎身	
530	粉牆盪壁	
531	紅粉佳人	
532	紅顏多薄命	
533	逢人便說	
534	風吹日曬	
535	風花雪月	

	客家俗諺	四縣腔或海陸腔客語拼音
536	封疆大臣	
537	風高物燥 謹慎火燭	
538	豐衣足食	
539	風雨不改	
540	風雨調和	
541	風雨阻隔	
542	風雲雨露	
543	風流子弟	
544	風平浪靜	
545	風聲鶴唳	
546	風調雨順	
547	風土人情	
548	奉行故事	
549	家賊難防 偷了米糧	
550	家財萬貫	
551	家醜不可外傳	
552	加罪分人	
553	家丁大過主人	
554	加冠過祿	
555	家有長 國有王	
556	家門不幸	
557	家門相配	
558	家人犯法 罪及家長	
559	家貧見孝子 世亂見忠臣	
560	家貧如洗	
561	家事好安樂	
562	家事蕭條	

	客家俗諺	四縣腔或海陸腔客語拼音
563	家神透外鬼	
564	家務連累	
565	假仁假義	
566	假名假姓	
567	假冒字號	
568	假冒為善	
569	假做常人	
570	甲於天下	
571	隔靴爪癢	
572	隔籬鄰舍	
573	格外之音	
574	皆同一體	
575	緘口無言	
576	甘苦備嘗	
577	甘心意願	
578	感德難忘	
579	感謝不盡	
580	敢生敢死	
581	敢做敢當	
582	更深夜靜	
583	耕毋成耕 種毋成種	
584	耕田毋怕屎 當兵毋怕死	
585	耕田討食	
586	耕田做地	
587	耕道得道	
588	教學相長	
589	交遊甚廣	

	客家俗諺	四縣腔或海陸腔客語拼音
590	教人規矩	
591	交朋接友	
592	膠漆相投	
593	教子教孫	
594	攪亂百姓	
595	攪亂天宮	
596	攪累親戚	
597	槁木死灰	
598	攪是攪非	
599	筊跌毋準	
600	筊頭毋好	
601	枝草點露	
602	饑荒時年	
603	肌骨端正	
604	饑寒飽暖	
605	舉重丟輕	
606	舉一反三	
607	舉目無親	
608	舉案齊眉	
609	舉止端正	
610	句句明白	
611	寄妻託子	
612	既往不咎	
613	兼親傍戚	
614	撿時擇日	
615	撿仇撿恨	
616	驚鹿鹿	

	客家俗諺	四縣腔或海陸腔客語拼音
617	驚天動地	
618	驚心動魄	
619	頸橫橫哩	
620	急食多傷	
621	吉人天相	
622	吉星拱高照	
623	激動人心	
624	雞飛狗走	
625	雞啼半夜	
626	街談巷語	
627	街頭路尾	
628	計窮力盡	
629	疥癬之疾	
630	結拜兄弟	
631	結髮夫妻	
632	革面洗心	
633	竭盡其力	
634	格殺勿論	
635	結三十年子嫂 毋知張伯姆姓麼个	
636	結繩記事	
637	革職除糧	
638	革職留任	
639	堅持不渝	
640	奸刁梟惡	
641	涓滴歸公	
642	捐軀捨命	

	客家俗諺	四縣腔或海陸腔客語拼音
643	奸謀詭計	
644	堅定不移	
645	見牀眠 見凳坐	
646	見景生情	
647	見怪不怪 其怪自敗	
648	見棄於人	
649	見面不聞聲	
650	見人都知	
651	見笑大方	
652	驕兵必敗	
653	驕奢淫佚	
654	驕養成性	
655	勾群結黨	
656	狗都吠瘦	
657	苟日新 日日新	
658	狗舐無恁淨	
659	狗屎乾恁烏	
660	狗頭狗腳	
661	金枝玉葉	
662	金錢主義	
663	金字招牌	
664	金童玉女	
665	錦上添花	
666	噤若寒蟬	
667	根深蒂固	
668	經驗良方	
669	經霜耐雪	

	客家俗諺	四縣腔或海陸腔客語拼音
670	經手發財	
671	經水不調	
672	荊天棘地	
673	緊事緊為	
674	敬鬼神而遠之	
675	敬字惜紙	
676	腳步金貴	
677	腳步踏穩	
678	腳色毋齊	
679	腳踏實地	
680	赳赳武夫	
681	九九合數	
682	久旱逢甘雨	
683	久而久之	
684	久煉成鋼	
685	九流三教	
686	久仰芳名	
687	九牛一毛	
688	九世冤仇	
689	久聞大名	
690	九死一生	
691	久則知人心	
692	九蒸九晒	
693	救苦救難	
694	救人出魔鬼个羅網	
695	君敬臣忠	
696	君君臣臣	

	客家俗諺	四縣腔或海陸腔客語拼音
697	君明臣良	
698	均同一體	
699	君無虛言	
700	君子報仇三年	
701	君子不念舊惡	
702	君子愛才 取之有道	
703	君子安貧	
704	君子之交淡如水	
705	謹慣成自然	
706	謹言慎行	
707	恭敬不如從命	
708	躬行實踐	
709	高高在上	
710	膏腴之地	
711	高足弟子	
712	高枕無憂	
713	果木黃熟	
714	菓熟蒂落	
715	過得心無	
716	過目不忘	
717	過則勿憚改	
718	割雞焉用牛刀	
719	各得其宜	
720	角都打到敨	
721	各家各教	
722	各歸其所	
723	各任其任	

	客家俗諺	四縣腔或海陸腔客語拼音
724	各有所長	
725	各有所好	
726	各人自掃門前雪 莫管他人瓦上霜	
727	各安職分	
728	各從其類	
729	各從其道	
730	各散西東	
731	各熟一行	
732	各為其業	
733	各為其主	
734	各習一業	
735	各執一詞	
736	改悔福隨	
737	改過自新	
738	改弦易轍	
739	改名換姓	
740	改惡從善	
741	改頭換面	
742	蓋棺論定	
743	蓋世英雄	
744	官逼民變	
745	官兵賊計	
746	乾材實料	
747	肝膽相照	
748	觀風問俗	
749	官家對官家	

	客家俗諺	四縣腔或海陸腔客語拼音
750	官家氣象	
751	官清民樂	
752	趕狗共樣	
753	趕好機會	
754	光陰似箭	
755	光天化日	
756	廣布福音	
757	講到重重疊疊	
758	講到糊糊塗塗	
759	講話恁無譜	
760	講話伶伶俐俐	
761	講話入理	
762	講壞人名節	
763	廣行善事	
764	講人人就到 講鬼鬼就來	
765	講七講八	
766	講就講 行就毋行	
767	講神講鬼	
768	講頭就知尾	
769	孤陋寡聞	
770	沽名釣譽	
771	孤生孤死	
772	孤臣孽子	
773	姑息之愛	
774	孤掌難鳴	
775	顧前不顧後	
776	固執己見	

	客家俗諺	四縣腔或海陸腔客語拼音
777	呱天戰地	
778	寡不能敵眾	
779	寡聞少見	
780	鰥寡孤獨	
781	關口贏關門	
782	骨瘦如柴	
783	骨肉相離	
784	骨肉之親	
785	骨頭生懶哩	
786	骨頭生賤哩	
787	骨走出鉸	
788	國泰民安	
789	迴不相同	
790	亙古至今	
791	穀牛蛀穀	
792	閨房之樂	
793	歸於烏有	
794	歸心似箭	
795	鬼鬼祟祟	
796	鬼頭鬼卒	
797	公報私仇	
798	功歸人 過歸己	
799	公事公辦	
800	攻守同盟	
801	蝦兵蟹將	
802	瑕不掩瑜	
803	蛤蟆想吃天鵝肉	

	客家俗諺	四縣腔或海陸腔客語拼音
804	合乎當然	
805	合境平安	
806	合口同聲	
807	合力同心	
808	狹路相逢	
809	合佢心意	
810	合人毋着	
811	瞎目有人牽過橋	
812	瞎目牽瞎目	
813	瞎目作揖	
814	孩不離娘	
815	鞋穿衣破	
816	唎草做竇	
817	鹹香淡甜	
818	陷於罪惡	
819	陷於誘惑	
820	陷人在罪	
821	喊天天不應 喊地地無聲	
822	閒事莫管	
823	閒談莫說人非	
824	限時限日	
825	行臭行惡	
826	行路踏死蟻	
827	行三獻禮	
828	行屍走肉	
829	行所當行	
830	好戴高帽	

	客家俗諺	四縣腔或海陸腔客語拼音
831	好酒好色	
832	好利之徒	
833	效力贖罪	
834	好名好利	
835	好善惡惡	
836	好生之德	
837	好食懶做	
838	好聽不如好問	
839	烏暗天地	
840	烏白分明	
841	喊人返生	
842	幸災樂禍	
843	猴形猴樣	
844	後會有期	
845	後生可畏	
846	虛懷若谷	
847	墟日逢三六九	
848	虛無主義	
849	虛張聲勢	
850	喜出望外	
851	起春心	
852	起寒毛菇	
853	喜懼交集	
854	喜樂滿心	
855	許人成債	
856	喜怒不常	
857	喜事重重	

	客家俗諺	四縣腔或海陸腔客語拼音
858	許神許佛	
859	許神成願	
860	起死回生	
861	喜新厭舊	
862	許豬許羊	
863	去假歸真	
864	棄舊更新	
865	氣窮力竭	
866	氣量淺狹	
867	氣味相投	
868	去惡從善	
869	棄文就武	
870	棄邪歸正	
871	嫌到臭餿	
872	熻人相打	
873	穴居野處	
874	血氣方剛	
875	血氣衰弱	
876	血氣之勇	
877	血氣壯旺	
878	懸樑吊頸	
879	弦簫鼓樂	
880	掀天揭地	
881	顯目見臧	
882	現打現食	
883	現買現賣	
884	現銀交現貨	

	客家俗諺	四縣腔或海陸腔客語拼音
885	現錢交易	
886	現身說法	
887	梟人梟自家	
888	形拘勢迫	
889	形容憔悴	
890	形跡可疑	
891	興家發福	
892	興事訴訟	
893	興高采烈	
894	興盡悲來	
895	興盡而返	
896	靴背爪癢	
897	香煙不熄	
898	享盡天子福	
899	向南背北	
900	雄兵猛將	
901	雄才大略	
902	兄有兄分 弟有弟分	
903	兄弟不和外人欺	
904	兄弟和緊	
905	兄弟和睦	
906	兄弟如手足	
907	毫無干涉	
908	毫無權柄	
909	毫無主意	
910	呵呵喝喝	
911	好壞人知	

	客家俗諺	四縣腔或海陸腔客語拼音
912	好貨無便宜	
913	好漢不受眼前虧	
914	好馬毋食回頭草	
915	好貓管三家	
916	好貓毋長命	
917	好人毋做兵	
918	好人難做	
919	好事不出門 惡事傳千里	
920	好事不過三	
921	好事成雙	
922	好頭不如好尾	
923	好鐵毋做釘	
924	好心分雷打	
925	好心有好報	
926	好子毋使多	
927	好子十隻不嫌多	
928	好種無傳 壞種無斷	
929	學賢學聖	
930	學好三年	
931	學精愛本錢	
932	鶴立雞群	
933	學惡三朝	
934	學無先後 達者為師	
935	海底撈針	
936	害子害孫	
937	寒暑不登樓	
938	寒來暑往	

	客家俗諺	四縣腔或海陸腔客語拼音
939	汗流浹背	
940	汗顏無地	
941	如坐針氈	
942	移花接木	
943	如虎添翼	
944	移風易俗	
945	如膠似漆	
946	而今而後	
947	如鼓瑟琴	
948	移寬就緊	
949	如夢初醒	
950	餘言不盡	
951	如同再造	
952	衣缽真傳	
953	以暴易暴	
954	以德報怨	
955	衣服襤褸	
956	以經解經	
957	依樣畫葫蘆	
958	以強欺弱	
959	於理不合	
960	以貌取人	
961	與你何干	
962	與人有隙	
963	與人無仇	
964	以訛傳訛	
965	衣食豐足	

	客家俗諺	四縣腔或海陸腔客語拼音
966	衣食足 禮義興	
967	以首示意	
968	以毒攻毒	
969	倚勢欺人	
970	雨雪霏霏	
971	預防後患	
972	易於反掌	
973	夜郎自大	
974	夜眠早起	
975	葉落歸根	
976	閹雞司務	
977	掩耳盜鈴	
978	掩鼻而過	
979	厭舊喜新	
980	營私舞弊	
981	影隻形單	
982	一表人才	
983	一筆勾銷	
984	一波未平 一波又起	
985	一不做 二不休	
986	一本萬利	
987	一塵不染	
988	一場春夢	
989	一傳十 十傳百	
990	一場費事	
991	一唱百和	
992	一寸光陰 一寸金	

	客家俗諺	四縣腔或海陸腔客語拼音
993	一知半解	
994	一刀見血	
995	一刀兩斷	
996	一肚字墨	
997	一呼百應	
998	一家一務	
999	一舉兩得	
1000	一階半級	
1001	一官半職	
1002	一國三公	
1003	一虛百虛	
1004	一去不回	
1005	一氣貫串	
1006	一毫不減	
1007	一毫不苟	
1008	一樣米 食千樣人	
1009	一樣生 百樣死	
1010	一刻千金	
1011	一竅不通	
1012	一匡天下	
1013	一力擔當	
1014	一勞永逸	
1015	一落千丈	
1016	一路福興	
1017	一路平安	
1018	一命值千金	
1019	一面相識	

	客家俗諺	四縣腔或海陸腔客語拼音
1020	一面之交	
1021	一網打盡	
1022	一毛不拔	
1023	一目了然	
1024	一木難支	
1025	一五一十	
1026	一日三秋	
1027	一言已出 駟馬難追	
1028	一言難盡	
1029	一誤再誤	
1030	一諾千金	
1031	一敗塗地	
1032	一篇好心	
1033	一片婆心	
1034	一曝十寒	
1035	一消一漲	
1036	一時之氣	
1037	一字不識	
1038	一視同仁	
1039	一事無成	
1040	一身都鬆	
1041	一身都是係膽	
1042	一身都係債	
1043	一身腥氣	
1044	一妥百妥	
1045	一托芎蕉	
1046	一團和氣	

	客家俗諺	四縣腔或海陸腔客語拼音
1047	一統江山	
1048	一無所有	
1049	一無所能	
1050	一掌遮天	
1051	一盅茶久	
1052	越禮犯分	
1053	延延纏纏	
1054	燃眉之急	
1055	烟花浪子	
1056	冤魂不息	
1057	冤家有頭 債有主	
1058	延及天下	
1059	遠在天邊 近在眼前	
1060	遠隔千里	
1061	遠近馳名	
1062	遠近皆知	
1063	怨聲載道	
1064	擾擾嚷嚷	
1065	遙遙相對	
1066	搖尾乞憐	
1067	謠言惑眾	
1068	搖頭擺尾	
1069	搖頭擺腦	
1070	鷂婆吊雞	
1071	鷂婆多 雞子少	
1072	陰陽交合	
1073	飲鴆止渴	

	客家俗諺	四縣腔或海陸腔客語拼音
1074	飲恨終天	
1075	飲水思源	
1076	任勞任怨	
1077	仍復如是	
1078	仍蹈故轍	
1079	因材施教	
1080	因財失義	
1081	因噎廢食	
1082	因禍得福	
1083	因公廢私	
1084	英雄無用武之地	
1085	因人成事	
1086	因小失大	
1087	因時制宜	
1088	引毒出外	
1089	應有盡有	
1090	應接不暇	
1091	躍躍欲試	
1092	楊花水性	
1093	陽奉陰違	
1094	洋洋得意	
1095	羊入虎牢	
1096	揚威耀武	
1097	養虎貽禍	
1098	養兒待老	
1099	殃民誤國	
1100	殃盡必昌	

	客家俗諺	四縣腔或海陸腔客語拼音
1101	由淺入深	
1102	遊手好閒	
1103	油頭粉面	
1104	有層有次	
1105	有多無少	
1106	有當有贖	
1107	有話當面講	
1108	有福毋知享	
1109	有福同享	
1110	有加無減	
1111	有過必改	
1112	有工大家做	
1113	有去無回	
1114	有氣無路透	
1115	有冤無伸	
1116	有其名 無其實	
1117	有權有勢	
1118	有口難言	
1119	有求必應	
1120	有名無實	
1121	憂民之憂	
1122	有疑必問	
1123	有眼無珠	
1124	有伴有陣	
1125	有備無患	
1126	有憑有據	
1127	有錢無好買	

	客家俗諺	四縣腔或海陸腔客語拼音
1128	有始無終	
1129	有事不如無事好	
1130	有食有使	
1131	優勝劣敗	
1132	有衰無興	
1133	有損無益	
1134	有太過 有不及	
1135	有頭無尾	
1136	有條不紊	
1137	有天無日	
1138	有威可畏	
1139	有無相通	
1140	憂心忡忡	
1141	憂心如焚	
1142	有志者事竟成	
1143	幼不學 老何為	
1144	又愛噭又愛笑	
1145	又愛食 又愛包	
1146	又燒又冷	
1147	鬱結在心	
1148	鬱鬱不樂	
1149	欲罷不能	
1150	慾不可縱	
1151	欲進不能進	
1152	欲速不達	
1153	欲退不能退	
1154	雲霞過眼	

	客家俗諺	四縣腔或海陸腔客語拼音
1155	雲開見日	
1156	雲淡風輕	
1157	永垂不朽	
1158	隱惡揚善	
1159	榮華富貴	
1160	融會貫通	
1161	榮辱相對	
1162	榮宗耀祖	
1163	庸夫俗子	
1164	庸醫悞殺	
1165	庸庸碌碌	
1166	擁前呼後	
1167	濟濟多士	
1168	濟世之才	
1169	祭神如神在	
1170	借刀殺人	
1171	藉端生事	
1172	借花獻佛	
1173	藉故推辭	
1174	借公為私	
1175	藉一臂之力	
1176	借勢行惡	
1177	藉神庇佑	
1178	借水行舟	
1179	接腳毋着	
1180	尖牙利嘴	
1181	井底蛤蟆	

	客家俗諺	四縣腔或海陸腔客語拼音
1182	井井有條	
1183	井臼之勞	
1184	積財於天	
1185	積穀防饑	
1186	積穀千倉	
1187	積恨在心	
1188	積恨成仇	
1189	即去即來	
1190	積羽沉舟	
1191	即借即還	
1192	積年累月	
1193	責人太過	
1194	積少成多	
1195	截長補短	
1196	節外生枝	
1197	剪斷後隊	
1198	箭如雨下	
1199	箭無虛發	
1200	精益求精	
1201	進寸得尺	
1202	進退兩難	
1203	進退維谷	
1204	將本求利	
1205	將錯就錯	
1206	將計就計	
1207	將功贖罪	
1208	將心比心	

	客家俗諺	四縣腔或海陸腔客語拼音
1209	將相本無種	
1210	酒肉朋友	
1211	酒肉相待	
1212	酒囊飯袋	
1213	酒色之徒	
1214	酒頭茶尾	
1215	酒為色媒	
1216	酒醉吐真言	
1217	酒醉心頭定	
1218	酒中有誤	
1219	足以為法	
1220	縱有其事	
1221	縱子行兇	
1222	勘破世情	
1223	巧婦不能為無米之炊	
1224	敲鐘擂鼓	
1225	騎虎難下	
1226	旗鼓相當	
1227	奇形怪狀	
1228	豈有此理	
1229	奇龍怪穴	
1230	奇難雜症	
1231	騎上虎背	
1232	驅兵前進	
1233	企得高 望得遠	
1234	區區小物	
1235	區區之心	

	客家俗諺	四縣腔或海陸腔客語拼音
1236	欺善怕惡	
1237	巨室大戶	
1238	驅邪出外	
1239	驅邪逐鬼	
1240	具席請人	
1241	啓發人心	
1242	擎棰擎棍	
1243	屐釘恁大	
1244	謙受益 滿招損	
1245	欠一身債	
1246	欠人數目	
1247	輕罪重罰	
1248	輕舉妄動	
1249	輕如飛燕	
1250	輕言輕語	
1251	輕人輕己	
1252	極樂世界	
1253	剋扣軍餉	
1254	克滅俗情	
1255	乞食行大路	
1256	克勝魔鬼	
1257	拳頭毋打笑面人	
1258	乾為天 坤為地	
1259	牽牽連連	
1260	件件齊備	
1261	件件愛贏	
1262	口直心不直	

	客家俗諺	四縣腔或海陸腔客語拼音
1263	口才恬捷	
1264	口出無心	
1265	口講指畫	
1266	口如聖旨	
1267	口蜜腹劍	
1268	口能舌辯	
1269	口硬心不硬	
1270	口是心非	
1271	口說無憑	
1272	口頭之交	
1273	口甜舌滑	
1274	口甜心苦	
1275	禽獸行為	
1276	琴瑟不和	
1277	琴瑟調和	
1278	衿兄衿弟	
1279	傾家蕩產	
1280	傾國之兵	
1281	傾城傾國	
1282	頃刻不離	
1283	罄竹難書	
1284	強詞奪理	
1285	強房欺負弱房	
1286	強人所難	
1287	強中自有強中手	
1288	求福免禍	
1289	求人不如求己	

	客家俗諺	四縣腔或海陸腔客語拼音
1290	求神託佛	
1291	坵數不計	
1292	舊个毋去 新个毋來	
1293	局外之人	
1294	局外中立	
1295	裙帶之親	
1296	勤勞王事	
1297	勤能補拙	
1298	近悅遠來	
1299	近朱者赤 近墨者黑	
1300	窮人難過日	
1301	窮心究查	
1302	共樓共寨	
1303	可以意會 不可言傳	
1304	靠天食飯	
1305	開加張舖	
1306	開基始祖	
1307	開卷有益	
1308	開雲見日	
1309	開科取士	
1310	開科設法	
1311	開門揖盜	
1312	開言不善	
1313	開天闢地	
1314	開張大吉	
1315	寬宏大量	
1316	寬心細性	

	客家俗諺	四縣腔或海陸腔客語拼音
1317	看風使帆	
1318	看風駛船	
1319	看風轉篷	
1320	看過不如做過	
1321	看影跡毋着	
1322	看毋分明	
1323	看毋上眼	
1324	看破世情	
1325	看生趣	
1326	狂風猛雨	
1327	慷他人之慨	
1328	苦不堪言	
1329	苦過鼇胆	
1330	苦盡甘來	
1331	苦死一世	
1332	酷氣蒸人	
1333	酷虐子民	
1334	屈而不伸	
1335	虧你一世	
1336	虧偃大多	
1337	虧眾莫虧一	
1338	愧不敢當	
1339	綑手綑腳	
1340	空月無空年	
1341	犁耙碌碡	
1342	拉到死地	
1343	濫竽充數	

	客家俗諺	四縣腔或海陸腔客語拼音
1344	懶人多屎尿	
1345	懶人有懶命	
1346	懶尸惰骨	
1347	爛酒个人	
1348	爛屎不通	
1349	爛食个人	
1350	冷刀殺人	
1351	冷氣侵膚	
1352	冷鐵難打	
1353	冷鑊死灶	
1354	漏網之魚	
1355	離暗就光	
1356	釐分之間	
1357	離經叛道	
1358	離鄉別井	
1359	離宗別祖	
1360	理直氣壯	
1361	理屈詞窮	
1362	理從勢轉	
1363	理所應當	
1364	禮尚往來	
1365	裏隻字幾多畫	
1366	利己主義	
1367	利慾薰心	
1368	利人主義	
1369	利上加利	
1370	利大過頭	

	客家俗諺	四縣腔或海陸腔客語拼音
1371	聊表微忱	
1372	寥若星辰	
1373	寥寥無幾	
1374	料事如神	
1375	立足之地	
1376	立題分段	
1377	立錐之地	
1378	連編累牘	
1379	連中三元	
1380	戀戀不捨	
1381	鍊石補天	
1382	臨陣退縮	
1383	臨渴掘井	
1384	林林總總	
1385	臨老正來受苦	
1386	臨時臨急	
1387	樑項君子	
1388	良藥苦口	
1389	良相不如良醫	
1390	兩不相虧	
1391	兩可之說	
1392	兩面串	
1393	兩面受敵	
1394	兩難之間	
1395	兩步當一步	
1396	兩全其美	
1397	兩小無猜	

	客家俗諺	四縣腔或海陸腔客語拼音
1398	流離浪蕩	
1399	流離失所	
1400	流水落花	
1401	六尺之孤	
1402	六十花甲	
1403	龍樓鳳閣	
1404	龍吟虎嘯	
1405	龍蛇飛舞	
1406	勞勞碌碌	
1407	勞神過度	
1408	勞動神聖	
1409	勞心勞力	
1410	老面老目	
1411	老人老顛東	
1412	老蚌生珠	
1413	老成諳練	
1414	老鼠見貓共樣	
1415	老鼠行嫁	
1416	老虎揫豬	
1417	老虎做威	
1418	落井下石	
1419	落魄江湖	
1420	落施濟錢	
1421	樂天主義	
1422	來今往古	
1423	來去無蹤	
1424	來去無定	

	客家俗諺	四縣腔或海陸腔客語拼音
1425	來歷不明	
1426	來日方長	
1427	來往不絕	
1428	來者猶可追	
1429	亂極思治	
1430	亂臣賊子	
1431	亂做亂着	
1432	狼狽相依	
1433	狼子野心	
1434	浪靜風恬	
1435	浪蕩清光	
1436	爐火純青	
1437	露出馬腳	
1438	路門毋熟	
1439	路十分崎	
1440	路頭路尾	
1441	露宿風餐	
1442	碌碌庸才	
1443	碌碌無能	
1444	雷打火燒	
1445	雷電交作	
1446	雷霆之怒	
1447	淚如雨下	
1448	淚如泉湧	
1449	隆情厚意	
1450	毋知深淺	
1451	毋知重輕	

	客家俗諺	四縣腔或海陸腔客語拼音
1452	毋知佢所以然	
1453	毋知記顧	
1454	毋知緊緩	
1455	毋知人事	
1456	毋知親疏	
1457	毋知世情	
1458	毋知羞恥	
1459	毋敢見真	
1460	毋敢上堂	
1461	毋過黃河心毋死	
1462	毋顧面皮	
1463	毋係个腳色	
1464	毋愛講冇話	
1465	毋識人好	
1466	痲衣大孝	
1467	馬到功成	
1468	馬善被人騎	
1469	罵天咒日	
1470	埋伏兵馬	
1471	埋頭案上	
1472	買服人心	
1473	賣官逐爵	
1474	賣骨頭	
1475	賣空買空	
1476	賣頭賣尾	
1477	滿腹經綸	
1478	瞞得過人 瞞不過天	

	客家俗諺	四縣腔或海陸腔客語拼音
1479	滿腔熱血	
1480	滿面愁容	
1481	滿面笑容	
1482	滿面羞愧	
1483	瞞人个耳目	
1484	滿天星斗	
1485	滿心歡喜	
1486	貌合神離	
1487	銘心鏤骨	
1488	愐心愐事	
1489	孟母三徙	
1490	謀財害命	
1491	謀人田地	
1492	謀事在人 成事在天	
1493	謀為事業	
1494	杳不可知	
1495	杳杳冥冥个事	
1496	貓毛恁多	
1497	妙想天開	
1498	迷花戀酒	
1499	迷魂迷倒	
1500	眉來眼去	
1501	迷迷癡癡	
1502	眉清目秀	
1503	美中不足	
1504	味如嚼蠟	
1505	名不虛傳	

	客家俗諺	四縣腔或海陸腔客語拼音
1506	名過其實	
1507	名留萬世	
1508	名聲會飛	
1509	名聲昭着	
1510	名成利就	
1511	名聞遠近	
1512	名正言順	
1513	命該如此	
1514	命無贏人	
1515	命袋共樣	
1516	名揚四海	
1517	綿綿瓜瓞	
1518	面面係佛	
1519	面面相覷	
1520	面逆逆哩	
1521	面生橫肉	
1522	面生烏蠅屎	
1523	面烏鼻黑	
1524	明知故犯	
1525	明火夜劫	
1526	明公正道	
1527	鳴鑼擊鼓	
1528	民為邦本	
1529	民無二主	
1530	民心歸向	
1531	民之父母	
1532	網開一面	

	客家俗諺	四縣腔或海陸腔客語拼音
1533	無錯使一个錢	
1534	無腸無肚	
1535	無床無蓆	
1536	摩頂放踵	
1537	無婦人毋成家	
1538	無个話頭	
1539	無兼無黏	
1540	無講無笑	
1541	無氣無脈	
1542	無好倚恃	
1543	無好斟酌	
1544	無贏無輸	
1545	無緣白故	
1546	無容身之地	
1547	無蹤無跡	
1548	摩拳擦掌	
1549	無窮無盡	
1550	無縛雞之力	
1551	無落無着	
1552	無名無姓	
1553	無門無路	
1554	無耳無鼻	
1555	無人承頭	
1556	無人同你	
1557	無憑無據	
1558	無親無戚	
1559	無聲無氣	

	客家俗諺	四縣腔或海陸腔客語拼音
1560	無時無節	
1561	無上無下	
1562	無舵之船	
1563	無心無性	
1564	無臟無證	
1565	無主無者	
1566	莫賺恁深	
1567	莫逆之交	
1568	莫衷一是	
1569	亡丁絕戶	
1570	亡羊補牢	
1571	妄自尊大	
1572	望穿雙眼	
1573	忘恩背義	
1574	妄講妄聽	
1575	望開茅塞	
1576	望梅止渴	
1577	望眼成穿	
1578	妄作妄為	
1579	模稜兩可	
1580	誣世惑人	
1581	暮鼓晨鐘	
1582	歿世不忘	
1583	目不見為淨	
1584	目不識丁	
1585	目不轉睛	
1586	目擊心傷	

	客家俗諺	四縣腔或海陸腔客語拼音
1587	目所未見	
1588	目珠直視	
1589	目珠望到穿	
1590	目珠碟公恁大	
1591	門下受業	
1592	門迎百福	
1593	問心有愧	
1594	懵懵懂懂	
1595	夢見周公	
1596	夢中說夢	
1597	拿得出 收得入	
1598	拿得你起 放得你下	
1599	男耕女織	
1600	男有男行 女有女行	
1601	南極星輝	
1602	男人志在四方	
1603	寧可死 不背道	
1604	能屈能伸	
1605	能人多勞	
1606	寧為雞口 莫為牛後	
1607	魚蝦之地	
1608	你一刀 偃一槍	
1609	魚靈鳥精	
1610	魚鱗疊葬	
1611	魚目混珠	
1612	梧桐葉落	

	客家俗諺	四縣腔或海陸腔客語拼音
1613	五福臨門	
1614	五魂無主	
1615	五鼓盈倉	
1616	五穀豐登	
1617	女心外向	
1618	牙寒齒冷	
1619	牙尖嘴利	
1620	咬牙狌齒	
1621	咬文嚼字	
1622	疑心生暗鬼	
1623	耳尾聽着	
1624	耳提面命	
1625	耳聞不如目見	
1626	二八佳人	
1627	義不容辭	
1628	義理之勇	
1629	逆天者亡	
1630	黏泥帶水	
1631	念咒治鬼	
1632	藕斷絲連	
1633	入不敷出	
1634	入村問地主	
1635	入國問俗	
1636	入鄉隨俗	
1637	入巷隨彎	
1638	入境問禁	
1639	日搭夜做	

	客家俗諺	四縣腔或海陸腔客語拼音
1640	日積月累	
1641	日暮途遠	
1642	日薄西山	
1643	日聚夜散	
1644	日甚一日	
1645	日頭搭山眉	
1646	日削月減	
1647	日增月盛	
1648	月光擔枷	
1649	言多有失	
1650	言符其行	
1651	言過其實	
1652	言行相顧	
1653	言輕力薄	
1654	年盡歲逼	
1655	年三夜四	
1656	言三語四	
1657	年辰豐熟	
1658	眼底都望穿	
1659	眼中無人	
1660	願賭服輸	
1661	吟風弄月	
1662	人不可貌相 海水不可斗量	
1663	人才出眾	
1664	人才有限	
1665	人丁幾微	
1666	人各親其親	

	客家俗諺	四縣腔或海陸腔客語拼音
1667	人間心無閒	
1668	人煙興盛	
1669	人云亦云	
1670	人傑地靈	
1671	人窮計短	
1672	人窮起盜心	
1673	人窮毋怕羞	
1674	人窮無六親	
1675	人窮志不窮	
1676	人窮志短	
1677	人老心盲老	
1678	人微言輕	
1679	人命到頭	
1680	人面獸心	
1681	人饒天不饒	
1682	人從鬮下願	
1683	人善被人欺 馬善被人騎	
1684	人生路不熟	
1685	人生七十古來稀	
1686	人熟心毋熟	
1687	人地相宜	
1688	人定勝天	
1689	人為財死	
1690	人為萬物之靈	
1691	人無千日好 花無百日紅	
1692	人死歸土	
1693	人死留名 虎死留皮	

	客家俗諺	四縣腔或海陸腔客語拼音
1694	人死債休	
1695	人之常情	
1696	弱肉強食	
1697	仰人鼻息	
1698	牛翻崩崗	
1699	牛頭馬面	
1700	肉眼不識賢人	
1701	玉不琢不成器 人不學不知道	
1702	玉石俱焚	
1703	忍氣吞聲	
1704	外攻內應	
1705	頑石點頭	
1706	危在旦夕	
1707	危如纍卵	
1708	鳥盡弓藏	
1709	鳥中之鳳	
1710	囊括四海	
1711	囊螢照書	
1712	怒氣衝天	
1713	弄假成真	
1714	弄巧反拙	
1715	弄是弄非	
1716	弄璋之喜	
1717	遏惡揚善	
1718	惡貫滿盈	
1719	惡有惡報	

	客家俗諺	四縣腔或海陸腔客語拼音
1720	惡人無膽	
1721	惡人先告狀	
1722	惡事傳千里	
1723	愛人如己	
1724	安分守己	
1725	安居樂業	
1726	安閒自在	
1727	安然無事	
1728	安樂自在	
1729	安貧樂道	
1730	安步當車	
1731	案積如山	
1732	按部就班	
1733	魄散魂飛	
1734	白浪滔天	
1735	白面書生	
1736	白目看告示	
1737	白日升天	
1738	白玉無瑕	
1739	白手成家	
1740	排兵佈陣	
1741	排難解紛	
1742	攀龍附鳳	
1743	砲火連天	
1744	抱恨無窮	
1745	炮烙之刑	
1746	暴民專制	

	客家俗諺	四縣腔或海陸腔客語拼音
1747	暴屍露骨	
1748	別有天地	
1749	朋比為奸	
1750	嫖賭飲吹四大症	
1751	漂洋過海	
1752	漂流四方	
1753	肥頭大耳	
1754	鼻流毋知擤	
1755	鼻頭無氣就好哩	
1756	病久成醫生	
1757	病入膏肓	
1758	病根無斷	
1759	匹夫之勇	
1760	匹馬單刀	
1761	片言九鼎	
1762	貧而無諂	
1763	貧窮志願高	
1764	貧人難過日	
1765	平安即是福	
1766	評定甲乙	
1767	憑文取士	
1768	品行在先 學問在後	
1769	破陣來走	
1770	破財損丁	
1771	破財折災	
1772	破格相待	
1773	背手綑綁	

	客家俗諺	四縣腔或海陸腔客語拼音
1774	旁觀者明 當局者昧	
1775	菩薩共樣 毋曉開口	
1776	鋪氈結彩	
1777	步步高升	
1778	妻賢子孝	
1779	趨炎附勢	
1780	妻子如衣服	
1781	娶妻娶德	
1782	娶妾娶色	
1783	聚蚊成雷	
1784	且信且疑	
1785	謝絕賓客	
1786	謝天謝地	
1787	捷報佳音	
1788	捷足先登	
1789	剷剷刺刺	
1790	暫濟燃眉	
1791	漸入佳境	
1792	青天大老爺	
1793	青黃不接个時候	
1794	青黃膽都嘔了	
1795	請君入甕	
1796	請客無假意	
1797	請你坐大位	
1798	七坐八爬	
1799	七顛八倒	
1800	七昏八罪	

	客家俗諺	四縣腔或海陸腔客語拼音
1801	七古八怪	
1802	七縱七擒	
1803	七孔八竅	
1804	膝前拜別	
1805	七上八落	
1806	七手八腳	
1807	膝頭皮都跪敨	
1808	七早八早	
1809	疾惡如仇	
1810	絕不食言	
1811	絕情絕義	
1812	絕色佳人	
1813	絕世聰明	
1814	絕無僅有	
1815	前呼後擁	
1816	前功具廢	
1817	前呵後衛	
1818	錢可通神	
1819	錢孔對着錢串	
1820	前世無修	
1821	前世燒好香	
1822	前世少債	
1823	前世做積德	
1824	錢子銀莫漏人个眼	
1825	千變萬化	
1826	千擔人工	
1827	千擔水洗都毋淨	

	客家俗諺	四縣腔或海陸腔客語拼音
1828	千方百計	
1829	千呼萬喚	
1830	千金之子	
1831	千軍萬馬	
1832	千工萬力	
1833	千容萬易	
1834	千慮一得	
1835	千糧萬戶	
1836	千門萬戶	
1837	千難萬難	
1838	千日萬日都毋來	
1839	千人共條理	
1840	千人千樣心	
1841	千人識和尚 和尚毋識千人	
1842	千山萬水	
1843	千思萬想	
1844	千辛萬苦	
1845	千載一遇	
1846	千子萬孫	
1847	千囑萬囑	
1848	淺腸狹肚	
1849	淺福薄相	
1850	賤人即賤己	
1851	尋仇覓恨	
1852	情不自制	
1853	情急計生	
1854	情投意合	

	客家俗諺	四縣腔或海陸腔客語拼音
1855	情同手足	
1856	親押匪人	
1857	清風明月	
1858	親家成冤家	
1859	清如水 明如鏡	
1860	清酒紅人面	
1861	清明如鏡	
1862	清平世界	
1863	清心寡慾	
1864	靜坐當思己過	
1865	靜處安身	
1866	盡其所有	
1867	盡人皆知	
1868	盡善盡美	
1869	盡忠報國	
1870	全副精神	
1871	全軍覆沒	
1872	全國一志	
1873	全心全意	
1874	就事論事	
1875	袖手旁觀	
1876	就地取材	
1877	就地正法	
1878	從奢入儉難	
1879	從夫貴 從夫賤	
1880	從古至今	
1881	從一而終	

	客家俗諺	四縣腔或海陸腔客語拼音
1882	從容不迫	
1883	從儉入奢易	
1884	重言複語	
1885	重三倒四	
1886	從善如流	
1887	從無生有	
1888	從心所欲	
1889	蛇蠍一竇	
1890	蛇聲鱉叫嗷	
1891	捨開佢个命來救世人	
1892	涉着世務	
1893	煞費苦心	
1894	殺狗教猴	
1895	殺人償命	
1896	設身處地	
1897	殺身成仁	
1898	舌辯之士	
1899	豺狼當道	
1900	塞翁失馬 安知非福	
1901	三叮嚀 四囑咐	
1902	山花水為界	
1903	三回五次	
1904	三魂七魄	
1905	三綱五常	
1906	三姑六婆	
1907	三求四請	
1908	三跪九叩	

	客家俗諺	四縣腔或海陸腔客語拼音
1909	三令五申	
1910	三元及第	
1911	三年之喪	
1912	三人成眾	
1913	三步門毋識出	
1914	三從四德	
1915	三三八八	
1916	三三兩兩	
1917	三十而立	
1918	三十有室	
1919	三十六計 走為上策	
1920	三審四級	
1921	三心兩意	
1922	閂毋識路去	
1923	山高皇帝遠	
1924	山高嶺崎	
1925	山盟海誓	
1926	山鳴谷應	
1927	煽惑人心	
1928	善氣迎人	
1929	善欲人見 不是真善	
1930	善乃福之基	
1931	善男信女	
1932	善惡殊途	
1933	散蜂共樣	
1934	善始善終	
1935	擅做威福	

	客家俗諺	四縣腔或海陸腔客語拼音
1936	生臭熟香	
1937	生寄死歸	
1938	生養死葬	
1939	生借無門	
1940	生離死別	
1941	生癆死癩	
1942	生毋賢 死毋孝	
1943	生是生非	
1944	生 事之以禮	
1945	生同生 死同死	
1946	聲聞遠近	
1947	生死有定數	
1948	洗耳恭聽	
1949	洗心革面	
1950	細雨霏霏	
1951	細微末節	
1952	細人跌倒愛人牽	
1953	色膽包天	
1954	色即是空	
1955	生理倒帳	
1956	生理旺相	
1957	生生不息	
1958	愁腸擘肚	
1959	愁腸百結	
1960	燒香惹鬼	
1961	逍遙自在	
1962	逍遙法外	

	客家俗諺	四縣腔或海陸腔客語拼音
1963	稍有體面	
1964	小屈大伸	
1965	少所見 多所怪	
1966	小題大作	
1967	笑到無目無鼻	
1968	譟耳塞窟	
1969	少年得志	
1970	少年老成	
1971	笑人不知禮 知禮不笑人	
1972	時到花開	
1973	時來鐵似金	
1974	時哉不可失	
1975	施恩莫望報	
1976	私和命案	
1977	斯文人家	
1978	私心用事	
1979	私相授受	
1980	使罪得赦	
1981	使鬼相打	
1982	始勤終惰	
1983	使卵相磕	
1984	使錢像使水	
1985	始作俑者 其無後乎	
1986	始終如一	
1987	事半功倍	
1988	勢不兩立	
1989	事不量力	

	客家俗諺	四縣腔或海陸腔客語拼音
1990	事在必行	
1991	恃才傲物	
1992	恃財作膽	
1993	是非曲直	
1994	是非之心	
1995	世家對世家	
1996	事久見人心	
1997	勢均力敵	
1998	勢如破竹	
1999	事有可疑	
2000	嗜欲薰心	
2001	市井匪類	
2002	市面清淡	
2003	世人眼淺	
2004	事倍功半	
2005	似是而非	
2006	事事如意	
2007	世事毋平	
2008	事事周到	
2009	勢所不能	
2010	世態炎涼	
2011	事務多端	
2012	視死如歸	
2013	事屬好行	
2014	十八般武藝	
2015	十八重地獄	
2016	十肥九富	

	客家俗諺	四縣腔或海陸腔客語拼音
2017	十室九空	
2018	失而復得	
2019	室內操戈	
2020	食飽不如睡飽	
2021	實不相瞞	
2022	食着贏人	
2023	食到老 學到老	
2024	食慣使慣	
2025	食哩跈尾	
2026	食毋久念得久	
2027	食毋落下膈	
2028	食毋生肉	
2029	食軟毋食硬	
2030	實事求是	
2031	神出鬼沒	
2032	神傕鬼㩐	
2033	誠惶誠恐	
2034	晨昏顛倒	
2035	神機莫測	
2036	神奇妙算	
2037	成人之美	
2038	誠心實意	
2039	成竹在胸	
2040	身懷六甲	
2041	身家性命	
2042	勝敗兵家常事	
2043	唆擺是非	

	客家俗諺	四縣腔或海陸腔客語拼音
2044	疏財仗義	
2045	唆狗相打	
2046	所見所聞	
2047	所向無敵	
2048	所言所行	
2049	所思所想	
2050	鎖手鎖腳	
2051	嫂叔無通問	
2052	掃屋像寫大字共樣	
2053	說長論短	
2054	說人是非	
2055	船車水載	
2056	船多礙溪	
2057	算差無多	
2058	算米落鑊	
2059	常忍久耐	
2060	上塵打灰	
2061	上得高 望得遠	
2062	傷風敗俗	
2063	商量停當	
2064	上門好買 上門好賣	
2065	上天無恁難	
2066	賞戴花翎	
2067	賞你面光	
2068	賞善罰惡	
2069	上和下睦	
2070	上歡下樂	

	客家俗諺	四縣腔或海陸腔客語拼音
2071	上行下效	
2072	上有天堂 下有蘇杭	
2073	上流社會	
2074	上迎下請	
2075	上手傳來	
2076	仇駁仇 冤駁冤	
2077	仇難報 恩難填	
2078	薯頭芋子	
2079	書香之家	
2080	書理家人	
2081	手不釋卷	
2082	手尖腳幼	
2083	手輕腳快	
2084	守口如瓶	
2085	手瘸腳跛	
2086	首尾相顧	
2087	守身為大	
2088	手舞足蹈	
2089	手指有長短	
2090	守株待兔	
2091	壽比南山	
2092	受財枉法	
2093	恕己責人	
2094	受人轄制	
2095	受人欺爚	
2096	受人之託	
2097	樹大招風	

	客家俗諺	四縣腔或海陸腔客語拼音
2098	述出大略	
2099	述而不作	
2100	縮衣節食	
2101	束身自愛	
2102	束手待斃	
2103	束手無策	
2104	縮頭烏龜	
2105	束之高閣	
2106	熟不拘理	
2107	熟能生巧	
2108	熟食難忍	
2109	隨波逐流	
2110	隨得隨失	
2111	隨加隨減	
2112	隨機應變	
2113	隨你做來	
2114	隨遇而安	
2115	隨人出心	
2116	隨聲附和	
2117	隨身行貨	
2118	垂頭喪氣	
2119	隨天安排	
2120	雖然贏 抑係輸	
2121	水火無情	
2122	水向低處流	
2123	水流花謝	
2124	水落石出	

	客家俗諺	四縣腔或海陸腔客語拼音
2125	水清見石	
2126	水盡山窮	
2127	水洗恁淨	
2128	水土毋合	
2129	水洩不通	
2130	碎頭碎角	
2131	脣齒相依	
2132	脣紅齒白	
2133	循規蹈矩	
2134	循行故事	
2135	純一不雜	
2136	脣亡齒寒	
2137	循循善誘	
2138	孫猴七十二變	
2139	損人利己	
2140	順風得利	
2141	順風相送	
2142	舜日堯天	
2143	順妻逆母 該斬	
2144	順水行船	
2145	順順適適	
2146	雙管齊下	
2147	雙生貴子	
2148	雙聲疊韻	
2149	雙手交還	
2150	送君千里 終須一別	
2151	送往迎來	

	客家俗諺	四縣腔或海陸腔客語拼音
2152	大慈大悲	
2153	大才小用	
2154	大丈夫能屈能伸	
2155	大發慈悲	
2156	大發恩典	
2157	大惑不解	
2158	大禍臨身	
2159	待價而沽	
2160	大耕大種	
2161	大驚小怪	
2162	大吉利市	
2163	大綱小紀	
2164	大喜過望	
2165	大起義師	
2166	大起大落	
2167	大器晚成	
2168	大海浮萍	
2169	大汗披身	
2170	大鬧花燈	
2171	大義滅親	
2172	大言不慚	
2173	待人如己	
2174	大人有大量	
2175	大人欠大債	
2176	大人大相	
2177	大人做事不小	
2178	大赦天下	

	客家俗諺	四縣腔或海陸腔客語拼音
2179	大聲疾呼	
2180	大消大納	
2181	待時而動	
2182	大事化小 小事化無	
2183	大勢已定	
2184	大食大使	
2185	大鑊飯 細鑊菜	
2186	大做細用	
2187	大張威勢	
2188	大主大意	
2189	談今說古	
2190	談何容易	
2191	談論世情	
2192	談天說地	
2193	貪財受賄	
2194	貪花戀色	
2195	貪功望賞	
2196	貪生怕死	
2197	貪小失大	
2198	貪天之功	
2199	貪心無厭	
2200	貪者可誘以利	
2201	探囊取物	
2202	彈琴吹唱	
2203	坦然無懼	
2204	坦然無疑	
2205	聽着寒毛菇都起	

	客家俗諺	四縣腔或海陸腔客語拼音
2206	聽着牙寒齒冷	
2207	聽過不如見過	
2208	聽其自然	
2209	聽天由命	
2210	藤纏樹 毋係樹纏藤	
2211	跈長跈短	
2212	跈三跈四	
2213	投鞭斷流	
2214	投鼠忌器	
2215	頭戴天 腳踏地	
2216	頭高髻大	
2217	頭虛目腫	
2218	投鄰報舍	
2219	頭那光杓杓哩	
2220	頭那細 髻鬃大	
2221	頭食泥 尾食露	
2222	偷心歡喜	
2223	地腳堅固	
2224	地廣人稀	
2225	替人贖罪	
2226	地土堅實	
2227	添丁進財	
2228	忝辱家門	
2229	忝屬親戚	
2230	糶穀糴米	
2231	鐵筆御史	
2232	鐵價不二 並無折扣	

	客家俗諺	四縣腔或海陸腔客語拼音
2233	鐵血主義	
2234	鐵面無情	
2235	鐵石心腸	
2236	鐵樹開花	
2237	天崩地裂	
2238	天不容誅	
2239	天造地設	
2240	天穿地漏	
2241	天恩難報	
2242	天翻地覆	
2243	天覆地載	
2244	天昏地暗	
2245	天經地義	
2246	天高地厚	
2247	天各一方	
2248	天降雨露	
2249	天降災殃	
2250	天公地道	
2251	天下馳名	
2252	天下一家	
2253	天下無敵	
2254	天寒地凍	
2255	天意毋同人意	
2256	天淵之別	
2257	天遠路頭	
2258	天溶地動	
2259	天理昭彰	

	客家俗諺	四縣腔或海陸腔客語拼音
2260	天羅地網	
2261	天網恢恢 疏而不漏	
2262	天涯地角	
2263	天年變怪	
2264	天年各變	
2265	天晴地雅	
2266	天從人願	
2267	天生天養	
2268	天上人物	
2269	天大人情	
2270	天地混沌	
2271	天庭飽滿	
2272	天無虧人	
2273	天遮毋過	
2274	天做事 天擔當	
2275	天誅地滅	
2276	騰雲駕霧	
2277	桃紅柳綠	
2278	桃李滿門	
2279	拖泥帶水	
2280	拖男帶女	
2281	拖拖挷挷	
2282	道不拾遺	
2283	道德墜落	
2284	道聽塗說	
2285	蹈湯赴火	
2286	道途險阻	

	客家俗諺	四縣腔或海陸腔客語拼音
2287	託妻寄子	
2288	代拆代行	
2289	代人贖罪	
2290	堂堂正正	
2291	土崩瓦解	
2292	度量狹小	
2293	度量寬宏	
2294	突如其來	
2295	讀懺共樣	
2296	獨出心裁	
2297	獨當一面	
2298	獨行生理	
2299	獨占鰲頭	
2300	獨力難持	
2301	獨女成鳳	
2302	獨子成龍	
2303	推波助瀾	
2304	推己及人	
2305	推心置腹	
2306	同本不同利	
2307	同床異夢	
2308	同東佔西	
2309	同歸一路	
2310	同鄉共井	
2311	桐油盎裝桐油	
2312	同爾做膽	
2313	銅皮鐵骨	

	客家俗諺	四縣腔或海陸腔客語拼音
2314	同被共枕	
2315	同病相憐	
2316	同聲相應	
2317	童叟無欺	
2318	同室操戈	
2319	同途合轍	
2320	同心同德	
2321	同舟共濟	
2322	同宗共祖	
2323	動不如靜	
2324	通都大邑	
2325	通權達變	
2326	通力合作	
2327	通達世情	
2328	痛腸痛肚	
2329	洞房花燭	
2330	痛改前非	
2331	痛癢相關	
2332	痛哭流涕	
2333	洞天福地	
2334	痛定思痛	
2335	痛心疾首	
2336	挖肉醫瘡	
2337	挖墻孔賊	
2338	萬不得已	
2339	萬不及一	
2340	萬丈高樓從地起	

	客家俗諺	四縣腔或海陸腔客語拼音
2341	萬古不變	
2342	萬古之先	
2343	萬國咸寧	
2344	萬難之事	
2345	萬年不朽	
2346	萬事起頭難	
2347	萬事遂意	
2348	萬無一失	
2349	萬物有靈	
2350	萬物有主	
2351	萬物孳生	
2352	萬死一生	
2353	萬種淒涼	
2354	萬眾一心	
2355	橫腸弔肚	
2356	橫打直過	
2357	橫行霸道	
2358	遺臭萬年	
2359	為善最樂	
2360	唯唯諾諾	
2361	威風凜凜	
2362	畏首畏尾	
2363	禾稗相雜	
2364	禾黃米赤	
2365	禾正圓身	
2366	豁然貫通	
2367	鑊 你都會箍	

	客家俗諺	四縣腔或海陸腔客語拼音
2368	會賺會使	
2369	會打官司 也愛錢	
2370	會睡毋怕先眠	
2371	換過心腸	
2372	王對王 將對將	
2373	黃豆燥變烏豆	
2374	往古來今	
2375	往來交接	
2376	往事休提	
2377	枉法害民	
2378	枉費前功	
2379	枉費心機	
2380	枉居人世	
2381	無恥之徒	
2382	無腸公子	
2383	無風起浪	
2384	無價之寶	
2385	無關緊要	
2386	無辜受累	
2387	無古不成今	
2388	無稽之談	
2389	無一不曉	
2390	無一可取	
2391	無藥可治	
2392	無有不着	
2393	無窮無盡	
2394	無虧無缺	

	客家俗諺	四縣腔或海陸腔客語拼音
2395	無空不入	
2396	無賴之徒	
2397	無立錐之地	
2398	無名小卒	
2399	無面見江東	
2400	無人不識神仙好	
2401	無膝不跪	
2402	無始無終	
2403	無事不登門	
2404	無事生端	
2405	無所不在	
2406	無所不知	
2407	無所不有	
2408	無所不能	
2409	無所不為	
2410	無所不至	
2411	無所倚賴	
2412	無心無肝	
2413	無中生有	
2414	惡惡好善	
2415	嗚呼哀哉	
2416	烏龜證成鱉	
2417	惡勞好逸	
2418	物各有主	
2419	物歸原主	
2420	勿因小事害大事	
2421	物輕人意重	

	客家俗諺	四縣腔或海陸腔客語拼音
2422	物從人貴	
2423	渾厚老實	
2424	聞一知十	
2425	文墨之邦	
2426	聞聲不見面	
2427	聞所未聞	
2428	文書一擔	
2429	文武兼全	
2430	文武全才	
2431	渾渾沌沌	
2432	溫故知新	
2433	穩如泰山	
2434	死灰復燃	
2435	死而復活	
2436	死有餘辜	
2437	死哩盲曾埋	
2438	死老恁重	
2439	死毋敢聲	
2440	死毋斷氣	
2441	死守善道	
2442	死 葬之以禮	
2443	四分五裂	
2444	四肢百骸	
2445	四腳朝天	
2446	四海之內皆兄弟	
2447	四盤四碟	
2448	四十不惑	

	客家俗諺	四縣腔或海陸腔客語拼音
2449	四蹄筆直	
2450	四通八達	
2451	邪不敵正	
2452	洩漏軍情	
2453	洩漏天機	
2454	洩破事機	
2455	鵲報佳音	
2456	惜玉憐香	
2457	習慣成自然	
2458	息事寧人	
2459	席上教兒	
2460	雪兆豐年	
2461	雪上加霜	
2462	褻瀆神明	
2463	雪中送炭	
2464	先甘後苦	
2465	先姦後娶	
2466	先見之明	
2467	先公後私	
2468	先下手為強	
2469	先號先贏	
2470	先憂後樂	
2471	先禮後兵	
2472	先入為主	
2473	先批後講	
2474	先小人後君子	
2475	先斬後奏	

	客家俗諺	四縣腔或海陸腔客語拼音
2476	先走先贏	
2477	心膽雄壯	
2478	心煩意亂	
2479	心浮氣躁	
2480	心灰意冷	
2481	心驕氣傲	
2482	心肝着火	
2483	心虛多夢	
2484	心寒碎膽	
2485	心如刀扎	
2486	心如鐵石	
2487	心悅臣服	
2488	心有不平	
2489	心口如一	
2490	心亂如麻	
2491	心亂事多鑽	
2492	心滿意足	
2493	心平氣和	
2494	心思靈巧	
2495	心神毋定	
2496	心手相應	
2497	心同口�	
2498	心肝意願	
2499	心焦膽亂	
2500	心專石穿	
2501	新陳代謝	
2502	新官上任	

	客家俗諺	四縣腔或海陸腔客語拼音
2503	新香舊臭	
2504	信到如唔	
2505	性命難保	
2506	性情剛硬	
2507	相㓾相殺	
2508	相搥鬧罵	
2509	相隔天淵	
2510	相敬如賓	
2511	相去不遠	
2512	相形見拙	
2513	相沿成例	
2514	相輪打替	
2515	相罵無好嘴	
2516	相生相剋	
2517	相識滿天下 知心無幾人	
2518	想長想短	
2519	想去想轉	
2520	想念之間	
2521	想入非非	
2522	想天想地	
2523	相夫教子	
2524	相女配夫	
2525	修練長生	
2526	修人修到底	
2527	羞頭辱面	
2528	修心積德	
2529	秀才不出門 能知天下事	

	客家俗諺	四縣腔或海陸腔客語拼音
2530	秀才無假	
2531	夙興夜寐	
2532	夙世姻緣	
2533	俗言俗語	
2534	俗尚奢華	
2535	詐顛食馬屎	
2536	詐顛詐狂	
2537	詐聾詐啞	
2538	詐死埋名	
2539	紮腳毋穩	
2540	齋腸齋肚	
2541	齋戒沐浴	
2542	宰相肚裡能撐船	
2543	再三叮嚀	
2544	再思可矣	
2545	沾你个光	
2546	沾染到病	
2547	瞻前顧後	
2548	斬草除根	
2549	斬釘截鐵	
2550	輾轉反側	
2551	戰戰兢兢	
2552	爭進窄門	
2553	爭強較力	
2554	爭田奪地	
2555	爭天隔地恁遠	
2556	爭王奪國	

	客家俗諺	四縣腔或海陸腔客語拼音
2557	爭先恐後	
2558	爭轉面來	
2559	整橋修路	
2560	正出卵殼	
2561	招兵買馬	
2562	招財進寶	
2563	朝去暮回	
2564	招搖撞騙	
2565	朝令夕改	
2566	朝聞道夕死可矣	
2567	朝朝如是	
2568	照契管業	
2569	照字讀經	
2570	滋陰降火	
2571	孜孜不倦	
2572	滋滋有味	
2573	孜孜為善	
2574	子報父仇	
2575	指腹為婚	
2576	子姪毋係貨	
2577	指鹿為馬	
2578	子午相衝	
2579	指日高升	
2580	指牛罵馬	
2581	子承父業	
2582	指手畫腳	
2583	子孫昌盛	

	客家俗諺	四縣腔或海陸腔客語拼音
2584	子孫滿眼	
2585	子孫滿堂	
2586	指天發誓	
2587	至公無私	
2588	置若罔聞	
2589	置之不理	
2590	執自家个意	
2591	職大任重	
2592	枕邊教妻	
2593	真金不怕火	
2594	整頓兵馬	
2595	整頓衣冠	
2596	賑濟貧窮	
2597	左右逢源	
2598	左青龍右白虎	
2599	早生貴子	
2600	左思右想	
2601	做出便見	
2602	做到無日無夜	
2603	做毋贏人 食贏人	
2604	做言歸就	
2605	做事有頭無尾	
2606	拙見識	
2607	捉賊要贓	
2608	作法自斃	
2609	作福作威	
2610	作奸犯科	

	客家俗諺	四縣腔或海陸腔客語拼音
2611	着排場	
2612	捉別人來出氣	
2613	專為此做	
2614	專心致意	
2615	轉禍為福	
2616	轉敗為功	
2617	鑽木取火	
2618	張燈結綵	
2619	張冠李戴	
2620	裝模作樣	
2621	張三李四	
2622	裝頭賣面	
2623	贓真賊顯	
2624	掌畜牲為業	
2625	掌門狗	
2626	豬肚面	
2627	週而復始	
2628	週遊四方	
2629	豬群狗黨	
2630	豬頭面	
2631	豬拖狗擘	
2632	周圍擠前來	
2633	豬心狗肺	
2634	諸子百家	
2635	祖公咒過	
2636	咒天罵日	
2637	咒子罵女	

	客家俗諺	四縣腔或海陸腔客語拼音
2638	醉生夢死	
2639	遵規守矩	
2640	鐘不打不鳴 人不勸不善	
2641	忠厚老實	
2642	終夜不寢	
2643	終日不食	
2644	終日昏昏	
2645	忠言逆耳	
2646	忠臣不怕死	
2647	中道而行	
2648	終須一別	
2649	種瓜得瓜	
2650	眾口一詞	
2651	眾口可以鑠金	
2652	眾口嗷嗷	
2653	種蔴得蔴	
2654	眾毛成裘	
2655	眾目所見	
2656	眾人眾事	
2657	眾怒難犯	
2658	眾說紛紛	
2659	眾志成城	

國家圖書館出版品預行編目資料

讀客家俗諺・學客語字音字形／鄭明中、張月珍著. ——二版. ——臺北市：五南圖書出版股份有限公司, 2023.10
面； 公分
ISBN 978-626-366-654-2（平裝）

1.客語 2.語音 3.諺語

802.52388 112016133

1XMM

讀客家俗諺・學客語字音字形

作　　者 — 鄭明中、張月珍
發 行 人 — 楊榮川
總 經 理 — 楊士清
總 編 輯 — 楊秀麗
副總編輯 — 黃惠娟
責任編輯 — 陳巧慈
封面設計 — 姚孝慈
出 版 者 — 五南圖書出版股份有限公司
地　　址：106台北市大安區和平東路二段339號4樓
電　　話：(02)2705-5066　傳　真：(02)2706-6100
網　　址：https://www.wunan.com.tw
電子郵件：wunan@wunan.com.tw
劃撥帳號：01068953
戶　　名：五南圖書出版股份有限公司
法律顧問　林勝安律師
出版日期　2022年4月初版一刷
　　　　　2023年10月二版一刷
定　　價　新臺幣610元